벤허
BEN-HUR
그리스도 이야기

원형경기장에서 벌이는 사활을 건 운명의 전차 경주

# 벤허

## BEN-HUR

그리스도 이야기

루이스 월리스 지음 | 심은경 옮김

## 《벤허(그리스도 이야기)》

《벤허(BEN-HUR)》는 우리나라에 영화로 잘 알려졌다. 1959년 윌리엄 와일러 감독에 의해 엄청난 제작비를 들여 제작된 영화는 11개 부분에서 아카데미상을 수상한 최초 작품이었다.

《벤허》는 남북전쟁 당시 장군이었던 루이스 월리스(Lewis Wallace, 1827-1905)가 1880년에 출판한 《벤허 : 그리스도 이야기》였다. 소설이 처음 출간되었을 때 인기는 없었지만 꾸준한 판매로 50년간 베스트셀러 1위를 차지했고, 영화와 연극(브로드웨이 20년 장기 공연)으로 상영되면서 대중에게 사랑을 받았다.

영화 〈벤허〉를 본 관객들은 백마 4마리가 이끄는 마차 경주를 인상적으로 생각한다. 그러나 《벤허》의 부제가 그리스도 이야기인 것처럼 그리스도의 일대기를 목격자와 경험자의 관점에서 제시하는 것이다. 《벤허》에서 제시하는 예수의 초상은 전혀 드러나지 않으면서도 예수를 명확하게 드러내는 독특한 기법을 사용하고 있다.

《벤허》는 복수, 사랑 등의 소재가 있어서 매우 아름답고 서정적이다. 그럼에도 이야기에서 이끄는 믿음으로 변화하는 주인공의 모습은 큰 감동과 함께 마음을 변혁시키는 그리스도 복음의 능력을 볼 수 있다. 주인공 벤허의 삶에서 등장하는 예수의 자취와 십자가에서 죽은 뒤에 동방박사에게 들은 복음으로 극적인 전환을 이루는 방식이다. 그러나 그 시작부터 등장하는 웅장한 로마 병사의 입장과 해상 전투 장면 등은 주인공의 광활한 경험을 볼 수 있다.

《벤허》로 유명했던 원작 소설이 현대문화센타에서 국내 최초로 완역하여 출판했다. 전문 번역가 심은경은 이 소설을 원문을 살려서 완전하게 번역했다. 다른 출판사에서는 양장본으로 출판했는데, 현대문화센타에서는 페이퍼백으로 출판하여 독자들에게 좀 더 다가갈 수 있도록 구성했다.

《벤허》 소설에 영화 〈벤허〉를 리메이크한 영화가 우리나라에서 곧 개봉될 예정이라고 한다. 소설에서 풍성한 문학적 이해와 상상력을 경험한 뒤에, 영상이 제공하는 스펙타클한 광경을 기대할 수 있다. 문학 작품에서 제공하는 상상력을 능가할 영화영상이 없다고 하는데, 《벤허》를 마음껏 읽으면서 영화 〈벤허〉에서 비교하는 즐거움을 경험할 수 있을 것이다.

**박안석** 목사(나눔공동체교회, 한국양서보급중앙회)

# 제1부

# 제1장
## 사막에서

주블레 산맥, 길이는 80킬로미터가 넘지만 폭은 매우 좁아 지도에서 보면 마치 애벌레가 꿈틀거리며 기어 올라가는 듯한 모습을 띤 산맥. 그곳에서 보면, 저 멀리 희고 붉은 절벽 위에 떠오르는 태양의 궤적을 따라 온통 사막만이 펼쳐져 있다. 여리고의 포도 농부들이 그토록 치를 떠는 동풍이 태초부터 놀이터 삼아 노는 바로 그 아라비아 사막. 그 사막을 마주한 산자락은 저 멀리 유프라테스강에서 밀려온 모래로 온통 뒤덮여 있다. 그래도 이 산은 서쪽에 있는 모압과 암몬 평원의 방풍림 역할을 하고 있지만 산으로 막혀 있지 않은 지역은 모두가 사막뿐이다.

유대 땅 동쪽과 남쪽에는 아라비아어의 자취가 많이 남아 있는데 그중 하나가 주블레 산에서 흘러내리는 수많은 와디[1]들의 이름이다. 그러한 와디들은 로마의 도로—지금은 희미한 자취만 남아 시리아 순례자들이 메카로 오갈 때 이용하는 비포장도로—를 가로지르고, 우기에는 점점 더 깊어져 요단강으로 들어가 마지막 도착지인 사해로 흘러든다. 그 수많은 와디 중 하나, 좀 더 자세하게 말하면 주블레 산의 제일 끝자락을 발원지로 북동쪽으로 흘러 마침내 압복강과 합쳐지는 와디를, 한 나그네가 이제 막 빠져나와

1) 비가 올 때만 물이 흐르는 간헐천

사막의 평지를 향해 가고 있다.

남자는 겉모습으로 보아 마흔다섯 살가량 되어 보였다. 가슴팍에 흩날리는 수염은 한때는 칠흑같이 검었겠지만 지금은 백발이 듬성듬성 섞여 있다. 볶은 커피콩처럼 짙은 갈색의 얼굴은 붉은 케피예(오늘날 사막의 자손들이 머리 두건이라고 부르는)가 칭칭 감겨 있어 일부만 보인다. 이따금씩 들어 올리는 눈은 크고 검었다. 남자는 동양인에게서 흔히 볼 수 있는 풍성하게 늘어진 옷을 입었지만 어떤 스타일의 옷인지는 정확히 설명할 수 없다. 위에 차양이 쳐 있는 크고 하얀 단봉낙타를 타고 있었기 때문이다.

서양인들은 사막에서 짐 실은 낙타를 처음 봤을 때 과연 어땠을까? 새로운 것을 습관적으로 거부하는 서양인들도 낙타를 봤을 때의 첫인상은 꽤 충격적이었을 것이다. 사막의 대상인 '카라반'과 오랫동안 여행을 하고 난 뒤에도, 유목민인 베두인과 몇 년을 함께 살고 난 뒤에도, 어느 나라를 막론하고 서양인들은 이 당당한 동물이 지나가면 걸음을 멈추고 쳐다보게 된다. 하지만 낙타의 매력은 외모에 있지 않다. 호의적인 시선으로 봐도 아름다운 모습이 아니기 때문이다. 또한 소리 없이 발걸음을 옮기며 이쪽저쪽으로 기울어지는 모습이 매력적인 것도 아니다. 다만, 배가 바다에서 멋있게 보이듯 낙타도 사막에서 그런 것이다. 사막에 있는 낙타는 온갖 신비의 베일로 싸여 있다. 몸짓도 마찬가지다. 그래서 사람들은 낙타를 보고 감탄하나 보다. 방금 와디를 빠져나온 낙타도 감탄의 대상이 될 만했다.

낙타의 색깔과 몸체, 넓적한 발, 근육으로 뒤덮인 탄탄한 몸, 백조처럼 우아하게 구부러진 호리호리한 목, 두 눈 사이에 이마가 넓게 자리 잡았지만 아래로 가면서 점점 가늘어져 주둥이는 숙녀의 팔찌도 채워질 것 같은 형태의 얼굴, 소리도 없으면서도 정확하게 내딛고 보폭이 크면서도 낭창낭창한 걸음걸이. 이 모두는 낙타가 시리아산이며 고레스(키루스) 대왕 시절로 거슬러 올라갈 만한 유서 깊은, 가격을 매길 수도 없는 품종임을 나타냈다. 다른 낙타와 마찬가지로 이 낙타도 이마에는 심홍색 술 장식이 뒤덮여 있고, 목 부분에는 쇠사슬이 늘어져 끝에는 은으로 만든 종이 딸랑이가 굴레에 묶여 있다. 하지만 다른 굴레와 달리 여기에는 낙타를 제어하기 위한 고삐도 방향을 인도하기 위한 가죽 끈도 없다. 등 위의 가마는 길이가 1미터 정도밖에 되지 않는 두 개의 나무 상자로 만들어져 있는데, 양 옆구리로 균형이 맞추어져 있고 내부에는 부드러운 천으로 안감 처리되고 바닥에는 양탄자가 깔려 있어 사람이 앉거나 비스듬히 누울 수도 있었다. 가마 위에는 또한 초록색 차양이 가득 펼쳐져 있었으며, 넓적한 가죽 끈과 벨트와 수없이 많은 매듭과 옹이가 가마를 낙타의 등과 가슴에 단단히 고정하고 있었다. 발명왕 구스[2]의 후손들은 이와 같이 광야에서 햇볕에 그을리지 않는 발명품을 만들어냈다.

나그네가 고대 암몬 지역인 알 벨카의 경계를 넘어서 마지막 쉼터인 와디 밖을 빠져나왔을 때는 아침나절이었다. 나그네의 눈앞에는 아지랑이가 피어오르는 모래와 햇살이 펼쳐졌다. 하지만 그곳은 저 멀리 모래가 표류하는 지역이 아니라 키 작은 목초들이 드문드문 있는 지역이었다. 표면에는 화강암 바위가 흩어져 있고, 거무스름한 돌멩이들과 짙은 밤색의 돌멩이들이 시들어버린 아카시아와 낙타 풀 사이에 흩어져 있었다. 그 뒤로는 떡갈나무와 검은 딸기, 그리고 철쭉이 마치 줄을 맞춘 듯 나란히 서서 물기 없는 황무지를 내려다보며 두려운 듯이 웅크리고 있었다.

이제 사람들이 만든 길은 끝났다. 누군가에게 정신없이 몰이를 당한 것 같은 낙타는 지평선만 똑바로 바라보면서 보폭을 넓고 빠르게 내딛으며, 넓적한 콧구멍으로 엄청난 양의 숨을 들이쉬고 내뱉었다. 가마는 마치 파도치는 바다 위의 배처럼 이리저리 흔들렸다. 띄엄띄엄 자라나 있는 풀들을 밟을 때면 마른 잎이 발밑에서 버석거렸다. 가끔 쑥 비슷한 향내가 대기를 가득 채운 곳도 있었다. 종달새와 딱새, 바위갈색제비가 푸드덕 날아오르고 흰 메추라기가 짹짹거리며 길을 비키는 곳도 있었다. 드물게는 여우나 하이에나가 부리나케 달아나 멀찌감치 안전이 확보된 곳에서 지켜볼 때도 있었다. 오른쪽 저 멀리에서는 산봉우리들이 푸르스름한 색에서 보라색으로, 또 잠시 뒤에는 햇빛에 따라 다시 형용할 수 없는 색으로 너울을 바꿔 쓰고 있있다. 산꼭대기에는 독수리가 넓은 날개를 활짝 펴고 커다랗게

2) 노아의 아들 함의 장자에서 퍼진 민족. 여기서는 에티오피아인을 가리킴

원을 그리며 날고 있었다. 그러나 남자는 이 모든 것을 보지 못했다. 적어도 그 표정에는 보았다는 표시가 전혀 드러나지 않았다. 그의 눈은 꿈을 꾸듯 한 곳에 고정되어 있었다. 낙타와 마찬가지로 남자도 어디론가 정신없이 몰이를 당하는 듯했다.

낙타는 두 시간 동안 규칙적인 발걸음으로 정동 쪽을 향해 똑바로 내달렸다. 그동안 남자는 자세 한 번 바꾸지 않고 고개 한 번 좌우로 돌리지 않았다. 사막에서는 거리를 마일이나 리그[3]로 재지 않고 시간과 쉼터로 잰다. 말하자면, 두 시간이면 약 3.5리그만큼 간 것이고 15개에서 25개 정도의 쉼터를 지난 것이다. 하지만 그것은 일반적인 낙타의 경우이다. 시리아산 순종에게 3리그 정도는 아무것도 아니다. 시리아산 순종 낙타가 전속력으로 달리면 웬만한 바람보다 빠르다. 이렇게 빠른 속도로 달리자 주위의 풍경은 또다시 완전히 달라졌다.

주블레 산은 서쪽 지평선을 따라 연푸른 리본처럼 길게 늘어져 있었다. 진흙과 굳은 모래로 뒤섞인 둔덕이 여기저기 솟아 있으며, 현무암도 이따금씩만 그 둥그스레한 머리통을 내밀어 산자락이 끝나고 평지가 시작된다는 것을 알려주었다. 그 외에는 전부 모래뿐이었다. 밟아 다져진 모래사장같이 평평한 곳이 있는가 하면, 잔물결과 큰 파도의 너울 같이 넘실거리는 산등성이가 여기저기 흩어진 곳도 있었다. 또한 공기의 상태도 달라졌다. 높이 치솟은 태양은 이슬과 옅은 안개를 들이마시고 산들바람을 따뜻하게 데워 차양으로 가린 나그네의 얼굴을 어루만져 주었다. 태양은 대지를 연한 젖빛으로 물들이고, 온 하늘을 햇살 속에 일렁이게 했다.

그렇게 꼬박 두 시간을 달렸다. 한 번도 쉬거나 길을 벗어나지도 않았다. 이제 식물들은 완전히 자취를 감추고 주변은 온통 모래로 가득 차 있어서 발걸음을 내디딜 때마다 먼지가 눈가루처럼 흩날렸다. 산도 시야에서 사라졌으며 길잡이가 될 만한 것은 아무것도 눈에 띄지 않았다. 조금 전까지 뒤에서 따라오던 그림자가 이제는 북쪽으로 방향을 바꾸어 그림자의 주인과 경쟁하듯 같이 달렸다. 낙타는 멈출 기세가 없이 달리고 있었지만 나그네

3) 거리를 재는 단위로 약 3마일(약 4.8킬로미터)에 해당한다

의 행동은 매순간 이상하기만 했다. 아무리 생각해도 사막을 놀이 삼아 오는 사람은 없다. 생계와 무역을 위해 사막을 지나는 사람은 동물의 뼈가 문장처럼 흩뿌려진 도로를 따라 다니는 법이다. 도로는 샘과 목초지가 있는 곳을 따라 이어져 있고, 가장 노련한 족장도 길이 없는 곳에 혼자 있다는 사실을 깨닫게 되면 심장 박동이 빨라지기 마련이다. 이 나그네도 놀이 삼아 이곳에 온 것은 아니리라. 행동으로 보아 도망자도 아니었다. 그는 한 번도 뒤를 흘낏 돌아보지 않았다. 도망자라면 두려움과 궁금증에 싸여 자주 뒤를 돌아볼 텐데 이 나그네는 그런 감정에 휘둘리지 않았다. 또한 사람이 외로우면 누구에게라도 동반자 감정을 느끼기 마련이다. 개와 동료가 되기도 하고 말을 친구삼아 끌어안고 사랑의 말을 퍼붓기도 한다. 하지만 나그네는 낙타에게 손길 한 번, 부드러운 말 한마디 던져주지 않았다.

낮 12시가 되자 낙타는 시키지도 않았는데 스스로 걸음을 멈추더니, 외침인지 신음인지 모를 소리를 내뱉었다. 그것은 이상할 정도로 애처로운 소리였는데, 등에 실은 짐이 너무 과중하거나 관심을 끌어 쉬고 싶을 때 내는 소리였다. 그 소리에 낙타 주인은 마치 잠에서 깬 듯 몸을 곧추 세웠다. 그는 가마의 차양을 들어 올려 태양을 한 번 바라보고는 약속 장소가 맞는지 확인이라도 하듯 오랫동안 지형을 주의 깊게 둘러보았다. 그리고 흡족한 표정으로 깊은 숨을 내쉬며, '마침내 도착했군!'이라고 말하듯 고개를 끄덕였다. 잠시 뒤 그는 양손을 교차하여 가슴에 올린 뒤 머리를 숙이고 조용히 기도를 올렸다. 그리고 경건한 의식을 마친 뒤에는 "이까! 이까!" 하는 소리를 내며 낙타에서 내릴 준비를 했다. 이 소리는 욥이 가장 좋아하는 동물인 낙타가 늘 듣던 소리로 무릎을 꿇으라는 신호였다. 낙타는 툴툴거리며 천천히 무릎을 꿇었고, 나그네는 낙타의 호리호리한 목을 밟고 모랫바닥 위에 내렸다.

# 제2장
## 동방박사들의 만남

나그네는 이제 완전히 모습을 드러냈다. 그는 풍채가 당당했으나 키는 그리 크지 않았다. 묶었던 실크 끈을 풀고 머리에 두른 케피예를 뒤로 젖히자 흑인에 가까운 피부색에 탄탄한 얼굴이 드러났다. 하지만 낮고도 넓적한 이마, 매부리코, 눈꼬리가 살짝 치켜 올라간 눈, 여러 가닥으로 어깨까지 땋아 내린 풍성하면서도 거칠고 금속처럼 광택이 흐르는 머리카락은 그가 어느 나라 출신인지 잘 보여주었다. 파라오의 모습이 그랬고, 프톨레마이오스 왕족들의 모습이 그랬으며, 이집트 민족의 시조인 미스라임의 모습이 그랬다. 그는 소매를 조이고 앞을 열어둔 채 발목까지 길게 늘어뜨리며 깃과 가슴까지 수를 놓은 '카미스'라는 면 옷을 입었고, 그 위에는 밤색 모직으로 만든 '아바'라는 망토를 걸치고 있었다. 카미스 허리 부분은 끈으로 묶었으며, 발에는 가죽 끈으로 묶는 샌들을 신고 있었다.

나그네의 손에는 어떠한 무기도 없었다. 심지어 낙타의 방향을 잡는 데 쓰는 구부러진 지팡이조차 없었다. 표범과 사자가 출몰하는 사막은 사람도 야생동물만큼이나 거친 곳으로, 혼자 나타난 나그네의 차림은 매우 특이했다. 이것만 봐도 그가 여기에 온 목적이 평화적인 임무라는 것을 알 수 있으며 또한 이 사내가 유별나게 대담하거나 아니면 누군가의 특별한 보호를 받고 있다는 사실을 짐작할 수 있었다.

오랫동안 지루하게 낙타를 타고 와서 그런지 팔다리에 감각이 없어진 나그네는 손을 비비고 발을 쿵쿵 구른 뒤, 충성스러운 동물의 주변을 빙빙 돌았다. 낙타는 지그시 눈을 감고 흡족한 표정으로 조용히 되새김질만 했다. 사내는 낙타 주위를 돌다가 가끔 걸음을 멈추고 손을 햇빛가리개 삼아 이마에 대고 시선이 미치는 저 멀리까지 사막을 둘러보았다. 그때마다 그의 표정은 약간의 실망감으로 어두워졌다. 만약 이 모습을 지켜본 사람이 있었다면 그가 누군가를 기다리고 있다는 사실을 쉽게 알 수 있으리라. 아울러 문명사회와 멀리 떨어진 이같은 장소에서 도대체 무슨 일이 이루어질지 궁금해 했을 것이다.

매번 실망감으로 어두워지긴 했지만, 그래도 그의 얼굴에는 기다리는 사람이 반드시 나타날 것이라는 굳은 믿음이 가득했다. 그 믿음을 증명이라도 하듯, 사내는 가마로 걸음을 옮겨 자신이 앉았던 맞은편 상자에서 해면과 작은 물주머니를 꺼내 낙타의 눈과 얼굴과 콧구멍을 닦아주었다. 그런 다음 같은 상자에서 빨갛고 하얀 줄무늬가 있는 둥근 천과 말뚝 한 묶음, 그리고 굵은 막대기를 꺼내 왔다. 사내가 굵은 막대기를 손으로 몇 번 만지작거리자, 그 안에 겹겹이 들어 있던 막대기들이 죽 펼쳐지고 고리가 연결되어 그의 키보다 훨씬 큰 기둥으로 바뀌었다. 그 기둥을 모래에 박고 그 위에 천을 펼친 뒤 말뚝으로 고정시키자 말 그대로 버젓한 집이 되었다. 물론 군주나 족장의 거주지보다는 작았지만 다른 면에서는 그에 비견할 만했다.

나그네는 다시 가마에서 카펫이라고 해야 할지 네모난 양탄자라고 해야 할지 모를 물건을 꺼내 와서 태양이 비껴선 천막 바닥에 깔았다. 일을 다 마친 후, 사내는 천막 밖으로 나와 다시 한 번 더욱 예리하고 진지한 눈빛으로 사막을 둘러보았다. 하지만 저 멀리 평원을 껑충거리며 가로지르는 재칼과 아카바 만을 향해 날아가는 매 한 마리를 제외하고는, 아래의 황무지에도 위의 하늘에도 생명체라고는 없었다.

사내는 다시 낙타에게로 돌아가 사막에서는 처음 듣는 언어로 나지막하게 말했다.

"우리는 정말 멀리까지 왔어. 가장 빠른 바람과 시합하면서 정말 멀리까지 왔지. 하지만 하나님께서 우리와 함께 계시니 조금만 참자."

사내는 안장 안에 있는 주머니에서 콩을 조금 꺼내 낙타의 코밑에 걸어둔 자루에 넣었다. 충복이 콩을 맛있게 먹는 모습을 보고 그는 다시 몸을 돌려 햇볕이 내리쬐는 아스라한 사막 들판을 유심히 살펴보았다.

"그들은 올 거야. 나를 인도하신 하나님이 그들도 인도하실 거야. 준비를 해야겠어."

그는 조용히 혼잣말을 하며, 상자 내부에 정렬된 작은 주머니와 상자의 일부를 이루고 있는 버드나무 광주리에서 음식들을 꺼내 왔다. 종려나무 가지로 촘촘히 짠 큰 접시, 작은 가죽 부대 안에 든 포도주, 말린 훈제 양고기, 씨 없는 시리아산 석류, 야자수 과수원에서 키운 감탄스러울 만큼 즙이 많은 중앙 아라비아산 대추야자, 다윗왕께 진상된 '우유 조각' 같은 치즈, 도시의 빵집에서 사 온 이스트를 넣은 빵 등 이 모든 것을 천막 밑에 깔아 둔 카펫 위에 차렸다. 마지막으로 동방의 귀족들이 식사할 때 무릎에 까는 실크 천을 세 장 놓았다. 이로써 그의 연회에 참석할 사람은 세 명이라는 사실을 알 수 있다.

사내는 모든 준비를 끝내고 천막 밖으로 나갔다. 그런데 보라! 사막 동쪽 저 멀리에 검은 점 하나가 나타나는 것이 아닌가! 사내는 눈을 크게 뜨고 그 자리에 박힌 듯 가만히 서 있었다. 그의 몸은 초자연적인 뭔가에 놀란 듯 전율이 일었다. 점은 점점 커지더니 손바닥만 해졌고 마침내 분명한 형태를 갖추기 시작했다. 잠시 뒤, 키가 큰 하얀 단봉낙타가 사람을 태우고 달려오는 모습이 시야에 완전히 드러났다. 등에는 인도의 여행용 가마인 '하우더'가 달려 있었다. 그 모습을 보자 사내는 손을 가슴에 교차하여 얹은 뒤 하늘을 올려다보았다.

"하나님은 위대하시다!"

경이로움에 가득 찬 표정의 사내는 두 눈에 눈물을 가득 머금고 외쳤다. 그러는 동안 이방인의 모습이 점점 가까워지더니 마침내 멈추어 섰다. 그 사람 역시 방금 잠에서 깨어난 것 같았다. 무릎 굽힌 낙타와 천막, 그리고 천막 옆에 평화롭게 서 있는 남자를 본 이방인은 손을 가슴에 교차하여 올리고 머리를 숙인 채 조용히 기도를 올렸다. 잠시 후 그는 낙타 목을 딛고 모래 바닥 위에 내려 이집트인 쪽으로 다가갔고, 이집트인 역시 그에게로 다가갔다. 두 사람은 얼굴을 마주보고 잠깐 서 있다가 포옹했다. —자세히 설명하자면, 오른팔을 상대편 어깨에 올리고 왼팔을 상대방 허리에 두르고는 턱을 상대방 왼쪽 가슴과 오른쪽 가슴에 순서대로 갖다 댔다.

"진정한 하나님의 종이여, 화평이 그대에게 있기를!"

이방인이 먼저 입을 열었다.

"어서 오시오, 진정한 믿음의 형제여. 화평이 그대에게 넘쳐나기를!"

이집트인이 감격에 겨운 목소리로 대답했다.

새로 도착한 사람은 키가 크고 호리호리했다. 여윈 얼굴에 눈은 움푹 들어갔고 머리와 수염은 백발이었으며 피부색은 계피와 구릿빛 중간쯤 인 듯했다. 그 역시 무기를 가지고 있지 않았다. 인도인 옷을 입고 머리에는 스컬캡[4]을 쓰고 그 위에 숄을 여러 번 겹쳐 둘러 터번처럼 썼다. 옷은 이집트인과 비슷한 형태였지만, 아바는 그보다 좀 짧아서 발목에 여미어 묶은 넓고 하늘하늘한 바지가 그대로 드러났다. 발에는 샌들 대신 코가 뾰족한 슬리퍼 같은 붉은 가죽신을 신고 있었다. 신발을 제외하고 머리끝부터 발끝까지 전부 하얀 세마포 차림이었다. 남자는 고위층 신분의 당당함과 엄격한 분위기를 풍기고 있었는데 마치 동방 일리아드의 금욕적인 영웅 중 최고봉인 비스바미트라의 화신처럼 보였다. 또한 브라흐마[5]의 지혜로 가득한 삶을 사는 사람, 즉 인간의 형상을 입은 신 같았다. 그러나 그가 인간이라는 사실을 증명하듯, 그 이방인이 이집트인의 가슴에서 얼굴을 들었을 때 그의 눈은 눈물로 반짝이고 있었다.

"하나님만이 위대하시다!"

그는 포옹을 풀면서 외쳤다.

"하나님을 섬기는 자에게 복이 있기를!"

이집트인은 자신이 바꾸어 말한 감탄사에 스스로 놀라면서 대답했다.

"하지만 저기 오는 또 한 사람을 기다립시다!"

이내 두 사람의 시선이 북쪽으로 향했다. 거기에는 두 사람이 타고 온 것과 똑같은 모양의 낙타가 바다 위의 배처럼 좌우로 흔들리며 달려오고 있었다. 두 사람은 함께 서서 기다렸다. 드디어 마지막 사람이 도착해 낙타에서 내렸다.

"오, 나의 형제여, 화평이 그대에게 있기를!"

새로 도착한 사람이 인도인을 포옹하며 말했다.

---

4) 유대인이 쓰는 모자 같은 테두리 없는 베레모

5) 힌두교 최고의 신

"하나님의 뜻이 이루어지리다!"

인도인이 화답했다.

마지막에 도착한 사람은 먼저 온 두 사람과는 완전히 다른 모습이었다. 몸은 더 호리호리했고 피부는 하얀색이었으며 흩날리는 금발은 작고 잘생긴 얼굴과 완벽하게 조화를 이루었다. 검푸른 눈에서 풍겨 나오는 따스한 눈빛은 섬세한 성격의 소유자임을, 또 인정스러우면서도 용감한 성품이라는 것을 보여주었다. 머리에는 아무것도 쓰지 않고 손에는 무기도 없었다. 대충 걸쳤어도 우아함이 드러나는 두로(티레) 산 담요 밑으로는 목이 깊게 파지고 허리는 띠로 묶고 거의 무릎까지 내려온 반소매의 튜닉[6]이 보였다. 목과 팔다리는 맨살이 드러났으며 샌들을 신고 있었다. 나이는 쉰 살 혹은 그보다 조금 많아 보였다. 하지만 태도에 배어 있는 진지함과 말씨에 묻어 있는 조심성 이외에는 전혀 나이가 느껴지지 않았다. 신체 조직과 영혼의 총명함이 세월을 비껴간 것 같았다. 그가 어떤 종족인지는 구태여 설명할 필요도 없다. 바로 아테네의 자손인 것이다.

그와 포옹을 마친 뒤 이집트인이 떨리는 목소리로 말했다.

"성령께서 저를 이곳으로 맨 먼저 인도하셨습니다. 그러니 제가 여러분의 종복으로 선택된 것이지요. 천막을 세우고 식사를 준비해 놓았습니다. 이제 저의 역할을 하게 해주세요."

그는 두 사람의 손을 잡고 천막 안으로 데리고 들어가, 샌들을 벗기고 발을 씻겨주고 손에도 물을 붓고 수건으로 닦아주었다. 그리고 자기 손도 씻고 나서 말했다.

"자, 우리는 할 일이 있습니다. 우선 임무를 완수할 수 있게 좀 쉬면서 먹고 힘을 냅시다. 그리고 식사를 하는 동안 서로 누구인지, 어디에서 왔는지, 그리고 이름은 무엇인지 소개하도록 합시다."

그는 음식을 차려둔 곳으로 두 사람을 데리고 가서 서로 마주볼 수 있도록 자리에 앉혔다. 그들은 함께 머리를 숙이고 손을 교차하여 가슴에 얹고는 큰 소리로 간단하게 감사 기도를 올렸다.

---

6) 고대 그리스나 로마인들이 입던 소매가 없고 무릎까지 내려오는 헐렁한 옷

"하나님 아버지! 저희가 여기에 온 것은 당신의 뜻이옵니다. 저희의 감사를 받으시고 저희가 당신의 뜻을 끝까지 달성할 수 있도록 축복해 주소서."

기도를 마친 세 사람은 고개를 들어 경이로운 마음으로 서로를 바라보았다. 서로 처음 듣는 언어로 이야기했지만, 그들은 서로가 하는 말을 완벽하게 이해할 수 있었다. 그들의 마음은 신성한 감정으로 두근거리고 있었다. 왜냐하면 이 같은 기적으로 하나님의 존재를 느꼈기 때문이다.

## 제3장

### 그리스인 가스파르 이야기—주제 : 믿음

세 사람의 만남이 이루어진 해는—당시의 표현으로—로마력 747년이었다. 달은 12월로 지중해 동부 전역에 추위가 맹위를 떨치던 때였다. 이런 계절에 사막을 달리면 얼마 가지 않아 허기에 시달리기 마련이다. 작은 천막 안에 자리한 일행도 예외가 아니었다.

그들은 우선 주린 배를 충분히 채우고 포도주를 마신 뒤 대화를 나누기 시작했다. 이 자리의 주빈 역할을 맡은 이집트인이 먼저 입을 열었다.

"낯선 나라를 여행하는 사람으로서는 친구가 자기 이름을 불러주는 것보다 더 반가운 게 없지요. 우리는 앞으로 함께 여행해야 하니 서로를 알아두는 것이 좋겠어요. 괜찮으시다면 마지막에 오신 분부터 이야기를 하는 것이 어떻겠습니까?"

이내 그리스인이 말을 받았다. 처음에는 자기 입술을 경계라도 하듯 말을 아꼈지만, 조금씩 머뭇머뭇 말문을 열었다.

"형제 여러분, 이제부터 제가 할 말은 너무 이상한 이야기이기에 어디서부터 어떻게 시작해야 좋을지 모르겠군요. 저 자신도 아직 어리둥절한 상태니까요. 다만 확실한 것은, 저는 지금 하나님께서 시키신 일을 하고 있다는 것과 그분의 뜻에 따르는 일은 언제나 즐겁다는 것입니다. 제가 이곳에서 수행해야 할 임무를 생각하면 제 마음속에 형언할 수 없는 기쁨이 넘쳐납니다. 그래서 이 일이 하나님의 뜻이라는 것을 알지요."

그 선량한 사람은 더 이상 말을 잇지 못하고 입을 다물었다. 다른 두 사람도 공감하며 고개를 떨궜다. 잠시 후에 그는 다시 말하기 시작했다.

"서쪽으로 멀리 떨어진 곳에, 사람들의 기억에서 절대로 잊혀질 수 없는 나라가 하나 있습니다. 그 이유는 그 나라가 세상에 크나큰 은혜를 베풀었기 때문인데, 그 은혜란 인간에게 가장 순수한 즐거움을 주는 일입니다. 오, 저는 예술이나 철학, 웅변, 시, 혹은 전쟁 같은 것을 말하는 것이 아닙니다. 그건 바로 완벽한 글로써 영원히 빛나게 해야 할 하나님의 영광입니다. 우리는 그 글로써 하나님을 찾고 또 온 세상에 그분을 알릴 것입니다. 형제들이여, 제가 말하고 있는 나라는 그리스이고 저는 아테네 출신 클레안테스의 자손인 가스파르입니다."

그는 계속해서 말을 이었다.

"그리스인들은 학문에 열정이 있습니다. 저 또한 그 열정을 물려받았죠. 철학자 중에 가장 위대한 분이 둘 있는데 그중 한 분은 모든 인간에게는 영혼이 있으며 그 영혼은 영원불멸이라는 것을 설파하셨고, 다른 한 분은 신은 한 분뿐이며 그분은 한없이 공정하시다고 가르치셨습니다. 학교에서 많은 과목들을 토론하면서, 저는 이 두 개의 가르침만이 추구해 볼 만한 가치가 있는 것이라고 생각했습니다. 왜냐하면 저는 신과 아직 존재도 모르는 영혼 사이에 어떤 관계가 있을 것이라고 생각했기 때문입니다. 저는 이 주제를 연구하고 또 연구했습니다. 하지만 어느 순간 도저히 넘을 수 없는 벽에 부딪히고 말았습니다. 그런 상황에서 할 수 있는 일이라고는 그대로 서서 도와달라고 큰 소리로 울부짖는 것밖에 없었습니다. 저는 그렇게 했습니다만, 벽 너머에서는 아무런 대답도 돌아오지 않았습니다. 저는 절망하여 도시도 학교도 떠났습니다."

조용히 듣고 있던 인도인의 얼굴에 미소가 어렸다. 그것은 공감의 빛을 담는 의미 있는 미소였다. 그리스인은 말을 계속 이어갔다.

"그리스 북부 테살리아 지방에는 여러 신들이 산다고 소문난 산이 하나 있습니다. 그 신들 중에는 우리나라 사람들이 신 중에 가장 높다고 생각하는 제우스[7]도 있지요. 그 산의 이름은 '올림포스'입니다. 저는 그 산으로 올라가서 서쪽에서 남동쪽으로 내리뻗은 언덕에서 동굴을 하나 발견했습니다. 저는 그곳에 거주하며 명상에 전념했습니다. 아니, 전심으로 기도하며 계시를 기다리고 있었습니다. 눈에는 보이지 않지만 가장 높으신 신을 믿었기에 정성을 다해 간절히 기도하면 그분이 측은히 여기시어 답을 주실 것이라고 믿었습니다."

"그래서 그분이 응답을 하셨군요, 그랬군요!"

인도인이 무릎 위에 펼쳐둔 비단 천에서 손을 들어 올리며 외쳤다.

"형제님, 제 말을 들어보세요."

그리스인이 애써 마음을 가라앉히며 말을 이었다.

"제 은신처에서는 테르마이크 만이 내려다보이는데, 어느 날 저는 한 남자가 배에서 던져지는 광경을 목격했습니다. 그는 곧장 해안으로 헤엄쳐 왔습니다. 저는 그 사람을 데려와 돌봐주었습니다. 그는 자국의 역사와 율법을 공부한 유대인이었습니다. 그로부터 저는 제 기도의 대상인 신이 실제로 존재한다는 사실을 알게 되었습니다. 그분은 유대인의 율법을 제정하신 분이며, 통치자이자 왕이신 하나님이었습니다. 이것이 바로 제가 꿈꾸던 계시가 아니겠습니까? 저의 믿음은 헛된 것이 아니었습니다. 하나님께서 제 기도에 응답하신 것이었습니다!"

"그분은 굳건한 믿음으로 도움을 청하는 모든 사람의 기도에 응답하시죠."

인도인이 말했다.

"하지만 아아! 하나님께서 응답하실 때 그걸 알만큼 현명한 사람이 얼마나 적은지!"

이집트인도 참여했다.

"그뿐만이 아니었습니다. 저와 함께 머물던 그 남자는 다른 이야기도 해주었습니다. 하나님에게서 첫 번째 계시가 온 이후, 수많은 세월 동안 그분

---

7) 그리스의 제우스는 로마의 주피터와 동일한 신

과 함께 이야기하며 지냈던 선지자들은 그분이 다시금 오신다는 예언을 했다는 것입니다. 그는 그렇게 말한 선지자들의 이름을 하나씩 알려주며, 성경에서 그들이 했던 말을 들려주기도 했습니다. 그 외에도 그 사람은 그분이 오실 날이 가까워졌다며 이제나저제나 예루살렘을 지켜보고 있다는 말도 했습니다."

그리스인은 잠시 말을 멈추었다. 동시에 그의 얼굴에서는 화색이 사라졌다. 잠시 후 그는 다시 입을 열었다.

"사실입니다. 그 사람은 하나님과 그분의 계시가 유대인만을 위한 것이라고 말했습니다. 오실 분은 오직 유대인의 왕이라더군요. 그럼 그분은 유대인이 아닌 사람과는 아무런 상관이 없냐고 묻자, 그 사람은 아주 자랑스러운 목소리로, '상관없죠. 우리는 그분께서 선택하신 민족입니다.'라고 대답했습니다. 하지만 그런 대답을 들었다고 제 희망이 사라진 것은 아니었습니다. 어떻게 하나님이 당신의 사랑과 은혜를 한 나라, 즉 한 민족에게만 퍼부을 수 있겠습니까? 저는 알아보기로 마음먹었습니다. 마침내 저는 그 사람의 자만심의 틈을 비집고 들어가, 그의 민족은 하나님의 말씀을 전하려고 선택한 종일 뿐 결국 세상 모든 사람들이 하나님의 말씀을 듣고 구원받게 된다는 것을 알아냈습니다. 그 뒤 유대인은 떠나고 저는 다시 혼자가 되었습니다. 저는 새로운 기도로 정신을 단련해 나갔습니다. 만일 왕께서 오신다면 그분을 직접 알현하고 경배할 수 있게 해달라고 기도했습니다. 그러던 어느 날 밤, 저는 동굴 입구에 앉아 내 존재의 신비를 더 캐내고 있었습니다. 그것을 깨달으면 하나님도 알 것 같았습니다. 그 순간 제 앞에 보이는 바다 표면에서, 아니 더 정확하게는 바다 밑 어둠 속에서 불타며 솟아오르는 별을 하나 보았습니다. 별은 위로 떠올라 점점 저에게 가까이 오더니 마침내 언덕 위에서, 동굴 위에서 저를 환하게 비추었습니다. 저는 곧 쓰러져서 잠이 들었는데, 꿈결에 어떤 목소리를 들었습니다.

'가스파르야, 네 믿음이 승리했느니라! 너에게 복이 있을지어다! 이제 너는 땅 끝에 사는 다른 두 사람과 함께 약속된 메시아를 만나 뵙고 그분의 증인이 되며, 그분에 대해 증거할 기회를 얻게 될 것이다. 아침이 되면 길을

떠나 두 사람을 만나라. 그리고 너를 인도해 줄 성령을 계속 믿어라.'

아침에 저는 태양보다 더 강한 불빛을 내뿜는 저의 마음속 성령과 함께 잠을 깼습니다. 저는 은둔자의 옷을 벗어버리고 다시 옛날처럼 옷을 차려입었습니다. 그리고 도시를 떠나올 때 가져와 숨겨두었던 보석을 꺼냈습니다. 그런 다음 지나가는 배를 세워 타고 안디옥(안타키아)에서 내렸습니다. 거기에서 저는 낙타와 장비를 샀습니다. 그리고 오론테스 강둑을 빛나게 장식한 정원과 과수원을 지나 에메스(홈스), 다메섹(다마스쿠스), 보스라(부스라), 빌라델비아(아만)를 거쳐 여기로 왔습니다. 형제들이여, 저의 이야기는 끝났습니다. 이제 여러분의 이야기를 들려주세요."

## 제4장
인도인 멜키오르 이야기—주제 : 사랑

이집트인과 인도인은 얼굴을 마주보았지만, 이집트인이 손을 가로젓자 인도인이 공손하게 절하고 이야기를 시작했다.

"형제님이 좋은 말씀을 해주셨네요. 제 이야기도 그랬으면 합니다."

말을 중단한 그는 잠시 생각에 잠겼다가 이내 계속했다.

"형제님들, 저는 멜키오르라고 합니다. 제가 지금 쓰는 언어가 세상에서 가장 오래되었다고는 할 수 없겠지만, 적어도 글자만은 맨 먼저 생긴 것입니다. 바로 인도의 산스크리트어지요. 저는 인도 태생입니다. 우리는 학문에 발을 내디딘 최초의 민족이고, 학문을 분야별로 나눈 최초의 민족이며, 이를 아름답게 꽃피운 최초의 민족입니다. 앞으로 세상에 무슨 일이 생겨도 네 권의 『베다』[8] 만은 살아남을 겁니다.

이 책들은 종교적 지혜뿐 아니라 실용적 지혜에 있어서도 원천이기 때문

8) 고대 인도의 종교 지식과 제례규정을 담고 있는 문헌. 브라만교의 성전(聖典)을 총칭하는 말로도 쓰임

입니다. 이를 바탕으로 브라흐마가 전한 의학, 궁술, 건축, 음악, 그리고 64종에 이르는 수공 예술을 아우르는 『우파베다』가 생겼고, 계시 받은 성자들이 전한 천문학, 문법, 운율학, 발음법, 마법과 마술, 그리고 종교 의식과 예식을 아우르는 『베단가스』가 나왔으며, 성자 브야사가 편찬한 우주발생론과 연대학, 지리학을 아우르는 『우파앵거스』가 나왔습니다. 그 책들에는 신과 반인반신의 영원불멸을 그린 영웅시 『라마야나』와 『마하바라타』도 들어 있습니다. 형제들이여, 그게 바로 위대한 샤스트라[9], 즉 학술적 경전인 것입니다. 이제 저에게는 아무런 의미가 없지만, 이 책들은 앞으로도 영원히 우리 민족의 신진 천재들을 가르치는 데 사용될 것입니다. 이 책은 완벽한 인간으로 가는 지름길을 약속합니다. 하지만 그 약속이 왜 지켜지지 않는지 아십니까? 아, 애석하게도 그 책들 자체가 발전으로 향하는 우리의 모든 길을 막아버리고 있기 때문입니다! 창조물을 보호한다는 명목 하에 이 책의 저자들은, 신이 우리에게 필요한 것들을 다 마련해 주시므로 인간은 어떤 발견과 발명에도 매진하면 안 된다는 치명적인 원칙을 세워 두었습니다. 이런 조건이 신성불가침의 규율이 되어 버리자, 인도의 등불은 우물 속으로 들어가 사방의 좁은 벽과 차가운 물만 비추게 되고 말았죠.

저는 자랑스러운 마음으로 이 비유를 말하는 것이 아닙니다. 샤스트라는 최고의 신을 브라흠이라고 가르칩니다. 그리고 푸라나, 즉 우파앵거스에 대한 신성한 시들은 우리에게 덕행과 선행 그리고 영혼을 가르칩니다. 이렇게 말하는 것을 용서해 주신다면—그는 그리스인에게 공손하게 인사했다—그리스인보다 훨씬 이전부터 인도인이 두 가지 위대한 사상, 즉 신과 영혼에 전념하고 있었음을 말씀드립니다. 조금 더 설명을 드리자면, 앞에 말씀드린 경전들은 브라흐마와 비슈누와 시바의 삼위일체가 브라흠이라고 가르칩니다. 이들 중에 브라흐마가 우리 민족의 창조자라고 알려져 있습니

---

9) 일반적인 의미로는 교육·지식·규칙을 뜻하는 산스크리트 낱말. 일반적인 용도로는 실용적인 분야의 기술적이고 전문적인 문헌들의 제목에서 끝에 붙는 단어로 흔히 사용됨. 예를 들면 바스투샤스트라·아르타샤스트라 등이 있음. 이런 일반적인 용법들이 확대되어 "샤스트라"는 특정 교의 또는 사상을 해설하는 불교 또는 힌두교의 논서(論書)를 가리키는 낱말로 사용되었으며, 위의 일반적인 뜻보다 이런 뜻으로 더 자주 사용됨

다. 브라흐마는 인도인을 창조하면서 그들을 네 개의 계층 카스트로 나누었습니다.

우선 브라흐마는 땅 아래와 하늘 위에도 사람이 살도록 했습니다. 그다음 땅을 만들어 지상에 영혼을 살게 할 준비를 했습니다. 그런 다음 자신과 가장 닮은 브라만 카스트를 입으로 낳았습니다. 가장 높은 귀족 계급이죠. 이들을 창조함과 동시에 브라흐마는 완벽한 상태의 모든 유용한 지식, 즉 『베다』를 설파하고 브라만 계급만이 이를 가르칠 수 있도록 했습니다. 그다음은 크샤트리아, 즉 무사들이 양팔에서 나왔습니다. 다음에는 가슴에서 바이샤, 즉 생산자(양치기, 농부, 상인)가, 그리고 두 발에서 가장 낮은 계급인 수드라, 즉 다른 계급 사람들을 위해서 비천한 일을 하도록 운명 지어진 노예(농노, 하인, 노동자, 미장이)가 나왔습니다. 우리 민족을 창조하면서 함께 창조한 법은 한 계층의 사람이 다른 계층으로 이동하는 것을 금지시켰습니다. 브라만은 더 낮은 계층의 사람들과는 어울릴 수 없습니다. 이 법을 어긴 사람은 '불가촉천민'이 되어, 자기 같은 불가촉천민 외에는 모든 이들에게 버림받게 됩니다."

바로 그때 열심히 경청하던 그리스인이 그런 비참한 결과를 상상해 보다가 자기도 모르게 소리를 질렀다.

"오, 그런 상황에서는 사랑으로 감싸주는 신이 정말 필요하겠군요!"

"맞아요, 우리 하나님 같은 인자하신 분 말입니다."

이집트인이 대답했다. 그러자 고통스러운 듯, 인도인의 이마가 찌푸려졌다. 그리고 감정이 가라앉자 부드러운 목소리로 말을 이었다.

"저는 브라만으로 태어났습니다. 그런 까닭에 저의 인생은 가장 사소한 일까지, 그리고 가장 세밀한 분초의 시간까지 모두 순서가 정해져 있었습니다. 첫 번째 음식을 먹었을 때, 복합어로 만든 이름이 지어졌을 때, 처음으로 누군가의 품에 안겨 햇빛을 보러 밖으로 나갔을 때, 세 가지 실을 엮어 재생족(the twice-born)[10]이 되는 식을 했을 때, 첫 번째 계층의 입단식을 했을 때, 이 모든 일이 경건과 엄격한 예식으로 축하를 받았습니다. 그

10) 브라만을 가리킴

율은 너무나 엄격해서 걷고 먹고 마시고 잠자는 매 순간마다 규율을 위반할 위험이 늘 상주했습니다. 그리고 벌칙은, 오, 벌칙은 저의 영혼에 주어집니다! 규율을 얼마나 잘 지켰느냐에 따라 저의 영혼은 인드라의 가장 낮은 곳으로 가거나 브라마의 가장 높은 곳에 가거나, 혹은 다시 이곳에 벌레나 파리, 물고기, 짐승 등으로 환생하게 됩니다. 규율을 완벽하게 지키면 더할 수 없는 행복, 즉 브라홈과 한 몸이 됩니다. 이 상태는 살아 있다기보다는 완벽한 휴식의 상태를 말합니다."

인도인은 잠시 생각에 잠겼다가 다시 말을 이었다.

"브라만의 생애에서 첫 번째 단계는 학생으로 사는 삶입니다. 저는 두 번째 단계, 즉 결혼해서 가장이 되어야 할 시기에 모든 것, 심지어 브라홈에 대해서까지 회의가 생겼습니다. 저는 이단자가 되었습니다. 저 깊은 우물 속에서 태양을 보고 싶지 않았습니다. 우물 위로 올라가 태양이 비추는 모든 것을 보고 싶었습니다. 그리고 마침내, 오, 너무나 힘든 고생을 한 뒤에 저는 온 세상을 보며 서 있게 되었습니다! 그리고 삶의 원칙과 종교의 원리, 영혼과 신 사이의 연결고리인 사랑을 알게 되었습니다!"

말을 하는 선량한 사람의 주름진 얼굴은 눈에 띄게 밝아졌다. 그는 양손을 힘 있게 마주 잡았고 침묵이 이어졌다. 나머지 두 사람은 그를 가만히 쳐다보았는데, 그리스인의 두 눈에는 눈물이 가득 고여 있었다.

마침내 인도인이 다시 입을 열었다.

"사랑의 즐거움은 실천하는 데 있습니다. 사랑은 다른 사람을 위해 기꺼이 뭔가를 할 수 있는 지로 검증됩니다. 저는 가만히 있을 수가 없었습니다. 브라홈은 세상을 고통으로 가득 채워 놓았습니다. 수드라는 저에게 고통을 호소했고, 수없이 많은 신자와 희생자들도 마찬가지였습니다. 저는 성스러운 갠지스 강이 인도양으로 유입되는 곳에 있는 강가 섬으로 갔습니다. 그곳에는 성자 카필라[11]의 성스러운 추억을 기념하려고 교인들과 제자들이 헌정한 사원이 있었는데, 저는 그 그늘에서 안식을 찾았다고 생각했습니다. 하지만 1년에 두 번씩 순례자들이 갠지스 강물에 죄를 씻으러 왔

11) 기원전 4~3세기경 인도의 철학자. 샤카(Sankhya) 학파의 시조

고, 그들의 비참한 모습을 보자 저의 사랑은 더욱 강해졌습니다. 저는 말하고 싶은 충동을 억제하려고 어금니를 꽉 깨물었습니다. 브라흠이나 삼위일체의 신, 혹은 학술적 경전인 샤스트라에 어긋나는 말을 한마디라도 했다가는 끝장이었으니까요. 브라만이 불가촉천민에게 친절한 행동—축복의 말 한마디, 물 한 컵—을 하나라도 하면 스스로 펄펄 끓는 사막으로 가서 죽음을 기다리기도 했습니다. 저도 그런 브라만이 되었고, 가족과 나라와 특권과 계급을 모두 잃고 말았습니다. 사랑이 승리를 거둔 것이었죠!

저는 사원의 제자들에게 말을 하다가 쫓겨났습니다. 순례자들에게 말을 했다가 돌 세례를 맞기도 했습니다. 큰 도로에서 연설했을 때는 제 말을 들은 사람들이 저를 피해 달아나거나 저를 죽이려고까지 했습니다. 마침내 저는 인도 그 어디에서도 편안하거나 안전한 곳을 찾을 수 없게 되었습니다. 심지어 불가촉천민들도 저를 피했습니다. 비록 몰락한 사람들이었지만 그들은 여전히 브라흠을 믿는 사람들이었거든요. 한계에 다다른 저는 모든 사람에게서 몸을 숨기고 신과 함께 혼자 지내기로 마음먹었습니다.

저는 갠지스 강의 원천을 찾아 저 멀리 높이 솟은 히말라야 산으로 들어갔습니다. 저 아래로 흘러가 흙탕물이 되기 전, 더럽혀지지 않은 순수함 그대로의 허드워[12]의 수로로 들어가면서 저는 우리 민족을 위해 기도했고, 이제 그들에게 영원히 잊힌 존재가 되었다고 생각했습니다. 협곡을 지나고 절벽을 오르고 빙하를 가로지르고 별처럼 높이 있는 산꼭대기를 지나, 저는 티세강그리 산과 굴라 산, 그리고 카일라스 산 발치에 잠든 아름다운 랑초 호수 쪽으로 갔습니다. 그곳은 햇빛을 받아도 저 산꼭대기에 만년설의 왕관을 쓰고 있는 곳입니다. 지구의 중심인 그곳은 서로 다른 방향으로 흘러가고 있는 인더스 강과 갠지스 강, 그리고 브라흐마푸트라 강의 원천이었습니다. 그곳은 인간이 최초의 도시인 발크에서 위대한 사실을 증언하려고 뿔뿔이 흩어지기 전, 처음에 정착한 장소이기도 했습니다. 그곳은 자연이 태곳적 모습으로 돌아가 광활한 상태를 보존하고 있는 장소로 현자에게는 안전을, 방랑자에게는 고독을 약속하며 손짓해 부르고 있는 곳입니다.

12) 힌두교의 7대 성지 중 하나로 갠지스 강이 맨 처음 유입되는 도시

저는 그곳에서 신을 생각하며 혼자 기도하면서 아무것도 먹지 않은 채 죽음을 기다리고 있었습니다."

다시 한 번 침묵이 흘렀고, 그는 뼈만 앙상하게 남은 손을 힘주어 마주 잡았다.

이내 인도인은 다시 말을 이어 갔다.

"어느 날, 저는 호숫가를 거닐며 제 말에 귀 기울이는 고요한 정적에게 말했습니다. '언제나 신이 오셔서 자신이심을 주장하실까? 구원은 없는 것일까?' 그때 갑자기 한 줄기 빛이 물 위에서 흔들리며 밝게 빛나기 시작했습니다. 그리고 그 빛은 곧 수면 위로 떠올라 저를 향해 다가오더니 머리 위에서 멈췄습니다. 빛이 어찌나 밝은지 저는 머리가 멍해졌습니다. 제가 땅바닥에 쓰러져 있을 때 어디서인가 무한히 부드러운 목소리가 들려왔습니다.

'네 사랑이 승리했느니라. 오, 인도의 아들아, 너에게 복이 있을지어다! 구원의 날이 가까이 왔느니라. 이제 너는 땅 끝에 사는 다른 두 사람과 함께 약속된 메시아를 만나 뵙고 그분의 증인이 되며, 그분에 대해 증거할 기회를 얻게 될 것이다. 아침이 되면 길을 떠나 두 사람을 만나라. 그리고 너를 인도해 줄 성령을 계속 믿어라.'

그때부터 빛은 계속 저의 곁에 머물렀습니다. 저는 그 빛이 성령의 현현이라는 것을 알게 되었습니다. 아침이 되자, 저는 왔던 길로 되돌아가 세상으로 다시 나갔습니다. 저는 산의 바위틈에서 귀중한 보석을 발견했고, 허드워에 도착해서 그 보물을 팔았습니다. 라호르와 카불, 예즈드를 거쳐 이스파한에 도착한 저는 거기서 대상의 무리를 기다리지 않고 곧바로 낙타를 사서 바그다드로 갔습니다. 혼자 여행을 하면서도 저는 하나도 무섭지 않았습니다. 성령이 항상 저와 함께 계셨고, 또 지금도 계시기 때문입니다. 우리로서는 얼마나 영광인지요, 형제여! 우리는 구세주를 보고—그분께 말을 하고—그분을 경배하게 될 것입니다! 이제 저의 이야기는 끝났습니다."

# 제5장

## 이집트인 벨타사르 이야기—주제 : 선행

쾌활한 성격의 그리스인이 기쁨과 축하의 말을 건넸고, 이집트인도 그 특유의 진지한 태도로 말했다.

"형제님께 경의를 표합니다. 당신은 많은 고통을 받았고, 그 고통을 이겨냈습니다. 자, 이제 두 분이 좋으시다면 제가 누구이며 어떻게 부름을 받게 되었는지를 말씀드리겠습니다. 잠깐만 기다려 주십시오."

그는 밖으로 나가서 낙타들을 보살펴주고, 다시 자리에 돌아와 이야기를 시작했다.

"형제들이여, 당신들의 말은 성령의 말씀이었습니다. 저는 성령의 도움으로 그 말을 전부 이해할 수 있었습니다. 여러분은 여러분의 나라에 대해 많은 말씀을 하셨습니다. 그것은 중요한 주제이므로 저도 한 말씀드리겠습니다. 그 전에 제 말을 제대로 이해하실 수 있도록 저 자신과 우리 민족에 대해 말씀드리겠습니다. 제 이름은 벨타사르이며 이집트인입니다."

마지막 말은 아주 조용했지만 너무나 엄숙해서 듣고 있던 두 사람이 그에게 고개를 숙여 절을 할 정도였다.

"우리 민족에게도 많은 특징이 있지만, 저는 한 가지만 말씀드리겠습니다. 바로 역사가 우리 민족과 함께 시작되었다는 점입니다. 우리는 기록을 통해 여러 가지 사건들을 영구 보존한 최초의 민족입니다. 그래서 우리에게는 전설이 없습니다. 그리고 달콤한 시 대신에 명확한 사실이 있습니다. 궁전과 사원의 겉모양에, 오벨리스크 위에, 무덤의 내벽에 우리는 왕의 이름과 그들의 업적을 기록했습니다. 그리고 그 다루기 힘든 파피루스 위에 우리 철학자들의 가르침과 종교의 비밀을 기록했습니다.—종교의 비밀 중 하나는 제외되었는데, 거기에 대해서는 곧 말씀드리겠습니다. 오, 멜키오드 씨, 파다브리홈을 기록한 베디보디 혹은 브아사가 편한 우파앵거스보다 더 이전에, 오, 가스파르 씨, 호머의 노래나 플라톤의 철학보다 더 이전에, 중국의 왕보다 혹은 아름다운 마야 왕비의 아들인 싯다르타의 말보다 그리고 유대인 모세가 쓴 창세기보다 더 이전에, 인간이 쓴 기록 중 최초의 기록이 바로 우리 민족의 초대 왕인 메네스가 쓴 책들입니다."

벨타사르는 잠시 말을 멈추었다. 이내 그는 그리스인를 다정하게 바라보며 덧붙였다.

"가스파르 씨, 메네스 왕의 책은 그리스 초창기에 당신 나라 선생님의 선생님들을 가르친 교과서였죠?"

그리스인이 미소를 띠며 고개를 숙여 인사를 건넸다. 벨타사르는 계속 말을 이었다.

"그 책들 덕분에 우리는 선조들이 언제 극동 지방에서 이주해 왔고, 성스러운 강들의 세 원천지에서, 또 지구의 중앙—오, 멜키오르 씨, 당신이 말한 옛 이란 말입니다—에서 이주해 왔는지 알게 되었습니다. 또한 그들이 오면서 대홍수 이전의 지구 역사와 노아의 아들들이 아리아인들에게 말해 준 대홍수 그 자체의 역사를 알게 되었습니다. 그 책들 덕분에 우리는 창조주 하나님과 창세기 때의 일, 그리고 신처럼 영원불멸한 영혼에 대해서도 알게 되었습니다. 만약 우리에게 당면한 임무를 잘 마무리 짓고 여러분이 저와 함께 가겠다고 하시면, 우리나라 성직자의 성스러운 장서들을 보여드리겠습니다. 그중에서도 특히 죽음의 부름을 받은 뒤 마지막 심판을 위해 내세로 가는 길에서 죽은 자의 영혼이 올리는 기도문인 〈사자(死者)의 서(書)〉를 보여드리죠. 신과 불멸의 영혼이라는 사상은 사막에 거주할 당시 미스라임[13]에게서 탄생했으며, 미스라임은 나일 강둑에 이 사상을 전파했습니다. 당시의 사상은 신이 우리의 행복을 위해 마련해 준 순수한 상태 그대로라서 이해하기가 쉬웠습니다. 그리고 즐겁고 희망찬 사람에게서, 또한 자기를 만들어준 창조주를 사랑하는 사람에게서 저절로 우러나는 찬가와 기도라는 형태로 예배도 처음 생겼습니다."

그때 그리스인이 양손을 하늘로 번쩍 들어 올리며 탄성을 질렀다.

"오! 내 마음속의 빛이 더 강렬해졌어요."

---

13) 창세기에 나오는 노아의 손자이며 그의 자손들이 이집트에 정착함(창세기 10:6)

"저도 그래요!"

인도인도 똑같이 열렬하게 탄성을 질렀다. 두 사람을 다정한 시선으로 쳐다보던 이집트인은 다시 말을 이었다.

"종교는 인간을 창조주에게 결합시켜 주는 법칙일 뿐이에요. 최초에는 신과 영혼, 그리고 이 둘 사이의 상호 인정이라는 세 가지 요소만 담고 있었습니다. 하지만 종교를 실행하면서 예배와 사랑, 그리고 보상이 생겼죠. 이 법칙은 신이 만든 다른 모든 것이 그렇듯이—예컨대 지구와 태양의 관계라든지 하는—조물주가 처음 만들 때부터 흠 없이 완벽했습니다. 형제여, 태초에 인간의 종교는 그러했습니다. 창조의 과정을 모를 리 없는 우리의 선조인 미스라임의 종교는 그랬습니다. 그 점이 가장 확연히 드러나 있는 것이 바로 최초의 종교와 최초의 예배입니다. 하나님은 완벽하십니다. 그리고 완벽한 것은 단순합니다. 저주 중에 최악의 저주는 인간이 그런 것을 처음 그대로 가만히 놔두지 못한다는 것입니다."

잠시 말을 멈춘 이집트인은 어떻게 말을 이어갈지 생각하는 듯했다. 이내 그는 다시 말문을 열었다.

"많은 민족들이 깨끗한 나일 강을 사랑했습니다. 즉 에티오피아인, 팔리푸트라인, 유대인, 아시리아인, 페르시아인, 마케도니아인, 로마인 등이었죠. 이들 중 유대인만 제외하고 모두가 한 번씩은 나일 강의 주인이 되었습니다. 이렇게 여러 민족의 손을 거치면서 미스라임의 종교는 부패해 갔습니다. '종려나무 계곡'은 신들의 계곡이 되었습니다. 최고의 신은 아몬래를 선두로 하여 자연의 요소를 의인화한 여덟 명의 신으로 나뉘었습니다. 그 다음에는 물, 불, 공기, 그 외 다양한 힘들을 나타내려고 이시스와 오시리스 신, 그리고 이들을 둘러싼 여러 신들이 생겨났습니다. 이런 분화는 계속되어 마침내 힘, 지식, 사랑 등 인간의 다양한 속성을 아우르는 수많은 신들이 생겨나기에 이르렀습니다."

"그와 함께 모든 어리석은 짓들도 생겼죠! 인간의 손이 닿지 않는 곳에 있는 것만이 태초의 모습을 그대로 간직하고 있어요."

이야기를 듣고 있던 그리스인이 흥분하며 끼어들었다. 이집트인은 고개를 숙여 절을 하고 말을 이어갔다.

"제 이야기로 들어가기 전에 조금만 더 말씀드리겠습니다. 우리의 임무는 지금까지 있었던 어떤 일들보다 신성한 일인 것 같습니다. 기록에 의하면, 미스라임이 나일 강을 발견한 것은 나일 강이 에티오피아인의 수중에 들어가 있었을 때라고 합니다. 에티오피아인들은 나중에 아프리카 사막 전역으로 흩어지게 되지요. 그들은 부유하고 천재적이었지만 자연숭배에 찌든 민족이었습니다. 시적인 페르시아인들은 태양신이 현현한 오르무즈드를 섬겼고, 극동 지방의 종교적인 민족들은 나무와 상아를 깎아 우상의 모습을 조각했습니다. 그러나 글자도 책도 기술적 재능도 전혀 없었던 에티오피아인들은 동물과 새와 벌레를 숭상했습니다. 태양신 레에게 바쳐진 고양이와 이시스에게 바쳐진 황소, 프타에게 바쳐진 딱정벌레를 섬기며 자신들의 영혼을 달랬습니다. 그리고 이런 조잡한 자연숭배 신앙은 새로운 제국[14]의 종교를 받아들임으로써 끝이 납니다. 이제 강둑과 사막에는 오벨리스크가 세워졌고 미로와 피라미드가 건설되었습니다. 악어의 무덤과 뒤섞인 왕들의 무덤들도 생겨났습니다. 형제들이여, 아리아인의 자손은 이런 깊은 타락 속에 빠져들고 말았습니다!"

이집트인은 이 부분에서 처음으로 침착성을 잃었다. 애써 표정을 관리했지만 흥분한 목소리는 감출 수 없었다. 이내 그는 마음을 가라앉히고 다시 이야기하기 시작했다.

"우리 민족을 너무 무시하지는 마십시오. 그들은 하나님을 완전히 잊은 것이 아닙니다. 앞에서 말했듯이, 우리 민족은 한 가지만 제외한 모든 비밀을 파피루스에 기록했습니다. 지금 그 한 가지를 말씀드리겠습니다. 예전에 변화와 개혁을 추진했던 파라오가 있었습니다. 그는 옛것을 모두 없애 버리고 새로운 제도를 세우려고 했지요. 그런데 당시 우리 가운데 노예로 살면서 박해를 받고 있던 민족이 있었는데 바로 유대인이었습니다. 그들은 자신들의 신을 따로 믿고 있었습니다. 하지만 박해가 극에 달했을 때 그들은 결국 구원받게 됩니다. 사람들의 기억에 영원히 남을 방법으로 말이죠.

---

14) 이집트를 가리킴

저는 지금 기록에 남아 있는 이야기를 말씀드리는 것입니다. 유대인이었던 모세는 왕궁으로 가서 파라오에게 요청했습니다. 당시 수백만 명에 이르는 노예들이 이집트를 조용히 떠날 수 있게 해달라고 말이지요. 그 요청은 이스라엘의 주 하나님 이름으로 행해졌습니다만 파라오는 거절했습니다. 그러자 무슨 일이 생겼는지 아십니까? 강물과 호수, 그뿐 아니라 우물과 항아리에 들어 있던 모든 물까지 피로 변해 버린 것입니다. 여전히 파라오는 고집을 꺾지 않았습니다. 이번에는 개구리가 출몰해 온 나라를 뒤덮었습니다. 파라오는 여전히 굽히지 않았습니다. 그러자 모세가 공기 중에 재를 뿌렸고, 그와 함께 전염병이 창궐해 이집트인을 괴롭혔습니다. 그다음에는 이집트의 모든 가축이 죽어나가기 시작했습니다. 그런데 유대인들의 가축은 죽지 않았습니다.

그뿐만이 아닙니다. 이번에는 메뚜기가 출몰해서 계곡의 푸른 곡식을 모조리 갉아먹어 버렸습니다. 또한 대낮에도 날이 너무 어두워 등불도 켤 수 없을 지경에 이르기까지 했습니다. 그래도 파라오가 고집을 꺾지 않자 이집트의 모든 장자들이 한밤중에 죽어버렸습니다. 파라오의 아들도 예외가 아니었습니다. 마침내 파라오는 무릎을 꿇게 됩니다. 그러나 유대인들이 떠나자 그는 군대를 이끌고 유대인들을 추격했습니다. 하지만 마지막 순간, 바다가 둘로 갈라져 유대인들은 발에 물 한 방울 묻히지 않고 무사히 바다를 건넜습니다. 그러나 추격자들이 그들의 뒤를 쫓아 발을 내딛자, 바다는 다시 합쳐져 말과 보병과 전차를 몰던 사람과 파라오까지 모조리 물에 빠져 죽고 말았습니다. 가스파르 씨, 당신도 계시에 대해 말씀하셨죠."

일순 그리스인의 푸른 눈이 반짝 빛났다.

"저는 그 이야기를 유대인에게 들었습니다. 오, 벨타사르 씨, 당신이 그 이야기를 재확인해 주는군요!"

그리스인이 흥분해서 소리쳤다.

"맞습니다. 하지만 제 이야기는 모세가 아니라 이집트인의 입을 통해 나온 것입니다. 저는 대리석에 적힌 글을 해석했습니다. 당시의 이집트 사제들은 자신이 목격한 사실을 자기 나름대로 글로 기록했고, 그래서 계시의 이야기가 후대에까지 살아남은 것입니다. 자, 이제 기록되지 않은 마지막 비밀을 말씀드릴 때가 되었군요. 형제들이여, 우리나라에는 그 불행했던 파라오의 시절부터 두 개의 종교가 항상 존재했는데, 하나는 사적인 종교이고 다른 하나는 공적인 종교입니다. 사람들은 사적으로 여러 신들을 믿었으나 성직자들은 공적으로 유일신을 신봉했습니다. 형제들이여, 저와 함께 기뻐해 주십시오! 많은 나라들이 아무리 짓밟아도, 여러 왕들이 아무리 괴롭혀도, 적들이 별의별 신기술을 발명해도, 시대가 아무리 변해도 소용없는 일이었습니다. 싹틀 때를 기다리는 땅 밑의 씨앗처럼, 영광스러운 진실은 살아남았던 것입니다. 그리고 오늘이, 오늘이 바로 그날입니다!"

인도인의 여윈 몸은 기쁨으로 부르르 떨렸고, 그리스인은 크게 소리를 질렀다.

"사막의 노랫소리가 제 귀에 들리는 것 같군요."

이집트인은 가까이에 있던 물 잔을 들어 한 모금 마신 뒤 이야기를 계속했다.

"저는 알렉산드리아에서 왕자이며 사제로 태어났고, 일반적으로 제 신분에 주어지는 교육을 받았습니다. 그러나 저는 아주 어릴 때부터 만족스럽지 않았습니다. 제가 믿어야 했던 종교에서는, 인간에게 죽음이 찾아와 육신에서 생명이 없어지면 영혼은 곧바로 가장 저급한 동물부터 가장 높은 최후의 존재인 인간에 이르기까지 전체 진화 과정을 다시 되풀이한다고 합니다. 살아 있을 동안의 행동에 대해서는 아무런 언급이 없습니다. 제가 페르시아인들의 빛의 영역, 즉 선한 사람만 간다는 치네바트 다리 건너에 있는 낙원에 대해 들었을 때[15] 그 말이 제 머리에서 떠나지 않았습니다. 저는 구원 없이 영원토록 윤회한다는 사상과 천국에서 영생을 얻는다는 사상을 비교하며 밤낮으로 생각에 생각을 거듭했습니다. 만일 제 스승이 가르친 것처럼 신이 공정하다면 어째서 선한 사람과 악한 사람이 똑같이 취급된단 말입니까? 결국 저는, 죽음이란 악한 사람은 버림받거나 없어지고 선한 사람은 더 높은 삶으로 올라가는 교차점이라고 생각하게 되었고, 그것이 바

15) 페르시아인(오늘날의 이란)의 마니교. 나중에 조로아스터교로 발전함

로 순수한 종교의 법칙이라고 생각하게 되었습니다.

오, 멜키오르 씨, 불교의 열반이나 브라만교의 소극적인 안식이 아닙니다. 오, 가스파르 씨, 올림포스의 신앙에서처럼 보다 나은 지옥인 신들의 세계가 아닙니다. 그것은 신과 함께 사는 적극적이고 즐겁고 영원한 삶입니다! 이같은 사실을 깨닫고 나자 또 다른 의문이 뒤를 이었습니다. 이러한 진실이 왜 사제들의 이기적인 위안으로만 사용되며 다른 이들에게는 비밀에 부쳐져야 하는가? 아무리 생각해도 비밀로 삼을 명분이 없었습니다. 철학은 적어도 우리에게 관용을 가질 수 있게 했습니다. 우리는 람세스[16] 대신 로마 왕의 지배를 받고 있었습니다.

어느 날, 저는 알렉산드리아에서 가장 번화한 브라키움에서 벌떡 일어나 설교하기 시작했습니다. 동방에서 온 사람들과 서방에서 온 사람들이 모두 제 말을 들었습니다. 도서관을 다녀오던 학생들, 세라피온 사원에서 나온 사제들, 박물관을 다녀오던 한가한 사람들, 경기장의 후원자들도 들었습니다. 라코티스 어촌에서 온 시골 사람들도 들었습니다. 수많은 사람들이 가던 길을 멈추고 제 말을 들었습니다. 저는 신과 영혼, 옳고 그름, 천국과 선행의 보상을 설파했습니다. 오, 멜키오르 씨, 당신은 돌 세례를 받았다고 하셨지요. 제 설교를 듣던 사람들은 처음에는 어리둥절해 하더니 곧 비웃음을 터트렸습니다. 그래도 저는 다시 설교를 했습니다. 그들은 풍자시로 제 말을 되받아쳤고, 저의 신에게 조롱하는 말을 퍼붓고, 제가 말한 천국을 깔보는 말로 더럽혔습니다. 저는 결국 그들 앞에 항복하고 말았습니다."

"결국, 인간의 적은 인간이지요."

멜키오르가 긴 한숨을 쉬며 대꾸했다. 잠시 침묵에 빠졌던 벨타사르는 다시 말을 잇기 시작했다.

"저는 제 말이 먹히지 않은 이유를 많이 생각해 봤고, 마침내 해답을 찾았습니다. 알렉산드리아에서 하루 정도 나일 강의 상류로 올라가면 목동과 정원사들이 모여 사는 마을이 있습니다. 저는 작은 배를 타고 그곳으로 갔습니다. 그날 저녁, 저는 구빈층인 그곳 사람들을 불러 모아 브라키움에서

16) 고대 이집트의 국왕들

했던 것과 똑같은 설교를 했습니다. 하지만 그들은 아무도 비웃지 않았습니다. 다음 날 저녁, 제가 다시 설교하자 그들은 제 말을 믿고 기뻐했으며 그 소식을 다른 사람들에게 전달하기 시작했습니다. 셋째 날 밤에는 아예 기도 모임이 형성되더군요. 저는 알렉산드리아로 되돌아갔습니다. 어느 때보다 찬란하게 빛나는 별빛을 받으며 강을 내려오면서 저는 이런 교훈을 얻었습니다. 개혁을 시작하려면 위대하고 부유한 사람들에게가 아니라 행복의 바구니가 비어 있는 사람들, 즉 가난하고 보잘 것 없는 사람들에게 가야 한다는 것입니다. 이제 저는 계획을 세워 제 삶을 헌신하기로 했습니다. 우선 제 전 재산을 끌어 모아 생계와 구제를 위한 자금을 마련했습니다. 형제들이여, 그날부터 저는 나일 강을 오르내리며 모든 마을과 모든 부족들에게 유일신과 올바른 삶, 그리고 천국에서의 보상을 설파했습니다. 제 말은 효력이 있었습니다. 얼마나 효력이 있었는지 말하기는 힘들지만, 적어도 그쪽 지역은 우리가 찾으러 가는 그분을 맞을 준비가 충분히 되어 있다는 것은 말씀드릴 수 있습니다."

벨타사르의 까무잡잡한 얼굴이 벌겋게 달아올랐다. 그는 이내 감정을 극복하고 다시 말을 이었다.

"하지만 형제들이여, 그렇게 몇 년을 지내는 동안 한 가지 생각이 저를 괴롭혔습니다. 내가 죽고 나면 내가 시작했던 논점은 어떻게 되는가? 내가 죽으면 이것도 끝나게 되는가? 저는 종교 집단을 만들어 제 남은 과업을 완성시켜야 하는지에 대한 생각을 수없이 해보았습니다. 여러분께 아무것도 숨기지 않겠습니다. 실제로 저는 이 생각을 실천에 옮겨보기도 했지만 실패하고 말았습니다. 과거의 미스라임 신앙을 회복하려면, 지금의 세상은 인간 개혁자만으로는 되지 않습니다. 개혁자는 반드시 하나님의 이름으로 와야 할 뿐 아니라 자신의 말을 뒷받침할 수 있는 증거도 있어야 합니다. 개혁자는 자신이 하는 모든 말과 하나님의 말씀까지도 증명할 수 있어야 합니다. 사람들의 마음은 잘못된 믿음과 여러 가지 제도로 꽉 차 있습니다. 땅, 대기, 하늘, 이 모든 곳에 거짓 신들이 가득합니다. 사람들은 각자의 지역에서 다른 신들을 섬기고 있어서, 원래 있었던 최초의 종교로 돌아가려면 피의 바다를 지나가야 하며 박해의 들판을 거쳐야만 합니다. 다시 말하면, 원래의 종교로 되돌아가려는 사람들은 단순한 개종이 아니라 기꺼이 목숨까지 바치겠다는 각오가 있어야만 합니다. 하나님이 아니라면 이 시대에 누가 인간의 종교를 그런 곳까지 다시 회귀시킬 수 있겠습니까? 인류를 구원하려면, 파멸이 아니라 인류를 구원하려면 그분이 모습을 드러내셔야 합니다. 그분은 직접 오셔야 합니다."

일순 세 사람은 격렬한 감정에 휩싸였다.

"우리가 바로 그분을 만나러 가는 것입니다!"

가스파르가 큰 소리로 외쳤다. 세 사람을 휩쓴 격정의 물결이 지나가자 벨타사르가 다시 말하기 시작했다.

"제가 종교 집단을 세우는 일에 왜 실패했는지 그 이유를 아시겠죠? 저는 허락을 받지 못했던 것입니다. 제 필생의 과업이 흐지부지 될 것을 알고 나자 저는 말할 수 없는 비참함을 느꼈습니다. 하지만 저는 기도의 힘을 믿었고, 제 기도를 흠 없고 강력하게 하려고 길을 떠났습니다. 당신들과 마찬가지로 저도 사람들이 거주하는 곳을 벗어나 하나님만이 계신 곳으로 갔습니다. 강들이 서로 합쳐지는 센나르의 위쪽 지역을 넘고 다섯 번째 폭포 위를 넘어 바엘아비아드 위쪽을 지나 사람들에게 거의 알려지지 않은 아프리카로 들어갔습니다. 어느 날 아침, 저는 하늘 색깔만큼이나 새파란 산이 서쪽 사막 넓은 지역에 걸쳐 시원한 그림자를 드리우고 있는 곳, 녹아내린 빙하의 폭포가 저 아래의 호수로 흘러드는 곳에 당도했습니다. 그 호수는 위대한 나일 강의 원천이었습니다. 저는 1년 넘게 그 산에 머물었습니다. 야자열매로 육신을 채웠고 기도로 영혼을 살찌웠습니다. 어느 날 밤, 저는 작은 바다 근처에 있는 과수원 안을 거닐고 있었습니다. 저는 기도를 드렸습니다. '세상은 멸망 직전에 있습니다. 당신은 언제 오시려고 합니까? 오, 하나님, 저는 구원의 날을 보지 못하는 것입니까?' 맑은 물 속에는 별들이 총총 빛나고 있었습니다. 그런데 그 별들 중 하나가 수면 위로 떠오르는 것 같았습니다. 그 별빛이 너무 밝아 눈이 멀 지경이었습니다. 그 별은 천천히 다가오더니 제 머리 바로 위, 마치 손에 닿을 듯한 위치에 멈추었습니다.

저는 쓰러져서 손으로 얼굴을 가렸습니다. 그러자 지상의 것이 아닌 목소리가 들려왔습니다.

'네 선행이 승리했느니라. 오, 미스라임의 아들아! 너에게 복이 있을지어다! 구원의 날이 가까이 왔느니라. 이제 너는 땅 끝에 사는 다른 두 사람과 함께 약속된 메시아를 만나 뵙고 그분의 증인이 되며, 그분에 대해 증거할 기회를 얻게 될 것이다. 아침이 되면 길을 떠나 두 사람을 만나라. 그리고 거룩한 도성 예루살렘에 도착하면, 유대인의 왕이 태어난 곳이 어디인지 사람들에게 물어보라. 너희가 동방에서 그분의 별을 보았으며, 그분을 경배하려고 예루살렘으로 부름을 받았다고 말하라. 그리고 너를 인도해 줄 성령을 온전하게 믿어라.'

그 빛은 의심의 여지없이 제 안에서 빛을 뿜었고, 저와 함께 머물면서 저의 지배자요 안내자가 되었습니다. 빛은 저를 강 아래 멤피스로 인도했고, 그곳에서 저는 사막으로 갈 채비를 했습니다. 저는 낙타를 사서 수에즈와 쿠피리를 지나고 모압과 암몬을 거쳐 쉬지 않고 이곳으로 달려왔습니다. 형제들이여, 하나님은 우리와 함께 계십니다!"

그가 이야기를 멈추자, 세 사람은 누구의 손에 이끌린 듯 모두가 자리에서 일어나 서로를 바라보았다. 이내 벨타사르가 다시 말문을 열었다.

"우리가 각자의 민족과 역사를 자세하게 설명하는 데는 목적이 있다고 그랬죠. 우리가 만나러 가는 분은 '유대인의 왕'이라고 했어요. 사람들에게 그렇게 물어보면서 그분을 찾으라고 했으니까요. 하지만 이제 우리가 함께 만났고 서로의 이야기를 들어보니 그분이 구세주임을, 유대인뿐만 아니라 온 땅 모든 나라 사람들의 구세주임을 알 것 같습니다. 대홍수를 이겨낸 노아에게는 세 아들이 있었는데, 그들로 인해 세상은 사람들로 다시 채워졌습니다. 그들은 아시아의 심장부, 사람들의 뇌리에 생생한 기쁨의 지역인 아라야나 베이조[17]에서 뿔뿔이 흩어졌는데, 장남의 자녀들은 인도와 극동 지역에 자리를 잡았고, 막내의 자녀들은 북부 지방을 거쳐 유럽으로 흘러 들어 갔습니다. 둘째의 자녀들은 홍해 근처의 사막에 자리를 잡았다가 사

17) 옛 이란을 말함

람들이 넘쳐나기 시작하자 아프리카로 흘러들었습니다. 둘째의 자손들은 여전히 유랑생활을 하며 지내지만 일부는 나일 강변을 따라 정착생활을 했습니다."

세 사람은 누가 먼저랄 것도 없이 손을 마주 잡았다. 벨타사르가 계속 말을 이었다.

"이 일보다 더 체계적인 하나님의 명령이 있을까요? 우리가 주님을 만나면, 형제들과 또 그다음 세대는 우리와 함께 주님을 경배하며 그분 앞에 무릎을 꿇을 것입니다. 그리고 우리가 임무를 마치고 각자의 길로 흩어져 나가면, 세상 사람들은 천국의 길이 칼이나 인간의 학식이 아니라 믿음과 사랑과 선행으로 이르게 된다는 새로운 교훈을 배우게 될 것입니다."

말이 끝나자 침묵이 흘렀다. 가끔 들리는 숨소리만 정적을 깨뜨리고 주변을 정화시키는 눈물만 조용히 흐를 뿐이었다. 그들은 잠시 더없는 행복감을 느꼈다. 그것은 구원받은 자들과 함께 하나님 앞으로 나아가 생명 강가에서 안식하면서 누릴 형용할 수 없는 영혼의 행복이었으므로, 살아 있는 그들이 오래 느낄 수는 없는 감정이었다.

마침내 마주 잡은 손을 놓은 세 사람은 다 같이 천막을 나섰다. 사막은 하늘만큼이나 고요했다. 해는 빠르게 지고 낙타들은 잠들어 있었다.

잠시 뒤 그들은 천막을 걷어 남은 음식과 함께 낙타의 짐 속에 다시 넣었다. 세 사람은 낙타에 올라 이집트인 벨타사르를 선두로 줄지어 출발했다. 그들은 정서쪽으로 방향을 잡고 으슬으슬한 밤이 깊어지도록 계속 움직였다. 낙타는 일정한 보폭으로 휘청휘청 앞으로 내달으며 한 줄을 유지했고, 보폭이 똑같아서 뒤를 따르는 낙타는 앞에 난 발자국을 그대로 짚으며 가는 듯했다. 말을 탄 사람들은 단 한마디도 하지 않았다.

이윽고 달이 떠올랐다. 달빛 아래 소리 없이 달려가는 커다랗고 하얀 세 개의 형체는 끔찍한 어둠을 피해 달아나는 망령처럼 보였다. 그때 갑자기 그들 앞의 낮은 언덕 위로 깜박이는 불길이 타올랐다. 그들이 쳐다보는 동안 불길은 점점 응축되더니 눈부시게 빛나는 광체가 되었다. 세 사람의 심장은 빠르게 뛰기 시작했고 마음은 경외감에 사로잡혔다. 그리고 그들은 한 목소리로 외쳤다.

"별이다! 별! 하나님께서 우리와 함께 계신다!"

## 제6장
### 욥바 문

예루살렘의 서쪽 성벽에 베들레헴 사람들이 "참나무 성문"이라고 부르는 '욥바 문'이 있다. 이 성문 밖은 예루살렘에서 유명한 지역이다. 다윗이 예루살렘의 시온 산에 눈독을 들이기 훨씬 이전부터 이곳에는 성채가 있었는데, 이새의 아들 다윗이 여부스인을 내쫓고 성과 성벽을 다시 지었다. 다윗은 새로운 성채를 성벽의 북서쪽 모퉁이에 짓고, 옛 성채보다 훨씬 위풍당당한 망대를 세웠다. 성문은 옛날 자리에 그대로 두었는데, 성문 앞에서 집결되는 여러 도로를 다른 곳으로 이전하기도 쉽지 않았을 뿐 아니라 성문 밖 지역이 이미 장터로 정착되어 있었기 때문이다. 솔로몬왕 시대에는 이집트에서 온 상인들과 두로[18]와 시돈에서 온 부유한 상인들의 왕래가 잦은 지역이 되었다. 그때부터 약 3천 년이 지난 지금도 그곳은 여전히 상업 지역이다. 성지 순례자들이 무엇이라도 필요한 것을 말하면, 그것이 옷핀이든 무기든, 오이든 낙타든, 집이든 말이든, 돈이든 콩이든, 대추야자든 통역이든, 참외든 인부든, 비둘기든 당나귀든, 그 무엇이라도 욥바 문에서 다 구할 수 있다. 지금도 꽤나 활기찬 곳인데, 건축가로 유명한 헤롯왕이 다스리던 그 시절에는 어떠했겠는가! 이제 독자 여러분과 함께 그 시절의 시장으로 들어가 보자.

히브리 달력 체계에 따르면, 이 현자들의 만남은 3월 25일 오후에 있었다. 우리식 달력으로 말하면 12월 25일이다. 그 해는 올림피아드 제전[19]이

18) 시돈에서 남쪽으로 약 40킬로미터 지점에 위치한 지중해 연안 도시국가

19) 현대 올림픽의 기원이 된 올림피아 제전과 다음 올림피아 제전 사이 4년간을 1기로 하는 고대 그리스의 역수단위. BC 776년부터 역수 계산의 단위가 됨

열린 지 2년째가 되는 해였고, 로마가 나라를 세운 지는 747년이 되는 해였다. 또 헤롯대왕이 67세 되는 해이자, 그가 통치한 지 35년이 되던 해였다. 즉, AD가 시작되기 4년 전이었다.[20] 욥바 문 앞에 있는 이 시장은 일출 때부터 북적거린다. 거대한 문은 새벽부터 활짝 열려 있었고, 언제나 저돌적인 상인들은 입구를 밀고 들어가 좁은 골목길과 공터에까지, 또 도성 안에까지 점포를 열었다. 예루살렘은 언덕에 조성된 도시라서 이날 아침 공기는 꽤나 차가웠다. 대기를 따뜻하게 데울 햇볕은 성첩[21]과 여러 겹의 작은 탑이 있는 저 멀리에서 서성대며 약을 올렸고, 그 아래로는 비둘기의 구구거리는 소리와 오가는 양 떼의 울음소리만 들렸다.

예루살렘 거민을 대충 아는 여행자들뿐 아니라 전혀 모르는 이방인들이라면, 이 성문에서 잠시 걸음을 멈추고 시장 광경을 주의 깊게 살펴보는 것이 좋겠다. 그래야 조금 있다가 이들과는 전혀 다른 사람들이 지나갈 때 그들의 분위기를 알 수 있을 것이다.

시장의 광경을 얼핏 보면 분주하게 움직이는 사람들과 소음, 다양한 색깔, 뭐 그런 소란스러운 것들만 보일 것이다. 좁은 골목길과 공터에서 더욱 그렇다. 넓고 볼품없는 깃발이 깔린 바닥에서 외치는 소리와 삐걱거리는 소리, 말발굽 소리가 잡다한 소음이 되어 단단한 성벽 사이에서 좌우로 울려 퍼져 올라가고 있었다. 하지만 군중 사이에 섞여 돌아다니면서 장사하는 모습에 조금 눈이 익숙해지면 조금씩 분간이 가능해진다.

여기, 갈릴리의 계단식 밭과 들판에서 갓 따온 콩, 양파, 오이를 가득 담은 광주리를 등에 진 당나귀가 졸고 있다. 당나귀 주인은 손님에게 물건을 팔 때를 제외하고 자기만 알 수 있는 소리로 고래고래 소리 지르며 호객행위를 하고 있다. 입고 있는 옷은 단순하기 짝이 없었다. 세탁도 제대로 하지 않은 담요를 한쪽 어깨에 대충 두르고 허리를 질끈 묶었으며 샌들만 신었다.

20) 보통 AD 1년이 예수님이 태어난 해라고 오해하기 쉽지만, 실제로 예수님은 AD가 시작되기 4년 전에 탄생함

21) 성벽 위에 덧쌓은 낮은 담. 전투 때 병사들은 이곳에 몸을 숨기고 활을 쏘거나 다른 무기를 사용하여 적을 격퇴했음

그 옆에는 당나귀보다 당당하지만 훨씬 괴상한 모습을 한 낙타가 무릎을 꿇고 앉아 있다. 피골이 상접하고 털도 손질되지 않아 거무튀튀한 낙타는 목덜미 아랫부분과 몸 군데군데에 회색빛 털 뭉치를 달고 있었으며, 등에는 거대한 안장 위로 상자들과 바구니들을 한가득 싣고 있었다. 이집트인으로 보이는 작고 날렵한 낙타 주인은 길바닥과 사막의 먼지를 얼굴까지 뒤집어써서 누르께했다. 테 없는 낡은 모자를 쓰고 목에서 무릎까지 내려오는 민소매에 벨트 없는 헐렁한 긴 옷을 입었으며 맨발이었다. 무거운 짐을 진 낙타는 잠시도 가만히 있지 않고 끙끙거리며 때때로 이를 드러내기도 한다. 그러나 주인은 채찍을 들고 무심하게 이리저리 왔다 갔다 하며 계속 요르단 골짜기의 과수원에서 갓 따온 포도와 대추야자, 무화과 열매, 사과 석류 등의 과일을 큰 소리로 외치고 있다.

공터로 향하는 좁은 길모퉁이에는 여자들 몇 명이 회색 돌담 벽에 등을 기대고 앉아 있다. 그들은 가난한 사람들이 입는 긴 아마포 옷을 허리에서 대충 한 번 묶고 머리에 너울을 쓰고 있다. 너울은 아주 넉넉해서 머리를 두르고 어깨까지 감쌀 정도이다. 그들이 파는 물건은 지금도 동방에서는 샘물을 길어올 때 사용하는 항아리와 가죽 통에 담겨 있다. 항아리와 통 사이에는 대여섯 명의 헐벗은 아이들이 지나다니는 사람이나 추위에도 아랑곳없이 돌바닥에 누워 뒹굴고 있다. 간혹 아이들이 위험한 경우는 있지만 실제로 다친 적은 한 번도 없다. 아이들의 갈색 피부와 새까만 눈, 숱 많은 검은 머리는 그들이 이스라엘의 자손임을 말해 준다.

때때로 여인네들은 너울을 쓴 머리를 들고 통에 든 "포도 꿀"이나 항아리에 든 "독주"를 사라고 외친다. 하지만 그들이 외치는 소리는 작아서 주변의 시끄러운 소리에 묻히기 마련이며, 맨 다리에 담요를 걸치고 수염만 긴 억센 장사꾼들보다 훨씬 적게 팔 수밖에 없다. 다른 장사꾼들은 가죽부대를 등에 지고 다니며 "포도 꿀이요, 엔게디 산 포도요!" 하며 돌아다닌다. 그러다 손님이 부르면 잽싸게 등에 지고 있던 가죽부대를 앞으로 돌려 마개를 열고, 미리 준비해 둔 컵에 달콤한 포도 주스의 검붉은 피를 콸콸 부어주고는 한다.

그들 못지않게 떠들썩한 사람들은 새 장사꾼들이다. 그들은 흰 비둘기, 오리, 나이팅게일이라고도 부르는 노래하는 불불, 그리고 가장 많게는 회색 비둘기를 판다. 새를 사는 사람들은 그물에서 꺼내주는 새를 받으며 새잡이들의 위험한 삶을 생각하지 않을 수 없다. 그들은 대담하게 벼랑을 타고 올라가 양손과 양발로 낭떠러지에 붙어 있는가 하면, 어느새 산 아래로 내려와 광주리에서 흔들거리고 있다.

상인 중에는 보석 행상도 있다. 주홍색과 푸른색이 섞인 소매 없는 외투를 걸치고 거대한 하얀 터번을 쓴 가분수꼴 머리를 한 빈틈없는 그들은 팔찌든 목걸이든, 손에 끼는 반지든 코에 거는 코걸이든, 그 안을 장식하고 있는 리본의 반짝임과 금의 휘황찬란한 광채가 내뿜는 힘을 충분히 의식하고 있다. 그들 외에도 가정용품 행상, 옷 장사꾼, 바르는 기름을 파는 사람, 생필품과 장식품 등 다양한 물건을 파는 잡상인, 동물을 파는 사람이 가득했다. 당나귀, 말, 송아지, 양, 새끼 양, 낙타, 사실상 법으로 금지된 돼지만 빼고 모든 동물을 파는 상인들은 어떨 때는 고함을 지르고 어떨 때는 손님을 꼬드기며 사람들 사이에 뒤섞여 있다. 그곳에는 없는 것이 없다. 종류별로 한 명씩만 있는 것도 아니요, 많은 장사꾼들이 시장 곳곳 여기저기에 흩어져 있다.

이제는 좁은 골목길과 공터의 상인들과 상품에서 눈을 돌려 다른 장소에 있는 방문자를 살펴보자. 그들을 관찰하는 데는 성문 밖이 가장 좋다.

성문 밖 장면도 성문 안과 마찬가지로 다양하고 활기차다. 사실상 천막과 노점, 아기들, 더 많은 군중과 더 넓은 장소, 더 제한 없는 자유와 찬란히 빛나는 동쪽 햇살이 맞물려 다양성과 활기 면에서는 성 밖이 성 안보다 더 강할지도 모른다.

# 제7장
## 시장을 찾는 손님들

이제 우리는 성 안으로 흘러들어 가는 물결과 밖으로 나오는 물결을 조금 비켜서 성문에 눈과 귀를 맞추어 보자. 마침 아주 주목할 만한 사회 계층의 두 사람이 성문 쪽으로 걸어오고 있다.

"이런! 정말 춥군."

머리에는 놋쇠로 만든 투구를 쓰고, 몸에는 빛나는 가슴 보호용 갑옷을 입고, 밑에는 쇠미늘 갑옷 스커트를 입은 늠름한 남자가 말한다.

"어휴, 정말 추워! 카이우스, 자네 혹시 우리 고향에 있던 코미티움[22]의 지하실 기억나나? 사제들이 '지옥의 입구'라고 말했던 곳 말이야. 저승사자의 이름을 걸고 말하겠네! 오늘 아침 같은 날씨라면 몸이 다시 따뜻해질 때까지라도 거기에 서 있고 싶어!"

다른 남자가 군복 외투의 두건을 벗어 내려 맨머리와 얼굴을 드러내고 빈정대는 미소를 지으며 대답한다.

"마르쿠스 안토니우스를 대파한 군인들의 투구에는 갈리아의 눈이 수북이 쌓였지. 하지만 자네는—오 가엾은 친구!—더운 이집트에 있다가 방금 돌아와서 아직 몸이 적응되지 않아서 그래."

이내 두 사람은 성문 안으로 사라진다. 그들의 갑옷과 투구, 당당한 걸음걸이로 보아 두 사람은 로마 군인들임에 틀림없다.

이제 유대인이 걸어오는 모습이 보인다. 등이 구부정한 여윈 몸에는 조악한 갈색 옷을 걸치고 있다. 눈과 얼굴 위에 그리고 등 뒤에 빗지 않은 긴 머리가 까치집을 짓고 있다. 그의 곁에는 아무도 없다. 그를 본 사람들은 큰 소리로 비웃는가 하면 그보다 더 심한 짓을 하는 사람도 있다. 그가 나사렛 사람이기 때문이다. 나사렛 사람은 모세의 율법을 거부한 천민으로서 이단의 종교를 믿으며, 기도할 동안에는 머리와 수염을 깎지 않는다.

---

22) 라틴어로 '집회장소'라는 뜻으로 로마의 성인 남자들이 모여 모든 정치·사법 활동을 하던 곳

멀어져 가는 그의 뒷모습을 보고 있을 때 갑자기 군중 속에서 웅성거림이 일어나더니, 날카로운 비명과 함께 사람들이 좌우로 갈라진다. 마침내 그 원인이 된 사람의 모습이 보인다. 이목구비와 차림새로 보아 히브리인이다. 눈처럼 하얀 망토가 목에서부터 어깨 위를 풍성히 덮고 있다. 옷에는 풍성하게 수가 놓여 있고, 금빛 술 장식이 달린 붉은 장식 띠가 허리에 여러 겹 둘러져 있다. 하지만 그의 행동은 차분하다. 그는 그토록 무례하게 황급히 자기를 피한 사람들에게 미소까지 지어 보인다. 문둥병자냐고? 아니, 그냥 사마리아인일 뿐이다. 몸을 움츠리는 사람들에게 물어보면, 그들은 사마리아인을 잡종—아시리아인—이라고 하며, 그들이 입은 옷에 손이라도 닿으면 불결하다고 대답할 것이다. 그런 까닭에 이스라엘 사람들은 죽음을 목전에 두고 있어도 그들의 도움을 받으려고 하지 않는다.

사실, 유대인과 사마리아인 사이의 불화는 단지 혈연 때문이 아니다. 그것은 더 고대로 올라가는데, 다윗왕이 시온 산에 왕국을 건설했을 때 오직 유다 지파만 그를 지지하고 다른 열 개의 지파는 세겜으로 옮겨 갔다. 성경에 따르면, 세겜은 시온보다 훨씬 오래되었으며 훨씬 비옥한 지역이라고 한다. 이렇게 시작된 지파 분쟁은 그들이 나중에 합쳐진 후에도 가라앉지 않았다. 사마리아인들은 그리심 산에 지은 성전만 고집하며, 그들의 신앙이 더 높다고 주장하여 예루살렘의 화난 학자들을 비웃었다. 세월이 흘러도 그들 간의 증오는 완화되지 않았다. 헤롯왕의 재위 기간에 다른 나라 사람들은 자기 나라 종교로 개종할 수 있었지만 사마리아인들에게만은 허용하지 않았다. 사마리아인들만이 유대인과의 교류가 철저히 또 영원히 단절된 것이다.

사마리아인이 아치형의 성문 안으로 들어가는 것과 때를 같이하여 이번에는 세 사람이 성문을 나온다. 이들은 지금까지 우리의 시선을 사로잡았던 사람들과는 아주 다른 모습이다. 우선 체격이 매우 크고 근육도 거대하고 억세다. 눈은 파란색이고 피부색도 어찌나 하얀지, 정맥이 마치 파란 줄로 그어 놓은 것처럼 피부에 훤히 비칠 정도이다. 머리는 연한 색이고 짧다. 작고 둥근 머리는 나무 기둥 줄기처럼 둥그런 목 위에 직각으로 턱 하니 얹혀 있다. 입고 있는 민소매 모직 튜닉은 가슴께가 벌어져 있고 느슨하게 묶인 허리띠가 몸에 늘어뜨려져 있다. 드러난 팔과 다리의 근육이 어찌나 발달해 있던지 그 모습에서 바로 원형경기장이 떠오른다. 거기에 그들의 덜렁거리고 자신만만하고 거만한 태도를 더해 보면, 사람들은 왜 그들이 지나가면 길을 비켜주고 지나가고 난 뒤에 다시 돌아보는지 알 수 있다. 답이 나온다. 그들은 씨름꾼이자 경주자이자 권투선수이자 검객인 검투사들이다.

검투사는 로마인의 입성과 함께 유대 지방에 들어온 직업이다. 그들은 훈련을 하지 않을 때 궁전의 정원을 산책하거나 궁전 문을 지키는 파수병과 함께 앉아 있다. 아니면 이 검투사들은 가이사랴나 세바스테, 혹은 여리고에서 구경온 사람들인지도 모른다. 유대인이라기보다 그리스인에 가깝고 경기와 유혈이 난무한 장면을 좋아하는 로마인의 기질이 더 많은 헤롯왕은 이 세 도시에 거대한 극장을 지었고, 통상 그렇듯이 갈리아 지방이나 다뉴브 강변에 사는 슬라브족 가운데 뽑은 검투사들의 양성소를 운영했다.

"주신 바카스의 이름을 걸고 말하는데!"

두 사람 중 한 사람이 주먹 쥔 손을 어깨로 올리면서 말한다.

"그놈들의 대갈통은 달걀껍데기나 진배없더군."

그의 몸짓과 어울리는 냉혹한 표정을 보고 우리는 질겁한다. 이제는 좀 더 아름다운 장면으로 고개를 돌려야겠다.

우리가 서 있는 맞은편에는 과일 노점상이 있다. 노점상 주인은 대머리에 얼굴이 길고 매부리코인데, 땅바닥에 카펫을 펴놓고 그 위에 앉아 있다. 등 뒤에는 벽이 있고 머리 위에는 허름한 차양이 걸려 있으며, 그의 손이 닿을 만한 주위의 작은 등걸 위에는 아몬드 열매, 포도, 무화과 열매, 석류 등이 가득 담긴 버드나무 세공의 광주리들이 정렬되어 있다. 그 앞으로 누군가가 다가온다. 우리의 시선을 끌었던 검투사들과는 다른 이유로 그는 우리의 시선을 사로잡는다. 정말 잘생긴 청년이다. 그리스 미남이다. 관자놀이 주변에는 웨이브진 머리가 찰랑거리고 그 머리 위에는 도금양[23] 왕관이 얹혀 있

23) 관목의 하나. 잎은 반짝거리고 분홍색이나 흰색의 꽃이 피며 암청색의 열매가 달림

다. 나무줄기에는 아직도 연한 색깔의 꽃과 설익은 열매가 달려 있다. 그의 진홍빛 튜닉은 아주 부드러운 양모로 만든 것이다. 가죽 허리띠는 반짝이는 금으로 만든 화려한 걸쇠로 앞부분에서 고정되어 있고, 그 아래에는 금실로 풍성하게 자수가 새겨진 주름 스커트가 무릎까지 내려와 있다. 역시 양모로 만든 흰색과 노란색이 섞인 스카프가 그의 목을 휘감은 뒤 등 뒤로 늘어뜨려져 있다. 맨살이 드러난 팔과 다리는 상아처럼 희고 목욕과 기름, 솔질과 족집게의 도움이 없으면 불가능할 만큼 윤기가 흐르고 있다.

상인은 자리에 앉은 채 손바닥을 아래로 하고 손가락은 쭉 펴서 자기 앞에서 두 손을 마주 잡고 몸을 앞으로 굽혔다.

"오, 파포스의 자손이여, 오늘 아침은 어떤 게 있나요? 배고파요. 아침 식사로 먹을 만한 것이 뭐가 있죠?"

젊은 그리스인은 상인이 아니라 과일 바구니를 바라보면서 묻는다.

"안디옥의 가수들이 너무 많이 쓴 성대를 회복하려고 아침마다 먹었던 페디아의 과일이 있습죠."

상인은 수다스럽게 콧소리로 대답한다.

"안디옥의 가수들은 무화과 열매를 먹습니다! 당신 가게의 무화과 열매는 질이 그리 뛰어난 편은 아니에요. 당신은 아프로디테 숭배자잖아요. 제가 쓰고 있는 도금양 관이 증명하듯 저 역시 그래요.[24] 그러니까 제 말은, 안디옥 가수들 목소리에는 카스피 해 바람의 냉기가 흐른다는 것이에요. 이 허리띠 보이시죠? 위대한 살로메의 선물 말입니다."

"왕의 여동생이잖아요!"

키프로스 상인이 다시 한 번 경의를 표하는 인사를 하면서 큰 소리로 외친다.

"왕족의 취향과 신의 심판이 깃든 선물이죠. 왜 아니겠어요? 그녀는 왕

---

24) 여기 나오는 대화는 신화를 바탕으로 함. 이해를 위해 설명하자면, 피그말리온이 자신의 처녀 조각상에 반하여 사람으로 변하게 해 달라는 기도를 하자 아프로디테가 그 기도를 들어주어 사람이 되게 했고, 두 사람은 결혼해 이들 사이에서 파포스가 태어났다. 파포스의 아들(또는 남편이라고도 함) 키니라스는 키프로스 서쪽 해안에 새로운 도시를 세우고 파포스라고 이름 붙였다. 이 도시 부근의 바다에서 아프로디테가 태어났다고 전하며, 이곳 사람들은 아프로디테를 위한 신전을 세워 숭배하였음

보다 그리스인의 피가 더 많이 흐르고 있는데요. 하지만…… 아 참, 난 아침거리를 사려고 왔었지! 여기 돈 받으세요. 키프로스의 붉은 구리 말이에요. 자, 포도를 주세요. 그리고……."

"대추야자 열매도 사지 그래요?"

"싫어요. 전 아라비아인이 아니에요."

"무화과 열매는요?"

"그걸 먹으면 유대인이게요? 포도만 주세요. 물은 그리스인의 피와 포도의 붉은 즙이 섞였을 때 가장 달콤해지는 법이죠."

지저분한 북새통 시장에서 궁정의 분위기를 한껏 풍기는 이 가수는 한 번 보면 쉽게 잊히지 않을 모습이다. 하지만 우리가 느낀 경이로운 감정에 일부러 도전이라도 하듯, 가수에 뒤이어 또 한 사람이 우리 눈앞에 나타난다. 그는 고개를 숙이고 길을 따라 천천히 올라오고 있다. 가끔씩 걸음을 멈추고 손을 가슴에 교차해 올려, 우울한 표정으로 마치 금방 기도라도 올릴 듯이 눈을 들어 하늘을 쳐다본다. 예루살렘이 아니면 볼 수 없는 모습이다. 이마에는 네모난 가죽 상자가 끈에 묶여 달려 있고, 비슷한 또 하나의 상자가 왼팔에 가죽 끈으로 묶여 있다. 옷 가장자리에는 술 장식이 많이 달려 있다. 그런 표시, 즉 성구함[25] 상자와 옷 가장자리에 많이 묶여 있는 술 장식, 이러한 전체적인 분위기에서 풍겨 나오는 강력한 신성의 분위기로 우리는 그 사람이 바리새인이라는 것을 알 수 있다. 바리새파는 하나의 조직체이며(종교에서는 종파, 정치에서는 정당) 곧 그들의 편협함과 권력으로 전 세상을 비탄에 빠지게 할 것이다.

사람들은 성문 밖 욥바로 가는 길에서 가장 많이 북적대고 있다. 그곳에 또 한 무리의 사람들이 있다. 시장 통의 잡다한 무리들 중 눈에 확 띄는 자들이다. 그들 중 제일 앞선 사람은 깨끗하고 건강한 안색에 밝게 빛나는 검은 눈, 바람에 휘날리는 윤기 있는 긴 수염, 계절에 맞고 몸에도 잘 맞는 값비싼 옷을 입은 아주 품위 있는 모습을 하고 있다. 그는 지팡이를 들고 목에는 가는 끈으로 연결한 커다란 금 문장을 늘어뜨리고 있다. 하인 여러 명이

25) 구약성서의 성구를 적은 양피지를 담은 가죽 상자의 하나

그를 호위하고 있는데, 하인 중에는 어깨를 가로지른 띠에 단검을 꼽은 이들도 있다. 하인들은 그에게 말할 때 극도로 예를 갖춘다. 그 무리의 나머지 두 사람은 사막의 순수 혈통인 아라비아인들이다. 여위고 강인한 몸집에 피부는 짙은 갈색이며, 뺨은 움푹 들어가고 눈은 거의 사악하다고 해도 좋을 만큼 번뜩였다. 머리엔 테 없는 빨간 모자를 쓰고 있다. 헐렁한 민소매 옷 위에 담요의 일종인 '하이크'라는 갈색 모직 천을 얹어 왼쪽 어깨와 몸에 덮었고 오른팔은 드러나 있다. 아라비아인들은 말을 팔러 왔기 때문에 흥정하는 소리가 꽤 시끄럽다. 팔고 싶은 마음이 간절한 아라비아인들은 날카롭고도 높은 목소리로 말하지만, 그 기품 있는 사람은 하인에게 말하게 하고 자기는 아주 가끔씩만 품위 있게 대답한다. 잠시 후 남자는 과일을 파는 키프로스인을 보고 무화과를 조금 산다. 과일 상인에게 그가 누구냐고 묻는다면, 상인은 이마에 손을 대고 멋진 절을 하며, 그 남자가 유대인이며 예루살렘의 족장 중 한 명이라고 말해 줄 것이다. 또한 그 남자는 여행을 많이 다녀서, 시리아 산 보통 포도와 바다의 상쾌함을 가득 담아 훨씬 즙이 많은 키프로스 산 포도를 구별할 줄 아는 남자라고도 말을 해줄 것이다.

정오가 가까워질 때까지, 때로는 그보다 더 늦게까지 시장을 오가는 사람들의 물결은 끊임없이 욥바 문을 드나들고 있다. 그와 함께 다양한 인물들, 예컨대 이스라엘 각 지파들의 대표, 유대교의 다양한 종파 사람들이나 사회적인 분파들, 예술과 쾌락을 즐기며 헤롯왕의 선심에 방탕한 생활을 하는 어중이떠중이들, 전현직 황제의 비호를 받는 유명한 사람들, 그중에서도 특히 지중해 주변에 거주하던 사람들이 스쳐 지나간다.

이처럼 종교적 역사가 풍성하고 하나님의 계시와 관련된 이야기가 더 풍성한 예루살렘—은이 돌처럼 흔하고 향나무가 계곡의 플라타너스만큼이나 흔하던 솔로몬 치하의 예루살렘—은 로마의 복사판으로 전락했으며, 사악한 관례의 본거지, 즉 신앙심 없는 이교도 세력의 중추부가 되었다.

옛날에 유대인의 왕이 제사장의 옷을 입고 분향하려고 지성소[26]에 들어

26) 고대 예루살렘 성전에서 가장 깊숙한 곳에 자리 잡고 있던 가장 거룩한 장소. 이스라엘 대제사장만 들어갈 수 있었음

갔다가 나병환자가 되어 나온 일이 있었다. 하지만 이 시절에는 폼페이우스가 헤롯의 성전에 들어가 지성소까지 침범했지만, 하나님의 손길이 없는 빈방만 발견했고 아무 탈 없이 그곳에서 나왔다.[27]

## 제8장
## 예루살렘에 온 요셉과 마리아

성벽 안 공터. 지금은 9시라서 많은 사람이 시장을 떠났다. 하지만 겉으로 보기에는 번잡함이 여전한 듯하다. 남쪽 성벽을 통해 들어온 한 무리의 사람들에게 시선이 간다. 남자 한 명과 여자 한 명, 그리고 당나귀 한 마리가 있다.

남자는 당나귀 옆에서 고삐를 잡고 지팡이를 짚으며 걷고 있다. 지팡이는 몸을 기대는 것뿐만 아니라 당나귀를 모는 용으로도 쓰이는 듯하다. 옷은 새것이라는 점만 빼고는 주변의 다른 유대인과 비슷했다. 머리에서 아래로 늘어뜨린 망토와 목에서 발목까지 몸을 감싸고 있는, 옷이랄지 작업복이랄지 하는 그것은 안식일에 유대교 회당에 갈 때 입었던 옷인 것 같았다. 옷 사이로 내민 얼굴로 보아 남자는 쉰 살 정도 되는 듯했다. 검어야 할 수염이 희끗희끗한 걸 보니 그 정도 나이가 맞는 것 같다. 그는 외국이나 시골에서 온 사람처럼 호기심 어린 눈빛과 얼떨떨한 표정으로 주변을 살펴보았다.

당나귀는 시장에 널려 있는 한 아름의 풀을 한가롭게 먹었다. 졸린 듯한 눈을 보니 주변의 소란과 법석이는 소리는 신경 쓰이지 않는 것 같았다. 또한 자기 등에 앉아 있는 여자에게도 신경이 쓰이지 않는 듯했다. 여자는 투박한 모직 외투로 몸을 완전히 덮었고, 하얀 너울로 얼굴과 목을 감싸고 있었다. 거리에서 호기심이 나는 게 있으면 가끔씩 너울을 걷고 쳐다보기도

27) BC 63년 폼페이우스는 예루살렘을 정복한 뒤 이곳에 함부로 들어감으로써 성전을 모독함

하지만 워낙 살짝 걷어서 아직 얼굴은 보이지 않는다.

그때 그들 곁으로 한 남자가 접근했다.

“자네, 혹시 나사렛 마을에 사는 요셉 아닌가?”

그 사람이 일행 곁에 서며 말했다.

“네, 맞습니다만…….”

요셉이 차분한 목소리로 대답하며 몸을 돌렸다.

“아, 자네는…… 화평이 그대와 함께하기를! 내 친구 사무엘 랍비 아닌가?”

“화평이 그대와 함께하기를!”

랍비는 말을 멈추고 여자를 쳐다보더니 이내 덧붙였다.

“자네 식구와 종들 모두에게도 화평이 함께하기를!”

랍비는 한 손을 가슴에 올려 여자를 향해 고개를 약간 숙였다. 여자도 너울을 약간 걷어 얼굴을 드러냈는데 이제 막 소녀티를 벗은 얼굴이었다. 두 남자는 서로 오른손을 잡고 마치 상대방의 손에 키스할 것처럼 입술로 가져갔다. 그러나 마지막 순간에는 상대방의 손을 놓고 각자 자기 손에 입을 맞추고는 손바닥을 이마에 갖다 댔다.

“옷에 먼지가 하나도 없는 걸 보니 우리 조상의 도시인 이곳에서 어젯밤을 지낸 모양이군.”

랍비가 허물없이 말했다.

“아니네. 어제는 해가 저물기 전에 베다니까지 와서 그곳 숙박지에서 하룻밤 자고 오늘 동이 트자 다시 출발했네.”

“그럼 목적지가 먼가 보군. 이곳 욥바 문은 아닌가 보지?”

“베들레헴이네.”

그때까지 푸근하고 다정하던 랍비는 얼굴을 찌푸리며 사나운 표정으로 변했다. 그는 헛기침으로 투덜거림을 대신했다.

“그래, 그랬지. 자네는 고향이 베들레헴이지. 그래서 왕이 명한 대로 세금을 바치려고, 지금 호적을 만들러 딸과 함께 그곳에 가는 거로군. 지금 야곱의 자손들은 그 옛날 이집트에서 종살이하던 때와 똑같은 신세가 됐어. 그때는 모세와 여호수아라도 있었지. 위대한 나라가 어쩌다 이 꼴이 됐는지!"

"이 여인은 내 딸이 아니야."

요셉은 표정 하나 변하지 않고 대꾸했지만 랍비는 자신이 하던 정치 이야기에 몰두해서 요셉의 말도 듣지 못한 채 계속 이야기했다.

"요즘 갈릴리에서 광신자들은 뭐하지?"

"나는 목수고 나사렛은 작은 마을이야. 내 목공소가 있는 곳은 막다른 길이라 사람들의 왕래가 잦지 않아. 그리고 나는 나무를 베고 톱으로 널빤지를 자르느라 바빠서 정치에 관심 둘 시간이 없어."

요셉이 조심스럽게 대답했다.

"하지만 자네는 유대인이잖아. 그뿐인가? 다윗왕의 혈통을 물려받은 사람이잖아. 고대의 관습대로 여호수아에게 바치던 세겔[28] 말고는 세금 내는 게 기분 좋을 리 없지."

요셉이 아무 대꾸도 하지 않자 랍비가 하던 말을 계속했다.

"세금이 무겁다는 게 아니야. 그깟 1데나리온[29] 정도야 아무것도 아니지. 그런 말이 아니라니까! 세금 자체가 모욕이란 말이야. 세금을 낸다는 건 독재 정치에 복종한다는 뜻이잖아? 아 참, 그런데 유다가 자기가 메시아라고 주장한다는 말이 사실인가? 자네는 그를 추종하는 사람들이 많은 데서 살고 있잖은가?"

"그를 따르는 사람들이 메시아라고 부르는 소리는 들었네."

요셉이 대답했다. 때마침 여인을 가리고 있던 너울이 미끄러지면서 여인의 얼굴이 전부 드러났다. 랍비의 눈이 자기도 모르게 그쪽으로 향했고, 보기 드물게 아름다운 얼굴을 보았다. 호기심 가득한 눈으로 바라보는 랍비의 시선에 여인은 뺨과 이마가 빨갛게 물들면서 다시 너울로 얼굴을 가려버렸다. 그러는 동안 랍비는 자기가 무슨 말을 하고 있었던지 잊어버렸다.

"딸이 참 예쁘네."

---

28) 이스라엘의 화폐 단위

29) 예수 당시 로마제국의 주화

랍비가 낮은 소리로 말문을 열었다.

"딸이 아니라니까."

요셉이 다시 한 번 대답했다. 그리고 호기심이 어린 랍비의 표정을 보자 서둘러 말을 이었다.

"이 여인은 베들레헴의 요아킴과 안나 사이에서 태어난 여자야. 신망이 높으신 분들이었으니까 이름 정도는 들어본 적이 있겠지?"

"그럼, 들어봤지. 그분들을 잘 알지. 그분들도 다윗왕 혈통이잖아. 잘 알다마다."

랍비가 공손한 태도로 대답했다.

"지금은 두 분 모두 나사렛에서 돌아가셨네. 요아킴은 부자는 아니었지만 마리안과 마리아, 두 딸에게 집과 정원을 유산으로 남겼어. 이 여인이 바로 그 두 딸 중 하나야. 율법에 따르면, 자기 몫의 재산을 지키려면 가장 가까운 친척과 결혼하게 되어 있잖아. 그래서 지금은 내 아내가 되었어."

"그럼 자네는……?"

"이 여자의 삼촌이야."

"그래, 그렇지! 그러니까 두 사람의 고향이 모두 베들레헴이니 로마의 명에 따라 세금을 내려고 저 여인과 함께 호적을 만들러 가는 거로군."

랍비는 요셉의 손을 꽉 쥐고 화난 듯이 하늘을 쳐다보며 외쳤다.

"이스라엘의 하나님은 아직 살아계시다! 그분이 복수하실 거야!"

이 말과 함께 랍비는 몸을 돌려 휑하니 자리를 떠나버렸다. 근처에서 이 광경을 보고 있던 낯선 사람이 놀란 요셉에게 조용히 말했다.

"사무엘 랍비는 광신자예요. 유다도 저 정도는 아니죠."

요셉은 낯선 사람과 말을 섞고 싶지 않아 못 들은 척하며 당나귀가 주위에 어질러놓은 풀 더미를 주섬주섬 주워 모았다. 그리고는 지팡이에 다시 몸을 기대고 기다렸다.

한 시간 뒤, 요셉 일행은 성문을 지나 왼쪽으로 방향을 틀어 베들레헴으로 가는 길에 접어들었다. 힌놈의 골짜기로 내려가는 길은 군데군데 끊어져 야생 올리브의 헝클어진 가지로 막혀 있었다. 한 손에 당나귀 고삐를 잡은 요셉은 여인 곁에서 조심스럽게 걸었다. 그들 왼편으로는 시온 산의 남쪽과 동쪽을 두른 성벽이 보였고, 오른편으로는 힌놈 골짜기의 서쪽 경계인 가파른 언덕이 벽처럼 솟아 있었다.

일행은 천천히 기혼 샘의 아랫못[30]을 지났다. 햇빛이 강하게 비춰 시온 산에 드리운 희미한 그늘을 몰아내고 있었다. 그리고 다시 천천히 '솔로몬의 연못'에서 시작된 수로와 평행선을 그리며 나란히 걸어 '악한 음모의 언덕'[31]이라고 불리는 귀족의 시골 저택 주변까지 갔고, 거기서 르바임 평온쪽으로 올라갔다. 태양은 이 유명한 돌투성이 지역의 표면을 뜨겁게 달궜고, 그 때문에 요아킴의 딸인 마리아는 너울을 완전히 내리고 얼굴을 드러냈다. 요셉은 마리아에게 그곳의 천막에서 다윗왕의 기습을 받은 필리스티아인[32]들의 이야기를 들려주었다. 엄숙한 얼굴과 생기 없는 어투의요셉 이야기는 지루했고 마리아는 이야기를 듣다가 말다가 했다.

사람들이 다니는 길과 배가 다니는 바다에서는 어디서나 유대인의 얼굴과 체형이 눈에 띈다. 유대인은 전체적으로 보면 신체적 특징이 늘 똑같지만 개인적으로 보면 약간씩 다르다. "그의 빛이 붉고 눈이 빼어나고 얼굴이 아름답더라."[33] 사무엘 앞에 불려왔을 때 이새의 아들 모습이 그랬다. 그리고 그때부터 이 묘사는 인간의 상상력을 지배해 왔다. 여기에 시인들의 상상력이 더욱 화려하게 작용해서 다윗의 신체적 특징은 그 후대의 유명한 사람들에게 모두 똑같이 묘사되었다. 그래서 솔로몬처럼 이상적인 왕들의 용모는 흰 피부에, 그늘에서는 밤색 머리와 수염, 햇빛 아래에서는 금발의 모습이다. 잘생긴 압살롬[34]의 머리색도 그랬다고 전해진다. 기록된 역사가 없는 상황에서 지금 다윗왕의 고향으로 내려가는 여인에게도 그런 전통적인 아름다운 모습이 그대로 적용되어 묘사되고 있다.

---

30) 히스기야 왕이 예루살렘 성에 만든 저수지 중 하나. 식수원인 기혼 샘의 윗못과 구별하려고 아랫못으로 이름 붙임

31) 대사제 가야파가와 그의 동료들이 예수님을 체포하기로 결심한 장소(요한복음 11:47~50)여서 그렇게 이름이 붙여짐

32) 지금의 팔레스타인은 필리스티아란 단어에서 유래됨. 흔히 블레셋이라고 불림

33) 사무엘(상) 16장 12절에 나오는 말로 다윗의 용모를 설명

34) 다윗의 3남. 구약성서 사무엘(하)에 의하면, 그는 이복형이었던 장남 암논이 자신의 누이 다말을 능욕하고 버린 것에 분노해서 그를 죽이고 망갔고 나중에 다윗왕의 왕권을 탐내다 죽음

마리아는 이제 겨우 열다섯 살이었고 소녀티를 갓 벗은 용모와 목소리를 지니고 있었다. 얼굴은 완벽한 달걀형에 피부색은 하얗기보다는 차라리 창백에 가까웠다. 완벽한 코에 약간 벌어진 입술은 발그레하면서 도톰했고, 그 덕분에 입술 선에는 따뜻함과 부드러움과 신뢰감이 묻어났다. 크고 푸른 눈은 긴 속눈썹과 초승달 같은 눈썹으로 음영이 드리워져 있었다. 이런 모든 것과 완벽한 조화를 이룬 것은 이 유대인 새색시의 금발로, 그 머릿결은 마리아의 등 뒤로 그리고 앉아 있는 안장에까지 풍성하게 드리워져 있었다. 목선에는 이따금씩 솜털 같이 부드러운 분위기가 보였는데, 그래서 예술가들은 그것이 윤곽선 때문인지 피부색 때문인지 고개를 갸우뚱거리기도 했다. 마리아에게는 이런 신체적 매력 말고도 뭐라고 딱 부러지게 말하기 어려운 분위기가 있었다. 영혼만이 내뿜을 수 있는 순수함과 뭐라고 명확히 설명할 수 없는 것에서 느껴지는 추상적인 분위기였다. 그녀는 고개를 들어 푸른 눈으로 그보다 더 푸르다고 할 수 없는 하늘을 올려다보며 입술을 떨었다. 가끔 그녀는 경배와 기도를 드리듯 양손을 가슴에 교차하여 올리곤 했다. 또 가끔은 하늘에서 들리는 소리를 경청하듯 고개를 들었다. 요셉은 천천히 말하면서 가끔식 마리아를 쳐다봤고, 마리아의 환해진 표정을 볼 때면 고개를 끄덕이며 터벅터벅 걸어갔다.

그렇게 그들은 거대한 평원의 곁을 지나 마침내 성 엘리야 승천 언덕[35]에 도착했다. 그곳에서 계곡 건너편으로 보면, 나뭇가지만 앙상해 흐릿한 밤색으로 보이는 과수원 위로 햇빛을 받아 찬란하게 빛나는 그 오래된 성읍, "빵집"이라는 이름의 베들레헴 흰 성벽이 보였다. 그곳에서 잠시 발을 멈추고 쉬면서 요셉은 유명한 성지들을 손가락으로 가리키며 마리아에게 알려주었다. 그런 다음 그들은 계곡을 내려가 그 옛날 다윗왕의 군사들이 놀라운 위업을 달성했던 베들레헴 성벽으로 나아갔다. 좁은 길에는 사람들과 동물들이 바글바글했다. 요셉의 마음에 두려움이 엄습했다. 베들레헴이 이렇게 사람들로 붐빈다면 몸이 약한 마리아가 쉴 수 있는 숙소가 없지 않을

35) 요르단의 작은 언덕으로, BC 9세기 선구적 예언자였으며 야훼 신앙에 열성적이었던 엘리야가 하나님의 부르심을 입어 승천했다는 이야기가 전해진다

까 염려가 된 것이다. 그는 서둘러 라헬[36]의 무덤을 표시한 돌기둥을 지나 밭이 있는 산비탈을 통과했다. 가는 동안 누구와도 인사를 나누지 않았으며 곧장 마을 입구 앞, 두 길이 합쳐지는 곳 근처에 있는 대상들의 숙소에 이르렀다.

# 제9장
## 베들레헴의 동굴

그날 여관에서 나사렛에 사는 부부에게 있었던 일을 제대로 이해하려면 독자 여러분은 동방과 서방의 여관이 아주 다르다는 점을 먼저 알아둘 필요가 있다. 동방의 여관은 페르시아어에서 유래된 '칸'이라고 불리는데, 가장 간단한 형태는 울타리로 둘러막은 땅이다. 짐도 없고 헛간도 없었으며, 대문이나 입구가 없는 곳도 꽤 많았다. 여관의 장소는 햇빛을 피할 수 있는지, 몸을 보호할 수 있는지, 물이 가까이에 있는지에 따라 선정되었다. 야곱이 그의 아내 라헬을 얻으려고 밧단아람에 갔을 때 그가 쉬었던 곳도 이런 여관이었다. 오늘날 사막의 중간 휴식처도 그와 비슷한 형태이다.

반면 예루살렘이나 알렉산드리아 같은 대도시에 있는 여관은 주로 그 건물을 지은 왕에게 헌정하는 형태의 화려한 건물들이다. 하지만 일반적으로는 족장이 부족을 다스리는 본부이거나 소유지에 지나지 않았다. 그 집의 용도는 여행객의 숙소와는 거리가 멀었다. 그곳은 시장이며 재외상관이며 요새이며 집회 장소였다. 그러다 밤늦게 도착한 여행객의 쉼터가 되기도 하고, 상인들과 장인들의 임시 거주지가 되기도 한다. 담장 안에서는 한 마을의 일상생활의 다양한 상거래가 1년 내내 이루어지고 있다.

서방 사람들은 이 간이 숙박소의 독특한 운영 방식에 놀라곤 한다. 여관에는 주인도 사무원도 요리사도 부엌도 없었다. 문간에 서 있는 문지기가

36) 야곱의 아내. 그녀를 아내로 얻으려고 14년을 머슴으로 일했다고 한다

유일하게 눈에 띄는 관리인이자 주인 행세를 했다. 그곳에 도착한 이방인들은 숙박비를 내지 않고 마음대로 잠을 잘 수 있었다. 그곳에 숙박하러 오는 사람들은 자신이 먹을 식재료와 주방용품을 가지고 와야 했고, 그렇지 않으면 여관에 있는 상인들에게 사야 했다. 침상과 이불, 그리고 가축 먹이에도 같은 규칙이 적용되었다. 물과 휴식과 잠자리와 신체상의 보호만 제공받을 수 있었고 그건 모두 공짜였다. 유대교 회당의 평화는 언쟁하는 사람들의 목소리로 깨질 때도 있지만, 여관의 평화는 결코 깨지는 법이 없었다. 집과 그 부속건물은 신성시되었고 우물 또한 마찬가지였다.

요셉과 그의 아내가 발을 멈춘 베들레헴의 여관은 이에 대한 좋은 예가 될 만한 곳으로, 너무 화려하지도 원시적이지도 않았다. 또한 완전히 동방식이었다. 다시 말하면, 다듬지 않은 돌을 쌓아 지은 직사각형의 단층 건물에 지붕은 납작하고 창문도 없고 입구는 한 군데밖에 없었다. 동쪽이나 정면에 있는 입구는 집으로 들어가는 통로이기도 했는데, 도로와 너무 가까이 붙어 있어서 나무 들보의 반가량은 먼지를 뒤집어쓰고 있었다. 납작한 돌을 쌓아 올린 울타리는 북동쪽 끝에서 시작되어 몇 미터 비탈길 아래로 이어지다 서쪽에 있는 석회암 절벽에서 끝났다. 그곳은 좋은 여관의 입지조건으로 가장 필수적인, 동물을 안전하게 보호할 수 있는 장소였다.

족장이 한 명밖에 없는 베들레헴 같은 마을에는 여관도 하나 정도밖에 없었다. 요셉과 마리아는 비록 그곳에서 태어나기는 했지만 오랫동안 다른 곳에서 살았기 때문에 환대받을 처지가 아니었다. 더구나 그들이 온 목적인 호적등록은 몇 주일, 아니 몇 달이 걸릴 수도 있었다. 시골에 있는 로마 부관들은 일이 느리기로 악명이 높았다. 그러므로 그렇게 불확실한 기간 동안 자신과 아내를 머무르게 해달라고 지인이나 친척에게 말하는 것은 불가능했다. 그런 이유로 요셉은 당나귀를 재촉해 가파른 비탈길을 올라가면서, 여관에 이르기도 전에 이미 자리를 구하지 못할까봐 불안해했고 그 불안감은 점차 고통스러운 걱정으로 변해 갔다. 왜냐하면 주변이 온통 물을 찾아 혹은 인근의 동굴을 찾아 가축과 말, 낙타를 끌고 계곡을 오르내리는 남자들과 소년들로 붐비고 있었기 때문이다. 마침내 여관에 도착한 요셉은 여관 출입구 주변을 둘러싸고 있는 사람들의 무리를 보고 입을 다물지 못했다. 여관은 안이 넓어 보이기는 했지만 이미 사람들로 꽉 들어차 있는 것 같았다.

"문까지 가지도 못하겠군."

요셉이 느린 말투로 입을 열었다.

"여기에 잠깐 멈춰서 무슨 일인지 알아봅시다."

마리아는 아무런 대답 없이 조용히 너울을 옆으로 내렸다. 처음에 나타났던 피곤한 표정은 곧 호기심으로 변했다. 주위를 둘러보던 그녀는 자신이 북적대는 한 무리의 끝자락에 있다는 사실을 알았다. 물론 거대한 대상의 무리가 지나다니는 큰길에는 그렇게 북적이는 모습이 평범한 광경일 테지만, 여인으로서는 그것만으로도 호기심이 일기에 충분했다. 각종 시리아 사투리로 날카롭게 고함을 지르며 이리저리 달려가는 사람들, 낙타를 탄 남자에게 고함을 지르는 말 탄 남자, 말 안 듣는 소와 겁에 질린 양과 이길 수도 없을 것 같은 싸움을 벌이는 사람도 있었고, 빵과 포도주를 팔러 다니는 사람도 있었다. 그리고 이 정신없이 엉킨 사람들 사이로 개를 쫓아다니는 한 무리의 소년들도 보였다. 모든 사람과 모든 사물이 한꺼번에 움직이는 것 같았다. 아마 보통 구경꾼이라면 그런 광경에 지쳐 금방 흥미를 잃었을 것이다. 아닌 게 아니라, 마리아도 곧 한숨을 쉬며 다시 안장에 몸을 기댔다. 그리고 평안과 휴식을 구하려는 듯 혹은 누군가를 기다리는 듯 멀리 남쪽을 쳐다보았고, 다시 시선을 돌려 석양이 곱게 물들어 가는 파라다이스 산의 높은 벼랑 쪽을 쳐다보았다.

마리아가 그렇게 주변을 둘러보는 동안 웬 짜증난 표정의 남자가 사람들을 헤치며 다가오더니 당나귀 근처에서 걸음을 멈췄다. 요셉이 그에게 물었다.

"유다 자손인 선하신 친구여, 한마디 여쭈어도 될까요? 왜 이렇게 사람이 많은지요?"

남자는 화난 표정으로 고개를 홱 돌려보았다. 하지만 요셉의 굵고 낮은 목소리와 느린 말투, 그리고 진지한 표정을 보고는 대충 절하는 태도로 손을 들어 올리고 대답했다.

"랍비여, 그대에게 화평이 있기를! 말씀하신 대로 저는 유다의 자손입니다. 대답해 드리지요. 저는 과거 단 지파의 땅이었던 벧다곤에 살고 있습니다."

"모딘에서 욥바로 가는 길에 있는 마을 말이군요."

"맞아요. 그곳에 살았던 적이 있나 보죠?"

이내 남자의 표정이 한층 더 부드러워졌다.

"우리 유다 사람들은 방랑하는 사람들인 게 맞나봅니다. 저는 몇 년 동안 베들레헴 에브라다에서 멀리 떨어진 곳에 살고 있었습니다. 그런데 모든 이스라엘 사람들은 자기가 태어난 고향에 가서 호적을 만들라는 황제의 명을 받아 이곳에 오게 된 것이지요."

"저도 같은 이유로 여기에 왔습니다. 아내와 함께 말이지요."

요셉은 가면을 쓴 것처럼 무표정한 얼굴로 말했다. 남자는 마리아를 힐끗 쳐다보았지만 아무 말도 하지 못했다. 마리아는 그 돌 산 꼭대기를 쳐다보고 있었는데, 고개를 든 그녀의 얼굴에 석양빛이 닿아 푸른 두 눈이 보랏빛으로 물들었다. 그리고 조금 벌어진 입에서는 떨리는 소리로 하늘에 염원하는 기도 소리가 흘러나왔다. 잠깐 동안 그녀의 아름다운 모습에는 인간의 분위기가 깨끗이 정화되어 사라지고 없었다. 그녀는 인간의 영혼이 천국 문 앞에서 만나게 될 천사의 모습 같았다. 지금 그 낯선 남자는 수백 년 뒤 라파엘로 산치오라는 천재 화가가 그린 성모 마리아의 모습 그대로를 본 것이다.

"내가 무슨 말을 하던 중이었죠? 아, 그렇지! 처음에 여기로 가라는 명령을 들었을 때 화가 났었다는 말을 하려고 했었군요. 그러다가 옛날에 뛰놀던 언덕, 동네, 기드론 계곡 저 아래로 자취를 감추던 능선, 포도밭과 과수원, 룻과 보아스[37]의 시절부터 변함없이 곡식이 자라는 논, 친숙한 산들, 그러니까 여기 있는 그 돌 산과 저쪽에 있는 기브아 산, 또 저쪽의 엘리야 언덕을 생각하고는 폭군은 용서하고 이곳으로 왔죠. 나와 내 아내, 그리고 사

37) 룻기에 나와 있는 내용. 보아스와 결혼한 룻은 다윗의 조상이 된다

론의 들꽃과 같은 내 딸 드보라와 미갈과 함께 말입니다. 아, 제가 어렸을 때는 저 산이 세상의 끝인 줄 알았는데……."

남자는 잠시 말을 멈추었다. 그리고 이야기를 듣고 있던 마리아를 쳐다보고 느닷없이 말했다.

"랍비님, 아내분과 함께 제 가족이 있는 곳으로 가는 건 어떻습니까? 저기 길모퉁이에 기울어진 올리브 나무 아래 아이들과 함께 있는 제 아내가 보이시죠?"

그는 요셉을 보며 적극적으로 말했다.

"제가 말하지만, 여관은 만원입니다. 문간에 가서 물어봐도 대답은 마찬가지일 겁니다."

요셉은 결단하는 것도 그의 마음만큼이나 느렸다. 오래 망설이던 요셉이 마침내 대답했다.

"제안은 감사합니다. 여관에 우리가 머물 공간이 있든 없든 당신 가족을 만나러 가죠. 하지만 일단 문지기에게 직접 물어보고 싶군요. 금방 돌아올게요."

요셉은 당나귀 고삐를 남자에게 맡기고 혼잡한 군중 사이를 뚫고 지나갔다. 문지기는 큰 삼나무 그루터기 위에 앉아 있었다. 뒤에 있는 벽에는 투창이 기대어져 있고, 개 한 마리가 그루터기 위에서 그의 곁에 쪼그리고 앉아 있었다.

"여호와의 화평이 그대에게 있기를."

요셉이 문지기를 보며 말했다.

"그대가 빌어준 화평이 그대와 그대의 가족에게 되돌아가 넘쳐나기를."

문지기는 엄숙한 표정으로 말했지만 몸은 꿈쩍도 하지 않았다.

"저는 베들레헴 출신입니다. 혹시 빈 방이……."

요셉은 아주 침착한 목소리로 물었다.

"없습니다."

"내 이름 들어본 적이 있을 겁니다. 나는 나사렛의 요셉이라는 사람이오. 이곳은 내 조상들의 집이죠. 나는 다윗왕 가문의 사람입니다."

요셉은 자신의 말에 희망을 걸었다. 이 말이 통하지 않으면 어떤 하소연도, 아무리 돈을 많이 준다고 해도 소용없었다. 유다 지파 사람이라는 것도 대단한 것이지만 다윗왕의 혈통이라는 것은 매우 특별한 것이었다. 이스라엘 사람으로서 그보다 더 큰 자랑은 없었다. 소년 목동이 사울의 후계자가 되어 왕가의 시조가 된 지 천여 년의 세월이 흘렀다. 전쟁도, 수많은 재난도 있었다. 다른 혈통의 왕들도 있었다. 그러는 동안 다윗의 후손들은 무명의 세월을 보내면서, 이제 일반 유대인의 지위로 강등되어 있었다. 다른 사람과 동일한 땀을 흘려야 했고 그렇게 해서 얻은 빵도 초라하기 이를 데 없었다. 하지만 아직도 그들은 성경에 기록된 역사의 혜택을 보고 있었다. 성경은 혈통으로 시작해서 혈통으로 끝나는 책이다. 다윗의 자손이라고 하면 모르는 사람이 없었고, 이스라엘을 다니면서 그 말을 하면 거의 공경에 가까운 존경을 이끌어 낼 수 있었다.

예루살렘이나 다른 지역에서도 그렇다면 베들레헴의 대상 숙박소 정문에서는 성경 한 구절이라도 먹힐 만했다. 요셉이 말한 "이곳은 내 조상들의 집이죠."라는 말은 가장 단순하면서도 거짓 하나 없는 진실이었다. 왜냐하면 그곳이 바로 룻이 보아스의 아내로서 안살림을 도맡아 했던 그 집이었고, 이새뿐만 아니라 다윗을 비롯한 그의 아들들이 태어난 집이었기 때문이다. 또한 왕이 될 사람을 찾아다니던 사무엘이 다윗을 발견한 집이었고, 다윗이 충성스런 길르앗 사람 바르실래의 아들에게 하사한 집이었다. 뿐만 아니라 예레미야가 바빌론 사람들로부터 그의 민족을 구원하려고 기도하던 집이었다.

다윗으로 호소하는 것은 분명히 효과가 있었다. 문지기는 삼나무 그루터기에서 슬그머니 내려와 수염을 어루만지며 공손하게 말했다.

"랍비님, 이곳이 언제부터 여행자들을 받아들이기 시작했는지는 정확하게 모릅니다만, 적어도 천 년 이상 된 건 확실합니다. 그리고 그 오랜 세월 동안 방이 없을 때를 제외하고 선한 사람을 그냥 돌아가게 한 예는 제가 알기로 한 번도 없습니다. 따라서 모르는 사람에게 그러하듯, 다윗왕의 자손에게 거절할 때도 같은 이유, 즉 빈 방이 없기 때문입니다. 그러므로 다시 한 번 고개 숙여 양해를 구합니다. 저와 함께 가 보시면 여기에 머물 곳이 없다는 걸 보여드리겠습니다. 방만 빈 것이 아닙니다. 헛간에도, 안뜰에도, 심지어 지붕 위에도 빈 곳이 없습니다. 랍비님, 언제 여기에 도착했는지 여쭤봐도 될까요?"

"방금 도착했습니다."

문지기는 미소를 지었다.

"'너희와 함께 있는 거류민을 너희 중에서 낳은 자 같이 여기며 자기 같이 사랑하라.'[38] 이건 성경 말씀 아닙니까, 랍비님?"

요셉은 아무 말도 할 수 없었다.

"그것이 성경 말씀이라면, 오래 전에 이곳에 와서 머물고 있는 사람에게 '자, 이제 그대 갈 길을 가시오, 다른 사람에게 그 자리를 내주어야 합니다.'라고 말할 수 있겠어요?"

요셉은 여전히 침묵을 지켰다.

"그리고 만일 제가 그 말을 했다고 칩시다. 그 빈자리를 누구에게 준다는 말입니까? 저기 기다리고 있는 수많은 사람들을 보세요. 어떤 사람은 정오부터 기다리고 있었습니다."

"이 사람들은 다 누굽니까? 도대체 이런 때 여기는 왜 온 겁니까?"

요셉은 군중들을 바라보며 물었다.

"랍비님이 여기 오신 이유도 필시 이 집에 숙박하고 있는 사람들 대부분과 같을 겁니다. 황제의 칙령 때문이잖아요."

문지기는 요셉에게 미심쩍어 하는 시선을 던지며 덧붙였다.

"그리고 어제 다마스쿠스에서 아라비아를 거쳐 이집트로 가는 대상이 도착했습니다. 지금 보고 계신 것이 그 무리들이죠, 남자들과 낙타들 말입니다."

"안뜰이 넓잖소."

요셉은 미련을 버리지 못하고 말했다.

"그래요. 하지만 비단 꾸러미와 향신료 주머니, 별의별 물품이 든 짐으로

38) 레위기 19장 34절

꽉 들어차 있죠."

문지기의 말에 요셉은 완고한 표정을 지우고 응시하던 눈도 맥없이 아래로 떨어뜨렸다.

"난 아무래도 괜찮습니다. 하지만 아내와 함께 왔는데, 밤이 너무 추워요. 나사렛보다 이곳 산등성이가 더 춥군요. 아내를 밖에서 자게 할 수는 없어요. 마을에도 빈 방이 없을까요?"

질문하는 요셉의 목소리는 미지근했다.

"이 사람들도 모두 마을에 가서 보고 온 사람들입니다. 거기도 방이 꽉 찼다더군요."

문지기는 대문 앞에 있는 사람들을 손으로 가리키며 대답했다. 요셉은 다시 시선을 아래로 떨어뜨리고 혼잣말처럼 말했다.

"아내는 아직 너무 어려! 산등성이에서 자게 하면 서리 때문에 죽고 말텐데."

요셉은 다시 문지기를 향해 입을 열었다.

"당신도 아실지 모르겠군요. 아내의 부모님은 요아킴과 안나라고 합니다. 전에 베들레헴에서 살았고, 나와 마찬가지로 다윗왕의 혈통입니다."

"아, 네, 그분들을 잘 압니다. 좋은 분들이었죠. 제가 어렸을 때 알았던 분들입니다."

이번에는 문지기가 시선을 떨어뜨리고 생각에 잠겼다. 그러더니 느닷없이 고개를 들고 말했다.

"방을 마련해 드리지는 못하겠지만 그냥 돌려보낼 수는 없겠네요. 랍비님, 할 수 있는 한 최선을 다해 보겠습니다. 일행이 모두 몇 명입니까?"

요셉은 잠시 생각하더니 대답했다.

"제 아내와 저 너머 욥바 근처에 있는 작은 마을 벧다곤에서 온 내 친구 가족, 모두 여섯 명입니다."

"좋아요. 산등성이에서 잠들게 하진 않을게요. 일행을 다 데리고 이리로 오세요. 빨리 서두르세요. 해가 산 너머로 지면 금세 밤이 찾아옵니다. 보세요, 벌써 해가 지려고 하잖아요."

"당신에게 집 없는 나그네가 축복하겠소. 뒤이어 올 나그네의 축복까지 말이오."

요셉은 기쁨에 넘쳐 마리아와 벧다곤에서 온 사람에게 달려갔다. 잠시 뒤 벧다곤 사람은 당나귀에 가족을 태우고 왔다. 그의 아내는 나이가 지긋해 보이는 품위 있는 여성이었고, 딸들은 엄마의 젊을 때 모습 같았다. 그들이 대상 여관 대문 앞으로 가자 문지기는 이들이 가난한 사람들임을 대번에 알아보았다.

"이쪽이 내 아내고, 저쪽이 내 친구들입니다."

요셉이 말했다. 때맞춰 마리아가 너울을 약간 들어 올렸다.

"푸른 눈에 금발이군."

문지기는 마리아에게서 눈을 떼지 못한 채 혼잣말로 중얼거렸다.

"사울 앞에서 노래를 부르던 젊은 다윗의 모습이 저랬지."

문지기는 요셉의 손에서 고삐를 넘겨받고 마리아에게 말했다.

"다윗의 딸이여, 그대에게 화평이 있기를!"

그리고 다른 사람들에게도 "여러분 모두에게도 화평이 있기를!"이라고 말한 후, 시선을 요셉에게 돌렸다.

"랍비님, 저를 따라오세요."

일행은 돌로 포장된 넓은 통행로로 인도되어 여관 안뜰로 들어갔다. 안뜰을 처음 보는 사람은 신기해 보일 수도 있었지만, 일행은 사방에서 입을 떡 벌린 헛간과 안뜰을 보고는 그냥 사람이 참 많다는 말만 했다. 그들은 짐을 쌓을 때만 쓰는 좁은 길을 지나고, 입구에서 봤던 것과 비슷한 통행로를 지나 여관 옆에 있는 담장 안으로 들어갔다. 거기에서는 낙타와 말과 당나귀가 말뚝에 묶인 채 서로 몸을 부비며 졸고 있었다. 그 사이에 여러 나라에서 온 마부들도 있었는데, 그들은 잠을 자거나 말없이 일행을 쳐다보기만 했다. 일행은 제멋대로 가려고 하는 멍청한 당나귀를 다독이며 경사난 복잡한 뜰을 아주 천천히 내려갔다. 마침내 그들은 여관이 내려다보이는 회색 석회암 절벽 쪽으로 난 길을 올라가기 시작했다.

"동굴로 가는 군요."

요셉이 입을 열었다.

"우리가 가는 동굴은 당신 조상인 다윗이 쉬던 곳이었을 겁니다. 다윗은 저 아래 보이는 들판과 계곡 저 아래에 있는 샘에서 양 떼를 몰고 안전한 장소로 가곤 했죠. 그리고 왕이 되고 난 다음에도 수많은 동물을 이끌고 이 옛집을 찾아와 휴식하고 건강을 되찾곤 했습니다. 여물통도 그때처럼 그대로 있어요. 안뜰이나 바깥의 길바닥에서 자는 것보다 다윗이 잠자던 바닥에서 밤을 지내는 것이 더 나을 겁니다. 여기예요, 여기가 바로 그 동굴집입니다."

문지기는 걸음을 늦추어 마리아의 곁에 서서 말했다.

일행은 그런 자리밖에 줄 수 없는 문지기의 사과를 전혀 미안하게 받아들이지 않았다. 문지기는 사과할 필요조차 없었다. 그곳은 당시 그들이 얻을 수 있는 최상의 장소였기 때문이다. 일행은 쉽게 만족할 줄 아는 소박한 사람들이었다. 더구나 당시의 유대인에게는 동굴에서 잔다는 게 별로 낯설지 않은 평범한 일상이었다. 얼마나 많은 유대인의 역사가, 그 역사 속에 얼마나 많은 흥미로운 사건들이 동굴 속에서 일어났던가! 더욱이 이들은 베들레헴 사람들이었다. 그 지역에는 크고 작은 동굴들이 많았고 에밈 족속과 호리 족속[39] 시대부터 동굴은 주거지였기에 그들이 동굴에서 잔다는 것은 전혀 이상하지 않았다. 그들에게 제공된 동굴이 과거에 마구간이었고 지금도 마구간이라는 사실도 전혀 불쾌한 일이 아니었다. 그들은 양 떼를 몰고 다니다가 함께 자기도 하는 것이 일상이었던 목동의 후손이었기 때문이다. 아브라함 시절부터 내려오던 전통에 따라 유목민인 베두인의 천막에서는 말과 아이들이 함께 어울려 잠을 자곤 했다. 그래서 그들은 기꺼이 문지기의 말을 들었으며, 호기심을 품은 채 집을 쳐다보았다. 그들에게는 다윗의 역사와 연관된 모든 것이 흥미로웠다.

동굴집은 좁고 낮았다. 후미는 바위에 붙어 있고, 바위에서 조금 앞으로 돌출된 집이었다. 창문은 하나도 없었다. 휑한 정문에는 거대한 경첩으로 움직이는, 황갈색 진흙이 잔뜩 묻은 문이 있었다. 나무 빗장이 열린 동안 여

39) 모압과 에돔 지역에 살던 옛 족속들

자들은 도움을 받아 가마에서 내렸다. 문이 열리자 문지기가 소리쳤다.

"들어오세요!"

손님들은 안으로 들어가 주위를 두리번거렸다. 동굴은 길이가 약 12미터, 높이가 약 3미터, 넓이가 약 4미터 정도 되었다. 출입구에서 빛이 흘러들어와 울퉁불퉁한 천장과 곡식과 사료 더미와 방 중앙을 차지하고 있는 질그릇과 집안용품들을 비췄다. 측면을 따라 양들이 사료를 먹기에 적합하도록 돌로 낮게 만든 여물통이 쭉 있었다. 칸막이나 경계를 나누는 벽 같은 것은 전혀 없었다. 흙먼지와 짚이 바닥에 누렇게 깔려 있고, 틈과 구멍 사이에도 끼어 있었으며, 천장에는 더러운 세마포처럼 축 늘어진 거미줄에도 먼지가 두껍게 엉켜 있었다. 그것만 제외하면 안은 깨끗한 편이었고 겉보기에는 여관 본관의 아치 지붕이 있는 헛간처럼 안락해 보였다. 사실, 헛간의 모델이자 첫 형태는 동굴이었다.

"안으로 들어오세요!"

문지기가 말했다.

"바닥에 쌓여 있는 건 여러분 같은 여행객들을 위해 마련해 둔 겁니다. 원하는 대로 쓰세요."

문지기가 마리아에게 향하며 다시 말했다.

"여기서 잘 수 있겠어요?"

"걱정 마세요. 이 장소는 거룩하게 되었습니다."

마리아가 대답했다.

"그럼 저는 이만 가보겠습니다. 여러분 모두에게 화평이 있기를!"

문지기가 떠난 뒤, 일행은 동굴을 사람이 거주할 만한 곳으로 만들려고 분주하게 움직였다.

# 제10장
## 하늘에서 찬란히 빛나는 별

어느 정도 시간이 지나자 여관 안팎에서 사람들이 웅성거리는 소리와 부산하게 움직이는 소리가 그쳤다. 그와 동시에 이미 일어나 있는 사람을 제외하고, 모든 이스라엘 사람들이 자리에서 일어나 엄숙한 얼굴로 예루살렘 쪽을 바라보며 손을 가슴에 교차하여 기도를 올렸다. 왜냐하면 모리아[40] 성전에서 제물을 바치고 하나님께서 그곳에 임재해 계시다는 거룩한 9시가 되었기 때문이다.

기도를 드린 사람들의 손이 아래로 내려오자 다시 부산스러운 소리가 들리기 시작했다. 모든 사람이 식사를 하거나 짚으로 잠자리를 준비했다. 잠시 뒤 불들이 꺼지고 조용해지더니 마침내 모두가 잠이 들었다.

한밤중에 지붕에서 자던 사람이 소리를 질렀다.

"저 빛이 뭐지? 여러분들, 일어나 보세요, 일어나서 저걸 좀 보세요!"

사람들은 잠이 덜 깬 눈으로 자리에서 일어나 하늘을 보다가 화들짝 놀라 잠을 깼다. 흥분한 사람들의 목소리는 아래쪽 안뜰로, 헛간으로 옮겨갔고 곧 여관방 전체와 안뜰과 울안에서 잠자던 사람들 전부가 밖으로 나와 하늘을 쳐다보았다.

가장 가까이에 보이는 별 뒤쪽 끝없이 먼 저 너머에서 빛줄기 하나가 비스듬히 땅으로 떨어져 내려오기 시작했다. 머리 부분은 작은 점 같고 꼬리 부분은 넓이가 몇 백 미터쯤 되었으며 허리 부분은 밤의 어둠과 부드럽게 뒤섞여져 희미했지만 그 중심은 장밋빛으로 반짝반짝 빛나고 있었다. 빛은 동네의 동남쪽에 있는 가장 가까운 산에 잠시 머물렀고, 그 때문에 산등성이가 선을 따라 희미하게 후광을 둘러친 듯했다. 그 빛으로 여관은 환해졌고, 지붕에 있던 사람들은 놀라 서로의 얼굴을 마주보았다.

40) 팔레스타인 남부의 산악지방. 아브라함이 이삭을 희생물로 하려던 곳

빛은 은은하게 몇 분에 걸쳐 그대로 머물러 있었고, 사람들의 놀라움은 경외감과 두려움으로 변해 갔다. 겁 많은 사람들은 부들부들 떨었고, 대담한 사람들은 낮은 소리로 속닥거렸다.

"전에 저런 걸 본 적 있어요?"

한 사람이 물었다.

"빛은 바로 저 산 위에 있는 것 같아요. 뭔지는 모르겠고, 한 번도 본 적이 없어요."

다른 사람이 대답했다.

"유성이 떨어진 걸까요?"

또 다른 사람이 더듬거리며 물었다.

"유성이 떨어지면 빛은 스러지잖아요."

"알았다!"

한 사람이 자신만만한 소리로 말했다.

"양치기가 사자를 보고 양들을 보호하려고 불을 피운 거예요."

옆에 있던 사람이 안도의 한숨을 쉬며 말했다.

"맞아, 바로 그거야! 오늘 보니까 저쪽 계곡 너머에서 양들이 풀을 뜯어 먹고 있었어요."

하지만 다른 구경꾼이 그들의 안도감을 일시에 불식시키는 말을 꺼냈다.

"아니, 그게 아니에요! 유대 지방의 모든 계곡에 있는 나무를 한 데 모아 불을 붙여도 저렇게 높고 밝게 빛나지는 않아요."

아내 지붕에서는 침묵이 흘렀고, 이런 신비로운 현상이 벌어질 동안 단 한마디의 소리만이 침묵을 깼다.

"여러분!"

풍채가 당당한 한 유대인이 소리를 질렀다.

"지금 우리가 보고 있는 것은 우리 조상 야곱이 꿈에서 보았던 사다리입니다."[41]

---

41) 이스라엘의 성조(태조)인 야곱이 꿈에 본 사다리는 땅에서 하늘에 걸쳐 있었는데, 야곱은 하나님의 천사들이 오르내리는 것을 보았다(창세기 28:12)고 함

# 제11장

## 예수 그리스도의 탄생

베들레헴에서 동남쪽으로 2~3킬로미터쯤 떨어진 곳에는 언덕 하나가 불룩 솟아 있어 마을과 분리된 평지를 이루고 있었다. 그 평지는 방풍림으로 둘러싸여 있어 북풍을 막을 뿐만 아니라 플라타너스와 개곽향나무, 소나무가 빽빽이 들어차 있고 인근의 골짜기와 협곡에는 올리브와 뽕나무 덤불이 뒤덮여 있어, 이런 계절에 그곳은 방목되는 양과 염소와 소에게 더없이 소중한 장소였다.

마을에서 가장 멀리 떨어진 곳의 낭떠러지 아래 근처에는 아주 넓고 오래된 양 우리가 있었다. 언제인지도 모를 시절에 진격지로 쓰였던 건물은, 이제 지붕도 떨어져 나가고 거의 폐허처럼 허물어져 있었다. 하지만 옆에 붙어 있는 담은 아직 그대로 남아 있어 동물들을 이끌고 그곳까지 간 목동들에게는 건물 자체보다 더 중요한 장소였다. 둘러싼 돌담은 어른 키 높이 정도로 그리 높은 편은 아니어서 때로는 황야에서 굶주림에 지친 표범이나 사자가 대담하게 안으로 뛰어 넘어오곤 했다. 그래서 늘 상주하는 위험에 추가적인 보호 장치로 담장 안에 갈매나무가 심어져 있었고, 웃자라 있는 대못처럼 단단한 가시덤불 덕분에 참새 한 마리도 제대로 들어 올 수 없는 아주 튼튼한 방어책이 되었다.

앞 장에서 말한 일이 일어난 날, 목동 몇 명이 동물들에게 신선한 풀을 먹이려고 평원으로 갔다. 그래서 평원은 이른 아침부터 외침 소리, 도끼 내려치는 소리, 양과 염소가 매 하고 우는 소리, 방울이 딸랑거리는 소리, 소가 음매 하고 우는 소리, 개가 멍멍 짖는 소리로 메아리치고 있었다. 해가 뉘엿뉘엿 넘어가자 목동들은 동물을 양 우리로 몰았고, 황혼녘에는 모든 동물이 안전하게 담장 안으로 들어갔다. 그 뒤 목동들은 대문 근처에 불을 피우고 소박한 저녁을 함께 나누어 먹고, 망보러 간 한 사람을 제외하고는 앉아서 쉬며 잡담을 나누었다.

망보는 사람을 제외하고 목동은 여섯 명이었다. 그들은 잠시 동안 앉기도 하고 기대 눕기도 한 채 불 옆에 무리를 지어 모여 있었다. 목동들은 늘 그래 왔듯이 모자를 안 쓰고 있었기 때문에 햇볕에 탄 굵고 거친 머리 다발이 삐죽이 솟아 올라와 있었다. 목을 덮은 수염은 가슴까지 엉클어져 내려와 있었다. 털이 그대로 붙은 새끼 염소와 새끼 양 가죽으로 만든 외투는 목에서 무릎까지 덮고, 팔은 그대로 드러나 있었다. 투박한 옷은 허리에 넓은 벨트로 묶여 있었다. 신고 있는 샌들은 허름하기 짝이 없었다. 오른쪽 어깨에는 식량과 그들의 무기인 고무줄 새총에 쓰려고 주운 돌멩이를 모아 둔 자루를 매고 있었다. 목동들은 모두 땅에 그들 직업의 상징이자 공격용 무기인 갈고리를 놓아두었다.

유대 지방의 목동들은 그런 모습이었다! 불 곁에서 여윈 개들과 함께 앉아 있는 목동들의 겉모습은 거칠고 미개했지만 실상 속마음은 단순하고 착했다. 그들의 삶 자체가 미개한 것도 이유 중의 하나이지만 늘 가엾고 사랑스러운 미물을 돌보는 일을 하는 게 더 큰 이유였다.

그들은 쉬면서 잡담을 나누었다. 대화는 세상 사람들에게는 지루한 주제였지만 그들에게는 세상의 전부인 돌보는 가축에 관한 것이었다. 그들이 사소한 순간의 일을 오랫동안 곱씹으며 이야기한다면, 목동 한 사람이 새끼 양 한 마리를 잃어버린 사건을 아주 자세한 내용까지 잊지 않고 다 이야기한다면, 그 목동과 가엾은 양과의 사이가 잊을 수 없는 그런 관계라는 뜻이었다. 양은 태어날 때부터 목동의 책임이었다. 홍수가 난 강을 건너게 하고, 골짜기를 내려가게 하고, 이름을 붙이고 훈련시키는 하루하루의 일과가 모두 목동의 책임이었다. 새끼 양은 그의 친구이자 생각과 관심의 대상이었고 소망의 주제였다. 새끼 양은 그의 방랑하는 삶을 함께하고 활기를 주던 존재였다. 목동은 양을 보호하려면 사자도 강도도 죽을 각오로 맞서야 했다.

나라들이 망하고 세상의 주인이 바뀌는 대사건 같은 것은 오히려 그들에게는 사소한 일이었다. 그들의 귀에도 헤롯왕이 예루살렘과 다른 도시에서 어떤 일을 했다든지, 궁전과 경기장을 건설했다든지, 은밀한 일에 빠져 있다든지 하는 일은 종종 흘러 들어왔다. 당시의 로마는 사람들이 물어올 때까지 느긋하게 기다려주지 않고 그들에게 밀어닥치는 게 관행이었다. 목동들은 언덕 위로 뒤처진 동물들을 인도하며 올라갈 때, 혹은 은둔처에 동물들을 피신시키고 있을 때 느닷없이 들리는 트럼펫 소리에 화들짝 놀란 일이 한두 번이 아니었다. 살짝 내다보면 보병대들이, 때로는 대군이 나팔 소리에 맞춰 행군했다. 반짝이는 투구가 사라지고 불쑥 나타난 군대를 보고 놀란 가슴이 진정되면, 목동들은 로마제국의 군인이라는 번쩍이는 세계와 정반대로 사는 자기들의 소박한 삶에 다시 한 번 매력을 느끼곤 한다.

목동들은 거칠고 단순했지만 나름대로 지식과 지혜가 있었다. 안식일에는 몸을 정갈하게 씻고 유대교 회당에 나가 언약궤가 모셔진 장소에서 가장 먼 곳에 있는 의자에 앉아 있곤 했다. 성가대의 악장이 율법서를 돌리면 누구보다 더 열렬히 입을 맞추었고, 제사장이 성경을 읽으면 절대적인 마음으로 누구보다 열심히 해석해 주는 그 말에 귀를 기울였다. 장로가 설교할 때면 어떤 다른 말로도 그들의 집중력은 흩뜨릴 수 없었고, 설교를 들은 뒤에는 누구보다 더 깊이 그 설교를 마음에 새겼다. 그들은 성경 구절에서 그들의 소박한 삶의 모든 율법을 배웠으며, 그들의 하나님은 유일하신 분이며 온 마음을 다해 그분을 섬겨야 한다는 것을 배웠다. 그래서 그들은 배운 대로 하나님을 사랑했으며, 그것이 바로 왕들의 지혜를 능가하는 그들의 지혜였다.

목동들은 이야기를 나누다가 첫 번째 망보는 사람의 순서가 미처 끝나기도 전에 앉은 자리에서 그대로 하나둘씩 쓰러져 잠이 들었다. 구릉 지대의 겨울밤이 대체로 그러하듯 그날 밤도 맑고 상쾌했으며 무수히 많은 별들이 반짝이고 있었다. 바람은 불지 않았다. 공기는 더할 수 없이 맑았고 주변은 고요한 정도를 넘어서 정적이 흐르고 있었다. 그것은 거룩한 고요함이었고, 이 땅의 사람들에게 뭔가 반가운 소식을 전할 것이라는 하늘의 예보였다.

대문 곁에서 망보던 사람은 외투로 몸을 감싸고 이리저리 거닐었다. 가끔 잠자는 동물들의 뒤척이는 소리나 저쪽 먼 산에서 울부짖는 자칼의 소리를 듣고 걸음을 멈추었다. 자정은 느릿느릿 다가왔고 마침내 자정이 되자 그의 망보는 임무가 끝났다. 이제부터 고단한 노동으로 지친 자들에게 내리는 축복인, 꿈도 없는 단잠의 시간이었다! 그는 불을 피워둔 곳을 향해 걸음을 옮기다 발길을 멈추었다. 주변에 달빛처럼 밝고 부드러운 빛이 비치기 시작한 것이다. 목동은 숨을 죽이고 기다렸다. 불빛은 더욱 강해졌고 조금 전까지 어둠에 가려 보이지 않던 것들이 보이기 시작했다. 들판 전체와 들판이 보호하고 있던 모든 것들이 눈에 들어왔다. 쌀쌀한 날씨보다 더 통렬한 냉기가—공포로 인한 냉기가—목동을 휩쌌다. 그는 고개를 들었다. 하늘의 별들이 모두 사라지고 없었다. 빛은 하늘에 난 창문에서 흘러나오듯 지상을 내리비치고 있었다. 그가 바라보는 동안 빛은 이글거리는 광채가 되어 비추었다. 그는 공포에 사로잡혀 소리쳤다.

"일어나, 모두 일어나!"

그 소리에 개가 벌떡 일어나 길고 날카로운 소리로 울부짖고 달아나 버렸다. 동물들은 어쩔 줄 몰라 하며 한구석으로 모여들었다. 잠자던 목동들은 황급히 무기를 손에 쥐고 벌떡 일어났다.

"무슨 일이야?"

목동들은 한 목소리로 물었다.

"저것 봐! 하늘이 불타고 있어!"

갑자기 눈을 뜰 수 없을 정도로 빛이 강해져서 목동들은 눈을 가리고 무릎을 꿇었다. 만일 그 뒤에 어떤 소리가 들리지 않았다면, 두려움으로 간이 콩알 만해져서 앞도 못 본 채 정신을 잃고 죽어버렸을 것이다.

"무서워하지 말라!"

그들은 소리에 귀를 기울였다.

"무서워하지 말라. 보라, 내가 온 백성에게 미칠 큰 기쁨의 좋은 소식을 너희에게 전하노라."[42)]

인간의 것이라기에는 너무나 부드럽고 따뜻한 목소리는 낮고도 명확했고, 그 말은 목동들의 몸 전체를 관통하여 그들의 마음을 믿음으로 충만하게 했다. 그들은 무릎을 꿇고 몸을 일으켜 경배하는 표정으로, 사람의 형상

---

42) 누가복음 2장 10절

을 한 위대한 빛을 바라보았다. 그는 눈이 부시도록 새하얀 옷을 입었고, 어깨너머로는 빛나는 날개의 윗부분이 접혀 있었다. 머리 위에는 별 하나가 헤스페로스[43]처럼 찬란하고 은은하게 빛났고, 손은 축복을 내리듯이 목동을 향해 뻗어 있었다. 얼굴은 어찌나 평화로웠든지 인간의 것이 아닌 듯 아름다웠다.

목동들은 천사에 관해 자주 들은 적이 있었고, 그들 역시 천사에 대해 이야기한 적이 있었기에 아무런 의심 없이 마음속으로 '하나님의 영광이 우리와 함께 계시다, 그리고 이분은 울래 강가에서 선지자에게 나타났던 바로 그분[44]이다.' 라는 말을 되뇌고 있었다.

천사는 그들에게 계속 말했다.

"오늘 다윗의 동네에 너희를 위하여 구주가 나셨으니 곧 그리스도 주시니라."[45]

다시 침묵이 이어졌고, 목동들은 그 말을 가슴에 새겼다.

"너희가 가서 강보에 싸여 구유에 뉘어 있는 아기를 보리니 이것이 너희에게 표적이니라."[46]

천사는 계속 얘기했다. 그리고 전령은 더 이상 말을 하지 않았다. 좋은 소식이 전달된 뒤에도 전령은 잠깐 더 머물렀다. 이윽고 그를 중심으로 빛나던 빛이 난데없이 장밋빛으로 변하면서 가늘게 떨리기 시작했다. 그때 인간이 바라볼 수 있는 한 가장 멀리 저 하늘 끝에서 하얀 날개들이 번득이더니, 빛나는 형체들이 이리저리 날며 수많은 목소리가 한 목소리로 합창했다.

"지극히 높은 곳에서는 하나님께 영광이요 땅에서는 하나님이 기뻐하신 사람들 중에 평화로다!"[47]

이 소리는 한 번만이 아니라 여러 번에 걸쳐 계속 울려 퍼졌다. 그러더니

---

43) 그리스신화에 나오는 저녁별
44) 다니엘 선지자는 울래 강가에서 가브리엘 천사를 만났음(다니엘 8:16)
45) 누가복음 2장 11절
46) 누가복음 2장 12절
47) 누가복음 2장 14절

전령, 즉 천사는 눈을 들어 저 멀리에 있는 누군가의 허락을 구하듯 하늘을 쳐다보았다. 이윽고 날개가 움직이는 듯하더니 조금씩 장대하게 펼쳐지기 시작했다. 날개 위쪽은 눈처럼 하얀색이었고, 접혀 있는 부분은 조개 안쪽의 진주층처럼 여러 음영의 푸르스름한 색이었다.

날개가 그의 키보다 훨씬 높이 활짝 펴지자 그는 가볍게 하늘로 떠오르며 시야에서 멀리 사라져 버렸고 그와 함께 빛도 사라졌다. 하지만 그가 사라진 지 오랜 뒤에까지 저 멀리에서 은은하게 후렴구가 들려왔다.

"지극히 높은 곳에서는 하나님께 영광이요 땅에서는 하나님이 기뻐하신 사람들 중에 평화로다!"

목동들은 완전히 제정신이 돌아온 뒤에도 서로를 멀뚱멀뚱 쳐다보기만 했다. 마침내 한 목동이 입을 열었다.

"방금 그분은 인간에게 하나님의 말씀을 전해주는 가브리엘 천사였어."

또 잠시 침묵이 흘렀다.

"구주이신 주님이 태어났다고 말하지 않았어?"

목소리를 되찾은 다른 목동이 대답했다.

"맞아, 그렇게 말했어."

"그리고 그 장소가 다윗의 동네라고 하지 않았어? 그곳은 저기 있는 베들레헴이잖아. 그리고 우리에게 강보에 싸인 아기를 찾아보라고 하지 않았어?"

"그래 아기가 구유에 뉘어 있댔어."

제일 먼저 입을 연 목동이 생각에 잠긴 채 모닥불 속을 가만히 지켜보았다. 그리고 마침내 결심한 사람처럼 느닷없이 말했다.

"베들레헴에 구유들이 있는 곳은 한 군데뿐이야. 바로 오래된 여관 근처에 있는 동굴이지. 친구들, 이 일이 정말 일어났는지 가서 확인해 보자. 오래 전부터 제사장들과 랍비들은 구주를 찾아다녔어. 이제 그분이 태어났고 하나님이 그를 알아볼 수 있도록 해주셨으니, 어서 가서 그분께 경배를 올리세."

"하지만 동물들은 어쩌고?"

“하나님이 돌봐 주실 거야. 자, 어서 서두르세.”

목동들은 모두 자리에서 일어나 양 우리를 나섰다. 그들은 산을 넘고 마을을 가로질러 마침내 여관 문 앞에 도착했다. 그곳에는 문지기가 지키고 있었다.

“무슨 일입니까?”

문지기가 물었다.

“우리는 오늘 밤 대단한 것을 보고 들었어요.”

목동이 대답했다.

“우리도 대단한 광경을 보기는 했지만 소리는 전혀 못 들었어요. 무슨 소리를 들었는데요?”

문지기가 의아하다는 듯이 물었다.

“일단 우리가 보고 들은 것을 확인하려면 영내에 있는 동굴로 들어가야 합니다. 그런 다음에 모든 이야기를 해드리겠습니다. 당신도 우리와 함께 가서 직접 보시죠.”

“헛수고예요.”

“아닙니다. 구주께서 태어나셨어요.”

“구주라고? 그걸 당신들이 어떻게 안단 말이오?”

“일단 가서 보게 해주세요.”

문지기는 조롱하듯 코웃음을 쳤다.

“나 원 참, 구주라니! 당신들이 그분을 어떻게 알아본다는 말이오?”

“그분은 오늘 밤에 태어나셨고, 지금 구유에 누워 계십니다. 하나님의 전령이 그렇게 말했어요. 베들레헴에서 구유가 있는 곳은 한 군데밖에 없잖아요?”

“동굴 말이오?”

“맞아요. 자, 같이 가서 봅시다.”

안뜰에는 잠에서 깨어 놀라운 빛에 대해 두런두런 이야기를 나누는 사람들도 있었지만, 그들은 무턱대고 안으로 들어갔다. 동굴 문은 열려 있었다. 문지기와 목동들은 불빛이 흘러나오는 동굴 안으로 들어갔다.

"화평이 그대에게 있기를."

문지기가 요셉과 벤다곤 사람에게 말했다.

"여기에 오늘 밤 태어난 아기를 보러온 사람들이 있어요. 포대기에 싸여 구유에 누워 있는 것으로 그 아기를 알아볼 수 있다고 하는군요."

무표정한 요셉의 얼굴이 잠시 흔들리더니 몸을 돌려 말했다.

"아기는 여기 있어요."

그들은 요셉이 알려준 대로 구유 중의 한 곳으로 다가갔다. 그곳에 아기가 있었다. 등불을 가까이 비추자 목동들은 말없이 그곳에 서 있었다. 방금 태어난 아기들이 다 그렇듯이 아기는 가만히 있었다.

"엄마는 어디 있죠?"

문지기가 물었다. 한 여자가 아기를 안아 곁에 누워 있는 마리아의 팔에 안겨주었다. 그러자 구경꾼들이 두 사람의 주위를 둘러쌌다.

"구주시다!"

마침내 목동 중 한 명이 입을 열었다.

"구주시다!"

다른 목동들도 그 말을 따라하며 경배하려고 무릎을 꿇었다. 목동 한 명이 반복해서 말했다.

"주님이시다. 그분의 영광이 하늘과 땅에 가득하도다."

이 소박한 사람들은 한 점의 의심도 품지 않고 마리아의 옷섶에 입을 맞추고 기쁜 마음으로 그곳을 떠났다.

여관으로 간 목동들은 모여든 사람들에게 자기들이 보고 들은 이야기를 해주었다. 그리고 마을을 거쳐 양 우리로 돌아가는 내내 천사들의 후렴구를 노래했다.

"지극히 높은 곳에서는 하나님께 영광이요 땅에서는 하나님이 기뻐하신 사람들 중에 평화로다!"

목동들의 이야기는 밖으로 퍼져나갔고, 많은 사람이 보았던 빛이 그들의 말을 뒷받침해 주었다.

다음 날, 그리고 그 뒤로도 며칠 동안 동굴은 아기를 보러온 호기심 어린 사람들로 붐볐다. 그러나 목동의 말을 믿는 사람들도 있는 반면에 대부분은 비웃고 조롱했다.

## 제12장
### 예루살렘에 도착한 동방박사들

아기가 태어난 지 11일째 되던 날 오후 서너 시경, 세 사람의 현자가 세겜으로 난 길을 따라 예루살렘으로 들어오고 있었다. 기드론 시내를 지난 그들은 많은 사람을 지나쳤고, 그들을 본 사람들은 하나같이 가던 걸음을 멈추고 호기심 어린 눈으로 그들을 쳐다보았다.

유대 지방은 국제교통의 중심지였다. 그 땅은 동쪽에 있는 사막과 서쪽에 있는 바다의 지질학적 압박으로 위로 융기된 작은 산등성이가 전부인 지역이었다. 하지만 천연적인 위치가 동쪽과 남쪽 무역로 사이에 있었고, 그것이 유대 지방의 부의 원천이 되었다. 다른 말로 하면, 예루살렘의 재원은 그곳을 통과하는 무역상들에게 거둔 사용료로 충당되었다. 그 결과 로마를 제외하고는 예루살렘이 세계 각국에서 온 사람들의 모임 장소였고, 그곳 주민들로서는 성 안팎에서 보이는 낯선 사람들이 하등 이상할 것도 없는 일상의 풍경이었다. 그러나 이 세 사람은 성문으로 가는 내내 모든 사람들의 호기심을 발동시켰다.

'왕들의 무덤' 맞은 편 길가에 앉아 있던 여인들의 아이가 세 사람이 다가오는 모습을 보자마자 손뼉을 치며 외쳤다.

"저것 봐! 저기 좀 봐! 종이 정말 예뻐! 낙타가 정말 커!"

종은 은으로 만들었고 낙타는 사막에서 이미 보았듯이 크기와 색깔, 희기가 남달랐으며 걷는 모습이 유별나게 당당했다. 낙타의 장식 상태는 사막까지의 긴 여행 그리고 또 거기서부터의 긴 여정을 보여주고, 주블레 산 너머 사막에서 만났을 때와 똑같은 모습으로 작은 차양 아래 앉아 있는 낙타 주인들의 어마어마한 부를 간접적으로 보여주고 있었다. 그러나 사람들을 정말 놀라게 한 것은 종이나 낙타, 혹은 장식품과 낙타를 탄 사람들의 태도가 아니라 제일 앞에 낙타를 탄 사람이 묻는 말이었다.

북쪽에서 예루살렘으로 접근하는 길은 남쪽으로 비스듬히 기운 평원을 지나가야 했고, 그 때문에 다마스쿠스 문[48]은 골짜기나 계곡 안으로 들어가야 통과할 수 있었다. 길은 좁았지만 오랫동안 사람들이 오가는 바람에 깊이 패여 있었고, 어떤 길은 비에 씻겨 흘러와 말라붙은 자갈들 때문에 지나가기 힘들 정도였다. 하지만 길 양쪽으로 비옥한 평야와 풍성하게 자란 아름다운 올리브 나무가 펼쳐져 있어 경치가 아름다웠고, 사막의 황무지에서 막 나온 나그네의 눈에는 특히 더 그랬다.

'왕들의 무덤' 앞에서 한 무리의 사람들을 만난 세 명의 현자는 걸음을 멈추었다.

"안녕하세요? 예루살렘이 이 근처 맞습니까?"

벨타사르가 수염을 쓰다듬으며 가마에서 몸을 굽히고 물었다.

"맞아요."

한 여인이 대답했다. 여인의 팔에 안겨 있던 아이가 움츠러들었다.

"저쪽 구릉에 있는 나무들이 키가 약간만 낮았다면 장터의 탑들이 보였을 텐데요."

벨타사르는 가스파르와 멜키오르를 쳐다본 후 다시 여인에게 물었다.

"유대인의 왕으로 태어나신 이가 어디 계시오?"

여인들은 아무런 대답도 없이 서로 멀뚱멀뚱 쳐다보기만 했다.

"그분에 대해 들어본 적 없어요?"

"없는데요."

"자, 그럼 우리들이 동방에서 그의 별을 보고 경배하러 왔다고 모든 이들에게 말하세요."

이내 세 명의 현자는 가던 걸음을 재촉했다. 세 사람은 다른 사람들에게도 같은 질문을 하고 같은 말을 반복했다. 예레미야의 동굴로 가던 어떤 무

48) 예루살렘 구 시가지를 둘러싸고 있는 8개 성문 중 하나. 외양이 가장 아름다움

리는 이 방문자들이 묻는 질문과 풍채에 너무 놀라, 그대로 방향을 틀어 도성으로 들어가는 세 사람을 따라가기 시작했다.

세 사람은 받은 임무에 온 신경이 쏠려 있어서 그들 눈앞에 펼쳐진 더없이 장대한 광경도 눈에 들어오지 않았다. 맨 처음 그들을 맞는 베제타 마을, 왼편 저 멀리에 보이는 미스바[49]와 감람산, 마을 뒤편의 60킬로미터가 넘는 성벽과 튼튼한 탑, 오른쪽으로 굽어 여러 각도로 여기저기 전투형의 성문을 갖춘 세 개의 거대한 탑(파사엘, 미리암, 히피쿠스 탑), 그리고 언덕에서 가장 높은 산봉우리이며 정상에 대리석 궁전이 있는 너무나도 아름다운 시온 산, 세상에서 가장 아름다운 경관으로 손꼽히는 모리아 성전의 반짝이는 테라스, 위풍당당하게 예루살렘을 에워싸다가 나중에는 거대한 분지의 골짜기로 빠진 듯이 사라지는 산, 이런 것들에 대해서는 전혀 관심이 없었다.

세 명의 현자는 마침내 높고 튼튼하기로 유명한 성벽의 탑에 도착했다. 그곳은 세겜과 여리고와 기브온에서 오는 세 도로가 만나는 지점으로, 그 유명한 탑에서는 다마스쿠스 문이 내려다보였다. 거기에는 로마인 파수병이 출입구를 지키고 있었다. 이때쯤 되자, 세 사람이 탄 낙타를 따르는 사람들의 줄이 통로 주위에 한가롭게 모여 있던 사람들의 시선을 끌기에 충분할 정도로 길었다. 그래서 벨타사르가 파수병에게 말하려고 낙타를 멈추었을 때 주위에 있던 모든 사람은 주위를 빙 둘러싸고 이들 사이에 오가는 말에 귀를 쫑긋 세웠다.

"그대에게 화평이 있기를."

벨타사르가 또렷한 소리로 말했지만 파수병은 아무 대답도 하지 않았다.

"우리는 이번에 태어난 유대인의 왕을 찾아 아주 멀리서 온 사람들입니다. 그분은 어디 계신가요?"

파수병은 투구의 낯가리개를 들어 올리고 누군가에게 큰 소리로 외쳤다. 그러자 통로 오른편에 있던 작은 방에서 장교가 나왔다.

"물러나라."

---

49) 야곱과 라반이 계약을 주고받을 때 쌓아올린 돌무더기(창세기 31:49)

장교는 점점 앞으로 밀려드는 군중을 향해 소리를 질렀다. 그의 명령에 군중의 반응이 늦자 그는 들고 있던 투창을 오른쪽 왼쪽으로 힘차게 휘두르며 앞으로 진전했고, 그와 함께 사람들이 뒤로 물러났으며 마침내 장교는 어느 정도 공간을 확보했다.

"용무가 뭔가?"

장교가 그 지방 사투리로 벨타사르에게 물었다.

"유대인의 왕으로 태어나신 이가 어디 계시오?"

벨타사르도 같은 사투리로 대답했다.

"헤롯왕 말인가?"

"헤롯왕[50]의 혈족은 로마 황제 아닙니까? 우리가 말하는 분은 헤롯왕이 아닙니다."

"유대인에게 다른 왕은 없다."

"하지만 우리는 동방에서 그분의 별을 보고 경배하러 왔소."

"저 안으로 깊숙이 들어가 보라."

로마 장교는 여전히 어리둥절했지만 대답해 주었다.

"안으로 깊이 들어가면 성전의 학자들이나 제사장들이 있다. 그들에게 물어보든지, 더 직접적인 대답을 얻으려면 헤롯왕에게 물어보라. 유대인에게 다른 왕이 있다면 그가 찾을 것이다."

장교는 이방인들에게 길을 터주었고 세 사람은 문을 통과했다. 그러나 좁은 길로 들어서기 전에 벨타사르는 걸음을 멈추고 두 친구에게 말했다.

"이제 우리는 충분히 사람들에게 알렸소. 오늘 자정까지는 이 도시의 모든 주민이 우리와 우리의 임무에 대해 소문을 들을 것이오. 자, 우리는 이제 여관으로 갑시다."

---

50) 헤롯 가문은 이두매(에돔) 출신(이방인)으로, 율리우스 카이사르의 후원을 받아 유대 지방을 다스리게 되었고 그로부터 '헤롯 왕가'가 시작됨. 그는 유대인들의 지지를 얻고자 유대교로 개종했으나 그와 그 후손들은 '이두매 출신' 곧 '이방인'이라는 꼬리표를 뗄 수가 없었다

# 제13장
## 헤롯왕 앞에 선 동방박사들

그날 해질녘 즈음에 실로암 못으로 이어지는 계단 위쪽에서 빨래를 하는 여인들이 보였다. 그녀들은 각자 앞에 있는 넓적한 옹기 위로 몸을 굽혀 빨래를 하고 있었고, 계단 아래에서는 어린 소녀가 물을 길어 옹기를 채워주며 노래를 불렀다. 노래는 흥겨운 가락이라서 여인들의 일손을 가볍게 해주었다. 이따금씩 그녀들은 무릎을 꿇고 노을이 아름답게 물든 오펠 언덕을 쳐다보기도 하고, 지금은 멸망산이라고 부르는 산 정상을 쳐다보기도 했다.

여인들이 옹기 안에 든 빨래를 손으로 비비며 짜고 있을 때 지나가던 여인 둘이 빈 항아리를 어깨에 멘 채 그들 곁으로 다가왔다.

"당신들에게 화평이 있기를."

다가온 여인 중 한 명이 말했다. 빨래하던 여인들도 일손을 멈추고 손에서 물을 털어내며 같은 인사를 했다.

"이제 밤이 다 됐어요. 일을 그만할 시간이에요."

"일에는 끝이 없어요."

대답이 돌아왔다.

"하지만 쉴 시간은 있죠. 그리고……."

"소식을 들을 시간도 있죠."

새로 온 다른 여자가 끼어들며 말했다.

"무슨 소식이요?"

"아니, 아직 못 들었단 말이에요?"

"못 들었는데요."

"그리스도가 태어나셨대요."

수다쟁이 아주머니가 몰입하면서 이야기했다. 빨래하던 여인들의 얼굴이 호기심으로 반짝 반아지는 모습은 보기에 재미있었다. 항아리가 어깨에서 내려와 뒤집혀 이내 여인들의 의자로 변했다.

"그리스도라고?"
말을 듣던 사람들이 소리를 질렀다.
"그렇게들 말했어요."
"누가요?"
"모두 다 그렇게 말해요. 어딜 가나 그 소리인 걸요."
"그런 말을 믿는 사람이 어딨어?"
"오늘 오후에 어떤 세 사람이 세겜에서 기드론 시내를 건너왔어요."
수다쟁이 아줌마가 듣는 여인들의 의심을 잠재우려고 상세하게 말을 이었다.
"세 사람은 모두 티 한 점 없이 희고 예루살렘에서 본 적도 없는 커다란 낙타를 타고 있었어요."
듣고 있던 사람들의 눈과 입이 떡 벌어졌다. 수다쟁이 아줌마는 신이 난 듯 계속해서 말했다.
"자기들이 얼마나 위대하고 부자인지 증명하려고 세 사람은 실크로 된 차양 아래 앉아 있었죠. 안장의 죔쇠는 금으로 된 것이었고, 고삐 가장자리도 마찬가지였어요. 은으로 된 종은 정말 아름다운 소리를 냈죠. 처음 본 사람들이었어요. 이 세상 끝에서 온 사람들 같았다니까요. 그중에 한 사람이 길 위에서 만난 모든 사람들에게, 심지어는 여인들과 어린 아이들에게도 이렇게 물었어요. '이제 막 태어난 유대인의 왕은 어디 있습니까?' 하지만 아무도 대답하지 않았죠. 무슨 말을 하는지 몰랐거든요. 그러자 세 사람은 이런 말만 남기고 계속 길을 갔어요. '우리는 동방에서 그분의 별을 보고 경배 드리러 왔습니다.' 그 사람들은 성문을 지키는 로마 병사에게도 같은 질문을 했어요. 길에서 만난 무식한 사람보다 더 나을 것도 없던 로마인은 헤롯왕에게 가보라고 했대요."
"지금 그 사람들은 어디 있대요?"
"대상 여관에 있어요. 벌써 수백 명이 그 사람들을 보러 갔다 왔고, 다른 수백 명도 그들을 보려고 몰려 갔어요."
"그 사람들이 누군데요?"

"아무도 몰라요. 페르시아인이라고 말하는 사람도 있고—왜, 별들과 이야기를 나눈다는 현자들 말이에요—엘리야나 예레미야처럼 선지자라고 말하는 사람들도 있어요."

"유대인의 왕이라는 게 무슨 뜻이죠?"

"그리스도래요. 방금 태어났대요."

수다쟁이 아줌마가 대답했다.

"내 눈으로 직접 보면 믿지."

이야기를 듣던 여인 중 한 명이 웃음을 터트리며 다시 빨래를 하기 시작했다. 그러면서 말했다.

"음, 나는 죽은 사람을 일으켜 세우면 믿지."

또 한 명의 여자도 앞사람을 따라 말했다.

"오랫동안 올 거라고 약속한 사람이잖아. 난 그냥 나병 환자 한 사람만 낫게 하면 믿을 거야."

세 번째 여인도 조용히 끼어들었다.

그곳에 모여 있던 여인들은 밤이 다 되도록 이야기를 나누었고, 날이 너무 추워지자 쫓기듯 집으로 돌아갔다.

그날 저녁 늦게 첫 번째 야경이 시작될 즈음, 약 50명으로 구성된 집회가 시온 산 궁전에서 열렸다. 그들은 헤롯왕의 명령으로만 모이는 사람들이었고, 헤롯왕은 유대인의 율법과 역사에 있어 모르는 부분이 있을 때 혹은 불가사의한 부분을 좀 더 심층적으로 알고 싶을 때만 이들을 불렀다. 한마디로 예루살렘에서 학식으로 저명한 대학교수와 제사장과 학자들의 모임이었다. 사두개파[51] 족장, 바리새인[52] 토론자, 조용하고 부드럽게 말하는 스토아학파 철학자, 에세네파[53] 사회주의자 등 여러 가지 다른 교리의 해설자들이 모여 있었다.

집회가 열린 방은 왕궁의 안뜰에 붙어 있는 하나로, 상당히 큰 로마네스

---

51) 부활·천사 및 영혼의 존재 등을 믿지 않는 유대교도 일파

52) 신과 율법을 중시하는 사람들. 나중에 예수는 율법을 고수하기보다 사랑에 더 큰 관심을 가져야 한다며 이들을 나무랐다

53) 고대 유대의 금욕·신비주의의 한 파

크식 건물이었다. 바닥은 대리석 블록으로 모자이크 장식이 되어 있었고, 창문이 없는 벽은 목재판에 밝은 노란색이 프레스코로 처리되어 있었다. 방 중앙에 자리 잡은 소파는 밝은 노란색 쿠션으로 가득 뒤덮였고, 모양은 알파벳 U자 형태로 U자의 열린 면이 출입구를 향하고 있었다. 소파의 아치 부분, 즉 U자의 굽어진 부분에는 금과 은을 아로새긴 진기하고 거대한 청동 삼각대가 놓여 있었고, 그 위로 천장에는 일곱 개의 가지에 불이 밝혀진 샹들리에가 드리워져 있었다. 소파와 샹들리에는 완전히 유대 풍이었다.

소파에 앉아 있는 사람들은 모두 같은 디자인에 색깔만 다른 동방식 옷을 입었는데 대부분 나이가 지긋했다. 풍성한 수염이 얼굴을 가리고 커다란 코 때문에 크고 검은 눈이 더욱 깊게 보였으며, 짙은 눈썹으로 얼굴은 음영이 져 있었다. 그들의 태도는 엄숙하고 위엄이 있으며 원로의 분위기까지 풍겼다. 한마디로 집회는 유대교의 귀족과 제사장과 율법학자로 구성된 종교·행정의 의회였다.

구경꾼이라면, 모여 있는 모든 사람들을 좌우로 거느린, 소파의 주빈석인 동시에 회의 의장석이라고 할 수 있는 청동 삼각대 뒤에 앉아 있는 사람에게 바로 시선이 집중될 것이다.

그 사람은 과거에는 풍채가 당당했을 것 같지만 지금은 쭈그러들어 죽은 사람처럼 몸이 구부정했다. 근육의 흔적은 자취도 없고, 뼈만 앙상한 해골같이 주름진 어깨에는 하얀 옷이 드리워져 있었다. 흰색과 심홍색 줄무늬가 있는 비단 옷에 반쯤 가려진 손은 주먹을 쥔 채 무릎에 놓여 있었다. 말할 때면 벌벌 떨리는 오른손 집게손가락을 이따금씩 앞으로 폈고, 그 외에 다른 동작은 못하는 것 같았다. 그러나 그의 머리는 놀랄 만큼 동그랗고 은세공 줄보다 더 하얀, 몇 가닥 남지 않은 머리칼이 언저리에 드리워져 있었다. 살가죽만 붙은 크고 동글동글한 두개골 위는 샹들리에 빛을 받아 반짝이고 있었다. 관자놀이는 움푹 패였고 그 구멍 밖으로 주름진 울퉁불퉁한 바위처럼 이마가 돌출되어 있었다. 눈은 빛이 약하고 침침했고 코는 뼈만 앙상하게 남은 채 뾰족했다. 얼굴의 아랫부분은 아론[54]의 것처럼 고색창연

54) 모세의 형이자 오른팔이었고 이스라엘 최초의 제사장

하고 풍성하게 늘어진 수염으로 거의 가려져 있었다. 바빌론 출신의 힐렐[55]의 모습이 그러했다! 대가 끊긴 지 오래인 선지자 계열은 이제 학자의 계열로 이어졌다. 힐렐은 학식의 조상이었고—하나님의 인도를 받지 못하는 선지자!—나이 106세에 그는 아직도 위대한 대학의 총장이었다.

그의 앞에 놓인 테이블에는 히브리어가 적힌 두루마리라고 해야 할지 책이라고 해야 할지 모를 양피지가 펼쳐져 있고, 그의 뒤에는 화려하게 옷을 입은 시종이 대기하고 서 있었다.

이미 한바탕 토론이 벌어진 후여서 그런지 위에 이들에 대한 소개 글이 나왔을 즈음에는 이미 결론도 나온 상태였다. 모인 사람들은 휴식을 취했고, 위엄 있는 힐렐은 몸도 움직이지 않은 채 시종을 불렀다.

"이것 봐!"

젊은이가 공손한 태도로 앞으로 나왔다.

"폐하께 가서 이제 답변할 준비가 되었다고 아뢰라."

소년이 급히 나갔고 잠시 후 두 장교가 들어와서 문 양옆에 섰다. 그리고 그들 뒤로 매우 놀라운 인물이 천천히 등장했다. 옷은 가장자리를 심홍색으로 장식한 보라색을 입고, 순금으로 만들어 가죽처럼 낭창낭창한 허리띠를 두르고, 신발 끈은 귀한 보석을 박아 반짝이고, 머리에는 섬세한 세공의 작은 왕관을 쓰고, 왕관 밑으로는 부드러운 심홍색 플러시 천으로 만든 회교도용의 테 없는 모자가 뒷목과 어깨 위로 흘러내렸고, 앞 목은 드러내고 벨트에는 옥새 대신 단도를 찬 노인이었다.

노인은 지팡이에 몸을 많이 기댄 채 절뚝거리며 들어왔다. 그는 소파 끝부분에 이르러서야 걸음을 멈추고 바닥만 바라보던 시선을 들었다. 그리고 처음으로 모여 있는 사람들을 의식하고 그들 모습에 놀란 사람처럼 몸을 바로 세우며, 거만하고도 적이라도 있지 않나 하는 시선으로 주위를 둘러보았다. 너무나 어둡고 음험하고 위협적인 시선이었다. 그것이 바로 헤롯 대왕의 모습이다. 몸은 병마로 망가지고 양심은 범죄로 그을리고 마음은 웅대한 야망으로 불탔다. 여러 모로 보아, 그는 황제에 걸맞은 인물이었다.

55) 이스라엘 유대의 랍비. 바리새파의 지도자

이제 예순일곱 살이 되었지만, 누가 빼앗을세라 왕좌를 어느 때보다 더 탐욕스럽게 움켜쥐고, 권력을 어느 독재자보다 더 강하게 휘두르고 극악무도할 정도로 잔인한 인물이었다.

모여 있던 사람들이 일제히 몸을 움직였다. 그들은 나이 든 사람답게 몸을 앞으로 굽히고, 신하답게 자리에서 일어나 손을 수염이나 가슴에 얹고 공손하게 무릎을 꿇고 깊이 머리를 숙여 조아렸다. 왕은 그들의 인사에 답례하고 힐렐 경 맞은편의 삼각대까지 걸음을 옮겼다. 힐렐 경은 왕의 차가운 시선이 자신을 향하자 고개를 숙이고 손을 약간 들어 올렸다.

"대답하라!"

왕은 양손으로 잡은 지팡이를 힐렐 앞에 놓으며 둔하고 거만한 목소리로 말했다.

"대답하라!"

힐렐은 고개를 들어 왕을 정면으로 바라보며 은은한 눈빛으로 대답했다. 모여 있던 사람들은 그의 말에 귀를 바짝 기울였다.

"폐하, 폐하께 하나님과 이삭과 야곱의 화평이 임하기를!"

힐렐은 기원하는 자세로 말하고 다시 몸가짐을 바꿔 덧붙였다.

"폐하께서는 어디에서 구주께서 태어날 것인지 우리에게 물으셨습니다."

왕은 머리를 숙였지만, 사악한 눈은 여전히 힐렐의 얼굴에 고정되어 있었다.

"그것이 질문이었다."

"폐하, 여기에 모인 모든 사람이 한 명도 반대 없이 합의본 바를 저와 여기 모인 형제들을 대표하여 말씀드리겠습니다. 그곳은 유대 땅 예루살렘입니다."

힐렐은 삼각대 위에 놓인 양피지를 쳐다보았다. 그리고는 벌벌 떠는 손가락으로 그것을 가리키면서 말을 이었다.

"선지자가 기록한 양피지에는 유대 땅 베들레헴이라고 적혀 있습니다. '너는 유다 족속 중에 작을지라도 이스라엘을 다스릴 자가 네게서 내게로 나올 것이라' 라고 적혀 있습니다."

헤롯의 얼굴에 걱정하는 표정이 드러났다. 잠시 생각에 잠기는 듯한 그의 눈은 양피지에 머물렀다. 헤롯을 바라보던 사람들은 숨도 제대로 쉬지 못했다. 그들은 아무 말도 하지 않았고 왕도 마찬가지였다. 마침내 왕은 몸을 돌려 방을 나가버렸다.

"여러분, 이제 해산하십시오."

힐렐이 말했다. 그 즉시 사람들은 자리에서 일어나 무리를 지어 방을 나갔다.

"시므온."

이내 힐렐이 다시 입을 열었다. 쉰 살 정도 되었지만 아직 삶의 전성기를 누리는 것 같은 한 남성이 대답하며 힐렐 곁으로 왔다.

"성스러운 양피지를 집어서 곱게 감아라, 아들아."

명령은 그대로 받들어졌다.

"자, 이제 네 팔을 빌려다오. 좀 기대야겠다."

아들이 몸을 굽히자 노인은 쇠약한 손으로 아들의 부축을 받고 자리에서 일어났다. 그리고 힘없이 문 쪽으로 향했다. 지혜와 학식, 관직에 있어 그의 후계자인 아들 시므온과 유명한 총장은 이렇게 떠났다.

그날 저녁 늦게 세 사람의 현자가 여관의 헛간에서 잠을 자지 않고 깨어 있을 때였다. 베게 삼아 머리에 벤 돌 덕분에 세 사람은 열린 아치형 문밖으로 저 멀리 하늘을 볼 수 있었다. 그들은 반짝이는 별들을 보며, 다음에는 하나님의 어떤 계시가 내려질지 그 내용은 무엇일지 생각했다. 마침내 예루살렘에 도착한 그들은 여관 문에서 그들이 찾는 사람을 물었다. 그들은 구세주 탄생의 증인이 되게 되어 있었다. 이제 남은 건 구세주를 찾는 일뿐이었고 그들은 성령을 전적으로 신뢰했다. 하나님의 목소리를 들을 사람, 아니 하늘에서 내릴 계시를 기다리는 사람은 잠을 잘 수가 없었다. 그때 한 남자가 아치문으로 들어와 헛간에 그늘을 드리웠다.

"일어나시오! 지체 없이 전달해야 할 전갈을 가져왔소."

남자의 말에 세 사람은 모두 일어나 앉았다.

"누가 보낸 전갈이오?"

벨타사르가 물었다.

"헤롯대왕이오."

왕이라는 소리에 세 사람은 오싹해졌다.

"당신은 여관 집사가 아니오?"

다시 벨타사르가 물었다.

"맞습니다."

"왕이 우리에게 무슨 볼일이 있죠?"

"밖에 왕이 보낸 전령이 와 있어요. 그 사람에게 물어보세요."

"그럼 우리가 나갈 때까지 기다리라고 하세요."

"벨타사르, 아, 당신 말이 맞아요!"

집사가 나가자 가스파르가 말했다.

"길에서 사람들에게, 또 성문에서 파수꾼에게 던진 질문 때문에 우리의 소문이 쫙 퍼졌나 봅니다. 마음이 급해요. 어서 일어납시다."

세 사람은 자리에서 일어나 샌들을 신고 외투에 허리띠를 졸라맨 다음 밖으로 나갔다.

"인사드립니다. 그리고 당신들 모두에게 화평이 임하기를. 정말 죄송합니다만, 저의 주인이신 폐하께서 당신들을 왕궁으로 초대하라고 하셨습니다. 개인적으로 할 말이 있다고 하십니다."

전령은 자신의 맡은바 소임을 다했다. 입구에는 등불이 달려 있었다. 그 빛 아래 세 사람은 서로 얼굴을 쳐다보았고 성령이 그들과 함께한다는 사실을 알았다.

벨타사르는 다른 사람이 듣지 못하게 집사에게 다가가서 말했다.

"우리 소지품이 안뜰 어디에 있는지, 우리 낙타가 어디 있는지 알고 있죠? 우리가 궁에 가고 나면 필요한 때를 대비해서 바로 여기를 떠날 수 있도록 모두 준비해 주세요."

"안심하고 어서 가보세요. 저를 믿으세요."

집사가 대답했다.

"폐하의 뜻이 우리의 뜻입니다. 앞장서세요. 따라갈게요."

벨타사르가 전령에게 말했다.

예루살렘의 도로는 지금과 마찬가지로 그때도 좁았지만 울퉁불퉁하거나 더럽지는 않았다. 위대한 건축가인 헤롯대왕은 아름다움뿐 아니라 깨끗함과 편리함도 추구했기 때문이다. 전령의 인도에 따라 세 사람은 한마디 말도 없이 전령을 뒤따랐다. 달도 없어 가뜩이나 어두운데 길 양쪽의 집 담 때문에 더욱 어두컴컴해진 길을 별빛에 의지해 지붕 꼭대기를 연결하는 다리 밑으로 잠시 자취를 감추었다가 이윽고 저지대를 빠져나와 언덕을 오르기 시작했다.

마침내 길 건너편에 솟아 있는 대문이 보이는 곳까지 왔다. 두 개의 거대한 화로에서 활활 타오르고 있는 불빛에 궁궐 건물과 팔에 기대어 꼼짝도 하지 않고 서 있는 파수꾼의 모습이 보였다. 그들은 아무런 제지도 받지 않고 왕궁 안으로 들어갔다. 그리고 복도와 천장이 아치로 된 현관을 지나고 안뜰도 지났으며, 불이 켜 있지 않은 주랑[56]도 지났다. 또다시 긴 계단을 지나고 무수히 많은 회랑과 방을 지나 이윽고 세 사람은 거대한 높이의 탑 안으로 인도되었다. 그곳에서 느닷없이 걸음을 멈춘 안내자는 문이 열린 방을 손으로 가리키며 말했다.

"들어가세요. 저기에 폐하께서 계십니다."

방 안에는 백단향 목재 향기가 가득했다. 내부의 장식품은 여성적인 분위기가 물씬 풍겼다. 바닥 중앙에는 술이 달린 융단이 깔려 있고, 그 위에 옥좌가 놓여 있었다. 세 사람은 실내 분위기에 잠시 혼란스러웠다. 조각을 새겨 금으로 도금한 오토만[57]과 의자들, 부채와 단지와 악기들, 불을 밝혀 반짝이는 금 촛대, 관능적인 그리스풍으로 칠해진 벽들은 율법에 엄격한 바리새인이 봤다면 신성 모독에 경악을 금치 못하는 표정으로 얼굴을 감췄을 것 같았다. 이내 세 사람은 정신을 차리고, 학자들과 율법학자들을 만날 때와 같은 복장으로 옥좌에 앉아 기다리고 있는 헤롯왕에게 시선을 집중했다.

세 사람은 누가 시키지도 않았지만 융단 언저리에 가서 엎드렸다. 왕이

56) 여러 개의 기둥만 나란히 서 있고 벽이 없는 복도
57) 위에 부드러운 천을 댄 기다란 상자 같은 가구. 안에는 물건을 저장하고 윗부분은 의자로 씀

시렁줄을 건드리자 시종이 들어와 등받이 없는 의자 세 개를 옥좌 앞에 놓았다.

"앉으시오."

왕이 정중한 어투로 인사를 건넸다. 이내 세 사람이 자리에 앉자 왕이 말을 이었다.

"짐은 오늘 오후에 북문으로부터 먼 나라에서 온 것 같이 보이는 낯선 세 사람이 낙타를 타고 도착했다는 전갈을 받았소. 그대들이 그분들이신가?"

멜키오르와 가스파르의 눈짓을 받은 벨타사르가 정중하게 경의를 표하며 대답했다.

"우리가 그 사람들이 아니었다면 전 세계에 명성이 자자한 폐하께서 저희를 만나자는 전갈을 보내지 않으셨겠죠. 맞습니다, 저희들이 바로 그 사람들입니다."

헤롯왕은 벨타사르의 대답에 손을 흔들었다.

"당신들은 누구요? 어디에서 왔소?"

왕은 의미심장하게 덧붙였다.

"각자 대답해 보시오."

세 사람은 차례로 태어난 나라와 도시, 그리고 예루살렘으로 오기 위해 거쳐온 장소만 간단히 대답했다. 헤롯왕은 약간 실망한 표정으로 보다 직접적인 질문을 던졌다.

"문에서 장교에게 뭐라고 물었소?"

"유대인의 왕으로 나신 이가 어디 계시냐고 물었습니다."

세 사람을 대표해 벨타사르가 나섰다.

"이제야 사람들이 왜 그리도 관심을 보였는지 알겠소. 짐 역시 관심이 생기는구려. 유대인에게 나 말고 다른 왕이 있단 말이오?"

"갓 태어난 왕이 계시옵니다."

벨타사르는 움츠러들지 않고 말했다. 그때 괴로운 일이 생각난 듯 왕의 검은 얼굴이 고통으로 일그러졌다.

"짐은 아기를 낳지 않았다! 난 아니야!"

일순 헤롯왕은 소리를 질렀다. 눈앞에 왕권 장악을 위해 자신이 죽인 친자식들의 얼굴들이 어른거렸다. 그는 감정을 추스르고 침착하게 물었다.

"갓 태어난 왕은 어디에 있소?"

"폐하, 그것이 저희가 했던 질문입니다."

"그대들은 솔로몬왕의 수수께끼보다 더 놀라운 불가사의를 내게 안겨주는구나."

헤롯왕은 연이어 말했다.

"알다시피 짐은 호기심을 억제하기가 가혹하리만큼 힘들었던 어린 시절만큼이나 지금도 통제할 수 없는 호기심이 왕성하오. 말을 더 해보시오. 그러면 그대들을 왕과 동등한 자격으로 존중해 주겠소. 갓 태어난 왕에 관해 아는 사실을 모두 말하시오. 그러면 짐도 함께 그를 찾겠소. 그리고 아기를 찾으면 그대들이 원하는 대로 해주겠소. 그를 예루살렘으로 데리고 와서 왕의 통치술을 가르치겠소. 황제의 은총을 모두 이용하여 그를 왕으로 추대하고 영광에 이르도록 하지. 우리 둘 사이에 질투가 끼어들 자리가 없을 것으로 맹세하겠소. 하지만 먼저 바다와 사막으로 가로막힌 그 먼 곳에서 어떻게 그의 소문을 듣고 여기까지 찾아왔는지부터 말해 보시오."

"폐하, 사실대로 말씀드리겠습니다."

이번에도 세 사람을 대표해 벨타사르가 나섰다.

"말을 하시오."

헤롯왕의 재촉에 벨타사르는 똑바로 일어나서 엄숙한 어투로 입을 열었다.

"전지전능하신 하나님이 계시옵니다."

이 한마디에 헤롯왕이 눈에 띄게 움찔했다.

"하나님께서는 우리에게 이 세상을 구원하실 분을 찾으리라고 약속하시면서, 그분을 찾아 경배 드리고 그분이 이 땅에 오셨다는 사실을 증거하라고 우리를 이곳에 보냈사옵니다. 그 징표로 우리에게 별을 보여주셨습니다. 그분의 성령이 우리와 함께 계십니다. 폐하, 그분의 성령이 지금도 우리와 함께 계십니다!"

세 사람은 강력한 감정에 휩싸였고, 가스파르는 터져 나오려는 탄성을 힘겹게 억눌렀다. 헤롯의 시선은 이 사람에서 저 사람에게로 빠르게 오갔다. 그는 어느 때보다 의심스러웠고 못마땅했다.

"그대들은 나를 놀리고 있군요. 만약 그게 아니라면 나에게 더 이야기해 주시오. 새로운 왕이 나타난 뒤에는 무슨 일이 생기는가?"

"인류의 구원이옵니다."

"무엇에서 구원한다는 말이오?"

"그들의 사악함에서 구원하옵니다."

"어떻게 말인가?"

"하나님의 섭리로, 즉 믿음과 사랑과 선행으로입니다."

"그러면……."

헤롯은 하던 말을 잠시 멈추었다. 그리고 무슨 감정으로 그런 말을 하는지 아무도 알아채지 못할 표정으로 덧붙였다.

"그대들은 그리스도의 전령이겠군. 그뿐이오?"

벨타사르는 허리를 깊이 숙여 절했다.

"폐하, 저희는 폐하의 충실한 신하이옵니다."

왕이 다시 시렁줄을 건드리자 시종이 나타났다.

"선물을 대령하라."

밖으로 나간 시종은 잠시 뒤에 돌아와 손님들 앞에 무릎을 꿇고, 각자에게 주홍색과 푸른색의 외투인지 망토인지 모를 옷과 금띠를 주었다. 세 사람은 동방의 부복하는 절과 함께 선물을 받았다.

"한마디만 더 묻겠소."

세 사람이 절을 마치고 일어나자 왕이 말했다.

"당신들은 성문의 장교에게, 그리고 지금 나에게 동쪽에서 빛나는 별을 보았다고 말했소."

"그렇사옵니다. 그분의 별, 갓 태어나신 분의 별이옵니다."

벨타사르가 대답했다.

"언제쯤 그 별이 나타났는가?"

"이리로 가라는 부름을 받았을 때 나타났습니다."

헤롯왕은 자리에서 일어나 알현이 끝났다는 손짓을 보냈다. 그리고 옥좌에서 일어나 그들에게로 와서 아주 친절한 목소리로 말했다.

"만약 그대들이 내가 믿는 대로 진짜 막 태어난 그리스도의 전령이라면, 오늘 저녁 짐이 유대인을 아주 잘 아는 현자들과 토의를 했고, 그들이 한목소리로 유대 땅 베들레헴에서 그가 태어난다고 했던 것을 알 것이오. 그러니 그리로 가시오. 가서 아기를 열심히 찾으시오. 그래서 아기를 찾으면 다시 짐에게 연락하시오. 그러면 나도 가서 경배를 드리겠소. 그곳으로 가는 데 있어 그대들에게 어떤 방해도 장애도 없을 것이오. 평화가 당신들에게 있기를!"

왕은 옷을 접어 올리면서 방을 나가버렸다. 곧바로 길을 안내하는 사람이 들어와 그들을 왕궁 밖으로 인도하며 다시 여관으로 데려다 주었다. 여관 대문에 이르자 가스파르가 조바심을 내며 말했다.

"자, 형제님, 왕이 말한 대로 베들레헴으로 갑시다."

"그래요. 성령이 내 안에서 불타고 있습니다."

멜키오르가 소리쳤다.

"그럽시다."

벨타사르가 한결같이 따뜻한 목소리로 말했다.

"낙타는 이미 준비되어 있소."

세 사람은 왕에게 받은 선물을 문지기에게 주고, 안장에 발을 올려 낙타를 타고 욥바 문으로 가는 방향을 물은 뒤 출발했다. 그들이 성문에 접근하자 잠겨 있던 거대한 문이 열렸고, 세 사람은 바깥으로 나가 얼마 전에 요셉과 마리아가 갔던 길로 접어들었다. 세 사람이 힌놈 계곡을 빠져나와 르바임 평원에 이르렀을 때 빛이 나타났다. 처음에 빛은 넓게 퍼져 있고 희미했다. 세 사람의 맥박은 빨리 뛰기 시작했다. 빛은 빠른 속도로 응축되기 시작했다. 빛이 불타듯 밝아지자 세 사람은 눈을 감았다. 세 사람이 다시 눈을 떴을 때, 오! 하늘에 떠 있는 어느 별과 똑같이 생긴 별이 낮게 드리워져 그들 앞에서 천천히 움직이기 시작했다. 세 사람은 가슴에 팔을 교차하여 얹고 탄성을 지르며 넘치는 행복으로 기뻐했다.

"하나님께서 우리와 함께 계신다! 하나님께서 우리와 함께 계셔!"

세 사람은 가끔 만세도 부르며, 길을 가는 내내 계속 소리쳤다. 별은 이들을 인도하여 계곡 위로, 또다시 엘리야 언덕을 넘어 마침내 예루살렘 근처의 언덕 경사지에 있는 어느 집 위에 가만히 떠 있었다.

## 제14장
### 동방박사와 그리스도의 만남

이제 세 번째 야경이 막 시작되었고, 베들레헴의 동쪽 산 위로 먼동이 트기 시작했다. 하지만 날이 밝으려면 아직도 멀어 계곡은 여전히 캄캄했다. 오래된 대상 여관 지붕에서 추위에 떨며 불침번을 서던 야경꾼은, 이제 막 일어나 새벽을 반기는 동물들의 부스럭거리는 소리에 귀를 기울이고 있었다. 바로 그때 빛 하나가 언덕 위로 올라오더니 집을 향해 다가왔다. 처음에는 누군가 손에 들고 있는 횃불이라고 생각하던 야경꾼은 다음에는 유성이라고 생각했다.

그 빛은 점점 더 강해지더니 마침내 별이 되었다. 극도로 겁에 질린 야경꾼은 소리를 질러 여관 안에 있던 모든 사람을 지붕으로 올라오게 했다. 일반적인 궤적을 벗어난 별은 계속 다가왔다. 바위와 나무와 도로는 번갯불 속처럼 환하게 빛났다. 별은 곧 눈이 부실 정도로 밝아졌다. 이 광경을 지켜보던 좀 더 겁이 많은 사람은 무릎을 꿇고 앉아 얼굴을 숙인 채 기도를 올리기 시작했다. 가장 대담한 사람은 눈을 가리고 웅크리고 앉아 겁에 질린 채 손가락 사이로 힐끔힐끔 쳐다봤다. 잠시 뒤 집과 그 주변에 사람들이 참을 수 없을 정도로 빛이 강하게 내리비쳤다. 이러한 광경은 아이가 태어난 동굴 앞에 있는 집 바로 위에서 가만히 서서 비추고 있는 별을 용기 내어 본 사람들의 말이었다.

이러한 광경의 절정에 이르러 세 명의 현자가 모습을 드러내며 문 앞에서 낙타를 내려 사람을 불렀다. 그 즈음에 두려움을 극복한 문지기가 그들에게 조심하라는 말과 함께 빗장을 빼고 문을 열었다. 낙타는 초자연적인 빛 아래 유령 같았고, 이 기괴한 모습 이외에도 함께 서 있는 세 사람의 얼굴과 몸짓에 열망과 찬미가 가득해 문지기의 두려움과 상상력을 더욱 가열시켰다. 문지기는 엉덩방아를 찧으며 뒤로 넘어졌고, 잠시 동안 그들이 묻는 말에 대답을 하지 못했다.

"이곳이 유대 땅 베들레헴 아닌가요?"

곧이어 다른 사람들이 몰려나오자 문지기는 비로소 안도했다.

"아닙니다. 여기는 대상 여관이고, 도시는 조금 더 가야 있어요."

"아기가 막 태어난 곳이 여기 아닙니까?"

구경꾼들은 놀라 서로 얼굴을 마주보았고, 그중 몇 사람이 대답했다.

"맞아요, 맞아."

"우리를 아기에게 안내해 주세요!"

가스파르가 조바심을 내며 말했다.

"우리를 아기에게 안내해 주세요!"

벨타사르도 엄숙한 태도로 입을 열었다.

"당신들은 그 별을 이제야 보았지만, 우리는 이전에 이미 보았고 그분께 경배를 드리려고 여기 왔습니다."

멜키오르는 양손을 잡고 외쳤다.

"하나님은 정말 존재하십니다! 어서 서두르세요, 빨리요! 드디어 구주를 찾았어요. 우리는 누구보다도 축복받은 사람들이에요."

세 사람이 안뜰을 지나고 밖으로 나와 다시 담장 안으로 인도될 동안, 지붕에 있던 사람들이 내려와 모두 뒤를 따랐다. 좀 전보다는 밝기가 연해졌지만 여전히 동굴 위에서 별이 비추는 광경을 보고 겁을 먹은 몇몇 사람은 돌아가 버렸다. 세 사람이 집에 가까이 이르자 별은 위로 떠올랐고, 세 사람이 문 앞에 이르자 별은 사라질 듯 더욱 높이 올라갔다. 그리고 그들이 집 안으로 들어가자 별의 모습은 사라지고 말았다. 이런 일련의 광경을 지켜본 사람들은 별이 이 세 사람과 그리고 동굴 안에 있는 몇 사람과 신성한 관계에 있다는 확신에 이르렀다. 드디어 문이 열리자 구경꾼들도 우르르 따라 들어갔다.

방 안을 비추고 있는 것은 희미한 등불밖에 없었다. 세 사람은 아기 엄마와 잠에서 막 깨어 엄마 무릎에 있는 아기 얼굴만 겨우 알아볼 수 있을 정도였다.

"당신이 이 아기의 모친입니까?"

벨타사르가 마리아에게 물었다.

지금까지 아기가 주변의 상황에 영향을 받지 않도록 애쓰던 마리아는 잠시 곰곰이 생각하더니 아기를 들어 불빛에 비추며 말했다.

"네, 제 아기입니다!"

말이 떨어지기가 무섭게 세 사람은 무릎을 꿇고 경배를 드렸다. 세 사람의 눈에 아기는 여느 아기와 다름없어 보였다. 머리 위에 후광이나 실제적인 왕관도 없었다. 입을 열어 그들에게 말을 하지도 않았다. 세 사람이 내뱉은 기쁨의 탄성이나 기원이나 기도를 들었는지는 모르지만, 표정 변화는 전혀 없었다. 단지 여느 아기들처럼 세 사람보다는 등불에 더 오래 시선이 머물러 있을 뿐이었다.

잠시 뒤 자리에서 일어난 세 사람은 낙타가 있는 곳으로 가서 선물로 가져온 황금과 유향과 몰약을 꺼내 아기 앞에 놓고 좀 전과 마찬가지로 경배의 말을 했다. 세 사람은 각자 맡은 역할 없이 경배의 말을 했는데 생각 깊은 사람들이 익히 알고 있듯이, 지금도 그렇고 앞으로도 언제나 그렇듯이 당시에도 순수한 마음에서 나온 순수한 경배는 하나님의 영감을 받은 노래였기 때문이다.

그리고 아기는 그들이 지금까지 찾아다니던 구세주였다!

그들은 한 치의 의심도 없이 경배했다.

어떻게 그럴 수 있느냐고?

세 사람의 믿음은 그 이후로 쭉 우리가 하나님 아버지라고 부르는 분이 보내준 표적에 의거하고 있었기 때문이다. 그들은 하나님의 말씀만으로도 충분해서 방법을 물어보지 않는 그런 사람들이었다. 하나님의 표적을 눈으로 보고 말로 들은 사람은 극소수였지만—마리아와 요셉, 양치기들, 세 명의 동방박사—그들은 모두 하나님을 믿었다. 즉, 구원의 계획이 실현되는 이 시기에는 하나님은 모든 것이었고 아기는 아무것도 아니었다. 하지만 독자 여러분은 기대하기 바란다! 이제 아들로부터 모든 표적들이 행해질 시기가 도래하리니, 그의 말을 믿는 자는 행복할 것이다!

그때를 기다려 보자.

# 제2부

불길과 영혼의 흐름은 비슷한 데가 있나니
자신에게 주어진 좁은 공간에 만족하지 않고
바랄 수 있는 적정 수위 이상의 것을 동경한다.
그리고 일단 불붙으면 꺼질 줄 모르고
위험한 모험에 뛰어들어
죽을 때까지 그칠 줄을 모른다.
**《차일드 해럴드의 편력》_바이런**

# 제1장
## 로마 치하에 있던 유대 지방

이제 여러분을 21년 뒤로 초대하고자 한다. 유대 지방에 로마가 임명한 제4대 총독의 임기가 막 시작하려는 때이다. 아직은 유대인과 로마인 사이에 최후의 결전[58]이 시작되지는 않았지만, 예루살렘은 정치적 소요로 인해 분열이 가속화되고 있었다.

그 사이에 유대 지방은 수많은 변화를 겪었는데 특히 정치적 위상의 변화로 심각한 타격을 입었다. 헤롯대왕은 그 아기가 태어난 지 1년 뒤에 죽었고, 그 마지막이 너무나 비참해서 그리스도인들은 하나님의 진노로 죽었다고 믿는다. 자신이 만든 권력 기반을 공고히 다지는 데 평생을 보내는 지도자들이 흔히 그렇듯이, 헤롯 역시 자신이 연 왕조의 보좌와 왕관을 아들에게 넘겨주고 싶어 했다. 그래서 헤롯은 자신의 영토를 아켈라오, 빌립, 안디바(안티파스)에게 나누어주고 왕이라는 칭호는 아켈라오에게 준다는 유언을 남겼다. 그러나 이 일은 당시 로마 황제였던 아우구스투스[59]의 인준을 받아야 했는데, 황제는 헤롯의 다른 유언들은 인정해 주었지만 아켈라오에게 주어진 왕이라는 칭호는 능력과 충성심이 증명될 때까지 보류했다.

58) AD 66~70년의 유대전쟁을 말함
59) 안토니우스와 클레오파트라를 무찌른 옥타비아누스가 로마의 황제가 된 뒤 '존엄한 자'라는 뜻인 아우구스투스라는 칭호를 씀

대신에 통치자라는 칭호를 수여했고, 아켈라오는 그 칭호로 9년 동안 통치했지만 불온한 인자를 키워 성장시켰다는 이유로 비행과 무능력이라는 죄목이 씌워져 폐위되고 갈리아로 유배되었다.

로마 황제는 아켈라오를 쫓아낸 것에 만족하지 않고 성전을 소유한 민족이라는 유대인들의 자존심에 타격을 주는 정책을 썼다. 유대를 독립국이 아닌 로마의 속주로 강등시키고 시리아 현에 병합시킨 것이다. 그에 따라 예루살렘은 시온 산 궁전에서 왕이 다스리는 나라가 아니라 로마에서 임명한 총독이 다스리는 곳으로 전락했다. 총독은 안디옥(안티오크)에 주재하는 시리아 특사를 통해 로마와 소통했다. 상처를 더욱 깊게 한 것은 총독이 예루살렘에 거하지 않고 가이사랴[60]에 거한 것이다. 그러나 가장 모욕적이고 가장 분통 터지고 가장 고의적인 상처는, 세상에서 가장 경멸받던 사마리아를 유대 지방과 같은 속주로 병합시켰다는 점이다! 생각해 보라. 편협한 분리주의자들이나 바리새인들이 가이사랴에 주재하는 총독 아래서, 그리심 산[61]을 성전으로 생각하는 이들과 어깨를 나란히 하고 그들에게 비웃음을 받을 때 얼마나 처참한 기분이 들었겠는가!

이렇게 홍수처럼 밀려드는 슬픔 속에서 이 몰락한 민족에게도 마지막 한 가지 위로가 있었으니, 헤롯 왕궁에 대제사장이 거주하며 그곳이 왕궁 비슷한 분위기를 풍기고 있다는 사실이었다. 대제사장의 실제적인 권한은 쉽게 추측할 수 있다. 물론 사람의 생사를 가늠하는 재판권은 로마 총독이 가지고 있었다. 재판은 로마의 법에 따라 또 로마의 이름으로 행해졌으며, 왕궁은 로마의 세관과 그의 휘하에 있는 조수들과 호적 담당관, 수금인, 세금 징수원, 밀고자, 스파이들이 함께 나누어 쓰고 있었다. 이 일은 유대인들에게 매우 심각했다. 하지만 독립의 날을 꿈꾸는 유대인들에게는 왕궁의 최고통치자가 유대인이라는 사실만으로도 일말의 위안이 되었다. 그가 매일 그곳에 상주하고 있다는 사실만으로도 선지자들의 약속을 상기할 수 있었으며, 여호와께서 아론의 후예를 통해 이스라엘을 통치하던 시절을 잊을

60) 이스라엘 서북부에 있는 고대의 항구도시
61) 이스라엘 민족의 남북조 분열 뒤 사마리아인들이 유대인들의 시온 산과 대립시켜 하나님 경배지로 삼았던 성산(요한 4:20 이하)

수 없었다. 그것은 여호와께서 그들을 저버리지 않으셨다는 일종의 상징이었다. 그래서 희망의 끈을 놓지 않을 수 있었고, 인내심으로 버텨낼 수 있었으며, 여호와의 아들이 이스라엘을 통치하는 날이 오기를 손꼽아 기다릴 수 있었다.

유대 지방이 로마의 속주로 전락한 뒤 8년 이상의 세월이 흘렀다. 그동안 로마 황제들은 유대 민족의 특징을 속속들이 알게 되었다. 유대인은 자존심이 매우 강했지만, 자기들의 종교만 존중해 주면 조용하게 지배될 수 있는 민족이었다. 이에 따라 그라투스의 전임자들은 유대인의 종교 생활에 되도록 관여하지 않았다. 하지만 그라투스는 다른 정책 노선을 잡았다. 그의 첫 번째 정치 행보라고 해도 좋은 일은 안나스를 대제사장 직에서 내쫓고 그 자리에 파부스의 아들인 이스마엘을 임명한 것이었다.

로마 황제 아우구스투스의 명령이었든지 그라투스의 독단적인 행동이었든지 간에, 그것이 얼마나 어리석은 정책이었는지는 금방 드러났다. 당시 유대에는 귀족당과 분리주의자당(혹은 평민당)이 있었다. 헤롯대왕의 죽음 이후 양당은 힘을 합쳐 헤롯의 아들인 아켈라오와 싸웠다. 성전이고 왕궁이고, 예루살렘이고 로마이고, 장소에 상관없이 그들은 정치적 음모로 혹은 실제 무기로 싸웠다. 모리아 산의 성전에서도 전쟁하는 이들의 거친 외침이 계속 울려 퍼졌다. 마침내 이들은 아켈라오를 유배지로 몰아내는 데 성공했다. 하지만 싸움을 거치면서 양당은 점점 벌어졌다. 귀족들은 당시 대제사장인 요아사르를 싫어했지만 분리주의자들은 그를 열렬히 신봉했다. 아켈라오와 함께 헤롯대왕의 기득권이 몰락하자 요아사르도 함께 몰락했다. 귀족들은 '셋의 아들'(세트파)[62]에 속한 안나스를 대제사장에 앉혔다. 이로써 양당의 연합은 끝났고, 대제사장에 '셋의 아들'을 임명한 것을 놓고 양당은 격렬하게 대립했다.

한편 아켈라오와 싸우는 과정에서 귀족들은 로마에 붙는 것이 유리하다고 판단했다. 현재의 기득권이 붕괴되고 또 다른 정권이 탄생할 것을 우려한 귀족들은 예루살렘을 로마의 속주로 병합해 줄 것을 황제에게 제안했

62) 아담과 이브의 셋째아들 '셋'의 이름을 딴 초기 기독교의 한 파로 지식을 중시함

다. 이런 사실은 분리주의자당과의 불화를 더욱 심화시켰다. 그러나 유대 지방이 사마리아와 같은 속주로 병합되자 귀족당은 소수당으로 전락했고, 그와 함께 믿을 건 로마 황실과 귀족 계급의 특권과 재산밖에 없는 신세가 되었다. 하지만 그 뒤 15년 동안, 즉 발레리우스 그라투스가 유대의 4대 총독으로 부임할 때까지 귀족들은 왕실과 성전 모두에서 그들의 위치를 그럭저럭 유지했다.

귀족당의 지지를 받아 대제사장에 오른 안나스는 로마 황실과 손잡은 귀족당의 이익에 부합하도록 영향력을 행사했다. 그와 함께 로마 수비대가 안토니아 요새[63]를 지키고 로마 경비원이 왕궁의 정문을 지켰으며 로마인 판사가 민법 및 사법의 재판권을 행사했다. 또한 로마는 가차 없이 세금을 수탈하여 이스라엘은 도시, 시골 할 것 없이 핍박에 시달리게 되었다. 매일 매시간 유대인들은 이리저리 괴롭힘을 당했고, 독립국과 피정복국의 차이를 뼈저리게 느꼈다. 안나스는 비교적 평온하게 이들을 다스렸다. 로마로서는 이 이상 좋은 지지자가 없었다. 그러나 안나스가 대제사장의 자리에서 쫓겨나자 그의 빈자리가 바로 느껴졌다. 이스마엘에게 자리를 내주고 성전을 나와 분리주의자당으로 들어간 안나스는 베수시안파와 세트파를 연합한 새로운 파의 수장이 되었다.

반면 지지하는 세력이 하나도 없게 된 그라투스는 15년 동안 잿더미로 변해 있던 곳에서 서서히 불길이 되살아나는 조짐을 읽었다. 이스마엘이 대제사장에 오른 지 한 달 뒤, 그라투스는 예루살렘을 방문했다. 하지만 유대인들은 그라투스 호위대가 북문을 통해 들어와 안토니아 요새로 행군하는 모습을 담장 뒤에서 지켜보며 야유를 보냈다. 유대인들은 그라투스가 방문하는 진짜 목적을 알았다. 그는 기존 주둔군에 일개 보병 군단을 더 투입할 생각이었다. 그것은 별다른 의심을 받지 않고 유대인들의 족쇄를 더욱 옥죌 수 있는 방법이었다. 만약 그라투스 총독에게 본보기가 필요하다면, 처음 걸려든 사람에게는 재앙일 것이다!

---

63) 헤롯대왕이 기원전 19년에 예루살렘에 지은 요새

# 제2장
## 벤허와 메살라

한여름의 열기가 최고조에 달한 7월 중순의 어느 날, 시온 산 왕궁의 어느 한 정원. 정원의 사면은 건물로 둘러싸여 있었고, 건물 중에는 2층짜리도 있어 돌출된 베란다가 아래층의 문과 창문에 그늘을 드리웠다. 튼튼한 난간으로 둘러싸인 회랑은 2층을 아름답게 장식하고 외부의 침입에서 보호할 수 있었다. 건물 없이 돌기둥만 받힌 부분도 있어 바람이 자유롭게 드나들었으며, 그곳을 통해 왕궁의 다른 부분도 엿볼 수 있어 그 웅대함과 아름다움이 훨씬 잘 느껴진다.

정돈이 잘된 지표면도 마찬가지로 아름다웠다. 산책길이 있고 여기저기 키 작은 관목 숲과 더불어 잔디밭도 있으며, 희귀종의 야자수와 함께 구주콩나무, 살구나무, 호두나무 등이 어우러진 키 큰 나무도 있었다. 연못은 대리석으로 장식한 중앙 분수대에서부터 사면으로 완만하게 기울어져 있었고, 그 사이사이에는 수문이 위치하고 있어 수문을 열면 물이 산책길 옆을 지나는 수로로 흘러들었다. 이 지역의 가뭄은 이곳에서는 느낄 수 없었다.

분수에서 그리 멀지 않은 곳에는 작은 연못이 있어, 그 안의 맑은 물은 요단강이나 저 아래 사해 인근에서 자라는 사탕수수와 서양협죽도 같은 등나무 덤불로 흘러 들어가게 장치되어 있었다. 바로 이 등나무 덤불과 연못 사이에, 숨이 턱턱 막히는 더위와 강렬하게 내리쬐는 햇볕도 아랑곳하지 않고 두 젊은이가 열띤 토론을 벌이며 앉아 있었다. 한 소년은 열아홉 살, 다른 소년은 열일곱 살 정도 되어 보였다.

두 소년 다 미남형으로 얼핏 보면 형제 같기도 했다. 두 명 모두 머리와 눈 색깔이 검었고, 얼굴은 짙은 갈색이었다. 하지만 앉아 있는 모습에서는 나이에서 비롯된 몸집 차이가 느껴졌다.

나이가 더 많아 보이는 소년은 머리에 아무것도 쓰지 않았다. 입은 옷은 무릎까지 내려오는 헐렁한 튜닉이 전부였고 샌들을 신었다. 그가 앉은 자리 밑에는 연푸른 망토가 깔려 있었으며, 튜닉 밖으로는 얼굴만큼이나 가무잡잡한 팔과 다리가 드러났다. 그런데도 어딘지 모르게 우아한 태도와 용모의 세련됨, 그리고 목소리에서 묻어나는 교양 덕분에 그의 사회적 지위를 짐작할 수 있었다. 부드러운 모직으로 만든 회색 튜닉은 목과 소매, 스커트의 끝단에 붉은색 바이어스가 덧대어져 있고, 허리는 술이 달린 실크 끈으로 묶여진 의상으로 보아 로마인이 틀림없었다. 만일 그가 대화 중에 친구를 거만한 시선으로 내려다보고 아랫사람 대하듯 말을 했더라도 그러려니 했을 것이다. 그는 로마 귀족의 아들이고, 당시는 그런 지위를 가진 사람이 아무리 거만하게 행동해도 용납되는 분위기였다.

카이사르와 정적들 간에 끔찍한 권력 투쟁이 있었을 때 메살라 집안은 브루투스와 한편이었다. 하지만 안토니우스와 옥타비아누스의 군대가 카이사르의 암살자 브루투스와 카시우스의 군대를 빌립보 성읍 근방에서 격파한 뒤에도, 메살라는 명예를 그대로 유지한 채 정복자들과 화해했다. 그리고 안토니우스와 옥타비아누스가 왕권을 두고 전쟁을 벌였을 때는 옥타비아누스를 지지했다. 아우구스투스라는 이름으로 황제에 등극한 옥타비아누스는 메살라의 공을 잊지 않고 메살라 집안에 영예를 듬뿍 안겨주었다. 그중에서도 로마의 속주로 강등된 유대 지방에 그의 신하이자 고객인 메살라의 아들을 보내어 세금을 거두고 관리하는 직책을 맡겼다. 그때 이후로 아들 메살라는 대제사장과 왕궁을 함께 쓰며 그 직책을 그대로 유지했다. 방금 설명한 젊은이가 바로 그 메살라의 아들이며, 그의 행동은 할아버지 메살라와 당시 로마 황실과의 관계를 잘 반영해 주었다.

메살라와 함께 있던 친구는 몸집이 그보다는 작았으며 질 좋은 하얀 세마포 옷을 입고 있었는데, 그 모양은 예루살렘에서 흔히 볼 수 있는 스타일이었다. 머리에는 천을 둘렀고 노란 끈을 이마에 묶어 천이 이마 아래로 내려오지 않고 목 뒤로 흘러내리도록 했다. 인종을 구별해내는 데 남다른 안목이 있는 사람이라면 그 소년이 유대인이라는 것을 쉽게 알아차렸을 것이다.

메살라의 이마는 높고 좁으며 코는 날카로운 매부리코이고, 입술은 얇고 굴곡 없이 일직선이었으며, 눈은 차갑고 눈썹과 가까이 붙어 있었다. 반면 유대인의 이마는 낮고 넓적했으며, 코는 길쭉하고 콧방울도 컸다. 아랫입술을 살짝 그늘이 지게 한 윗입술은 짧고 보조개가 있는 곳까지 큐피드의 화살처럼 굴곡이 있었다. 둥근 턱과 큼직한 눈, 갸름한 달걀형의 뺨을 연결한 광대뼈는 와인 빛처럼 발그레해서, 전체 인상은 온화하고 힘 있는 이스라엘 사람의 특징적인 아름다움을 그대로 간직하고 있었다. 메살라의 아름다움이 쌀쌀맞고 깔끔하다면, 유대인의 아름다움은 부자 티가 나고 육감적이었다.

"새 총독이 내일 여기에 도착한다고 하지 않았어?"

나이가 더 어린 친구가 그리스어로 물었다. 당시에는 독특하게 그리스어가 유대 지방의 정치계에서 상용되던 언어였다. 왕궁과 군대야영지, 대학에까지 그리스어가 통용되었고, 언제부터 어떻게 그렇게 되었는지는 아무도 모르지만 성전에서도 그 언어가 통용되었으며, 성전의 뜰뿐만 아니라 입구와 회랑을 넘어서까지, 즉 이교도가 용납되지 않는 거룩한 장소에서도 그리스어가 사용되었다.

"맞아, 내일 오지. 누구한테 들었어?"

대답과 함께 메살라가 되물었다.

"궁전에 있는 새 주지사에게. 참, 너희들은 대제사장이라고 부르지? 이스마엘이 어젯밤에 아버지에게 말하는 걸 들었어. 하긴 그의 말은 진실이 뭔지 잊어버린 이집트인의 말이나, 애당초 진실이 뭔지도 모르는 이두매인[64]의 말처럼 신빙성이 떨어지지. 하지만 사실이야. 오늘 아침 안토니아 요새에서 백부장[65]을 만났는데 환영 준비가 한창이라고 하더군. 갑옷 장인은 투구와 방패를 들여오고, 사람들이 독수리와 지구 문양[66]도 다시 도금칠하고, 주둔군에 추가병력이라도 들어오는지 오랫동안 비워놓았던 방들도 청소하고 환기를 시키던걸. 그라투스 총독의 경호대가 묵을 방인지도 모르지."

메살라의 말하는 태도를 제대로 설명하기는 불가능하다. 당시 로마인들에게 공손한 태도나 점잖은 말씨는 빠르게 사라지고 있었으며 이미 한물간

64) [illegible]
65) 고대 로마 군대에서 병사 100명을 거느리던 지휘관
66) 로마의 상징

정서라고까지 생각하는 추세였다. 전통적인 종교는 이제 종교로 취급되지도 않는다. 단지 신전에서 돈벌이하는 사제들이나 문학적 상상력으로 신들의 이름을 들먹거리는 시인들에게나 중요한 존재였다. 하긴 요즘 세대의 시인들도 그런 행태에 몰두하는 사람들이 있기는 하다. 종교 대신 철학이 대세가 되자 풍자적인 말투가 공손한 말투를 재빠르게 대체해 갔다. 심지어 로마인들은 고급 음식의 소금처럼, 와인의 향기처럼, 연설에는, 아니 일상대화에서도 말에 가시가 들어 있어야 제 맛이라고 생각했다.

로마에서 공부하고 최근에 돌아온 젊은 메살라는 이런 로마인의 습관과 태도를 몸에 익히고 왔다. 눈꺼풀 아래 끝을 거의 알아챌 수 없을 만큼 미미하게 실룩거리고, 콧방울에 힘을 주어 벌렁거리며, 맥 빠진 듯 말을 천천히 하는 것이 세상만사가 귀찮다는 듯한 태도를 남에게 보여주는 가장 좋은 방법이라고 생각하는 것이다. 특히 말하는 중간에 자주 말을 멈추는 것이 자신의 넘치는 자만심이나 말 속에 있는 가시를 상대방에게 전달하는 가장 중요한 방법이라고 여겼다. 젊은 메살라도 이집트인과 이두매인을 언급하는 말미에 이런 방법으로 말을 멈추었고, 그와 함께 유대인 청년의 얼굴은 더욱 벌겋게 달아올랐다. 아마 유대인 청년은 메살라의 나머지 말을 듣지 못했는지도 모른다. 멍하게 연못만 깊숙이 쳐다보고 있었으니 말이다.

"우리는 이 정원에서 헤어졌지. 네가 한 마지막 말은 '하나님의 화평이 너와 함께하기를!'이었고, 나는 '신들이 너를 지켜주기를!'이라고 말했지. 기억나니? 도대체 그때부터 세월이 얼마나 흐른 거야?"

"5년이야."

유대인이 연못물을 바라보며 대답했다.

"넌 감사를 드려야겠어. 누구한테 할까? 신들에게? 그거야 뭐 어쨌거나, 넌 정말 미남이 됐구나. 그리스인도 너를 보면 미남이라고 할 거야. 시간의 위대한 업적이지! 주피터가 가니메데스[67]를 한 명만 둘 수 있었다면 네가 선택되어 술시중을 들었을 거야! 말해 봐, 유다, 총독이 여기 오는 일에 왜

67) 그리스신화에 나오는 트로이의 미소년. 인간 가운데 가장 아름다운 소년인데, 신에게 납치되어 술시중을 들었다고 함

그렇게 관심이 많아?"

유다는 커다란 눈으로 메살라를 쳐다보았다. 그 눈은 진지하고 생각에 잠긴 눈이었다. 그는 메살라와 눈이 마주치자 그 눈을 가만히 응시하면서 대답했다.

"맞아, 5년이 흘렀어. 나도 우리가 헤어지던 날을 기억해. 넌 로마로 떠났지. 떠나는 네 뒷모습을 보며 난 엉엉 울었어. 너를 정말 좋아했거든. 이제 세월이 흘러 너는 학식을 갖추고 당당한 모습으로, 농담이 아니야, 정말 당당한 모습으로 돌아왔어. 하지만 나는 옛날의 메살라가 보고 싶어."

메살라의 매끈한 콧방울이 벌렁거렸다. 그는 좀 더 천천히 끌면서 말을 했다.

"아니, 아니야, 가니메데스가 아니야. 넌 귀중한 조언을 해주는 신이군, 그래. 네가 토론으로 실력을 연마한 수사학 선생님의 수업을 좀 듣고 지도력을 약간만 연습하면, 델포이[68] 신전이 너를 아폴론으로 섬기겠어. 현명하게 내 제의를 받아들인다면 내가 선생님께 추천서를 써줄게. 너의 진지한 목소리를 들으면 피티아[69]가 왕관을 가지고 달려오겠어. 이봐, 친구, 진심으로 묻겠는데, 어떤 면이 옛날의 나와 달라졌다는 거야? 전에 세상에서 가장 저명한 논리학자의 강의를 들은 적이 있었어. 토론학 강의였지. 그분이 한 말 중에 한 가지가 기억나는군. '대답하기 전에 상대방 질문의 뜻을 정확히 파악하라.' 너의 말뜻을 파악할 수 있게 설명해 줘."

유다는 친구의 냉소적인 시선에 얼굴이 붉어졌지만 대답했다.

"넌 기회를 제대로 잘 활용한 것 같아. 선생님들에게 학식과 품위를 많이 배워 왔어. 그리고 지금 대가처럼 말을 참 잘해. 하지만 네 말에는 가시가 있어. 메살라, 옛날의 너는 독기라고는 없었어. 옛날의 메살라였다면 무슨 일이 있어도 친구의 감정을 상하게 하는 말은 하지 않았을 거야."

메살라는 마치 칭찬이라도 받은 듯 미소를 짓더니 고개를 한층 더 높이 쳐들었다.

68) 그리스의 고대도시. 아폴로 신전이 있었음
69) 아폴로의 신탁(神託)을 받은 아폴로 신전의 무녀

"오, 이런, 진지한 유대인 같으니라고. 우리가 지금 도도나[70] 신전이나 델포이 신전에 있는 게 아니잖아. 예언자 같은 태도는 집어치우고 솔직하게 말해 봐. 나의 어떤 말에서 상처를 받았다는 거야?"

유다는 긴 한숨을 쉬고 허리끈을 잡아당기면서 말했다.

"5년 동안 나도 역시 공부했어. 힐렐 총장님은 네가 배운 논리학자에 필적할 만한 사람이 아닌지는 모르겠고, 시므온 선생님과 샤마이[71] 선생님도 토론으로 연마한 너의 선생님들보다는 못할지도 몰라. 우리 선생님의 가르침은 금지된 영역을 절대로 침범하지 않지. 그분들의 제자들은 하나님과 율법과 이스라엘을 배우고, 그 공부의 영향으로 주변의 모든 것을 사랑하고 공경하는 태도를 몸에 익혀. 학교에 다니면서 내가 배운 것은 유대 지방이 과거의 유대가 아니라는 거야. 나는 독립된 왕국과 하찮은 로마 속국의 차이를 잘 알고 있어. 유대가 이렇게 몰락한 것에 화가 나지 않는다면, 나는 사마리아인들보다 더 보잘 것 없고 타락한 사람이겠지. 이스마엘은 합법적인 대제사장이 아니야. 안나스가 살아 있는 한 절대로 정식 대제사장이 될 수 없어. 하지만 적어도 그는 레위지파 사람이야. 수천 년 동안 우리의 믿음인 하나님 아버지를 섬기고 경배한 신도야. 이스마엘의……."

메살라가 신랄한 웃음으로 유다의 말을 가로막았다.

"아, 이제야 네 말뜻을 알겠어. 그러니까 이스마엘은 지위를 강탈해 간 사람이지만 이두매인보다는 낫다는 얘기지? 세멜레의 주정뱅이 아들[72]의 이름으로 하는 말이지만, 유대인이란 참! 인간과 사물은 다 변해. 심지어 하늘과 땅도 변해. 그런데 유대인만은 절대로 변하지를 않아. 유대인에겐 진보도 후퇴도 없어. 지금의 유대인은 태초의 그들 조상과 똑같아. 여기 모래 위에 원을 하나 그려 볼게. 자, 이거야! 유대인의 생활에서 뭐가 더 있는지 말해 봐. 유대인은 하나님을 중심으로 계속 돌고 돌지. 여기에 아브라함, 여기에 이삭과 야곱 하며 말이야. 그리고 이 동그라미는, 오 이런! 동그라미를

70) 주피터의 신탁소(神託所)가 있던 그리스의 성지
71) 1세기의 유대인 율법학자. 율법 해석에 관한 샤마이 학파의 시조
72) (그리스신화) 술의 신 디오니소스(로마신화에서는 바카스)

너무 크게 그렸군. 내가 다시 그리지…….”

메살라는 말을 중단하고 엄지손가락을 땅에 대고 다른 손가락을 빙 돌려 원을 그렸다.

“자, 이 엄지손가락이 성전이고 다른 손가락으로 그린 원이 유대인이야. 이 좁은 공간의 바깥은 아무런 가치가 없을까? 예술을 봐! 헤롯대왕은 건축가였어. 그 바람에 유대인에게 미움을 좀 받았지. 그림과 조각은 어때! 그런 것을 감상하는 건 유대인에게 죄악이지. 시는 유대인의 제단엔 들어갈 틈도 없지. 유대교 회당 안을 제외하고는 누가 웅변을 해볼 엄두라도 내볼 수 있겠어? 전쟁에서는 6일 동안 정복한 모든 걸 7일째에 다 잃어버려. 그게 유대인의 삶이고 한계야. 내가 너희들을 비웃어도 당치않다고 할 사람이 어디 있겠어? 그런 민족의 경배에 만족한 너의 신은 우리 로마의 주피터 신에 비하면 도대체 뭐야? 주피터가 빌려준 독수리[73]로 인해 우리 로마인은 두 팔로 삼라만상을 다 포용할 수 있어. 힐렐, 시므온, 샤마이, 아브탈리온 같은 학자들이, 알 만한 것은 모두 다 알 가치가 있다고 가르치는 우리 로마의 선생들에 비하면 도대체 뭐가 낫냐고?”

유다는 얼굴이 벌겋게 상기되어 자리에서 일어났다.

“아냐, 아냐, 유다. 가지 마, 그대로 앉아 있어.”

메살라가 손을 뻗으며 소리를 질렀다.

“넌 나를 조롱하고 있잖아.”

“내 말을 좀 더 들어봐.”

메살라가 비웃는 듯한 미소를 지으며 말을 이었다.

“그리스와 로마 할 것 없이 주피터[74]와 그의 가족은 늘 그렇듯이 전체가 떼 지어 와서 심각한 이야기는 그만하라고 하네. 네가 조상 대대로 살던 그 옛집을 나와서 내가 돌아온 것을 환영하고 어린 시절 우리의 우정을 되살리려고—그럴 수만 있다면 말이야—찾아준 착한 마음은 잘 알고 있어. 하지만 자, 들어봐. 마지막 강의 시간에 선생님이 말했지. ‘자, 이제 떠나라.

---

73) 독수리는 주피터의 새로 알려짐

74) 로마신화의 주피터는 그리스신화의 제우스

그리고 멋지게 인생을 살아보거라. 전쟁의 신 마르스는 군림하고 사랑의 신 에로스는 자기 눈을 찾는다[75]는 걸 잊지 말거라.' 선생님의 말은, 사랑은 아무것도 아니고 전쟁이 모든 것이라는 뜻이야. 로마에서는 정말 그래. 결혼은 이혼으로 가는 첫 걸음이야. 정직이란 상인들의 장신구지. 클레오파트라는 죽어가면서 자신의 사랑 비법을 유산으로 남겼는데, 요즘에는 보복을 당하고 있어. 각 로마인의 집에는 그녀의 후계자가 있어서 세상은 전부 같은 꼴이야. 그러니 이제 사랑의 신은 물러나라, 전쟁의 신이 납신다! 난 군인이 될 거야. 그리고 유다, 네가 안됐어. 너는 도대체 뭐가 될 수 있을까?"

유다는 연못 쪽으로 더 몸을 굽혔고, 메살라의 길게 늘여 하는 말투는 더 심해졌다.

"그래, 참 안됐어. 내 좋은 친구, 유다. 너는 대학을 나와 유대인 회당으로, 그 뒤에는 성전으로 가겠지. 그리고 최고로 잘되면 산헤드린[76]에서 한 자리를 얻을 수 있겠지! 기회가 없는 인생이야. 신들이 너를 도와주기를! 하지만 나는……."

유다는 고개를 들었다가 때마침 친구의 얼굴에 자만심이 떠오르는 순간을 보았다. 메살라는 말을 계속 이었다.

"아, 세상에는 아직 정복하지 못한 곳이 많아. 바다에는 아직 보지 못한 섬이 있고, 북쪽에도 아직 가보지 못한 나라가 많아. 알렉산더의 극동 행군을 이어받아 완성시킬 영광은 아직 누구에게도 주어지지 않았어. 로마 사람에게 얼마나 무궁무진한 가능성이 있는지 좀 봐."

다음 순간 메살라는 길게 늘여 말하는 어투를 다시 사용했다.

"아프리카 침략 전쟁, 다음에는 스키타이 전쟁, 그다음에는…… 군단이지! 대부분 로마인의 경력은 그것으로 끝나지만 나는 아니야. 천만에! 들어 봐, 얼마나 근사한 발상인지! 난 군단을 포기하고 현의 장관이 될 거야. 로마에서 돈을, 돈과 술과 여자를 가진 사람의 생활을 생각해 봐. 연회에는 시인을 초대하고 저택에서는 정치적 음모를 하고 1년 내내 주사위 놀이를

75) 사랑에 빠지면 눈이 먼다는 속담에서 유래한 말
76) 고대 이스라엘의 의회 겸 법원

하는 거야. 그런 생활을 하려면 돈이 많이 나오는 현의 장관이 되어야겠지. 나는 그런 곳의 주인이 될 거야. 아, 내 친구 유다. 이제 여기는 시리아야! 유대 지방은 돈이 많아. 안디옥은 신들의 집합소야. 나는 시레니우스[77]의 후임자가 될 거야. 그러니 너도…… 나와 행운을 함께하자."

로마의 공공휴양지에 몰려들어 젊은 귀족들을 교화시키는 일을 독점하다시피 하던 궤변가이자 웅변가들이 메살라의 말을 들었다면 충분히 공감할 만한 내용이었다. 당시 대중들의 생각이 모두 그러했기 때문이다. 하지만 젊은 유대인에게는 생경한 말이었다. 더구나 율법과 관습과 사고방식이 풍자와 유머를 금하는 사회의 일원으로, 엄숙한 담론과 대화에 익숙해 살던 그로서는 더욱 그랬다.

유다는 친구의 말을 들으면서 복잡해졌다. 순간적으로 화가 났다가 다음 순간 메살라의 말을 어떻게 받아들여야 할지 혼란스러웠다. 잘난 체하는 친구의 태도에 처음에는 감정이 상했고 다음에는 짜증이 났으며 마지막에는 피 끓는 분노를 느꼈다. 잘난 체하는 사람을 보면 우리도 화가 난다. 그리고 풍자가는 다른 방식으로 화를 돋운다. 헤롯대왕 시절의 유대인에게 애국심이란 날이 시퍼런 감정이라서 일반 유머 속에 숨겨 말할 수 있는 성질의 것이 아니었다. 그들의 역사, 종교, 신에게도 마찬가지여서 조롱에는 즉각적으로 반응했다. 메살라의 말에 처음부터 끝까지 젊은 유대인이 절절한 고통을 느꼈다고 해도 지나친 표현은 아닐 것이다.

메살라가 말을 그치자 유대 청년은 억지로 미소를 띠며 입을 열었다.

"자기의 미래를 농담 삼아 말하는 사람이 있다는 소리를 들어보기는 했어. 하지만 메살라, 네 말을 들으면서 난 그런 사람이 아니라는 것을 재확인했어."

메살라는 유다의 얼굴을 찬찬히 뜯어보며 말했다.

"비유뿐 아니라 농담에도 진심이 들어 있으면 왜 안 되는 거지? 한번은 위대한 여성 풀비아[78]가 낚시를 갔었대. 그런데 주변에서 낚시하던 사람들

---

77) 당시 시리아의 총독

78) 율리우스 카이사르가 죽은 뒤 권력 투쟁에 참여한 마르쿠스 안토니우스의 아내. 안토니우스가 세 번째 남편

이 낚은 물고기를 모두 합친 것보다 그녀가 더 많은 물고기를 잡자, 주변 사람들은 그녀의 낚싯바늘에 황금이 입혀져서 그렇다고들 했대."

"그럼, 네 말이 농담만은 아니라는 얘기야?"

"이봐, 유다, 알았어. 내가 준다고 했던 게 성에 차지 않았던 거구나."

메살라는 눈을 반짝이며 재빨리 대답했다.

"내가 시리아 총독이 되어 유대 지방에서 거둔 세금으로 부유하게 살게 되면 너를 대제사장에 임명해 줄게."

유다는 화가 나서 등을 돌려 걸어가기 시작했다.

"가지마."

메살라가 말했다. 유다가 머뭇거리며 걸음을 멈추었다.

"오, 이런 유다. 정말 햇살이 뜨겁군! 우리 그늘로 가자."

"지금 가는 게 낫겠어. 오지 말 걸 그랬나 봐. 나는 친구를 보러 왔는데, 막상 만난 건……."

"로마 사람이군."

메살라가 얼른 말을 받았다. 유대인은 두 주먹을 불끈 쥐었지만 곧 감정을 억누르고 다시 걸음을 옮기기 시작했다. 메살라는 자리에서 일어나 깔고 있던 망토를 낚아채 어깨에 걸치고 친구 뒤를 따라 달려갔다. 그리고 유다의 옆에 이르자 친구의 어깨에 팔을 올리고 함께 걸었다.

"이랬었지…… 우리가 어렸을 때 내 손을 이렇게 올리고 걷고는 했지. 문까지만 이렇게 같이 걷자."

메살라는 장난기를 벗고 친절하게 행동하려고 노력했지만 얼굴에는 습관처럼 빈정대는 표정이 어려 있었다. 유다는 친구의 어깨동무한 팔을 그대로 두었다.

"너는 아직 어린애야. 나는 어른이고. 그러니까 내가 어른으로서 한마디 하지."

메살라는 아랫사람에게 베푸는 듯한 태도를 보였다. 어린 텔레마코스[79]를 가르친 스승도 이보다는 덜했을 것 같았다.

---

79) 율리시스(그리스신화에서는 오디세우스)와 페넬로페의 아들

"자네 파르카[80]를 믿나? 아, 내가 깜박했군. 자네는 사두개인이지. 에세네파도 자네 나라의 현명한 국민인데, 그들은 운명의 여신들을 믿었지. 나도 운명의 신을 믿어. 우리가 좋아하는 일을 추구하는 동안 이 세 여신은 얼마나 끈질기게 방해하며 따라 다니는지! 나는 미래를 계획하고 이리저리 열심히 뛰어다녀. 하지만! 마침내 내가 세계를 손아귀에 움켜쥐려는 찰나 뒤에서 내 운명을 재단하는 가위질 소리가 들려. 아, 저기 봐, 저주스러운 아트로포스[81]가 있어! 그런데 유다, 좀 전에 내가 시레니우스의 후임자가 되겠다고 했을 때 왜 그렇게 화가 난 표정이었어? 너는 내가 유대를 착취해서 부를 챙기려고 생각했나 보군. 그렇게 생각해도 좋아. 로마 사람 중에 그런 사람들이 얼마나 많은데 나라고 못할 게 있어?"

유다는 발걸음을 더 크게 성큼성큼 걸어갔다.

"로마 이전에도 유대 지방을 정복했던 나라들은 많았어."

유다는 손을 올리며 말했다.

"그 나라들은 지금 다 어디로 갔지, 메살라? 모두 멸망했어. 하지만 이스라엘은 아직 그대로 있어. 과거에 있었던 일들이 다시 일어날 거야."

메살라는 다시 느린 말투를 쓰기 시작했다.

"에세네파 말고도 파르카를 믿는 사람들은 많아. 환영하네, 유다. 운명을 믿는 자들이여, 내게로 오라!"

"아니야, 메살라. 나는 거기서 빼줘. 내 믿음은 아브라함 이전부터 있었던 우리 선조들의 믿음을 기록한 석판에 있어. 이스라엘의 주 하나님의 언약이 적힌 석판 말이야."

"넌 지나치게 열정적이야, 유다. 내가 선생님 앞에서 너무 열을 올린 것에 죄책감을 느낀다면 우리 선생님이 얼마나 충격을 받으실까! 너한테 말해야 할 것이 또 있었는데, 이젠 말하기가 두렵군."

두 사람이 몇 발자국 걸음을 옮겼을 때 메살라가 다시 말했다.

"그래도 지금 말해야겠어. 특히 너와 관련된 말이니까. 너한테 도움이 되

---

80) (로마신화) 세 명으로 이루어진 운명의 여신
81) 운명의 여신 중 한 명으로 수명을 정하고 죽음의 방식을 정함

는 말을 해줄게. 가니메데스처럼 미남인 내 친구야, 진정한 호의로 너한테 조언해 주지. 나는 온 마음을 다해 널 사랑해. 내가 군인이 되고 싶다고 했지? 너도 같이 군인이 되자. 율법과 관습이 허용하는 고상한 생활만 존재하는 그 좁은 원을 빠져나오는 게 어때?"

유다는 대답하지 않았다.

"지금 우리 시대의 현명한 사람은 누구지?"

메살라는 계속 말했다.

"이미 죽은 것과 싸우며 평생을 보내는 사람들은 아니야. 바알[82], 주피터, 여호와 같은 신들, 철학이나 종교로 싸우는 사람들은 현명한 자들이라고 생각할 수 없지. 위대한 사람의 이름을 한 명이라도 대 봐, 유다. 로마인, 이집트인, 동방인, 아니면 여기 예루살렘 사람, 어느 나라 사람이라도 상관없어. 맹세컨대, 현재 자기에게 주어진 물질로 영예의 자리에 올라간 사람이 현명한 사람이야. 아니면 저승사자가 나를 잡아가도 좋아. 신성이건 뭐건 그 목적에 부합하지 않는 것은 아무것도 아니라고 생각하고, 그 목적에 부합한다면 어떤 것도 마다하지 않는 그런 사람 말이야. 헤롯대왕은 어때? 마카베오[83] 같은 사람은? 아우구스투스 황제와 티베리우스 황제는? 그런 사람들을 따라 행동해 봐. 지금부터 시작하자. 로마는 이두매인 안티파테르[84]를 도왔던 것만큼 기꺼이 너를 도와줄 거야."

유대인 청년은 분노로 몸을 부들부들 떨었다. 그리고 정원 입구가 가까워지자 그 자리를 벗어나려고 발걸음을 재촉했다.

"오, 이런. 계속 로마, 로마야."

유다가 중얼거렸다.

"현명한 사람이 되라고."

메살라가 계속 말했다.

"모세니 전통이니 하는 그런 어리석은 소리는 다 집어치워. 지금 있는 현

---

82) 고대 페니키아인과 가나아인이 숭배한 번식 · 자연의 신
83) (?~기원전 161년) 헬레니즘 시대에 살았던 유대인들의 지도자. 군대를 이끌고 이민족 군대를 격파한 사람
84) 헤롯대왕의 아버지

실을 그대로 보란 말이야. 운명의 신을 정면으로 마주봐. 그러면 그들이 로마가 세계의 중심이라고 말해 줄 거야. 유대 지방이 뭐냐고 그들에게 물어봐. 그러면 로마가 마음대로 할 수 있는 나라라고 말할 거야."

두 사람은 정원 입구에 다다랐다. 유다는 걸음을 멈추고 어깨에 놓인 메살라의 손을 부드럽게 치우며 눈물이 그렁그렁한 눈으로 메살라를 똑바로 쳐다보았다.

"나는 널 이해할 수 있어. 넌 로마 사람이니까. 하지만 넌 나를 이해 못해. 난 이스라엘 사람이니까. 우리가 옛날 같은 친구가 될 수 없다는 사실을 알게 되어 많이 괴롭군. 우리 조상들의 하나님께서 주시는 화평이 자네와 함께하기를!"

메살라가 악수를 청했지만 유다는 입구를 통해 나가버렸다. 그의 모습이 사라지자 메살라는 잠시 혼자 침묵을 지키며 서 있었다. 그러더니 머리를 휙 뒤로 젖히며 정원 문으로 나가면서 중얼거렸다.

"그러라지, 뭐. 에로스야 물러나라, 마르스 납신다!"

## 제3장
## 유다의 집

예루살렘으로 들어가는 입구 중 '양의 문', 오늘날 '성 스데반 문'[85]이라고 부르는 곳에 서쪽으로 길이 하나 뻗어 있다. 안토니아 요새의 북문과 광장 하나 떨어진 거리에 나란히 나 있는 길이다. 길은 티로포에온 골짜기까지 남쪽으로 약간 떨어져 죽 가다가 서쪽으로 굽어 계속 가는데, '심판의 문' 약간 떨어진 곳에서 느닷없이 남쪽으로 꺾인다. 예루살렘을 잘 아는 여

85) 예루살렘의 동쪽 성문. 스데반 집사가 사울이 이 문으로 끌려 나가 문 밖 광장에서 돌에 맞아 죽었다고 전해져 붙여진 이름. 문 양 옆에 사자상이 있어 '사자 문'이라고도 부르고, 이 문 근처에서 양 시장이 열려 '양 문'이라고도 부름

행자나 학생이라면 바로 '비아 돌로로사'[86]의 길 일부를 설명하는 것이라는 걸 알아차렸으리라. 그리스도인이라면 세계의 어느 도로보다 더 관심을—우울한 기분이기는 하겠지만—가지는 길이다. 지금은 이 길 전체를 설명하려는 것이 아니다. 다만, 마지막에 남쪽으로 꺾이는 곳에 집이 한 채 서 있다는 것만 말하고자 한다. 이 집은 중요한 곳이므로 좀 더 자세히 설명해야 한다.

북쪽과 서쪽에 면해 있는 집은 양쪽으로 120미터 정도 뻗어 있으며, 거창한 동방 건물이 대부분 그렇듯 정사각형으로 된 2층집이다. 서쪽 도로는 폭이 약 3.5미터, 북쪽 도로는 3미터 정도밖에 안 된다. 그래서 담벼락에 바짝 붙어서 담을 올려다본 사람이라면, 튼튼하고 당당하지만 거칠고 마무리 손질이 되지 않아, 그 보기 흉한 모습에 충격을 받을지도 모른다. 담장은 손질하지 않은 커다란 돌덩어리를 그대로 쌓아올린 모양이다. 사실, 외부 담장은 채석장에서 바로 가져와 그대로 쌓은 것이기 때문에 특히 그랬다. 오늘날의 건축 평론가라면 유별나게 장식된 창문과 출입구, 즉 대문의 화려한 장식 마감을 제외하면 성채 양식이라고 말했을 것이다. 서쪽 길로 난 창문은 네 개였고 북쪽에는 두 개만 있었는데 모두 2층 높이에 달려 있고, 밑에 있는 도로보다는 돌출되어 있는 모습이다. 1층은 외부에서 보기에 담에 대문만 뚫어놓은 모양이었다. 대문은 철 빗장이 가득 질러져 있어 벽을 부수는 데 사용하는 공성무기에도 끄떡없을 것 같았다. 그 외에도 아름답게 장식된 대리석 처마돌림띠로 보호되어 있어서, 집을 방문한 사람들은 이렇게 대담하게 디자인한 부잣집 주인은 정치와 교파에 있어서 사두개파라고 짐작할 것이다.

집 서쪽 문 앞에 메살라와 헤어진 유대 청년이 걸음을 멈췄다. 문을 두드리자 쪽문(대문의 한쪽 문짝에 달려 있는)이 열렸고, 그는 문지기가 허리 숙여 절하는 것에 답례도 하지 않고 서둘러 안으로 들어갔다.

그가 막 들어간 집의 통로는 벽에 장식 판이 붙어 있고, 천장은 구멍이 뚫린 좁은 터널 같이 생겼다. 양쪽 가에는 돌로 된 의자가 놓여 있는데, 오

86) 예수 그리스도가 십자가를 지고 걸었던 길

랫동안 사용해서 반들반들 닳고 얼룩이 군데군데 묻어 있었다. 젊은이가 열두어 걸음 걸어가자 북쪽에서 남쪽 방향으로 난 직사각형의 뜰이 나타났는데, 동쪽을 빼고 모든 곳이 2층집의 정면처럼 보이는 것에 둘러싸여 있었다. 아래층은 헛간으로 분리되어 테라스가 있고, 튼튼한 난간으로 보호 장치가 되어 있었다. 테라스에는 하인들이 오가고 있었으며, 맷돌 돌아가는 소리가 시끄럽게 들렸고, 이쪽 끝에서 저쪽 끝까지 빨랫줄에 걸린 옷들이 바람에 펄럭였다. 마당에는 닭과 비둘기가 노닐었고 염소, 소, 당나귀, 말들은 축사에 묶여 있었다. 큰 물통이 있는 것을 보니, 이곳은 주인의 살림을 위한 부속건물인 듯했다. 동쪽으로는 벽이 뚫려 있어 처음과 같은 통로가 연결되어 있었다.

젊은이는 이 두 번째 통로를 지나 두 번째 뜰로 들어갔다. 넓적한 정사각형 뜰은 관목과 덩굴식물로 장식되어 있었다. 북쪽 현관 근처에 있는 연못에서 흘러나온 물로 나무들은 싱싱하고 아름답게 자랐다. 이곳의 헛간은 천장이 높아 통풍이 잘됐고, 흰색과 빨간 줄이 교대로 쳐진 줄무늬 커튼으로 그늘이 드리워져 있었다. 헛간의 천장 아치는 기둥으로 받쳐 있었고, 남쪽에 있는 계단은 2층 테라스로 연결되었다. 테라스에는 햇빛을 피할 수 있도록 큰 차양이 펼쳐져 있고, 거기에서 계단을 타고 옥상으로 올라가면 조각된 처마돌림띠가 사방을 둘러 있으며, 난간은 육각형의 선홍빛 벽돌기와로 장식되어 있었다. 뿐만 아니라 구석에도 티끌 하나 없고 낙엽 하나 떨어져 있지 않을 만큼 깔끔하게 정리되어 있어, 누군가가 이 집을 방문한다면 주인을 소개받기도 전에 주인이 어떤 사람인지 알 수 있을 것이다.

청년은 두 번째 뜰로 몇 발자국 들어가 오른쪽으로 방향을 틀더니, 꽃과 나무가 어우러진 정원을 지나 2층 테라스로 올라갔다. 거기서 차양을 걷고 방으로 들어간 청년은 햇빛 가리개로 인해 어두운 방 한쪽에 있는 침상에 몸을 던졌다. 어둠 속에서 얼굴을 아래로 하고 깍지 낀 손을 이마에 댄 채 한동안 가만히 누워 있었다.

해질녘에 한 여인이 문에 와서 청년을 불렀다. 그가 대답하자 여인이 안으로 들어와서 말한다.

"저녁 식사 시간이 지났어요. 벌써 밤인데, 배고프지 않아요?"
"괜찮아요."
젊은이가 대답했다.
"어디 아파요?"
"그냥 졸려서 그래요."
"어머니께서 찾으시던데."
"어머니는 어디 계세요?"
"옥상 위에 있는 정자에 계세요."
청년은 몸을 일으켜 자리에 앉았다.
"좋아요, 먹을 것 좀 가져다 주세요."
"뭐 먹고 싶어요?"
"아무거나요. 아픈 건 아닌데, 그냥 만사가 귀찮아요. 오늘 아침에는 인생이 즐거웠는데 지금은 그렇지 않네요. 내 몸이 어떤 상태인지 모르겠어요. 유모는 나를 잘 알고 한 번도 틀린 적이 없으니까 지금 나한테 필요한 게 뭔지 알 거예요. 유모가 알아서 아무거나 갖다 주세요."
여인의 낮고 걱정스러운 목소리는 두 사람이 애정이 담긴 사이임을 말해 주었다. 그녀는 청년의 이마에 손을 대보곤 그제야 마음이 놓이는지 자리에서 일어나 밖으로 나가면서 말했다.
"알았어요."
잠시 뒤 여인은 우유 한 잔, 얇게 자른 빵 몇 조각, 곱게 간 밀 죽, 구운 닭, 그리고 꿀과 소금을 나무쟁반에 담아 가지고 왔다. 한쪽 귀퉁이에는 등잔 옆에 포도주가 담긴 잔도 있었다.
등불에 비친 방을 보니, 벽은 부드럽게 회반죽 칠이 되어 있었고 참나무 서까래가 가로질러 있는 천정은 빗물과 세월의 흔적으로 누르스름했다. 바닥은 흰색과 푸른색의 다이아몬드 모양의 작은 타일이 깔려 있어 견고하고 내구성이 있어 보였다. 의자의 다리는 사자 모양이 조각되어 있었고, 소파에는 푸른색 천 위로 담요를 덮어 놓고 있었다. 한마디로 말해 유대인의 침실이었다.

불빛에 여인의 얼굴도 드러났다. 여인은 등 없는 의자 하나를 소파 곁에 당겨놓고 그 옆에 무릎 꿇고 앉아서 음식을 차리며 시중들 준비를 했다. 검은 피부에 검은 눈동자를 가진 여인의 얼굴은 쉰 살 정도 되어 보였고, 엄마 같은 부드러운 표정으로 청년에게 따뜻한 시선을 보냈다. 머리에 쓴 하얀 터번 밑으로는 귓불이 드러나 있었는데, 거기에는 두꺼운 못으로 낸 구멍이 뚫려 있었다. 이것은 이 여인의 사회적 지위를 말해 주는 것으로, 그녀는 이집트 출신의 노예였다. 그녀는 50년 동안 성실하게 일했지만 아직 자유를 얻지 못했다. 하지만 자유를 준다고 했어도 거절했을 것이다. 왜냐하면 이 청년이 그녀의 전부였기 때문이다. 아기 때부터 젖을 먹여 키웠고, 어린아이일 때에도 다양하게 보살펴 키웠다. 청년을 향한 그녀의 사랑 때문에 그녀는 이 일을 그만둘 수 없었다. 그녀 앞에서 청년은 여전히 어린아이 같았다.

청년은 식사를 하면서 그녀에게 이야기했다.

"유모, 기억나요? 내가 어렸을 때 우리 집에 와서 며칠씩 자고 가던 메살라 말이에요."

"그럼요, 기억나죠."

"메살라가 몇 년 전에 로마에 갔다가 최근에 다시 돌아왔어요. 오늘 그 친구를 만나러 갔었어요."

청년은 넌더리가 난다는 듯 몸을 부르르 떨었다.

"무슨 일이 있었을 거라고 짐작했어요."

여인이 깊은 관심을 표하며 덧붙였다.

"난 메살라 가족에게는 도무지 정이 가지 않더라구요. 무슨 일이 있었는지 전부 말해 봐요."

유대 청년은 잠시 생각에 잠긴 듯했다. 여인이 재차 재촉하자 이렇게만 대답했다.

"그 친구가 많이 변했더라고요. 이젠 두 번 다시 만날 일이 없을 거예요."

유모가 접시를 들고 나가자 청년도 방을 나왔다. 그리고 테라스를 통해 옥상으로 올라갔다.

시리아의 여름에는, 낮이면 사람들이 더위를 피해 헛간으로 몰려가고 밤이면 밖으로 나온다. 산허리에 드리워진 어스름은 아른아른한 너울 같으나, 산은 너무나 멀리 있고 옥상은 가까이에 있다. 지열로 뜨거워진 땅바닥보다는 높은 곳에 있는 옥상은 시원한 바람이 불었고, 나무보다 높이 있어 별들을 더 가까이에서 볼 수 있다. 그래서 옥상은 여름 휴양지, 즉 놀이터이자 침실이었으며, 여성들의 거실, 가족의 모임 장소, 음악과 춤, 그리고 공상과 기도의 장소가 되었다.

동방에서는 비용과 관계없이 옥상을 꾸미는 것이 일상이었다. 모세도 옥상에 난간을 만들라고 지시한 바 있으며,[87] 나중에는 옥상에 단순하면서도 근사한 탑도 올렸다. 그보다 더 나중에 왕과 왕자들은 옥상 위에 대리석과 금으로 피서용 집을 만들어 꾸몄다. 그리고 바빌론 사람들이 옥상 위에 정원을 만들었을 때 그 화려함은 끝이 없었다.

청년은 옥상을 가로질러 저택의 북서쪽 모퉁이에 지어진 피서용 정자로 천천히 걸어갔다. 이곳을 방문한 사람이라면 피서용 정자와 더불어 건물의 겉모양에 시선을 던질 것이고, 어둠 가운데 보이는 모든 것, 즉 낮고 격자 세공으로 장식한 돔형의 어두운 건물을 유심히 살펴볼 것이다.

젊은이는 안으로 들어가 반쯤 처진 커튼 아래로 갔다. 사방에 뚫려 있는 아치형 출입문만 빼고 내부는 온통 캄캄했다. 그 열린 입구를 통해 하늘과 반짝이는 별들이 보였다. 한쪽 입구에 바람에 날려 펄럭이는 하얀 커튼 아래에서 긴 소파의 쿠션에 기대 비스듬히 누워 있는 여인의 형체가 어렴풋이 보였다. 저벅거리며 걸어오는 발소리에 부채를 부치던 여인의 손이 멈췄다. 그녀의 손가락에는 보석 반지가 별빛을 받아 반짝이고 있었다. 여인은 몸을 일으켜 앉아 젊은이의 이름을 불렀다.

"내 아들, 유다!"

"저예요. 엄마."

청년은 대답하고 발걸음을 빨리했다. 어머니에게 다가간 청년은 무릎을

87) "네가 새 집을 지을 때에 지붕에 난간을 만들어 사람이 떨어지지 않게 하라. 그 피가 네 집에 돌아갈까 하노라" (신명기 22:8)

끓었고, 어머니는 그를 두 팔로 안으며 입을 맞춰주었다.

## 제4장
어머니가 말해 준 신기한 이야기

어머니는 다시 쿠션에 몸을 기댔고, 아들은 긴 소파 위로 올라가 앉아 어머니의 무릎에 머리를 기댔다. 저 멀리에는 검푸른 산이 있었고, 하늘에는 별들이 반짝이고 있었다. 도시는 고요했고, 바람만 일렁였다.

"오늘 너에게 무슨 일이 있었다고 유모가 말하더구나."

어머니는 유다의 뺨을 어루만지며 말했다.

"네가 어릴 땐 작은 일들이 너를 괴롭혀도 가만히 내버려 두었단다. 하지만 이제는 너도 어른이야. 넌……."

어머니의 목소리가 아주 부드러워졌다.

"언젠가 나의 영웅이 될 거야."

어머니는 그 지방에서 이젠 거의 사라진 언어로 말했다. 소수의 사람들만이, 즉 조상 대대로 귀족이고 부유한 사람들만이 소중히 간직한 언어이며, 유대인이 아닌 사람과 확연히 구별시켜 주는 언어. 그것은 리브가[88]가 썼던 언어이며 라헬[89]이 베냐민[90]에게 자장가를 불러줄 때 썼던 언어였다.

어머니의 말은 유다를 흔들어 깨운 것 같았다. 잠시 뒤 유다는 자기에게 부채질을 해주던 어머니의 손을 잡으며 말했다.

"어머니, 오늘은 이전에 한 번도 생각한 적이 없는 많은 일들을 생각했어요. 우선, 앞으로 저는 어떤 사람이 되어야 할까요?"

"내가 말하지 않았니? 넌 나의 영웅이 될 거라고."

어머니의 얼굴은 볼 수 없었지만 농담을 하고 있다는 것은 알았다. 유다

88) 이삭의 아내이자 쌍둥이 에서와 야곱의 어머니
89) 구약성서 창세기에 나오는 야곱의 두 번째 아내
90) 야곱이 사랑했던 열두 번째 아들

는 좀 더 진지하게 말했다.

"어머니는 정말 좋고 다정한 분이세요. 어머니만큼 저를 사랑해 주는 사람은 없을 거예요."

유다는 어머니의 손에 입을 맞추고 또 맞췄다.

"어머니가 왜 그런 질문을 듣고 싶어 하지 않는지 알 것 같아요. 지금까지 저는 어머니의 소유물이었죠. 어머니 품은 얼마나 부드럽고 따스한지! 저도 영원히 어머니 품에서 살고 싶지만 그럴 수는 없잖아요. 언젠가는 독립하는 게 하나님의 뜻이죠, 제가 어머니 품에서 벗어나는 것은 어머니로서도 무척 두려운 일일 거예요. 하지만 우리는 용감하고 진지해져야 해요. 앞으로 전 어머니의 영웅이 되겠어요. 하지만 그 전에 어머니가 먼저 나를 놓아주셔야 해요, 모든 이스라엘의 아들들은 직업을 가져야 한다는 법을 어머니도 알고 계시죠? 저도 예외일 수 없잖아요. 그러니 이제 물어볼게요. 앞으로 전 뭐가 되어야 할까요? 목동이 될까요? 농부가 될까요? 목수가 될까요? 아니면 서기나 법률가가 될까요? 뭐가 되는 게 좋겠어요? 어머니, 조언을 좀 해주세요."

"오늘 가말리엘[91]의 강의가 있었나 보구나."

어머니가 따스한 목소리로 말했다.

"강의가 있었는지는 모르겠지만 전 거기에 안 갔어요."

"그럼 집안 대대로 천재라는 시므온 선생님과 산책을 하기라도 했니?"

"아니에요. 오늘은 얼굴도 뵙지 못한 걸요. 저는 성전이 아니라 왕궁에 갔었어요. 메살라를 만나고 왔습니다."

아들의 목소가 변한 것을 감지한 어머니는 뭔가 불길한 예감이 들어 심장이 빨리 뛰기 시작했다. 손에 든 부채가 허공에서 그대로 멈췄다.

"메살라라고? 그 애가 무슨 말을 했기에 네가 이렇게 심란해진 거니?"

"메살라가 많이 변했어요."

"로마 사람이 되어서 돌아왔다는 뜻이구나."

"네."

---

91) 예루살렘의 율법학자. 바리새인으로서 힐렐의 손자

"로마 사람!"

어머니는 반쯤은 혼잣말처럼 내뱉었다. 이내 그녀는 말을 이었다.

"사람들에게 그 말은 지배자라는 뜻이지. 메살라가 얼마 동안 로마에 가 있었지?"

"5년이요."

어머니는 고개를 들고 캄캄한 허공을 가만히 응시했다.

"이집트의 도로에도, 바빌론의 거리에도 비아 사크라[92]의 분위기가 있지. 하지만 예루살렘에는, 우리 예루살렘에는 하나님의 언약이 있단다."

이내 어머니는 생각에 깊이 빠지며 다시 편한 자세로 되돌아 앉았다. 먼저 입을 연 사람은 아들이었다.

"메살라의 말은 듣기가 거북했어요. 말하는 태도까지 말이에요. 어떤 말은 참고 들을 수가 없었습니다."

"이해할 것 같구나. 요즘 로마는 시인이나 웅변가나 원로원이나 할 것 없이 모두가 풍자, 즉 잘난 체하는 말투에 미쳐 있지."

"위대한 사람들은 모두 자신감이 대단하죠."

유다는 어머니의 말을 거의 의식하지도 못한 채 말을 이었다.

"하지만 로마인들 하고는 비교하지 못할 걸요. 요즘에는 신들도 이길 것 같아요."

"신들을 이기지는 못한단다!"

어머니가 재빨리 말했다.

"로마인 중에도 신들을 숭배하는 데 열심인 자들이 꽤 있거든."

"예전에도 메살라에게는 사람을 기분 나쁘게 하는 기질이 좀 있었어요. 헤롯왕도 그랬죠. 짐짓 예를 갖추는 척하며 대하는 사람들을 대놓고 조롱했어요. 그래도 유대인들한테는 그러지 않았는데. 메살라는 오늘 처음으로 우리의 관습과 하나님을 깔보듯 말했어요. 짐작하셨겠지만, 결국 메살라와 헤어졌습니다. 어머니, 로마인들이 우리를 멸시하는 이유가 뭐죠? 도대체 무슨 근거가 있는지 알고 싶어요. 제가 어떤 면에서 메살라보다 못하죠? 우

92) 라틴어로 '신성한 길'이라는 뜻으로 로마의 주요 도로 이름

리가 그들보다 열등한 민족인가요? 왜 저는 로마 황제의 앞에서 노예처럼 움츠러드는 걸까요? 왜 제가 세상에서 영광을 얻으면 안 되죠? 저는 칼을 들고 전쟁에 나가면 안 되나요? 시인이 되어 다양한 주제를 읊으면 안 되나요? 그리스인들처럼 예술가가 되면 안 되나요? 금속공이나 목동이나 상인은 될 수 있잖아요? 얘기해 주세요, 어머니. 오늘 제가 심란했던 것은 그 때문이었어요. 왜 이스라엘 자손은 로마인들이 하는 모든 일을 할 수가 없는 거죠?"

어머니는 아들의 질문을 직관적으로 알아차렸다. 보통 사람이라면 잘 몰랐겠지만, 어머니는 아들의 말투와 어조를 통해 아들이 무엇을 묻는지 알 수 있었다. 어머니는 몸을 세워 앉으며 아들만큼이나 날카롭고 빠른 말투로 대답했다.

"이제 알겠다! 이제 알겠어! 메살라는 어릴 땐 유대인이나 진배없었지. 그 애가 여기서 계속 자랐다면 아마 유대교로 개종했을 거야. 사람들은 주위 환경에서 영향을 받는 것이 정말 많거든. 아마도 로마에서 보낸 시간이 그 애에게 너무 많은 영향을 주었나 보구나. 엄마로서는 그런 변화가 놀랍지도 않아. 하지만……."

어머니의 목소리가 낮아졌다.

"적어도 너한테만은 부드럽게 대했어야지. 어린 시절의 우정을 잊어버리는 사람은 무정하고 잔인한 사람인 거야."

어머니는 아들의 이마에 손을 얹고 저 멀리 하늘의 별을 바라보면서 손가락으로 아들의 머리카락을 부드럽게 어루만졌다. 어머니의 자존심은 아들의 자존심에 감응했다. 아들의 감정을 그대로 느꼈을 뿐만 아니라 그 감정에 완벽하게 공감했다. 어머니는 아들의 질문에 적절한 대답을 할 수도 있었지만 자신의 설득력에 불안을 느꼈다. 아들의 열등감을 그대로 두면 평생 그 열등감에 시달리게 될 것이라고 생각했다.

"유다야, 너의 질문은 엄마가 대답할 수 있는 것이 아닌 듯하구나. 내일까지 기다렸다가 현명하신 시므온 선생님께……."

"저를 선생님께 보내지 마세요."

아들이 불쑥 내뱉었다.

"그러면 선생님을 집으로 모셔올까?"

"아니에요, 전 지식을 원하는 게 아니에요. 지식이야 선생님이 더 많이 아시겠지만, 엄마가 더 잘 알려주실 수 있는 것이 있어요. 결심하는 것 말이에요."

어머니는 하늘을 한 번 훑어보았다. 그리고 아들의 말의 진의를 헤아려 보려고 애썼다.

"남에게는 우리를 공정하게 판단해 달라고 하면서 우리가 남을 공정하게 판단하지 않는다면 그것은 어리석은 일이지. 적이 우리에게 패했다고 해서 그들의 용맹함을 부인하는 것은 우리의 승리를 평가절하하는 거야. 반대로 적이 강해서 우리를 정복하거나 우리의 공격을 막아낸 경우에도, 자존심이 있는 사람이라면 적을 트집 잡을 게 아니라 다른 설명을 할 수 있어야 해."

어머니는 아들을 가르친다기보다 혼잣말처럼 말했다.

"아들아, 용기를 내라. 메살라는 귀족의 아들이야. 그 집안은 조상 대대로 유명했단다. 로마 공화정 시절부터 유명했지. 꽤 오래된 일이지만 말이다. 군인으로 유명한 사람도 있었고 민간인으로 유명한 사람도 있었지. 그중에는 집정관을 한 사람도 있었어. 그 집안은 원로원 가문이야. 또 부자라서 후원을 바라는 사람들이 늘 줄을 이었지. 만약 그 애가 자기 조상을 들먹거리며 자랑했다면 너도 네 조상을 일일이 거명하며 자랑할 수 있었을 거야. 하지만 자연스럽게 드러나는 경우가 아닌데도 그 애가 선조의 행적이나 지위, 부를 언급하며 혈통을 자랑했다면 스스로 도량이 좁다는 것만 나타내는 거란다. 만약 그 애가 그런 일들을 들먹거리며 자신의 우월함을 내세웠다면, 너도 겁먹지 말고 우리 가문의 기록을 보여주면서 그런 말들을 조목조목 반박할 수 있었을 거야."

어머니는 잠시 멈춰서 생각하다가 다시 말을 이었다.

"민족이나 가문은 말이다, 그것이 얼마나 유서 깊은 역사를 가지고 있느냐에 따라 결정되는 거란다. 로마인이 유대인보다 더 우월하다고 자랑한다면, 기록된 증거 앞에서 늘 질 수밖에 없어. 로마인은 로마의 건국과 함께 시작되었잖아. 아무리 최고의 혈통을 자랑하는 로마인이라도 그것을 넘어서지는 못해. 그 사실을 부인할 수도 없어. 자신이 최고의 혈통이라고 주장하는 사람들은 자기들의 과거 전통과 역사로만 설득력을 얻게 되지. 메살라는 절대로 그런 주장을 할 수 없단다. 그럼 이제 우리 집안을 생각해 보자. 우리가 그들을 능가할 수 있을까?"

그 상황에서 불빛이 조금만 더 밝았다면 아들은 어머니의 얼굴에 가득 찬 자부심을 볼 수 있었을 것이다.

"로마인이 우리에게 도전장을 내밀었다고 상상해 보렴. 나는 한 점의 의심이나 자만 없이 그 도전장을 받겠어."

어머니는 잠시 말을 끊었다. 그리고 아름다운 추억이 생각났는지 말투가 달라졌다.

"유다야, 네가 태어나던 날, 돌아가신 네 아버지와 함께 너를 안고 성전에 올라갔던 일이 생생하게 기억나는구나. 우리는 비둘기를 제물로 바치고 제사장에게 네 이름을 말했단다. 제사장은 내 앞에서 '이다말의 자손이며 허[93] 가문의 아들, 유다'라고 기록했지. 그리고는 그 기록한 종이를 들고 가서 거룩한 가문으로 구별된 족보에 옮겨 적었어. 언제부터 이런 방식으로 족보를 기록했는지 모르겠지만, 언젠가 힐렐 선생님이 하나님의 약속을 받은 아브라함이 자신과 아들의 이름을 나란히 적으면서 그런 기록 방식이 생겼다고 말씀하시는 걸 들은 적은 있어. 그때부터 우리 민족은 다른 민족과 영원히 구별되어, 이 땅에서 가장 높고 고귀한 선택된 민족이 되었단다. 하나님의 천사는 여호와 이레[94]에서 '네 씨로 말미암아 천하 만민이 복을 받으리니'[95]라고 아브라함에게 말해 주었지. 야곱도 같은 약속을 받았단다. 하란으로 가는 길에 벧엘에서 잠든 야곱에게 하나님께서 직접 나타나셔서, '네가 누워 있는 땅을 내가 너와 네 자손에게 주리니'[96]라고 말씀하셨

---

93) 벤허(Ben Hur)는 훌(Hur)의 아들이라는 뜻. 우리 말 성경에서는 대부분 '허(Hur)'라는 이름을 '훌'이라고 함

94) 창세기 22장 18절

95) 아브라함이 붙인 별명. 아브라함이 이삭을 희생 제물로 바치려고 준비한 곳(구약성서 창세기 22:14)

96) 창세기 28장 13절

어. 그 뒤 족장들에 따라 약속의 땅이 나뉠 때, 우리 조상들은 그 땅이 공정하게 분배되기를 기대했지. 야곱이 받은 약속은 그 후손 하나하나에게 모두 미치는 것이란다. 하나님께서는 계급이나 빈부에 따라 차별하시는 분이 아니시거든. 그래서 그 땅이 약속의 백성에게 제대로 분배되는지 확실히 하려고 철저하게 그 혈통을 기록해 두고 지켜 내려온 것이지."

"그러면, 족보는 한 점의 오류도 없는 건가요?"

어머니가 대답 없이 부채만 앞뒤로 부치고 있자 아들은 재차 물었다.

"힐렐 선생님은 그렇다고 했어. 그 문제에 대해 그분보다 더 정통한 사람은 없단다. 우리 민족은 때때로 율법을 지키지 않은 적도 있지만, 족보에 대해서 만큼은 한 번도 그래 본 적이 없어. 힐렐 선생님은 세 기간으로 나누어 족보를 추적해 보셨다고 해. 첫 번째 기간은 하나님의 약속이 임했을 때부터 성전이 세워질 때까지, 그다음은 바빌론 유수[97] 때까지, 그다음은 현재까지. 이 중에 기록이 끊어진 적이 단 한 번 있었는데, 바로 두 번째 기간이 끝날 즈음이었단다. 그러나 유대인이 긴 포로 생활을 끝내고 돌아왔을 때 하나님께서는 스룹바벨[98]을 통해서 족보를 복구시켜 주셨지. 그래서 우리는 지금 2천 년 동안 유대인의 혈통을 끊김 없이 유지할 수 있는 것이란다."

어머니는 아들이 그 기간을 헤아려 볼 시간을 주듯 잠시 말을 멈췄다.

"그래서 지금……."

어머니는 다시 말을 이었다.

"유서 깊은 혈통이라고 으쓱대던 그 로마 녀석은 어디 갔지? 이 기준에 따르면, 저 멀리 르바임의 땅에서 가축을 돌보던 이스라엘 자손이 마르치 가문[99]의 가장 고상한 사람보다 훨씬 더 고귀한 혈통이야."

"그럼 어머니, 그 족보에 따르면 저는 누구인가요?"

"지금까지 말한 것과 연관해서 잘 들어보렴. 만일 메살라가 이 자리에 있

---

97) 유대인이 바빌로니아의 포로가 된 기간. 597~538 B.C.

98) 바벨론의 유수 뒤 예루살렘에서 돌아왔을 때 유대인의 지도자

99) 로마의 평민이었지만 집안에서 교황직에 오른 사람이 나오자 로마의 제4대 왕 안쿠스 마르티우스 혈통이라고 가짜 족보를 만든 인물

었다면, 그는 다른 사람들과 마찬가지로 과거 이방인들이 예루살렘을 정복하고 성전과 모든 옛 기록들을 파괴했을 때 더 이상 우리의 혈통을 추적할 수 없게 되었다고 말할 거야. 그럼 너는 스룹바벨의 위대한 업적을 말해 주고, 로마인들의 족보도 서방에서 야만인이 로마를 정복하고 6개월간 점령했을 때 진정한 추적이 불가능해졌다고 반박하면 돼. 정부가 개인의 족보를 보관했을까? 설령 그랬더라도 그 끔찍하던 기간에 어떻게 됐겠니? 아니, 아니야. 우리 족보는 올바른 기록이야. 족보를 바빌론 유수 때까지, 첫 번째 성전이 세워졌던 때까지, 이집트에서 탈출해 나오던 시절까지 거슬러 올라가도 넌 확실히 여호수아의 동료인 허 가문의 혈통이야. 유서 깊은 집안이라는 면으로 따지면 그 정도면 완벽한 것 아닐까? 더 추적해 보고 싶니? 그렇다면 율법 책을 가져와서 민수기를 찾아보렴. 아담의 72대손에서 이 집의 주인이던 네 조상의 이름을 볼 수 있을 거야."

옥상 위의 정자에 한동안 침묵이 흘렀다.

"고맙습니다. 어머니."

이윽고 유다가 어머니의 양손을 꼭 잡으면서 입을 열었다.

"진심으로 고맙습니다. 시므온 선생님을 모시지 않은 것이 잘한 것 같아요. 선생님 말씀이 더 만족스러울 것 같지 않네요. 그런데 혈통의 우수성은 유구한 역사로만 결정되는 건가요?"

"아니지, 잊었구나? 혈통의 우수성은 단지 유구한 역사에만 있는 것이 아니란다. 하나님께서 선택하신 민족이라는 게 더할 수 없는 영광인 것이지."

"어머니가 민족을 말씀하시는 것은 알겠어요. 그런데 전 가문에 대해 묻는 것입니다. 우리 가문은 어떤 일을 했나요? 무슨 업적을 성취했나요? 어떤 위대한 일을 해서 다른 사람들보다 높은 위치에 올라서게 된 건가요?"

어머니는 아들의 묻는 의도를 오해한 것이 아닌가 싶어 잠시 머뭇거렸다. 아들이 원하는 것은 단지 상처받은 자존심을 회복하는 정도가 아닌 것 같았다. 소년들은 계속 자라는 채색 조개껍데기와 같아서 그 안에 경이로운 인간의 영혼이 살고 있다고 한다. 그런데 어떤 영혼은 다른 영혼들보다 빨리 그 출현의 순간을 기다린다. 어머니는 아들에게 바로 이 순간이 온 것은 아닌가 생각했다. 사람은 태어나면서부터 내내 울면서도 어둠을 향해 고사리 같은 손을 내뻗는다. 그의 영혼이 보이지 않는 미래를 움켜잡으려고 기를 쓰는 건지도 모른다. 그러므로 소년에게서 '저는 누구예요?' 그리고 '전 앞으로 뭐가 될까요?'라는 질문을 받을 때는 아주 조심할 필요가 있다. 대답 한마디 한마디가 예술가가 모형을 만드는 진흙에서처럼 영혼에 평생 손가락 자국을 남길 수 있기 때문이다.

"유다야."

어머니는 아들의 입맞춤을 받던 손으로 아들의 뺨을 어루만지며 말했다.

"내가 그동안 가상의 적과 싸우고 있었던 것 같은 기분이 드는구나. 만일 메살라가 적이라면 아무것도 모르는 상태에서 그 애와 싸우지 않도록, 오늘 메살라가 했던 말을 빠짐없이 해다오."

# 제5장
## 로마와 이스라엘

유다는 메살라와 나누었던 대화를 어머니께 말씀드렸다. 특히 유대인이 그들의 관습이라는 좁은 원에 갇힌 삶을 살고 있다는 것을 자세히 말해 드렸다.

어머니는 아들의 말을 귀 기울여 들었고, 마침내 사건의 자초지종을 똑똑히 이해할 수 있었다. 유다는 옛 친구와의 우정이 그리워 왕궁에 갔고, 그가 옛날 헤어질 때와 똑같은 사람일 거라고 생각했다. 하지만 아들은 웬 다 큰 남자를 만났고, 그 남자는 껄껄 웃으며 옛날에 함께하던 놀이를 추억하는 대신 미래의 꿈으로 가득 차 거머쥐어야 할 영광과 돈과 권력만을 이야기했다. 친구의 말에 자존심의 상처를 받은 아들은 자기가 친구의 말에 영향 받았다는 사실은 의식하지 못한 채 그곳을 떠났다. 젊은이로서 자연스러운 야심에 자극을 받은 것이다.

그러나 어머니는 아들의 모습을 보고, 아들의 포부가 어떻게 바뀌는 중인지 미처 모르고 유대인으로서 로마인의 반감으로만 즉각적으로 대응하고 말았다. 아들이 친구의 말에 홀려 유대인의 신앙을 저버리면 어떻게 하나? 이제 어머니는 그것이 다른 어떤 것보다 두려웠다. 어머니는 그런 불상사를 막는 방법을 한 가지밖에 몰랐으므로 그 방법으로 시작했고, 어머니의 타고난 설득력은 아들의 사랑으로 더 강해져 남자 같은 강함과 시인 같은 열정으로 말하기 시작했다.

"모든 민족은 자기 민족이 우수하다고 생각한단다. 최소한 다른 나라에 어깨를 나란히 견줄 만큼은 된다고 생각하지. 큰 나라 중에 자기 민족이 대단히 우수하다고 생각하지 않는 나라는 하나도 없어. 로마인이 유대인을 깔보며 비웃는 건 이집트인이나 아시리아인이나 마케도니아인의 어리석은 행동을 되풀이하는 것에 지나지 않아. 그리고 남을 비웃는 건 하나님의 뜻에 거스르는 일이므로 결과는 똑같아."

어머니의 목소리는 더 단호해졌다.

"어느 나라가 우수한지를 정해 주는 법률은 없어. 그러니 모든 나라가 공허한 주장을 하고 의미 없는 논쟁을 벌일 뿐이란다. 각 민족들은 탄생하고 자연의 과정을 거쳐 스스로 사멸하거나 다른 민족에게 멸망당하곤 하지. 그리고 그 민족을 멸망시킨 민족은 그들의 권력을 이어받고 그들의 땅을 차지하고 그들의 기념비에 자기들의 이름을 쓰지. 그게 역사야. 누가 나에게 신과 인간을 가장 단순한 상징으로 표현하라고 한다면 나는 직선과 원을 그리고는, 직선을 가리키며 '이게 신입니다. 신만이 영원히 앞으로 똑바로 나아가시니까요.'라고 말하고, 원을 가리키며 '이게 인간입니다. 이런 모양으로 진보 과정을 거치니까요.'라고 말할 거야. 물론 모든 국가가 지나온 길이 같지는 않아. 지나온 길이 같은 나라는 하나도 없지. 하지만 나라의 차이는 어떤 사람들이 주장하듯 원의 크기나 정복한 땅덩이에 있는 것이 아니고 신에게 가장 가까이 높이 올라간 지점이 어디냐에 따라 결정된단다. 아들아, 여기서 이야기를 그만두면 문제를 원점으로 되돌리는 것이니 계속 이야기하자. 각 나라가 지나온 과정을 보면, 가장 높은 지점을 측정할 수 있는 표시가 있어. 그 표시로 유대인과 로마인을 비교해 보자.

가장 쉬운 표시는 두 나라 사람의 일상생활이야. 유대인은 때때로 하나님을 잊고 살지만 로마인은 하나님이 뭔지도 모르고 산단다. 그러니 비교 자체가 불가능하지.

네 말을 제대로 이해한 것이 맞는다면, 네 친구, 아니 너의 옛 친구는 우리에게는 시인도 예술가도 군인도 없다고 비난했나 보구나. 그 아이의 말은 각 민족 간에 차이를 두는 두 번째 확실한 표시로서, 위대한 사람이 우리에겐 없다는 말이겠지. 이런 비난에는 좀 전에 말했던 정의를 다시 생각해 봐야 해. 아들아, 위대한 사람이란 하나님의 부르심까지는 아니라도 하나님의 인정을 받은 사람이야. 하나님은 자신을 저버린 우리 조상들을 페르시아인의 손을 빌려 처벌해 그들의 포로가 되게 하셨지. 그리고는 또 다른 페르시아인의 손을 빌려 이스라엘 자손을 다시 예루살렘으로 복귀시키셨어. 하지만 이 두 페르시아인보다 더 강력한 민족은 마케도니아인이었지. 하나님은 그들의 손을 빌려 더럽혀진 유대 땅과 성전을 심판하셨어. 특별한 민족이란 하나님의 특별한 목적에 따라 선택받은 민족이란다. 그 민족이 이교도라고 해서 그 민족의 영광이 바래지지는 않아. 내가 이야기를 계속하는 동안 이 점을 늘 염두에 두고 있거라.

인간을 가장 품위 있게 정복하는 방법은 전쟁이고, 가장 위대한 일은 전쟁터를 많이 만드는 것이라는 견해도 있어. 하지만 세상이 그 견해를 받아들였다고 해서 너까지 거기에 현혹되면 안 돼. 인간이 뭔가를 숭배하는 건 그 안에 뭔지 모를 불가사의한 것이 있기 때문이야. 야만인들은 공포에 울부짖으며 힘을 달라고 기도했지. 힘이 이 세상에서 가장 중요한 것으로 생각했기 때문이야. 그래서 영웅 숭배가 나온 거란다. 주피터도 결국 로마의 영웅 아니겠니? 그리스인들은 힘보다 인간 정신을 더 숭상한 최초의 민족이라 칭찬받을 만 해. 그리스에서는 웅변가와 철학자가 군인보다 더 존경받았어. 전차를 모는 사람과 달리기를 잘하는 사람도 경기장에서는 숭배의 대상이었지만, 시들지 않는 꽃은 가장 아름답게 노래하는 사람에게 바쳐졌단다. 무려 일곱 도시가 한 시인의 탄생지라고 주장하며 싸우기도 했어. 그러면 그리스인이 옛날 야만인의 영웅 숭배를 거부한 최초의 민족이었을까? 아니야, 그 영광은 우리가 누려야 해. 우리 민족은 야만적인 잔혹성에 대항하려고 하나님을 내세웠어. 하나님을 경배하면서 공포의 울부짖음은 호산나 찬양 소리로 바뀌었어. 결국 유대인과 그리스인이 인간을 앞으로, 또 위로 발전시킨 거야. 그러나 아아, 슬프게도 세계의 통치자는 전쟁을 영원한 필요조건이라고 여기고 있단다. 그래서 로마인들은 정신보다 더 위에, 신보다 더 위에 황제를 모시고 숭배하는 거야. 황제라는 직위는 이 세상의 모든 권력을 흡수해 버리고 다른 위대한 것은 다 금지시켰어.

그리스가 세상을 지배할 때는 천재들이 찬란히 꽃 피운 시대였지. 당시 마음껏 누리던 자유의 보답으로 얼마나 많은 사상가들이 배출되었는지 모른단다. 모든 우수함에는 영광이 뒤따랐고, 전쟁만 제외하곤 모든 면에서 너무나 완벽해서 로마인들마저도 그리스인들을 모방하려고 열을 올렸어. 로마의 포룸(대광장)에서는 그리스가 웅변가들의 모범이 되고 있어. 들어보렴. 로마의 모든 노래에는 그리스의 운율이 들어 있어. 로마인이 도덕규범이나 추상개념 혹은 자연의 신비에 현명한 말을 한다면, 그는 표절자이거나 그리스인이 세운 학교에서 배출한 학생이야. 다시 한 번 말하지만, 전쟁을 제외하곤 로마가 독창성을 주장할 수 있는 것은 없단다. 사냥이나 원형경기장에서의 장관은 그리스의 발명 위에 오합지졸 민중의 잔혹성을 만족시키려고 피를 뿌린 것에 지나지 않아. 그들의 종교는, 만일 그것도 종교라고 말할 수 있다면, 세계 각국의 종교를 짜깁기한 것이란다. 그들이 가장 존경하는 신은 올림포스 산에서 빌려온 거야. 전쟁의 신 마르스조차도 주피터를 확대해서 만든 것에 지나지 않아. 오, 내 아들아, 그러므로 전 세계에서 우리 이스라엘만이 그리스의 우수성과 천재성에 대적할 만한 유일한 민족이란다.

로마는 그 교만함 때문에 다른 나라의 우수성은 전혀 인정하지 않지. 오, 무자비한 약탈자들! 그들의 발길 아래 전 세계는 도리깨질 당하는 돌멩이처럼 마구 떨었단다. 우리도 그들에게 함락되었어. 아아, 슬프게도 내가 이런 말을 너에게 해야 하다니. 내 아들아, 그들은 우리의 가장 높고 가장 신성한 장소를 차지하고 있으며 그 끝은 아무도 모를 정도란다. 그러나 나는 이것만은 알고 있어. 그들이 망치로 부순 아몬드처럼 우리 유대 지방을 몰락시키고 유대의 정수인 예루살렘을 집어삼켰지만 이스라엘 민족의 영광은 그들의 손길이 닿지 않는 저 하늘에서 빛으로 남아 있단다. 왜냐하면 이스라엘의 역사는 하나님의 역사이기 때문이지. 하나님은 우리의 손을 통해 글을 쓰시고, 우리의 입을 통해 말씀하신단다. 우리를 통해 그분의 일을 하고 계시는 것이야. 하나님께서는 시내 산에서 율법을 주셨고, 광야에서 길 안내자가 되셨으며, 전쟁에서는 대장이 되셨단다. 또한 우리에게 왕을 주셨지. 하나님께서는 몇 번이고 빛으로 가득한 자신의 거처의 휘장을 열어 우리를 대면하셨고, 우리에게 옳은 길과 복된 길을 가르쳐서 어떻게 살아야 하는지를 알려주셨으며, 자신의 능력과 맹세를 통해 우리와 언약을 맺으셨단다. 오, 아들아, 우리 가운데 거하시는 여호와와 더불어 사는 우리가 그분께 아무것도 물려받지 않았겠니? 우리의 삶과 행동 속에 하나님의 성품이 어느 정도는 녹아 있지 않았을까? 시간이 아무리 흘러도 그분의 속성이 우리 안에 천재성으로 조금은 남아 있지 않을까?"

방에서는 잠시 동안 부채질 소리만 들렸다. 이내 어머니는 계속 말했다.

"예술을 조각과 그림에만 제한시킨다면…… 맞아, 이스라엘에 예술가는 없어."

어머니의 표정에는 아쉬움이 가득했다. 유다의 집안은 사두개파로, 바리새파와는 달리 출처에 상관없이 모든 형태의 아름다움을 사랑했다.

"하지만 아는 사람이라면 우리의 손재주가 금지로 묶여 있었다는 것을 알 거야. 서기관들이 '새긴 우상을 만들지 말고…… 어떤 형상도 만들지 말며'라고 말씀하신 율법의 의미를 악의적으로 확대하여 해석했기 때문이지. 잊지 말아야 할 것은, 다이달로스[100]가 아티카에 나타나기 훨씬 전에, 그의 목각상이 조각으로 변형되어 코린트와 아이기나[101]에서 학교가 창설되고

100) (그리스신화) 황소에 반한 미노스의 아내를 위해 목각상을 만들어주고 나중에 크레타의 미궁을 만든 아테네의 장인
101) 코린트와 아이기나는 고대 그리스의 도시이다

포실리[102]와 카피톨리움[103]이 생기기 훨씬 전에, 다시 말해 디아달로스의 시대가 도래하기 훨씬 전에, 장인의 모든 솜씨를 지닌 브살렐[104]과 오홀리압[105]이라는 두 명의 이스라엘인이 성막의 언약궤를 덮는 속죄소[106] 위에 케루빔[107]의 조각상을 새겼다는 것이란다. 그것도 깎아서 만든 것이 아니라 순금을 두들겨 만들었지. 그 모습은 신과 인간의 형태를 모두 갖춘 상이었어. '케루빔들은 그 날개를 높이 펴서 그 날개로 속죄소를 덮으며 그 얼굴을 서로 대하여 속죄소를 향하게 하라.'[108] 누가 그 상이 아름답지 않다고 할 것이며, 최초의 상이 아니라고 하겠니?"

"아, 이제야 왜 그리스인이 우리를 추월했는지 알겠어요."

유다가 깊은 관심을 보이며 말했다.

"그리고 아, 언약궤! 그걸 부숴버린 바빌론 사람들에게 저주가 내리기를!"

"아니야, 유다야, 믿음을 가져라. 언약궤는 부서진 게 아니라 사라진 것이란다. 깊은 산 어느 동굴에 안전하게 숨겨져 있지. 힐렐 선생님과 샤마이 선생님 두 분 다 말씀하셨어. 언젠가 하나님께서 정하신 날에 세상에 나오게 될 거라고 말이야. 그래서 이스라엘 백성들이 옛날처럼 그 앞에서 춤추고 노래하게 될 거라고 말이야. 그리고 상아로 만든 미네르바의 얼굴밖에 본 적이 없는 사람들은 케루빔의 얼굴을 보는 순간, 수천 년 동안 잠들어 있었던 그 천재성을 사랑하는 마음에서 유대인의 손에 입 맞추게 될 거야."

어머니는 열정에 사로잡혀 마치 연사처럼 빠르고 격정적으로 말했다. 그리고 생각을 정리하려는 듯 잠시 말을 멈췄다.

"정말 훌륭해요, 어머니."

---

102) (그림으로 장식된) 고대 그리스의 회랑(回廊)

103) 1. 로마의 일곱 언덕의 하나 2. 이 언덕 위에 세워졌던 주피터 신의 신전

104) 출애굽 직후 시내 산에서 성막 건축을 위해 특별히 선발된 기술자이며 동시에 성막 건축의 최고 우두머리

105) 브살렐의 보좌역으로 일한 사람

106) 언약궤는 나무상자에 금을 입히고 위에는 '속죄소'라 불리는 순금 뚜껑을 덮었음

107) 천상에 속하는 아홉 천사 중 두 번째 지위에 있는 천사로, 종종 날개가 달린 어린아이 혹은 머리에 날개를 단 어린아이로 표현됨

108) 출애굽기 25장 20절

유다는 감사하는 마음으로 말했다.

"나는 절대로 그렇게 말을 잘하지 못할 거예요. 샤마이 선생님도 어머니처럼 말을 잘하지 못할 겁니다. 힐렐 선생님도 마찬가지고요. 나는 다시 이스라엘의 진정한 자손이 되었어요."

"이런 아첨쟁이! 나는 단지 언젠가 힐렐 선생님이 로마의 궤변가와 토론할 때 했던 말을 그대로 따라한 것에 지나지 않아."

"내용은 그렇다고 해도 가슴에서 우러난 말은 어머니가 하신 거잖아요."

그러자 어머니의 열정이 되살아났다.

"어디까지 얘기했더라? 아, 그래, 우리 이스라엘의 조상이 조각상을 만든 최초로 사람이라고 했지. 하지만 예술에는 조각만 있는 것이 아니며, 예술만 위대한 것도 아니란다. 난 가끔 위대한 사람들이 민족 별로 행진하는 모습을 상상하곤 한단다. 여기는 인도인, 저기는 이집트인, 저쪽 멀리는 아시리아인이 보이는구나. 나팔 소리도 나고 멋진 깃발도 휘날리고 주변에는 수많은 사람들이 존경의 눈빛으로 쳐다보고 말이야. 그들이 행진하는 동안 그리스인을 보면 '그래, 그리스인들이 선두구나!'라고 생각하게 되지. 그러면 로마인이 대답하는 거야. '조용히 해! 과거의 그리스인 자리는 이제 우리가 차지했어. 우리는 그들을 땅의 먼지처럼 밟고 지나왔어.' 이렇게 민족들은 자기가 선두라고 다투지만, 이 행렬의 맨 앞에서 맨 뒤까지 한 줄기의 빛이 이들을 인도하고 있어. 그것은 바로 하나님의 계시의 등불이란다! 그러면 그 등불을 들고 가는 사람은 누굴까? 그래, 바로 유서 깊은 유대의 혈통이란다! 그 생각만 하면 얼마나 가슴이 뛰는지! 등불을 보고 우리는 그들을 알아본단다. 오, 복되고도 복되도다, 우리 선조들이여, 하나님의 종이며 언약을 지키는 이들이여! 그대들은 죽은 자나 산 자 할 것 없이 모든 인간의 지도자로다. 선두는 그대의 자리이다. 모든 로마인이 황제라도 그대는 그 자리를 잃지 않을 것이다!"

"계속해 주세요, 제발."

깊은 감동을 받은 유다가 소리쳤다.

"어머니의 말씀을 들으니 제 귀에 북소리가 들리는 것 같습니다. 저는 미리암[109]과 여인들이 춤추고 노래하며 지나갈 때까지 기다릴 거예요."

"아주 좋구나, 내 아들아. 네가 미리암의 북소리를 들을 수 있다면 상상력을 발휘하여 나와 함께 길가 행렬의 선두에서 이스라엘의 선택받은 자들이 우리 곁을 지나가는 모습을 보자꾸나. 자, 그들이 저기 오고 있다. 제일 먼저 이스라엘의 조상들이 오고 그다음엔 각 지파의 시조들이 오는구나. 낙타의 방울 소리와 낙타 우는 소리가 들리는 듯하지 않니? 무리들 중간에 홀로 걸어오는 저분은 누구인가? 노인이지만 눈빛도 흐려지지 않고 힘도 약해지지 않았구나. 그래, 하나님과 대면했던 분이야! 군인이자 시인이며 연설가이자 율법학자이며 선지자인 저분의 위대함은 아침 햇살처럼 찬란히 빛나고, 그 광휘에 다른 건 모두 빛을 잃어버리지. 가장 위대하다는 로마 황제도 마찬가지란다. 그다음에는 이스라엘의 사사[110]들이, 다음에는 왕들이 온다. 전쟁터에서는 영웅이요, 바다의 노랫소리처럼 영원한 노래를 부르는 가수 다윗왕도 있고, 부와 지혜에 있어 다른 모든 왕을 능가하는 솔로몬왕도 온다. 솔로몬은 사막을 사람이 살 수 있는 곳으로 만들었을 뿐 아니라, 버려진 땅에 도시를 건설하면서도 하나님이 그를 위해 선택하신 자리인 예루살렘을 잊지 않았던 분이지.

고개를 숙여라, 아들아. 그다음에는 종족의 처음이자 마지막 분들이다. 그들은 마치 하늘의 소리에 귀를 기울이듯 고개를 들고 있다. 그들의 삶은 슬픔으로 가득하며 그들의 옷에서는 무덤과 동굴의 냄새가 난다. 아, 그들 앞에서는 머리를 조아려라! 그들은 하늘도 꿰뚫어보고 모든 미래를 본단다. 그들은 본 것들을 기록하고 시간이 흘러도 증거가 될 수 있도록 기록을 후대에 남긴 하나님의 혀요, 종이다. 그들이 가까이 오자 왕들도 얼굴이 창백해지고 그들의 말에 모든 나라가 벌벌 떤다. 땅과 물, 공기와 불이 그들의 시중을 든다. 그들의 손에는 모든 종류의 은혜와 재앙이 들려 있지. 저기 엘리야와 그의 제자 엘리사를 보렴! 저기 힐기야의 슬픔에 젖은 아들 예

---

109) 구약성서에 나오는 모세의 누이. 그녀는 이스라엘 민족이 이집트(애굽)를 탈출하여 홍해를 건넜을 때 작은 북을 손에 들고 여인들과 더불어 하나님을 찬양하며 승리의 노래를 불렀음

110) 이스라엘 지도자 여호수아 사후부터 이스라엘의 초대 왕 사울의 등장 때까지 하나님이 세운 이스라엘의 군사 및 정치 지도자. 〈사사기〉에 기록된 사사는 모두 12명

레미야를 보렴! 그 발 강가에 앉아 있는 에스겔도 보렴! 바벨론의 우상을 거부한 유다 자손들 중에, 보라! 일천 명의 귀족이 모인 자리에서 현자들을 당혹하게 만든 다니엘도 보렴! 그리고 저 멀리에, 유다야, 다시 머리를 조아려라! 저 멀리에 아모스의 선한 아들[111]이 온다. 그는 메시아가 세상에 오리라는 약속을 전한 분이다!"

그러는 동안 어머니의 부채는 앞뒤로 빠르게 움직였다. 하지만 이내 부채는 멈췄고, 어머니의 목소리는 낮아졌다.

"아들아, 피곤하지?"

"아니에요. 전 지금 새로운 이스라엘의 노래를 듣고 있는 걸요."

아직 할 말은 많았지만, 어머니는 그쯤에서 멈추었다.

"유다야, 나는 내가 할 수 있는 한 우리의 위대한 조상들을 열거했다. 율법학자와 군인과 가수와 선지자들을 말이다. 그럼 이제 로마의 위인들을 볼까? 모세에 대비되는 인물로 카이사르를 놓아 보자. 다윗에게는 타르퀴니우스 황제를, 마카베오 가족 중에서는 아무나 한 명을 술라[112]와 대비시켜 보자. 율법학자와 최고의 집정관을 비교해 보고, 솔로몬과 아우구스투스를 비교해 보자. 자, 이제 알겠지? 비교는 그만 해도 될 거야. 하지만 우리의 선지자, 위인들 중의 위인인 선지자도 생각해 보렴."

갑자기 어머니는 비웃듯이 웃음을 터트렸다.

"용서하렴. 갑자기 율리우스 카이사르에게 3월 15일을 조심하라고 경고했던 점쟁이가 생각나는구나. 닭의 창자를 보고 불길한 징조를 찾던 모습말이다. 카이사르는 그걸 무시했었지. 이것에 대비되는 그림은 뭘까? 선지자 엘리야가 사마리아로 가는 길 언덕 꼭대기에서 아합[113]의 신하와 그들의 부하 50명을 불태우면서, 아합에게 하나님의 진노가 임할 것이라고 경고하는 모습을 상상해 보렴. 그리고 마지막으로, 이런 말을 해도 괜찮을지 모르겠지만, 이제 여호와를 믿는 사람들과 주피터를 믿는 사람들이 자기 신의

111) 선지자 이야사를 가리킴

112) (기원전 138년~기원전 78년) 로마 시대의 정치가이자 장군

113) (재위 : 기원전 873년경~852년경) 분열 이스라엘 왕국의 7대 왕으로 구약성서 열왕기(하)의 기록에서 어떤 이스라엘 왕보다 더 악한 짓을 한 왕이라는 부정적인 평가를 받음

이름으로 한 일들을 보면 그 신들을 판단할 수 있지 않겠니? 그리고 네가 앞으로 할 일을 말하자면……."

어머니는 마지막 말을 천천히, 그리고 떨리는 소리로 말했다.

"네가 앞으로 할 일은, 얘야, 로마가 아니라 이스라엘의 주 하나님을 섬기는 거란다. 아브라함의 자손들은 주 하나님의 길이 아닌 곳에서는 영광을 누릴 수 없고, 그분의 길 안에서는 많은 영광을 누릴 수 있단다."

"그럼 저는 군인이 되어도 괜찮은 건가요?"

유다가 물었다.

"왜 안 되겠니? 모세도 하나님을 전쟁의 하나님이라고 불렀잖아?"

옥상의 정자에서는 긴 침묵이 흘렀다.

"허락하마."

마침내 어머니가 입을 열었다.

"네가 로마 황제가 아니라 하나님을 섬긴다는 조건으로 말이야."

유다는 조건을 기꺼이 받아들였고, 잠시 뒤 잠에 빠져들었다. 어머니는 자리에서 일어나 아들의 머리 밑에 방석을 받쳐주고 몸을 숄로 덮어준 뒤 부드럽게 입 맞추고 방을 나갔다.

## 제6장
## 느닷없는 사고

선한 사람도 악한 사람과 마찬가지로 죽는다. 그러나 선한 사람들이 죽으면 "그는 천국에서 눈을 뜰 거야."라고 말한다. 현실에서 그와 가장 유사한 일이 있다면, 깊은 잠에서 깨어나며 아름다운 장면을 보거나 아름다운 소리를 듣는 일일 것이다.

유다가 잠에서 깨었을 때는 이미 해가 중천에 떠 있고, 떼를 지어 날아오른 비둘기들의 하얀 날개가 햇빛을 받아 반짝이고 있었다. 그는 저 멀리 남동쪽 푸른 하늘을 배경으로 은은한 금빛 자태로 빛나는 성전을 바라보았다. 하지만 그런 모습은 늘 보던 것이라 한 번 힐끗 시선을 던지는 것으로 그만이었다. 소파 끝에서는 열다섯 살이 채 안 돼 보이는 소녀가 그에게 바짝 붙어 앉아 네블러[114]를 무릎에 얹고 우아하게 연주하며 노래를 불렀다. 유다는 그 소리에 귀를 기울였다.

"잠에서 깨지 말고 내 말을 들어요, 내 사랑!
선잠의 바다에서 이리저리 표류하면서
당신의 영혼은 내 말을 들어요.
잠에서 깨지 말고 내 말을 들어요, 내 사랑!
달콤한 휴식 가운데 아름답고 아름다운 꿈을 선물로 드릴게요.
잠에서 깨지 말고 내 말을 들어요, 내 사랑!
세상의 모든 꿈 중에 가장 아름다운 꿈을 선물로 드릴게요.
그러니 가장 아름다운 꿈을 고르세요.
그래요, 꿈을 고르고 잠을 자요, 내 사랑!
하지만 마음대로 선택할 수 없을 거예요,
만일, 만일에, 당신이 꾸는 꿈이 내 꿈이 아니라면요."

악기를 내려놓은 소녀는 무릎에 손을 얹고 유다가 입을 열기를 기다렸다. 소녀는 다름아닌 유다 벤허의 누이였다.

헤롯대왕의 총애를 받은 사람들 중 헤롯이 죽고 난 뒤에도 막대한 토지를 보유하고 있는 사람이 꽤 많았다. 이 재산과 함께 그 민족의 유명한 혈통을 물려받은 행복한 사람들은, 특히 유대 지방에서는 예루살렘의 왕자라는 호칭으로 불렸다. 이 호칭만으로도 그들은 그 민족 가운데서 존경심을 얻을 수 있었고, 사업적으로나 사회적으로 관계가 있는 이방인들에게도 경외심을 얻을 수 있었다. 이런 사람들 중에 유다 벤허의 아버지보다 더 존경받는 사람은 없었다. 그는 왕이 되지만 못했지, 호칭만으로도 국내외적으로 충분

114) 고대 헤브라이의 현악기

히 대접을 받았다. 그는 로마에서도 관직을 얻은 적이 있었으며, 그의 행동을 유심히 살펴본 아우구스투스 황제는 그와 기탄없이 친구 관계를 맺었다. 따라서 그의 저택에는 왕의 허영심을 만족하게 할 만한 선물들, 즉 보라색 토가[115], 상아로 만든 의자, 금장 지휘봉 같은 것들이 많았고 그 선물들은 황제가 영광스럽게 수여한 것이라 가치가 있었다. 그런 사람은 예외 없이 부자였다.

그의 부는 황제의 후원 덕분만은 아니었다. 남자는 반드시 직업을 가져야 한다는 율법을 기꺼이 따르는 사람으로 그는 여러 개의 직업을 가졌다. 평야와 산허리에서 가축을 돌보는 목동들 중에 저 멀리 레바논에서까지, 수많은 이들이 그를 주인으로 섬겼다. 그는 바다를 낀 해안 지방뿐 아니라 내륙 지방의 도시에도 무역거래소를 차렸다. 그의 배는 당시 광산업으로 떼돈을 번 스페인에서 은을 실어오는 한편, 카라반은 육로로 1년에 두 번씩 동방에서 실크와 향료를 실어왔다. 종교에 있어서는 유대인이었고, 율법과 의식을 철저히 지키는 사람이었다. 유대인 회당과 성전에도 꼬박꼬박 나갔다. 그는 성경을 철저히 공부했고, 대학 졸업자 협회에서도 잘 어울렸으며, 힐렐에 대해서는 거의 숭배에 가까울 정도로 존경심을 갖고 있었다. 하지만 절대로 분리주의자는 아니었다. 그는 세계 각국에서 온 이방인을 융숭하게 대접했다. 트집 잡는 바리새인들은 그가 여러 번 사마리아인들을 초대해 함께 식사했다고 비난했다.

그가 유대인이 아니고 또 살아 있었다면, 세상 사람들은 그를 헤로데스 아티쿠스[116]에 필적하는 사람으로 기억했을지도 모른다. 하지만 10년 전, 한창 전성기에 그는 바다에서 실종되었고 유대 지방의 모든 사람은 그 소식에 통탄했다. 그에게는 아내와 어린 남매가 있었는데, 조금 전에 노래를 부른 소녀가 바로 그의 딸이자 유다 벤허의 여동생이었다.

이름은 티르자인 소녀와 유다는 뚜렷하게 닮았다. 둘 다 용모가 균형 잡

115) 고대 로마 시인이 입던 헐렁한 옷
116) 고대 그리스의 변론가이며, 고대 제일의 대부호의 아들. 죽은 아내를 추모하여 그가 건축하여 아테네 시민에게 기증한 음악당은 지금도 공연이 열리는 곳으로 유명한 관광 명소이다

혀 있고, 유대인의 특성도 똑같이 보이고 있으며, 어린아이 같은 천진한 매력도 있었다. 집에서만 생활하는 소녀는 돈독한 사랑이 가득한 분위기 탓에 옷차림은 격식 없이 편안했다. 오른쪽 어깨를 단추로 여민 슈미즈 드레스[117]는 가슴과 등, 왼쪽 팔 아래로 헐렁한 원피스였는데 상의는 반쯤만 가린 채 두 팔을 다 드러내 놓았고, 치마가 시작되는 지점에서 허리띠를 묶어 잔주름이 잡혀 있었다.

소녀의 헤어스타일은 아주 단순했지만 적자색으로 염색된 테 없는 실크 모자를 썼고, 그 위에는 같은 천에 아름다운 수가 놓여 있고 얇게 주름진 길쭉한 스카프를 써서 두상이 커 보이지 않았다. 그리고 테 없는 모자의 정수리 부문에서 술 장식을 아래로 늘어뜨려 놓았는데, 이 모든 것은 소녀와 아주 잘 어울렸다. 귀걸이와 반지, 금으로 된 발찌와 팔찌, 그리고 목에는 금목걸이도 걸려 있었는데, 섬세한 체인으로 아름답게 장식된 목걸이 중앙에는 진주 펜던트가 달려 있었다. 눈 끝자락에는 화장이 되어 있고, 손가락 끝은 물이 들여 있었다. 머리는 양 갈래로 묶여 등 뒤로 흘러내렸고, 구불거리는 머리 타래가 양쪽 귀 앞의 뺨 위에 드리워져 있었다. 전체적으로 우아함과 세련미, 그리고 아름다움을 모두 갖춘 모습이었다.

"정말 아름답구나, 티르자. 정말 아름다워!"

유다가 생기 있는 목소리로 말했다.

"노래를 말하는 거야?"

"노래도, 노래 부른 사람도. 그리스 노래지? 어디서 배웠어?"

"지난달 극장에서 노래 불렀던 그리스 사람 기억나? 궁전에서 헤롯왕과 여동생 살로메 앞에서 노래를 불렀던 사람 있잖아. 레슬링 시합이 끝나고 극장 안이 온통 와글거리는 소음으로 가득 차 있을 때 무대에 올라왔어. 그런데 그 사람이 노래 첫 소절을 시작하자마자 좌중이 너무나 조용해져서 가사를 하나도 빼먹지 않고 다 들을 수 있었어. 그 사람에게 배운 노래야."

"그 사람은 그리스어로 노래했잖아?"

"응, 난 히브리어로 노래했고."

117) 폭이 넓은 원피스로 그리스 시대를 연상시키는 직선적이고 헐렁한 실루엣의 심플한 드레스

"그래, 내 동생, 정말 자랑스럽구나. 이런 아름다운 노래를 알고 있는 것이 또 있어?"

"아주 많지만 이제 그 얘기는 그만해. 유모가 아침을 가져다줄 테니 내려올 필요 없다고 전하랬어. 곧 유모가 올 거야. 유모는 오빠가 아픈 줄 알아. 어제 끔찍한 일이 있었다면서? 무슨 일인지 나한테 말해 줘. 그럼 유모가 오빠를 치료할 때 옆에서 도와줄게. 유모는 이집트인들의 민간요법도 잘 알고 있어. 물론 이집트인들은 멍청하지만 말이야. 나도 아라비아인들의 민간요법을 꽤 많이 알고 있어. 그 사람들은……."

"그 사람들은 이집트인들보다 더 멍청해."

유다가 머리를 절레절레 흔들며 말했다.

"정말 그렇게 생각해? 좋아, 그럼……."

티르자는 거의 숨도 쉬지 않고 곧바로 말을 이으며 손을 왼쪽 귀로 가져갔다.

"그들은 우리와 상관없는 사람들이야. 더 확실하고 더 나은 방법이 있어. 우리 민족에게 전승된 부적이야. 언제부터인지는 모르겠지만 하여튼 굉장히 오래전에 페르시아 마술사가 알려준 비법이래. 이것 봐, 안에 새겨진 글씨가 거의 다 닳았잖아."

티르자는 유다에게 귀걸이를 건네주었다. 유다는 귀걸이를 받아서 들여다보고 웃으며 다시 돌려주었다.

"티르자, 나는 목숨이 경각에 달렸어도 부적은 사용하지 않아. 신앙이 있는 아브라함의 자손들에게는 금지된 우상 숭배의 잔재니까. 자, 돌려줄 테니 가지고만 있어. 그리고 이제 귀에 달지는 마."

"금지됐다고? 그럴 리가 없어. 이건 할머니가 귀에 거시던 거야. 할머니가 안식일을 얼마나 잘 지켰는지도 모르겠고 이 부적으로 몇 사람의 병을 고쳤는지도 모르겠지만, 적어도 세 사람은 고쳤을걸. 이건 허용된 거야. 이것 봐, 여기 랍비의 낙인도 있잖아."

"난 부적은 안 믿어."

티르자는 놀라서 고개를 들어 오빠의 눈을 바라보았다.

"오빠의 말을 들으면 유모는 뭐라고 할까?"
"유모의 부모님은 나일 강변에 있는 밭에 쓸 물수레를 손질하던 분이셨어."
"하지만 가말리엘은……!"
"가말리엘은 부적이 무신론자와 세겜 사람들이 만들어낸 사악한 발명품이라고 했어."
티르자는 모호한 표정으로 귀걸이를 들여다보았다.
"그럼 이걸 어떻게 하지?"
"그냥 귀에 걸어도 될 것 같아. 너한테 잘 어울려. 그걸 하니까 더 예뻐 보이긴 해. 물론 그게 없어도 아름답기는 하지만."
흡족해진 티르자가 부적을 다시 귀에 달고 있을 때 유모가 세숫물과 냅킨이 놓인 큰 접시를 들고 피서용 정자로 들어왔다.
유다는 바리새인이 아니어서 세수는 짧고 간단히 했다. 세수를 끝내자 유모가 나갔고, 티르자는 유다의 머리를 손질해 주었다. 유다의 머리가 만족스러울 정도로 손질되자, 티르자는 허리 장식 띠에서 작은 금속 거울을 풀어 오빠의 얼굴을 보여주었다. 그러는 동안 두 사람은 계속해서 대화를 이어나갔다.
"티르자, 내가 집을 떠나는 걸 어떻게 생각해?"
티르자는 놀라서 손을 무릎에 털썩 떨어뜨렸다.
"집을 떠난다고? 언제? 어디로? 뭐 때문에?"
"한숨에 세 가지 질문을 하다니! 너 정말 대단하다!"
유다가 웃으며 말했다. 그러나 다음 순간 그는 진지해졌다.
"율법에 따라 직업을 얻어야 한다는 것은 너도 알잖아. 아버지가 좋은 모범이셨지. 하지만 아버지의 근면과 지혜의 결과로 얻은 부를 내가 빈둥거리며 낭비만 한다면 어떻게 되겠니? 너까지도 나를 경멸하지 않겠어? 난 로마로 갈 거야."
"그럼 나도 같이 갈래."
"너는 어머니와 함께 이곳에 있어야지. 우리가 둘 다 떠나면 어머니는 어떻게 해."

이내 티르자의 얼굴에서 밝은 표정이 사라졌다.

"그래, 맞아. 하지만…… 꼭 가야 해? 여기 예루살렘에서도 상인이 될 수 있잖아. 그게 오빠가 되고 싶은 거라면 말이야."

"내가 되고 싶은 건 그게 아니야. 아들이 반드시 아버지의 직업을 따르라는 말은 율법에 없으니까."

"그럼 뭐가 될 건데?"

"군인이 될 거야."

유다의 목소리에는 자부심이 배었다. 그러자 티르자의 눈에 눈물이 그렁그렁해졌다.

"그럼 오빠는 죽잖아."

"그게 하나님의 뜻이라면 따라야지. 하지만 티르자, 군인이라고 다 죽지는 않아."

티르자는 마치 유다가 못 가도록 붙잡으려는 듯 그의 목에 팔을 둘렀다.

"우리는 지금 이대로 행복하잖아! 그냥 집에 있어, 오빠."

"집이 언제까지나 이 상태로 있을 수는 없잖아. 우선 너부터도 얼마 지나지 않아 이 집을 떠날 거고."

"절대 그런 일은 없어!"

유다는 동생의 열띤 대답에 빙그레 미소를 지었다.

"조만간 유대 지방의 족장 아들이나 다른 종족의 사람이 와서 너에게 청혼하고 널 데리고 갈 거야. 그럼 너는 다른 집안을 환히 비추는 등불이 되겠지. 그럼 그때 나는 어떡하라고?"

티르자는 흐느낌으로 대답을 대신했다.

"전쟁도 장사와 같아."

유다는 좀 더 또렷한 목소리로 말했다.

"철저히 배우려면 학교로 가야 하는데, 로마 군대보다 더 좋은 학교는 없어."

"설마, 로마를 위해 싸우겠다는 건 아니지?"

티르자가 숨을 죽이며 물었다.

"그래 너…… 너마저도 로마를 증오하는구나. 전 세계가 로마를 증오해. 티르자, 바로 거기에 내 대답의 이유가 있어. 그래, 난 로마를 위해 싸울 거야. 언젠가 로마를 대항해서 싸우는 법을 배울 수 있다면 말이야."

"언제 떠나려고?"

그때 유모가 돌아오는 발소리가 들렸다.

"잠깐! 아직 내 계획을 유모에게 말하지 마."

충실한 노예인 유모가 아침상을 들고 들어와 음식이 담긴 쟁반을 두 사람 앞에 있는 의자 위에 놓았다. 그런 다음 하얀 냅킨을 팔에 걸치고 시중을 들기 위해 그대로 남아 있었다. 그런데 남매가 물그릇에 손가락을 담가 씻고 있을 때 밖에서 시끄러운 소리가 들려왔다. 두 사람은 귀를 기울였고, 곧 그 소리가 집의 북쪽 방향에서 들리는 군악대의 연주라는 것을 알았다.

"총독 근위대의 행진이야! 빨리 가서 구경하자."

유다가 소리치며 소파에서 일어나 밖으로 뛰쳐나갔다. 유다는 북동쪽 귀퉁이에서 지붕을 지탱하는 기왓장 난간에 몸을 쭉 내밀고 그 광경을 구경했다. 그는 너무 몰두한 나머지 티르자의 손이 자신의 어깨에 얹혀 있는 것도 의식하지 못했다.

남매가 구경하고 있는 지붕은 그 지역에서 가장 높은 곳이었다. 그곳에서는 동쪽에 있는 집들의 옥상과 저 멀리 거대하고 불규칙한 안토니아 요새까지 보였다. 그곳은 주둔군의 요새이며 총독의 본거지이기도 했다. 폭이 3미터 정도밖에 되지 않는 도로는 여기저기 다리들로 연결되어 있었고, 사람들은 음악 소리에 이끌려 지붕 위로 올라가거나 밖으로 나와 길에 몰려 있었다. 사실, 음악 소리라고는 했지만 적당한 표현이 아니다. 사람들이 밖으로 쏟아져 나와 들은 소리는 군인들의 사기를 높이는 날카로운 나팔 소리였다.

잠시 뒤 지붕에 있던 남매의 눈에 군대의 진용이 모습을 드러냈다. 투석병사와 궁수로 이루어진 경장보병들을 선두로, 선발대와 조금 떨어져서 커다란 방패와 창으로 무장한 중장보병, 그 뒤로 군악대가 뒤따랐다. 그다음에는 홀로 말을 탄 장교가 있고 그 뒤를 기병 호위대가 따라오고 있으며, 다시 그 뒤에는 중장보병이 질서정연하게 행진해 오고 있었다. 행진은 이 쪽 벽에서 저쪽 벽까지 도로를 꽉 채우고 끝없이 이어져 왔다.

햇볕에 그을린 피부, 방패를 중심으로 일정하게 좌우로 움직이는 리듬, 번쩍이는 갑옷과 투구, 휘날리는 투구 장식 깃털, 펄럭이는 깃발과 철창, 정확한 보폭, 엄숙한 자태, 그리고 한 덩어리처럼 움직이는 통일성은 유다의 심금을 울리며 깊이 각인되었다. 무엇보다 두 가지가 그의 시선을 사로잡았다. 우선 군단의 독수리로, 높은 원주 기둥 위에 금박을 입힌 독수리가 날개를 활짝 펴고 앉아 있는 형상이었다. 유다는 군인들이 그 독수리 상을 안토니아 요새에서부터 극진한 예를 갖추어 갖고 나왔다는 사실을 잘 알고 있었다. 두 번째는 대열 한복판에서 홀로 말을 타고 오는 남자였다. 그는 중무장을 했지만 머리에는 투구를 쓰고 있지 않았다. 왼쪽 허리에는 단도를 차고, 손에는 곤봉을 들고 있었다. 그의 말은 보라색 천과 금으로 만든 재갈, 그리고 넓은 술을 붙인 고삐로 장식되어 있었다.

아직 멀리 있었지만, 유다는 사람들이 그에게 분노하고 있다는 것을 잘 볼 수 있었다. 사람들은 난간 위로 몸을 내밀거나, 아니면 대담하게 밖으로 나와서 남자에게 주먹을 휘둘렀다. 큰 소리로 고함을 지르며 따라가기도 했고, 다리 밑으로 지나갈 때면 침을 뱉기도 했다. 여자들은 신발을 집어 던지기도 했는데, 때로는 남자를 맞추기도 했다. 그가 가까워질수록 사람들의 고함소리도 또렷하게 들려왔다.

"강도, 폭군, 로마의 개! 이스마엘과 함께 꺼져라! 대제사장 안나스를 복귀시켜라!"

당연한 일이겠지만, 남자는 다른 군인들처럼 무표정한 얼굴을 할 수 없었다. 그는 화나고 언짢은 표정으로, 가끔 주민들을 향해 던지는 시선은 험상궂기 짝이 없었다. 겁이 많은 사람은 그 시선만으로도 충분히 두려워할 만했다.

남자의 머리에 쓴 월계관은 카이사르 때부터 내려온 전통으로, 무리 중에서 총사령관이 쓰는 것이었다. 유다는 월계관을 보고 유대 지방에 새로

부임한 총독이 누구인지 금방 알 수 있었다. 바로 발레리우스 그라투스 총독이었다!

사실상 유다는 아무 짓도 하지 않은 남자가 수모를 당하는 광경을 보고 동정심을 느꼈다. 총독이 자신의 집 모퉁이에 도달했을 때 그가 지나가는 모습을 보려고 난간에서 몸을 쭉 내밀며 난간의 기왓장을 한 손으로 짚었다. 하지만 기왓장은 오래전에 금이 가서 조금만 손을 대도 떨어질 참이었다. 바로 그때 유다의 손이 누른 기왓장이 떨어지고 말았다! 순간 유다는 공포에 휩싸였다. 떨어지는 기왓장을 잡으려고 손을 뻗었지만 오히려 그 모습이 기왓장을 집어던지는 동작처럼 보였다. 기왓장이 유다의 손끝에 부딪혀 길 쪽으로 더 멀리 날아가 버렸기 때문이다. 유다는 겁에 질려 소리쳤고, 호위하던 군사와 총독은 모두 위를 쳐다보았다. 바로 그 순간, 기왓장이 총독의 머리에 정통으로 맞았고 말에서 떨어진 총독은 그 자리에 죽은 듯이 누워버렸다.

보병대는 가던 길을 멈췄고, 호위대는 말에서 뛰어내려 총독의 몸을 방패로 감쌌다. 한편, 이 장면을 목격한 사람들은 유다가 일부러 기왓장을 던졌다고 굳게 믿고 그에게 열렬한 환호를 보냈다. 반면 유다는 난간 밖으로 몸을 기울인 채 자기가 본 광경과 머릿속에 떠오르는 너무나 명백한 이 일의 결과를 생각하며 그대로 얼어붙어 있었다.

이내 길가에 즐비한 많은 집들에서는 그 지붕에서 구경하던 사람들이 하나둘씩 유다의 행동을 따라 하기 시작했다. 맹목적인 분노에 사로잡힌 그들은 너도나도 난간에 손을 뻗어 지붕에 있는 기왓장과 마른 흙덩이를 보병대에 던졌다. 그와 동시에 소동이 벌어졌지만 훈련이 잘된 군인들이 이기는 건 당연한 일이었다. 싸움에 단련된 군인들과 의지만 가득한 주민들의 싸움은 설명할 필요도 없다. 차라리 이 모든 일을 촉발한 가엾은 장본인에게 집중하기로 하자.

유다는 얼굴이 백지장처럼 하얘진 채 난간에서 몸을 일으켰다.

"오, 티르자, 티르자! 이제 우린 어쩌지?"

티르자는 아래에서 일어난 소동은 보지 못한 채 고함소리만 듣고, 주변에서 사람들이 미친 듯이 뭔가를 내던지는 모습만 보았다. 뭔가 끔찍한 일이 벌어지고 있다는 것은 알았지만 그게 무엇인지, 원인이 무엇인지, 자신과 자신이 사랑하는 사람들에게 어떤 위험이 닥칠지 전혀 알지 못했다.

"무슨 일이야? 왜들 저래?"

티르자가 깜짝 놀라며 물었다.

"내가 로마 총독을 죽였어. 기왓장이 그 사람 머리 위로 떨어졌어."

마치 눈에 보이지 않는 손이 그녀의 얼굴에 재를 뿌린 것처럼 티르자의 얼굴은 순식간에 잿빛으로 변했다. 한마디 말도 없이 유다를 끌어안은 그녀는 걱정하는 표정으로 오빠의 눈을 쳐다보았다. 그의 눈에 담긴 공포가 티르자의 눈으로 옮겨갔고, 그런 티르자의 눈을 보자 오히려 그는 용기를 얻었다.

"일부러 그런 게 아니야, 티르자. 그건…… 사고였어."

유다는 침착성을 되찾으며 말했다.

"그럼 이제 어떻게 되는 거야?"

티르자가 물었다. 그는 점점 소동이 심해져 가는 거리와 지붕들 쪽으로 시선을 던지며 총독의 얼굴을 떠올렸다.

만약 총독이 죽지 않았다면 그의 보복은 어디까지 미칠까? 만약 그가 죽었다면 주민들은 어느 정도에서 폭력을 그만둘까?

다시 지붕 아래를 내려다본 유다는 마침 호위병이 총독을 부축해 다시 말 위에 태우는 모습을 목격했다.

"다행이야. 죽지 않았어! 티르자, 총독이 살아 있어! 우리 조상들의 주 하나님이여, 감사합니다!"

외침과 함께 유다는 훨씬 밝아진 얼굴로 동생에게 대답했다.

"겁먹지 마, 티르자. 내가 내려가서 자초지종을 설명하면 저들은 우리 아버지를 생각해서 용서해 줄 거야."

유다는 동생을 정자로 데려갔다. 그때 발밑에서는 지붕이 흔들리고 대문이 튕겨져 나갔다. 안뜰에서는 사람들이 공포와 고통 가운데 비명을 지르고 있었다. 걸음을 멈춘 유다가 귀를 기울여 보니 비명소리와 무리가 우르르 달려 들어오는 소리, 화나서 지르는 소리와 기도하는 소리가 섞여 들려왔다. 그리고 지독한 공포로 울부짖는 여자들의 비명소리도 들렸다. 군인들은 북문을 부수고 들어와 집을 완전히 장악했다. 체포될 것이라는 끔찍한 예감이 유다를 강타했다. 순간적으로 달아나고 싶은 충동도 느꼈지만 불가능했다. 잔뜩 겁을 먹은 티르자가 그의 팔을 잡았다.

"오빠, 이제 우리는 어떻게 되는 거야?"

하인들이 마구 두들겨 맞고 있었다. 어머니까지 맞았다! 지금 들린 비명 중에는 어머니의 목소리도 들리는 것 같았다. 유다는 힘이 쭉 빠져서 동생에게 말했다.

"티르자, 내가 돌아올 때까지 여기서 꼼짝 말고 있어. 내려가서 무슨 일인지 보고 올게."

유다의 목소리는 생각만큼 침착하지 않았다. 티르자는 그의 곁에 바싹 붙었다. 비명소리가 더 분명해졌다. 이제는 막연한 추측이 아니라 분명히 어머니의 비명소리였다. 유다는 더 이상 망설일 수 없었다.

"같이 내려가 보자."

계단 아래 회랑에는 군인들이 우글거리고 있었다. 칼을 빼 들고 이 방 저 방으로 달려 들어갔다. 한쪽에는 여자들이 무릎을 꿇고 앉아 서로 끌어안고 있거나 군인들에게 자비를 구했다. 그 옆에는 옷이 찢기고 머리가 풀어헤쳐진 여인이 군인의 손아귀에서 빠져나오려고 안간힘을 쓰고 있었다. 여인의 비명은 다른 어떤 사람보다 날카로워서 온갖 시끄러운 소리를 뚫고 옥상 위에까지 분명히 전달되었다. 유다는 재빠르게 그녀에게 뛰어갔다.

"어머니!"

유다의 외침에 어머니는 아들을 향해 손을 뻗었다. 두 사람의 손이 맞닿으려는 순간, 유다가 옆으로 내팽개쳐졌다. 바로 그때 누군가가 크게 소리쳤다.

"범인이다!"

유다는 고개를 돌려 바라보았다 …… 메살라였다

"뭐라고? 암살범이 바로 저……?"

말끔하게 군복을 차려입은 키 큰 병사가 말했다.

"뭐야? 아직 어린애잖아."

"이런! 새로 나온 철학인가 보죠? 인간은 어른이 되어야 증오심으로 살인을 저지를 수 있다……. 세네카가 이 말을 들었다면 뭐라고 할까요? 저 녀석이 범인이고, 그 옆에 있는 여자가 엄마입니다. 저기 저쪽이 여동생이고 말이죠. 가족이 다 있네요!"

메살라가 말을 길게 늘이는 말투를 잊지 않으며 대답했다. 유다는 가족을 구해야 한다는 생각에 메살라와 싸우던 일을 잊어버렸다.

"두 사람을 살려줘, 메살라! 우리 어린 시절을 생각해서 두 사람을 도와줘. 나, 이 유다가…… 이렇게 빌게."

메살라는 못들은 척했다.

"이제 여기서는 제가 할 일이 없는 것 같습니다."

메살라는 장교에게 말했다.

"길거리에 재미있는 일이 더 많은 것 같아 나가보겠습니다. 에로스는 물러나라, 마르스가 납신다!"

이 말을 하고 메살라는 사라졌다. 메살라의 마음을 알게 된 유다는 비통한 마음으로 하늘을 향해 기도했다.

"오, 하나님, 당신의 복수의 날이 임할 때 메살라는 반드시 제 손으로 처단하게 해주십시오!"

유다는 안간힘을 써서 장교에게 다가갔다.

"부탁입니다. 저분은 제 어머니입니다. 저 아이는 제 여동생이고요. 이들의 목숨을 구해 주십시오. 하나님은 공정하십니다. 당신이 자비를 베푸시면 그분도 자비로 갚아주실 겁니다."

유다의 간절함에 장교는 감동한 듯했다.

"여자들을 끌고 안토니아 요새로 가라!"

장교가 소리를 질렀다.

"그들에게 손가락 하나 대지 마라. 명령이다."

그리고 유다를 잡고 있던 군인들에게도 말했다.

"포승줄을 가져와서 저놈의 손을 묶고 거리로 끌고 나가라. 처벌은 나중에 하겠다."

어머니는 병사들에게 끌려 나갔다. 어린 티르자도 집에서 입던 옷차림 그대로 겁에 질린 채 아무런 저항도 없이 끌려 나갔다. 유다는 두 손에 얼굴을 묻고, 이 비참한 광경을 마음 깊숙이 새겼다. 그가 눈물을 흘렸는지는 모른다. 아무도 본 사람이 없었기 때문이다.

그때 그의 마음속에는 큰 변화가 일어났다. 젊은 유다는 사랑하고 사랑받는 환경에서 자란 여성만큼이나 부드러운 성격이었다. 그동안 그가 살아왔던 환경에서는 비록 내면에 강한 성격이 있었다 해도 그것을 외부로 표출한 적이 없었다. 때로는 야심과 충동을 느낀 적이 있었지만, 그것은 마치 어린아이가 바닷가에서 큰 배를 보고 느낀 것과 같이 실체 없는 야망이었다. 지금은 마치 늘 숭배하던 우상이 바닥에 내쳐져 깨져버린 것처럼 그가 속해 있던 사랑이라는 세계가 산산조각이 나 버렸다. 이것이 바로 젊은 벤허의 마음속에서 일어난 변화였다. 물론 겉으로는 아무런 표시가 나지 않았다. 다만, 포승줄에 묶이려고 손을 내밀었을 때 그의 입술에서 큐피드의 화살 같은 굴곡이 없어졌을 뿐이다. 바로 그 순간, 그는 어린아이의 허물을 벗고 어른이 되었다.

안뜰에 나팔 소리가 울리자 약탈하던 군인들은 모두 집에서 빠져나갔다. 집 안에는 군인들이 약탈하다 던지고 간 값비싼 미술품들과 골동품들만 어질러져 있었다. 유다가 집 밖으로 끌려나왔을 때 군사 대형이 완전히 갖추어져 있었다.

유다의 어머니와 동생, 그리고 집안의 모든 사람들이 북문으로 끌려 나갔고, 통로에는 깨진 잔해들만 발 디딜 틈 없이 수북이 어질러져 있었다. 하인들의 비명은 애처롭기 그지없었다. 사람과 짐승 모두가 끌려 나가는 모습을 본 뒤에야 유다는 총독의 보복이 어느 정도였는지 가늠할 수 있었다. 저택 자체도 몰수되었다. 명령이 모두 실행되자 집 안에 살아 움직이는 것은 아무것도 남지 않았다. 벤허의 집은 총독을 암살하려고 마음먹은 사람들에게 좋은 본보기가 된 것이다.

장교는 선발대가 명령을 수행하는 동안 잠시 밖에서 기다렸다. 이제 거리에도 싸움은 거의 그쳤다. 몇몇 집에서 먼지가 날리는 것을 보니, 아직 싸움이 남아 있는 곳이 있기는 한 것 같다. 보병대는 대부분 서서 쉬었고, 이쯤 되니 보병대의 장관은 이전과 다름없이 화려한 빛을 내고 있었다. 유다는 정신을 차리고 주변을 둘러보았다. 어머니와 티르자의 모습은 어디에서도 보이지 않았다.

그때 땅바닥에 엎드려 있던 여종 하나가 벌떡 일어나더니 대문을 향해 재빨리 달려가기 시작했다. 병사들 몇 명이 붙잡으려고 했지만 여종은 고함을 지르며 병사들의 손에서 빠져나갔다. 그리고 유다에게 달려와 털썩 주저앉더니 그의 무릎을 움켜잡았다. 먼지를 뒤집어쓴 검은 머리가 그녀의 눈을 가리고 있었다.

"오, 유모, 우리 착한 유모."

유다가 여자에게 말했다.

"하나님께서 유모를 도와주시길……. 하지만 난 아무런 힘이 없어."

유모는 아무 말도 하지 못했다. 유다는 고개를 숙이고 속삭였다.

"살아 있어 줘요, 유모. 어머니와 티르자를 위해서라도 살아 있어 줘요. 두 사람은 돌아올 거예요. 그리고……."

그때 병사 하나가 그녀를 끌어내려고 했지만, 그녀는 벌떡 일어나 문으로 달려가 통로를 지나 텅 빈 안뜰 쪽으로 달아났다.

"그냥 놔둬."

장교가 소리를 질렀다.

"우리는 이 집을 봉쇄할 거야. 그럼 그 여자는 어차피 굶어 죽어."

군인들은 명령에 따라 대문을 봉쇄했다. 그리고 모퉁이를 지나 서쪽 문으로 움직였다. 그 문도 봉쇄되자 벤허 집안의 저택은 쓸모없는 곳으로 변해 버렸다.

보병들은 다시 행군을 시작했다. 군대는 안토니아 요새로 들어갔고, 총독은 그곳에 머무르면서 상처를 회복한 뒤 죄인을 단죄하기 시작했다. 그리고 열흘째 되는 날에 시장을 지나 왕궁으로 들어갔다.

# 제7장
## 갤리선의 노예

다음 날, 일단의 군사들이 폐허가 된 저택으로 몰려들었다. 그들은 대문을 영구적으로 폐쇄하고 그 틈을 밀랍으로 봉한 뒤에 건물 측면에 라틴어로 쓴 공지문을 붙였다.

「이곳은 황제의 영지임」

거만한 로마인은 이 공지만으로도 충분하다고 생각했다.

다음 날 정오경, 십부장은 자신의 기마부대를 이끌고 예루살렘에서 나사렛으로 내려갔다. 당시 나사렛은 산허리에 인가가 드문드문 모여 있는 작은 마을로, 도로라고는 가축 떼가 지나다니며 다져놓은 좁은 길이 전부였다. 남쪽에는 에스드라엘론 평야가 가까이에 펼쳐져 있었고, 서쪽의 산꼭대기에 올라가면 지중해와 요단강과 헤르몬 산을 모두 볼 수 있었다. 저 아래 계곡은 사방에 있는 밭과 과수원과 목초지로 이어졌고, 풍광은 야자수나무 숲 덕분에 동방 분위기가 물씬 풍겼다. 여기저기 모여 있는 집들은 모두 가난한 사람들의 주거지로, 네모난 단층에 평지붕이었고 연두색 덩굴식물이 뒤덮고 있었다. 유대 지방은 가뭄 때문에 언덕의 나무들이 누렇게 변하거나 말라 죽기 일쑤였지만, 갈릴리 호수 곁에 있는 나사렛은 전혀 그렇지 않았다.

군대 행렬이 마을에 가까워지면서 나팔 소리가 울리자 사람들은 앞 다투어 대문과 현관문을 열어젖혔다. 좀처럼 들르는 일이 없는 군대가 방문한 목적을 알고 싶었기 때문이다. 당시 나사렛은 주요 대로에서 떨어져 있을 뿐만 아니라, '가말라의 유다'[118] 영향력 아래 있던 곳이다. 그러므로 로마

118) 유대 왕국의 13대 왕 히스기야의 자손으로 로마에 무장 투쟁한 사람

군대를 바라보는 사람들의 기분이 어떨지는 쉽게 짐작할 것이다. 그러나 군인들이 산을 올라와 길을 가로지르며 행군하고, 그들의 임무가 무엇인지 차츰 분명해지자, 마을 사람들의 두려움과 증오는 호기심으로 바뀌었다. 군인들이 마을 북동쪽에 있는 우물 앞에서 멈추리라는 것을 알아차린 사람들은 충동적으로 집 밖으로 뛰어나와 군대 행렬의 뒤를 바싹 따라갔다.

사람들의 호기심 대상은 기마병이 호송해 가는 죄수였다. 걸어가는 죄수의 옷은 반쯤 벗겨졌고 맨머리에 손은 등 뒤로 묶여 있었다. 손목에 묶인 가죽 끈은 말의 목에 고리로 연결되어 있었고, 군인들이 무리를 지어 이동하면서 일어난 먼지는 누런 안개처럼, 때로는 짙게 드리운 안개처럼 그를 감싸고 있었다. 그는 아픈 발을 이끌고 기절할 듯이 몸을 앞으로 굽히며 걷고 있었다. 아직 어린 젊은이였다.

우물가에서 대장이 멈추자 병사들 대부분이 말에서 내렸다. 죄인은 길바닥에 기절한 채 쓰러져 아무런 요구도 하지 않았다. 탈진 직전인 것이 분명했다. 죄인을 가까이에서 본 사람들은, 아직 어린 소년이라는 사실에 도와주고 싶은 마음이 간절했지만 차마 용기를 내지 못했다.

주민들이 우왕좌왕하며 군인들이 물 마시는 것만 보고 있을 때 세포리스 쪽에서 한 남자가 걸어오고 있었다. 그를 보자 한 여인이 외쳤다.

"저기 봐! 저기 목수님이 오신다. 이제는 뭘 좀 물어볼 수 있겠는 걸."

남자의 외모는 존경받을 만했다. 터번으로 둘둘 감은 머리 밑으로는 많지 않은 흰머리가 흘러내렸고, 그보다 더 하얀 수염이 초라한 회색 옷 앞에 드리워져 있었다. 그는 천천히 걸음을 옮겼다. 연로했음에도 아주 무겁고 투박한 연장들, 즉 도끼와 톱, 양쪽에 손잡이가 달린 칼 등을 든 채 꽤 먼 거리를 쉬지 않고 걸어온 듯했다. 그는 모여 있는 사람들을 보고 걸음을 멈췄다.

"랍비님, 선량하신 요셉 랍비님!"

한 여자가 그에게 달려가며 외쳤다.

"저 죄수 좀 보세요. 랍비님이 군인들에게 가서 그가 누군지, 무슨 짓을 했는지, 앞으로 어떻게 되는지 좀 물어봐 주세요."

요셉의 얼굴은 무표정했다. 그는 죄수를 보더니 곧바로 장교를 향해 걸음을 옮겼다.

“하나님의 화평이 당신들에게 있기를!”

요셉은 아주 근엄한 태도로 말했다.

“신들의 평화가 그대와 함께하기를!”

십부장이 대답했다.

“예루살렘에서 오는 길입니까?”

“그렇다.”

“죄수가 아직 어리군요.”

“나이로는 그렇지.”

“무슨 짓을 저질렀는지 물어봐도 되겠소?”

“암살범이다.”

사람들은 놀라서 그 말을 되풀이하며 수군거렸다.

요셉이 계속 물었다.

“이스라엘 사람인가요?”

“유대인 맞아.”

십부장은 무미건조한 목소리로 대답했다.

구경꾼들이 죄수를 동정하며 다시 웅성거렸다.

“난 당신네 민족을 잘 모르지만 저 녀석의 가족은 좀 알지. ‘허’라는, 그러니까 ‘벤허’라는 예루살렘 왕자의 이름을 들어본 적이 있나? 헤롯대왕 시절에 살았던 사람인데.”

“그분을 뵌 적이 있어요.”

“음, 그 사람의 아들이야.”

사람들이 탄성을 지르자, 십부장이 서둘러 그들의 입을 막았다.

“이틀 전에 예루살렘 도로의 자기 집 옥상에서 기왓장을 그라투스 총독 머리 위로 던져 죽이려고 했지.”

잠시 대화가 멈췄고, 그동안 나사렛 주민들은 야생동물을 쳐다보듯 어린 벤허를 살폈다.

“총독은 죽었나요?”

"아니."
"그렇다면 이 아이는 이미 선고를 받았겠군요."
"그래, 갤리선[119]에서 종신형을 받기로 되어 있지."
"하나님이 그를 보살펴주시기를!"

요셉은 처음으로 감정을 보이며 말했다. 그때 요셉과 함께 왔지만 눈에 띄지 않게 뒷쪽에 서 있던 젊은이가 손에 들고 있던 도끼를 내려놓았다. 그런 다음 우물 옆에 있는 바위에서 두레박을 집어 들고 물을 가득 길어 죄수에게 몸을 굽혀 물을 먹여주었다. 너무나 조용히 이루어진 행동이라 미처 병사들이 막을 수가 없었다.

불운한 유다는 어깨에 부드럽게 얹어진 손을 느끼면서 눈을 떴다. 고개를 든 유다는 평생 잊지 못할 얼굴을 볼 수 있었다. 밝은 밤색의 노르스름한 머리가 얼굴로 흘러내린 자기 나이 또래의 젊은이가, 너무도 부드럽고 너무도 매력적이고, 너무도 애정과 신성의 빛으로 가득 차 있으며, 통솔력과 결의로 충만한 검푸른 눈으로 자기를 내려다보았다. 며칠 동안 밤낮으로 고문당해 굳어질 대로 굳어지고, 악행에 복수를 꿈꾸며 적의로 가득 차 있던 유다의 마음은 이 낯선 이의 표정 앞에 그대로 녹아내려 어린아이의 마음같이 부드러워졌다. 유다는 두레박에 입을 대고 오랫동안 마음껏 마셨다. 그러는 동안 낯선 이는 한마디 말도 건네지 않았고, 유다도 아무 말 하지 않았다.

그 정도면 갈증이 해소되었다고 생각했는지 낯선 이는 유다의 어깨에 올렸던 손을 머리로 옮겼다. 그리고 축복기도를 올리듯 먼지가 뒤엉킨 머리에 가만히 얹고 있었다. 그런 다음 두레박을 다시 바위 위에 가져다 놓고, 도끼를 들고 요셉의 곁으로 돌아갔다. 마을 사람들뿐 아니라 십부장의 시선도 그에게 향했다.

이것이 우물 곁에서 벌어졌던 장면의 마지막이었다. 병사들과 말들이 물을 마시고 나자 다시 행군이 시작되었다. 하지만 십부장의 마음은 좀 전과

---

119) 양쪽 뱃전에 각각 30개 이상의 노 젓는 자리가 있고, 자리마다 노 젓는 사람이 3명 이상 배치된 배. 지중해 각국에서는 죄수를 동원하여 강제로 노를 젓게 하는 일이 오래도록 성행함

는 달라져 있었다. 그는 죄수를 직접 땅바닥에서 일으켜 부축해서 말 위에 태웠다. 그리고 나사렛 주민들도 집으로 돌아갔다. 그들 중에는 랍비 요셉과 그의 조수도 있었다.

이렇게 유다와 마리아의 아들은 처음으로 만나고 또 헤어졌다.

# 제3부

클레오파트라 : ……이유가 대단하다면그와 비례하여 슬픔도 커야지……

[저 아래, 디오메데스가 들어온다.]

어떻게 되었느냐? 그는 죽었느냐?

디오메데스 : 죽음이 임박했지만, 아직 돌아가시지는 않았습니다.

**《안토니우스와 클레오파트라》_셰익스피어**

# 제1장
## 퀸터스 아리우스 함장

나폴리에서 남서쪽으로 몇 킬로미터 떨어진 곳에 미네눔이라는 곶이 있다. 지금은 폐허가 되었지만, 그리스도 당시에는 이탈리아 서해안에서 가장 중요한 도시였다.*

미세눔 곶을 구경하는 여행자라면, 성벽에 올라가 도시를 등지고 그때도 지금처럼 아름다웠던 나폴리를 바라보았을 것이다. 더할 수 없이 아름다운 해변과 연기를 내뿜는 화산, 짙푸른 하늘과 부드럽게 일렁이는 푸른 파도, 이쪽엔 이스키아 섬, 저쪽엔 카프리 섬, 그리고 사방에 가득 찬 보랏빛 대기, 이 모든 것들에 시선을 옮겨 다니며 경치를 즐겼을 것이다. 그리고 진미가 가득한 식탁에 물린 사람처럼 아름다운 전경에 물려 시선을 아래로 떨어뜨리면, 로마의 예비 해군 함대의 절반이 가득 차 있는 장관을 볼 수 있었을 것이다. 이런 것들을 보면 미세눔은 세 명의 집정관들이 모여 휴식을 취하며, 세계를 어떻게 나누어 가질지 의논하기에 아주 적절한 장소였다는 생각이 든다.[120]

---

* (역자 주석) 로마 제국에는 거대한 함대가 상시 주둔하는 해군 기지가 두 군데 있었는데, 하나는 동해안의 라벤나이고 다른 하나는 서해안의 미세눔이었다

120) BC 39년 미세눔 조약을 가리킴

더구나 옛날에는 성벽에 문지기 없는 출입문이 있었는데, 그 문으로 나가면 길 자체가 방파제 역할을 하며 바다로 몇 미터 이어져 있었다.

어느 선선한 9월 아침, 출입문 위에 있는 성벽의 파수꾼은 시끄럽게 이야기를 나누며 내려오는 한 무리의 사람들 때문에 선잠을 깼다. 하지만 그들에게 흘낏 시선을 주고는 다시 단잠에 빠져들었다.

무리를 이룬 사람들은 약 20~30명으로, 대부분 손에 횃불을 든 노예들이었다. 횃불은 불보다 연기가 많아서 주변 공기를 온통 인도산 나드[121] 냄새로 채우고 있었다. 귀족들은 맨 앞에서 팔짱을 끼고 내려왔는데, 그중에 쉰 살 정도의 머리가 벗겨진 남자가 월계관을 쓰고 있었다. 그는 오늘 있었던 연회의 주인공인 듯했다. 귀족들은 모두 하얀색 천에 보라색으로 밑단을 댄 풍성한 토가를 입고 있었다. 파수꾼으로서는 한 번 흘낏 쳐다보기만 해도, 그들이 고위관료이며 하룻밤 축연을 즐긴 뒤 친구를 배까지 전송하려고 나온 사람들이라는 걸 알 수 있었다.

"오, 퀸터스. 자네를 이렇게나 빨리 빼앗아가 버리다니, 행운의 여신도 참 너무 하네 그려. 어제서야 겨우 필러 산[122] 너머 바다 끝에서 돌아왔는데 말이야. 아직 땅 위를 걷는 데 익숙해지기도 전 아닌가?"

한 사람이 머리에 월계관을 쓴 남자에게 말을 걸었다.

"천만에! 아쉬워할 필요 없어."

아직 술기가 거나한 다른 사람이 말했다.

"퀸터스는 어젯밤에 잃은 돈과 명예를 되찾으러 가는 것일 뿐이잖나. 파도 치는 바다 위에서 하는 주사위놀이는 육지에서 하는 주사위놀이와는 다르겠지. 그렇지, 퀸터스?"

"행운의 여신을 욕하지 말게!"

세 번째 사람이 외쳤다.

"행운의 여신은 눈이 멀지도, 변덕스럽지도 않아. 안티움[123]에서 아리우스가 행운의 여신에게 기도를 올리자, 이 친구와 함께 배의 키를 잡아주시

121) 당시 노동자의 약 1년 치 품삯에 맞먹는 값비싼 향유
122) 잉글랜드에 있는 산
123) 행운의 여신 신전이 있는 곳으로 유명하였음

지 않았나? 행운의 여신은 우리에게서 친구를 빼앗아가지만 언제나 승리의 왕관을 씌워 돌려보내 주시지."

"친구를 우리 품에서 빼앗아가는 건 그리스 놈들이야."

다른 사람이 끼어들었다.

"그러니 신들을 욕하지 말고 그리스 놈들을 욕하자고. 그놈들은 무역을 배우기 시작하면서 싸우는 법을 잊어버렸어."

이 말과 함께 일행은 출입문을 통과해 아침 햇살에 아름답게 빛나는 만을 향해 나아갔다. 타고난 뱃사람인 퀸터스에게는 철썩이는 파도 소리가 마치 자기에게 인사하는 소리 같았다. 그는 바다 냄새가 나드 향유보다 더 향기로운 듯이 심호흡을 하고 하늘을 향해 손을 뻗었다.

"내 행운은 안티움이 아니라 팔레스트리나[124]에서 온다네. 저것 보라고! 바람이 서쪽에서 불어오잖아! 감사합니다, 행운의 여신이시여! 우리 어머니시여!"

퀸터스는 열정적으로 소리를 질렀다. 친구들도 모두 그가 외치는 소리를 되풀이했고, 노예들은 횃불을 흔들었다.

"저기 온다, 저기 좀 봐!"

퀸터스가 방파제 너머에서 다가오는 갤리선을 가리키며 말했다.

"뱃사람에게 무슨 다른 애인이 필요해? 카이우스, 자네 애인 루크레스가 저 배보다 우아한가?"

말을 마친 퀸터스는 다가오는 배를 응시했다. 배는 그의 자부심이었다. 하얀 돛이 돛대 아랫부분에 기울어져 있고, 노는 물에 잠겼다가 올라와 잠시 공중에 멈추더니 다시 물속으로 들어간다. 새가 날갯짓을 하듯 노도 그렇게 움직였다.

"그래, 신들을 욕하지 마세나."

퀸터스는 배에서 시선을 떼지 않은 채 정색하고 말했다.

"신들은 우리에게 기회를 주었어. 우리가 실패한다면 그건 순전히 우리 잘못이야. 그리고 그리스인에 관해서라면, 오, 내 친구 렌툴루스, 자네는

124) 포르투나 프리미게니아 신전이 있는 곳

깜박했나 보군. 내가 쳐부수러 가는 해적이 바로 그리스인들이야. 그들을 한 번 쳐부수는 게 아프리카인들을 열 번 쳐부수는 것보다 더 가치 있지."

"그럼 이제 에게 해로 가는 건가?"

퀸터스는 배를 정면으로 응시했다.

"얼마나 우아하고 얼마나 거침없는가! 하늘을 나는 새도 파도의 일렁임에 저렇게 초연할 수는 없을 거야. 자, 보라고!"

퀸터스는 이렇게 말한 뒤 곧바로 렌툴루스에게 대답했다.

"이런, 미안하네, 렌툴루스. 맞아, 나는 에게 해로 갈 거야. 곧 출발이니 그곳으로 가는 이유를 말해 주지. 하지만 비밀로 해주게. 다음에 공동사령관을 보게 되면 그 사람을 비난하지 말게나. 그 사람은 내 친구야. 자네도 그리스와 알렉산드리아의 무역이 알렉산드리아와 로마의 무역만큼이나 커졌다는 말은 들었겠지? 그쪽 사람들은 농업을 관장하는 케레스에게 감사하는 축제도 잊어버렸어, 그래서 트립톨레무스[125]가 흉년을 내렸지. 어쨌든 이제 교역량이 너무 커져서 하루라도 배가 들어가지 못하면 큰일 나는 놈들이야. 자네들은 흑해에 잠복하고 있는 크사니스[126] 해적에 대해 들어봤겠지? 정말 대담하기 짝이 없는 놈들이야! 어제 로마에 소식이 왔는데, 그놈들이 보스포러스 해협으로 일개 함대를 끌고 내려왔다네. 그런 다음 비잔티움과 칼케돈 근해에서 무역선을 침몰시키고 프로폰티스 해[127]의 상선을 싹쓸이하고, 그러고도 성에 차지 않았는지 에게 해로 밀어닥쳤다는군. 동지중해에 있는 곡물 상인들은 애간장이 타서 황제를 직접 알현하고 하소연을 했지. 오늘 라벤나에서 백 척의 갤리선이 뜰 거야. 그리고 미세눔에서는……."

그는 친구들의 호기심을 자극하려는 듯 잠깐 말을 멈추었다가 힘차게 내뱉었다.

"한 척만 출범하지!"

"정말 기쁜 소식이군, 퀸터스. 축하하네!"

---

125) 케레스 여신의 총애로 쟁기를 발명하여 인간에게 농사를 가르친 반신반인(半神半人)
126) 라틴어로 '반도'라는 뜻으로, 크림반도 남서쪽에 자리 잡은 당시 그리스 식민지
127) 마르마라 해. 터키 서북부에 있는 내해(內海)의 옛 이름

"고관으로 승진시키겠다는 예보구먼. 정말 축하하네. 이젠 자네가 바로 공동사령관 중 한 자리를 맡겠군."

"공동사령관 퀸터스 아리우스. 집정관 퀸터스 아리우스보다 듣기 좋네."

친구들은 축하세례를 퍼부었다.

"나도 이 친구들처럼 기쁘네."

아직 술이 덜 깬 친구가 말했다.

"아주 기뻐. 하지만 난 현실을 직시할 거야. 승진을 하면 그 주사위놀이를 좀 보고 나서, 신들이 이번 일에 축복을 내린 건지 아닌지 말해 주겠네."

"고맙네, 정말 고마워! 촛불만 있었다면 자네들을 예언자라고 말했을 거야.[128] 자! 자네들의 점괘가 얼마나 신통한지 이걸 또 보여주지! 읽어봐!"

퀸터스는 토가의 접힌 소맷자락에서 두루마리 한 장을 꺼내 친구들에게 보여주었다.

"어제 식탁에 앉아 있을 때 받은 거야. 세이아누스[129]가 보냈더군."

세이아누스는 이미 로마제국에서 유명한 이름이었다. 하지만 아직은 악명이 높지 않을 때였다.

"세이아누스!"

친구들은 흥분해서 한목소리로 외쳤다. 그리고는 편지를 읽으려고 우르르 모여들었다.

"코실리우스 루퍼스에게

로마. 9월 19일

황제는 집정관 퀸터스 아리우스의 훌륭한 성과 보고를 접했습니다.

특히 서쪽 바다에서의 성과로 그의 용맹함이 입증되었습니다.

황제는 퀸터스 아리우스를 즉각 동쪽 바다로 급파하라는 명령을 하달했습니다.

128) 옛날에는 촛농이 떨어진 모양으로 미래를 점쳤음

129) (?~31) 로마의 정치가·근위(近衛) 총대장. 티베리우스 황제의 심복이었으나, 황제의 자리를 노리다가 처형되었음

에게 해에 출몰하는 해적 소탕을 위해 일급 함대 백 척을 즉시 급파하고 그 함대의 전권을 아리우스에게 내린다는 것이 황제의 명입니다. 세부 사항은 코실리우스 당신이 전달하도록 부탁드립니다. 지금 상황이 급박하니 동봉한 해적 정황보고서를 숙독하고, 퀸터스 아리우스에게 전달해 주시기 바랍니다. 세이아누스"

아리우스는 편지에 거의 시선을 주지 않았다. 오직 다가오는 배에만 마음을 빼앗길 뿐이었다. 배를 쳐다보는 그의 시선은 뜨거웠다. 마침내 그가 힘차게 하늘로 손을 뻗자 토가의 접은 부분이 펴졌다. 그 신호와 함께 배의 고물에 부채 모양같이 고정되어 있던 심홍색 깃발이 활짝 펴졌고, 선원 몇 명이 뱃전에 두른 방파벽 위로 나와 활대의 밧줄을 힘껏 당기자 돛이 활짝 펴졌다. 돛은 한껏 부풀었고, 노 젓는 시간은 좀 전보다 한 배 반 더 빨라졌다. 배는 아주 빠른 속도로 그와 친구들을 향해 똑바로 다가왔다. 아리우스는 눈을 반짝이며 배의 움직임을 지켜보았다. 배는 방향타가 가리키는 방향으로 움직였고, 항로를 일정하게 유지하는 모습이 특히 눈에 띄었다. 그것은 군사 행동에 들어갔을 때 배를 믿을 수 있는 큰 장점이었다.

"원, 세상에! 이제 이 친구에게 위대한 사람이 될 거라는 말은 하지 말아야겠어. 이미 위대한 사람이 됐군 그래. 이 친구가 알려주는 새로운 소식들을 더 재미있게 즐길 수 있겠네. 말해 보게. 더 새로운 소식은 없는가?"

한 친구가 두루마리를 돌려주며 말했다.

"이게 다야. 지금쯤이면 자네들이 오늘 들은 소식을 로마에서도 다 알게 됐을 거야. 특히 왕궁과 포룸에선 말이네. 나와 함께 책임을 맡을 사령관은 신중한 사람이야. 내가 맡을 임무와 지휘할 함대가 있는 곳은 배를 타야 알 수 있어. 배에 봉인된 지침서가 있지. 만일 오늘 제단에 제물을 바치러 갈 일이 있으면 시실리 근처에서 항해하는 친구를 위해 빌어주게. 저기 저 배가 이제 곧 정박할 거야."

아리우스는 다시 배 쪽으로 시선을 돌렸다.

"난 저 배에 타고 있는 사람들에게 관심이 많아. 저 사람들은 나와 함께 항해하고 전쟁을 할 사람들이야. 이런 해변에 배를 옆으로 대는 건 쉬운 일이 아니지. 자, 저들의 능숙한 솜씨를 좀 보세."

"뭐? 그럼 자네도 지금 처음 보는 배라는 건가?"

"그래, 처음 보는 배야. 글쎄, 아는 사람이 한 명쯤은 타고 있으려나?"

"아는 사람이 있는 게 좋은가?"

"사실 상관없어. 우리 뱃사람들은 서로를 아주 빨리 파악하곤 하지. 미움이나 사랑도 갑작스러운 위험 순간에 생기고 말이야."

길이가 길고 폭이 좁아 물에 얕게 뜨는 배는 속도와 기동력에 역점을 둔 리부르니안 식 디자인으로, 선수는 아름다웠다. 배가 다가오면서 배 밑바닥에서 갈라진 물줄기는 선수에 물방울을 온통 흩뿌리며, 갑판 면에서 어른 키의 두 배만큼 우아하게 솟아올랐다. 배 옆면의 구부러지는 부분에는 소라 나팔을 부는 트리톤[130]의 형상이 있었다. 선수 밑의 용골[131]에 부착되어 수면 아래에서 배를 앞으로 추진하게 하는 것은 뱃부리, 혹은 부리라고 부르는 것으로, 주재료는 강한 목재인데 그 위는 철로 감싸고 삐죽삐죽 덧붙어 있어 전투 시에 충각[132]으로 사용되었다. 선수에서부터 뱃전까지 전체에 두른 강건한 주조물은 방파벽이라 부르는 것으로, 우아하게 총안 무늬가 새겨져 있었다. 방파벽 밑에는 3단으로 뚜껑이나 소가죽 방어물로 덮인 구멍이 있고, 거기에서 노가 오른쪽과 왼쪽에 각각 60개씩 달려 있다. 높이 치솟은 뱃머리에는 머큐리[133]의 지팡이가 장식되어 있었고, 선수를 가로질러 앞 갑판에 둔 두 개의 거대한 밧줄은 닻의 숫자를 나타내주고 있었다.

배 위의 장치가 간단한 것은 배가 노의 추진력으로 항해한다는 뜻이었다. 배의 중앙에서 약간 앞에 위치한 돛대는 방파벽 안쪽에 있는 고리에 부착된, 앞과 뒤쪽의 버팀 막대와 돛대 밧줄[134]이 지탱했다. 돛 조종용의 고패

---

130) 반인반어(半人半魚)의 해신(海神)

131) 선체 강도를 맡은 중요한 부분으로 선박 바닥의 중앙을 받치는 길고 큰 재목. 이물에서 고물에 걸쳐 선체를 받치는 기능을 함

132) 적함의 구멍을 뚫으려고 만든 선수에 있는 장치

133) (로마신화) 머큐리는 신들의 전령이며, 두 마리의 뱀이 감긴 꼭대기에 두 날개가 있는 지팡이를 들고 있음

134) 돛대 꼭대기에서 양 뱃전에 치는 밧줄

장치는 하나의 거대한 정사각형 돛과 그 위에 가로 댄 활대를 잘 조정하려고 한 것이었다. 방파벽 위로는 갑판이 보였다.

돛의 면적을 줄이려고 돛을 접은 뒤, 아직 활대 근처에서 어슬렁거리는 선원들만 제외하면 방파제에 있는 무리에게 보이는 사람이라고는 투구를 쓰고 방패를 들고 뱃머리에 서 있는 한 명뿐이었다.

경석으로 닦고 파도에 끊임없이 씻겨 하얗게 윤이 나는, 오크나무로 만든 120개의 노는 마치 한 사람이 젓는 것처럼 동시에 오르내렸고, 그에 따라 오늘날의 증기선처럼 함선이 빠른 속도로 전진했다.

육지에 서 있던 집정관을 비롯한 무리는 배가 지나치다 싶을 정도로 너무 빨리 다가와 깜짝 놀랐다. 뱃머리에 서 있던 사람이 갑자기 희한한 동작으로 손을 치켜 올리자, 모든 노가 하늘로 올라가 공중에 잠시 멈춰 있다가 똑바로 바다에 떨어졌다. 그와 함께 바닷물이 부글부글 거품을 내며 함선이 요동치더니 마치 겁을 먹은 것처럼 그 자리에 멈췄다. 남자가 다시 손짓하자 노가 다시 하늘로 치켜 올라가더니 빙그르르 돌아 떨어졌다. 이번에는 오른쪽 노가 선미 쪽으로 들어가 앞으로 당기고, 왼쪽 노는 선수 쪽으로 들어가 뒤로 밀었다. 노는 이렇게 세 번 밀었다 당겼다를 반복했다. 그러자 배는 중심을 회전축으로 하여 오른쪽으로 돌았고, 바람의 도움으로 방파제 옆에 부드럽게 멈추어 섰다.

배가 돌자 선미와 선미의 장식물이 한눈에 들어왔다. 선미에도 선수와 마찬가지로 트리톤 형상이 있고, 돋움 활자로 배의 이름이 적혀 있었다. 옆에는 방향타가 있고, 높이 올린 단상에는 갑옷과 투구를 갖춰 입은 조타수가 손을 방향타 밧줄에 놓고 당당한 모습으로 앉아 있었다. 조각해서 금도금하여 높이 올려놓은 선미의 장식물은 밑으로 향한 톱니 모양의 꽃잎처럼 조타수를 향해 있었다.

뱃머리를 돌려 멈추는 과정에서 나팔이 짧고도 날카롭게 울렸다. 그러자 상갑판의 창구에서 놋쇠로 만든 투구와 광택 나는 방패, 창으로 완전 무장한 해병들이 쏟아져 나왔다. 해병들이 전투 시의 자기 위치로 달려가고 있을 동안 단정하게 차려 입은 선원들은 돛대 기둥을 기어 올라가 활대를 정렬했다. 사관과 악사들은 자기 자리에 섰으며 시끄러운 외침이나 쓸데없는 소음이 전혀 없었다. 노가 방파제에 닿자 조타수가 있는 갑판에서 다리가 내려왔다. 집정관은 친구들을 향해 몸을 돌리며, 좀 전까지 보지 못했던 장중한 표정으로 말했다.

"친구들이여, 이제 나는 일하러 가네."

아리우스는 머리에 쓰고 있던 월계관을 벗어 주사위놀이를 함께했던 친구에게 넘겨주었다.

"자, 이 관은 자네에게 주겠네. 주사위의 신이 총애하는 내 친구! 내가 돌아오면 잃은 돈을 다시 찾도록 하지. 하지만 승리하지 못하면 난 돌아오지 않을 거야. 이 월계관을 자네 집 현관에 걸어두게."

아리우스가 친구들에게 팔을 벌리자 친구들은 한 명씩 그와 작별을 포옹으로 대신했다.

"퀸터스, 신들이 자네와 함께 있을 걸세!"

친구들의 인사에 그가 대답했다.

"잘 있게."

아리우스는 횃불을 흔드는 노예들에게 손을 흔들어주고 투구와 방패와 창으로 무장한 해병들이 정렬해 있는 배를 향해 몸을 돌렸다. 그가 다리에 올라서자 나팔이 울렸고, 선미의 장식물 위로 함장이 탄 함선이라는 길쭉한 신호기가 올라갔다.

## 제2장
### 갤리선의 노예

집정관은 공동사령관의 지령을 손에 들고 갑판 위 조타수 자리에 서서 노잡이 대장에게 말했다.

"동력은 어떻게 되지?"

"노잡이 252명, 감시인 10명입니다."

"교대는?"

"84명씩 합니다."

"규정은?"

"두 시간마다 교대합니다."

집정관은 잠시 생각에 잠겼다.

"밤낮없이 움직이는데 그렇게 하면 힘들지. 개정하는 것이 좋겠네."

집정관은 항해장에게 시선을 돌렸다.

"바람이 많이 부니까 돛의 힘으로 동력을 돕도록 하라."

명령을 받은 두 사람이 떠나자 집정관은 조타수에게 몸을 돌려 말했다.

"근무한 지 얼마나 됐나?"

"32년입니다."

"주로 어느 바다에서 근무했나?"

"로마와 동방 사이에서 일했습니다."

"내가 원하던 사람이군."

집정관은 손에 들고 있던 지령을 다시 들여다보았다.

"진로는 캄포넬라 곶을 지나서 메시나[135]로 정한다. 그다음은 칼라브리아 해안선을 따라 쭉 가다가 좌측에 멜리토 지역이 보이면 그때…… 그런데, 이오니아 해에서 보이는 별을 알고 있나?"

"네, 잘 알고 있습니다."

"그럼 멜리토에서 키테라 섬을 향해 동쪽으로 항로를 잡는다. 신들이 도와주면 안토니아 만에 도착할 때까지 중간에 닻을 내리지 않고 계속 갈 것이다. 임무가 급박하다. 자네만 믿는다."

아리우스는 신중한 사람이었다. 그는 안티움과 팔레스트리나의 제단에 제물을 바치지만, 행운의 여신은 제물이나 기도보다는 개인의 주의력과 판단력을 더 사랑한다고 믿었다. 어젯밤 파티로 밤새 술을 마셨지만, 바다 냄새를 맡자 뱃사람 기질이 살아났다. 그는 휴식을 취하기 전에 배에 대해 철

---

135) 이탈리아 시칠리아 섬 북동쪽에 있는 항구도시. 시칠리아 섬으로 가는 입구

저히 파악하는 것이 우선이라고 생각했다. 배를 잘 알면 그만큼 위험에 빠질 가능성이 적어지기 때문이다.

아리우스는 부함장과 기관장, 창고장, 주방장, 화기감독관, 노잡이 대장 등을 데리고 배의 모든 부서들을 꼼꼼히 시찰했다. 그의 예리한 시선을 피할 수 있는 건 아무것도 없었다. 시찰을 마치자 배에 있는 사람들 중 아리우스보다 이 배를 더 잘 파악하고 있는 사람은 아무도 없었다. 모든 준비가 완벽해지자 이번에는 휘하 사람들을 파악하기 시작했다. 이것이 가장 세심한 주의를 요하면서도 어려운 일이었으므로 그는 자기 방식에 따라 일에 착수했다.

그날 정오경, 함선은 파에스툼[136] 근해를 지나고 있었다. 돛은 서풍을 받아 팽팽히 부풀어 있었고 시찰도 다 끝났다. 갑판 앞쪽에는 제단이 차려지고 소금과 보리가 뿌려졌으며, 집정관은 그 앞에서 주피터와 바다의 신 넵튠, 그리고 모든 바다에 관련된 신들에게 엄숙한 기도를 올리면서 술을 붓고 향을 피웠다. 집정관은 휘하의 사람들을 더 잘 살펴보려고 선실에 들어가 앉았다.

선실은 가로 약 20미터, 세로 약 10미터의 공간에 세 군데의 출입문으로 빛이 들어오는, 함선의 가장 중심에 있었다. 이쪽 끝에서 저쪽 끝까지 기둥이 일렬로 서서 지붕을 받치고 있었고, 중심부 근처에서는 도끼와 창, 투창들이 빽빽이 놓인 돛대가 보였다. 각 출입구에는 양쪽 방향으로 내려가는 계단 두 개가 있었고, 꼭대기에서 양쪽 계단 밑을 위로 올려 묶을 수 있는 중요한 장치가 있었다. 그리고 이 계단들이 위로 묶여 있는 지금은 채광창에서 자연광이 흘러 들어오는 강당 같았다.

이곳은 함선의 심장이며, 배에 탄 모든 사람들의 본거지였다. 식당이자 침실이요 체육실이며, 비번인 사람에게는 휴게실이기도 했다. 꽉 짜인 선상생활과 죽음처럼 가혹한 일상생활에 도움을 주고자 법이 정한 장소가 바로 이곳이었다.

선실 끝에서 계단 몇 개를 내려가면 충계참이 있고, 그 위에 노잡이 대장

136) 이탈리아 남부의 고대도시

이 앉아 있었다. 그의 앞에는 탁자가 있었고, 그는 망치로 그것을 두들겨 노 젓는 박자를 맞추었다. 그의 오른편에는 누각, 즉 물시계가 놓여 있어 시간을 알려주었으며, 조금 더 높은 곳에는 금박을 입힌 가드레일로 안전장치가 된 지역에 집정관의 숙소가 있어 모든 것을 한눈에 감독할 수 있도록 했다. 그곳은 최상의 기품을 누릴 수 있도록 황제가 하사한 물품, 즉 소파와 테이블과 팔걸이의자가 갖추어져 있었다.

허리춤에 칼을 차고 군인 망토를 걸친 아리우스는 큰 의자에 앉아, 배를 따라 이리저리 흔들리면서 휘하의 사람들을 주시하고 또 상대방의 주시를 받았다. 그는 시야에 들어오는 모든 것을 면밀하게 지켜보았다. 특히 그의 시선은 노잡이들에게 가장 오래 머물러 있었다. 그는 노잡이들에게 동정심을 느꼈고, 그들의 노동력에 대해 깊은 관심을 보였다.

노 젓는 광경은 아주 단순했다. 선실의 양면에는 나무의자가 세 개씩 붙어서, 중앙에 1미터 정도를 띄고 양쪽에 20줄씩 나열되어 있었다. 나무의자는 조금씩 높아지는 형태로 되어 있으며, 이런 식으로 양쪽에 각각 60명씩 배열되어 있었다. 이런 배열로 노잡이들은 충분한 공간을 확보했고, 박자만 맞춘다면 서로 부딪히지 않고 노를 저을 수 있었다. 마치 군인들이 빽빽이 서 있어도 같은 동작으로 움직이면 서로 부딪히지 않는 것과 같았다. 그러므로 한정된 선실에서도 선체의 동력이 될 만한 사람들을 빽빽이 채울 수 있었다.

노 젓는 사람을 더 상세히 설명하자면, 첫 번째와 두 번째에 위치한 사람은 세 번째에 위치한 사람보다 노가 더 길어야 했고 자리에서 일어선 채 노를 저어야 했다. 노의 손잡이 부분은 납으로 되어 있고 중심은 유연한 가죽통으로 고정되어 있어, 노를 수평으로 잦히는 섬세한 작업이 가능하도록 했으며, 노잡이들도 파도 물살이 예상할 수 없을 때가 많기 때문에 아차 하는 순간에 바다에 떨어지지 않도록 노 젓는 기술을 익혀야 했다. 노의 구멍은 노 젓는 사람에게 통풍구 역할도 해서 맑은 공기가 충분히 드나들었다. 또한 머리 위에 있는 갑판과 방파벽 사이의 통로가 쇠 격자로 되어 있어 그리로 햇빛이 흘러 들어왔다. 그런 식으로 고안된 덕분에 다행히 근로환경은 최악의 상태를 면할 수 있었다.

그러나 그들의 삶에는 아무런 즐거움이 없었다. 노 젓는 사람들끼리는 대화할 수 없으며 매일 말없이 자기 자리에 앉아 있어야 했다. 노를 저을 때는 다른 사람의 얼굴을 쳐다볼 여유조차 없었다. 짧은 휴식 시간에는 잠을 자거나 음식을 먹느라 바빴다. 그들은 한 번도 웃지 않으며, 동료의 노랫소리를 듣는 경우도 없었다. 머릿속으로 생각할 수는 있지만 모든 대화를 한숨과 신음으로만 대신한다면 혀가 무슨 소용이란 말인가? 이 가엾은 사람들의 삶은, 미지의 방향으로 천천히 힘들게 흐르는 지하의 물줄기와도 같았다.

전선이든 상선이든 갤리선에 감금된 노예들에게는 고된 일이 끝이 없었다. 드루어스 집정관이 처음으로 해전의 승리를 고국에 안겨주었을 때 로마인들은 노를 충분히 활용했었다. 그래서 승리의 영광은 해병뿐 아니라 노 젓는 사람들의 것이기도 했다. 그 뒤 로마가 다른 나라들을 정복하면서 갤리선도 조금씩 발전했다. 조금씩 높아지는 형태의 나무의자들은 피정복국의 장치를 차용한 것이었다. 어쨌든 로마의 갤리선은 로마의 정책과 용맹성을 증명하는 것이었다. 나무의자에는 거의 모든 나라 젊은이들이 앉았다. 어느 자리에는 잉글랜드인, 그 앞자리에는 리비아인, 뒷자리에는 크리미아인, 저쪽 자리에는 스키타이인, 갈리아인, 테베인이 앉았다. 로마인 죄수도 고트인, 롬바르디아인, 유대인, 에티오피아인, 마이오티스 해변의 야만인들과 함께 앉았다. 아테네인, 붉은 머리의 아일랜드 야만인, 저 멀리에는 푸른 눈의 거인 킴브리족이 앉았다.

노 젓는 일은 특별한 기술이 필요하지 않았다. 앞으로 손을 뻗어 당기고 노를 수평으로 잦히고 물에 다시 담그는 것이 일의 전부였다. 그 동작은 기계적으로 할 때 가장 완벽하게 된다. 바다의 사정 때문에 생기는 걱정도 생각해서 나온 것이라기보다는 본능적이었다. 그래서 오랫동안 노 젓는 일을 하는 가엾은 사람들은 수동적이고 생기 없고, 명령에 순응하는 동물처럼 되어 간다. 얼마 없지만 소중한 옛 추억에 의지하고 살아가는, 근육만 거대하고 지력은 고갈된 동물이 되고, 나중에는 멍해져서 비참한 처지를 당연하게 여기게 되며, 믿을 수 없을 정도의 인내력이 생기게 된다.

집정관은 몇 시간이고 안락의자에 앉아 배의 움직임에 따라 흔들리면서 오른쪽에서 왼쪽으로 시선을 옮겼다. 그는 노예들의 비참함을 생각한다기보다 전체적인 구상을 하고 있었다. 획일적으로 움직이는 노예들 전체를 보다가 이제는 노예들을 하나씩 살펴보기 시작했다. 그는 관찰 대상을 철필로 기록했고, 모든 일이 순조롭게 풀려 해적들을 붙잡으면 그들을 어느 자리에 대체시킬까 연구했다.

죽음 대신 갤리선에 끌려온 노예에게는 이름이 필요 없었고 편의상 의자에 적힌 번호가 그들의 신원이 되었다. 집정관의 예리한 눈은 이쪽에서 저쪽으로 옮겨갔다. 마침내 60번에 이르자 그의 시선이 그대로 멈췄다. 그 자리는 선미 쪽의 마지막 줄이라서 공간이 부족해 첫 번째 의자의 바로 위에 붙어 있었다.

60번 의자는 집정관이 앉아 있는 위치에서 조금 떨어져 있었는데, 머리 위의 격자창에서 들어오는 빛 때문에 그의 얼굴이 비교적 선명하게 보였다. 자세가 똑바르고, 주위의 다른 사람과 마찬가지로 중요부위만 가리고 벌거벗은 채였다. 그러나 그에게는 몇 가지 눈에 띄는 부분이 있었다. 우선, 그는 이제 겨우 스무 살이 될까한 청년이었다. 아리우스는 주사위로 노름만 하는 사람이 아니었다. 그는 인간의 몸을 제대로 감정할 수 있었고, 육지에 내리면 가장 유명한 선수의 시합을 보려고 항상 경기장에 들르던 사람이었다. 힘은 근육의 양뿐 아니라 질과도 관계가 있으며, 운동을 잘하려면 체력뿐 아니라 지력도 필요하다는 말을 어느 교수에게 들은 적이 있었다. 취미를 가진 사람들이 대부분 그러하듯 그는 그 말을 신조로 삼고, 그 신조가 예가 될 만한 사람을 찾고 있었다.

집정관이 계속해서 노잡이들만 관찰할 수는 없었다. 관찰하다가 중단하고 다른 일을 해야 할 때가 허다해서 흡족할 정도로 이들을 지켜본 적이 없었다. 사실, 노잡이들을 이렇게 오래 지켜본 것은 이번이 처음이었다.

노를 젓기 시작할 때, 60번의 몸과 얼굴은 옆으로 돌아가 옆모습만 보였다. 그다음은 몸이 뒤로 젖혀졌다가 다시 미는 자세로 돌아가는데, 그 움직임이 너무나 우아하고 쉬워 보여서 얼핏 보면 힘을 전혀 주지 않고 설렁설렁하는 것은 아닌지 의심이 생길 정도였다. 이내 그런 의심은 사라졌다. 앞으로 밀 때 노를 강하게 잡고 노가 굽어지는 정도로 보아 힘을 주고 있다는 것을 충분히 알 수 있었다.

60번을 관찰하면서 아리우스는 그의 젊음을 눈여겨보았다. 그 때문에 마음이 약해졌다는 것을 전혀 의식하지 못한 채, 아리우스는 자신의 관찰 대상이 키도 크고 팔다리도 완벽할 정도로 튼튼하다는 것을 알았다. 팔이 너무 길기는 했지만 그 정도의 결점은 근육의 탄탄함에 가려졌다. 어떤 동작에 들어갈 때는 근육이 부풀어올랐다가 노끈 뭉치처럼 단단하게 옹이 졌다. 상체에는 갈비뼈 하나하나가 드러나 있었지만 그것은 검투사 양성소에서 훈련을 받은 뒤 근육이 탄탄해진, 그런 건강한 마른 몸이었다. 전체적으로 보면 60번의 동작은 아주 조화로워서 집정관의 신조의 예로 만족되었을 뿐 아니라 호기심과 관심을 불러일으키기에 충분했다.

이내 집정관은 60번의 얼굴 정면을 보고 싶다는 생각이 들었다. 머리도 알맞게 컸고, 유연함과 우아함이 넘치는 목을 중심으로 몸도 균형이 잘 잡혀 있었다. 옆모습은 동방 풍이었고, 감정이 섬세하게 드러난 표정은 혈통과 감수성이 예민한 성격임을 드러내 주었다. 관찰을 하면 할수록 집정관의 관심은 더욱 커져갔다.

"저 친구는 정말 인상적이군! 앞으로 유망하겠어. 저 친구에 대해 좀 더 알아봐야겠어."

집정관이 중얼거렸다. 곧 집정관의 바람대로 앞모습을 볼 기회가 왔다. 60번이 몸을 돌리면서 그와 시선이 마주친 것이다.

"유대인이잖아! 그리고 아직 어린애야!"

마주친 시선이 계속 주목하고 있자, 60번의 눈이 점점 커지면서 얼굴이 이마까지 새빨개졌다. 손에 잡고 있던 노가 박자를 놓쳤고, 이내 세게 부딪히는 소리와 함께 대장의 망치 소리가 울려 퍼졌다. 60번은 시선을 돌리고 다시 노를 젓기 시작했다. 그리고 마치 개인적인 불만을 드러내듯 노를 어정쩡하게 수평으로 놓았다. 60번이 다시 집정관을 보았을 때 그는 너무 놀랐다. 집정관이 자기를 향해 따뜻한 미소를 짓고 있는 것이다.

한편, 갤리선은 메시나 해협으로 들어서서 물살을 헤치며 메시나를 지나쳤고, 잠시 뒤 동쪽으로 방향을 틀어 애트나의 하늘 위에 뜬 구름을 뒤로하고 앞으로 나아갔다.

집정관은 숙소로 올 때마다 60번을 응시하며 계속 혼잣말을 했다.

"저 친구는 기개가 있어. 유대인은 야만인이 아니야. 정말 저 친구를 좀 더 알아봐야겠어."

## 제3장
## 운명적인 만남

출항한 지 나흘째 되는 날, 아스토레아 호는 이오니아 바다 물살을 헤치며 나아가고 있었다. 하늘은 맑았고, 바람도 신들의 호의를 받는 듯 힘차게 불어왔다.

함선의 집결지인 키테라 섬 동쪽에 있는 안토니아 만에 도착하기 전에 함선 100척을 따라잡을 수 있겠다는 생각에 아리우스는 조바심으로 대부분의 시간을 갑판에서 보냈다. 그는 배에 관련된 모든 것을 꼼꼼히 기록했고 대체로 아주 만족스러웠다. 선실에 돌아온 그는 커다란 안락의자에 앉아 노잡이들을 보았다. 생각은 끊임없이 60번에게 돌아갔다.

"방금 저쪽 자리에서 일어난 놈 알고 있나?"

집정관이 노잡이 대장에게 물었다. 마침 그때는 교대 시간이었다.

"60번 자리 말입니까?"

대장이 되물었다.

"그래."

대장은 걸어 나가는 60번을 날카로운 시선으로 쳐다보았다.

"집정관님도 아시다시피, 이 배는 건조된 지 한 달밖에 되지 않았습니다.

그래서 배만큼이나 사람들도 아직 잘 모릅니다."
"그는 유대인이야."
아리우스가 생각에 잠긴 채 말했다.
"집정관님은 정말 통찰력이 뛰어나십니다."
"너무 어린 친구야."
"하지만 노는 가장 잘 젓습니다. 노가 부러질 정도로 휘어지는 걸 본 적도 있습니다."
"성격은 어때?"
"순종적입니다. 그 이상은 저도 잘 모릅니다. 한번은 저에게 요청을 하나 한 적이 있습니다."
"어떤 요청?"
"자기 위치를 오른쪽과 왼쪽으로 번갈아 배치시켜 달라고 하더군요."
"이유를 말하던가?"
"한쪽에서만 노를 젓게 되면 나중에 몸이 기형이 될 거라고 하더군요. 그러면 혹시 폭풍우가 치거나 전투가 있어 느닷없이 자리를 바꾸어야 할 때 쓸 수가 없을 거라고 했습니다."
"그것 참! 신선한 아이디어군. 다른 것은 관찰한 게 없나?"
"다른 놈들보다 훨씬 뛰어납니다."
"로마인의 기질이라는 면에서 그렇지."
아리우스는 찬성하면서 말했다.
"과거에 대해서는 아무것도 모르나?"
"하나도 모릅니다."
뭔가 생각하는 듯하던 집정관은 제자리로 돌아가려고 몸을 돌렸다.
"내가 갑판 위에 있을 때 저 녀석이 휴식 시간이 되면 나에게 보내."
집정관은 잠시 멈추어 서서 말했다.
"혼자 말이야."
그로부터 두 시간 뒤, 아리우스는 함선의 후미 장식 아래에 서 있었다. 그는 아주 중요한 사건 쪽으로 빠르게 나아가면서, 막상 자신은 기다리는 것밖에 할 일이 없다는 기분이 들었다. 그것은 차분한 사람이 더욱 차분해지면서 무슨 일이라도 나서서 하고 싶은 기분이었다. 조타수는 한 손에 밧줄을 잡은 채 앉아 있었다. 그것은 배의 양편에 하나씩 달려 있는 방향타 물갈퀴를 조종하는 밧줄이었다. 돛의 그늘에서는 선원 몇 명이 잠들어 있고, 활대 위에는 망대가 있었다. 배 후미 장식 아래에서 항로의 보조장치로 있는 해시계에서 눈을 뗀 아리우스는 60번이 다가오는 것을 보았다.

"집정관님이 저를 찾으신다고 해서 왔습니다."

아리우스는 키가 크고 근육질이며 햇볕에 그을리고 몸 안에 흐르는 피로 불그스레한 청년을 감탄의 눈빛으로 천천히 살펴보았다. 그와 동시에 그는 청년의 태도에 깊은 인상을 받았다. 목소리에는 적어도 품위 있는 생활을 한때라도 했을 것 같은 기품이 묻어났고, 눈은 맑고 숨김이 없어 반항보다는 호기심이 눈빛에 어렸다. 예리하면서도 거만한 시선을 받고도, 청년은 잘생긴 용모를 전혀 해치지 않는 시선으로 아리우스를 쳐다보았다. 비난이나 언짢음 혹은 반항기는 전혀 없었고, 단지 시간의 흐름에 따라 그림의 표면이 부드러워지듯 애수에 젖은 표정만 배어 있었다. 그런 모든 것에 영향을 받아 아리우스는 주인이 노예를 대하는 것이 아니라 연장자가 젊은이를 대하듯 말했다.

"자네 대장이 자네의 노 젓는 솜씨가 최고라고 하더군."

"대장님은 아주 친절한 분입니다."

청년이 대답했다.

"일을 한 지는 오래되었나?"

"3년 정도 되었습니다."

"노 젓는 일만 했나?"

"단 하루도 노를 손에서 놓은 적이 없습니다."

"노를 젓는 일은 힘이 들지. 1년을 버틴 사람이 거의 없어. 그런데 자네는…… 자네는 아직 어린데도 말이야."

"집정관님은 정신적 나이는 시련과 관계 있다는 사실을 잊으셨나 봅니다. 시련 때문에 어린아이가 갑자기 어른이 되기도 하고, 어른이 느닷없이 죽기도 합니다."

"말하는 걸 들어보니 자네는 유대인이군."

"로마인이 처음 이 세상에 등장하기 훨씬 전부터 저의 조상은 이스라엘인이었습니다."

"자네 민족의 뿌리박힌 자긍심이 자네에게도 보이는군."

"자긍심은 속박되어 있을 때 가장 크게 울리는 법이니까요."

"그렇게 자긍심을 느끼는 이유가 뭔가?"

"제가 유대인이기 때문입니다."

아리우스가 미소를 지었다.

"난 예루살렘에 가본 적은 없지만 그곳 왕자들의 이야기는 들어봤네. 그중의 한 명과 알고 지내기도 했지. 그 사람은 상인이었고 바다를 항해하며 다녔어. 왕이 되기에 적합한 사람이었는데. 그런데 자네 계급은 뭔가?"

"갤리선의 나무의자에 앉은 신분으로 말씀드리겠습니다. 저는 노예입니다. 하지만 제 아버지는 예루살렘의 왕자이자 상인이었으며 바다를 항해하며 다니셨죠. 아우구스투스 황제의 영빈관을 자주 이용하는 영광을 누리기도 했고요."

"아버지의 성함이 어떻게 되지?"

"허 집안의 이다말입니다."

집정관은 깜짝 놀라 손을 번쩍 쳐들었다.

"그럼 자네가 허의 아들이란 말인가?"

잠시 침묵이 흐른 뒤, 집정관이 물었다.

"어쩌다 여기까지 왔나?"

유다는 고개를 떨구었다. 그의 가슴은 심하게 요동쳤고, 잠시 뒤 격정이 가라앉자 집정관을 똑바로 쳐다보며 대답했다.

"발레리우스 그라투스 총독을 암살하려고 했다는 것이 죄목입니다."

"자네가!"

아리우스는 더욱 놀라 한 걸음 뒤로 물러서며 외쳤다.

"자네가 그 암살범인가! 로마 전체가 그 이야기로 떠들썩했어. 로디넘 근처의 강에 있는 내 배에까지 소식이 전해졌어."

두 사람은 아무 말 없이 가만히 쳐다보았다.

"나는 허 집안이 지구에서 사라졌다고 생각했네."

아리우스가 먼저 입을 열었다. 홍수처럼 밀려드는 아름다운 추억으로, 청년의 뺨은 자긍심을 잊은 눈물로 반짝였다.

"어머니! 우리 어머니! 그리고 내 동생 티르자! 두 사람은 어디 있습니까? 오, 집정관님, 두 사람에 관해 아는 것이 있으면……."

유다는 호소하듯 양손을 마주 잡고 말했다.

"집정관님이 아시는 대로 모두 말씀해 주십시오. 살아 있습니까? 살아 있다면 어디 있습니까? 어떤 상태인가요? 오, 이렇게 부탁드립니다, 말씀해 주십시오!"

유다는 아리우스에게 다가갔다. 너무 가까이 다가가서 아리우스의 망토에 손이 닿았고, 망토가 아리우스의 팔짱을 끼고 있던 팔에서 미끄러져 떨어졌다.

"그 끔찍한 사건은 3년 전에 있었습니다."

유다가 계속 말했다.

"오, 집정관님, 3년 동안 평생의 불행을 다 합친 것 같은 나날을 보냈습니다. 그것은 죽음과 마주한 끝없는 구렁이었죠. 노 젓는 것밖에 할 수 있는 일이 아무것도 없었습니다. 누구 하나 말을 걸어주지도 않았습니다. 심지어 속삭임조차 들려오지 않던 시간이었죠. 오, 사람들에게 잊히면서 저도 기억을 잊을 수만 있다면! 동생이 끌려가던 뒷모습, 어머니의 마지막 표정을 잊을 수만 있다면! 전염병의 숨길을 느낀 적도 있었고, 전투에서 배들이 충돌하는 일도 있었고, 폭풍우가 바다를 휩쓸 때도 있었죠. 다른 사람들은 모두 기도를 드렸지만 저는 웃었습니다. 죽음이 유일한 탈출구였기 때문이죠. 저는 노가 휘도록 저었습니다. 예, 머리에서 떠나지 않는 그날 일을 잊으려고 갖은 애를 다 썼습니다. 하지만 아무런 도움도 되지 않았지요. 만약 두 사람의 소식을 알려줄 수 없다면 그냥 죽었다고 해주십시오. 제가 없는데 행복할 리 없을 테니까요. 밤마다 두 사람이 저를 부르는 소리가 들립니다. 바다 수면 위를 걸어가는 두 사람의 모습이 보입니다. 오, 어머니의 사랑보다 진실한 건 없었습니다! 그리고 티르자, 그 아이의 숨결은 하얀 백합의 숨결 같았습니다. 가장 어린 야자수 가지처럼 어리고 연약하며 우아하고 아름다웠던 내 동생! 티르자는 내 삶의 하루하루를 환하게 비춰주던 등불이었습니다. 언제나 음악 소리와 함께 내게 왔고, 또 떠났죠. 저는 어머니와 누이의 삶의 버팀목이었습니다! 저는…….”

“너의 죄를 인정하느냐?”

아리우스는 준엄한 목소리로 물었다. 순간 벤허의 표정은 극단적으로 변했다. 목소리는 날카로워지고, 주먹을 불끈 쥔 손이 위로 치켜 올라갔다. 모든 살이 부들부들 떨리고 눈은 이글이글 불타올랐다.

“아마 집정관님은 우리 선조들의 하나님에 대해서, 창조주 여호와에 대해서 들어본 적이 있으실 겁니다. 그분의 진리와 절대적인 힘에 맹세코, 그리고 태초부터 이스라엘에 베풀어주신 그분의 사랑에 맹세코, 저는 결백합니다!”

집정관의 마음은 크게 흔들렸다.

“오, 위대하신 로마의 집정관님. 저를 믿어주십시오. 그리고 저의 어둠 속에, 날마다 더욱 깊어져 가는 어둠 속에 등불을 비춰주십시오!”

아리우스는 몸을 돌려 갑판 쪽으로 걸어가기 시작했다. 그러더니 갑자기 걸음을 멈추고 물었다.

“그럼, 재판도 받지 않았단 말이냐?”

“그렇습니다!”

집정관은 놀라 고개를 들었다.

“재판도 안 받고 증인도 없었다고! 그럼 판결은 누가 내렸느냐?”

로마인들은 법과 형식을 가장 존중했다는 점을 기억해야 한다.

“그들은 포승줄로 저를 묶어 안토니아 요새 지하실로 끌고 갔습니다. 아무도 보지 못했고, 아무도 저에게 말을 걸지 않았습니다. 다음 날, 군인들이 저를 해변으로 끌고 갔습니다. 그때부터 계속 갤리선의 노예로 살았습니다.”

"자네의 결백을 어떻게 증명하지?"

"당시 저는 범죄를 공모하기엔 너무 어렸습니다. 그라투스는 생판 모르는 사람이었고요. 제가 정말 그라투스 총독을 살해할 생각이 있었다면 그 시간과 그 장소를 택하지 않았을 것입니다. 총독은 말을 타고 군단 한가운데 있었는데, 그때는 환한 대낮이었어요. 저는 로마에 아주 우호적인 계층이었습니다. 제 아버지는 황제의 봉사로 소문난 분이셨죠. 우리는 포기하기엔 너무 많은 재산이 있었어요. 제가 총독을 살해하려고 했다면 저와 어머니와 동생이 몰락하는 건 불 보듯 뻔한 일이었습니다. 저는 그런 짓을 할 이유가 없었습니다. 설사 죽이고 싶은 마음이 있었더라도 재산, 가족, 인생, 양심, 그리고 이스라엘 자손에게는 생명과도 같은 율법, 이것들 중 한 가지만 생각해도 그런 짓을 할 수 없었을 겁니다. 저는 미친 사람이 아니었습니다. 수치보다는 차라리 죽음을 택했을 겁니다. 그건 지금도 마찬가지입니다. 간청하오니, 믿어주십시오."

"그런 봉변을 당했을 때 누가 함께 있었느냐?"

"저는 선친 집의 옥상에서 동생 티르자와 같이 있었습니다. 우리는 군대가 지나가는 걸 구경하려고 난간 위로 몸을 굽히고 있었죠. 그런데 기왓장 하나가 저의 손 밑에서 흘러내려 그라투스 총독의 머리에 떨어졌습니다. 저는 총독이 죽었다고 생각했어요. 아, 얼마나 무서웠던지!"

"너의 어머니는 어디 계셨느냐?"

"아래층 어머니 방에 계셨습니다."

"어머니는 어떻게 되었나?"

벤허는 두 주먹을 불끈 쥐고 헐떡이듯 숨을 몰아쉬었다.

"모릅니다. 군인들에게 끌려가는 것까지만 보았습니다. 그것밖에 모릅니다. 군인들은 살아 있는 모든 것을, 심지어 가만히 있는 소까지도 집 밖으로 끌어낸 뒤 집을 봉쇄했습니다. 어머니가 돌아갈 집이 없도록 하는 것이 목적이었지요. 저 역시 어머니 소식을 알고 싶습니다. 오, 단 한마디라도 듣고 싶습니다! 어머니는 현장에 계시지도 않았으니 당연히 결백하십니다. 저는 모든 걸 용서할 수 있습니다. 오, 집정관님, 죄송합니다. 저 같은 노예 처지에 용서니, 복수니 하는 말은 하면 안 되겠죠. 평생 노를 저으며 살아갈 운명이니까요."

아리우스는 열심히 경청했다. 노예들과 함께했던 경험을 총동원하여 말의 진위 여부를 가려보려고 애썼다. 유다가 보여준 감정이 연기라면 그 연기력은 완벽했다. 하지만 진실이라면 유다의 결백은 의심할 여지가 없었다. 그가 결백하다면 얼마나 많은 분노가 그 속에 힘으로 잠재되어 있겠는가! 그 사고 하나로 가족 모두가 사라졌다! 그런 생각에 이르자 아리우스는 충격을 받았다.

아무리 험하고 지독한 직업이라도 사람의 인성까지 말살시킬 수는 없다는 것이 현명한 신의 섭리이다. 마음속에 내재한 정의감이나 자비는 눈밭 아래에서도 꽃봉오리가 숨을 쉬듯 마음속에 살아 있다. 집정관은 냉혹한 사람일 수도 있다. 그런 면이 없었다면 맡은 임무를 수행하지 못했을 것이다. 하지만 동시에 그는 정의로울 수도 있다. 잘못되었다는 생각이 들면 바르게 고쳐놓고 싶은 마음이 있었다. 아리우스가 근무한 배의 선원들은 하나같이 그가 좋은 사람이라고 입을 모았다.

이제 통찰력 있는 독자들은 아리우스의 성격을 헤아릴 수 있을 것이다.

이 상황은 여러 정황상 벤허에게 유리했고 결백도 가능했다. 아리우스는 그라투스를 알고 있겠지만 호감은 못 느꼈을 수도 있다. 벤허의 아버지에 대해서도 알고 있다고 했다. 무엇보다 벤허는 자기의 결백을 호소했다. 하지만 짐작할 수 있겠지만 아리우스는 대답하지 않았다.

이번만큼은 집정관도 어쩔 줄 모르고 머뭇거렸다. 그의 권력은 막강했다. 그는 함선의 절대 권력자였다. 아리우스의 머리에 제일 먼저 든 생각은 유다의 죄를 사면해 주자는 것이었다. 유다의 말은 충분히 믿을 만했다. 하지만 아리우스는 혼자 중얼거렸다.

'서두를 필요 없다. 아니 서둘러야 할 일은 키테라 섬에 있다. 키테라 섬의 전투에서 유다가 목숨을 잃을 수도 있다. 기다리자. 그러면 좀 더 많은 것을 알 것이다. 적어도 이 사람이 벤허 왕자가 맞는지, 그리고 올바른 성격을 지녔는지 정도는 알 수 있을 것이다.'

보통 노예들은 거짓말쟁이들이다.

"됐어. 자네 자리로 돌아가."

벤허는 공손하게 절을 하고 다시 한 번 집정관의 얼굴을 쳐다보았다. 더는 희망의 여지가 없었다. 천천히 몸을 돌리던 그는 다시 한 번 고개를 돌려 말했다.

"만약 저를 다시 생각하게 되신다면, 제가 청원하는 것이 단지 어머니와 동생뿐이라는 것을 잊지 말아 주십시오."

이내 벤허는 뚜벅뚜벅 걸음을 옮겼다. 아리우스는 감탄하는 시선으로 그를 쳐다보았다.

'저것 봐! 가르치면 훌륭한 선수가 되겠어! 대단한 다리야! 오, 세상에! 칼이나 권투장갑을 끼면 정말 어울릴 팔뚝이야!'

아리우스는 생각했다.

"기다려!"

아리우스는 큰 소리로 벤허를 향해 소리쳤다. 벤허가 걸음을 멈추자 아리우스가 다가갔다.

"만약 자네가 자유의 몸이 된다면 뭘 할 텐가?"

"집정관님은 저를 놀리시는군요!"

말하는 유다의 입술이 파르르 떨렸다.

"아니야, 맹세코 놀리는 것이 아니야!"

"그러면 기꺼이 대답해 드리겠습니다. 제일 먼저 제 임무에 충실하겠습니다. 다른 것은 생각하지도 않겠습니다. 어머니와 티르자를 다시 집으로 데려올 때까지는 한시도 쉬지 않겠습니다. 데려와서 그들의 행복을 위해 평생을 바치겠습니다. 그들에게 시중을 들겠습니다. 더없이 충실한 노예가 되겠습니다. 두 사람은 많은 것을 잃었습니다. 그러나 하나님의 도움으로 제가 잃어버린 것보다 더 많은 것을 찾아줄 것입니다!"

집정관이 예상치 못했던 대답이 흘러나왔다. 아리우스는 잠시 할 말을 잊었다.

"나는 자네의 야망을 물었던 거야."

아리우스는 이성을 되찾고 말했다.

"자네 어머니와 누이가 죽었거나 실종되어 찾을 수 없게 된다면, 자네는 무슨 직업을 가질 건가?"

벤허는 얼굴이 해쓱해지면서 시선을 바다로 던졌다. 그는 끓어오르는 감정과 싸웠다. 마침내 감정을 자제할 수 있게 되자 벤허는 집정관을 쳐다보았다.

"어떤 직업을 가질 거냐고요?"

"그래."

"집정관님, 사실을 말씀드리죠. 그 끔찍한 일이 일어나기 바로 전날 밤, 저는 어머니께 군인이 되겠다고 했고 허락도 받았습니다. 아직 그 생각에는 변함없습니다. 전 세계에서 싸우는 기술을 가르치는 학교는 단 한 군데밖에 없으므로 저는 그곳에 가겠습니다."

"팔라에스트라[137] 말이군!"

아리우스가 흥분해서 소리쳤다.

"아닙니다, 로마 군대입니다."

"하지만 그러려면 먼저 무기 사용법을 알아야지."

집정관은 노예에게 해줄 조언이 없었다. 자신의 경솔함을 깨달은 그는 순식간에 태도와 목소리가 냉랭해졌다.

"이제 가 보게. 그리고 이 대화 때문에 헛된 망상을 품지는 말게. 나는 그냥 자네 감정을 가지고 장난쳤을 수도 있어."

아리우스는 생각에 잠겨 시선을 먼 곳에 두었다.

"혹시라도 희망을 품고 싶다면, 검투사로 유명하게 되는 것이 나을지 군인이 나을지 둘 중에서 선택해 봐. 검투사는 황제의 총애를 받을 수 있지만, 자네는 로마인이 아니니까 군인이 되는 건 아무런 보람이 없을 거야. 가 봐!"

잠시 뒤 벤허는 다시 나무의자에 앉았다. 마음이 가벼우면 일손도 가벼운 법이다. 이제 유다는 노 젓는 일이 별로 힘들지 않았다. 희망은 느닷없

137) 고대 그리스의 운동 연습장

이 날아와 노래를 부르는 새처럼 다가왔다. 그는 새를 보지도, 지저귀는 소리를 듣지도 못했지만 곁에 와 있다는 것을 알았다. 그의 느낌이 그것을 말해 주고 있었다. 집정관과 대화할 때 그가 했던 경고, 즉 감정을 가지고 장난쳤을 수도 있다는 경고는 생각나지도 않았다. 집정관이 자기를 불러 과거를 물었다는 것 자체가 굶주린 영혼에 양식이 되었다. 분명히 뭔가 좋은 일이 생기려고 한다. 그가 앉아 있는 나무의자 주위로 희망의 서광이 비쳤다.

유다는 기도했다.

"오, 하나님! 저는 당신이 그토록 사랑하는 이스라엘의 진정한 아들입니다! 바라오니, 저를 도와주십시오!"

## 제4장
## 60번 노예

키테라 섬의 동쪽, 안테모나 만에 100척의 함선이 집결했다. 아리우스 집정관은 하루 동안 배들을 시찰했고, 함선을 인도하여 키클라데스 제도에서 가장 큰 섬인 낙소스로 갔다. 낙소스 섬은 고속도로 중앙에 박힌 커다란 돌처럼 그리스와 아시아 해안의 중간에 있는 곳으로, 거기서는 지나가는 해적선을 공격할 수 있고 도망가는 해적선을 추격할 수도 있었다.

함선이 질서정연하게 낙소스 섬에 정렬하고 있을 때 북쪽에서 상선 한 척이 내려왔다. 아리우스는 그 배를 만나러 갔다. 배는 비잔티움에서 막 출항한 여객선으로 아리우스는 그 배의 선장에게서 필요한 정보들을 상세히 들을 수 있었다.

해적의 대부분은 저 멀리 흑해 주변 출신이었고, 아조프 해로 흘러드는 타나이스 강어귀에 있는 타나이스 지방 출신도 있었다. 그들의 전쟁 준비 상태는 극비여서 아무도 몰랐다. 정보에 따르면, 해적은 우선 트라키아 쪽 보스포러스 해협 입구에 출몰해 그곳에 정박 중이던 배들을 공격해서 파괴

시켰고, 다음은 헬레스폰트 어귀에서 그 근처의 배들을 모두 먹잇감으로 만들었다. 그들은 인원도 장비도 풍부한 60여 척의 해적선으로 무리지어 다녔다. 2단식 노의 갤리선도 몇 척 있었지만, 대부분은 모두 견고한 3단식 노의 갤리선이었다. 해적의 대장은 그리스인이었고, 선원들도 모두 동부 해를 잘 아는 그리스인들이었다. 해적의 약탈 규모는 어마어마했다. 그 결과, 바다뿐 아니라 인근 도시들의 주민들도 공포에 떨면서 밤이 되면 모두 성 안으로 들어가 성문을 닫았다. 통행량은 거의 끊기다시피 했다.

그럼, 현재 해적들은 어디에 있는 것일까?

아리우스가 가장 알고 싶던 질문에 답이 들어왔다.

해적들은 렘노스 섬의 헤파스티아 지방을 약탈한 뒤 테살리아 쪽으로 이동했고, 유보이아 섬과 그리스 사이의 만에서 사라진 게 마지막이었다.

소식은 거기까지였다.

낙소스 섬 주민들은, 백 척의 배가 단체로 질주하다가 종대의 기병들처럼 선두그룹이 난데없이 북쪽으로 방향을 틀면 후미그룹도 같은 지점에서 선회하는 진기한 장면을 보려고 산꼭대기에 모여들었다. 해적들이 내려온다는 소식에 주민들은 함선들의 돛이 레네와 시호스 사이로 사라질 때까지 이를 지켜보며 안심하기도 하고 고마워하기도 했다. 로마는 강압적으로 지배하지만 언제나 전쟁에서 승리했다. 세금을 많이 거두어 가는 대신 주민들의 안전은 철저히 지켜주었다.

해적들의 동향에 기쁜 나머지, 아리우스는 행운의 여신에게 두 번이나 감사를 드렸다. 빠르고 확실한 소식을 전해 주었을 뿐 아니라 적을 쳐부수기에 가장 좋은 장소로 유인했기 때문이다. 지중해 같은 망망대해에서 해적을 쳐부수려면 해적이 어디 있는지 위치 파악도 힘들고 추격하기도 힘들다. 하지만 이 지역에서 공격하면 한 방에 해적 전체를 섬멸할 수 있어전투에서 승리와 영광을 얻을 가능성이 컸다.

그리스와 에게 해가 나와 있는 지도를 본 독자라면, 유보이아 섬이 마치 아시아[138]의 공격에 대비한 전형적인 성벽 같이 생겼다는 것을 알 것이다.

138) 오늘날의 터키

유보이아 섬과 유럽 대륙 사이의 해협은 넓이가 평균 약 10킬로미터, 길이가 200킬로미터로 폭이 매우 좁았다. 북쪽에 있는 작은 만은 한때 크세르크세스의 함대가 주둔했지만, 지금은 대담한 해적들이 상주하고 있다. 펠라지아 만과 멜리아 만 사이의 도시들은 부유해서 해적들에게는 군침 도는 약탈지였다. 이런 점을 모두 고려해 볼 때 해적들이 테르모필레 아래의 어느 지역에 있다는 결론을 내린 아리우스는 모험을 해보기로 했다. 그는 북쪽과 남쪽에서 협공하여 해적들을 포위하기로 작전을 세웠다. 그리고 그 작전을 위해서 단 한 시간도 낭비할 수 없었다. 낙소스의 과일과 술과 여자들은 나중을 기약해야 했다. 아리우스는 쉬거나 방침을 변경하지 않고 계속 항해해서 해가 저물 즈음 하늘을 향해 솟아 있는 오차 산이 보이는 곳까지 왔다. 조타수는 유보이아 섬에 도착했다고 보고했다.

보고를 받고 함대는 노를 잠시 쉬게 했다. 함대가 다시 움직이기 시작했을 때 아리우스는 50척의 함선을 이끌고 해협 아래에서 위로 올라가고, 나머지 50척은 급히 뱃머리를 돌려 유보이아 섬의 바다 쪽 작은 만으로 가서 빠른 유살을 타고 하강하라는 명령을 내렸다.

양쪽 로마 함대의 어느 쪽이든 해병 수는 해적들의 수보다 적었다. 하지만 훈련된 해병들은 오합지졸의 무법자들과는 비교가 되지 않았다. 또한 해적의 배가 한 대라도 격침되면 다른 해적들도 그 기세에 눌릴 것이라는 집정관의 명민한 계산이 있었다.

한편, 벤허는 6시간마다 교대하면서 자기 자리를 지켰다. 안테모나 만에서의 휴식은 달콤했고, 그래서 이제 노 젓는 일이 힘들지 않았다. 대장도 아무런 흠을 찾지 못했다.

일반적으로 사람들은 자기가 있는 곳이 어디인지, 어디로 가는지를 안다는 것이 얼마나 마음에 안정을 주는 일인지 모른다. 하지만 자기가 있는 곳이 어디인지 모른다는 것은 매우 큰 고통이다. 더구나 어딘지도 모르는 장소로 끌려간다는 것은 더욱 심각한 고통이다. 벤허에게는 그런 기분이 습관처럼 되어 어느 정도 무뎌지긴 했지만, 그것도 어디까지나 정도 문제일 뿐이었다. 몇 시간, 때로는 며칠 밤낮으로 갤리선이 망망대해의 해로를 따라가고 있었을 때 벤허는 그곳이 어디인지, 또 어디로 가는지 늘 궁금해 했다. 그리고 집정관과 대화를 나눈 뒤에는 새로운 삶이 펼쳐질지도 모른다는 희망에 그런 궁금증이 더욱 커져갔다. 좁은 곳에 갇혀 있으면 그 궁금증은 더 커진다. 벤허도 그랬다. 벤허는 배에서 일어나는 모든 일에 귀를 기울였고, 자기에게 하는 말처럼 모든 소리에 귀를 쫑긋 세웠다. 그는 머리 위의 격자창을 올려다보며 흘러드는 희미한 햇빛을 통해 알아보려고 애썼다. 몇 번이나 대장에게 물어보고 싶은 충동을 느꼈지만 벤허는 겨우 참았다. 그런 질문은 전투 상황보다 더 대장을 놀라게 했을 것이다.

벤허는 갤리선에서 오랫동안 일을 하는 동안, 배가 운항 중일 때 선실 바닥에 흘러드는 얼마 안 되는 햇살이 바뀌는 방향을 보고 배가 어느 방향으로 운항하는지 짐작할 수 있었다. 물론 그런 일은 행운의 여신이 마리우스에게 보내주는 이런 맑은 날에만 가능했다. 오랜 경험으로 얻어진 방향 감각은 키테라 섬에서 출발한 이후 한 번도 틀린 적이 없었다. 배가 자신의 고향인 유대 지방 쪽으로 간다는 생각에 벤허는 배의 방향이 조금만 바뀌어도 예민해졌다. 하지만 고통스럽게도, 낙소스 섬에서 배의 방향은 느닷없이 북쪽으로 바뀌었다. 그는 왜 방향이 바뀌었는지 짐작조차 할 수 없었다. 노 젓는 노예들과 마찬가지로 그도 돌아가는 상황을 전혀 몰랐기 때문이며, 또 항해에는 관심이 없었기 때문이다. 그의 자리는 노 젓는 곳이었고, 배가 정박 중일 때나 순항할 때나 언제나 그 자리였다. 얼마 전, 3년 만에 처음으로 갑판에서 보이는 전경을 볼 수 있었을 뿐이다. 그는 자신이 노를 젓고 있는 배를 대대 병력이 질서정연하게 뒤따라오는 것을 몰랐다. 또한 누구를 추격하는 중인지도 몰랐다.

해가 지면서 선실에 마지막 햇살이 사라질 즈음에도 배는 여전히 북쪽을 향해 나아갔다. 밤이 되어서도 계속 북쪽으로 간다고 느꼈을 때 갑판에서 향냄새가 계단을 타고 내려왔다.

'집정관이 제사를 드린다. 곧 전투가 시작되려나?'

유다는 생각했다. 그는 촉각을 곤두세웠다.

지금까지 벤허는 눈으로 직접 보지는 못했지만 여러 번 전투를 경험했다.

자기 의자에 앉아 위에서 또 옆에서 전투하는 소리를 들으며, 마치 가수가 노랫가락을 외우듯 전투할 때 나는 소리를 알게 되었다. 또한 전쟁의 사전 준비에 대해서도 꽤 많은 것을 알게 되었다. 로마인들의 경우, 그들은 그리스인들과 마찬가지로 항상 신에게 제사를 드리는 것으로 시작한다. 제사는 배를 처음 출항할 때의 의식과 같은 것으로, 벤허는 제사의 조짐을 느끼면 곧 전쟁이 시작될 것이라는 경고로 받아들였다.

벤허를 비롯한 노예들이 전쟁에 대해 갖는 관심은 선원이나 해병과는 달랐다. 그것은 전투가 시작되면 마주치게 될 위험이 아니라 배가 전투에 지고 자신이 살아남으면 사정이 달라질 수도 있다는 관심이었다. 자유의 몸이 될 수도 있고, 적어도 지금보다 나은 주인을 만날 수도 있었다.

이번에는 보통 때보다 좀 이르게 등불에 불이 켜져 계단에 걸렸고, 집정관이 갑판에서 내려왔다. 집정관의 말 한마디에 해병들이 갑옷과 투구를 입었고, 또다시 말 한마디에 기계 정비 상태를 점검하고 장비들을 바닥에 정렬했다. 굵은 단으로 묶여 있던 창과 투창, 화살, 인화성 기름을 담은 병, 촛불 심지같이 느슨하게 감은 솜뭉치 바구니 등이었다. 마침내 벤허는 집정관이 자기 숙소에서 갑옷을 입고 투구를 챙기고 방패를 꺼내는 모습을 보고 전쟁이 임박했음을 알았다.

노예들이 앉는 자리엔 모두 무거운 쇠사슬 족쇄가 붙어 있었다. 전쟁이 시작되면 대장은 차례대로 노예 발목에 족쇄를 채웠다. 만약 재난 상황이 벌어지면 노예들은 탈출하지도 못한 채 복종할 수밖에 없었다. 선실에는 침묵이 흘렀고, 노가 돌아가는 윙윙 소리만 들렸다. 나무의자에 앉아 있던 노예들은 모두 수치심을 느꼈고, 벤허는 누구보다도 예리하게 느꼈다. 벤허는 무슨 수를 써서라도 족쇄를 피하고 싶었다. 하지만 사슬의 철거덩 소리가 가까이 들리면서 자기 차례가 다가온다는 것을 알려주었다. 차례가 되면 대장이 올 것이다. 하지만 혹시 집정관이 개입해 주지는 않을까?

그런 생각이 공허하고 이기적이라고 생각할 수도 있겠지만, 벤허는 분명히 순간 그런 생각을 했다. 벤허는 집정관이 개입해 줄 것이라고 믿었다. 어쨌든 그 당시 상황이 벤허의 감정을 시험했다. 집정관은 전쟁에 집중하는 가운데도 잠시 유다를 생각할 수도 있었고, 그건 집정관의 마음이 어떻게 움직이는지의 증거일 수도 벤허를 불운한 동료들과 다르게 생각한다는 증거일 수도 있었다.

벤허는 초조하게 기다렸다. 기다리는 순간순간이 천년만년 되는 것 같았다. 그는 노를 한 번씩 저을 때마다 기본 전투복 차림으로 소파에 누워 쉬는 집정관을 쳐다보았다. 하지만 마침내 60번은 자신을 꾸짖고 씁쓸하게 웃으며, 다시는 집정관 쪽을 쳐다보지 말아야겠다고 다짐했다. 그때 대장이 다가와 벤허가 앉은 줄의 첫 번째 자리로 갔다. 쇠사슬이 철컹거리는 소리가 끔찍했다. 마침내 60번 차례다! 절망으로 활력을 잃은 벤허는 노를 바로 잡고 발을 대장에게 내밀었다. 바로 그 순간 집정관이 몸을 뒤척이며 자리에서 일어나 앉아 대장에게 손짓했다.

짜릿한 전율이 유다의 온몸을 휘감았다. 아리우스는 대장 등 뒤로 유다를 흘낏 쳐다보았다. 유다가 노를 내렸을 때 자기 쪽 배 측면이 온통 붉게 빛나는 것 같았다. 그는 대장과 집정관 사이에 무슨 대화가 오갔는지 몰랐다. 단지 나무의자에 사슬이 떨어져 있고, 대장이 자기 자리로 되돌아가 나무망치로 음향 탁자를 다시 두드리고 있을 뿐이었다. 망치 두드리는 소리가 음악소리 같이 들린 적은 없었다. 유다는 납으로 된 손잡이까지 가슴을 들이밀고 온 힘을 다해 노를 저었다. 어찌나 힘을 다해 저었는지 노의 대가 부러질 것처럼 구부러지기까지 했다.

대장은 집정관에게 가서 미소를 지으며 60번을 가리켰다.

"정말 대단한 힘이죠!"

"기개도 대단해! 확실해! 저 녀석은 사슬에 묶여 있지 않을 때 노를 더 잘 젓는다. 이제부터 저 녀석은 사슬을 묶지 마라."

명령을 내린 집정관은 다시 소파에 등을 기댔다.

바람이 잔잔한 바다에서 배는 노의 힘으로 몇 시간을 항해했다. 그리고 근무 중이 아닌 사람들은 잠을 청했다. 아리우스는 자기 방에서, 해병들은 바다에서 자고 있었다.

한 번, 두 번, 유다에게도 휴식 시간이 찾아왔지만 그는 잘 수 없었다. 암흑 같던 3년이 지난 뒤, 마침내 어둠 속에서 빛이 보인 것이다! 바다에서 길을 잃고 표류하다가 드디어 육지를 발견한 것이다! 그렇게 오랫동안 죽어 있었는데, 드디어 뒤척임과 두근거림으로 부활의 기미가 살아났다. 그럴 때는 잠을 잘 수 없었다. 희망이 생기자 미래가 보였다. 현재와 과거는 자극과 도발적인 상상으로 희망의 시중을 드는 하인일 뿐이다. 집정관의 호감으로 시작해서 이제는 계속 무한한 희망이 생길 것이다. 희망이 있을 때 사람이 행복한 이유는 일어날 일의 상상 때문이 아니라, 상상을 아예 현실로 생각하기 때문이다. 마치 아편을 피우고 몽롱해진 상태처럼, 현실은 그렇지 않은데 무지갯빛 세상 속에 잠시 이성이 잠자는 것이다.

슬픔은 가라앉았고 어머니와 여동생을 다시 가슴에 안을 수 있다는 생각, 고향과 집에 대한 생각이 되살아났다. 벤허는 그런 상상으로 어느 때보다도 행복했다. 자신이 끔찍한 전투로 빠르게 나아가고 있다는 생각은 아예 들지도 않았다. 의심이 한 자락도 드리워지지 않은 희망만 있었다. 그는 충만하고 완벽한 행복을 느꼈고, 마음속에는 복수심이 들어설 틈도 없었다. 메살라, 그라투스, 로마, 그들과 연관된 비통하고 분통터지던 기억들이 이제는 모두 사라졌다. 땅에서 솟아나는 음습한 독기에서 그는 저 멀리 안전하게 떠올라 속삭이는 별의 노랫소리를 들었다.

아스토레아 호가 동트기 전의 짙은 어둠이 깔린 바다를 순항하고 있을 때였다. 갑자기 갑판에서 해병 한 명이 내려와 집정관이 잠든 자리로 급히 가서 그를 깨웠다. 아리우스는 일어나서 투구를 갖춰 입고, 칼과 방패를 들고 해병 지휘관 곁으로 갔다.

"해적들이 나타났다. 빨리 일어나, 전투 위치로!"

아리우스는 계단으로 가면서 소리쳤다. 그 와중에도 그의 태도가 어찌나 침착하고 자신감이 넘쳤던지, 이런 생각을 하는 사람까지 있었다.

'행복한 친구야! 아피키우스[139]가 잔칫상을 차려놨군.'

139) 아우구스투스 황제 시대의 유명한 식도락가

# 제5장
## 해전

모든 사람이, 심지어 배까지도 잠에서 깨어났다. 장교들은 자기 위치로 움직였고, 해병들은 무기를 들고 모든 면에서 육군 군단과 똑같은 모습으로 정렬했다. 화살 묶음과 투창도 모두 갑판에 정렬되었다. 중앙 계단으로 기름통과 화구도 옮겨졌으며 등불도 환하게 켜졌다. 양동이에는 물이 가득 채워졌다. 휴식 중이던 노예들은 삼엄한 경비 속에 대장 앞에 모여 있었다. 하늘의 뜻이 그러하듯 벤허도 그들 무리에 있었다. 머리 위에서 마지막 준비하는 소리—선원들이 돛을 마는 소리, 그물을 펴는 소리, 밧줄에서 활대를 내리는 소리, 배 측면에 가죽 방호막을 드리우는 소리—가 들려왔다. 이윽고 함선이 다시 고요해졌다. 고요함 속에 막연한 두려움과 기대감만 팽배해졌다. 다시 말하면, 준비완료였다.

갑판에서 수신호가 내려와 계단에 배치되어 있던 하사관에게 전달되었고, 다시 노잡이 대장에게 전달되자 느닷없이 일시에 노가 정지했다.

이게 무슨 뜻이지?

한 사람만 제외하고 족쇄에 묶여 있는 노예들 모두 속으로 의문을 품었다. 그들에게는 애국심이나 공로감, 책임감이란 말은 아무런 의미가 없었다. 단지 어쩔 수 없이, 또 아무것도 모른 채 위험에 내몰리는 인간이 느끼는 공통적인 감정인 오싹함만 느꼈다. 하지만 노를 잡고 앞으로 생길 일에 별의별 생각을 다 하면서, 정작 자신을 보호하는 데는 아무것도 할 수 없는 그들로서는 그런 감정조차 멍청한 짓이었다. 왜냐하면 전쟁에서 이긴다 하더라도 족쇄만 더 강하게 조여질 뿐이고, 배가 침몰하거나 불이 나면 배와 함께할 운명이었기 때문이다.

그들은 밖에서 벌어지는 상황을 물어볼 수 없었다. 적은 누굴까? 만일 적군이 친구나 형제나 동포는 아닐까? 이제 독자 여러분은 왜 비상시에 로마군이 이 가엾은 사람들을 족쇄로 묶어놓는지 이해했을 것이다.

사실 노예들이 그런 생각에 빠져 있을 틈은 별로 없었다. 벤허의 귀에 뒤에서 다른 함선들이 정렬하는 것 같은 소리가 들렸고, 아스토레아 호가 파도를 맞은 듯 크게 출렁거렸다. 갑자기 가까이에서 함대가 적을 공격하려고 전투대형을 취하고 있다는 생각이 벤허의 머리를 스쳤고, 그런 상상과 함께 피가 끓어오르기 시작했다.

또 한 번의 신호가 갑판에서 내려왔고, 노 젓는 소리와 함께 배가 미세하게 움직이기 시작했다. 밖에서도 안에서도 아무런 소리가 들리지 않았지만, 선실에 있던 노예들은 본능적으로 충격에 대비했다. 배마저도 숨을 죽이고 호랑이처럼 웅크리고 조심조심 앞으로 나아갔다.

그런 상황에서 시간이 얼마나 흘렀는지 알 수 없었다. 벤허는 어느 정도 왔는지 거리를 짐작할 수 없었다. 이윽고 갑판 위에서 맑고 우렁찬 나팔 소리가 길게 울려 퍼졌다. 대장은 망치로 음향 탁자를 부서져라 내리쳤고, 노예들은 앞으로 몸을 숙여 노를 깊숙이 내림과 동시에 힘차게 잡아당겼다. 배는 온몸을 떨며 앞으로 나아갔다. 곧 다른 나팔 소리도 합세하기 시작했다. 나팔은 선미에서만 울렸고, 선수 부분에서는 짧게 외치는 소리만 들렸다. 순간 엄청난 충격이 몰려오자, 대장의 연단 앞에 있던 노예들이 휘청거렸고 쓰러지는 이들도 생겨났다. 배는 반동으로 뒤로 물러났다가 제자리로 돌아왔고, 좀 전보다 훨씬 강하게 돌격했다. 공포에 사로잡힌 비명소리가 날카롭고 높게 울려 퍼졌다. 비명은 나팔 소리와 배가 충돌하여 삐걱거리고 부서지는 소리 너머로 계속 들려왔다. 곧 그의 발밑, 배의 용골 밑에서 우르릉거리는 소리와 함께 뭔가가 부서지는 소리가 들렸고, 사람들이 물에 빠지는 소리가 났다. 벤허는 정신을 차릴 수가 없었다. 주위의 다른 노예들은 겁에 질린 표정으로 서로의 얼굴만 쳐다보았다. 그때 갑판에서는 승리의 함성이 울렸다. 로마가 이겼다! 하지만 바다가 삼킨 이들은 도대체 누구지? 어느 나라, 어떤 언어를 쓰는 사람들이지?

쉴 시간이 없다, 다시 전진이다! 아스토레아 호는 앞으로 돌진했다. 잠시 뒤 선원들이 우르르 내려와 솜뭉치를 기름 탱크에 담갔다가 기름을 바닥에 뚝뚝 흘리며 계단 위에 있는 선원들에게 전달하기 시작했다. 전투의 갖가지 공포에 화재의 공포까지 겹치고 있었다.

잠시 후, 함선이 옆으로 크게 기울어 앞줄에 있던 노예들이 자기 자리에 앉아 있기조차 힘들 정도가 되었다. 다시 로마 해병들의 기운찬 만세 소리가 들렸고 상대편의 절망에 빠진 비명이 들렸다. 상대편 배는 이쪽 뱃머리에 달려 있던 거대한 기중기의 갈고랑쇠에 걸려 공중으로 치켜 올라갔고, 이내 하늘에서 그대로 떨어지며 물속으로 처박혔다.

고함소리가 오른편과 왼편에서 점점 커졌으며, 앞과 뒤에서도 걷잡을 수 없는 소음이 울려 퍼졌다. 종종 충돌이 일어나고 굉음이 들리더니 또 다른 배가 선원들과 함께 바닷물의 소용돌이 속으로 처박혔다.

일방적인 싸움만은 아니었다. 때때로 갑옷을 입은 로마군이 계단으로 굴러 떨어져 바닥에서 피를 흘리며 널브러져 있기도 하고, 마지막 숨을 헐떡이기도 했다. 때로는 물기 섞인 메케한 연기가 사람 살이 타는 냄새와 함께 선실 안으로 들어와 희미한 등불을 누런 연기 더미로 만들어 놓기도 했다. 벤허는 숨이 가빠 헐떡이면서도, 지금 그들이 탄 배가 나무의자에 묶여 있는 노예들과 함께 불타는 배를 스쳐 지나가고 있다는 것을 알았다.

그러는 와중에도 아스토레아 호는 계속 진전했다. 그러다 갑자기 배가 멈추자, 앞쪽에 앉아 있던 노예들의 손에서 노가 튕겨 나갔고 노예들이 고꾸라졌다. 곧이어 갑판 위에서 쿵쾅거리는 발소리와 옆면에서 배 두 대가 충돌해서 삐걱거리는 소리가 들려왔다. 처음으로 탁자를 치는 망치 소리가 시끄러운 소음에 묻혀 들리지 않았다. 공포와 겁에 질려 쩔쩔매는 노예들이 숨을 곳을 찾는 와중에 시체 하나가 계단에서 곤두박이치며 벤허 옆으로 떨어졌다. 벤허는 옷이 거의 벗겨지고 머리카락이 시커멓게 얼굴에 엉겨 붙은 시체를 쳐다보았다. 밑에는 가죽과 고리버들 세공으로 만든 방패가 있었다. 약탈과 보복을 일삼던 북쪽 백인 나라의 야만인이었다.

어떻게 저 사람이 여기에 있지? 누군가의 억센 손길이 맞은편 배의 갑판에서 잡아챈 건가? 아니다! 아스토레아 호에 야만인들이 올라탔다! 로마인들이 자기 배에서 적을 맞아 싸우고 있나?

벤허는 섬뜩한 기분이 들었다.

아리우스가 밀리고 있다. 지금 죽을힘을 다해 싸우는지도 모르겠다. 만약 그가 살해되면 어쩌지! 아브라함의 하나님이여, 그를 돌봐주소서! 이제야 겨우 희망과 꿈이 생겼는데 결국 헛된 희망과 꿈으로 끝나고 마는 건가? 어머니와 여동생, 집, 고향을 보지 못하게 되는 건가?

그때 머리 위에서는 소란스러운 소리가 천둥처럼 울려 퍼지자 벤허는 주위를 둘러보았다. 선실은 큰 혼란에 빠져 있었다. 노예들은 나무의자에 얼어붙어 있었다. 사람들은 미친 듯 이리저리 뛰어다녔다. 하지만 대장만이 자기 자리에서 동요하지 않고 헛되이 망치를 내려치면서 집정관의 명령을 기다렸다. 붉은 연기 속에서 대장의 모습은 그동안 세상을 승리로 이끈 훈련의 비할 데 없는 화신처럼 보였다.

대장의 모습을 보자 벤허도 정신을 차렸다. 그는 생각할 수 있을 만큼 자제력을 찾았다. 로마인들은 명예와 의무 때문에 배를 떠나지 못했지만 그런 것은 자기에게 상관없는 감정이다. 나무의자에서 탈출해야 한다. 만약 그 자리를 지키다 배와 함께 죽는다면 그게 더 나은 희생일까? 벤허에게는 사는 것이 명예까지는 아니어도 의무였다. 생명은 자신의 것이 아니라 이스라엘 민족의 것이다. 그들의 모습이 어느 때보다 사실적인 모습으로 눈앞에 나타났다. 그들이 자기를 향해 손을 뻗치는 모습이 보였다. 그들이 애원하는 소리가 들렸다. 그래, 그들에게 가자. 벤허는 몸을 일으켰다가 다시 주춤하고 말았다.

아아! 로마의 판결이 그의 발목을 잡고 말았던 것이다. 판결이 유효한 한 달아나도 소용없었다. 이 넓디넓은 세상에서 로마제국의 손길이 닿지 않는 곳은 없었다. 땅도 바다도 마찬가지였다. 법으로 자유를 얻는 경우에만 유대 지방에 갈 수 있고, 그가 전념하고자 하는, 자식으로써 해야 할 도리를 다할 수 있다. 다른 나라에서는 살 수 없었다. 오, 하나님! 얼마나 자유의 순간을 고대하며 기도했던가! 왜 자유는 이다지도 오지 않는단 말인가? 그러다가 마침내 집정관의 대화로 희망이 생겼다. 집정관의 말은 바로 그 뜻이 아니었던가? 그렇게 늦게 나타난 은인이 살해되면 어떻게 한단 말인가! 죽은 사람이 살았을 때 한 약속을 지키려고 살아 돌아올 리는 없다. 그런 일이, 아리우스가 죽는 일이 일어나서는 안 된다. 적어도 노예선의 노예로 살기보다는 그와 함께 죽는 편이 낫다.

벤허는 다시 주위를 둘러보았다. 머리 위에서는 아직 싸움이 계속되고 있었다. 배 옆면에서는 적군의 배가 계속 충돌하며 삐걱거렸다. 나무의자에 앉아 있던 노예들은 굴레에서 벗어나려고 안간힘을 쓰다가 아무 소용이 없다는 것을 알고 미친 사람처럼 울부짖었다. 감시인들은 위로 올라가 버리고 없었다. 자제력은 사라지고 그 자리에 공포심만 들어찼다. 아니, 아니다. 대장만은 변함없이 조용히 자기 자리에 무기도 없이 망치만 들고 앉아 있었다. 시끄러운 소리가 잠시 소강상태일 때 그의 망치 소리만 공허하게 울려 퍼졌다. 벤허는 마지막으로 대장의 모습을 흘낏 보고 자리를 박차고 일어났다. 도망치려는 것이 아니라 집정관을 찾으려고 했다.

벤허가 있던 자리에서는 선미 쪽 계단이 가까웠다. 그는 한 번 훌쩍 뛰어 계단의 중간 즈음에 착지했다. 거기서 보니 하늘이 불로 시뻘개졌고, 바다에는 다른 배들과 파손된 잔해가 가득 흩뿌려져 있었다. 배 위에는 조타실 근처에서 싸움이 한창이었다. 로마군은 얼마 안 되고 넘어 들어온 해적들만 많이 보였다. 그때였다. 갑자기 발밑이 꺼지는 듯하며 그의 몸이 뒤로 내팽개쳐졌다. 바닥에 닿았을 때는 마치 바닥이 저절로 일어난 것처럼 올라오며 부서지기 시작했다. 그리고 눈 깜짝할 사이에 선체 뒷부분이 부서졌고, 바닷물이 기다렸다는 듯이 쉭쉭 거품을 내면서 밀려 들어와 암흑천지에서 벤허를 덮쳤다.

벤허가 자기 힘으로 이 곤경을 빠져나왔는지는 모르겠다. 그에게는 본래 자기 힘에다 자연이 이런 위급한 때를 대비해 비축해 둔 무한한 힘이 남아 있었다. 하지만 암흑천지에서 물이 소용돌이치며 포효하는 소리에 벤허의 지각은 마비되어 버렸다. 잠시 숨을 고르는 것조차 무심결에 한 일이었다.

쏟아져 들어오는 물 때문에 벤허는 통나무처럼 선실 안으로 밀려 들어갔다. 배가 가라앉으면서 역류현상이 일어나지 않았다면 벤허는 그대로 물에 빠져 죽었을 것이다. 다행히 역류가 일어나면서 수십 몇 길의 물이 그를 앞으로 토해냈고, 그는 잔해들과 함께 튕겨져 나왔다. 물 위로 올라오면서 그의 손에 뭔가가 만져졌고, 그는 온 힘을 다해 거기에 매달렸다. 바닷물 속에 빠져 있던 시간이 실제보다 몇 십 배나 길게 느껴졌다. 마침내 바다 표면으로 올라온 그는 헐떡이며 숨을 들이켰다. 그리고 머리와 눈의 물을 털면서, 손에 잡고 있던 두꺼운 널빤지 위로 올라와 주변을 돌아보았다. 일렁이는 파도 밑에서 아직 죽음이 그를 바싹 뒤쫓았다. 그가 수면 위로 올라왔을 때는 다양한 형태의 죽음이 자기를 기다리고 있는 것을 볼 수 있었다.

수면 위에는 희뿌연 안개처럼 연기가 드리워져 있었고 그 사이로 여기저기 강렬하게 밝은 불빛들이 눈에 띄었다. 벤허는 본능적으로 그것이 불타는 배들이라는 것을 알았다. 전쟁은 아직 진행 중이었다. 하지만 어느 쪽이 승자인지는 알 수 없었다. 시야가 미치는 곳에서 배들이 불붙은 배 곁을 비스듬히 지나갔다. 암갈색 연기 저 멀리에 두 대의 배가 충돌하는 모습이 보였다. 하지만 위험은 바로 옆에 있었다. 아스토레아 호가 침몰했을 때 갑판 위에는 해병들이 있었고, 아스토레아 호를 양쪽에서 협공했다가 함께 침몰한 해적선 두 척에도 해적들이 있었다. 이제 그들 중에 살아남은 사람들은 수심 몇 길 아래서부터 시작했던 싸움을 수면 위로 올라와서 판자나 잔해를 함께 붙들고 계속했다. 서로 부둥켜안고 싸우기도 하고, 칼이나 투창으로 치며 이쪽에서는 시커멓게, 저쪽에서는 불로 시뻘겋게 그들 주변의 바닷물을 출렁이게 했다. 벤허는 그들의 싸움에 아무런 할 일이 없었다. 두 쪽 다 벤허의 적이었다. 두 쪽 다 판자를 차지하려고 벤허를 죽일 사람들이었다. 벤허는 서둘러 그곳을 떠났다.

그때 아주 빠르게 노 젓는 소리를 들은 벤허는 고개를 돌렸다. 함선 한 대가 그를 향해 다가오고 있었다. 커다란 뱃머리가 두 배나 크게 보였고, 금박과 조각 장식을 집어삼킬 듯 일렁이는 불길이 마치 살아 있는 뱀처럼 보였다. 그 밑으로는 바닷물이 소용돌이치며 거품을 일렁이고 있었다.

벤허는 손으로 물을 저어 판자를 밀며 나아갔다. 하지만 판자가 너무 커 다루기가 힘들었다. 일분일초가 급했다. 목숨이 경각에 달려 있었다. 그가 황급히 움직이고 있을 때 팔이 닿을 만한 거리에서 투구 하나가 금빛처럼 빛나며 불쑥 솟아올라 왔다. 다음으로 손가락을 쭉 뻗은 두 손이 올라왔다.

크고 강한 손이었다. 그 손아귀에 잡히면 빠져나올 수 없을 것 같았다. 벤허는 깜짝 놀라 그 사람을 빙 돌아 움직였다. 이제는 투구를 쓴 머리가 나타났고 아내 두 팔이 올라와 미친 듯이 허우적거리기 시작했다. 그리고 얼마 지나지 않아 머리가 뒤로 젖혀지며 얼굴이 드러났다. 입을 벌리고 눈은 뜨고 있었지만 초점이 없었고, 얼굴에는 익사 직전의 사람처럼 핏기가 하나도 없었다. 파랗게 질린 그 모습이란! 하지만 벤허는 얼굴을 보고 기쁨의 환호성을 질렀다. 그리고 얼굴이 다시 바닷물 속으로 들어갈 때 턱밑으로 투구를 묶은 끈을 잡아채 판자 쪽으로 끌어당겼다.

그 사람은 바로 아리우스 집정관이었다.

그러는 사이에도 물은 주위를 격렬하게 소용돌이치며 거품을 내고 있었다. 벤허는 판자를 지지대 삼아 잡는 동시에 아리우스의 머리를 수면 위로 잡는 일에 안간힘을 썼다. 그들 주변으로는 노가 스칠 듯 배가 지나갔다. 배는 물에 떠 있던 투구를 쓴 사람들과 맨머리의 사람들 위로 지나가 버렸고, 뒤에는 불꽃이 튀기는 수면밖에 남지 않았다. 그때 둔탁한 충돌 소리와 커다란 비명소리가 들려 돌아보던 벤허는 짜릿한 기쁨을 느꼈다. 아스토레아호의 복수가 이뤄지고 있었던 것이다.

그동안에도 전투는 계속되었으며 저항하던 이들이 달아나기 시작했다. 하지만 누가 최후의 승리자일까? 벤허는 자신의 자유와 아리우스의 생명이 그 결과에 달려 있다는 것을 알았다. 그는 아리우스 밑으로 판자를 가져가 그의 몸을 판자 위에 실었다. 그다음 벤허가 할 일은 그저 기다리는 일밖에 없었다. 천천히 새벽이 밝아오고 있었다. 벤허는 주위가 밝아지는 모습을 때로는 두려운 마음으로, 하지만 대체로는 희망에 찬 마음으로 바라보았다. 이긴 쪽은 어느 쪽일까? 만약 해적이라면 그의 구조작업은 헛일이 되어 버린다.

마침내 아침이 밝았고 바다에는 바람 한 점 없었다. 왼쪽 저 멀리 육지가 보였지만 어떻게 해보기에는 너무 멀리 있었다. 여기저기 표류하는 사람들이 눈에 띄었다. 불에 탄 배의 잔해도 연기를 내며 흩어져 있었다. 저 멀리 갤리선 한 척이 기울어진 확대에 찢어진 돛을 매단 채 옆으로 누워 있었다. 노는 전부 허공에 매달려 꼼짝도 하지 않았다. 그보다 더 멀리에 움직이는 점들이 보였지만, 그것이 쫓고 쫓기는 배들인지 하늘을 나는 새인지 분간할 수가 없었다.

그렇게 한 시간 정도가 흘렀다. 벤허는 점점 더 조바심이 들었다. 만약 빨리 구조하지 않으면 아리우스는 죽고 말 것이다. 꼼짝 않고 누워 있는 모습이 어느 때는 이미 죽은 것처럼 보이기도 했다. 벤허는 아리우스의 투구를 벗기고 동체 갑옷도 겨우 벗겼다. 아직 심장이…… 벤허는 그 뛰는 심장에 희망을 걸고 매달렸다. 기다리는 것 외에는 할 일이 없었다. 그리고 그의 민족이 그러듯이, 하늘을 향해 기도했다.

## 제6장
### 아리우스의 양자 벤허

물에 빠져 허우적거리고 있을 때보다 물 밖으로 나와 회복되는 과정이 더 괴롭다. 이러한 과정을 견뎌낸 아리우스는 마침내 말을 할 수 있을 정도까지 회복되었다.

아리우스는 여기가 어디냐, 누가, 어떻게 자기를 구했느냐 등 질문을 하더니 이내 전쟁에 대해 물었다. 충분히 쉬기도 했지만 그보다는 승패의 결과의 관심으로 그는 완전히 정신을 차렸다. 그런 것도 삶의 끈이 되는 것이다. 잠시 뒤 그는 말이 많아지기 시작했다.

"우리의 운명은 누가 이겼는지에 달려 있네. 자네가 나에게 무슨 일을 해주었는지 알아. 위험을 무릅쓰고 나를 구했지. 고맙네. 앞으로 어떻게 될지는 모르겠지만, 일단 자네에게 감사를 표하네. 만일 우리가 운이 좋아서 이 위기를 무사히 넘기면 자네를 로마 시민으로 만들어 권력과 기회를 얻도록 해주지. 하지만 정말 자네가 내게 친절을 베풀지는 두고 볼 일이네. 자네의 선의로, 아니 온정으로……."

아리우스는 잠시 머뭇거렸다.

"내게 약속을 하나 해주게. 이건 특별한 상황에서 다른 사람에게 베풀 수 있는 가장 큰 호의야. 내 부탁을 들어주겠다고 약속해 주게."

이내 아리우스는 입을 열었다.

"금지된 일만 아니라면 들어드리겠습니다."

벤허가 대답했다. 잠시 숨을 고른 뒤에 아리우스는 벤허에게 물었다.

"자네는 정말 유대인 허의 아들인가?"

"전에 말씀드렸던 것처럼, 맞습니다."

"나는 자네 아버지를 알아……."

아리우스의 목소리가 너무 작아 들리지 않았기 때문에 유다는 바싹 다가가서 온 신경을 집중했다. 그는 고향 소식을 듣는 것 같은 기분이었다.

"나는 자네 아버지를 알고, 또 아주 좋아했다네."

아리우스가 말을 이었지만 다시 한 번 중지되었다. 그리고 그동안에 아리우스의 생각이 잠시 옆으로 비껴가는 듯했다.

"그 사람의 아들인 자네가 카토[140]나 브루투스의 이름을 들어보지 못했을 리가 없지. 그들은 아주 위대한 사람들이었지만, 죽음 앞에서 특히 더 위대했어. 그들은 '행운이 저버리면 로마인은 스스로 죽음을 택한다.'는 선례를 남겼어. 내 말 듣고 있나?"

"듣고 있습니다."

"로마에서는 신사가 반지를 끼는 것이 관습이야. 나도 끼고 있지. 이 반지를 좀 빼 보게."

아리우스가 유다에게 손을 내밀었고, 유다는 하라는 대로 했다.

"그걸 자네 손에 끼게."

유다는 이번에도 하라는 대로 했다.

"그 반지는 쓸모가 있을 거야. 나는 토지와 돈이 많아. 로마에서도 부자에 속하지. 그리고 난 가족이 없어. 만약 내가 죽으면 그 반지를 내 집 청지기에게 보여주게. 미세눔 저택에 가면 있을 거야. 그 사람에게 어떻게 자네가 반지를 입수하게 되었는지 설명하고, 뭐든지 아니, 집사가 관리하는 내

140) (95~46 B.C.) 로마의 정치가이자 철학자

전 재산을 달라고 하게. 거절하지 않을 거야. 내가 살게 되면 자네에게 더 좋은 일도 베풀어주지. 자네를 자유의 몸으로 만들어주고, 고향과 가족 품으로 돌아가게 해주겠네. 아니면 자네가 원하는 직업을 얻게 해주든지 말이야. 듣고 있나?"

"들을 수밖에 없잖아요."

"그러니 나에게 약속해 주게. 신들의 이름을 걸고……."

"아닙니다, 집정관님. 저는 유대인입니다."

"그럼 자네가 믿는 하나님의 이름을 걸고, 아니면 자네 종교의 가장 위대한 성인의 이름을 걸고 내 부탁을 들어주겠다고 약속해 주게. 그러면 내가 말하겠네. 자, 기다리고 있어. 어서 약속하게나."

"집정관님, 당신이 말씀하시는 모습을 보니 뭔가 아주 심각한 일을 부탁하실 것 같습니다. 먼저 부탁이 뭔지 말씀해 주십시오."

"내가 말하면 들어줄 텐가?"

"들어줄 수 있는 것이면요. 그리고…… 아, 우리 조상들의 하나님이여, 송축받으소서! 저기 배가 옵니다!"

"어느 쪽에서 오나?"

"북쪽에서 옵니다."

"배의 겉모양을 보고 어느 나라 배인지 알겠는가?"

"모릅니다. 저는 배의 밑바닥에서 노만 저었는걸요."

"깃발이 있는가?"

"깃발은 하나도 안 보입니다."

아리우스는 깊은 생각을 하는 듯 잠시 침묵에 빠졌다.

"배가 아직 이쪽으로 오는가?"

마침내 아리우스가 입을 열었다.

"예, 아직 이쪽으로 오고 있습니다."

"그럼 깃발이 있는지 다시 보게나."

"깃발은 하나도 없습니다."

"다른 표시는 없는가?"

"돛들이 보입니다. 노가 3열로 되어 있고요, 빠르게 이쪽으로 오고 있습니다. 그것밖에 모르겠습니다."

"로마인은 승리를 거두면 깃발을 많이 내걸지. 아마 적군인가 보군. 자, 이제 내 말을 듣게."

아리우스의 표정이 다시 심각하게 바뀌며 말했다.

"내가 말할 수 있을 때 잘 듣게. 저것이 해적의 배면 네 목숨은 살려줄 것이다. 물론 자유는 주지 않고 다시 노를 젓게 하겠지. 어쨌든 널 죽이지는 않을 거야. 반면에 나는……."

집정관은 말을 더듬었다.

"맹세코!"

결심했다는 듯 집정관은 다시 말을 이었다.

"불명예를 견디기에 나는 너무 늙었다. 아리우스가 총사령관으로 적과 싸우다가 배와 함께 침몰했다고 로마에 알려지게 해주게. 내가 부탁할 말은 이것이다. 만약 저것이 해적의 배가 확실해지면 나를 판자에서 밀어 죽게 해다오. 듣고 있느냐? 그러겠다고 약속해다오."

"약속하지 않겠습니다."

벤허가 단호한 목소리로 말했다.

"그리고 원하는 대로 해드리지도 않겠습니다. 오, 집정관님, 제가 철저히 지키는 율법은 당신의 생명을 제 마음대로 할 수 없게 하고 있습니다. 이 반지를 다시 가져가십시오."

벤허는 손가락에서 반지를 뺐다.

"이 반지도, 이 위험에서 구조되었을 때 베풀어주신다고 했던 여러 약속도 모두 필요 없습니다. 평생 노를 저으라는 판결로 노예 신세가 되었지만 어차피 저는 노예가 아닙니다. 그리고 저는 집정관님께 매인 몸도 아닙니다. 저는 이스라엘의 자손이고, 적어도 지금 현재는 저 자신의 주인입니다. 반지를 가져가십시오."

아리우스는 잠자코 있었다.

"안 가져가십니까?"

유다가 계속 말했다.

"그럼 화가 나서도, 악의가 있어서도 아니고 그냥 집정관님의 부탁을 들어드리지 않으려고 이 반지를 바다에 버리겠습니다. 자, 보십시오!"

벤허는 반지를 바다에 던져버렸다. 아리우스는 쳐다보지 않았지만 반지가 물에 빠지는 소리는 들었다.

"자네는 어리석은 짓을 저질렀네."

아리우스는 계속해서 말했다.

"이런 좋은 기회를 잡았는데, 정말 어리석군. 내가 꼭 자네 도움이 있어야 죽을 수 있다고 생각하나? 자네 도움 없이도 이 실낱같은 목숨은 얼마든지 끊을 수 있어. 내가 그런다고 자네가 어쩌겠나? 다만 플라톤이 말한 이성에 따라 자살에 거부감이 있으니 다른 사람의 손을 빌리고 싶었을 뿐이야. 만약 저것이 해적의 배라면 난 이 세상을 떠나겠어. 내 결심은 변치 않아. 난 로마인이야. 성공과 명예가 전부라네. 하지만 난 자네에게 도움이 될 수도 있었는데 자네는 받지 않았어. 이 상황에서 내 마음을 증명할 수 있는 것은 반지뿐이었네. 우리는 둘 다 기회를 놓쳤어. 난 승리와 영광의 기회를 잃어서 한탄하며 죽겠지. 자네는 나보다는 오래 살겠지만, 방금 자네가 저지른 어리석은 짓 때문에 효성을 다하지 못한 것을 비통해하면서 죽겠지. 자네가 안됐어."

벤허는 자신이 한 일을 이제야 확실히 깨달았지만 흔들리지는 않았다.

"집정관님, 3년 동안 노예 생활을 하면서 저를 친절한 시선으로 봐준 사람은 집정관님이 처음이었습니다. 아니, 아닙니다! 한 사람이 더 있었습니다."

벤허의 목소리가 낮아지며 눈가가 촉촉해졌다. 그는 나사렛의 샘물에서 자기에게 물을 먹여준 청년이 바로 앞에 있는 것처럼 또렷이 떠올랐다.

"하지만 적어도……."

벤허는 계속 말을 이었다.

"제가 누군지 물어준 사람은 집정관님이 처음이었습니다. 제가 손을 뻗어 물에 빠진 집정관님을 잡았을 때 제 비참한 생활에 어떤 도움이 될 수 있을까 생각한 것은 사실이지만, 그렇다고 순전히 이기적인 이유로만 구조한 건 아니었습니다. 더구나 하나님의 뜻을 아는 저로서는 공정한 방법을 통해서만 제 목표를 달성하고 싶습니다. 집정관님을 죽이느니 집정관님과 함께 죽는 것이 더 양심에 떳떳하겠습니다. 제 결심은 변치 않습니다. 집정관님이 로마 전체를 주신다 해도, 전 집정관님을 죽이지 않겠습니다. 로마의 카토나 브루투스는 율법에 복종하는 이스라엘인에 비하면 아직 어린아이에 지나지 않습니다."

"하지만 이렇게 부탁하네. 내가……."

"부탁보다는 명령이 더 무게가 있겠죠. 하지만 비록 명령을 하시더라도 전 듣지 않을 겁니다. 제가 할 말은 끝났습니다."

두 사람은 침묵을 지키며 기다렸다. 벤허는 다가오는 배에게로 종종 시선을 던졌고, 아리우스는 냉담하게 눈을 감고 누워 있었다.

"저것이 해적의 배가 확실한가요?"

벤허가 물었다.

"그런 것 같군."

아리우스가 대답했다.

"배가 멈췄어요. 배 측면으로 보트를 내리고 있습니다."

"이제 깃발이 보이는가?"

"깃발 말고 다른 표시는 없습니까?"

"로마 배라면 돛대 꼭대기에 투구가 걸려 있을 것이네."

"그렇다면 기뻐하십시오. 투구가 걸려 있습니다."

벤허가 말했지만 아리우스는 아직 확신을 갖지 못했다.

"보트에 탄 사람들이 물에 떠 있는 사람들을 구조하고 있습니다. 해적은 그런 인정이 없지 않습니까?"

"노 젓는 사람이 필요해서 그러는 건지도 모르지."

아리우스는 자기도 같은 목적으로 사람들을 구조했던 기억을 떠올리며 대답했다. 벤허는 선원들의 행동을 유심히 살펴보았다.

"배가 떠나고 있어요."

벤허가 말했다.

"어디로?"

"저 멀리 우리 오른편에 버려진 것으로 보이는 갤리선이 있어요. 저 사람들이 그쪽으로 갑니다. 이제 배 곁에 세웠습니다. 아, 사람들이 그쪽으로 옮겨 탑니다."

아리우스는 눈을 번쩍 뜨고 흥분해서 소리쳤다.

"자네가 믿는 신에게 감사하게."

아리우스는 갤리선을 한 번 보고는 벤허에게 말했다.

"나는 우리의 여러 신에게 감사드릴 테니 자네는 자네의 유일신에게 감사하게. 해적이었다면 저 배를 침몰시키지 구조 작업을 벌이지는 않을 거야. 구조 활동과 돛대에 투구가 달린 것을 보면 저들은 분명 로마인들이야. 로마군이 승리했네. 행운의 여신은 나를 저버리지 않았어. 우린 살았네. 손을 흔들고 그들을 불러서 빨리 이쪽으로 오게 하게. 난 이제 공동사령관이 될 거야. 그리고 자네! 난 자네 아버지와 친분이 있고, 아주 좋아했었네. 선친은 정말 왕자다운 사람이었지. 자네 신에게 감사드리고 저들을 불러. 서둘러! 우린 계속 해적을 추격할 거야. 한 놈도 놓치지 않을 거야. 빨리 서두르게!"

유다는 판자에서 일어나 손을 흔들고 목청껏 소리를 질렀다. 마침내 작은 보트에 타고 있던 사람들이 쳐다보았고 급히 다가왔다.

행운의 총아인 아리우스는 함선에 오르면서 영웅으로 온갖 예우를 받았다. 그는 갑판 위의 의자에 앉아 전투의 세부적인 결과를 들었다. 물 위에 떠 있던 생존자를 모두 구조하고 전리품을 손에 넣은 뒤, 아리우스는 사령관이 탄 배임을 알리는 깃발을 다시 올렸다. 그리고 다른 함대와 재회하고 승리를 매듭지으려고 서둘러 북쪽으로 갔다. 이윽고 해협을 내려오던 50척의 배가 해적선을 포위하고 철저히 응징을 가했다. 해적은 전부 체포되었고, 20여 척의 해적선이 나포되어 집정관의 영광을 더욱 빛나게 했다.

아리우스는 미세눔 방파제에서 따뜻한 환대를 받았다. 그러자 아리우스와 함께 있던 젊은이도 아리우스 친구들의 관심의 대상이 되었다. 그가 누구냐는 질문을 받자, 아리우스는 애정 어린 말투로 구조되었을 당시의 이야기를 해주면서 사람들에게 청년을 소개했다. 물론 전에 노예였다는 말은 생략했다. 말을 마치면서 아리우스는 벤허를 곁으로 불러 어깨 위에 다정하게 손을 올리며 말했다.

"친구들, 이제부터 이 젊은이는 내 아들인 동시에 신들의 뜻에 따라 내 재산을 물려받을 상속자야. 나를 사랑하듯 내 아들도 사랑해 주게."

법적 양자 절차는 신속하게 완결되었다. 그리고 약속한대로 아리우스는 벤허를 궁궐에도 데려가 소개시켜 주었다.

아리우스가 돌아온 다음 달, 로마의 스카우루스 극장에서는 거창한 승전 기념식이 거행되었다. 한쪽 면에 군대 트로피가 화려하게 장식되어 있었는데, 그중에 가장 눈에 띄고 감탄의 대상이 되었던 것은 해적의 배에서 떼어 온 20개의 뱃머리와 선미 장식이었다. 거기에는 극장에 모인 8만 명의 관중들이 똑똑히 볼 수 있도록 다음과 같은 글이 새겨져 있었다.

「퀸터스 아리우스 공동사령관이
에우리푸스 만에서 나포한 해적선 전리품」

# 제4부

알바 : 군주가 정의롭지 못하다는 것이 드러나면—

그리고 이번 경우에—

왕비 : 그럼 전 정의가 돌아올 때까지 기다리겠어요.

조용히 자신의 권리를 행사할 수 있는 날을

기다리는 사람이 가장 행복해요.

**《돈 카를로스》[141]_프리드리히 실러**

---

141) 독일의 시인이자 극작가인 실러의 작품으로, 16세기 중엽에 있었던 비극. 펠리프 2세의 아들 돈 카를로스가 프랑스 앙리 2세의 딸 엘리자베스를 사랑하나 엘리자베스는 돈 카를로스의 아버지와 정략결혼을 한 뒤 벌어지는 일. 베르디의 오페라로 더 잘 알려짐

# 제1장
## 고향 길에 오른 벤허

그리스도가 스물아홉이 되던 해의 7월, 안디옥(안티오크).

이곳은 “동방의 왕비”라 불리는 곳으로, 세계에서 인구가 가장 많지는 않았지만 로마에 이어 두 번째로 부강한 도시였다.

사람들은 흔히 당시의 사치와 방종이 로마에서 시작되어 제국 전체로 퍼져나갔다고 말한다. 세계 여러 대도시들의 행태는 ‘티베르 강의 정부’[142]의 행동을 따라 했을 뿐이라는 것이다. 과연 그럴까? 실상은 피정복국의 사회 분위기가 정복국의 품행에 영향을 주고는 한다. 로마가 정복했을 때 그리스는 부패의 온상이었다. 이집트도 그랬다. 그러므로 이 주제를 철저히 연구한 학자들은, 부패의 물결은 동방에서 서방으로 흘렀으며, 아시리아의 권력과 영광을 반영하는 안디옥이 바로 그 부패 물결의 원천이라고 믿는다.

여객선이 푸른 바다에서 오론테스 강 입구로 들어섰다. 시간은 오전으로, 햇볕이 뜨거워 특권층 사람들은 모두 갑판에 나와 있었다. 벤허도 그들 중 한 명이었다.

5년 동안 벤허는 완전히 성인으로 성장했다. 하얀 세마포 옷이 몸을 가렸지만 외모는 비할 데 없이 매력적이었다. 돛의 그늘 밑에서 한 시간가량 서

142) 로마를 말함

있을 동안 유대인들이 몇 번이나 다가와서 말을 붙이기도 했다. 하지만 그는 지극히 정중하면서도 짧게만 대답했다. 고상한 말투와 과묵함, 그리고 교양 있는 그의 태도는 사람들의 호기심을 더욱 부채질했다. 하지만 그를 가까이에서 본 사람들은 편안하고 우아한 그의 귀족적인 태도와 강인한 육체가 극명한 대조를 이루는 것을 보았다. 그의 팔은 유달리 길었고, 배가 흔들릴 때 자세를 유지하려고 뭔가를 움켜잡을 때는 그 손의 크기와 힘에 눈을 뗄 수가 없었다. 그가 누구이며 무슨 일을 하는지, 또 어떤 삶을 살았는지 그 궁금증은 커져만 갔다. 벤허의 몸에서 풍기는 분위기는 사람들의 시선을 사로잡는 뭔가가 있었다. 그것이 뭔지는 모르겠지만, 그는 사연이 있는 남자였다.

강으로 들어온 여객선은 키프로스의 어느 항구에서 아주 점잖게 생긴 이스라엘인 한 명을 태웠는데, 과묵한 귀족으로 보였다. 벤허는 그 사람에게 말을 걸어 보았고, 신뢰성이 있어 보여 대화를 계속 이어갔다.

한편, 여객선이 키프로스에서 오론테스 만으로 들어갈 때 바다에서는 보지 못했던 배 두 척이 함께 들어갔다. 두 척의 배는 동시에 밝은 노란색의 작은 깃발을 펼쳤고, 사람들 사이에서는 그 깃발이 무엇을 의미하는지 수군대는 소리가 들렸다. 마침내 승객 한 명이 점잖은 용모의 이스라엘인에게 깃발에 대해 물었다.

"그럼요, 알죠. 저 깃발은 국적을 나타내는 것이 아니라 배의 소유주를 나타내는 겁니다."

이스라엘인이 대답했다.

"저 배의 주인은 가진 배가 많나 보군요."

승객이 다시 물었다.

"많죠."

"그 주인을 압니까?"

"저와 거래하는 사람입니다."

승객들은 계속 말해 달라는 듯이 그 사람을 쳐다보았다. 벤허도 그들의 이야기에 귀를 기울였다.

"저 배들의 주인은 안디옥에 살지요."

이스라엘인이 조용히 말을 이었다.

"워낙 부자라서 모르는 사람이 없지만, 그렇다고 좋은 이야기만 알려진 것은 아닙니다. 예전에 '허'라는 유서 깊은 집안이 예루살렘에 살았지요."

'허'라는 말에 유다는 침착을 유지하려고 했지만 심장이 걷잡을 수 없이 빠르게 뛰는 것은 어쩔 수가 없었다.

"왕자는 사업 수완이 뛰어난 상인이었어요. 그는 여러 사업체를 벌려 저 멀리 동방과 서방에까지 사업을 확대했지요. 대도시 여러 곳에 그의 지부가 있었어요. 안디옥에 있는 지부의 책임자는 한때 그 집안의 집사였던 시모니데스라는 사람이었죠. 그리스 이름이지만 이스라엘인입니다. 그러던 중 왕자가 바다에서 익사했습니다. 그래도 사업은 번창했죠. 하지만 얼마 뒤 그 집안에 불행이 닥쳤습니다. 아직 젊은 외아들이 예루살렘 거리에서 그라투스 총독을 살해하려다가 실패한 겁니다. 그 후로 아들의 소식을 들은 사람은 없어요. 총독은 화가 머리끝까지 나서 집안 사람 전체를 응징하고, 그 집안 이름으로 된 것은 모조리 압류했어요. 저택은 봉쇄되어 비둘기의 서식지로 변해 버렸죠. 토지뿐 아니라 허 집안의 소유물은 전부 추적해서 몰수했어요. 말하자면, 총독은 자기의 상처를 금가루로 치유한 거죠."

이내 승객들이 웃음을 터트렸다.

"총독이 허 집안의 재산을 모두 착복했다는 말이군요."

승객 중 한 사람이 말했다.

"그렇다고들 합니다."

이스라엘인이 대답했다.

"난 들은 대로 이야기하는 것뿐이에요. 다시 시모니데스의 이야기로 돌아가자면, 여기 안디옥에서 허 집안의 지부를 책임졌던 그 사람은 곧 자기 이름으로 사업을 시작해 순식간에 엄청난 사업체로 키웠어요. 주인의 행동을 그대로 따라 해서 인도에 대상인 '카라반'을 보냈어요. 지금 바다에는 그의 배가 왕의 배만큼이나 많이 다닌다고 합니다. 뭘하나 잘못되는 일이 없다고 하더군요. 낙타들은 늙기 전에는 죽지 않고, 배도 침몰한 적이 없어요. 바다에 돌멩이를 하나 던지면 금덩어리가 되어 날아온답니다."

"사업을 한 지 얼마나 되었는데요?"

"10년도 안 됐어요."

"출발부터 순조로웠던 거로군요."

"그렇지요. 총독은 소와 말, 집들과, 땅, 배와 물품 등 눈에 보이는 재산만 몰수해 갔습니다. 돈도 엄청나게 많았을 텐데 전혀 발견되지 않았어요. 그 돈이 다 어디로 갔는지는 풀리지 않는 미스터리입니다."

"나는 알겠는데요."

한 승객이 코웃음을 치며 말했다.

"무슨 말인지 알겠소."

이스라엘인도 그 의미를 안다는 듯 동의했다.

"다들 그렇게 짐작해요. 모두 시모니데스의 첫 사업자금이 그 돈이라고 믿고 있죠. 총독도 그렇게 생각했고, 지금도 그렇게 생각하고 있습니다. 지난 5년간 총독은 두 번이나 시모니데스를 체포해서 고문했지요."

유다는 잡고 있던 밧줄을 으스러질 듯 움켜쥐었다.

"그 사람의 뼈마디 중 성한 것이 하나도 없다고들 하더군요. 내가 마지막으로 봤을 때는 방석을 여러 개 괴어 겨우 의자에 앉아 있었습니다. 정말 몰골이 말이 아니었지요."

"세상에, 얼마나 고문을 당했으면!"

여러 명이 일제히 소리쳤다.

"질병으로는 사람 몸이 그렇게 망가지진 않아요. 어쨌든 그 사람은 아무리 고통스러운 고문을 받아도 꿈쩍하지 않았습니다. 그 사람의 재산은 법적인 하자가 전혀 없어서 로마인들도 어쩔 수 없었죠. 하지만 이제는 그런 고문의 세월도 다 지나고, 티베리우스 황제의 이름으로 나온 무역허가증을 가지고 영업하고 있어요."

"허가증을 얻으려고 엄청난 돈을 썼겠군요."

"저 배들은 그 사람 거예요."

이스라엘인은 못 들은 척하고 계속 말했다.

"그의 선원들은 만나면 노란 깃발을 펼치는 것으로 서로 인사하는 습관이 있죠. '이번 여행도 성공적이었다.' 뭐 그런 뜻입니다."

이야기는 그것으로 마무리되었다. 여객선이 무사히 해협에 들어섰을 때 유다가 그 이스라엘인에게 말을 걸었다.

"그 상인의 주인 이름이 뭐라고 했죠?"

"예루살렘의 왕자 벤허요."

"왕자의 가족은 어떻게 됐습니까?"

"아들은 갤리선으로 끌려갔는데, 아마 죽었을 겁니다. 갤리선에서는 1년 정도 사는 게 고작이거든요. 모녀의 소식은 듣지 못했어요. 모녀를 아는 사람들이 입을 꾹 다물고 있어서요. 아마 유대 지방의 노변에 있는 성곽 감옥 중 어디에선가 죽었을 겁니다."

유다는 조타수 구역으로 걸음을 옮겼다. 깊은 생각에 빠진 유다는 시리아의 과일나무와 포도나무로 가득 찬, 나폴리의 경치처럼 아름다운 강가의 풍광도 전혀 눈에 들어오지 않았다. 끊임없이 지나가는 배들도 보지 못했고, 선원들이 일하면서 혹은 놀면서 왁자지껄 떠드는 소리도 듣지 못했다. 하늘은 맑디맑아 바다와 대지에는 아스라한 안개와 뜨거운 햇살이 가득했지만, 벤허의 얼굴에는 그늘만이 가득했다.

강 모퉁이를 돌아 누군가가 저 멀리 '다프네의 숲'을 가리켰을 때만 겨우 쳐다봤을 뿐이다.

## 제2장
### 오론테스 강에서

안디옥이 시야에 들어오자 승객들은 도시의 모습을 하나라도 놓칠세라 갑판 위로 모여들었다. 그때 그 이스라엘인이 설명하기 시작했다.

"이 강은 서쪽으로 흐르죠. 강물이 집집마다 담벼락에서 찰랑거리던 시절이 생각나는군요. 하지만 로마가 평화로워지고 무역이 번창하자 강의 전면은 모두 부두와 선창이 자리 잡게 되었어요. 저기……."

이스라엘인은 남쪽을 가리키며 말을 이었다.

"저것이 오론테스 산이라고도 불리는 카시우스 산이에요. 북쪽에 있는 형제 산인 암누스 산을 마주보고 있죠. 두 산 사이에 안디옥 평원이 펼쳐져 있는 겁니다. 저 멀리 보이는 것이 블랙 산이에요. 거기서부터 도관을 통해 깨끗한 물이 도시로 흘러들죠. 하지만 블랙 산 자체는 산림이 울창하고 새와 짐승이 우글거리는 야생 상태 그대로예요."

"호수는 어디 있어요?"

승객 중 한 사람이 물었다.

"북쪽에 있어요. 그곳에 가려면 말을 타야 하지만, 강과 연결된 지류를 통해 배를 타고 가는 것이 더 좋죠."

"다프네 숲이요!"

누군가 또 다른 질문을 하자 이스라엘인은 대답했다.

"거기는 말로 설명할 수 없는 곳이에요. 그냥 가서 보세요! 아폴론이 시작하고 아폴론이 완성한 숲이죠. 아폴론은 올림포스 산보다 다프네 숲을 더 좋아했다고 합니다. 사람들은 그냥 한 번 구경이나 하려고 그곳에 갔다가 다시는 돌아오지 않아요. 그곳의 아름다움을 한마디로 요약한 말이 있어요. '황제에게 초대받은 손님보다 다프네 숲에서 오디열매를 먹는 벌레가 더 낫다.'는 말이죠."

"그럼, 그곳에 가지 말라는 말씀이세요?"

"천만에요! 꼭 가보세요. 냉소적인 철학자도, 씩씩한 소년도, 여자도, 성직자도 모두 갑니다. 너무 자신 있는 곳이니, 가면 어떻게 해야 하는지 조언을 드릴게요. 숙소를 도시에 잡지 마세요. 시간낭비일 뿐입니다. 그냥 다프네 숲 근처의 시골로 곧장 가세요. 정원을 가로질러 분수의 물보라를 맞으며 가세요. 그 마을은 아폴론과 다프네를 사랑하는 사람들이 건설한 곳입니다. 주랑과 오솔길, 수많은 휴양지에서, 도시에서는 볼 수 없는 사람들과 풍습과 음식들을 경험하게 될 거예요. 하지만 도시에 오면 성벽을 꼭 보세요!

성벽 건축의 대가인 제로레스의 작품이니까요."

모든 시선이 이스라엘인의 손가락이 가리키는 쪽을 향했다.

"이쪽 부분은 셀레우코스[143] 1세의 명령으로 건축되기 시작했어요. 건축의 기초 암반을 만드는 데만 3백 년이 걸렸죠."

성벽의 모양은 칭송받을 만했다. 높고 견고한 성벽은 여러 번 대담하게 방향을 꺾더니 남쪽으로 시야에서 사라졌다.

"성벽 꼭대기에는 물탱크를 갖춘 4백 개의 탑이 있어요."

이스라엘인이 계속 말했다.

"저기 보세요! 성벽 위 저 멀리 높이 솟은 두 개의 건물이 보이죠. 설피우스 쌍둥이 건물이라고 불리는 것인데요, 뒤쪽에 보이는 건물이 로마군이 1년 내내 상주하는 요새이고, 앞쪽 건물이 주피터 신전입니다. 그 아래에는 총독의 거주지가 있답니다. 사무실이 가득한 궁이지만 아무나 자유롭게 드나들 수 있는 곳이죠."

때마침 선원들이 돛을 감기 시작했고, 이스라엘인이 큰 소리로 외쳤다.

"이제 배에서 내릴 시간이 됐네요. 셀레우키아로 통하는 저기 저 다리에서 여객선이 멈출 겁니다. 배에서 짐을 부리면 낙타가 마지막 행선지까지 짐을 지고 가지요. 저 다리의 위쪽부터 캘리니쿠스가 신도시를 건설한 섬이 시작되죠. 캘리니쿠스는 다섯 개의 거대한 다리로 섬을 육지와 연결했는데, 얼마나 튼튼하게 지었는지 세월이 흐르고 홍수와 지진을 겪으면서도 아직 건재합니다. 안디옥에서 이곳을 구경했다는 사실만으로도 여러분의 삶은 훨씬 풍요로워지는 겁니다."

이스라엘인이 말을 끝맺을 즈음, 배가 방향을 틀어 성벽 밑의 부두로 천천히 나아갔다. 마침내 말뚝에 맨 밧줄이 던져지고 노가 멈추면서 여정이 끝났다. 벤허는 점잖은 이스라엘인에게 다가갔다.

"작별 인사를 드리기 전에, 한 가지만 더 여쭙겠습니다."

이스라엘인은 그러라는 뜻으로 고개를 숙여 인사했다.

---

143) (고대 그리스) 셀레우코스 왕조. 기원전 312~64년에 소아시아의 대부분 및 시리아 · 페르시아 · 박트리아 · 바빌로니아 따위를 포함하는 왕국을 지배함

"당신이 말씀하신 상인의 이야기를 들으니 한 번 만나보고 싶다는 생각이 드는군요. 그 사람 이름이 시모니데스라고 했던가요?"

"네, 그리스 이름이지만 유대인이죠."

"어디로 가면 만날 수 있을까요?"

이스라엘인은 날카로운 시선으로 벤허를 훑어보고 대답했다.

"가 봐야 소용없을 거요. 그 사람은 사채놀이는 하지 않으니까."

"돈을 빌리려는 것이 아닙니다."

벤허는 이스라엘인의 기민한 상황 판단에 미소를 지으며 대답했다. 남자는 고개를 들고 잠시 생각했다.

"보통은 부자들이 대저택을 가지고 있을 것이라고 생각할 텐데, 낮에 그의 집을 찾으려면 이 강을 따라 저기 있는 다리로 가세요. 그 다리 아래에 성벽의 지지대같이 생긴 건물이 있어요. 그 사람은 그곳에서 삽니다. 정문 앞에는 늘 화물선이 꽉 들이찬 거대한 부두가 있어요. 거기 정박해 있는 배는 모두 그 사람 겁니다. 금방 찾을 수 있을 거요."

"감사합니다."

"내 조상들의 화평이 당신과 함께하기를."

"예, 당신과도 함께하기를."

인사를 나눈 두 사람은 헤어졌다.

부두에서 짐꾼 두 사람이 벤허의 짐을 받았다.

"성채로 갑시다."

안디옥 요새를 가리키는 말이었다. 두 개의 대로가 정확한 각도로 도시를 여러 구획으로 나누어 놓았다. 님파에움[144]이라는 이름의 신기하고 거대한 건물이 남과 북으로 뻗은 대로의 시작 부분에 있었다. 짐꾼이 그곳에서 남쪽으로 길을 꺾자, 이제 막 로마에서 온 벤허는 도로의 장대함에 감탄하지 않을 수 없었다. 오른쪽과 왼쪽으로 왕궁이 자리를 잡고, 그 사이에 대리석으로 된 주랑이 두 줄로 끝없이 이어져 있었다. 하인과 짐승, 경마차가 다니는 길도 따로 있었다. 전체가 그늘진 대로는 끊임없이 물을 뿜는 분수로 시

144) (로마시대) 분수 · 조각상이나 꽃밭 · 정원에 따위에 있는 오락용 시설이나 건물

원했다. 하지만 벤허는 경치를 감상할 기분이 아니었다. 머릿속은 온통 시모니데스에 관한 이야기로 가득 차 있었다. 옴퍼러스—셀레우코스 왕조의 8대 왕인 안티오쿠스 4세가 자신에게 헌정한 기념 건물, 도로처럼 넓은 네 개의 아치에 조각이 풍성하게 새겨져 있다—에 도착했을 때 벤허는 느닷없이 생각을 바꿨다.

"오늘 밤에는 성채에 가지 않겠소. 셀레우키아 도로로 통하는 다리에서 가장 가까운 여관으로 가주시오."

세 사람은 180도로 방향을 틀었다. 이슥고 낙후했지만 널따란 여관에 도착했다. 시모니데스가 사는 다리 밑 건물에서 아주 가까운 곳이었다.

벤허는 밤새 여관 옥상에 누워 있었다. 그는 마음속으로 생각했다.

'이제야 고향과 어머니, 내 귀여운 여동생 티르자의 소식을 들을 수 있겠구나. 살아만 있으면 반드시 찾아내겠어.'

## 제3장
### 시모니데스와의 만남

다음 날 아침 일찍, 도시에는 시선도 주지 않고 벤허는 곧바로 시모니데스의 집으로 걸음을 옮겼다. 진용을 갖춘 항구 입구를 통해 끊임없이 이어진 부두를 지나고, 사람들로 혼잡한 곳을 지나서 강을 따라 올라가 다리로 갔다. 거기서 벤허는 잠시 걸음을 멈추고 경치를 바라보았다.

다리 바로 밑에 시모니데스의 집이 있었다. 양식이 없다고 해도 좋을 만한 이 거대하고 거친 회색 석조건물은 이스라엘인의 설명대로 성벽의 지지대처럼 서 있고, 두 개의 거대한 정문이 부두를 향해 있었다. 집의 상단부에는 쇠지렛대가 가득 쳐진 작은 구멍들이 몇 개 있어 창문 역할을 했다. 돌 틈에는 잡초가 바람에 살랑거리고 반들반들한 돌에 검은 이끼가 여기지기 돋아나 있었다.

정문은 열려 있었다. 한쪽 문으로는 물건들이 들어오고 다른 쪽 문으로는 나갔다. 그런 일련의 모든 일들이 신속하게 진행되었다.

부두에는 크기가 각양각색인 물품들이 가득 싸여 있고, 웃통을 벗은 노예들이 여러 무리로 나뉘어 이리저리 움직이며 일에 여념이 없었다.

다리 밑에는 배들이 정박해 있었는데, 어떤 배는 짐을 내리고 어떤 배는 짐을 실었다. 모든 배의 돛대 꼭대기에는 노란 깃발이 휘날리고 있었다. 노예들은 배에서 부두로, 배에서 배로 부산하게 오가고 있었다.

배에서 만난 이스라엘인의 설명대로, 성벽은 해변에서부터 올라가 섬의 모든 면을 감싸며 다리 위로 강을 가로질러 세워져 있었고, 그 위로 아름다운 돌림띠와 망루로 장식한, 황제의 궁전처럼 멋진 저택이 우뚝 솟아 있었다. 그러나 벤허는 그런 것들이 눈에 들어오지 않았다. 정말 시모니데스가 아버지의 종이라면, 마침내 식구들의 소식을 들을 수 있겠다는 생각만 머리에 가득했다.

시모니데스가 그걸 인정할까? 그런 사실을 인정하는 것은 자기의 전 재산과 부두와 강에서 목격한 사업을 모두 포기해야 한다는 뜻이었다. 하지만 그것보다 더 심각한 문제는, 사업을 왕성하게 벌이고 있을 때 사업가라는 직업을 포기하고 자진해서 노예라는 멍에를 다시 써야 한다는 점이었다. 그런 요구는 상상만 해도 너무 뻔뻔스러운 일이었다. 외교적인 수사를 쓰지 않고 말하면, '너는 내 노예야. 네가 가진 것을 모두 다 내놔. 네 몸뚱이도.'라는 뜻이었다.

벤허는 자기 권리의 믿음과 가족을 만날 수 있다는 희망으로 용기를 냈다. 만약 배에서 들은 이야기가 사실이라면 시모니데스는 자기 노예였고, 재산도 모두 자기 것이었다. 하지만 벤허는 재산에는 전혀 관심이 없었다. 마음을 다잡은 벤허는 정문을 향해 걸어가면서 자신에게 다짐했다.

'어머니와 티르자의 소식만 알자. 그러면 그에게 아무 조건 없이 자유를 줄 것이다.'

벤허는 용감하게 대문으로 들어갔다. 내부는 거대한 창고였다. 정돈된 공간에 각양각색의 물품들이 질서정연하게 쌓여 우리 안에 들어 있었다. 컴컴했고 공기는 숨이 막혔지만 사람들은 민첩하게 움직였다. 어떤 곳에서는 톱과 망치를 든 사람들이 선적을 위한 포장작업을 하고 있었다. 벤허는 천재적인 사업 수완의 증거가 곳곳에 넘치는 이 사업가가 과연 아버지의 노예였을까 궁금해 하며, 물건 꾸러미 사이로 난 길을 따라 천천히 걸어 들어갔다. 어떤 계층의 사람이었길래 노예가 된 것일까? 유대인이라고 했으니까, 그럼 노예의 아들이었을까? 아니면 빚을 진 사람이나 그 사람의 아들이었을까? 그것도 아니면 도둑질로 유죄 판결을 받고 노예로 팔린 걸까? 벤허는 존경심과 함께 이런 생각들이 머리를 스치면서 매우 혼란스러움을 느꼈다. 인간은 다른 사람에게서 존경심을 느낄 때 언제나 자기 생각이 옳았음을 증명할 수 있는 정황을 찾는 법이다.

마침내 한 사람이 벤허에게 다가왔다.

"무슨 용무로 오셨는지요?"

"시모니데스 선생님을 뵈러 왔습니다."

"이쪽으로 오시지요"

두 사람은 적재물 사이로 난 길을 따라 이리저리 움직여 마침내 계단에 도착했다. 계단을 올라가니 창고 옥상이 나타났는데, 그곳에는 창고보다는 작은 석조건물이라는 말밖에 달리 설명할 길이 없는 또 하나의 건축물이 있었다. 아래층에서는 보이지 않았던 그 건물은 다리 서쪽 부분에서 밖으로 튀어나와 탁 트인 하늘이 보이는 위치였다. 낮은 담장으로 둘러쳐져 마치 테라스 같은 형태를 띠는 창고 옥상에는 놀랍게도 아름다운 꽃들이 흐드러지게 피어 있었다. 이런 화려한 분위기 속에 평범한 정사각형 집이 눌러앉아 있었다. 정면 출입구 외에는 창문도 없었다. 대문은 페르시아 장미가 활짝 핀 깔끔한 길의 끝에 있었다. 벤허는 향기로운 장미꽃 냄새를 맡으며 안내인을 따라 들어갔다.

집 안의 컴컴한 복도를 지나 양옆으로 묶여 있는 커튼 앞에 두 사람은 걸음을 멈추었다. 그리고 안내인이 큰 소리로 말했다.

"어떤 분이 주인님을 뵙고 싶어 합니다."

이내 뚜렷한 목소리가 들려왔다.

"안으로 모셔라."

로마인이라면 벤허가 들어간 방을 '중앙홀'이라고 불렀으리라. 벽은 장식 판자로 꾸며져 있고, 판자는 오늘날의 사무실 책상처럼 칸칸이 나누어져 꽃잎이 빼곡히 붙어 있었는데, 세월과 사람의 손길 탓인지 누렇게 바래 있었다. 장식 판자는 위아래와 사이사이에 놀라울 정도로 복잡한 무늬가 새겨진 목재가 둘러져 있었다. 이 역시 한때는 흰색이었겠지만 지금은 크림색으로 물들어 있었다. 금박의 원형 무늬 처마돌림띠 위로는 방형 형태로 지붕이 올라가, 맨 꼭대기에 보라색 운모로 만든 수백 개의 창살이 있는 야트막한 둥근 지붕이 있어 햇살이 은은하게 비춰들게 했다. 회색 양탄자가 깔려 있는 바닥은 발이 반이나 묻힐 만큼 푹신해서 발소리가 전혀 나지 않았다.

방 중앙에 두 사람이 있었다. 높은 등받이 의자와 넓은 팔걸이, 푹신한 쿠션이 있는 의자에 한 남자가 앉아 있었고, 그 남자의 왼편에 소녀티를 막 벗은 여성이 의자 등받이에 기댄 채 서 있었다.

벤허는 두 사람을 보자 얼굴이 새빨개졌다. 공경의 뜻뿐 아니라 감정을 자제하고 싶은 마음에 벤허는 고개를 깊이 숙여 절을 했지만, 마지막에 손을 들어 올리는 것을 깜박 잊고 말았다. 앉아 있던 사람은 잠시 전율로 움츠러들면서—이런 감정은 느닷없이 왔다가 또 어느새 사라져버린다—벤허를 쳐다보았다. 벤허가 고개를 들자 두 사람도 같은 자세를 취했다. 소녀는 앉은 사람의 어깨 위에 가볍게 손을 올렸고, 두 사람은 벤허를 뚫어지게 응시했다.

"혹시 선생님께서 유대인 시모니데스라면……."

벤허는 잠시 말을 멈추었지만 이내 덧붙였다.

"우리 조상 아브라함의 하나님이 당신과 당신의 가족에게 화평을 내리시기를."

가족이란 소녀를 두고 한 말이었다.

"내가 유대인 시모니데스요."

남자가 뚜렷한 목소리로 대답했다.

"당신께도 화평이 임하기를. 그런데 누군지 물어봐도 되겠소?"

벤허는 남자를 응시했다. 원래는 건강하고 뚱뚱한 체격의 소유자였을 성싶었으나 지금은 기형이 된, 형체가 칙칙한 색의 누비 비단옷에 둘러싸여 쿠션 깊이 묻혀 있었다. 그러나 얼굴은 비율이 잘 잡혀 있었으며, 이상적인 정치가이자 정복자와 같은 머리였다. 목은 넓었고 이마는 둥글었으며, 조각가 안젤로 같은 사람이 봤다면 카이사르 황제의 모델로 삼고 싶어 할 얼굴이었다. 얼마 남지 않은 흰머리는 하얀 이마 위로 늘어져 희미한 촛불처럼 빛나는 검은 눈을 더욱 깊게 만들어주었다. 얼굴에는 핏기가 없이 주름만 잔뜩 있었고, 턱밑이 특히 그랬다. 다른 말로 하면, 머리와 얼굴은 세상이 그를 움직이기보다는 그가 세상을 더 좌지우지할 모습이었다. 한 번에 수십 번씩 두 차례나 고문을 당해 형체가 없어질 만큼 지체 부자유자가 되면서도, 자백은 고사하고 신음 한 번 내지 않았던 사람이다. 생명은 포기할지언정 삶의 목표나 이상은 포기하지 않았던 남자다. 무사로 태어났지만 오직 사랑을 위해서만 싸울 것 같은 그런 사람이었다. 그런 사람에게 벤허는 손을 펴고 손바닥을 위로 해서 내밀었다. 그에게 화평을 비는 동시에 자신에게도 주기를 바라는 행동이었다.

"저는 허 집안의 돌아가신 선친인 이다말의 아들, 예루살렘의 왕자 유다입니다."

옷 밖으로 나와 있던 상인의 오른손—길고 여의었으며 뼈마디가 모두 비틀어진—주먹이 꽉 쥐어졌다. 그것 외에 상인에게 나타난 표정은 없었다. 놀라거나 관심을 보이는 표정도 전혀 없이 상인은 조용히 대답했다.

"순수 혈통의 예루살렘 왕자들은 언제나 환영합니다. 당신도 환영하오. 에스더, 젊은이에게 의자를 가져다 주거라."

소녀는 가까이에 있던 의자를 벤허에게 갖다 주었다.

"하나님의 화평이 당신과 함께하기를."

소녀는 얌전한 말투로 입을 열었다.

"여기 편히 앉으세요."

자리로 돌아간 뒤에도 소녀는 남자의 의중을 전혀 짐작하지 못했다. 여자는 그렇게 멀리까지 헤아리진 못한다. 하지만 좀 더 섬세한 감정, 예컨대 연민이나 자비, 동정심은 남자보다 빨리 느낀다. 선천적으로 그런 감정에 예민하다는 점에서 여자는 남자와 다르다. 소녀는 남자에게 어떤 상처가 있을 것이라는 느낌만 가졌을 뿐이다.

벤허는 의자에는 앉지 않고 공손하게 말했다.

"시모니데스 선생님이 저를 침입자라고 생각하지 않기를 바랍니다. 어제 강을 올라오다가 선생님이 제 아버지를 알고 있다는 말을 들었습니다."

"벤허 왕자라면 잘 압니다. 우리는 사업을 같이 해서 바다와 사막 너머의 나라에까지 확장했었죠. 우선 좀 앉으시오. 에스더, 젊은이에게 포도주를 갖다 드려라. 느헤미야서[145]에도 한때 예루살렘의 절반을 통치했던 허 가문의 이야기가 있지. 확실히 유서 깊은 혈통이야! 모세와 여호수아 시절에도 허 가문은 하나님의 사랑을 받았고, 그 영광을 몇몇 왕자들과 나누기도 했지. 그 집안의 후손이라면 헤브론의 남쪽 언덕에서 키운 진짜 포도 원액의 포도주 한 잔을 거절할 리 없어."

말이 끝날 때 즈음, 에스더는 의자에서 약간 떨어진 곳에 있는 테이블 위의 술병에서 와인을 은잔에 따라 벤허 앞에 와 있었다. 이내 소녀는 시선을 떨군 채 은잔을 내밀었다. 잔을 물리던 벤허의 손이 소녀의 손과 가볍게 스치면서 다시 두 사람의 시선이 마주쳤다. 벤허는 소녀가 자기 어깨에도 닿지 않을 정도로 자그마하지만 아주 기품 있고 아름다우며 눈은 검고 더없이 부드럽다는 느낌을 받았다.

'착하고 예쁘구나.'

벤허는 티르자가 살아 있다면 이런 모습이겠다는 생각을 했다. 가엾은 티르자!

"아닙니다. 당신 아버님이…… 아버님이 맞나요?"

벤허는 순간 멈칫하며 물었다.

"저는 시모니데스의 딸 에스더라고 해요."

소녀가 기품 있게 대답했다.

"그렇다면 에스더, 제가 이야기를 끝내고 포도주를 마시더라도 당신 아

145) 기원전 5세기경 유대 지도자가 쓴 책

버님이 불쾌해 하지 않았으면 해요. 그리고 당신 앞에서 추태를 보이기도 싫습니다. 제 말이 끝날 때까지 잠시만 곁에서 기다려 주세요!"

두 사람은 상인 쪽으로 몸을 돌렸다.

"시모니데스 선생님!"

벤허가 단호한 목소리로 말했다.

"저의 선친은 돌아가실 즈음에 선생님과 같은 이름의 신임하던 노예가 있었어요. 그런데 어제 선생님이 바로 그 사람이라는 말을 들었습니다!"

의자에 앉은 남자의 비틀린 손발이 옷 밑에서 느닷없이 부들부들 떨리기 시작했고, 여윈 손에 주먹이 불끈 쥐어졌다.

"에스더, 에스더!"

남자가 준엄한 목소리로 외쳤다.

"녀는 네 어머니와 나의 자식이니까 거기 말고 이리로 오너라. 이리로 오라니까!"

아버지를 쳐다보던 소녀가 다시 손님을 보았다. 그런 다음 포도주 잔을 다시 테이블에 놓고 공손하게 아버지의 의자 쪽으로 돌아갔다. 소녀의 얼굴에는 놀란 표정이 역력했다,

시모니데스는 왼손을 들어 자기 어깨에 부드럽게 놓인 손을 잡고 냉정한 목소리로 말했다.

"나는 사람들과 거래를 하면서 늙어갔네. 내 나이보다 더 많이 늙어버렸지. 만약 자네에게 이야기해 준 사람이 내 과거를 알고 또 그리 나쁘게 이야기하지 않은 친구였다면, 나를 신임할 수 있는 사람이라는 말도 했을 걸세. 죽을 때도 그것만큼은 자신 있게 말할 수 있는 사람이기를, 이스라엘의 하나님이여 도와주소서! 내가 사랑하는 사람은 비록 얼마 안 되지만 분명히 있다네. 그중 한 사람은……."

그는 자기가 잡고 있던 손을 입술로 가져가며 분명한 태도로 말했다.

"지금까지 이타적인 사랑으로 키워왔고 나에게 너무나 큰 위로가 되어, 만일 누군가 이 아이를 내 품에서 빼앗아 간다면 살아갈 수 없는, 내 자식이라네."

에스더는 머리를 숙여 아버지의 뺨에 자기 뺨을 갖다 대었다.

"내가 사랑한 또 다른 사람은 이제 추억밖에 남지 않았네. 그 사랑은, 주님의 축복처럼 한 가족 전체를 아우르는 감정이었어. 행여……."

남자의 목소리가 낮아지며 떨리기 시작했다.

"그 사람들이 어디 있는지 행방이라도 알았으면 좋으련만."

벤허는 얼굴에 홍조를 띠며 남자에게 한 발자국 다가가면서 자기도 모르게 소리쳤다.

"제 어머니와 여동생이군요! 선생님이 말하는 사람이 바로 제 어머니와 동생입니다!"

자기에게 한 말인 것처럼 에스더가 고개를 들었다. 그러나 시모니데스는 다시 침착성을 되찾고 냉담하게 말했다.

"내 말을 끝까지 듣게. 나는 원래 이런 사람이라네. 자네가 요구한, 나와 벤허 왕자의 관계를 말하기 전에 우선 따라야 할 절차가 있어. 자네가 누구인지 증거를 먼저 내놓게. 문서로 된 증거가 있나? 아니면 직접 내 앞에 데려올 증인이 있나?"

요구는 분명했고, 시모니데스가 그런 요구를 할 권리도 당연히 있었다. 얼굴이 붉어진 벤허는 주먹을 불끈 쥐고 말을 더듬으며 어쩔 줄 몰라 고개를 돌렸다. 시모니데스는 더욱 압박했다.

"증거, 증거 말일세! 내 눈앞에 가져와! 내 손에 쥐여 달란 말일세!"

벤허는 대답이 없었다. 이런 요구는 생각지도 못했다. 그런 요구를 듣고 나니 갤리선에서의 3년 세월이 자기 신원을 밝힐 수 있는 모든 것을 앗아가 버렸다는 사실을 깨달았다. 어머니와 여동생은 실종 상태였고, 자신은 아는 사람이 아무도 없었다. 서로 얼굴을 아는 사람이야 많았지만 그것뿐이었다. 퀸터스 아리우스가 여기 있다고 해도 노예선에서 만나기 전의 이야기는 해줄 것이 없다. 그 역시 벤허의 아들이라는 그의 말만 믿었을 뿐이다. 더욱이 그 용감한 로마 함장은 죽었다. 유다는 어느 때보다 외로움을 느꼈다. 뼛속 깊이 고독감이 파고들었다.

벤허는 주먹을 불끈 쥐고 얼굴을 외면한 채 망연자실한 모습으로 서 있었다. 시모니데스는 그 고통의 순간이 지나가기를 말없이 기다려주었다.

"시모니데스 선생님."

마침내 벤허가 입을 열었다.

"저는 이야기밖에 할 것이 없습니다. 하지만 다 들을 때까지 판단을 미루어주고, 선의로 제 말을 들어주세요."

"말하게."

시모니데스는 완전히 상황을 제압하며 말했다.

"말하게. 다 들을 때까지 자네가 주장하는 신원이 맞는다고 생각하며 듣겠네."

벤허는 이야기를 시작했다. 진심에서 우러나오는 마음으로 자기 인생을 황급히 이야기했다. 독자들은 그가 아리우스와 함께 에게 해의 승리자가 되어 미세눔으로 돌아온 이야기는 알고 있기에, 그다음 이야기를 벤허의 입을 통해 듣도록 하자.

"제 은인은 황제의 총애와 신임을 받은 분으로, 황제에게 온갖 영예로운 하사품을 듬뿍 받았습니다. 동방의 상인들도 감사의 표시로 많은 선물을 해서 이전보다 두 배나 더 부자가 되었지요. 하지만 유대인이 자신의 신앙을 버릴 수 있을까요? 우리 조상들의 거룩한 땅인 고향 예루살렘을 잊을 수 있을까요? 선량한 제 은인은 정당한 법 절차를 받아 저를 양자로 입양했습니다. 저도 최선을 다해 그분의 은혜에 보답하려고 노력했지요. 아버지께 그렇게 효성스러운 아들이 없을 정도로 정성을 다해 그분을 모셨습니다. 그분은 저를 예술과 철학, 연설과 웅변에 뛰어난 학자로 만들고 싶으셨답니다. 가장 유명한 선생들에게 배우게 하고 싶어 하셨죠. 하지만 전 그분의 말을 듣지 않았습니다. 제가 유대인이고, 하나님과 선지자들의 은총, 그리고 다윗과 솔로몬이 언덕 위에 세운 도시를 잊을 수 없었기 때문입니다.

그렇다면 애초에 왜 아리우스 집정관의 모든 호의를 받아들였느냐고요? 전 그분을 사랑했습니다. 다른 이유로는 그분의 도움으로 어떻게든 어머니와 여동생의 행방을 찾고 싶었습니다. 그리고 여기에 덧붙여 또 하나의 이유가 있습니다만, 현재로서는 군인이 되어 전쟁의 핵심기술을 모두 배우고 싶었다는 말씀밖에 드릴 수가 없습니다. 올림피아 팔라에스트라에서, 또 원형경기장이나 군대 야영장에서도 저는 열심히 몸을 단련했습니다. 그 모든 곳에서 이름을 떨쳤지만 제 조상의 이름으로는 아니었습니다. 제가 받은 승리의 관은—미세눔 저택 벽에 많이 걸려 있습니다—공동사령관 아리우스의 아들 이름으로 쟁취한 것입니다. 로마에서는 아리우스의 아들이라는 이름으로만 알려졌지요. …… 하지만 저는 비밀 목적을 달성하려고 로마를 떠나 안디옥으로 왔습니다. 사실은 파르티아 왕국과 전쟁을 준비하는 막센티우스 집정관을 따라가려고 했지요. 모든 무기를 다루는 기술을 완벽히 익힌 저는 이제 현장에서 실전 경험을 하고 싶었습니다. 집정관은 저를 자신의 군대 일원으로 받아들였습니다. 어제 제가 탄 여객선이 오론테스 강으로 들어올 때 다른 배 두 척도 노란 깃발을 휘날리며 강으로 들어오더군요. 그런데 키프로스에서 배를 탄 어떤 유대인이, 그 배들이 안디옥 최고의 사업가인 시모니데스 선생님의 소유라고 설명해 주었습니다. 그리고 그 사업가가 누구인지, 무역에서 얼마나 큰 성공을 거두었는지 말해 주었죠. 그의 배들과 대상인 '카라반'이 국내외를 오가는 이야기도 들었습니다. 그러다가 시모니데스 선생님이 유대인이고, 한때 벤허 왕자의 종이었다는 말을 듣게 되었습니다. 그라투스의 잔혹한 행위에 대해서도 말하더군요."

시모니데스는 고개를 숙였고, 딸도 아버지의 표정을 숨겨주고 자신의 깊은 연민의 정을 감추려는 듯 시모니데스의 목에 자기 얼굴을 갖다 댔다. 곧 시모니데스가 고개를 들고 뚜렷한 목소리로 말했다.

"듣고 있네."

"오, 시모니데스 선생님!"

벤허는 한 발자국 다가가면서 모든 감정을 담아 말했다.

"아직 확신을 못하고 저를 믿지 못하겠죠."

시모니데스는 대리석처럼 차갑게 굳은 채 말없이 가만히 있었다.

"하지만 더 분명하게 제 신원을 밝히기는 어렵습니다. 로마인들과의 관계는 바로 증명할 수 있습니다. 지금 안디옥에 총독의 손님으로 오신 막센티우스 집정관과 연락만 하면 되니까요. 그렇지만 선생님께서 요구하신 신원은 증명할 수는 없습니다. 제가 아버지의 아들이라는 것을 증명할 수 없단 말입니다. 그런 걸 증명할 수 있는 사람들은, 아아! 모두 이 세상 사람이 아니거나 실종되었습니다."

벤허는 두 손에 얼굴을 묻었다. 그때 에스더가 일어나 벤허가 거절했던 잔을 다시 가져다주며 말했다.

"모두가 가장 좋아하는 지방산 포도주예요. 제발, 이것 좀 마셔요!"

에스더의 목소리는 리브가가 나홀의 우물에서[146] 물을 권할 때처럼 부드러웠다. 벤허는 소녀의 눈에 어린 눈물을 보고 잔을 받아 마시며 말했다.

"선생님의 따님은 정말 착하시군요. 낯선 이에게 아버지의 포도주를 나누어주는 걸 보니 인정도 많고요. 우리 하나님의 복이 당신과 함께하기를! 감사합니다."

그런 다음 벤허는 시모니데스에게 다시 말했다.

"아버지의 아들이라는 사실을 증명할 수 없기에 당신에게 했던 말을 취소하겠습니다. 이제 더는 귀찮게 하지 않겠습니다. 다만, 당신께 다시 노예로 돌아가라고 말한다든지 당신 재산을 요구하는 일은 없을 거라는 말씀만 드리고 싶습니다. 어떤 일이 있어도 앞으로도 지금처럼 말씀드리겠습니다. 당신의 노력과 천재적인 실력으로 얻은 재산은 모두 당신 겁니다. 기꺼이 모두 가지십시오. 전 그 돈이 전혀 필요 없습니다. 제 양부인 퀸터스가 항해하다가 돌아가셨을 때 이미 저에게 많은 재산을 남기셨습니다. 그러니 다음에 혹시 제가 기억나시면 이 질문도 함께 기억해 주십시오. 선지자와 여호수아와 당신의 하나님과 나의 하나님께 맹세하지만 제가 이 집에 온 까닭은 단 하나, 제 어머니와 동생 티르자의 소식을 알고 싶어서입니다. 제 동생이 살아 있다면 당신 따님과 똑같이 아름답고 우아할 텐데……. 혹시 두 사람에 대해 아는 것이 있습니까?"

에스더의 뺨 위로 눈물이 흘러내렸다. 하지만 시모니데스는 꿈쩍도 하지 않았다. 그는 딱 부러지는 어조로 말했다.

"나는 이미 벤허 왕자를 안다고 말했네. 그 가족에게 붙어 다닌 불행에

146) 창세기 24장에 나오는 일화

대해서도 들었지. 그 소식을 듣고 얼마나 비통했었는지도 기억나네. 내 친구의 미망인에게 그런 불행을 안겨준 사람이 바로 나를 고문했던 그 사람이야. 나도 그 가족을 찾으려고 많은 노력을 했지만, 자네에게 알려줄 것은 아무것도 없어. 두 사람은 지금 실종 상태야."

벤허는 커다랗게 신음을 토했다.

"그럼, 또 하나의 희망이 사라졌군요!"

벤허는 감정을 자제하려고 애쓰면서 말했다.

"저는 실망에 익숙해 있어요. 이렇게 불쑥 찾아와 죄송합니다. 혹시 귀찮았더라도 제가 슬픔에 겨워 그랬으니 부디 용서해 주시기 바랍니다. 이제는 복수가 아니라면 살 이유도 없습니다. 안녕히 계십시오."

커튼이 있는 곳까지 걸음을 옮긴 벤허는 다시 몸을 돌려 말했다.

"두 분께 모두 감사드립니다."

"화평이 당신에게 있기를."

상인이 말했다. 에스더는 흐느끼느라고 대답도 못했다.

그렇게 벤허는 떠나버렸다.

## 제4장
### 시모니데스와 에스더

벤허가 떠나자마자 시모니데스는 마치 잠에서 깨어난 것 같았다. 얼굴에 혈색이 돌고 침침하던 눈이 밝게 빛났다.

그는 기분 좋은 목소리로 입을 열었다.

"에스더, 시렁줄을 당겨라, 빨리!"

에스더는 테이블로 가 하인을 부르는 종을 울렸다. 이윽고 벽에 붙어 있던 판자가 회전하더니 출입문이 나타났고, 한 남자가 들어와 절을 했다.

"말룩, 내 곁으로 가까이 오너라."

주인이 황급히 말했다.

"무슨 일이 있어도 반드시 성공해야 할 임무가 있다. 잘 듣거라! 방금 창고로 내려간 젊은이가 있어. 키가 큰 미남에 이스라엘인 복장을 하고 있지. 그 사람을 그림자처럼 미행해라. 그가 어디 있는지, 무엇을 하는지, 누구와 어울리는지 매일 밤 보고해라. 그리고 들키지 않게 대화를 엿들어 그대로 보고해라. 습관, 행동 목적, 그 외에 그가 하는 모든 것들을 말이야. 알겠느냐? 빨리 가라! 아, 잠깐 기다려, 말룩. 만약 젊은이가 이 도시를 떠나도 계속 미행해라. 그리고 어떻게든 그와 친구가 되도록 해. 만일 그가 물으면 상황에 맞는 말로 얼버무려라. 내가 시켰다는 말은 절대로 하면 안 돼. 서둘러. 빨리 가!"

남자는 인사와 함께 방을 나갔다. 시모니데스는 여윈 손을 마주 비비며 큰 소리로 웃었다.

"오늘이 며칠이지, 에스더? 무슨 날이니? 애비는 오늘을 행복이 찾아온 날로 기억하고 싶구나. 봐라, 이렇게 절로 웃음이 나오지 않니?"

그는 분위기에 흠뻑 젖어 물었다. 에스더는 아버지의 즐거워하는 모습이 영 마뜩잖은 표정이었다. 그녀는 간청하듯 슬픔이 감도는 소리로 대답했다.

"아버지, 제가 어떻게 오늘을 잊을 수 있겠어요?"

순간 시모니데스는 팔을 털썩 떨어뜨리고 얼굴 아래 주름 속으로 턱이 사라질 정도로 고개를 떨궜다.

"정말 그렇구나, 얘야!"

시모니데스는 고개를 숙인 채 말했다.

"오늘이 유대력으로 4월 20일이지. 5년 전 오늘, 네 엄마 라헬이 세상을 떠났지. 그놈들이 내 몸을 지금 이 지경으로 망가뜨려 집으로 보냈을 때, 네 엄마는 너무 상심한 나머지 죽고 말았어. 아, 내게는 엔게디 포도원의 고벨화 송이였는데![147] 몰약과 향료를 모으고 꿀도 송이째 따먹었는데.[148] 우리는 라헬을 인적 드문 곳, 산 속의 무덤에 뉘었지. 그녀 곁에는 아무도

147) 구약성서 아가서(솔로몬의 노래) 1장 14절
148) 구약성서 아가서(솔로몬의 노래) 5장 1절

없어. 하지만 네 엄마는 어둠 속에 한줄기 빛줄기를 내게 남겨주었단다. 그리고 시간이 지남에 따라 그 빛은 점점 커져서 아침 햇살처럼 되었어."

시모니데스는 딸의 머리에 손을 얹었다.

"하나님, 감사합니다. 지금 라헬이 내 딸 안에 그대로 살아 있습니다!"

이내 그는 머리를 들었고, 마치 갑자기 생각난 것처럼 물었다.

"밖에 날이 맑으냐?"

"아까 청년이 들어올 때까지는 그랬어요."

"그럼 아비멜렉을 불러 나를 정원으로 데려다 다오. 거기서 강과 배를 보며, 왜 지금 내 입에 웃음이 그치지 않고 노래가 흘러나오는지, 내 영혼이 향기로운 산 위에 있는 노루와 사슴처럼 뛰노는지 말해 주마."

에스더가 시렁줄을 당기자 하인이 달려와 바퀴 달린 시모니데스의 의자를 밀고 방을 나섰다. 그리고 그가 '정원'이라고 부르는, 창고의 옥상으로 향했다. 정성껏 돌본 장미와 아름다운 꽃밭에는 시선을 주지 않은 채, 시모니데스는 저 멀리 섬이 보이고 가까이에는 아침 햇살 잔물결 위에서 춤추는 배들과 다리가 보이는 곳으로 갔다. 하인은 두 사람을 남겨두고 돌아갔다.

시모니데스는 아래에서 일하는 사람들이 외치는 소리, 뭔가를 때리고 치는 소리, 머리 위에서 약간 비켜진 곳에 있는 다리에서 사람들이 지나다니는 발소리가 전혀 거슬리지 않았다. 그것은 눈앞의 광경만큼이나 익숙한 소리였으며, 사업이 잘 돌아가고 있다는 소리였을 뿐이다.

에스더는 의자 팔걸이에 걸터앉아 아버지의 손을 쓰다듬으며 기다렸다. 마침내 시모니데스가 대단한 의지력으로 그동안 가슴 속에 꼭꼭 숨겨놓았던 이야기를 풀어놓기 시작했다.

"젊은이가 말할 때 너는 그의 말을 믿는 것 같더구나."

에스더는 시선을 아래로 떨군 채 대답했다.

"네, 전 그분의 말을 믿었어요."

"네 눈에는 그 젊은이가 허 집안의 실종된 아들 같더냐?"

"만약 아니라면……."

에스더는 대답을 망설였다.

"만약 아니라면?"

"아버지, 전 엄마가 하나님의 부르심을 받고 가신 뒤 아버지 곁에 있으면서, 아버지가 옳거나 그른 방법으로 이윤을 추구하는 각양각색의 사람들을 다루시는 걸 늘 봐 왔어요. 만약 그 사람이 왕자가 아니라면, 그렇게 그럴듯하게 연기를 잘하는 사람은 처음 봤어요."

"우리 딸이 말을 잘하는구나. 그럼, 내가 그의 아버지의 노예라는 말을 할 때도 믿었니?"

"자기가 들은 대로 하는 말이라고 생각했어요."

"에스더, 너는 유대인의 천재적인 통찰력과 또 슬픈 이야기를 감당할 수 있을 만큼 연륜과 정신력을 갖추고 있구나. 그러니 이제 나와 네 엄마, 그리고 네가 알지도 못했고 꿈에도 생각지 못한 내 과거를 이야기해 줄 테니 잘 들어라. 로마인의 고문에서도 희망을 잃지 않고 발설하지 않은, 네가 태양 앞의 갈대처럼 꼿꼿이 자랄 때까지 네게도 숨겼던 비밀이란다. …… 애비는 시온 산 남쪽 힌놈 골짜기에 있는 가난한 집에서 태어났다. 부모님은 유대인 노예였고, 실로암 연못에서 아주 가까운 '왕의 정원'에서 무화과와 올리브 나무를 지키던 감시인이었단다. 어릴 때부터 부모님을 도와 함께 일을 했어. 부모님은 종신 노예 신분이었지. 부모님은 처음에는 헤롯대왕에게, 다음에는 유대 지방에서 가장 부자인 허 왕자에게 나를 팔았단다. 나는 이집트 알렉산드리아에 있는 창고로 이송되어 그곳에서 성년을 맞았어. 그리고 6년 동안 허 왕자의 노예로 지내다가, 7년째에 모세의 율법에 따라 자유의 몸이 되었단다."

에스더가 가볍게 손뼉을 쳤다.

"아, 그럼 아버지는 그분 아버지의 노예가 아니었군요!"

"아냐, 애야, 내 말을 들어라. 당시 성전의 율법학자들은 노예의 자식은 영원히 부모의 신분을 따라야 한다고 맹렬히 주장했어. 하지만 벤허 왕자는 모든 일에 바른 분이었고, 율법을 가장 엄격하게 해석하는 종파(비록 그 종파는 아니었지만)의 해석을 따랐어. 그분은 내가 당신께 팔린 종이므로, 율법의 진정한 의미로 해석해서 나를 노예 신분에서 풀어주었고, 그것을 서류로 작성하고 동봉해서 내게 주었단다. 지금도 그것을 가지고 있지."

"그럼, 엄마는요?"

에스더가 물었다.

"모두 다 이야기를 해줄 테니 조금만 참아라. 이야기를 마치기 전에, 너는 내가 나를 잊는 일은 있어도 너의 엄마는 절대로 잊지 못한다는 걸 알게 될 거야. …… 노예 생활을 끝낼 즈음, 나는 유월절에 예루살렘으로 갔단다. 주인님이 나를 초대했지. 나는 주인님을 아주 좋아해서 그분의 종으로 계속 남아 있고 싶었어. 주인님은 그러라고 했고, 나는 7년을 더 그분 밑에서 일했어. 노예 신분이 아니라 고용된 유대인으로서 말이야. 나는 그분의 일을 대행해서 바다로, 또 육지에서 '카라반'으로 동방의 수사[149]와 페르세폴리스[150], 그리고 중국까지 사업을 확장해 갔어. 아주 위험한 여정이었지만 내가 하는 일에는 늘 하나님의 가호가 따랐지. 나는 막대한 돈을 왕자에게 벌어주기도 했지만 그러는 중에 지식도 많이 쌓게 되었지. 그런 경험과 지식이 없었다면, 나중에 내게 맡겨진 임무를 그렇게 성공적으로 수행해 내지 못했을 거야. …… 어느 날 나는 왕자의 집에 손님으로 초대받아 갔어. 그때 하녀가 쟁반에 얇게 썬 빵을 담아 들어와 내게 먼저 가져다주었지. 그렇게 네 엄마와 처음 만났단다. 애비는 사랑에 빠졌지. 그리고 얼마간 혼자 마음 졸이다가, 기회가 왔을 때 왕자에게 그 여인을 아내로 삼게 해달라고 간청했어. 왕자는 네 엄마가 종신 노예 신분이지만, 원한다면 노예 신분에서 풀어주겠다고 했어. 네 엄마는 나의 사랑을 사랑으로 보답해 주었지. 하지만 지금 이대로가 좋다며, 자유인이 되는 것을 한사코 거부하더구나. 나는 몇 번이고 간청해 보고 애원도 해봤어. 하지만 네 엄마는 계속, 나도 자기와 같은 노예 신분이어야 결혼을 하겠다는 거야. 우리 선조 야곱도 라헬을 아내로 얻으려고 7년을 더 종살이했는데, 나라고 라헬을 얻으려고 그렇게 못하겠니? 그렇지만 네 엄마는 나도 자기처럼 종신 노예가 되어야 결혼을 하겠다고 하더구나. 나는 그곳을 나왔다가 다시 돌아갔어.

---

149) 이란 서남부 프지스탄 지방에 있는 고대도시
150) 이란 서남부 팔스 지방에 있는 아케메네스 왕조의 수도

에스더, 여길 봐라."

그는 왼쪽 귀의 귓불을 당겨 보여주었다.

"송곳 자국이 보이니?"

"보여요. 아빠가 엄마를 얼마나 사랑했는지 알겠네요!"

"사랑이라고, 에스더! 네 엄마는 솔로몬의 술람미 여자[151]보다 더한 존재였어. 더 아름답고 티 없는 여인이며, 정원의 분수요, 솟아나는 샘물이요, 레바논에서 흘러드는 시냇물이었단다. 주인님은 내 요청을 받아들고 재판관에게 갔고, 이어서 나를 자기 방으로 데려가 송곳으로 귀를 뚫어주었어. 그렇게 애비는 그의 종신 노예가 되었고, 라헬을 얻었지. 한 여인을 그처럼 뜨겁게 사랑했던 사람이 또 있을까?"

에스더는 고개를 숙여 아버지에게 입을 맞췄고, 두 사람은 죽은 이를 추억하며 잠시 말없이 있었다.

"주인님은 바다에 빠져 죽었어. 내게 닥친 최초의 슬픔이었지. 주인님의 집도 비탄에 젖어 있었지만 당시 내가 살던 안디옥, 이곳도 큰 슬픔에 빠졌단다. 그리고 에스더, 잘 들어라! 왕자가 돌아가셨을 당시, 나는 재산관리인으로 그의 어마어마한 재산을 전부 책임지고 관리했어. 그분이 얼마나 나를 아끼고 신뢰했는지 알겠지! 나는 서둘러 예루살렘에 가서 홀로 남은 그분 부인에게 재산 정도를 알려드렸어. 사모님은 계속 내게 재산관리인의 일을 맡기셨고 나는 더욱 열심히 일했단다. 사업은 번창했고, 해마다 더욱 번성해 갔어. 그렇게 10년이 지났단다. 그때 젊은이가 '사고'였다며 말해 준 불행이 허 집안에 불어 닥쳤지. 그라투스 총독은 젊은이를 살인 미수범으로 판결했고, 그 죄목으로 로마의 허락을 받아 허 집안의 막대한 재산을 몰수해 착복했어. 그라투스 총독은 거기서 멈추지 않았어. 총독은 판결의 번복을 막고자 그 일과 관련된 모든 사람들을 제거했단다. 그 끔찍한 날부터 지금까지 허 집안의 식구는 실종 상태야. 어릴 때 봤던 그 집 아들은 갤리선의 노예로 보내졌고, 모녀는 유대 지방의 많은 지하 감옥 어디엔가 감금되었을 거야. 한 번 들어가면 자물쇠로 채워져 무덤처럼 폐쇄되는 곳이지.

151) 솔로몬이 사랑했던 여인. 구약성경 아가서(솔로몬의 노래)의 여주인공

그들은 파도에 휩쓸려 죽은 이들처럼 사람들의 기억에서 완전히 사라졌단다. 그분들이 어떻게 죽었는지는 아무도 몰라. 아니, 정말로 죽었는지는 아무도 몰라."

에스더의 두 눈에 이슬이 맺혔다.

"에스더, 너도 네 엄마처럼 착하구나. 다른 착한 사람들처럼 냉혹하고 분별없는 사람들의 발아래 짓밟히지 않기를 바란다. 이야기를 좀 더 들어보렴. 나는 주인님의 부인을 도우려고 예루살렘으로 갔다가 도시 입구에서 잡혀 안토니아 요새의 지하 감옥으로 끌려갔어. 그라투스가 직접 내려와서 허 집안의 돈에 관해 물을 때까지, 난 내가 왜 그곳에 끌려왔는지조차 몰랐단다. 총독은 다른 나라와 무역할 때는 책임자의 서명으로 거래되는 것이 유대인의 관습이라는 걸 알았지. 그는 자기의 명령대로 서명하라고 윽박질렀지만, 난 끝끝내 거부했어. 총독은 허 집안의 집들과 토지, 물품과 배 등 눈에 보이는 것은 다 몰수했지만 돈만은 손을 대지 못했단다. 나는 여호와의 말씀대로 살면 허 집안의 재산을 다시 원상 복귀시킬 수 있다는 가능성을 봤어. 그래서 압제자의 요구를 거절했지. 총독은 나를 고문했지만 난 입을 열지 않았어. 그는 아무 소득도 얻지 못하고 나를 풀어주었지. 집으로 돌아온 나는 예루살렘의 벤허 대신 안디옥의 시모니데스의 이름으로 다시 사업을 시작했어. 에스더, 사업이 얼마나 번창했는지는 너도 잘 알겠지. 내 수중의 왕자 재산은 어마어마하게 늘어갔어. 그로부터 3년이 지난 뒤, 너도 알겠지만 애비는 가이사랴로 갔다가 다시 체포되었어. 그라투스는 내 수중의 물품과 돈이 몰수 대상인 허 집안의 소유라는 자백을 얻어내려고 고문을 했단다. 이번에도 그는 실패했지만, 온몸이 부러져 집에 돌아온 나는 두려움과 비탄에 젖은 아내가 죽어가는 걸 봐야만 했지. 하나님의 도우심으로 목숨을 구한 나는 황제의 면책과 허가증을 돈으로 사서 전 세계와 무역을 할 수 있게 되었어. 오, 구름으로 병거를 삼으시며 바람의 날개들 위로 거니시는 분이여,[152] 송축받으소서! 허 집안의 총 관리자로서 맡은 그 돈은 이제 황제도 부자로 만들 수 있을 만큼 많아졌단다."

---

152) 시편 104장 3절. 하나님을 일컫는 말

시모니데스는 자랑스럽게 고개를 들었다. 이내 두 사람의 시선이 마주쳤고, 부녀는 서로 상대방의 마음을 읽었다.

"이 많은 재산을 이제 어떻게 하지, 에스더?"

시모니데스는 딸과 마주친 시선을 그대로 둔 채 물었다.

"아빠, 오늘 그 재산의 원래 주인이 나타나지 않았나요?"

에스더는 낮은 목소리로 대답했다. 아직 시모니데스의 시선은 그대로 딸을 응시했다.

"그러면 딸아, 너는 거지가 될 게 아니냐?"

"아니에요, 아빠. 난 아빠 딸이니까 그분의 노예잖아요. '능력과 존귀로 옷을 삼고 후일을 웃으며'[153] 맞는다는 말을 쓴 분이 누구죠?"

형용할 수 없는 사랑의 표정을 얼굴에 가득 지으며 시모니데스가 말했다.

"하나님은 나에게 많은 은혜를 베푸셨지만, 그중에 최고는 너를 내게 보내신 거야."

시모니데스는 딸을 자기 쪽으로 끌어당겨 연이어 입을 맞췄다.

"이제, 내가 왜 그렇게 기뻐했는지 들어보려무나. 오늘 온 젊은이는 죽은 왕자가 살아서 돌아온 것처럼 똑같은 모습이었어. 내 영혼은 자리에서 일어나 그에게 인사드렸단다. 이제 시련의 기간이 지나고 내 힘든 노동의 날이 끝났다고 느꼈지. 나는 환성을 지르고 싶은 걸 겨우 참았단다. 그의 손을 잡고 그동안 쓴 장부를 보여주며, '보세요, 이 돈은 다 당신 겁니다! 나는 하늘이 부를 날만 고대하는 당신의 종입니다.'라고 말하고 싶었어. 에스더, 나는 그렇게 하려고 했어. 순간 세 가지 생각이 밀려들면서 그 충동을 억제했지. 나는 그가 주인의 아들이라고 믿었어. 처음부터 그랬지. 하지만 내 주인의 아들이라면 성격을 알아봐야겠다는 생각이 들었지. 부유하게 태어난 사람 중에 그 부유함이 저주가 된 사람들이 얼마나 많으냐."

시모니데스는 잠시 말을 멈추었다가 다시 열정이 가득 담긴 목소리로 계속했다.

"에스더, 내가 그라투스에게 얼마나 모진 고통을 당했는지 생각해 보렴.

---

153) 잠언 31장 25절에 나오는 현숙한 여인을 언급한 말

아니, 그라투스만이 아니야. 처음에도 마지막에도 그의 명령을 받아 나를 고문한 놈들은 로마인들이었어. 그놈들은 내 비명을 들으며 모두 낄낄거리며 웃었지. 망가진 내 몸과 그 몸으로 살았던 세월을 생각해 보렴. 내 몸처럼 영혼이 망가져 저기 쓸쓸한 무덤에서 혼자 외롭게 잠들어 있는 네 엄마를 생각해 보렴. 주인님의 가족이 살아 있다면 그들의 슬픔을, 죽었다면 얼마나 잔인하게 이 땅에서 사라졌는지를 생각해 보렴. 이 모든 상황을 생각해 보고, 그놈들이 속죄의 피 한 방울, 머리카락 한 가닥도 흘리지 않았다는 걸 생각해 보렴. 랍비들이 말하듯, 복수는 하나님의 손으로 이루어져야 한다는 말은 하지 마라. 하나님은 사랑뿐 아니라 증오도 대리인의 손을 빌어 행하시지 않더냐? 하나님의 휘하에는 선지자보다 군인들의 숫자가 더 많지 않더냐? 눈에는 눈으로, 손에는 손으로, 발에는 발로 응징하라는 것이 그분의 법 아니더냐? 그동안 나는 항상 복수를 꿈꾸며 기도했고, 하나님이 계시다면 언젠가 돈으로라도 나쁜 놈들을 처벌할 수 있게 재산을 늘리며 인내력을 키워왔단다. 그리고 그 젊은이가 특별한 목적 없이 무기로 훈련했다고 했을 때, 나는 그 목적을 알았어. 복수였지! 그게 내가 젊은이의 말이 끝날 때까지 말을 하지 않고 참았던 세 번째 이유였고, 그가 떠나자마자 그토록 환하게 웃었던 이유란다."

아버지의 주름진 손을 다정하게 쓰다듬던 에스더는 마치 아버지처럼 복수를 바라듯이 말했다.

"그분은 가셨는데, 다시 돌아올까요?"

"충실한 말룩이 따라갔으니, 때가 되면 그분을 다시 데려올 거야."

"그때가 언제쯤인데요, 아빠?"

"그리 오래 걸리지는 않을 거야. 젊은이는 증인이 모두 죽었다고 했지만, 그가 진짜 주인님의 아들이라면 못 알아볼 리 없는 증인이 한 사람 있어."

"그분의 어머니요?"

"아니야, 에스더. 내가 젊은이 앞에 그 증인을 세울 거야. 그때까지 주님의 손에 사업을 맡기자. 이제 좀 힘들구나. 아비멜렉을 불러라."

에스더는 하인을 불렀고, 두 사람은 다시 집 안으로 들어갔다.

# 제5장
## 다프네 숲

거대한 창고를 뛰쳐나오면서, 벤허는 가족을 찾으려던 노력에 또 한 번의 좌절을 맛보았다. 가족을 찾고 싶은 마음이 컸던 만큼 실망감도 컸다. 세상에 혼자 남겨진 듯한 처절한 외로움을 느꼈고, 삶의 의욕도 더 잃어버렸다.

부두 끝자락에 선 벤허는 바닷물에 몸을 던져버리고 싶은 유혹까지 들었다. 유유하게 흐르는 물이 어서 오라고 손짓하는 것 같았다. 그 유혹의 반작용 때문인지 문득 벤허는 여객선에서 만난 사람이 했던 말이 떠올랐다. '황제에게 초대받은 손님보다 다프네 숲에서 오디열매를 먹는 벌레가 더 낫다.' 몸을 돌린 벤허는 여관으로 뛰어 내려갔다.

"다프네로 가는 길이요?"

여관 주인이 벤허가 묻는 말에 놀라며 되물었다.

"아직 그곳을 가보지 못했단 말이에요? 그렇다면 오늘이 당신 인생에서 가장 행복한 날이 될 겁니다. 길은 아주 찾기 쉬워요. 다음 길에서 왼편으로 돌아 남쪽으로 난 길을 따라 죽 가다 보면 설피스 산이 나올 겁니다. 꼭대기에 주피터 신전과 원형 경기장이 보이죠. '헤롯대왕의 가로수길'로 알려진 세 번째 교차로가 나올 때까지 계속 가서 오른쪽으로 도세요. 그리고 고대 도시 셀레우쿠스를 거쳐 에피파네스 청동 문까지 가세요. 거기서부터 다프네로 가는 길이 시작됩니다. 신께서 당신을 지켜주시길!"

벤허는 짐에 대해 몇 마디만 당부하고 다프네로 출발했다.

'헤롯대왕의 가로수길'은 찾기 쉬웠다. 거기서부터 세계 각국에서 온 사람들과 뒤섞여 지붕 있는 대리석 주랑을 따라 청동 문까지 갔다.

청동 문을 지났을 때는 10시경이었다. 벤허는 다프네 숲까지 끝없이 이어진 행렬과 뒤섞였다. 길은 보행자, 말을 탄 사람, 마차 탄 사람으 길로 각각 나뉘어졌고, 다시 출구와 입구로 나뉘어졌다. 각각의 길은 낮은 난간으로 나뉘었는데, 중간중간에 거대한 받침돌 위에 놓인 조각상들이 있었다.

길 양쪽에는 잘 손질된 좁은 잔디밭이 있고, 그 사이사이에 참나무와 플라타너스 그리고 길을 가다 지친 사람—대부분 돌아오는 사람들—을 위한 담쟁이넝쿨로 둘러싸인 정자가 있었다. 보행자 길은 벽돌로 포장되었고, 말과 마차 길에는 흰 모래가 뿌려져 있었다. 모랫길은 단단히 눌려 있었지만 말굽이나 바퀴소리의 반향을 흡수할 만큼은 푹신했다. 분수는 놀라울 정도로 숫자도 많고 종류도 다양했는데, 모두 이곳을 방문했다가 기증한 왕들의 이름이 붙어 있었다. 이 환상적인 대로는 도시 남서쪽에서 다프네 숲의 정문까지 약 1.6킬로미터나 길게 뻗어 있었다.

기분이 비참해진 벤허는 도로를 아름답게 꾸민 왕들의 기증품에도, 자기와 함께 길을 걷는 사람들에게도 눈길을 주지 않았다. 옆을 지나는 가장행렬에도 무관심했다. 하지만 생각에 몰두해 있는 것 이외에도, 벤허는 방금 시골로 내려온 로마인이 느끼는 우월감 비슷한 것을 느꼈다. 세계의 중심 로마에서는 아우구스투스가 건설한 금빛 기둥 사이를 휘도는 행렬 의식이 매일같이 행해졌기 때문이다. 시골이 로마보다 새롭고 나은 것을 보여주기란 불가능했다. 그래서 뭔가 볼 것이 나타날 때마다 벤허는 구경하는 사람들을 앞지르곤 했다. 도시와 다프네 숲 중간에 있는 헤라클레이아에 도착했을 즈음, 벤허는 많이 지쳐 여흥을 좀 즐기고 싶어졌다.

우선 리본과 꽃으로 화려하게 치장한, 아름다운 여인이 몰고 가는 염소 두 마리에 시선이 갔다. 다음에는 거대한 뱃대끈을 하고 방금 꺾은 포도덩굴을 온몸에 휘감은 눈처럼 하얀 소의 모습이 시선을 끌었다. 등에는 광주리 안에 젊은 바쿠스의 모습을 형상화한 벌거벗은 아이가 잘 익은 포도송이를 손으로 쥐어짜 잔에 받아 헌주한 것을 마셨다. 벤허는 그 포도주가 어느 제단에 바치는 것인지 궁금해 하며 다시 길을 걷기 시작했다. 그 옆으로 유행에 따라 갈기를 짧게 자른 말 한 마리가 멋지게 차려입은 사람을 태운 채 지나갔다. 벤허는 말과 말 탄 사람이 하나처럼 자긍심이 가득한 모습을 보고 빙그레 웃음이 나왔다. 그다음부터 벤허는 바퀴 구르는 소리와 둔탁한 말발굽 소리가 들리면 고개를 돌려 쳐다보았고, 쏜살같이 오가는 마차와 마차를 탄 사람들의 모습에 자기도 모르게 점점 마음을 빼앗겼다.

벤허는 주변 사람들에게도 시선을 돌렸다. 나이와 성별과 지위에 관계없이 사람들은 모두 멋진 옷을 차려입었다. 한 무리의 사람들은 모두 흰색으로 옷을 통일했는가 하면, 검은색으로 통일해서 입은 무리도 있었다. 깃발을 든 사람도 있었고, 피운 향을 든 사람도 있었다. 자기들의 신을 찬미하며 느릿느릿 걷는 사람이 있는가 하면, 피리와 작은북 소리에 맞춰 춤을 추는 사람들도 있었다. 이런 장면이 1년 내내 매일 다프네로 가는 길에서 벌어진다면 다프네가 얼마나 대단한 곳이겠는가! 마침내 감탄사와 박수 소리가 쏟아졌다. 사람들이 손으로 가리키는 쪽을 보니, 언덕 꼭대기에 다프네의 신전 입구가 보였다. 찬미하는 소리가 점점 커졌다. 음악 소리와 함께 사람들의 발걸음도 빨라졌다. 서두르는 사람들의 물결에 휩쓸리고, 빨리 가고 싶어 하는 자극에 동화되어 로마 취향에 젖어 있던 벤허도 어느새 그곳을 예찬하게 되었다.

입구를 아름답게 장식한 뒤쪽 건물—고대 그리스 양식 그대로인—을 지나 벤허는 대리석으로 포장된 넓은 광장 앞에 이르렀다. 주변에는 들뜬 표정의 수많은 사람이 분수에서 뿜어져 나오는 맑은 물안개를 맞으면서 감탄사를 연발하며 서 있었다. 벤허 앞에는 남서쪽으로 조금 떨어진 정원이나 연푸른 안개에 휩싸인 숲으로 이어지는, 티끌 하나 없는 길이 여러 갈래로 펼쳐져 있었다. 벤허는 어느 길로 가야 할지 몰라 가만히 서 있었다. 바로 그때 여자 목소리가 들려왔다.

"정말 아름다워! 그런데 이제 어디로 가지?"

월계수 관을 머리에 쓴 같이 온 남자가 웃으며 대답했다.

"예쁜 원시인이여, 그냥 떠나자! 당신 질문에는 세속적인 두려움이 담겨 있군 그래. 그런 감정은 안디옥에 모두 벗어두고 오기로 약속했잖아? 여기서 부는 바람은 신들의 숨결이야. 그냥 바람이 부는 대로 우리 몸을 맡기는 거야."

"길을 잃으면 어떻게 해?"

"겁쟁이! 다프네에서는 길을 잃는 사람이 없어. 스스로 이곳에서 영원히 방랑하기로 결심한 사람들을 제외하고 말이야."

"그 사람들이 누군데?"

여자가 아직 겁에 질린 채 물었다.

"이곳의 매력에 빠져서 살아서도 죽어서도 이곳에 머물기로 선택한 사람들이지. 들어봐! 여기 서 있어, 내가 말한 사람들을 보여줄게."

일순 대리석 포장도로 위에 발소리가 우르르 들렸다. 사람들이 길을 비키자, 한 무리의 소녀들이 방금 말한 남자와 그의 여자친구 주변으로 몰려오더니 탬버린을 치면서 노래하며 춤추기 시작했다. 여자는 겁을 먹고 남자에게 매달렸고, 남자는 한 손으로는 여자를 안고 다른 손은 하늘로 올려 음악 소리에 박자를 맞췄다. 춤추는 소녀들의 머리카락이 바람에 휘날렸다. 소녀들의 입은 듯 만 듯 하늘하늘한 옷에 팔다리가 스쳤다. 춤이 얼마나 육감적이었는지는 말할 필요도 없을 것이다. 한 번 짧게 춤을 춘 뒤, 소녀들은 그들이 왔던 것처럼 가볍게 달려가 버렸다.

"어때?"

남자가 여자에게 큰 소리로 물었다.

"저 여자들은 누구야?"

"사원의 무희들이야. 아폴론 신전에 바쳐진 소녀들이지. 그 수가 굉장히 많은데, 축전 때는 합창을 해. 이곳이 저 소녀들의 집이야. 다른 도시에서도 마찬가지이지만, 이 소녀들은 언제나 신에게 바친 음악가들의 집을 풍요롭게 하는 일을 하지. 자, 이제 우리도 출발해 볼까?"

이내 두 사람은 사라졌다. 다프네에서는 길을 잃는 사람이 없다는 말에 안심한 벤허 역시 어디로 갈지 방향을 정하지 않은 채 길을 떠났다.

아름다운 받침돌 위에 뒷발로 곧추선 조각상이 먼저 그의 눈길을 끌었다. 켄타우로스[154]였다. 돌에 새긴 설명문을 읽어보니, 아폴론과 다이아나에게 사냥법과 의술, 음악과 예언을 가르친 키론[155]이었다. 설명문에는 맑은 밤하늘의 어떤 지점을 특정한 시간에 올려다보면 죽은 키론이 별들 사이에 살아 있는 것이 보이며, 주피터가 착한 천재를 그곳에 옮겨다 놓은 것

---

154) (그리스신화) 반인반마(半人半馬)의 괴물

155) 켄타우로스 일족은 야만에 가까운 난폭한 성질을 가졌지만 키론은 선량하고 정의를 존중하는 온화한 성격을 지님. 의술과 예언·음악·사냥 등에 뛰어남

으로 쓰여 있었다.

현명한 켄타우로스는 인간을 위해서도 봉사했다. 그가 손에 든 두루마리에는 그리스어로 적힌 경고문이 있었다.

오, 여행자여, 그대는 이곳을 처음 찾았는가?

❶ 시냇물의 재잘거림에 귀 기울이고, 연못이 뿌리는 안개비를 두려워 말게. 그래야 나이아드[156]가 그대를 알게 되고 사랑하게 되지.

❷ 다프네의 숲에 초대받은 바람은 제피로스[157]와 오스터[158]라네. 삶을 부드럽게 인도하는 이 바람들은 그대에게 즐거운 일들을 안겨줄 거야. 에우루스[159]가 불면 다이아나가 다른 곳에서 사냥하는 거네. 하지만 보레아스[160]가 울부짖으면 얼른 숨을 곳을 찾게. 아폴론이 화가 났거든.

❸ 다프네의 숲 그늘은 낮에는 그대 것이네. 하지만 밤에는 판[161]과 드라이어드[162]의 것이니, 부디 두 신을 귀찮게 하지 말길.

❹ 개울가의 로토스[163]는 조금씩만 먹길. 기억을 다 잃어버리고 다프네의 자식으로 살고 싶지 않다면 말이네.

❺ 거미줄을 치는 거미가 보이면 그곳을 피해 가게. 아라크네[164]가 아테나를 위해 일하는 중이거든.

❻ 다프네의 눈물을 보고 싶다면 월계수 꽃잎 하나만 따 보게. 하지만 죽을 각오를 해야 할 걸세.[165]

조심하길! 그리고 여기서 행복한 시간을 보내길.

---

156) 물의 정령
157) (그리스신화) 서풍(西風)의 신
158) 남(서)풍의 신
159) 동(남)풍의 신
160) 북풍의 신
161) (그리스신화) 목신(牧神). 허리의 위쪽은 사람 모습이고 염소의 뿔과 다리를 가짐
162) 나무의 요정
163) (그리스신화) 열매를 먹으면 황홀경에 빠져 집이나 친구를 모두 잊게 된다는 식물
164) (그리스신화) 아라크네는 소문난 베짜기의 명인인지라 여신 아테나와 승부를 겨뤄도 지지 않는다고 만함. 이것을 들은 아테나는 화가 나서 베 짜기 승부에 도전장을 던졌으나 아라크네가 짠 천은 사실상 여신의 것에 버금갈 정도로 아름다웠고, 이 때문에 아테나는 한층 더 노여워하면서 아라크네를 거미로 바꾸어버렸다고 함

벤허는 주위에 모여든 다른 여행객들에게 신화에 얽힌 경고의 해석을 맡기고, 흰 황소가 이끄는 가장행렬의 뒤를 따라갔다. 바구니 안의 소년이 행렬을 이끌었고, 그 뒤에는 염소를 끄는 여인, 또 그 뒤에는 피리와 탬버린 연주자, 그다음으로 선물을 든 또 다른 행렬이 따르고 있었다.

"이들은 어디로 가는 거죠?"

한 구경꾼이 물었다.

"소는 주피터 신에게 가죠. 그리고 염소는……."

다른 구경꾼이 대답했다.

"한때 아폴론은 아드메수스의 양 떼를 지키지 않았나요?"[166]

"네, 양 떼는 아폴론에게 가요."

독자 여러분의 양해를 얻어 조금 설명을 하고자 한다. 우리는 다른 종교를 믿는 사람과 돈독한 사이가 되면 그 종교를 수용할 수 있는 마음이 생긴다. 하지만 시간이 지남에 따라 그 교의를 신봉하지 않으면 그 교의를 설명해 주는 훌륭한 사람을 존경할 수 없다는 사실을 깨닫게 된다.

벤허도 이러한 순간을 경험했다. 로마에서 지낸 세월도, 노예선에서 지낸 세월도 벤허의 신앙에는 영향을 주지 못했다. 그는 여전히 유대인이었다. 하지만 다프네의 아름다운 경치를 조금 더 구경하는 것은 죄가 될 것 같지 않았다.

이런 설명을 덧붙여도 좋을 것이다. 벤허의 양심은 지나칠 정도로 올곧

---

165) 사랑의 신 에로스가 백발백중 사냥꾼인 아폴로에게 활을 포기하라는 조롱을 당하자 복수를 위해 아폴로에게 황금의 화살을 쏘아 다프네를 사랑하도록 하는 한편, 다프네에게는 납 화살을 쏘아 아폴로의 사랑을 거부하도록 함. 아폴로의 끈질긴 구애가 두려워진 다프네는 아버지인 강의 신에게 자신을 월계수로 변하게 해 달라고 간청. 월계수로 변한 다프네를 보며 아폴로는 눈물을 흘리며 맹세함. "지금부터 내 머리는 너의 잎으로 장식하고, 영광의 대회에서 우승한 청년과 조국의 명예를 위해 싸워 이긴 용사의 머리에 너의 잎과 가지로 만든 관을 씌워 찬양하리라." 자신의 머리를 다프네의 월계수 잎으로 장식하는 순간 아폴로와 다프네는 하나가 되고 그들의 사랑은 완성됨

166) 아폴로의 아들 아스클레피우스가 의술에 뛰어나 죽은 사람까지 다시 살려내자 시기심 많고 텃세 의식이 강한 주피터는 그에게 벼락을 떨어뜨려 죽게 했다. 이에 주피터의 아들 아폴로는 격노했지만 주피터를 상대로 해서는 아무런 일도 할 수가 없었다. 그래서 아폴로는 주피터에게 벼락을 빌려주었던 키클롭스를 죽여버렸다. 주피터는 진노해서 아폴로를 데쌀리로 추방해 그 나라에서 아드메수스 왕의 양치기로 일하도록 강요당한다(이렇게 해서 아폴로는 양치기의 후원자가 됨)

았지만 현재는 마비 상태였다. 그는 화가 나 있었다. 사소한 일로 안달이 나서 짜증 난 정도가 아니고, 아무것도 아닌 일로 불끈 화가 났다가 야단 한 번, 욕설 한 번 들으면 그대로 사라지는 어리석은 자의 분노도 아니었다. 그것은 그토록 희망했던—꿈이라고 불러도 좋다—행복이 손에 닿을 듯했다가 일순간에 사라져 환멸과 함께 다시 현실로 돌아온 사람이 느끼는 분노였다. 그런 때는 그 무엇으로도 분노가 사라지지 않는다. 이제 운명과의 한판 싸움만 남았다.

운명이 실체가 있는 존재여서 노려보거나 주먹을 날리거나 격한 논쟁을 벌일 수 있는 상대라면 불행에 빠진 사람이 그렇게 스스로를 자책하지는 않을 것이다.

보통의 경우라면 벤허는 다프네 숲에 혼자 오지도 않았을 것이다. 설령 혼자 왔다고 해도 보고 싶은 곳이 있으면 사업차 외국을 갔을 때처럼 아리우스 퀸터스의 가족이라는 신분을 이용해 안내자의 인도에 따라 신속하게 보고 말지, 생면부지의 사람들과 뒤섞여 미지의 인물로 숲 속을 방랑하는 일은 없었을 것이다.

그냥 아름다운 장소에서 며칠 쉬고 싶은 마음이었다면, 다프네의 책임자에게 소개장을 들고 갔을 것이다. 그랬다면 지금 감탄사를 연발하며 몰려다니는 무리들처럼 자신도 관광객 중 한 명이 될 수 있었을 것이다. 하지만 벤허는 다프네의 신전에 모셔진 그리스 로마의 신들에게 숭배심도 없었고 호기심도 없었다. 처절한 실망감으로 멍해진 그는 운명을 기다리는 것이 아니라 꼭 마주쳐야 할 싸움 상대를 찾아다니며 숲 속을 헤매고 있는 것이었다.

정도의 차이는 있겠지만, 누구나 이런 기분을 경험한 적이 있을 것이다. 이럴 때는 침착하게 대담한 일도 저지를 수 있는 상태라고 누구나 인정할 것이다. 그러므로 지금 이 글을 읽는 독자들은 벤허가 마주친 사람이 날카로운 칼을 든 잔혹한 사람이 아니라, 호각을 물고 알록달록한 모자를 쓴 어릿광대라는 것이 천만다행이라고 생각할 것이다.

# 제6장
## 다프네 숲의 유혹

벤허는 가장행렬을 따라 숲 속으로 들어갔다. 처음에는 그들이 어디로 가는지 관심도 없었다. 하지만 철저한 무관심 속에서도 어렴풋이 그들이 다프네 숲의 가장 핵심이며 최고의 관광명소인 신전으로 간다는 느낌을 받았다.

가장행렬의 무리들이 꿈꾸듯 경쾌한 합창곡을 연주하고 노래할 때, 벤허는 계속해서 '황제에게 초대받은 손님보다 다프네 숲에서 오디열매를 먹는 벌레가 더 낫다.'라고 중얼거렸다. 그러다 보니 꼭 답을 얻고 싶은 의문이 떠올랐다.

다프네에서의 생활이 그렇게 행복할까? 무엇이 그렇게 매력적이란 말인가? 이곳의 매력은 인생철학이라는 복잡한 인간 심리의 내부에 있는 것일까? 아니면 현실의 일상생활에서 느껴지는 외부에 있는 것일까? 매년 수천 명의 사람들이 속세의 일을 팽개치고 이곳으로 온다. 그 사람들은 매력을 찾았을까? 만일 찾았다면 인생의 즐겁고 괴로운 갖가지 일을 모두 잊을 수 있을 만큼 매력적이었을까? 미래의 희망과 과거의 슬픔도 모두 잊을 만큼? 그들에게 다프네의 숲이 그렇게나 매력적이라면 나에게도 그렇지 않을 까닭이 있을까? 전 세계인들 중 아브라함의 자손들만 제외된 걸까?

벤허는 가장행렬의 노랫소리와 그들을 따라가는 관광객의 재담을 귓전으로 들으며, 그 매력을 직접 찾아보기로 했다.

답을 찾는데 하늘은 아무런 실마리도 주지 않았다. 도시와 마찬가지로 하늘은 온통 파랬고 참새들만 가득 날며 지저귀고 있었다.

조금 더 걸어가자 오른편 숲 너머에서 바람이 불어와 장미와 향냄새가 뒤섞인 향기를 가득 실어왔다. 벤허도 다른 사람들처럼 걸음을 멈추고 바람이 불어오는 쪽을 쳐다보았다.

"저 너머에 정원이 있습니까?"

벤허가 곁에 있는 남자에게 물었다.

"그것보다는 사제가 의식을 치르는 중일 겁니다. 디아아나, 판, 아니면 숲에 사는 신들에게 말입니다."

이스라엘 말이 들려오자 벤허는 놀란 표정으로 남자를 쳐다보았다.

"이스라엘 사람입니까?"

"난 예루살렘의 시장에서 엎어지면 코 닿을 데에서 태어났어요."

남자는 은근한 미소를 띠며 대답했다. 벤허는 계속 말하려고 했지만 사람들이 앞으로 나아가며 벤허를 인도의 갓길로 밀어버렸고, 남자도 무리에 밀려 앞쪽으로 가버렸다. 유대인의 전형적인 옷차림과 막대기, 노란 끈으로 묶은 밤색의 머리 수건, 그리고 이스라엘인임을 입증하는 강한 유대 풍의 얼굴이 남자의 전체 인상으로 벤허의 마음속에 각인되었다.

이런 상황은 숲으로 이어지는 길이 시작되는 곳에서 벌어졌기 때문에 벤허는 기왕지사 시끄러운 행렬을 벗어나 숲으로 들어가 보기로 했다.

그는 우선 덤불로 들어갔다. 길에서 볼 때는 순수 자연의 상태로 너무 울창해서 뚫고 들어갈 수 없는 들새들의 거주지 같았는데, 몇 걸음 더 들어가자 그곳에도 관리자의 손길이 닿아 있었다. 관목은 꽃을 피우고 있거나 열매를 송알송알 맺고 있었다. 휘어진 나뭇가지 밑으로 땅에는 밝은 색깔의 꽃들이 만개해 한껏 자태를 뽐냈고, 그 위로는 재스민이 섬세한 촉수를 뻗고 있었다. 라일락과 장미, 백합과 튤립, 서양협죽도와 딸기나무는 모두 예루살렘 근교 계곡에서 보던 옛 친구들이었고, 공기는 밤과 낮의 향기를 잔뜩 머금거나 바람결에 흩뿌리고 있었다. 그리고 꽃그늘 아래로 시냇물이 여러 갈래로 구불구불 흐르고 있어, 요정과 정령들의 행복에 모자람이 없게 해주었다.

그가 길을 헤쳐 나가자 좌우의 덤불 위로 비둘기의 노랫소리와 멧비둘기의 속삭임이 들려왔다. 찌르레기가 그를 기다리며 가까이 다가오라고 부르고, 손을 뻗으면 잡힐 듯한 거리에서도 나이팅게일은 겁도 없이 자기 자리를 그대로 지키고 있었다. 밭치 조금 앞에서는 메추라기가 뒤따라오는 새끼들에게 휘파람을 불며 지나갔다. 메추라기 가족이 지나가기를 기다리며 잠시 멈춰 섰을 때, 동그란 금빛 무늬가 있는 화려한 사향노루 가죽 위에 누워 있던 누군가가 살금살금 기어왔다. 벤허는 소스라치게 놀랐다. 이제 마침내 집에서 쉬고 있는 숲의 신을 보게 되는 것일까? 남자는 갈고리 모양의 가지 치는 칼을 입에 물고 그를 올려다보았다. 벤허는 자기의 놀란 모습에 슬그머니 미소가 지어졌다. 그 순간 오, 보라! 숲의 매력이 모습을 드러내기 시작했다! 두려움이 없는 평화, 거기 삼라만상에는 평화가 충만해 있었다!

벤허는 회색 뿌리를 시냇물 쪽으로 뻗고 있는 감귤나무 아래 땅바닥에 앉았다. 졸졸 흐르는 시냇물 가까이에 박새 둥지가 있었고, 둥지 밖으로 목을 쭉 뺀 자그마한 새끼들이 눈에 들어왔다.

'마치 새들이 나에게 말하는 것 같군.'

그는 생각했다.

'우리는 당신이 하나도 무섭지 않아요. 이곳을 지배하는 법은 사랑이니까요.'

다프네 숲의 매력은 명백했다. 벤허는 기분이 좋아졌고, 자신도 다프네 숲에서 길을 잃은 사람이 되어보기로 했다. 꽃과 관목, 그리고 말 없는 나무들이 성장하는 모습을 지켜보면서, 그도 가지 치는 칼을 입에 물고 있던 남자처럼 파란만장한 삶을 뒤로하고 잊혀진 사람이 되어 이곳에서 살 수 있지 않을까? 하지만 점차 그의 유대인 기질이 마음속에서 꿈틀거리기 시작했다.

다프네는 어떤 사람들에게는 떠나고 싶지 않을 정도로 충분히 매력적이었다. 하지만 그들은 어떤 부류의 사람들인가?

사랑은 사람을 매료시킨다. 아! 자기처럼 험난한 일을 겪은 뒤에 사랑이 찾아온다면 얼마나 즐거울까? 삶에는 사랑뿐일까? 그게 전부일까?

이곳에 숨어서 행복하게 사는 사람들과 그와는 차이점이 있다. 그들에게는 꼭 해야 하는 일이 없었지만, 그에게는…….

"오, 하나님!"

그는 큰 소리로 외치며 얼굴이 상기된 채 자리에서 벌떡 일어났다.

"어머니! 티르자! 아직 두 사람을 찾지 못했는데. 나 혼자 행복할 수 있는 장소와 시간에 저주가 있으라!"

그는 허겁지겁 덤불을 헤쳐 개울이 강물처럼 콸콸 흐르는 곳으로 나왔다. 그리고 개울 위에 놓인 다리로 올라가 다른 다리들을 바라보았다. 같은 모양은 하나도 없었다. 발밑에는 개울물이 깊은 웅덩이처럼 고여 있었고, 물은 너무나 맑아 그림자가 투명하게 비쳤다. 조금 먼 곳에서는 물이 우르릉거리며 바위 위로 떨어지고, 더 멀리에는 깊은 웅덩이가, 그다음에는 폭포가 시선이 닿는 곳까지 길게 이어져 있었다. 다리와 웅덩이와 우르릉거리는 폭포는 다프네 숲의 관리인의 뜻대로 흐르고 있다고 말하는 듯했다. 마치 관리인이 다프네 숲을 관장하는 여러 신들의 충실한 종으로 행하듯이 말이다.

그는 다리 앞쪽에 펼쳐진 넓은 분지와 들쑥날쑥한 언덕을 바라보았다. 거기에는 작은 숲과 호수, 하얀 오솔길과 반짝이는 개울물을 따라 아름다운 집들이 이어져 있었다. 가뭄이 지면 강물이 쏟아져 들어와 목마름을 달래줄 것 같은 분지는 화단과 꽃밭으로 장식되어 있었으며, 눈송이처럼 하얀 양 떼로 한껏 자태를 뽐내는 초록색 융단 같았다. 멀리에서는 양 떼를 쫓는 목동 소리가 들려왔다. 옥외 제단에서는 제사를 드리는 흰옷 입은 사제들이 여기저기 눈에 띄었고, 향 연기가 구름처럼 제단 위에 반쯤 떠 있었다.

도망치듯 끌려와 여기저기 다니면서 휴식에 취해 행복을 느끼고, 이제는 초원으로 언덕으로 그리고 구불구불 이어진 오솔길과 개울물을 따라가고, 그러다가 길을 잃고 생각마저 희미해져……. 아, 이 아름다운 풍경에 얼마나 어울리는 종말인가! 이렇게 경탄할 만한 시작 뒤에 숨겨진 얼마나 불가사의한 신비인가! 여기저기 사람들이 이야기하는 곳을 바라보던 벤허는 자기도 모르는 사이에 확신에 이르게 되었다. 이곳은 땅에도 하늘에도 평화가 넘쳐나고, 어디를 가든 어서 와 쉬라고 손짓하고 있는 곳이다.

갑자기 새로운 깨달음이 덮쳤다.

다프네는 숲 전체가 신전이다. 하나의 거대한 야외 신전이다!

이런 곳은 어디에도 없다!

다프네의 건축가는 기둥과 지붕과 회랑과 실내장식을 조금의 고민도 없이 직관적으로 지었고, 그가 구현하고자 했던 웅장한 테마에 아무런 제한도 두지 않았다. 그는 모든 것을 자연에 따랐다. 예술이 자연을 넘어서지는 못한다. 주피터와 칼리스토[167]의 영리한 자손이 고대 아르카디아를 건설한 것과 같았다.

벤허는 다리를 건너 근처 계곡으로 걸어 들어갔다. 거기에서 양 떼를 이끄는 소녀 목동을 만났는데, 소녀는 벤허에게 손짓하며 "이리 와요!" 하고 불렀다.

조금 더 걸어가자 양쪽으로 갈라지는 길 앞에 제단이 놓여 있었다. 대리석으로 만들어진 제단 위에는 청동화로에서 불길이 솟아오르고 있었는데, 그 곁에 있던 여사제가 벤허를 보고 버드나무 가지를 흔들었다. "가지 마세요!" 벤허를 부르는 그녀의 미소는 관능적인 여성의 유혹이었다.

조금 더 걸어가던 벤허는 또 다른 행렬을 만났다. 선두에는 발가벗은 어린 소녀들이 화환으로 몸을 가린 채 소리 높여 노래를 불렀다. 바로 뒤에는 역시 발가벗은 채 온통 구릿빛으로 그을린 소년들이 소녀들의 노래에 맞춰 춤을 추며 따라왔다. 그 뒤에는 여인으로만 구성된 한 무리가 제단에 바칠 향과 사탕 바구니를 들고 따라왔다. 여인들의 옷차림은 간단했는데 몸이 드러나는 것에 전혀 개의치 않았다. 벤허가 지나가자 여인들은 손을 뻗으며 "가지 마세요, 우리와 함께 가요."라고 말했다. 그중 한 여인이 아나크레온[168]의 시를 읊었다.

오늘만을 위해서 받거나 주고
오늘만을 위해서 먹고 마시며
오늘만을 위해서 구걸하거나 빌려요.
침묵하는 내일에 대해선 아는 사람이 아무도 없어요.

167) (그리스신화) 주피터의 사랑을 받은 탓으로 헤라가 곰으로 만든 요정. 그 둘 사이에서 '아르카디아' 지방의 건국 영웅 '아르카스(Arkas)'가 태어남

168) (570?~480? B.C.) 고대 그리스의 서정시인

벤허는 그들에게 관심을 두지 않고 계속 걸어가 계곡의 중심인 잎이 무성한 숲 곁으로 갔다. 그곳은 숲이 가장 아름답게 보이는 위치였다. 길가에는 그늘이 펼쳐져 있었다. 나뭇잎 사이로 보니 동상처럼 보이는 것이 반짝 빛났다.

잔디는 싱싱하고 깨끗했다. 나무는 충분한 거리를 두고 떨어져 있었고, 각양각색의 동방 자생종 나무들이 세계 각지에서 가져온 이생종 나무들과 어울려 있었다. 여기에 왕비처럼 꾸민 야자수가 무리지어 서 있는가 하면, 저기에는 플라타너스가 검푸른 월계수 위에 고개를 숙였다. 언제나 푸르른 참나무도 가지를 뻗어, 레바논의 왕처럼 큼직한 삼나무와 함께 서 있었다. 뽕나무와 옻나무도 너무 아름다워서 마치 낙원의 과수원에서 바람에 실려 온 것만 같았다.

동상은 놀랄 만큼 아름다운 다프네였다. 벤허는 한 번 쳐다보기만 하고 지나가려 했는데, 동상 받침대 밑에서 한 쌍의 소년과 소녀가 서로의 팔에 안겨 잠든 것을 보았다. 그들은 호랑이 가죽을 깔고 누워 있었으며, 주변에는 행렬 때 썼던 소품인 듯 소년의 도끼와 낫, 그리고 소녀의 바구니가 시든 장미 더미 위에 아무렇게나 내팽개쳐져 있었다.

벤허는 두 사람의 벌거벗은 모습에 깜짝 놀랐다. 조금 전까지 벤허는 향기로운 덤불의 정적 속에서 다프네 숲의 매력이 두려움 없는 평화라고 생각했다. 그리고 그 매력에 넘어갈 뻔했다. 하지만 환한 대낮에 다프네 동상 밑에서 벌거벗고 잠든 한 쌍의 남녀를 보자 곧바로 그 매력의 이면을 읽을 수 있었다. 다프네의 숲을 지배하는 규율은 분명 사랑이었지만, 그것은 무질서한 사랑이었다.

이것이 바로 다프네 숲의 달콤한 평화였다!

이것이 바로 다프네 숲 추종자들의 삶의 종말이었다.

바로 이것을 위해 왕들과 왕자들이 아낌없이 돈을 쓴 것이다!

이것을 위해 교활한 사제들이 자연을 이용한 것이다. 새와 시내, 백합과 강, 많은 일손과 제단이 신성한, 그리고 풍성한 태양빛을 이용한 것이다!

벤허는 이 거대한 야외 신전의 신봉자들, 특히 이곳을 아름답게 유지하려고 자신을 바쳐 봉사하는 사람들에게 슬픔을 느꼈다. 그들이 왜 이곳에 머무르는지는 이제 불가사의가 아니었다. 이곳에 온 동기와 영향, 그리고 이곳의 유혹은 그들도 똑같이 경험했다. 심적 괴로움에 시달리던 사람들은 이 신성한 곳이 주는 끝없는 평화에 매료되었으며, 돈이 없으면 노동력을 기부해도 된다는 약속에 이끌리기도 했다. 그들 중 어떤 이들은 희망과 두려움을 유난히 잘 느끼는 지성인들이었다. 하지만 이런 부류의 사람들은 소수에 지나지 않는다. 아폴론의 그물은 넓고 그물코는 촘촘했다. 어떤 사람들이 그물에 걸렸는지는 누구도 선뜻 말하지 않을 것이다. 몰라서가 아니라 말을 해서는 안 되기 때문이다. 그들 중 대부분은 탕아들이었고, 동방세계가 그토록 탐닉하는 관능주의에 빠진 하류 인간들이었다. 그들은 높은 이상에—아폴론에게도, 그의 불행한 연인에게도, 고요한 은둔 생활을 즐기는 데 필요한 철학에도, 종교의 위안을 받으려고 한 제사에도, 그리고 더욱 고결한 정서에도—헌신하지 않았다. 이제 진실을 말할 때가 된 것 같다. 금세기에 높은 이상을 추구할 수 있는 사람은 두 나라의 시민, 즉 모세의 율법에 따라 사는 이스라엘 시민과 브라흐마의 율법에 따라 사는 인도 시민밖에 없다. 그들만이 법 없는 사랑보다는 사랑 없는 법이 낫다고 당당하게 외칠 수 있다.

그 밖에도 공감능력은 사람들의 기분에 상당히 영향을 받는다. 화가 났을 때는 공감능력이 사라지고, 마음이 열려 있을 때는 쉽게 상대방의 기분을 이해한다.

벤허는 고개를 높이 들고 빠른 걸음으로 걸었다. 주변의 아름다운 경치에 즐거움을 느끼기도 했지만 때로는 냉소를 짓기도 했다. 하마터면 유혹에 넘어갈 뻔했다는 사실을 쉽사리 잊을 수가 없었다.

# 제7장
## 다프네 숲 안에 있는 전차 경기장

벤허의 눈앞에 돛대처럼 높고 곧게 뻗은 삼나무 숲이 나타났다. 그가 근처 그늘로 들어가려고 할 때 어디선가 우렁찬 트럼펫 소리가 들렸다. 그리고 좀 전에 우연히 만났던 사람이 근처 풀밭에 누워 있다가 벤허를 보고 일어나 다가왔다.

"화평이 당신께 있기를."

남자가 쾌활하게 인사를 건넸다.

"감사합니다. 저와 같은 방향으로 갑니까?"

벤허가 대답한 뒤 물었다.

"당신도 경기장으로 가는 거라면, 저도 그쪽으로 갑니다."

"경기장이요!"

"네, 지금 들린 트럼펫 소리는 경기 참가자들을 소집하려고 분 겁니다."

"저는 다프네의 지리를 잘 모릅니다. 앞장을 서시면 저도 따라가 보고 싶군요."

"좋습니다. 잘 들어봐요! 마차 바퀴 소리가 들리죠? 선수들이 경기장에 모이고 있어요."

벤허는 잠시 귀를 기울이다가 남자의 팔 위에 손을 얹으며 자기를 소개했다.

"저는 공동사령관이었던 아리우스의 아들입니다. 당신은……?"

"나는 말룩이라고 합니다. 안디옥의 상인이죠."

"아, 말룩씨, 트럼펫 소리와 바퀴 삐걱거리는 소리를 들으니 흥분이 되는군요. 저도 운동을 좀 하는 편이거든요. 로마 경기장에서는 이름깨나 날렸죠. 경기장에 가 봅시다."

말룩은 잠시 머뭇거리다가 물었다.

"공동사령관은 로마인인데, 아들은 유대인 복장이군요."

"아리우스는 저의 양아버지입니다."

벤허가 대답했다.

"아, 그렇군요! 죄송합니다."

두 사람은 숲의 오솔길을 지나 경기장으로 들어갔다. 경기장은 모양과 크기에서 로마의 경기장에 손색이 없었다. 경기장의 흙은 단단히 눌려지고 그 위에 부드러운 흙이 뿌려졌다. 바닥에 박힌 창에 끈을 묶어 경계를 나타냈으며, 관람석은 계단 형태로 만들어 커다란 차양을 쳐놓았다. 두 사람은 빈자리를 발견하고 앉았다.

벤허는 관람석 앞을 지나가는 전차 수를 세어보았다. 모두 9대였다.

"굉장하군요."

벤허가 감탄하며 말했다.

"이곳 동방에서는 기껏해야 말 두 필이 끄는 전차 경주라고 생각했는데, 모두가 말 네 필이 끄는 전차네요. 어디, 실력은 어떤지 봅시다."

네 필의 말이 끄는 전차 8대가 관람석 앞을 지나갔다. 걸어가는 말도 있었고 속보로 가는 말도 있었다. 말을 조종하는 기수의 실력은 모두 고만고만해 보였다. 그때 9번째 전차가 전속력으로 관람석 앞을 지나갔다. 벤허는 감탄사를 터트렸다.

"황제의 마구간을 가본 적도 있지만, 이런 말은 처음 봅니다!"

그때 마지막 전차의 말 네 마리가 관람석 앞을 쏜살같이 지나가더니, 곧 뒤죽박죽으로 뒤엉키고 말았다. 관람석에서는 비명 소리가 들렸다. 주위를 돌아보니, 앞좌석에 있던 노인이 자리에서 몸을 반쯤 일으킨 채 길고 하얀 수염을 부들부들 떨며 주먹을 공중에 치켜들었다. 근처에 있는 구경꾼들도 조소를 터트렸다.

"최소한 노인의 수염이라도 존중해 주었으면 좋으련만. 저분은 누구죠?"

벤허가 물었다.

"모압보다 더 먼 사막에서 온 대단한 분이죠. 낙타 떼는 물론이고, 초대 파라오가 타고 다니던 혈통 있는 말들을 많이 소유하고 있다고 합니다. 호칭으로나 자격으로나 그 이름에 걸맞는 일드림 족장입니다."

말룩이 대답했다.

한편, 기수는 말들을 진정시키려고 노력했지만 아무 소용이 없었다. 그리고 실패할 때마다 족장은 점점 더 흥분했다.

"저런 빌어먹을 놈!"

족장이 고래고래 소리를 질렀다.

"뛰어가! 빨리 가란 말이야! 내 말 듣고 있어?"

그는 자기가 데려온 사람들에게도 목소리를 높였다.

"내 말 듣고 있어? 저 말들도 너희처럼 사막에서 태어났어. 가서 잡아, 빨리!"

말들의 발길질은 점점 더 심해졌다.

"빌어먹을 로마 놈!"

족장은 기수를 향해 주먹을 치켜들며 다시 소리를 질렀다.

"말을 잘 조정할 수 있다고 했잖아? 온갖 빌어먹을 신들의 이름을 걸고 맹세했잖아? 이거 놔, 손 치워! 손 치우라고 했어! 양처럼 순하게 부려 독수리처럼 빨리 달리게 할 수 있다고 큰 소리치더니, 빌어먹을 자식! 저런 거짓말쟁이를 자식으로 키운 애미도 빌어먹어라! 저 말들 좀 봐, 돈으로 살 수 없는 말들이야! 저 말을 채찍으로 때리다니, 내가 ……."

그의 마지막 말은 분노로 이를 가는 소리에 묻혀 버렸다.

"너희 중에 누가 가서 네 엄마가 천막에서 불러주던 노래 한마디만 불러주면 말들이 진정할 텐데. 아, 로마 놈의 말을 믿다니. 내가 바보지, 내가 바보야!"

그러자 성격이 차분한 족장 친구 몇 명이 기수와 족장 사이를 가로막았다. 그리고 족장의 숨이 넘어가는 바람에 일은 그것으로 마무리되었다.

족장의 마음을 이해할 수 있었던 벤허는 동정심이 생겼다. 경주 결과의 걱정보다도 말을 가족처럼 사랑하는 족장의 마음을 짐작할 수 있었다. 말은 모두 적갈색이었고 믿을 수 없을 정도로 완벽하게 어울려 조화로운 외모를 갖추고 있었다. 작은 머리 위로 섬세한 귀가 솟아 있고, 두 눈 사이의 얼굴은 넓고도 팽팽했다. 콧구멍이 벌렁거릴 때 보이는 속살은 불꽃처럼 붉었다. 목은 활처럼 휘어졌고, 그 위를 덮은 윤기 나는 갈기는 너무 풍성해서 어깨와 가슴까지 드리워져 있었다. 그것과 완벽하게 조화를 이루는 앞 갈기는 실크 천이 풀린 것처럼 부드럽게 늘어져 있었다. 무릎과 발목 사이의 다리는 펴진 손바닥처럼 일직선이었으며, 무릎 위부터는 튼튼한 근육으로 둥그스름해서 유기적으로 균형이 잘 잡힌 몸의 각 부분을 든든하게 지탱해 주었다. 말굽은 반들거리는 마노 컵 같았다. 그리고 뒷발로 뛰어오르고 땅을 발로 찰 때, 길고 풍성한 칠흑 같은 꼬리가 허공과 땅을 갈랐다. 돈을 주고도 살 수 없는 말이라는 표현에 완벽하게 어울리는 모습이었다.

말들을 다시 자세히 관찰한 벤허는 그들과 족장과의 사이를 짐작할 수 있었다. 그늘 한 점 없는 사막 한복판에서 그의 가족들과 같이 살면서, 말들은 그의 휘하에서 자라나 낮에는 특별한 관심의 대상이요 밤에는 자긍심의 대상으로 자식처럼 사랑받던 동물이었다. 거만한 밉상인 로마 놈을 꺾고 그에게 승리를 안겨줄 것이라는 희망을 안고 노인은 안디옥에 온 것이다. 그는 믿음직한 기수만—말을 조정하는 기술뿐만 아니라 기백 있는 말들을 제압해 자신을 따르게 할 만한 배짱의 소유자—만나면 승리는 따 놓은 당상이라고 믿어 의심치 않았다. 기수의 무능함을 조목조목 지적하면서 정중하게 해고하는 냉정한 서방 사람과는 달리, 아라비아인 족장은 화를 펄펄 내면서 고래고래 고함치는 소리로 주변 공기를 찢어놓았다.

십여 명의 사람들이 달려가 고삐를 잡아 말을 진정시킨 뒤에야 족장의 욕설이 잦아들었다. 그 즈음, 또 한 대의 전차가 트랙에 나타났다. 그 전차는 다른 전차들과는 달리 전차 모양과 기수, 달려오는 모양새가 로마 경기장에서 경기 마지막 날에 보던 모습과 똑같았다.

독자들도 곧 자세히 알게 되겠지만, 이 기회에 전차 모양을 설명하는 것이 도움이 될 것 같다.

바퀴가 작고 굴대가 넓적한 이륜마차의 꽁무니에 뚜껑 열린 마부석이 달린 모습을 상상해 보기 바란다. 그것이 가장 초기의 형태다. 그리고 시간이 지나면서 예술적인 천재들이 나타나 조금씩 손질을 가미해 미적 존재로 승화시켰다. 그 모습은 새벽 직전에 나타나는 오로라를 상상하면 될 것 같다.

야심과 기량 면에서 현대 기수와 뒤떨어지지 않는 고대의 기수들은 가장 기본적으로는 이두전차를, 최고 등급은 사두전차를 몰았다. 올림픽 경기나 그와 유사한 축제 때에는 네 마리 말이 끄는 사두전차를 몬다.

예나 지금이나 기수는 네 마리 말을 병렬로 나란히 세운다. 그리고 중간의 두 마리는 '멍에마', 양 끝의 두 마리는 '동반마'라고 부른다. 말들은 행동이 자유로울 때 가장 높은 속력을 낸다. 그래서 말을 부리는 기구는 지극히 간단하다. 일반 말이라면 굴레와 고삐가 있겠지만, 전차 경주마는 목 주변에 두른 어깨띠와 거기에 연결된 가죽 끈밖에 없다. 전차를 매달려고 좁은 나무로 멍에를 만들어 채 끝에 고정시키고, 멍에 끝부분에 있는 고리에 가죽 끈을 통과시킨 뒤 어깨띠에 고정한다. 그리고 '멍에마'의 가죽 끈은 마차 굴대에 묶고 '동반마'의 가죽 끈은 전차 바닥의 위쪽 테두리에 묶는다. 이제 기수는 멍에와 말고삐 안쪽에 달린 고리에 각각의 끈을 묶고 잘 조절하기만 하면 된다.

다른 전차들이 나올 때 조용했던 관람석은 마지막 전차가 나오자 환호하기 시작했다. 관중들의 모든 관심이 그 기수에 쏠려 있었다. 중앙에 있는 두 마리는 검은 말이었고 양 끝에 있는 두 마리는 흰 말이었다. 네 마리의 말은 로마인의 가혹한 기준에 따라 모두 훼손되어 있었다. 꼬리는 가지런히 깎아 다듬어놓았고, 짧게 손질된 갈기는 여러 갈래로 땋아 번쩍이는 붉은색과 노란색 리본으로 묶어놓았다.

마침내 전차가 관람석에 완전히 모습을 드러내자 전차의 모습만으로도 사람들은 환호했다. 전차의 바퀴 모양은 경이로움 자체였다. 튼튼하면서도 가벼운 청동 바퀴통을 중심으로 상아로 만든 바퀴살이 펼쳐져 있었는데, 바깥으로 자연스럽게 굽어져 완벽한 오목 형태를 띠고 있었다. 커다란 바퀴 테는 윤기 흐르는 흑단 나무로 되어 있었고, 바퀴와 연결된 굴대 끝에는 포효하는 청동 사자상으로 장식되어 있었다. 또 바닥은 버드나무 가지를 엮어 황금으로 도금해 놓았다.

벤허는 이런 멋진 말들이 끄는 호화찬란한 전차를 타고 등장하는 기수에 관심이 쏠렸다.

'기수가 누구일까?'

아직은 기수의 얼굴이나 몸이 제대로 보이지 않았다. 하지만 분위기와 태도가 어딘지 낯이 익었고, 먼 옛날 어떤 아픈 기억에 맞닿아 있는 것 같았다.

'도대체 누구지?'

이제 말들이 속보로 다가왔다. 관객들의 고함과 환호성으로 보아 인기 있는 관리이거나 유명한 왕자인 듯했다. 외모에서 풍기는 분위기도 고위급 인사 같았다. 왕들도 승리의 상징인 월계관을 차지하려고 고군분투하는 일이 많았다. 네로와 코모두스 황제[169]도 전차 경주에 열을 올리지 않았던가. 자리에서 일어난 벤허는 조바심 어린 진지한 표정으로 관람석 제일 앞에 있는 난간까지 내려갔다.

이윽고 기수의 전체 모습이 눈에 들어왔다. 옆에 조수가 타고 있었지만, 벤허의 눈에는 몸을 꼿꼿이 세우고 고삐를 몇 바퀴 돌려 잡은 기수의 모습만 보였다. 멋진 몸매에 연한 붉은색 튜닉을 두르고 오른손에는 채찍을, 왼손에는 네 개의 가죽 끈을 잡고 있었다. 그의 자세는 너무나 우아했고 활력이 넘쳤다. 기수는 환호성과 박수 소리를 뒤로하고 늠름하게 입장했다. 기수를 본 벤허는 일순 그 자리에서 굳어버리고 말았다. 그의 본능적인 느낌과 기억이 틀리지 않았다. 기수는 바로 메살라였던 것이다!

최고급 말과 화려한 전차, 기수의 태도와 몸짓, 무엇보다 그렇게 오랜 세월 동안 전 세계를 지배한 민족에게서나 볼 수 있는 냉담하고 날카로운 독수리 같은 모습. 그런 모습을 본 벤허는 메살라가 전혀 변하지 않았다는 것을 알았다. 언제나처럼 거만하고 자신만만했으며, 야심과 냉소와 조롱을 품은 무관심한 태도를 보이고 있었다.

---

169) 로마 제정 때 5현제의 전성기 다음에 즉위한 황제(재위 180~192). 잦은 이민족의 침략과 재정적 문란, 화폐의 악질화, 물가 등귀 등으로 로마 제국이 쇠퇴함. 192년 황제답지 못한 그의 태도를 혐오하는 사람에게서 암살당함

# 제8장
## 카스탈리아 샘

벤허가 관람석 계단 아래에 서 있을 때, 계단 제일 아래 칸에서 한 남자가 일어나더니 큰 소리로 외쳤다.

"전 세계의 남자들이여, 들으시오! 일드림 족장의 말을 전합니다. 족장님은 최고의 말들과 대항하려고 말 네 마리를 이끌고 이곳에 왔는데, 그 말을 몰아줄 역량 있는 기수가 없습니다. 족장님의 마음에 들도록 말을 모는 사람에게는 평생 돈 걱정은 하지 않도록 해주겠다고 하십니다. 제 주인 일드림 족장께서는 여기 안디옥이나 로마 경기장, 그리고 강한 남자가 모이는 곳이면 어디서나 이런 공표를 합니다."

남자의 제안에 관람석 전체가 술렁였다. 이제 저녁이 되면 안디옥에서 이 제안을 모르는 사람이 없을 것이다. 이러한 제안에 벤허도 잠시 주춤하며 말룩과 족장을 번갈아 쳐다보았다. 벤허가 그 제안을 받아들이면 어쩌나 싶어 말룩은 조마조마했다. 그때 벤허의 목소리가 들려왔다.

"이젠 어디로 가죠, 말룩?"

말룩은 안심과 더불어 호탕하게 웃으며 대답했다.

"다프네 숲에 처음 온 사람들은 점을 보러 가는데, 당신도 가실래요?"

"점이요? 믿을 것 같지는 않지만 한번 가 볼까요?"

"아니에요, 아폴론의 신봉자들은 그보다는 더 쉬운 계략을 쓰죠. 피티아나 시빌[170]같은 무녀들이 앞날을 이야기해 주는 대신 그들은 평범한 파피루스 줄기에서 떼어낸 잎에 시를 써요. 그걸 돈 받고 팔면서 샘물에 담가 보라고 하죠. 거기에 나타난 시가 자기 운명이라는 거예요."

순간 벤허의 얼굴에서는 흥미로운 표정이 사라졌다.

"미래에 안달할 필요가 없는 사람들도 있죠."

---

170) (그리스신화) 원래는 아폴로한테서 예언 능력을 물려받은 여인의 이름이었으나, 후대로 내려오면서 무녀의 총칭으로 사용됨

벤허가 침울하게 말했다

"그럼 신전에 가 보실래요?"

"그리스 신전을 말하는 겁니까?"

"그렇죠."

"그리스인들은 예술계의 미적 장인이지만 건축에서는 너무 아름다움만 추구하다 보니 다양성이 없어졌어요. 그리스 신전은 다들 비슷해요. 그 점을 친다는 샘 이름이 뭐죠?"

"카스탈리아입니다."

"아! 그곳은 세계적으로 유명한 샘이잖아요. 거기 가 봅시다."

말룩은 벤허와 동행하면서 유심히 관찰했다. 잠깐인지 모르겠지만 벤허의 몸에서는 기백이 다 사라져 보였다. 지나가는 사람을 쳐다보지도 않았고, 경이로운 것을 보아도 감탄하지 않았다. 그는 말없이 시무룩한 표정으로 천천히 걷기만 했다.

사실, 벤허는 메살라를 본 다음부터 생각에 빠지게 되었다. 어머니가 끌려가던 일도, 로마인들이 자기 집을 봉쇄하던 일도 아직 한 시간이 채 지나지 않은 사건인 듯했다. 노 젓는 일 외에 아무것도 할 수 없던 갤리선에서 얼마나 처절하게 복수를 꿈꾸었던가? 그리고 그 중심에는 언제나 메살라가 있었다. 그라투스 총독은 잊은 적이 있어도 메살라만은 잊은 적이 없었다. 단 한순간도!

벤허는 자신의 결심이 흔들리지 않도록 계속 중얼거렸다.

'로마군에게 우리가 범인이라고 고발한 놈이 누구였지? 도와달라고 했을 때 나를 조롱하고 비웃으며 떠나버린 놈이 누구였지? 그리고 꿈의 결론은 언제나 같았다. 오, 하나님! 메살라를 만나는 날, 가장 적절하게 복수할 수 있도록 도와주십시오!'

이제 그 만남의 날이 다가온 것이었다.

만일 메살라가 가난에 허덕이는 병자였다면 벤허의 감정이 달랐을지도 모른다. 하지만 메살라는 그냥 잘 사는 정도가 아니었다. 잘 살면서 허세가 있고, 햇빛을 받은 금처럼 번쩍거렸다. 말룩이 그를 보며 기백이 사라졌다고 느꼈을 때 그는 사실 메살라를 만나면 어떤 식으로 복수를 해야 여한이 없을지 고심하던 중이었다.

잠시 뒤 두 사람은 참나무 길로 방향을 꺾었다. 그곳에는 사람들이 무리를 지어 오가고 있었는데, 걸어가는 사람이 있는가 하면 말을 타고 가는 사람, 누더기를 입은 여자 노예들도 있었다. 이따금씩 마차가 천둥 같은 소리와 함께 지나갔다.

도로의 끝은 완만한 경사를 이루며 저지대와 연결되었고 저지대의 오른편에는 깎아지른 듯한 회색 암벽이, 왼편에는 푸른 신록의 넓은 초원이 펼쳐졌다. 그리고 그 유명한 카스탈리아 샘이 보였다. 그곳에 모인 사람들을 헤치고 들어간 벤허는 바위 꼭대기에서 맑은 물이 뿜어져 나와 밑에 있는 검은 대리석 연못으로 떨어지고, 거기서 잠시 보글거리며 거품을 일으키다 깔때기로 사라지는 모습을 지켜보았다.

샘의 옆에 튼튼한 벽을 깎아 세워둔 주랑 아래에는 수염이 긴 주름투성이의 늙은 사제가 두건 달린 겉옷을 입고 앉아 있었다. 그 모습은 마치 가장 완벽한 은둔자 같았다. 주변에 모여 있는 사람들의 태도로 보아, 과연 이곳의 주인공이 샘물인지 사제인지 모를 정도였다. 사제는 들을 수도 있고 볼 수도 있었지만 한마디도 하지 않았다. 이따금씩 관광객이 동전을 건네면 사제는 눈을 반짝이며 파피루스 잎을 건네줄 뿐이었다.

여행객이 그 잎을 받아들고 서둘러 샘물에 담갔다가 햇빛에 비춰보면 잎에 시가 나타났다. 시가 가진 미묘한 뜻은 샘물의 명성에 득이 되었으면 되었지 해가 되지는 않았다. 그때 저 멀리 초원에서 사람들의 호기심을 받으며 뭔가가 다가왔다. 벤허는 점을 보지도 않고 그쪽을 쳐다보았다. 그의 눈에 들어온 것은 말을 탄 사람과 아주 크고 흰 낙타였다. 낙타 등에 있는 다인승 가마는 아주 컸고, 심홍색과 금색으로 장식되어 있었다. 그 뒤로는 긴 창을 손에 든 두 사람이 각자 말을 타고 따라왔다.

"정말 굉장한 낙타야!"

무리 중에 한 사람이 감탄을 발했다.

"먼 곳에서 온 왕자인가 봐."

다른 사람이 말했다.

"아냐, 왕인 것 같은데?"

"코끼리를 타고 있었으면 나도 왕이라고 했을 거야."

사람들은 제각기 자기 생각을 내놓았다.

"낙타야! 게다가 흰 낙타라고! 저기 두 사람이 보이잖아. 왕도 아니고 왕자도 아니야. 두 사람 다 여자잖아!"

의견이 분분한 가운데 무리가 도착했다. 가까이 다가온 낙타는 기대에 어긋나지 않았다. 샘가에 모여 있던 여행객들은 이렇게 크고 당당한 동물은 본 적이 없었다. 그 근사한 큰 눈이란! 그렇게 가는 흰 털이란! 쳐들 때는 그렇게나 작게 수축하고 내려놓을 때는 그렇게나 소리 없이 넓게 펴지는 발이란! 그리고 실크로 두른 가마와 금술과 금 장신구란! 걸어갈 때면 은방울이 먼저 울렸고, 등 위에 탄 사람을 전혀 의식하지 못한 듯 사뿐사뿐 움직였다.

모두들 가마에 타고 있는 남자와 여자는 누굴일까 하는 의문을 지닌 채 이들을 맞았다.

남자가 왕자나 왕이라고 해도 그에게서는 부러울 구석이 전혀 없었다. 시간은 모든 사람에게 공평하다는 것을 증명해 주듯, 미라같이 혈색 없는 사람의 여위고 움푹 들어간 얼굴이 커다란 터번 밑에서 모습을 드러냈을 때, 사람들은 위대한 사람이나 미천한 사람이나 나이는 어쩔 수 없다는 생각을 하며 기분이 좋아졌다.

반면 아주 섬세한 너울과 레이스로 단장한 여자는 다소곳이 앉아 있었다. 팔뚝에 있는 코브라 모양의 팔찌는 손목 팔찌와 금줄로 연결되었고, 맨살을 드러낸 팔과 아기같이 섬세한 손은 우아하기까지 했다. 가마를 잡고 있는 손에서는 반지들이 반짝였고, 손톱은 진주의 분홍색 같이 물들어 있었다. 그물 모자를 쓰고 산호 구슬과 코인을 늘어뜨린 머리는 그 자체로도 아름다웠지만, 햇볕과 먼지를 피하느라 베일로 감싸고 있었다. 여인은 높은 자리에서 상냥한 눈빛으로 사람들을 가만히 둘러보고 있었는데, 그 일에 너무 열중한 나머지 자신이 사람들의 관심의 대상이라는 것도 의식하지 못했다.

여인의 얼굴은 달걀형으로 젊고 아름다웠다. 피부색은 그리스인처럼 파리하지도, 로마인처럼 거무스름하지도, 갈리아인처럼 희지도 않았다. 뺨과 이마는 발그레할 정도로 투명했고, 나일 강 상류의 햇볕이 아름답게 물들어 있었다. 큰 눈에는 아이라인이 그려져 있고, 입술은 약간 벌어져 선홍빛 입속에서 하얗게 반짝이는 이가 엿보였다. 이 아름다운 얼굴에 길고 우아한 목이 더해져 그녀를 보는 사람은 여왕 같다고 느꼈을 것이다.

주변 경치와 사람들을 둘러본 여인은 흡족한 듯 낙타를 무릎 꿇어 앉히고 말 탄 사람—웃옷을 벗은 억센 근육의 에티오피아인—에게 잔을 건네주며 물을 떠오라고 시켰다. 바로 그때, 아름다운 여인의 등장으로 고요해진 정적을 깨며 빠르고 거칠게 달려오는 마차 바퀴 소리와 말발굽 소리가 울려 퍼졌다. 사람들은 비명을 지르며 사방으로 도망가기 시작했다.

"저 로마인이 우리를 깔아뭉갤 작정이군. 조심해요!"

말룩이 소리치며 황급히 자리를 피했다. 소리 나는 쪽을 돌아본 벤허는 모여 있는 군중을 향해 똑바로 네 마리의 말을 몰며 달려오는 메살라를 보았다. 이번에는 거리가 더 가까워서 똑똑히 보였다.

사람들이 뿔뿔이 도망친 자리에 낙타만 덩그러니 남아 있었다. 보통은 몸이 빠른 낙타였지만, 말발굽이 덮칠 듯 달려오는 데도 눈을 지그시 감고 되새김질만 하며 편안하게 쉬고 있었다. 애정을 듬뿍 받으며 자라 느긋함이 몸에 밴 듯했다. 에티오피아인은 겁에 질린 채 발만 동동 굴렀고, 가마 안에 있던 노인도 달아나려는 듯 몸을 움찔했다. 하지만 워낙 노쇠한 데다 위급한 상황에서도 품위를 잃으면 안 된다는 것이 몸에 배인 듯 재빨리 움직이지 못했다. 여인이 몸을 피하기에는 때가 너무 늦었다. 그때 그들과 가장 가까이에 있던 벤허가 메살라를 향해 소리쳤다.

"멈춰! 앞에 뭐가 있는지 보란 말이야! 물러나, 뒤로 물러나라고!"

메살라는 호탕하게 웃을 뿐이었다. 지금 당장 움직이지 않으면 큰일나겠다고 생각한 벤허는 마차로 달려가 왼쪽 멍에마와 동반마의 재갈을 잡아당겼다.

"이 로마 자식! 사람 목숨이 그렇게 하찮아?"

벤허는 온 힘을 다해 재갈을 당기면서 소리쳤다. 말 두 마리는 앞발을 세우며 곧추섰고 다른 두 마리는 빙빙 돌았다. 채가 비틀어지자 마차의 방향도 따라 바뀌었다. 겨우 중심을 잡은 메살라는 떨어지지 않았지만, 느긋하게 있던 그의 조수는 땅 위에 흙덩이처럼 데굴데굴 굴렀다. 위험한 순간을 모면한 구경꾼들은 조롱하는 웃음을 터트렸다.

순간, 비길 데 없이 대담한 메살라의 성격이 여실히 드러났다. 몸에 둘렀던 가죽 끈을 풀어 한쪽으로 내던지고 마차에서 내린 메살라는 낙타를 빙 돌아와 벤허를 쳐다본 후, 노인과 여인에게 번갈아 말했다.

"죄송합니다. 용서를 구합니다. 두 분 모두께 용서를 구합니다. 저는 메살라라고 합니다. 그리고 이 땅의 늙은 어머니의 이름을 걸고 맹세하지만, 두 분이나 낙타를 보지 못했습니다. 제가 주변 사람들의 실력을 너무 믿었던 것 같군요. 비웃음을 살 만했습니다. 마음껏 웃으세요. 건강에 도움이 되시기를!"

메살라는 주변 사람들에게도 소탈한 표정을 지으며 말했다. 그가 하는 말을 더 들으려고 사람들은 일시에 조용해졌다. 자신을 가로막은 사람보다 우위에 섰다고 확신한 메살라는 조수에게 말을 안전한 곳으로 옮기라고 손짓한 뒤, 대담하게 여인에게 말을 걸었다.

"당신에게 자꾸 눈이 갑니다. 당신의 용서는, 지금 당장은 아니라도 앞으로라도 구하도록 꾸준히 노력하겠습니다. 따님이시지요?"

여인은 대답하지 않았다.

"아테나 여신의 이름을 걸고 말하지만, 정말 아름다우십니다. 아폴론이 자신의 잃어버린 연인인 줄 착각하겠어요. 어느 나라 사람인지 궁금하군요. 아, 고개를 돌리지 마세요. 잠깐! 잠깐만요! 당신의 눈에 인도의 태양이 떠 있군요. 당신의 입 꼬리에는 이집트가 사랑의 징표를 남겼어요. 안 돼요! 아름다운 아가씨, 우선 나에게 자비를 베풀고 하인을 쳐다보세요. 용서하겠다는 말이라도 해주셔야죠."

바로 그 순간, 여인이 느닷없이 입을 열었다.

"이리로 좀 오실래요?"

여인은 미소 띤 얼굴로 벤허 쪽을 향해 우아하게 고개를 숙이며 말했다.

"이 컵에 물을 가득 담아주시겠어요? 아빠가 목이 마르시대요."

"기꺼이 해드리죠!"

벤허가 컵을 받아 막 몸을 돌리는 순간, 메살라와 정면으로 시선이 마주쳤다. 벤허의 시선은 도전적이었으나 메살라의 눈은 유머로 빛났다.

"오, 이런! 아름다운 만큼 잔인한 분이군요!"

메살라는 여인에게 손을 흔들며 말했다.

"아폴론에게 잡혀가지 않는다면 우린 다시 만날 거예요. 어느 나라 사람인지 모르니, 어떤 신에게 당신을 칭송해야 할지 모르겠군요. 모든 신의 이름으로 당신을…… 나 자신에게 칭송하죠, 뭐!"

메살라는 조수가 안정시킨 전차 쪽으로 움직였고, 여인은 그가 떠나는 뒷모습을 쳐다보았다. 아무리 봐도 여인의 표정에는 불쾌함을 찾아볼 수 없었다. 이윽고 물을 받아든 여인은 아버지가 물을 마시고 나자 자신도 입술에 잔을 갖다 댔다. 그런 다음 몸을 기울여 아주 우아하고 품위 있게 벤허에게 잔을 건네주며 말했다.

"부탁이니, 이 잔을 받아주세요! 이건 축복이 가득한 잔이에요. 당신께 드릴게요!"

곧이어 낙타가 몸을 일으켰고 땅에 발을 디디며 막 출발하려는 순간, 노인이 벤허를 불렀다.

"이리 와 보게."

벤허는 공손하게 노인 쪽으로 다가갔다.

"자넨 오늘 생판 모르는 사람에게 아주 고마운 일을 해주었네. 이 세상에 신은 오직 한 분뿐일세. 그분의 이름으로 자네에게 감사하네. 나는 벨타사르라는 이집트인이라네. 다프네 마을에서 조금 떨어진 곳에 '야자수 과수원'이 있네. 그곳에 일드림 족장이 거주하고 있는데, 우리는 지금 그분의 손님으로 와 있네. 그곳으로 오게. 자네에게 감사의 뜻으로 식사를 대접하고 싶네."

벤허는 노인의 청아한 목소리와 점잖은 태도에 조금 놀랐다. 두 사람이 떠나는 모습을 눈으로 좇던 벤허는, 메살라가 조롱하는 듯 크게 웃으며 돌아가는 모습을 볼 수 있었다.

# 제9장
## 전차 경주 계획

모든 사람이 잘못 행동하고 있을 때 혼자만 올바르게 행동하는 사람만큼 밉상은 없다. 그렇지만 다행히도 말룩은 이 원칙에서 예외였다. 방금 목격한 일로 벤허의 용기와 일 처리 능력을 확인한 말룩은 그를 더 높게 평가하게 되었다. 이제 그의 과거만 좀 더 알 수 있으면 시모니데스의 밀사로서 꽤 수확이 있는 날이었다.

그동안 과거를 관찰한 것은 두 가지로 요약할 수 있었다. 그는 유대인이며 유명한 로마인의 양자다. 그리고 밀사의 매서운 눈에 포착된 또 하나의 사실은, 메살라와 벤허 사이에 어떤 관계가 있다는 것이다. 하지만 그게 무엇인지, 어떻게 해야 그걸 알 수 있을지 아무리 생각해도 의문을 풀 수 있는 방법이 생각나지 않았다. 한창 머리가 복잡해져 있을 때 벤허가 직접 그의 문제를 해결해 주었다. 그는 말룩의 팔을 잡고 구경꾼들의 틈을 헤집고 나왔다.

"말룩, 자기 어머니를 잊을 수 있는 사람이 있을까요?"

벤허가 걸음을 멈추고 말했다. 느닷없는 벤허의 질문에 말룩은 말문이 막혔고, 무슨 뜻인지 작은 실마리라도 잡으려고 젊은이의 얼굴을 살폈다. 하지만 말룩은 뺨의 홍조와 흐르는 걸 억누르려는 듯 두 눈에 그렁그렁한 눈물과 마주했다.

"없죠!"

엉겁결에 말을 던진 말룩은 다시 열정적으로 덧붙였다.

"절대로 없어요!"

잠시 뒤 마음이 조금 진정되자 말룩이 입을 열었다.

"이스라엘인이라면 절대로 없죠!"

마침내 완전히 진정된 말룩은 계속 말했다.

"제가 유대교회당에서 처음 배운 것은 셰마[171]였고, 그다음은 시락의 아들이 말한 '아버지를 온 마음을 다해 공경하고 어머니의 슬픔을 잊지 말아라.'는 말이었어요."

벤허의 얼굴에 홍조가 더 짙어졌다.

"그 말을 들으니 어린 시절이 생각나는군요. 말룩, 당신은 진짜 유대인이네요. 당신을 믿을 수 있을 것 같아요."

벤허는 잡고 있던 손을 놓고, 가슴께를 덮고 있던 옷섶을 잡아 지그시 눌렀다. 마치 가슴의 통증이나 그만큼 통렬한 마음의 상처를 억누르려는 것 같았다.

"아버지는 명망이 높았고 예루살렘에서 상당히 존경받던 분이셨어요. 아버지가 돌아가신 당시, 어머니는 여성의 황금기였죠. 어머니는 착하고 아름답다는 말만으로는 설명이 부족한 분이예요. 어머니의 말은 다정한 법이었고, 그 덕행은 성 안에 자자했습니다. 미래에 대해서는 늘 낙천적인 분이었죠. 저에게는 여동생이 하나 있었습니다. 그렇게 세 명이 가족이었죠. 우린 행복했고, 적어도 저에게는 '신은 모든 곳에 있을 수 없어 어머니를 만들었다.'는 랍비의 말이 늘 맞았어요. 그러던 어느 날, 집 앞을 행진하던 로마군에게 사고가 생겼고, 군인들이 집으로 쳐들어와 우리를 모두 체포했어요. 그날 이후로 저는 어머니와 여동생을 보지 못했습니다. 두 사람이 어떻게 되었는지, 아니 생사조차 몰라요. 그 현장에 아까 보았던 전차에 탄 사람이 있었어요. 그가 군인들에게 우리를 넘겼죠. 어머니는 끌려가면서도 자식들을 위해 기도했는데, 그 기도 소리마저도 큰 소리로 비웃었어요. 사람의 기억 속에 가장 깊이 남는 것이 사랑인지 증오인지 모르겠군요. 오늘 저는 멀리서도 그를 한눈에 알아봤어요. 그리고 말룩……."

벤허는 말룩이 팔을 다시 잡았다.

171) (유대교) 매일 아침저녁으로 하는 기도에서 읽히는 성서 부분

“내가 목숨을 내놓고라도 알고 싶은 비밀을 아는 그가 그 비밀과 함께 가버렸어요. 그는 내 어머니가 살아 있는지, 살아 있다면 어디 있는지, 상황은 어떤지 알고 있을 겁니다. 어머니가, 아니, 어머니와 동생 티르자가, 오, 너무 슬픔에 잠겨 있다 보니 두 사람이 한 사람으로 합쳐져 버렸군요. 만일 둘 다 죽었다면 어떻게 죽었는지, 어디에 묻혀 내가 찾아오기를 기다리는지도 알 겁니다.”

“그런데 말을 안 해줄 거라는 거죠?”

말룩이 물었다.

“네.”

“왜요?”

“저는 유대인이고 그는 로마인이기 때문이죠.”

“하지만 로마인도 입이 있을 게 아닙니까? 그리고 유대인도 어떻게든 입을 열게 할 방법이 있을 거고요.”

“저런 사람을요? 안 돼요. 그것 말고도, 우리 아버지의 모든 재산이 몰수되어 어디론가 사라졌어요.”

논점을 이해했다는 듯 천천히 고개를 끄덕이던 말룩은 뭔가 생각난 듯 물었다.

“그 사람이 당신을 알아봤나요?”

“그렇지는 않은 것 같아요. 그는 노예선으로 보내진 내가 오래전에 죽은 줄 알고 있거든요.”

“두들겨 패주지 왜 가만히 놔뒀어요?”

열이 오른 말룩이 말했다.

“그랬다간 그가 알고 있는 사실을 영원히 듣게지 못하 됩니다. 죽일 수도 있지만, 아시다시피 죽은 사람은 비밀을 가진 로마인보다 더 굳게 입을 다물죠.”

복수심에 불타면서 좋은 기회를 그냥 흘려보낸 사람은 앞날이 자신만만하거나 더 좋은 계획이 있는 사람일 것이다. 그런 생각과 함께 말룩의 관심이 바뀌었다. 이제 그는 다른 사람이 보낸 밀사가 아니었다. 벤허도 도와달라고 했다. 달리 설명하자면, 말룩은 충심으로 그리고 진정한 존경심으로 벤허를 섬길 준비가 되어 있었다.

잠시 뒤 벤허가 다시 입을 열었다.

"저는 그를 죽이지 않을 겁니다. 비밀을 알고 있는 한, 그의 생명은 안전해요. 하지만 언젠가는 응징할 거예요. 그러니 저를 좀 도와주세요."

"그는 로마인이고 저는 유대인입니다. 당신을 돕겠어요. 원하신다면 맹세라도 하겠어요. 가장 엄숙한 맹세 말입니다."

말룩은 주저 없이 대답했다.

"손을 내게 주세요. 그것으로 충분합니다."

이내 맞잡은 손이 떨어지자, 벤허는 훨씬 가벼운 마음으로 입을 열었다.

"제가 당신께 맡길 책무는 어려운 것이 아닙니다. 양심에 어긋나는 일도 아니고요. 자, 갑시다."

두 사람은 오른쪽으로 움직였다. 샘으로 올 때 보았던 초원을 가로질러 나 있는 길이다. 먼저 침묵을 깬 사람은 벤허였다.

"혹시 일드림 족장을 아십니까?"

"네, 압니다."

"야자수 과수원이 어디 있죠? 아니, 그보다 다프네 마을에서 먼가요?"

순간 말룩의 마음에 의심이 생겼다. 어머니의 슬픔으로 가득한 사람이, 샘가에서 아름다운 여인이 보여준 한번의 호의로 그렇게 금방 사랑의 유혹에 흔들리나 싶었다. 하지만 그는 대답해 주었다.

"야자수 과수원은 말을 타고 두 시간, 빠른 낙타로는 한 시간 정도 달리면 있습니다."

"감사합니다. 한 가지 더 묻죠. 당신이 말한 전차 경주는 유명한 건가요? 그리고 경기 일은 언제죠?"

많은 암시가 담긴 질문이었다. 그가 믿음을 완전히 회복시키지는 못했지만 말룩의 호기심을 자극하기에는 충분했다.

"네, 아주 유명한 경기입니다. 시장은 부자라서 지금 당장 일을 그만두어도 됩니다. 하지만 성공한 사람들이 늘 그렇듯, 부에 대한 그의 집착은 끝이 없습니다. 그는 막센티우스 집정관이라는 궁전 친구 한 사람을 얻으려고 야단법석을 떨 겁니다. 집정관이 파르티아와의 전쟁 준비로 여기 올 텐데, 안디옥 시민들은 거기로 들어갈 돈이 준비 중이라는 것을 경험으로 알고 있습니다. 그래서 집정관 환영식 준비에 시민들도 동참하기로 했죠. 한 달 전에 전차 경주를 알리는 사람들이 사방으로 돌아다녔어요. 특히 동방에서는 시장의 이름만으로도 그것이 얼마나 다양하고 웅장한 행사인지 보장되죠. 특히 안디옥에서 한다고 하니, 바다 주변의 모든 섬과 도시들도 행사가 아주 굉장할 것을 알고, 자신이 직접 오거나 그곳의 가장 저명한 전차 기수들을 이곳으로 보낼 겁니다. 상금이 어마어마하거든요."

"그럼 경기장은요? 원형 대경기장에 버금간다고 하던데요."

"로마에 있는 것 말이죠? 우리 경기장의 좌석은 20만 석이나 됩니다. 로마에 있는 경기장보다 7만 5천 석 부족할 뿐이죠. 로마의 좌석은 대리석으로 되어 있는 것처럼 우리 것도 마찬가지예요. 좌석 배열 방식도 똑같죠."

"규칙도 같습니까?"

벤허의 물음에 말룩이 미소를 지었다.

"안디옥이 처음이라고 주장하더라도 뒤지지 않습니다. 로마의 규칙은 사두전차가 출발선에서 동시에 출발한다는 것뿐이죠. 우리 시는 말의 수에도 제한이 없어요."

"그리스 방식이군요."

"안디옥은 로마보다는 그리스풍이죠."

"그럼 전차도 제한이 없나요?"

"각자 말과 전차를 가져옵니다. 거기에도 제한이 없어요."

말룩은 심사숙고하던 벤허의 표정이 차츰 만족하는 표정으로 바뀌어 가는 것을 보았다.

"한 가지만 더 물어보겠습니다. 경기 일이 언제죠?"

"아, 죄송합니다. "내일, 그리고 모레……."

말룩은 소리 내어 날짜를 세다가 대답했다.

"음, 로마식으로 말하자면, 바다의 신들이 기분이 좋다면 집정관은 모레 도착합니다. 그러니까 경기는 오늘부터 6일 뒤에 열리게 됩니다."

"시간이 얼마 없군요. 하지만 그 정도면 충분해요."

벤허의 마지막 말에는 결의가 배어 있었다.

"우리 옛 이스라엘의 선지자에 맹세코! 저는 다시 고삐를 잡을 겁니다. 잠깐! 한 가지 조건이 있어요. 확실히 메살라도 기수로 나옵니까?"

말룩은 벤허의 계획을 짐작할 것 같았다. 그 잘난 로마인의 자존심을 꺾어놓자는 것이리라. 하지만 깊은 관심 속에서도 성공 가능성에 걱정이 생기지 않는다면 야곱의 진정한 후손이 아닐 것이다. 실제로, 질문하는 말룩의 목소리는 부들부들 떨렸다.

"전차 모는 훈련은 하셨나요?"

"걱정마세요. 최근 3년간 원형 대경기장의 승자는 제 마음에 따라 결정되었어요. 최고의 전차 기수들에게 물어보세요. 그랬다고 대답할 겁니다. 최근의 경기에서는 황제께서 자기 말로 세계 각지의 전차들과 경쟁해 달라고 저에게 직접 부탁하시기까지 했습니다."

"그렇지만 출전하지 않았군요?"

말룩이 열정적으로 물었다.

"전…… 저는 유대인입니다."

벤허는 자기 내면으로 침잠해 들어가면서 말했다.

"비록 지금은 로마 이름으로 불리지만, 유대인의 성전 회랑과 뜰에서 제 직업으로 아버지의 이름을 더럽히는 일은 아무것도 하고 싶지 않았어요. 연습장에서는 마음껏 연습할 수 있지만, 경기장에 로마인의 이름으로 나가는 것은 추태라고 생각했습니다. 제가 안디옥에서 경기에 출전한다고 해도 그것은 상이나 상금 때문이 아니라는 건 맹세할 수 있어요."

"잠깐, 그런 맹세는 하지 마세요! 상금이 무려 1만 세스테르티움[172)]이나 됩니다. 평생 놀고먹어도 되는 돈이라고요."

"시장이 상금을 세 배로 해서 다시 50번을 곱해 준다고 해도 싫습니다. 저는 초대 로마 황제부터 모은 황실의 모든 재산보다 제 적에게 모욕을 주는

172) 고대 로마의 화폐. 1,000 세스테르티우스

것이 더 낫습니다. 복수는 법으로도 허용되어 있어요."

말룩은 '맞아요. 유대인은 유대인이 제일 잘 알죠.' 하듯이 빙그레 미소 지으며 고개를 끄덕였다.

"메살라는 출전할 겁니다. 그는 여러 가지 방법으로 경주에 전념하고 있어요. 길거리나 목욕탕, 극장, 왕궁, 군인 막사에 선전을 하고 다니죠. 이제 물러나지도 못할 것이, 안디옥의 젊은 한량들의 계산표에 그의 이름이 올라 있어요."

"내기 도박에 말입니까?"

"네, 이긴 사람에게 돈을 거는 도박이요. 그리고 오늘 보았듯이, 그는 매일 여봐란 듯이 연습을 합니다."

"아! 그럼, 아까 그 전차와 말들을 가지고 출전하는 겁니까? 감사합니다. 감사합니다, 말룩. 벌써 많은 도움이 되었어요. 됐습니다. 자, 이제 야자수 과수원으로 안내해 주시고, 일드림 족장에게 저를 소개해 주세요."

"언제 갈까요?"

"오늘 갑시다. 내일이면 족장님의 말을 몰 기수가 정해져 있을 수도 있으니까요."

"그럼, 말들이 마음에 드신 거군요?"

벤허는 활기를 띠며 대답했다.

"관람석에서 잠시 봤을 뿐입니다. 곧이어 메살라가 전차를 몰고 들어와마음이 쏠려 다른 것은 볼 틈이 없었거든요. 잠깐 봤을 뿐이지만, 아라비아 사막의 영광과 경이로운 정기를 그대로 물려받은 혈통이라는 걸 바로 알아봤어요. 그런 말은 황제의 마구간이 아니고는 본 적이 없습니다. 얼핏 봤지만 알 수 있었어요. 내일 당신이 저를 아는 척하지 않아도 당신의 얼굴과 몸집과 태도로 당신을 알아볼 수 있는 것과 같습니다. 말들도 그와 같아요. 말들의 소문이 사실이라면, 말들의 기백을 제 손으로 통제할 수 있습니다. 그리고 저는……."

"상금을 타죠!"

말룩이 웃으며 말했다.

"아닙니다."
벤허도 얼른 대답했다.
"저는 야곱의 후손이라는 이름에 걸맞은 남자로 더 괜찮은 일을 하고 싶습니다. 사람이 가장 많이 모인 곳에서 적의 콧대를 꺾어놓을 겁니다. 그렇지만……."
벤허는 조바심이 나는 듯 말을 덧붙였다.
"시간이 얼마 없어요. 어떻게 하면 가장 빨리 족장의 천막까지 갈 수 있을까요?"
잠시 생각에 잠긴 말룩은 이내 입을 열었다.
"다프네 마을로 곧장 갑시다. 다행히 가까워요. 거기서 빠른 낙타 두 마리를 빌리면 한 시간이면 도착할 수 있습니다."
"그럼, 마을로 갑시다."
다프네 마을은 아름다운 정원을 갖춘 저택이 무리 지어 있었고, 군데군데 화려한 여관도 있었다. 다행히 단봉낙타는 금방 구해졌고, 두 사람은 낙타를 타고 유명한 야자수 과수원으로 가는 여정을 시작했다.

# 제10장
## 야자수 농원

마을을 벗어난 지역에서는 곡식들이 바람에 물결치고 있었다. 그곳은 안디옥 시민들의 밭으로 사람의 손길이 닿지 않은 곳은 한 군데도 없었다. 비탈진 언덕에도 계단식 밭이 있었고, 도로변에조차 포도넝쿨이 길게 뻗어 있어 지나가는 여행객에게 그늘을 제공하는 동시에 보라색으로 농익은 포도의 계절이 온다는 달콤한 약속을 해주었다. 참외밭 너머, 그리고 살구나무와 무화과나무 숲, 오렌지나무와 라임나무 사이에는 하얀 회반죽을 이겨 바른 농가들이 보였다. 평화의 사랑스러운 딸인 풍요가 수많은 곳에 자신의 흔적을 남기며 로마에 비교해도 손색 없는 모습을 보여주었다. 가끔은 타우루스와 레바논 사이를 유유히 흐르는 오론테스 강도 보였다.

두 사람은 족장의 천막으로 가면서 구불구불한 길을 따라 가파른 절벽을 넘기도 하고 계곡 깊이 들어가기도 하면서—어디에나 시골의 저택들이 자리 잡고 있었다—강가에 이르렀다. 대지는 참나무와 플라타너스, 도금양, 목련, 철쭉, 그리고 향기로운 재스민의 울창한 잎으로 가득했다. 강물에 비스듬히 내려앉은 햇빛은 조류와 바람을 안은 돛에 따라 혹은 노의 움직임에 따라 끊임없이 오가는 배의 행렬에 맞춰 함께 흔들렸다. 배들을 보면 먼 나라 사람들이나 유명한 지역, 진귀한 물품들이 떠올랐다. 사람들의 상상력을 자극하기로는 망망대해를 향하는 하얀 돛만 한 것도 없었다. 물론 행복하게 여행을 끝내고 육지로 향한 하얀 돛도 매력적이기는 마찬가지였다.

강가로 내려간 두 사람은 강물이 역류해 고여 있는 호수에 도착할 때까지 계속 갔다. 호수는 맑고 깊고 잔잔했으며, 내협 귀퉁이에는 야자수 나무가 가득 자리를 채웠다. 나무 둥치에서 왼쪽으로 고개를 돌린 말룩이 손뼉을 치며 외쳤다.

"봐요, 저기 봐요! 야자수 과수원이에요!"

눈앞에 펼쳐진 장면은 아라비아의 인기 있는 오아시스나 나일 강변을 따라 펼쳐진 프톨레미의 농가에서나 볼 수 있는 것이었다. 벤허는 여전히 즐겁고 신기한 기분으로 끝도 없이 펼쳐진 평지로 들어갔다. 발밑은 아주 아름답지만 시리아에서는 가장 희귀한 파릇파릇한 잔디로 온통 덮여 있었다. 고개를 들면 아름드리 대추야자 나무 사이로 연푸른 하늘이 보였다. 대추야자 열매가 주렁주렁 달린 수많은 노송은 다른 대추야자 나무의 원조였다. 아름드리 덩치에 높고도 빽빽하게 들어찬 노송들은 가지도 굵었고, 가지마다 깃털 같고 밀랍 같은 반짝이는 잎을 가지고 있어 보는 사람을 황홀하게 했다. 여기에는 잔디가 아름답게 물들어 있고, 저기에는 맑고 시원한 호수가 나무들이 오래 살 수 있도록 도와주었다.

다프네 숲이 이보다 더 아름다웠을까? 마치 벤허의 마음을 안다는 듯, 그가 나무 밑으로 지나갈 때 야자수가 유혹하며 잎을 마구 흔들어 차가운 물방울을 흩뿌려주었다.

길은 강가를 따라 이어져 있었다. 마침내 두 사람이 물가에 다다르자, 햇빛을 받아 반짝이는 호수의 맞은편에도 이쪽과 마찬가지로 야자수만 무성하게 보였다.

"이것 보세요."

말룩이 거대한 나무 둥치를 가리키며 말했다.

"둥치의 원 하나가 1년을 가리키죠. 중심에서 바깥으로 나이테를 헤아려 보세요. 그러면 과수원 나무를 처음 심었을 때가 안디옥에 셀레우코스 왕조가 세워지기 전이었다는 것을 믿을 수 있을 겁니다."

완벽한 야자수를 바라보고 있으면 사람은 시인이 된다. 나무가 풍기는 신비로운 기운과 함께 그 존재 자체가 강한 인상을 주기 때문이다. 그 때문에 야자수는 왕궁과 사원의 기둥 재료로 가장 많이 사용된다.

벤허도 동의한다는 듯 감동해서 말했다.

"오늘 관람석에서 봤을 때 일드림 족장은 아주 평범한 사람 같았어요. 예루살렘의 랍비가 봤다면 에돔[173] 녀석이라고 깔봤을 겁니다. 어떻게 족장이 과수원을 소유하게 됐죠? 그리고 로마 총독의 탐욕의 손길에 맞서 재산을 지킬 수 있었죠?"

"세월이 지나면서 조상의 우수한 자질만 계속 물려받은 사람이 있다면, 비록 에돔인이지만 일드림이 바로 그런 사람입니다."

말룩이 따뜻한 어조로 설명했다.

"일드림 집안은 조상 대대로 족장이었어요. 선조 중 한 명이—언제 사람이고, 언제 그런 일을 했는지는 모르겠지만—칼을 든 무장 세력에 쫓기는 왕을 도와준 적이 있었답니다. 들리는 말에 따르면, 그 선조가 말 천 마리와 광야의 지리를 꿰뚫고 있는 사람 천 명을 빌려줬다는군요. 왕을 호위하여 이리저리 숨어다니던 그들은  기회가 오자 창으로 적을 무찌르고 왕을 다시 복위시켜 주었대요. 왕은 이 일을 잊지 않고 보은의 뜻으로 아라비아 사막

---

173) 이삭의 장남이자 야곱의 형인 에서의 별명. 형제 나라 유다를 돕기는커녕 오히려 대적하고 압제함으로써 이스라엘 인접국가들 중 유일하게 하나님의 긍휼을 약속받지 못했던 나라

의 아들을 이곳으로 데려와, 호수와 나무와 강 옆에 있는 산들까지 모두 영원히 그와 그 후손들에게 주었답니다. 장막을 세우고 가족과 가축을 모두 데려와서 살도록 한 것이죠. 그들이 이곳에 살기 시작한 이후로 한 번도 귀찮게 한 사람이 없었어요. 뒤를 이은 왕들도 하나님의 도움으로 부유하게 된 이 종족과 좋은 관계를 유지하는 것이 이롭다고 생각했거든요. 그렇게 그들은 여러 도시를 잇는 대로의 주인이 되었지요. 그들은 짐을 실은 상인들에게 '통과하시오', '멈추시오'를 마음대로 말할 수 있었고, 상인들은 그 말을 들을 수밖에 없었습니다. 안디옥을 내려다보는 성채에 사는 시장마저도, 그 이름 앞에 '너그러운'이라는 말이 붙은 일드림 집안이 가족과 가축을 데리고 많은 재산과  함께 이곳에 이사 온 날을 길일로 생각한답니다. 보기 싫은 황무지를 이렇게 아름다운 곳으로 바꾸어 놓았으니까요."

"그럼, 지금은 어떤가요?"

이야기에 몰두한 나머지 낙타가 천천히 간다는 사실도 의식하지 못한 채 벤허가 물었다.

"족장이 로마인을 못 믿겠다고 욕을 하며 온몸을 부들부들 떠는 것을 봤는데요. 황제가 그의 말을 들었다면 '친구가 뭐 저래, 내 눈앞에서 치워버려.'라고 했을 것 같습니다."

"옳은 지적입니다."

말룩이 빙그레 웃으며 대답했다.

"일드림은 로마를 싫어해요. 원한이 있거든요. 3년 전, 파르티아인들이 보스라에서 다마스쿠스까지 난 길을 따라 올라오다 짐을 가득 실은 대상 무리와 마주쳤어요. 대상 무리의 짐에는 인근 지방에서 거둔 소득세도 있었죠. 파르티아인들은 살아 있는 생물은 닥치는 대로 모두 죽여버렸어요, 하지만 로마의 감찰관들로서는 국고에 나랏돈만 들어오면 상관없는 일이었죠. 이미 세금을 낸 농부들은 다시 세금을 낼 책임이 없다며 황제에게 탄원했고, 황제는 헤롯왕에게 대신 돈을 내라고 했습니다. 그러자 헤롯왕은 일드림에게 반역 조짐에 채무 불이행이라는 죄목을 씌워 재산을 빼앗았어요. 족장도 황제에게 탄원했지만, 황제는 눈을 지그시 감고 있는 스핑크스처럼 애매하기 짝이 없는 대답만 했죠. 그때부터 노인의 속앓이가 시작되어 마음속으로 분노만 키우며 살고 있습니다."

"그럼 이제는 아무것도 할 수 없겠네요."

"거기에는 다른 설명이 필요해요. 좀 더 가서 말씀드리죠. 하지만 보세요! 족장의 환대가 벌써 시작되고 있어요. 어린아이들이 당신에게 말을 걸고 있잖아요."

나무 아래에 있던 한 남자가 "화평이 당신들에게 임하기를. 그리고 환영합니다."라고 소리를 지르는 바람에 두 사람은 낙타를 멈췄다. 벤허는 대추야자로 가득한 바구니를 내미는 시리아 농부 계층의 소녀들을 내려다보았다. 방금 딴 과일이었다. 벤허는 거절할 수가 없어 허리를 굽히고 바구니를 받았다.

두 사람은 소녀들에게 고맙다는 말을 전하고 낙타가 움직이는 대로 천천히 그곳을 떠났다.

말룩은 대추야자를 먹을 때만 이따금씩 말을 멈추었을 뿐 계속해서 말했다.

"참고삼아 말씀드리면, 시모니데스라는 상인이 저를 신뢰하여 가끔 자신의 회의에 저를 데리고 가서 우쭐하게 만들고는 했어요. 그의 집에 있으면서 그의 친구들도 많이 알게 되었죠. 친구들은 나와 집주인의 관계를 알고, 내 앞에서도 주인과 허심탄회하게 이야기를 나누곤 했어요. 그렇게 일드림 족장과 저는 약간의 친분을 쌓았습니다."

잠시 벤허의 정신이 산란해졌다. 순수하고 부드럽고 매력적인 시모니데스의 딸 에스더의 모습이 떠올랐기 때문이다. 자신의 조용한 시선과 마주치던 유대인 특유의 반짝이는 눈, 포도주를 들고 다가올 때 들리던 발소리, 술잔을 건네던 때의 목소리. 벤허는 그녀가 자기에게 보여주던 연민의 정을 다시 한 번 느꼈다. 너무나 분명히 드러난 감정이라 말이 필요없었다. 아무리 다정한 말이라도 방해만 되었을 것이다. 상상은 너무나 달콤했지만 말룩에게 몸을 돌리자 환영은 금방 사라지고 말았다.

"몇 주 전에……."

말룩이 말을 이었다.

“제가 시모니데스와 함께 있을 때 일드림 족장이 찾아왔어요. 그분이 꽤 흥분한 모습을 보고 저는 윗사람의 예의로 물러나오려고 했죠. 하지만 족장이 말리더군요. 일드림 족장은 내게 ‘자네도 이스라엘인이니 그대로 있게. 내가 이상한 이야기를 하나 해주지.’라고 하더군요. 이스라엘인이라는 말을 유난히 강조하는 바람에 호기심이 동한 저는 그대로 있었습니다. 이야기의 요지는 이겁니다. 이제 천막에 거의 다 왔으니 요약해서 말씀드리죠. 나머지 자세한 이야기는 족장에게 직접 들으세요. 아주 오래전, 광야의 족장 천막에 세 사람이 찾아왔습니다. 모두 외국인으로 인도인과 그리스인, 이집트인이었죠. 세 사람 모두 흰 낙타를 타고 있는데, 그렇게 큰 낙타는 처음 봤다고 하더군요. 족장은 그들을 안으로 불러들여 하룻밤 재워주었답니다.

다음 날, 자리에서 일어난 세 사람은 신비한 분위기를 내면서 처음 듣는 기도—유일신과 그분의 아들에게 드리는 기도—를 드렸답니다. 아침 식사 후에 이집트인은 자기들이 누구인지, 어디에서 왔는지 설명했습니다. 각자에게 별이 나타났고, 어떤 목소리가 임하여 그들에게 ‘예루살렘으로 가서 유대인의 왕으로 태어나신 이가 어디 계시냐고 물으라.’고 했답니다. 그들은 하라는 대로 했어요. 별은 예루살렘에서 베들레헴으로 그들을 인도했고, 동굴에서 갓난아기를 발견한 세 사람은 무릎 꿇고 경배드렸죠. 값비싼 선물도 바쳤고요. 그렇게 세 사람은 아기 탄생의 증인이 되었어요. 그리고는 낙타를 타고 곧바로 족장님 천막으로 도망쳐 왔습니다. 그도 그럴 것이, 헤롯의 눈에 띄었다가는 죽임을 당할 것이 뻔했으니까요. 족장은 언제나처럼 그들을 정성껏 돌봐주었고, 1년 동안 숨겨주었습니다. 1년이 지난 뒤, 세 사람은 족장에게 귀한 선물을 주고 각자 뿔뿔이 흩어졌어요.”

“정말 이상한 이야기군요.”

이야기를 다 들은 벤허가 감탄하며 말했다.

“예루살렘에서 뭘 물어보라고 했다고요?”

“‘유대인의 왕으로 태어나신 이가 어디 계시오?’ 하고 물으라고 했답니다.”

“그뿐이었나요?”

“다른 질문도 있었지만 기억이 나지를 않아요.”

“그래서 아기는 발견했고요?”

“네, 경배도 드렸답니다.”

“말룩씨, 그건 기적이에요.”

“일드림 족장은, 아라비아인들이 흔히 그렇듯 흥분을 잘하는 성격이지만 아주 진지한 분이죠. 거짓말하실 분이 아닙니다.”

말룩은 확신에 찬 목소리로 말했다. 두 사람은 낙타를 타고 있다는 사실도 잊어버렸고, 낙타는 길을 벗어나 풀밭으로 들어갔다.

“세 사람한테서는 더 이상 소식을 듣지 못했나요? 그들은 어떻게 되었답니까?”

벤허가 물었다.

“아, 네, 그날 시모니데스를 찾아온 이유가 바로 그 때문이었어요. 바로 전날, 그 이집트인이 다시 찾아왔답니다.”

“어디로요?”

“우리가 찾아가는 천막, 바로 거기로요.”

“어떻게 그분을 알아봤죠?”

“당신이 오늘 말에 관해 말한 것처럼, 얼굴과 태도를 보고요.”

“그것 만으로요?”

“그때처럼 커다란 하얀 낙타를 타고 왔답니다. 그리고 예전처럼 이집트인 벨타사르라고 했대요.”

“정말 놀라운 일이군요!”

벤허가 흥분에 찬 목소리로 말했다.

“왜요?”

호기심이 동한 말룩이 물었다.

“이름이 벨타사르라고 했나요?”

“네, 이집트인 벨타사르요.”

“오늘 샘에서 만난 노인도 같은 이름이었어요.”

벤허의 말에 말룩도 그때 일을 회상하고 슬슬 흥분하기 시작했다.

"맞아요. 낙타도 같아요. 당신이 그분 목숨을 구한 거로군요."

"그럼 그 여인은…… 그분의 따님이군요."

혼잣말처럼 말한 벤허는 이내 생각에 잠겼다. 아마도 그 딸의 모습을 상상하며 에스더를 생각할 때보다 더 즐거워하고 있었는지도 모르겠다. 생각하는 시간이 좀 길었기에 충분히 그럴 수도 있었지만 아니었다.

"다시 말해 주겠어요? 세 사람이 '이스라엘의 왕이 될 사람이 태어난 곳이 어디요?'라고 물었다고 했나요?"

벤허가 다시 입을 열었다.

"정확히는 '유대인의 왕으로 태어나신 분이 어디 계시오?'였대요. 족장이 사막에서 세 사람에게 처음 들은 말도 그 말이었고요. 그때부터 족장은 왕이 오실 날만을 기다렸죠. 아무도 왕이 오실 거라는 그분의 믿음을 흔들지 못합니다."

"어떻게 온다고요? 왕으로…… 온다고요?"

"네, 그리고 로마의 파멸도 함께 온다고 하더군요. 족장이 그랬어요."

벤허는 마음을 자제하려고 애쓰면서 잠시 침묵을 지켰다.

"노인은 복수해야 할 사악한 사람을 마음에 품고 살아가는 수없이 많은 사람 중 한 명일 뿐이에요."

벤허가 천천히 말했다.

"그리고 그 이상한 믿음이 희망의 불꽃이 되죠. 왜냐하면 로마 제국이 지속되는 한, 헤롯의 이름을 단 사람이 아니고는 왕이 될 수 없잖아요? 하지만 이야기를 듣다 보니 문득 궁금해지는군요. 시모니데스는 그에게 뭐라고 대답했습니까?"

"일드림이 진지한 사람이라면, 시모니데스는 현명한 사람이죠."

말룩이 대답했다.

"시모니데스는…… 아, 잠깐만요! 누군가가 우리 뒤를 따라오는 소리가 들려요."

그 소리는 점점 커졌고 마침내 바퀴 구르는 소리와 말발굽이 땅을 차는 소리가 뒤섞여 들려왔다. 잠시 후 말을 탄 일드림 족장이 나타났고 그 뒤로 행렬이 뒤따랐는데, 그중에는 전차를 끌던 네 마리의 적갈색 말도 있었다. 족장의 아래턱에 난 길고 흰 수염이 가슴까지 드리워져 있었다. 두 사람이 족장보다 빨리 온 것이었다.

두 사람을 발견한 족장이 고개를 들고 다정하게 말했다.

"화평이 그대들에게 있기를! 아, 말룩, 어서 오게. 설마 되돌아가는 길은 아니겠지? 시모니데스의 소식을 가지고 왔나? 하나님의 이름으로 그가 오래오래 살기를! 두 사람 다 고삐를 죄고 나를 따라오게. 집에 가면 빵과 레벤[174]이 있네. 아니, 원한다면 술과 새끼염소 고기도 있네. 어서 오게!"

족장을 따라간 두 사람은 천막 입구에 다다르자 낙타에서 내렸다. 족장은 어느새 천막 중앙에 매달린 그을음 묻은 커다란 가죽 통에서, 방금 따른 듯한 크림색 액체가 담긴 컵 세 개를 쟁반에 들고 두 사람을 맞으러 서 있었다.

"마시게. 어서 마셔 보게. 이것은 천막에 사는 사람들의 두려움을 잠재워 주는 음료라네."

호탕한 소리로 족장이 말했고, 세 사람은 거품만 남을 때까지 잔을 쭉 들이켰다.

"이제 어서 안으로 들어오게."

그들이 안으로 들어갔을 때, 족장을 한쪽으로 데려간 말룩이 뭔가를 은밀하게 이야기하더니 벤허에게 와서 용서를 구했다.

"족장에게 당신에 관해 이야기를 해두었으니, 내일 말을 타보게 해줄 거예요. 당신 소개도 했고요. 자, 저는 할 일을 다 했고 당신도 쉬어야 할 테니 이제 안디옥으로 가봐야겠습니다. 오늘 밤 거기서 꼭 만나야 할 사람이 있거든요. 내일 다시 오겠습니다. 그리고 만사가 잘 풀리면 전차 경주가 끝날 때까지 당신과 함께 있겠습니다."

축복의 말을 주고받은 뒤, 말룩은 되돌아갔다.

---

174) 요구르트와 비슷한 발효유

# 제11장
## 시모니데스와 딸

초승달의 아래쪽 끝이 설피스 산의 성곽에 닿을 무렵, 안디옥 주민들 대부분은 옥상에 나와 산들바람이나 부채로 더위를 식혔고, 시모니데스는 테라스에 앉아 부두에서 물결 따라 흔들리는 자신의 배들을 내려다보았다. 그의 뒤에 있는 벽은 저 멀리 맞은편 해변에까지 거대한 그림자를 드리웠고, 머리 위에서는 다리 위를 지나다니는 사람들의 발소리가 끊임없이 울렸다.

에스더는 그의 소박한 저녁—웨이퍼[175]처럼 얇은 흰 빵과 꿀 약간, 그리고 우유 한 컵—을 담은 쟁반을 들고 있었고, 그는 이따금씩 꿀에 담근 빵을 다시 우유에 적셔 먹고는 했다.

"오늘은 말룩이 늦는구나."

이 말 한마디로 시모니데스가 무슨 생각에 잠겨 있는지 드러났다.

"말룩이 올 거라고 믿으세요?"

에스더가 물었다.

"바다나 사막으로 나가지 않았다면, 아니 설령 그쪽으로 갔다고 해도 돌아올 만한 거리라면 올 거야."

시모니데스는 마음속으로 확신에 차서 말했다.

"편지를 보낼 수도 있잖아요."

"아니야, 에스더. 돌아올 수 없었으면 사람을 시켜 편지를 보냈겠지. 사실, 그렇게 말을 하고 갔어. 하지만 아직 편지가 없는 걸 보면 돌아올 수 있다는 거야. 그러니 올 거다."

"저도 왔으면 좋겠어요."

에스더가 부드러운 목소리로 말했다. 딸아이의 말 속의 뭔가가 그의 관심을 끌었다. 말투일 수도 있고, 말의 내용일 수도 있다. 아주 자그마한 새

175) 얇고 바삭하게 구운 과자

가 커다란 나무에 앉아도 그 흔들림은 가장 멀리 있는 가지 끝까지 전해지는 법이다. 사람의 마음도 지극히 사소한 말에 아주 예민해질 때가 있다.

"에스더, 그가 돌아왔으면 좋겠다고 했니?"

"네."

에스더가 고개를 들어 시모니데스를 쳐다보았다.

"왜지? 이유를 말할 수 있겠느냐?"

"왜냐하면……."

에스더가 멈칫했지만 이내 다시 말했다.

"왜냐하면 그 젊은이가……."

에스더는 더이상 말을 잇지 못했다.

"우리 주인이다, 그 말이냐?"

"네."

"그럼 내가 젊은이에게 우리를—우리 자신뿐 아니라 우리 물건과 돈, 배와 노예, 하나님께서 내게 주신 금과 은, 그리고 성공이라는 엄청난 평판을—가지라고 말하지 않고 그냥 돌려보낸 것이 아직도 마음에 걸린다는 말이냐?"

에스더는 아무 말도 하지 않았다.

"아니면, 그것이 아무렇지도 않다는 말이냐, 응?"

시모니데스는 살짝 침통한 표정을 지으며 말했다.

"그래, 에스더. 최악의 일은 현실이 되었을 때보다 걱정하고 있을 때가 더 견디기 힘든 법이지. 아마 죽음도 그렇겠지. 그런 식으로 보자면 다시 노예가 되는 것이 더 견디기 쉽겠구나. 우리 주인이 그렇게 좋은 사람이라니, 지금부터 기분이 좋아진단다. 하지만 그는 이 재산을 모으는 데 한 일이 아무것도 없어. 걱정 한 번, 땀 한 방울, 아니 생각 한 번조차 한 적이 없지. 이것은 예기치 않게 떨어진 재산이야. 그것도 젊은 나이에 말이야. 그리고 에스더, 잠깐 어리석은 생각을 한 번만 해보마. 그는 아무리 많은 돈으로도 살 수 없는 것을 소유하게 돼. 나의 잃어버린 라헬의 무덤에서 핀 아름다운 꽃봉오리인 너, 바로 너 말이다!"

시모니데스는 딸을 자기 쪽으로 당겨, 한 번은 딸을 위해 또 한 번은 딸의 엄마를 위해 두 번 입을 맞추었다.

"그렇게 말하지 마세요. 그분을 다른 각도에서 생각해 봐요. 슬픔이 뭔지 아는 사람이니까 우리에게 자유를 줄 거예요."

아버지가 자기 목에서 손을 떼자 에스더가 말했다.

"오, 에스더, 직관력이 뛰어나구나. 오늘 아침 젊은이가 우리를 마주하고 섰을 때 그랬듯이, 나는 어떤 사람을 보고 그 사람이 좋은 사람인지 아닌지 판단하기가 애매할 때 바로 그 직관에 의존하고는 했단다. 하지만, 하지만 말이다……."

시모니데스의 목소리가 높아지며 굳어졌다.

"이 몸으로 나는 설 수가 없어졌어. 끌려가서 얻어맞아 인간의 형태가 없어졌지. 절대로 누구와 마주하고 설 수가 없게 되었어. 아, 절대로 그럴 수가 없었어! 그래서 난 정신으로 그를 마주한단다. 모진 고문과 어떤 고문보다 예리했던, 타인의 고통을 즐거워하던 로마인들의 악의를 이겨낸 정신 말이다. 아주 멀리서 항해하던 솔로몬의 배에서 황금을 보고 그걸 손에 쥘 수 있는 정신, 다른 사람의 말에 혹해 사라지지 않도록 손아귀에 꽉 쥐고 있을 수 있는 정신, 계획을 수립하는 데 탁월한 정신 말이다."

시모니데스는 하던 말을 잠깐 멈추고 웃음을 머금었다.

"에스더, 지금 이 순간 나는 시온 산의 성전을 지나는 초승달이 다음 지역으로 넘어가기도 전에 온 세상을 쩌렁쩌렁 뒤흔들 수 있어. 왜냐하면 나는 어떤 감각기능보다 뛰어나고, 완벽한 몸보다 더 낫고, 용기와 의지보다 더 낫고, 노인들의 최고의 무기인 경험보다 더 나은 인간의 가장 훌륭한 능력. 하지만 그것은……."

시모니데스는 말을 멈추고 다시 웃었다. 그것은 씁쓸한 웃음이 아니라 진정으로 마음에서 우러나오는 웃음이었다.

"하지만 그 능력은 보통사람에게 아예 있지도 않고, 가장 위대한 사람에게도 충분하지는 않아. 그것은 바로 내 목적에 사람을 끌어들여 충실히 이행할 수 있게 하는 능력이야. 바로 그 능력으로 나는 할 일이 있을 때마다 나 자신을 수백 명, 수천 명으로 만들 수 있어. 바로 그 능력 덕분에 선장들이 바다를 항해한 뒤 정직한 수입을 내게 가져다주었어. 바로 그 능력 때문에 말룩이 우리 주인인 젊은이를 뒤쫓아가서…….”

바로 그때 테라스로 걸어오는 발소리가 들렸다.

“하, 에스더! 내가 올 거라고 했지? 말룩이 왔으니 이제 소식을 듣겠구나. 우리 예쁜 아가, 방금 꽃봉오리를 맺은 나의 백합인 너를 위해서라도 이스라엘의 길 잃은 양을 잊지 않으셨던 우리 주님께 기도하노니, 좋고도 안심되는 소식이기를. 이제 그 젊은이가 너에게는 아름다움을, 나에게는 능력을 그대로 둔 채 우리를 해방시켜 주겠는지 알 수 있겠어.”

“주인님께 화평이 함께하기를!”

의자 곁으로 다가온 말룩이 깊이 고개를 숙이며 인사했다.

“그리고 딸 중에 가장 착한 에스더, 네게도.”

두 사람 앞에 공손히 서 있는 말룩의 태도와 말투로 봐서는 그와 두 사람의 관계를 분명히 규정하기 힘들었다. 노인에게는 하인 같았고, 딸에게는 친구 같았기 때문이다. 한편, 시모니데스는 사업할 때처럼 단도직입적으로 바로 본론에 들어갔다.

“그래, 젊은이의 소식은?”

말룩은 그날 있었던 일을 조용히 최대한 요약해 전달했고, 이야기를 듣는 동안 시모니데스는 말 한마디 끼어들지 않고 손 한 번 움직이지 않았다. 부릅뜬 채 빛을 발하는 눈과 가끔 길게 내쉬는 숨소리가 아니었다면, 의자에 놓아둔 인형인 줄 알았을 것이다.

“고맙네, 고마워, 말룩. 일을 잘했구나. 누구보다 잘했어. 젊은이는 어느 나라 출신이지?”

시모니데스가 흡족한 목소리로 대답했다.

“주인님, 이스라엘인이고 유대 지방 출신입니다.”

“확실하더냐?”

“네, 확실합니다.”

“젊은이가 자신의 과거를 별로 말하지 않았나 보지.”

“그는 조심스러웠어요. 의심이 많다고나 할까요? 아무리 저를 믿게 하려고 해도 꿈쩍도 않더니, 카스탈리아 샘에서 다프네 마을로 갈 때부터는 좀 달라지더군요."

"그런 혐오스러운 곳에! 젊은이는 왜 그런 곳에 간 거지?"

"호기심 때문이겠죠. 많은 사람들이 그곳에 가는 첫 번째 이유도 그거잖아요. 하지만 정말 이상했던 것은, 그가 눈에 보이는 것에는 도통 관심을 보이지 않았다는 점입니다. 신전이 그리스 것이냐고만 물었어요. 마음속 고통을 잊고 싶어서 다프네 숲에 갔던 것 같습니다. 우리가 죽은 사람을 묘지에 묻듯이 그걸 묻어버리려고요."

"그런 이유라면 괜찮아."

시모니데스가 낮은 소리로 말했다. 하지만 이내 큰 소리로 계속했다.

"말룩, 이 시대 재앙의 원인은 낭비벽이야. 가난한 사람은 부자 흉내를 내면서 더욱 가난해지고, 부자는 자기가 왕자나 되는 것처럼 행동하지. 그 젊은이에게서 그런 결점은 보지 못했나? 돈을—로마 돈이든지 이스라엘 돈이지—과시하지는 않던가?"

"아니요, 그런 일은 없었습니다."

"폐인으로 이끄는 요인은 많지. 너무 많이 먹고 마시는 일도 그렇지. 자네에게 먹고 마시는 걸 흥청망청 베풀지는 않던가? 젊은이의 나이 때문만으로도 그 정도는 할 수 있었을 텐데."

"저와 함께 가는 동안 먹지도 마시지도 않았어요."

"그의 말과 행동에서 중심 생각이 뭔지 알아낸 것은 없었나? 바람도 통하지 않을 정도의 좁은 틈새라도 스며 나오는 그런 생각 말이야."

"무슨 말씀인지, 좀 더 자세히 설명해 주십시오."

"자네도 알다시피, 어떤 중대한 결정을 내릴 때는 말할 것도 없고 그냥 말하고 행동할 때도 어떤 동기가 있잖은가? 그런 점에서 그를 움직이는 동기는 무엇인 것 같던가?"

"주인님, 그 점에서는 확실히 말씀드릴 수 있습니다. 그는 어머니와 여동생을 찾는 데 전력을 기울이고 있습니다. 그것이 먼저이고, 다음에는 로마에 노여움이 있습니다. 그리고 제가 말씀드린 메살라와도 무슨 원한 관계가 있는 듯합니다. 현재 가장 큰 목표는 메살라의 콧대를 꺾어놓는 것입니다. 샘에서 만났을 때 좋은 기회가 있었지만, 보는 사람이 많지 않으니까 그냥 지나쳐 버렸어요."

"메살라는 영향력 있는 사람이지."

시모니데스가 신중하게 대답했다.

"네, 그리고 두 사람이 다시 만날 장소는 전차 시합장입니다."

"흠, 그리고는?"

"아리우스의 아드님이 이깁니다."

"자네가 그걸 어떻게 알지?"

말룩이 싱긋 미소를 지었다.

"그분 말을 듣고 그렇게 판단했습니다."

"그것뿐인가?"

"아닙니다. 그보다 더 좋은 것도 있죠. 바로 그의 기백입니다."

"좋아. 그런데 말룩, 그의 복수심은 어느 정도이던가? 그에게 해를 입힌 소수의 사람에 한정되어 있던가 아니면 많은 사람이던가? 그리고 또 한 가지, 그게 예민한 어린아이의 변덕 같던가 아니면 어른의 단단한 결의 같던가? 자네도 알다시피, 마음에만 새긴 복수심은 실없는 꿈과 같아서 어느 맑은 날이면 흔적도 없이 사라져 버리지만, 마음의 병이 될 정도의 복수심은 머리까지 올라가서 마음과 머리 모두에 달라붙어 있지."

질문을 하면서 시모니데스는 처음으로 감정을 드러냈다. 주먹을 불끈 쥐고 말이 빨라지면서 그가 말한, 병에 걸린 사람의 열정을 보였던 것이다.

"주인님, 제가 유대인 젊은이를 믿게 된 이유 중 하나는 바로 그 증오의 강도 때문이었습니다. 그 유대인도 남의 감시를 받으며 살았던 것이 분명합니다. 그도 그럴 것이, 로마인들의 질투의 눈길을 받으며 산 세월이 얼마나 길었습니까? 저는 그의 눈이 증오로 이글거리는 걸 보았습니다. 한 번은 로마의 일드림의 감정을 물어볼 때였고, 또 한 번은 제가 족장님과 현자의 관계를 말해주면서 '유대인의 왕으로 태어나신 이가 어디 계시오?'라는 질문을 설명해 줄 때였어요."

시모니데스는 몸을 앞으로 바싹 당겼다.

"아, 말룩, 그가 무슨 말을 했는지 알려주게. 그 신비로운 일이 젊은이에게 어떤 인상을 남겼는지 판단해 볼 수 있게 말이야."

"그는 말을 정확하게 알고 싶어 했어요. '앞으로 왕이 될' 인지 '왕으로 태어난' 인지를요. 그리고 두 문장의 미묘한 차이에 충격을 받은 것 같았어요."

시모니데스는 다시 몸을 뒤로 젖히며 말에 귀를 기울이는 판사 같은 자세를 취했다.

"그리고 저는 그 알쏭달쏭한 말에 일드림의 견해를 말해 줬어요. 왕은 로마의 몰락과 함께 온다고요. 젊은이는 뺨과 이마까지 피가 솟구치면서 열띤 목소리로 물었어요. '로마 제국이 지속되는 한, 헤롯의 이름을 단 사람이 아니고는 왕이 될 수 없잖아요?' 라고요."

"그 말뜻은?"

"로마 제국이 몰락해야 다른 왕이 통치할 수 있다는 거죠."

시모니데스는 강물에 천천히 흔들리는 배들을 내려다보았다. 잠시 뒤 고개를 든 그는 면담이 끝났다는 표시를 했다.

"그만하면 됐어, 말룩. 이제 가서 좀 먹고 다시 야자수 과수원으로 돌아갈 채비를 하게. 다가오는 시합에서는 그를 좀 도와주도록 해. 아침에 다시 와. 일드림에게 전할 편지를 써둘 테니."

그리고는 혼잣말을 하듯 낮게 덧붙였다.

"나도 직접 전차 경주를 봐야겠어."

말룩이 의례적인 축복의 말을 주고받고 나간 후, 우유를 한 모금 죽 들이킨 시모니데스는 마음이 편안해진 듯 활력을 찾았다.

"에스더, 쟁반을 치우거라. 다 먹었다."

에스더는 하라는 대로 했다.

"자, 이제 이리로 오너라."

에스더는 다시 팔걸이 위에 아버지 곁으로 붙어 앉았다.

"하나님은 내게 자비로워. 정말 자비로워."

시모니데스는 열띤 음성으로 말했다.

"하나님은 불가사의하게 움직이는 습성이 있지만 때로는 의중을 드러내시며 행동하지. 얘야, 이제 나는 늙었어. 죽을 날이 얼마 남지 않았지. 하지만 내가 모든 희망을 접으려고 했던 마지막 순간에 하나님은 약속과 함께 젊은이를 보내주셨고, 나를 다시 일으켜 세우셨어. 나는 정황만 보고도 너무 거대한 일이라 세상 전체가 뒤바뀌는 것이 보인단다. 진심으로, 얘야, 나는 새 생명을 얻었어."

에스더는 아버지의 생각이 너무 멀리 달아나지 않도록 하려는 듯 더욱 바싹 다가앉았다.

"왕은 이미 태어나셨다."

시모니데스는 계속 말했다.

"그리고 이제는 보통 수명의 절반 정도 나이가 되었을 거야. 벨타사르는 자신이 그분을 보고 선물과 경배를 드렸을 때, 그분은 엄마 무릎에 앉아 있는 아기였다고 했어. 그리고 작년 12월, 일드림은 벨타사르와 그의 동료들이 헤롯의 손길을 피해 천막으로 찾아온 때가 27년 전이라고 했지. 그러니까 이제 오실 날이 다 된 거야. 오늘 밤, 아니면 내일일 수도 있어. 이스라엘의 거룩한 조상들이여, 오, 그런 생각만으로도 얼마나 행복한지! 내 귀에 옛 성벽이 무너지고 세계가 바뀌는 우렁찬 소리가 들리는 것 같구나. 그래, 인류의 최상의 행복을 위해 땅이 열려 로마를 집어삼키고, 사람들은 하늘을 보고 웃으며 '우리는 여기 그대로 있지만, 로마는 사라졌다.'라는 노래를 부를 거야."

시모니데스는 자기 말에 스스로 웃음을 터트렸다.

"에스더, 이런 말을 들어본 적 있니? 물론 나도 마음속에 노래를 부르고 싶은 열정과 애정, 미리암과 다윗의 설렘이 남아 있단다. 숫자와 사실만 가득한 평범한 일꾼인 내 마음속에 강하게 울리는 심벌즈와 하프 소리, 그리고 새로 등극한 왕 주변에 모인 사람들의 목소리가 뒤섞여 들려. 하지만 우선 현재를 위해 잠시 그 생각은 접어둬야겠다. 단 하나, 왕이 오시면 돈과 사람이 필요한 거야. 여인이 낳은 아기였다고 했으니, 지금은 어른이 되었겠지만 너와 나처럼 인간의 방식에 따를 테니 말이야. 돈을 버는 사람과 관리하는 사람이 필요할 것이고, 사람에게는 지도자들이 필요할 거야. 저기, 저기 말이다! 내가 걸어가고 우리 주인이신 젊은이가 달려갈 큰 길이 보이지 않니? 그 길의 끝에는 우리 두 사람의 영광과 복수가 기다리고 있단다. 그리고……."

시모니데스는 잠시 말을 멈췄다. 자신의 계획이 딸의 역할이나 딸이 기다릴 만한 좋은 결과가 없는, 이기적이라는 생각아 들었기 때문이다. 그는 딸에게 입을 맞추며 계속했다.

"그리고 내 딸에게는 행복이 기다리는 길 말이야."

에스더는 아무 말도 하지 않았다. 시모니데스는 문득 사람들의 천성이 각기 다르고, 즐거워하고 무서워하는 원인도 제각각이라는 세상 이치가 생각났다. 또한 에스더가 아직 소녀라는 사실도 생각났다.

"에스더, 무슨 생각을 하고 있니?"

시모니데스의 목소리는 다정스러웠다.

"혹시 바라는 것이 있으면 내가 아직 해줄 힘이 있을 때 말하거라. 힘이라는 것은 제자리에 가만히 있지 못하는 성질이라, 언제나 달아날 준비를 하지."

"그 사람을 부르러 보내세요. 아빠, 오늘 밤 당장 데려와요. 전차 경주에 참가하지 못하게 하세요."

에스더는 아기처럼 천진난만하게 대답했다.

"아!"

시모니데스는 탄식을 내뱉고 다시 시선을 강으로 던졌다. 이제 달은 설피스 산 너머 아래로 내려가 버리고, 하늘에는 별들만 총총해서 강은 어느 때보다 더 캄캄했다. 시모니데스는 강한 질투심을 느꼈다.

'딸이 젊은 주인을 정말 사랑하는 것은 아닐까! 아, 아니다! 그럴 리가 없다. 딸은 아직 너무 어리다.'

그런 생각이 머리를 떠나지 않으면서 시모니데스는 그대로 차갑게 굳어버렸다. 에스더는 열여섯 살이었다. 시모니데스도 그 사실을 너무나 잘 알았다. 작년 생일에 딸을 데리고 조선소로 가서 배의 진수식에 참석했고, 처음 항해하는 배에다 "에스더"라고 쓴 노란 깃발을 달아주었다. 그렇게 부녀는 함께 생일을 축하했다. 하지만 딸이 젊은 주인을 사랑하는지도 모른다는 생각이 기습 공격처럼 그의 머리를 강하게 후려쳤다.

세상에는 우리가 가슴 아파할 깨달음들이 있다. 그런 깨달음들은 대체로 우리 자신과 관련된 것이다. 예컨대 우리가 늙어간다는 것, 더 끔찍하게는 우리가 죽는다는 것이 그것이다. 그런 깨달음 중 하나가 시모니데스의 마음 속에 그림자처럼 어둡게 그리고 신음이 나오게 할 만큼 현실적으로 다가왔다. 숙녀가 되어가는 에스더가 종의 신분으로 주인 밑으로 들어가는 것도 모자라서 사랑과 정직, 부드러움까지 모두 바치려 들다니. 지금까지 자신에게 쏟아준 딸의 그런 성격을 아버지는 너무나 잘 알았다. 공포와 비통함을 느끼도록 우리를 고문하는 악마는 일하다가 중간에 그만두는 법이 없다. 순간적으로 느낀 고통으로 용감무쌍하던 노인은 자신의 새로운 계획도, 불가사의한 왕의 오심도 모두 잊어버리고 말았다. 하지만 안간힘을 써서 자제력을 회복하며 조용히 물었다.

"전차 경주에 참석하지 못하게 하라니, 왜?"

"거기는 이스라엘 자손이 갈 곳이 못 돼요, 아빠."

"랍비 같은 말이구나, 에스더. 그것뿐이냐?"

아버지의 말이 캐묻는 어투여서 에스더는 심장이 두근거리기 시작했다. 너무 심하게 두근거려 대답을 하지 못했다. 에스더는 낯설면서도 이상하게 기분 좋은 당혹감을 느꼈다.

"젊은이는 내 재산을 모두 갖게 될 거야."

아버지는 딸의 손을 잡으며 더욱 부드럽게 말했다.

"배도 돈도 전부 가져갈 거야, 에스더. 하지만 나는 죽은 네 엄마와 진배없는 사랑을 쏟아주는 네가 있어 가난하게 느껴지지 않아. 말해다오, 얘야, 그가 그것마저 갖게 되는 것이더냐?"

에스더는 몸을 굽히고 뺨을 아버지의 머리에 댔다.

"말해다오, 에스더. 좀 더 알아야겠다. 미리 알아야 대처할 힘이 생기지."

이내 고개를 든 에스더는 마치 진실의 거룩한 화신처럼 대답했다.

"안심하세요, 아빠. 저는 절대로 아빠 곁을 떠나지 않아요. 그분이 내 사랑을 받아준다고 해도 전 지금처럼 아빠를 돌볼 거예요."

그녀는 고개를 숙이고 아버지에게 입을 맞췄다.

"또 있어요, 아빠. 내 눈에는 그 사람이 아주 미남으로 보였어요. 호소할 때의 목소리에도 마음이 끌렸고, 그가 위험할지도 모른다는 생각만으로도 몸이 떨려요. 맞아요, 아빠. 그를 다시 볼 수 있으면 정말 좋겠어요. 하지만 짝사랑은 완벽한 사랑이 아니니까 저는 아버지와 엄마의 딸이라는 걸 잊지 않고 때가 오기를 기다릴 거예요."

"넌 정말 하나님의 축복이구나, 에스더! 네가 있어서 나는 모든 걸 다 잃어도 부자일 것 같은 기분이 든다. 하나님의 거룩한 이름과 영생을 걸고 맹세하지만, 너는 상처 입지 않을 거야."

잠시 후, 그가 지시하자 하인이 와서 그의 의자를 다시 방으로 옮겼다. 그는 오실 왕을 생각하며 잠시 자리에 앉아 있었고, 딸은 자기 방으로 가서 순진한 잠에 빠져들었다.

# 제12장
## 로마인의 술잔치

시모니데스 집에서 강 맞은편에 있는 궁전은 유명한 안티오쿠스 에피파네스[176]가 지었다고 전해지며, 그리스풍이라기보다는 페르시아풍의 광대한 궁전이었다.

섬 전체를 에워싼 해변의 성벽은 방파제와 적의 침입에 대비한 이중의 목적으로 지어졌기 때문에 궁전은 상용 거주지로는 부적합했고, 지방 총독들은 주피터 신전이 있는 설피스 산의 서쪽 등성이에 별도의 궁을 지어 거하고 있다. 하지만 지방 총독들은 설피스 산 동쪽 능선에는 거대한 요새가 있

176) 기원전 175년부터 시리아의 왕. 헬라 문화정책을 써서 유다 민족의 강력한 반발을 삼

어 안전하다는 핑계를 댔고, 그래서 옛 궁전도 잘 유지되고 있었다. 어쨌든 궁전은 언제라도 사용할 수 있었고, 집정관이나 장군 혹은 왕이나 어떤 세도가라도 안디옥에 방문하면 항상 섬에 있는 왕궁에서 거했다.

궁의 정원과 목욕탕, 홀, 미로 같이 많은 방들, 그리고 옥상에 있는 대형 천막은 한 도시의 명소라는 명성에 걸맞게 잘 꾸며져 있었고, 밀턴이 말한 "멋진 동방"이라는 표현이 세상 어떤 곳보다 가장 어울리게 장식되어 있었다. 하지만 우리는 그중 방 하나에만 초점을 맞출 것이다.

초점을 맞출 방은 요즘 식으로 '살롱' 같은 곳이다. 상당히 넓은 장소에 바닥은 번득이는 대리석으로 장식되고, 낮에는 채색 운모를 통해 들어오는 햇빛이 조명 역할을 했다. 벽에는 각각 다른 모양의 남자 석상이 기둥 역할을 했는데, 모두 아라비아 풍 장식 무늬의 아주 복잡한 색—파란색, 초록색, 적자색, 금색—을 입혀 우아함을 더한 처마돌림띠를 떠받치고 있었다. 방 주위에는 인도 비단과 캐시미어 모직을 감싼 소파들이 줄지어 놓여 있고, 가구로는 이집트식 문양이 그로테스크하게 새겨진 테이블과 등 없는 의자가 놓여 있었다.

시모니데스는 의자에 앉아 곧 오실 기적의 왕을 도울 계획을 짜도록 놔두고, 에스더는 곤히 잠들게 놔두자. 그리고 우리는 다리를 건너 사자상이 지키는 대문을 지나 수많은 바빌로니아 식 홀과 정원을 통과하여 황금색으로 빛나는 그 '살롱' 으로 들어가 보자.

천장에는 청동 사슬이 늘어진 다섯 개의 샹들리에—사방 구석에 하나씩, 중앙에 하나—가 드리워져 있다. 피라미드 형태의 샹들리에는 남자 석상의 악마 같은 얼굴과 복잡한 처마 장식 무늬까지 환히 비췄다. 여기저기 테이블 주변에는 백 명 정도 되는 사람들이 앉거나 서 있었고, 이쪽저쪽으로 끊임없이 움직였다. 잠깐이나마 이 사람들을 살펴보자.

이들은 모두 젊은이들이지만 개중에는 아직 어린 소년들도 있다. 이탈리아인도 있지만 대부분은 로마인이다. 그들은 모두 티베르 강변에 세워진 거대한 수도의 실내복(다시 말하면 짧은 소매의 스커트로, 인디옥 날씨에 잘 맞고 특히 살롱이라는 밀집한 공간에 적당한) 차림이지만, 대화는 완벽한 라틴어로 하고 있다. 소파 위 여기저기에는 토가와 라세르나[177]가 아무렇게 내던져져 있고, 그중에는 보라색으로 밑단을 처리한 것도 있다.[178] 또 소파 위에는 사지를 쭉 뻗고 편안하게 잠든 이들도 있다. 찌는 듯이 더운 날씨의 열기와 피로감 때문인지 아니면 술기운 때문인지는 구태여 물어보지 말자.

웅성거리는 사람들의 소리는 끊이질 않는다. 와락 웃음보가 터질 때가 있는가 하면, 벽력같은 고함이나 환성이 울려 퍼지기도 한다. 그중에 가장 큰 소리는 날카롭고 길면서도 뭔가가 덜거덕거리는 소리다. 처음 들은 사람은 '이게 뭐지?' 하고 궁금하겠지만, 테이블로 가까이 가 보면 저절로 답이 나온다. 그것은 상아로 만든 주사위를 강하게 흔들고 체커보드에 말을 옮기는 소리이다. 사람들은 이곳에서 혼자, 혹은 여럿이 체커 놀이와 주사위 게임을 하고 있었다.

이 사람들은 누구일까?

"여보게, 플라비우스."

게임을 하던 사람이 말 옮기기를 멈추고 말했다.

"저기 라세르나 보이지? 우리 바로 앞 소파에 야자수 잎만큼이나 큼직한 금단추가 있는 옷 말이야."

"전에 본 적 있어. 비너스 장식 띠가 있는 자네 것도 오래된 건 아니지만, 그렇다고 새 것은 아니지. 그런데 왜?"

게임에 열중하던 플라비우스가 되물었다.

"아무것도 아니야. 모든 사실을 아는 사람이 있으면 저거라도 줄 텐데 말이야."

"하하! 좀 더 싼 것을 걸지 그래? 여기 보라색 단을 댄 토가를 입은 사람 중에 자네 제안을 받아들일 사람이 있을 걸? 어서 게임이나 하세."

"잡았다!"

"이런 세상에! 자, 이제 어쩔 건가? 다시 해?"

"그러지, 뭐."

---

177) 고대 로마에서 토가 위에 걸치던 작은 외투. 두건이 달린 것도 있음

178) 보라색 밑단을 단 토가는 고위 귀족만 입었음

"그럼, 내기 돈은?"

"1세스테르티움으로 하세."

두 사람은 각자 자기의 명판과 철필을 잡아 기록했다. 다시 말을 놓으며 플라비우스는 좀 전에 친구가 했던 이야기로 되돌아갔다.

"모든 걸 알고 있는 사람이라고? 헤라클 같은 사람 말이군! 신의 말씀을 듣고 예언해 주던 무녀들은 다 죽겠군! 그런 괴물을 데려다 뭘 하려고?"

"한 가지만 물어보고 목을 댕강 쳐버릴게."

"뭘 물어보려고?"

"막센티우스 집정관이 내일 몇 시에, 아니 몇 시 몇 분에 도착하는지 물어보려고 그래."

"우와 잘했어! 내가 이겼네! 그런데 왜 분까지 알려고 그러나?"

"집정관이 도착하는 부두에서 아무것도 걸치지 않은 채 시리아의 햇볕 아래 서 있어 봤어? 베스타[179]의 불길도 그렇게 뜨겁진 않을 거야. 로마 건국자인 로물루스에 맹세코, 내가 죽는다면, 꼭 죽어야 한다면, 로마에서 죽고 싶어. 아베르누스 호[180]가 바로 여기에 있다니까. 로마에서라면 포룸 앞에 있는 광장에서 신들이 사는 하늘의 밑바닥에 닿을 정도로 손을 이렇게 올리고 서 있을 수도 있어. 하! 이런 세상에! 플라비우스, 내 눈을 속였지? 내가 졌어. 아, 내 돈!"

"다시 할 거야?"

"내 돈을 찾아야지."

"그러던지."

두 사람은 게임을 계속했다. 채광창을 통해 서서히 빛이 들어와 샹들리에 등불을 희미하게 했지만 두 사람은 여전히 같은 자리, 같은 테이블에서 게임을 했다. 두 사람은 집정관의 군사 담당관으로, 이곳에 모인 대부분의 사람들처럼 집정관의 도착을 기다리며 여흥을 즐기는 중이었다.

두 사람이 대화를 나누는 도중에 한 무리의 사람들이 방으로 들어왔다.

---

179) (로마신화) 화로의 여신. 가정과 국가의 수호자로 숭배되었음
180) 이탈리아 나폴리 부근의 작은 호수. 지옥의 입구라고 일컬어짐

아무도 쳐다보는 사람이 없는 가운데 무리는 중앙에 있는 테이블로 걸어갔다. 행태로 보아 방금 연회를 마치고 돌아오는 듯 다리를 휘청이는 사람들도 보였다. 중앙에 있는 사람이 월계관을 쓴 것으로 보아, 연회의 주최자는 아닐지라도 적어도 주빈이었음을 나타내주었다. 그는 술기운으로 잘생긴 외모가 더 환해져 있을 뿐, 다른 증상은 전혀 없었다. 가장 남자다운 로마인 모습의 그가 머리를 치켜세웠다. 술기운으로 혈색이 돌아 입술과 뺨이 불그레했고, 두 눈은 반짝거렸다. 하지만 티 하나 없는 흰색에 여러 겹으로 접힌 토가를 입은 그의 발걸음은 술에 취한 사람의 것이 아니었다. 황제가 아닌 사람치고는 지나치게 권위적이었다.

테이블로 가면서 작은 마찰이 있었지만 그들은 사과하지 않았다. 마침내 중앙 테이블 앞에서 걸음을 멈추자 무리 중 한 명이 테이블 위로 게임하는 사람들을 내려다보았고, 그를 본 사람들은 일제히 환호성을 질렀다.

"메살라! 메살라!"

소리가 퍼지자 멀리 있던 사람들도 그 자리에서 "메살라"를 외치기 시작했다. 무리를 지어 있던 사람들과 게임하던 사람들이 일제히 중앙을 향해 몰려들었다. 메살라는 이런 광경을 무심하게 바라보며, 자기가 무엇 때문에 인기가 있는지 곧바로 보여주었다.

"그대에게 건강을, 내 친구 드루수스."

그는 자기 오른쪽에 있는 사람에게 말했다.

"아, 그리고 명판을 잠깐만 보겠네."

그는 밀랍 먹인 명판을 들고 내기하던 돈 기록을 흘낏 보더니 테이블 위로 던져버렸다.

"온통 은화, 은화뿐이야. 짐꾼과 도축사들이라면 모를까!"

그는 경멸하듯 소리 내어 웃으며 말했다.

"로마의 술 취한 세멜레의 이름을 걸고 하는 말이지만, 황제 혈통인 사람이 한 재산 벌려고 며칠 밤을 새웠는데 겨우 하찮은 은화 몇 푼이나 건지다니!"

남자의 말에 드루수스는 이마까지 얼굴이 새빨개졌다. 주변에 모인 사람들은 그가 대답할 틈을 주지 않고 테이블 주변으로 더 가까이 몰려들면서 소리쳤다.

"메살라! 메살라!"

"티베르 강변의 남자 중에……."

메살라는 곁에 있는 사람의 손에서 주사위 상자를 빼앗아 들고 말을 이었다.

"신들이 가장 총애하는 이가 누구지? 바로 로마인이야. 많은 나라의 법을 정하는 자가 누구지? 바로 로마인이야. 무력의 권리로 전 세계의 주인이 된 자가 누구지?"

모여든 무리는 금방 눈치를 채고 한 목소리로 자신들의 탄생지를 자각하며 외쳤다.

"로마인이야, 로마인!"

"하지만……."

메살라는 그들이 잠잠해지기를 기다렸다가 다시 말했다.

"가장 잘난 로마인보다 더 잘난 자가 누구지?"

메살라는 조롱하는 웃음을 터트릴 듯이 귀족적인 머리를 치켜들며 덧붙였다.

"말해 봐! 가장 잘난 로마인보다 더 잘난 이가 누구야?"

"헤라클레스야!"

한 사람이 소리쳤다.

"바쿠스!"

풍자가가 말했다.

"주피터, 주피터!"

사람들이 천둥처럼 외쳤다.

"아니야!"

메살라가 대답했다.

"인간 중에서 말이야."

"말해 줘. 어서 말해 줘!"

"그러지."
잠시 침묵이 흘렀다.
"로마의 완벽성에 동방의 완벽성까지 갖춘 사람, 서방의 정복 기술에 동방의 향락 능력까지 지닌 사람이야."
"알았다! 가장 잘난 로마인보다 더 잘난 이도 결국 로마인이지."
와 하고 웃음을 터트리는 사람들의 박수 소리가 끊이질 않았다. 메살라라는 것을 인정한다는 뜻이었다.
"동방에는 신이 없어."
메살라가 계속 말했다.
"포도주와 여자와 행운밖에 없고, 그중에서 최고는 행운이야. 그래서 우리의 신조는 이거지. '내가 하려는 일에 누가 감히 덤벼?' 이것은 원로원에서도 전쟁터에서도 적합한 말이고, 최고를 추구하며 최악에 도전하는 사람에게 가장 적합한 말이지."
메살라의 목소리는 편하게 대화하는 톤으로 낮아졌지만, 이미 제압한 기선을 늦추지 않았다.
"나는 성채에 있는 거대한 금고에 5달란트[181]를 보관해 놓았고, 여기 보관증도 있어."
그는 튜닉 안에서 두루마리 종이를 꺼내 테이블 위로 휙 던졌다. 그리고 숨도 못 쉬고 그를 바라보는 좌중을 향해 말했다.
"내가 이 돈을 판돈으로 걸지. 같은 돈을 걸고 나와 내기할 사람? 뭐야, 조용하군. 너무 액수가 큰가? 그럼 1달란트 줄여주지. 뭐야, 아직도 없어? 좋아, 그럼 3달란트로 하지. 이제 덤벼 봐. 3달란트밖에 안 돼. 2달란트, 그럼 1달란트. 티베르 강의 명예를 위해서 1달란트에 덤벼 봐. 동로마 대 서로마, 불경한 오론테스 강 대 신성한 티베르 강으로 싸우자고!"
메살라는 머리 위로 주사위 상자를 흔들면서 기다렸다.
"오론테스 강 대 티베르 강!"
그는 조소하듯 한 단어씩 강조하며 재차 큰 소리로 말했지만 단 한 사람

181) 탈란톤(talanton)이라는 그리스에서 유래함. 육체노동자의 20년 치 임금에 해당한다

도 움직이지 않았다. 메살라는 주사위 통을 테이블로 던지고 큰 소리로 웃으며 보관증을 들어 올렸다.

"하하하! 올림피아의 주피터 이름을 걸고 맹세컨대, 자네들은 겨우 끼니 때울 만큼의 돈밖에 없나보군 그래. 그래서 안디옥에 왔군. 이봐, 체칠리우스!"

"여기 있어, 메살라! 나는 이곳 사람들 사이에 끼어 넝마주이 나룻배 사공과 그리스 은화 한 닢으로 주사위 놀이를 하자고 애원하려던 참이었어. 하지만 오, 저승사자여, 나를 잡아가소서. 여기 사람들은 오볼로스[182] 정도의 돈도 없나 봐."

메살라의 뒤에 있던 사람이 소리쳤다. 그의 외침에 또 한바탕 웃음이 터지며 방안을 쩌렁쩌렁 울렸다. 메살라만 엄숙한 표정을 유지했다.

"우리가 아까 있던 곳으로 가서 하인들에게 음식과 컵과 잔을 이리로 모두 가져오라고 하게. 이곳에 있는 우리 동포가 주머니가 두둑해질 행운을 얻지 못했다면 배라도 따뜻한 축복을 받아야지! 빨리 가!"

그런 다음 메살라는 드루수스에게 몸을 돌려 온 방이 울리도록 크게 웃으며 말했다.

"하하, 내 친구! 황제의 혈족인 자네에게 은화에나 군침을 흘린다고 말했다고 기분 나쁘게 생각하지는 말게. 이 방의 애송이들을 시험해 보려고 그 이름을 사용한 것뿐이야. 자, 드루수스, 이리 오게!"

메살라는 다시 주사위 상자를 들고 신나게 흔들었다.

"자네가 원하는 대로 돈을 걸고 행운을 시험해 보세."

메살라의 태도는 솔직하고 애정 어리고 매력 있었다. 드루수스는 금방 화가 풀렸다.

"좋아!"

드루수스가 웃으며 말했다.

"그럼 주사위 놀이를 하지. 판돈은…… 1은화야."

그때 아직 어린 티를 벗지 못한 소년이 그들 주위에서 테이블을 내려다

182) 고대 그리스의 작은 은화 이름으로 화폐단위이다

보았다. 메살라는 느닷없이 그를 돌아보고 물었다.

"너는누구니?"

소년이 뒤로 주춤 물러났다.

"카스토르[183]의 이름에 맹세코! 그의 쌍둥이 이름에 맹세코! 너를 기분 나쁘게 하려는 것이 아니야. 주사위뿐 아니라 아무리 사소한 거래라도 기록을 꼼꼼히 하는 것이 사나이들의 법칙이지. 나는 기록해 줄 사람이 필요해. 네가 해줄래?"

어린 소년은 명판을 당겨 점수를 기록할 준비를 했다. 태도가 아주 귀여웠다.

"잠깐만! 메살라, 잠깐만!"

드루수스가 소리쳤다.

"던질 준비가 다 된 주사위를 멈추고 질문하는 게 불길한 전조인지 모르겠지만, 비너스가 허리띠를 풀어 나를 휘갈겨도 이건 물어봐야겠어."

"아냐, 드루수스. 비너스가 허리띠를 풀면 사랑하자는 거지. 자네 질문에 불길한 전조는 이런 식으로 대항하겠어. 이렇게 말이야."

메살라는 상자를 뒤집어 주사위 위에 씌웠다. 그러자 드루수스가 물었다.

"자네, 혹시 퀸터스 아리우스 가족을 만나본 적이 있나?"

"공동사령관?"

메살라가 되물었다.

"아니, 그 아들."

"그 사람에게 아들이 있는 줄은 몰랐는데."

"별로 관심 없겠지만……."

드루수스가 무심한 듯 덧붙였다.

"카스토르가 폴룩스와 다르듯이, 아리우스는 자네와 달라."

그 말을 신호로 스무 명이 일제히 화제에 끼어들었다.

"맞아, 맞아! 그의 눈…… 그의 얼굴."

---

183) (그리스 로마신화) 제우스(로마신화에서는 주피터)와 레다 사이에서 태어난 아들. 폴룩스와 쌍둥이 형제

사람들이 외쳤다.

"뭐야! 메살라는 로마인이지만, 아리우스는 유대인이잖아."

한 사람이 혐오스럽다는 듯이 말했다.

"자네 말이 맞아."

세 번째 사람이 외쳤다.

"모무스[184]가 그의 엄마에게 영 딴판의 얼굴을 빌려준 것이 아니라면, 아리우스는 유대인이야."

말싸움이 벌어질 순간 메살라가 끼어들었다.

"드루수스, 아직 술이 안 왔어. 그리고 자네가 보다시피, 나는 주사위를 끈에 묶인 개처럼 꼼짝 못하게 잡고 있어. 아리우스에 대해서는 자네 의견을 믿겠네. 그러니 좀 더 자세히 말해 주게."

"아리우스가 유대인이거나 로마인이거나—그리고 위대한 판의 이름을 걸고 맹세하지만 자네 기분을 상하게 하려는 뜻은 아니야, 메살라!—그는 미남이고 용감하고 빈틈없어. 황제가 호의와 후원을 제공하려고 했지만 모두 거절했지. 미스터리하게 로마에 등장했지만 아리송하게 행동함으로써 로마인과 거리를 두고 있어. 연습 경기장에서는 그를 대적할 자가 없었어. 라인 강에서 온 푸른 눈의 거인도, 사르마샤 지방에서 온 뿔 없는 황소도 버드나무처럼 나긋나긋하게 다루더군. 공동사령관은 그에게 막대한 유산을 남겨주었어. 그는 무기에 애착이 남다르고 전쟁 생각만 해. 그런데 막센티우스가 그를 자기 진영으로 받아들여 주었어. 그도 우리와 같은 배를 타고 올 예정이었는데, 라벤나에서 종적을 감췄지. 어쨌든 그는 안전하게 이곳에 도착했어. 오늘 아침에 그의 소식을 들었거든. 그런데 이런! 그는 왕궁이나 성채로 오지 않고 짐을 여관에 둔 채 또다시 사라졌어."

이야기가 시작될 때 메살라는 관심이 없다는 듯 예의상 듣고 있었다. 하지만 이야기가 계속될수록 그는 점점 흥미를 느꼈고, 이야기가 끝나자 주사위 상자에서 손을 빼고 소리쳤다.

"이봐, 카이우스! 자네도 들었어?"

184) (그리스신화) 조롱 · 비난의 신

바로 곁에 있던 젊은이가—그날 연습할 때 전차에 같이 타고 있던 메살라의 조수—관심을 받아 기분 좋은 듯이 대답했다.

"메살라, 안 들으면 자네 친구가 아니지."

"오늘 자네를 전차에서 떨어지게 만든 자를 기억하고 있나?"

"바쿠스의 애교머리를 걸고 맹세하지만, 어깨에 멍까지 들었는데 어찌 잊을 수가 있겠어?"

그는 맞장구치면서 귀가 보이지 않을 정도로 어깨를 으쓱했다.

"그럼 행운의 여신에게 감사드리게. 내가 자네의 적을 찾았어. 잘 들어."

메살라는 다시 드루수스에게 몸을 돌렸다.

"유대인이면서 동시에 로마인인 그 사람에 대해 좀 더 말해 주게. 포이보스[185]에게 맹세하건대, 그자보다는 차라리 켄타우로스가 덜 흉물스럽겠군! 드루수스, 그자가 어떤 옷을 입었지?"

"유대인 옷이야."

"들었나, 카이우스? 첫째, 그자는 젊어. 둘째, 얼굴은 로마인이야. 셋째, 그자가 제일 즐겨 입는 것은 유대인 옷이야. 넷째, 연습 경기장에서 팔의 힘으로 말과 마차를 자유자재로 부려 명성이 자자해. 드루수스, 좀 더 말해 주게. 아리우스 그자는 언어도 자유자재로 구사하겠지? 그렇지 않다면 어떨 때는 로마인으로, 또 어떨 때는 유대인으로 행세하지 못할 테니 말이야. 담론도 잘하겠지?"

메살라가 말했다.

"완벽해, 메살라. 그리고 이스트미아 경기[186]에도 참석했을지 몰라."

"듣고 있나, 카이우스? 그자는 그리스에서 여자의 손과 뺨에 키스할 자격도 갖추었대. 그런 점에서는 아리스토마케[187]가 적당하겠군. 계속 숫자로 세었으니, 그걸 다섯째로 치면 되겠어. 어때?"

"자네는 그 작자를 찾았군. 아니라면 내 성을 갈지."

185) 태양신으로서의 아폴로

186) 고대 그리스의 4대 제전 경기(올림피아, 네미아, 피티아, 이스트미아) 중 하나. 현대 올림픽의 기원

187) (그리스신화) 아마존 중의 하나로 '최고의 전사'라는 뜻

“이렇게 수수께끼처럼 말해서 미안해, 드루수스. 미안하네, 모두.”

메살라가 그 특유의 쾌활한 어투로 말했다.

“모든 예의 바른 신들의 이름을 걸고 맹세하지만, 무례하게 굴려던 것은 아니었어. 하지만 좀 더 말해 줘, 드루수스. 이것 봐!”

메살라는 주사위 상자 위에 다시 손을 얹었다.

“내가 얼마나 주사위의 귀를 꽉 막고 있는지 봤지! 그러니 이제 그자가 어떻게 아리우스의 아들이 됐는지, 그 불가사의를 말해 줘.”

“별거 아니야, 메살라. 동화 같은 이야기지. 아리우스가, 아버지 말일세, 해적들을 추격할 때는 아내도 자식도 없는 몸이었어. 하지만 돌아올 때는 청년과 함께 돌아왔고—우리가 얘기하던 그자야—다음 날 그를 아들로 입양했어.”

“입양을 했다고?”

메살라가 되뇌었다.

“정말 흥미롭군! 공동사령관이 소년을 어디서 만났어? 그리고 그자는 누구야?”

“메살라, 누가 알겠나? 아리우스 아들이 직접 말하면 모를까. 전쟁 중에 공동사령관은—참, 그때는 집정관이었지—함선이 파괴됐어. 그런데 다른 배가 판자에 타고 있는 그와 또 한 사람을 발견하고 구조했지. 나는 지금 서로 일치하는 구조자들의 말만 전하는 거야. 그들은 공동사령관과 같은 판자를 타고 있던 자가 유대인이랬어…….”

“유대인!”

메살라가 반복했다.

“그리고 노예였대.”

“뭐? 노예?”

“갑판 위로 구조했을 때, 공동사령관은 투구와 갑옷을 그리고 다른 한 사람은 노 젓는 노예 복장을 하고 있었대.”

메살라는 테이블에 기대 있던 몸을 벌떡 일으켰다. 그리고 생전 처음 당황한 표정으로 주위를 둘러보았다. 바로 그때 노예들이 줄지어 들어왔다.

커다란 포도주통을 든 자도 있고, 과일과 설탕절임이 담긴 바구니를 든 자도 있고, 은제 컵과 포도주 잔을 든 자도 있었다. 사람들은 그 모습에 기분이 들떴다. 메살라는 바로 의자 위로 올라갔다.

"티베르의 남성들이여."

메살라가 뚜렷한 목소리로 외쳤다.

"우리 대장을 기다리는 시간을 바쿠스의 축제로 만듭시다. 누구를 주연으로 할까요?"

드루수스가 자리에서 일어났다.

"축제를 주최한 사람이 주빈을 해야겠죠? 대답하세요, 로마인 여러분."

사람들은 고함을 지르며 대답했다. 메살라는 머리에서 월계관을 벗어 테이블 위로 올라간 드루수스 머리에 씌워주었고, 드루수스는 좌중의 이목이 쏠린 가운데 경건하게 월계관을 벗어 다시 메살라에게 씌워주며 그를 주빈으로 삼았다.

"나와 같이 이곳으로 온 친구 중에 이제 막 술자리를 끝낸 친구도 있지. 우리의 연회가 성스러운 바쿠스 신의 허락을 받을 수 있도록 가장 많이 취한 사람을 이리로 데려오게."

"여기 있어, 여기 있어!"

요란한 소리가 들리며 마룻바닥에 쓰러져 있던 사람이 앞으로 끌려왔다. 너무 곱상하게 생긴 얼굴이 바쿠스라고 해도 믿을 정도였다. 왕관만 머리에서 굴러 떨어지고 지팡이만 손에 없었을 뿐이다.

"그를 테이블 위로 올려."

주빈이 명령했다. 하지만 그는 자리에 앉아 있을 수조차 없었다.

"아름다운 네이언이 자네에게 그러는 것처럼 그를 좀 부축해 줘."

드루수스는 인사불성인 사람을 자기 품에 안았다. 메살라는 좌중이 고요한 가운데 곱상한 남자를 향해 연설했다.

"오, 바쿠스! 신들 중에 가장 위대한 신이시여, 오늘 밤도 자비를 베푸소서. 열성적인 신도를 대표하여 이 월계관을 바칩니다."

메살라는 월계관을 들어 경건하게 하늘로 쳐들었다.

"저는 다프네의 숲에 있는 당신의 제단에 이 월계관을 바칩니다."

공손히 절을 올린 메살라는 월계관을 남자의 머리에 씌워주었다. 그리고 몸을 숙여 주사위 상자를 열고 웃으며 말했다.

"자, 드루수스, 실레노스[188]의 엉덩이에 맹세컨대, 이 은화는 내 거야!"

바닥이 우렁우렁 울릴 정도의 환성과 함께 악마 같은 석상이 춤을 추기 시작하면서 진탕 마시고 떠드는 연회가 막을 올렸다.

# 제13장
## 일드림 족장

일드림 족장은 워낙 중요 인사라서 작은 집을 전전하며 살 수 있는 사람이 아니었다. 족장은 시리아의 동쪽 사막 전체에서 마치 왕자나 가부장처럼 가장 많은 식구를 거느리고 산다는 소문이 자자했다. 동방에서 왕이 아닌 사람 중에 가장 부자라는 소문도 있었다. 실제로 그는 부자였고 그가 가진 하인과 낙타와 말, 모든 종류의 가축과 많은 돈은 자신이 얼마나 대단한 사람인지를 으스대는 자존심이었다.

그러므로 과수원의 천막은 우리가 상상하는 그런 천막이 아니다. 그는 어마어마한 천막촌을 소유했다. 좀 더 상세히 말하면, 세 개의 커다란 천막과—자기 것, 손님용, 제일 총애하는 아내와 하녀들 것—종복 겸 경호원으로 데리고 다니는(용감하기도 하려니와 활과 창, 말을 잘 다루기로도 정평 난) 하인들이 쓰는 여섯 개에서 여덟 개 정도의 작은 천막의 주인이었다.

과수원의 재산은 과수원 내에서는 절대로 위험에 처할 일이 없었다. 하지만 시골뿐 아니라 도시에도 자주 나다니는 습관이 있는 사람으로서, 기강이 해이해질 틈을 주는 것은 어리석은 짓이었다. 그래서 그는 소와 낙타와 염소들처럼 도둑이나 사자의 먹잇감이 되기 쉬운 동물들은 천막촌의 안쪽에

188) 술의 신 바쿠스의 양부인 뚱뚱한 노인

두었다.

공평하게 평가하자면, 일드림 족장은 자기 민족의 관습을 아주 세세한 부분까지 빠뜨리지 않고 잘 지키는 사람이었다. 그 결과, 과수원에서의 삶은 아라비아 사막에서의 삶의 연장이었다. 그뿐 아니라, 옛날 가부장적 생활방식도 그대로 유지해서 천막촌의 생활은 원시시대 이스라엘 그대로의 전원생활이었다.

그가 카라반을 이끌고 과수원에 도착했던 날로 되돌아가 보자.

"여기에 이것을 심어."

족장은 말을 세우고 창을 땅에 꽂으면서 말했다.

"문은 남쪽으로 내고 앞에는 호수가 보이게 해. 그리고 아라비아 사막의 자손인 이것들은 서쪽에 둬."

족장은 세 그루의 거대한 야자수 쪽으로 가서 그중 하나를 말의 목을 쓰다듬듯 자기 아기의 뺨을 쓰다듬듯 어루만졌다.

족장이 아니고서야 누가 무리에게 멈추라고 하며 천막을 치라는 말을 하겠는가? 창을 뽑은 자리에 천막의 첫 번째 기둥이 세워졌고 그것을 입구의 중심으로 정했다. 나머지 8개의 기둥도 세워져 3개의 기둥이 세 줄로 세워졌다. 그리고 족장의 부름을 받은 여자들과 아이들이 낙타에 실어 놓았던 천막을 내렸다. 여자가 아니고는 누가 이 일을 할 수 있겠는가? 양 떼의 털을 깎는 일도 여자의 몫이었고, 그것을 비틀어 실로 만드는 이도, 실을 엮어 천으로 만드는 이도, 천들을 연결해 게달[189] 자손의 완벽한 진갈색—멀리서 보면 검은색으로 보이지만—천막을 만드는 이도 여자였다.

마침내 족장 휘하의 무리들은 모두 힘을 합쳐 천막을 이쪽 기둥에서 저쪽 기둥까지 잡아당기며 말뚝을 박고 끈으로 고정시켰다! 마지막은 갈대 이엉으로 만든 자리를 바닥에 까는 것이었다. 이 일이 끝나고 나자 모두가 숨을 죽이고 족장의 평가를 기다렸다! 족장은 천막 안팎을 왔다 갔다 하며 햇빛

189) 아브라함과 하갈 사이에 태어난 이스마엘의 12번째 아들 중 둘째 아들로서 그의 후손인 '게달 자손'은 아라비아 사막 북쪽 지역에 살면서 유목생활을 했음. 특히 검은 염소의 털로 만든 천막이 유명함

과 나무, 호수와 집과의 관계를 면밀히 검사한 뒤 만족스럽게 손을 비비며 말했다.

"잘했다! 이제 천막촌을 지어라. 그리고 오늘 밤, 아락주[190]를 넣은 빵과 꿀을 넣은 우유를 준비하고 새끼 염소도 구워라. 신이 너희와 함께할 것이다! 호수가 우리의 우물이니 물이 부족한 일은 없을 것이고, 온통 푸른 초원이니 가축들도 굶주리지 않을 것이다. 신이 너희들과 함께할 것이니, 자, 얘들아, 가라!"

그러자 모두가 환성을 지르며 각자 자기 천막을 세우러 달려갔다. 그들 중 몇 사람은 남아서 족장 천막의 실내장식을 했다. 하인들은 중앙 열의 기둥에 커튼을 달아 방을 두 칸으로 나누었다. 오른쪽 방은 일드림 족장이 머물 곳이고 왼쪽 방은 그의 말들이 머물 곳이었다. 사람들은 솔로몬의 보석인 말들을 안으로 인도해 쓰다듬고 입 맞춘 뒤 풀어주었다. 중간 기둥을 기점으로 무기창고를 만들어 긴 창과 짧은 창, 활과 화살, 그리고 방패를 넣고 그 입구에는 주인의 초승달 모양의 칼을 걸어두었다. 칼날의 반짝임은 손잡이에 박힌 보석의 반짝임과 조화를 이루었다. 선반 끝에는 말 장식품을 정렬했는데, 개중에는 왕의 신하들의 의상처럼 화려한 것도 있었다. 맞은편 선반 끝에는 족장의 의복, 즉 모직 옷과 세마포 옷, 튜닉과 바지, 그리고 머리에 쓰는 다양한 색깔의 두건을 정리했다. 그리고 나서 족장의 잘 되었다는 판결이 나오기까지 기다렸다.

한편, 여자들은 소파를 꺼내 조립했다. 족장에게 소파는 아론의 수염처럼 가슴까지 늘어진 흰 수염만큼이나 없어서는 안 되는 필수품이었다. 여자들은 골조를 삼각형 모양으로 조립한 뒤 입구 쪽을 향해 배치하고, 바닥에 천을 씌우면서 밤색과 노란색이 사선으로 교차한 방석을 놓았다. 소파 양쪽 끝에는 푸른색과 심홍색 천을 씌운 쿠션과 등받이를 놓았고, 주위로는 작은 카펫을 깔고 소파 앞 공간에도 깔았다. 끝으로 소파 정면에서 천막 입구까지 카펫을 깔면서 일을 마쳤다. 그리고 다시 주인의 합격 판단이 내려질 때까지 기다렸다. 그것이 끝나면 이제 항아리에 물을 채우고, 언제라도 마신

190) 쌀이나 야자즙으로 만든 독한 술

수 있게 아락주를 가죽 통에 넣고, 내일 마실 발효유를 준비해 두는 일뿐이었다. 아라비아인이라면, 달콤한 물이 있는 호수 곁 과수원의 야자수 그늘 아래 사는 일드림 족장이 행복하고 너그러운 이유를 능히 짐작할 수 있을 것이다.

벤허는 바로 이 천막 입구에 서 있었다. 하인들은 벌써 주인의 명령이 떨어지기만 기다렸다. 하인 한 명이 주인의 샌들을 벗겼고, 다른 한 명이 벤허의 로마식 구두 버클을 풀어 벗겼다. 두 사람은 먼지를 뒤집어쓴 겉옷을 벗고 하얀 세마포로 갈아입었다.

"들어오게. 어서 들어와서 편히 쉬게."

주인이 벤허를 소파 쪽으로 이끌며 예루살렘 상인의 사투리로 호탕하게 말했다.

"난 여기 앉을 테니, 저쪽에 손님이 앉을 수 있도록 자리를 마련해."

하녀가 얼른 대답하고 능숙하게 등받이용 베개와 쿠션을 놓아주었다. 그리고 호수에서 길어온 깨끗한 물로 두 사람의 발을 씻겨 수건으로 닦아주었다.

"아라비아에는 식욕이 왕성하면 장수한다는 말이 있네."

족장은 가느다란 손가락으로 수염을 쓰다듬으며 말했다.

"자네는 어떤가?"

"그 말대로라면 저는 백 살까지 살 것 같습니다. 문간에 서성이는 늑대처럼 배가 고프거든요."

벤허가 대답했다.

"어허, 문간의 늑대처럼 쫓겨나서는 안 되지. 내가 최고의 고기를 대접하겠네."

일드림은 손뼉을 탁탁 쳤다.

"손님용 천막으로 가서 내가 화평을 빈다고 전해라."

대기하던 하인이 공손히 절을 했다.

"그리고 내가 다른 손님을 한 분 모시고 왔으니, 벨타사르가 괜찮으면 빵과 고기를 함께 먹자고 전해라."

두 번째 하인도 나갔다.

"이제 좀 쉬세."

족장은 오늘날 다마스쿠스 장터에서 상인들이 앉아 있는 자세로 소파 위에 앉았다. 충분히 휴식한 뒤 족장은 수염 쓰다듬기를 멈추고 진지한 어투로 물었다.

"자네는 우리 집에 찾아온 손님이고 우리 집 발효유를 마셨네. 이제 곧 우리 집 소금도 맛볼 것이니 질문 하나를 해도 되겠지? 자네는 누군가?"

"일드림 족장님."

벤허는 뚫어지게 쳐다보는 족장의 시선을 견뎌내며 조용히 말했다.

"족장님의 질문을 말장난으로 때우겠다는 뜻은 아니라는 걸 알아주십시오. 하지만 그런 질문에 대답하는 것에 죄책감을 느낀 적이 없으신지요?"

"당연히 있지!"

일드림이 대답했다.

"자신을 속이는 것이 자기 종족을 속이는 것만큼 비열할 때가 있지."

"감사합니다, 족장님. 감사합니다."

벤허가 큰 소리로 말했다.

"이제 대답하기가 훨씬 수월하군요. 제가 부탁한 일로, 우선 저를 믿을 수 있는지 알고 싶으실 테니 저의 보잘 것 없는 인생사보다는 그런 확신부터 드리고 싶었습니다."

족장은 고개를 숙여 고맙다는 뜻을 전했고, 벤허는 서둘러 말을 꺼냈다.

"첫째, 족장님이 흡족하실 말씀부터 드리면, 제 이름에서 짐작할 수 있듯 저는 로마인이 아닙니다."

일드림은 가슴에 흘러내린 수염을 꽉 쥐고, 두껍게 내려앉은 눈썹의 음영을 뚫고 은은하게 반짝이는 눈으로 벤허를 응시했다.

"둘째, 저는 이스라엘인으로 유대 종족입니다."

족장의 눈이 약간 치켜 올라갔다.

"그뿐만 아닙니다, 족장님. 저는 로마에 원한이 있는 유대인이고, 제 원한에 비하면 족장님의 원한은 어린아이 정도의 걱정 같습니다."

족장은 신경질적으로 빨리 수염을 쓰다듬었고, 반짝이는 눈이 안 보일 정도로 눈썹을 축 늘어뜨렸다.

"또 있습니다. 하나님이 우리 조상에게 하셨던 약속을 걸고 맹세컨대, 제게 복수할 기회를 주시면 종족의 영광과 돈은 모두 당신께 드리겠습니다."

일드림의 이마가 활짝 펴지고 고개가 올라갔다. 그의 얼굴에는 다시 환한 미소가 번졌다. 그가 얼마나 흡족했는지 눈에 보일 정도였다.

"그 정도면 됐네. 자네 혀뿌리에 거짓말이 똬리를 틀고 있어도 솔로몬도 자네 말에 넘어갔을 걸세. 자네가 로마인이 아니고, 로마에 원한이 있고, 해야 할 복수가 있다는 말을 믿네. 그 점은 됐어. 하지만 말 다루는 솜씨는 어떤가? 전차를 몰아본 경험은 있나? 그리고 말이 자네 마음을 읽을 정도로 능수능란하게 다룰 수 있나? 부르면 바로 오고, 가라면 마지막 숨과 힘을 다해 달리도록 할 수 있나? 마지막 숨이 넘어가면서도 자네 목소리를 듣고 최후의 힘을 다 쏟아내게 할 수 있나? 그런 재능은 아무나 타고 나는 것이 아닐세. 아는 수백만 명의 사람들을 완벽하게 통치하면서도 말 한 마리의 존경은 끝내 얻지 못한 왕을 알고 있네. 잘 듣게! 지금 나는 노예들을 위해서 뼈 빠지게 일하는 기백 없고 우둔하며 혈통과 외모가 하급인 짐승을 말하는 것이 아니야. 혈통을 추적해 올라가면 초대 파라오가 소유했던 말에 이르는 최고의 말, 바로 여기 내가 소유하고 있는 말을 말하는 것일세. 내 천막 안에서 오랫동안 함께 지내서 나와 생각이 같은 동료이자 친구들이지. 말의 본능에 우리의 기지가 더해지고, 그들의 감각에 우리의 영혼이 합쳐져 마침내는 우리의 야망과 사랑, 미움과 경멸을 그대로 공감하는 그런 말이야. 전쟁할 때는 영웅이고, 신뢰에서는 여자처럼 정절이 굳은 녀석들이야. 이봐, 거기!"

곧바로 하인이 다가왔다.

"내 애인을 들어오라고 해!"

하인이 방을 나누고 있던 커튼을 걷자 한 떼의 말이 나타났다. 잠시 말들은 안으로 들어가는 것이 맞는지 확인하듯 그 자리에 머뭇거리고 있었다.

"들어와! 왜 거기 그러고 서 있어? 내 것은 다 너희 것이야. 어서 들어오라니까!"

일드림이 말하자 이내 말들이 천천히 걸어 들어왔다.

"이스라엘 자손인 자네, 자네 선조 모세는 정말 대단한 분이었어. 하지만, 하하하! 모세가 밭을 가는 소와 둔하고 느린 당나귀는 키우도록 허락하면서 말을 소유하는 것은 금지했다는 걸 생각하면 웃을 수밖에 없네. 하하하! 만일 모세가 저 녀석이나 이 녀석을 봤다면 과연 그렇게 말했을까?"

족장은 말을 하면서 가장 가까이에 있는 말의 얼굴에 손을 뻗어 무한한 자긍심과 애정으로 쓰다듬었다.

"그건 오해십니다, 족장님."

벤허가 부드러운 어투로 계속했다.

"모세는 하나님의 사랑을 받은 율법학자이자 전사였습니다. 하나님의 뜻에 따라 전쟁하신 분이 그분의 창조물을 사랑하지 않으실 까닭이 있겠습니까? 그중에서도 특히 이런 녀석들을요?"

숱 많은 앞 갈기에 반쯤 가려진 사슴처럼 부드럽고 커다란 눈, 뾰족하고 예쁘게 기울어진 작은 귀를 가진 얼굴이 벤허의 가슴으로 다가와 콧구멍을 벌렁거리고 윗입술을 움직였다.

'넌 누구니?'

말은 분명히 이렇게 묻는 듯했다. 벤허는 경주 코스에서 보았던 아름다운 한 녀석을 알아보고 손을 벌려 만져보았다.

"말들은 자네에게 '최고 혈통인 우리는 페르시아의 닛산 평원 출신이야.'라고 말할 거야. 신은 첫 아라비아인에게 산에는 나무 하나 없고 여기저기 있는 샘에는 먹지 못할 물들만 가득한 광대하고 쓸모없는 사막을 주면서 말씀하셨어. '너의 나라를 보라!' 가엾은 아라비아인이 투덜거리자 불쌍히 여겨 다시 말씀하셨지. '기뻐하라! 내가 네게 다른 사람보다 두 배의 축복을 내렸느니라.' 아라비아인은 감사드리고 축복의 땅을 찾아 나섰어. 우선 각 나라의 국경선 부분을 샅샅이 둘러보았지. 하지만 하나도 찾지 못했어. 그 다음은 사막을 향해 계속 갔지. 마침내 아라비아 사막 한가운데 아주 아름다운 섬을 발견했어. 그리고 그 섬 한복판에, 오, 보라! 낙타와 말 떼들이 있었던 거야! 그는 기뻐하며 동물을 거두어 정성을 다해 키웠어. 신이 준 최고의 선물이었지. 그 푸른 섬을 기원지로 하여 모든 말들이 세상으로 퍼져 나갔고, 마침내 넛산 평원에까지 진출했어. 그리고 더 북쪽으로 올라가, 차가운 바다에서 부는 돌풍이 영원히 불어대는 곳까지 갔어. 내 말을 의심하면 안 돼. 만일 의심하면 아라비아의 부적이 힘을 잃어 자네에게는 효과가 없어진다네. 아니, 그 증거를 보여주지."

족장은 손뼉을 탁탁 치며 하인에게 말했다.

"종족의 족보를 가져오너라."

족장은 기다리는 동안 말과 장난치고 뺨을 쓰다듬고 손가락으로 앞 갈기를 빗질해 주고, 한 마리 한 마리에게 간식을 주었다. 이윽고 여섯 사람이 놋쇠로 테를 두르고 경첩과 빗장도 놋쇠로 보강한 삼나무 궤 여러 개를 들고 들어왔다.

"아니야."

여섯 사람이 소파 곁에 삼나무 궤를 내려놓자 족장이 말했다.

"전부 다 가져오라는 것이 아니고, 말 족보가 든 것만 가져오란 말이었어. 저걸 열고 나머지는 도로 갖다 놔."

이내 궤가 열리고 은줄에 꿰어진 상앗빛 명판 더미가 나타났다. 줄 하나에 수백 개씩 꿰어져 있는 명판들은 그 하나하나가 마치 웨이퍼 과자처럼 얇았다.

"예루살렘 성전에서는 모든 자손이 조상을 추적할 수 있도록 태어날 때부터 얼마나 신중하고 꼼꼼하게 기록하는지 잘 아네. 직접적인 시조보다 더 이전까지 추적할 수도 있지. 우리 선조는—언제나 그분들을 생생하게 기억하게 하소서!—예루살렘 성전의 관행을 본떠서 하인들까지 모조리 기록했어. 이 명판들 좀 보게!"

벤허는 명판을 받아 열어보았다. 매끈한 표면에 불로 달군 뾰족한 금속 끝으로 태워서 아라비아어로 쓴 상형문자가 주르르 나열되어 있었다.

"읽을 줄 아나?"

"아니요. 무슨 뜻인지 알려주세요."

"이것은 수백 년에 걸쳐 우리 선조의 집에서 태어난 순종 말들의 이름과 그 어미, 아비의 이름을 기록해 놓은 족보라네. 이걸 가져가서 혈통의 흐름을 보게. 그러면 좀 더 쉽게 믿을 수 있을 거야."

일부 명판은 상당히 해어져 있었다. 그리고 전부 다 누렇게 바래 있었다.

"저 상자에 말의 역사가 모두 보관되어 있네. 인간 역사는 그런 경우가 별로 없지만, 말의 역사는 확실한 증명이 가능해. 말의 족보가 전부 기록되어 있으니까 말일세. 이 말도 그렇고, 지금 자네의 관심과 사랑을 달라고 떼를 쓰는 저 녀석도 그래. 이 말들처럼 이 말의 종마도—물론 시간이 지나면서 사촌, 육촌 등으로 갈라졌지만—천막에서 태어났고, 인심 좋은 사람들이 보리를 먹이면서 자기 자식처럼 키웠어. 말들은 아이들처럼 입 맞추며 감정 표현을 못할 뿐이지. 하지만 내 말을 믿어도 좋네. 내가 사막의 왕이라면 이 말들은 각료야! 이 말들이 없으면 난 살 수조차 없어. 나이가 들었다고 도시를 잇는 대로를 갈 때 겁이 없어지는 것은 아니야. 하지만 이 말들과 함께 있으면 두려움을 물리칠 힘이 생기지. 하하하! 저 말들의 선조들이 얼마나 놀라운 업적을 달성했는지 말할 수 있다네. 언제 기회가 되면 한번 말해 주지. 현재로서는 내 말들이 절대로 겁이 나서 도망치는 일이 없고, 달려가다가 그만두는 일도 없다는 정도만 얘기하겠네! 사막에서도 안장을 메고도 마찬가지야. 하지만 이번에는 어떨지 나도 잘 모르겠어. 멍에를 메고 달리는 것은 처음이라서 말일세. 그리고 경기에서의 승리는 여러 가지 변수들이 많으니까. 그렇지만 내 말들은 자존심도 강하고 달리는 속도도 아주 빠르고 지구력도 좋으니까 제대로 된 기수만 만난다면 경주에서 이길 거야. 자네가 그런 기수라면 자네를 경기장으로 보내준 오늘을 아주 행복한 날로 기억할 텐데 말이야. 자, 이제 자네에 관해 이야기해 주게."

"이제야 알겠군요. 아라비아인에게는 말이 자식과 같은 이유를 알았어요. 그리고 아라비아 말이 왜 세상에서 최고인지도 알겠어요. 하지만 약속만으로 저를 믿게 하지는 않겠습니다. 사람의 약속은 종종 어긋날 때도 있으니까요. 내일 이 근처 평원에서 네 마리의 말을 직접 몰아볼 수 있게 해주세요."

일드림 족장의 얼굴에 다시 한 번 미소가 가득 번졌다.

"잠깐만요, 족장님. 잠깐만요!"

벤허가 다급하게 말했다.

"좀 더 말씀드리겠습니다. 저는 로마에서 선생님들로부터 많은 걸 배웠는데 이곳에서 쓰게 될 줄은 몰랐습니다. 이 말들은 독수리처럼 빠르고 사자처럼 인내력이 있지만, 멍에를 메고 함께 협동해서 달리는 훈련 없이는 절대로 승리할 수 없습니다. 말 네 마리 중에는 가장 빠른 말과 가장 느린 말이 있습니다. 경주의 승리는 언제나 가장 늦은 말에 따라 결정나고, 문제는 언제나 가장 빠른 말 때문에 생깁니다. 오늘만 해도 그래요. 기수가 가장 빠른 말을 제어해서 가장 늦은 말과 발맞추어 달리게 하지 못해서 그런 혼란이 생겼던 겁니다. 제가 말을 몰았어도 마찬가지였을 거예요. 하지만 이것만은 맹세할 수 있습니다. 제 명령에 따라 네 마리가 의기투합하여 한 마리처럼 달리도록 훈련한다면 족장님은 돈과 명예를 얻고, 저는 복수를 할 수 있습니다. 어떻습니까?"

일드림은 수염을 쓰다듬으며 벤허의 말을 들었다. 그리고 벤허의 말이 끝나자 호탕하게 웃으며 입을 열었다.

"자네를 다시 보게 됐네. 아라비아 사막에 이런 속담이 있지. '말을 잘하면 징역도 면한다.' 아침에 자네에게 말을 내주겠네."

바로 그때 천막 뒤쪽 입구가 술렁였다.

"저녁이 도착했군! 그리고 마침 내 친구 벨타사르도 오는군. 자네도 아는 사람이지? 저분은 이스라엘인이라면 아무리 들어도 질리지 않는 이야기를 해줄 거야."

족장은 덧붙여 하인들에게 말했다.

"이 족보를 치워라. 그리고 내 보물들을 자기 방으로 데려다 줘."

하인들은 주인이 시키는 대로 했다.

# 제14장

## 야자수 농원의 만찬

사막에서 세 명의 현자들이 만났을 때 했던 식사를 돌이켜보면, 족장 천막에서의 식사가 어떤지, 식사 준비를 어떻게 하는지 이해할 수 있을 것이다. 차이가 있다면 음식이 더 풍요롭고 하인들의 접대 손길이 더 많다는 것뿐이다.

세 개의 융단이 의자 앞에 깔린 카펫 위에 놓였다. 그 중앙에 높이가 30센티미터밖에 되지 않는 테이블이 놓이고 그 위에 식탁보가 깔렸다. 한쪽 끝에는 이동식 토기 오븐이 설치되어 있어 저녁 식탁에 빵이 떨어지지 않도록 계속 구워냈다.

한편, 족장과 벤허가 서서 영접하는 가운데 벨타사르가 소파로 인도되었다. 헐렁한 검은 옷을 입은 벨타사르는 긴 지팡이와 하인의 팔에 기대어 움직이는 발걸음은 힘이 없고 느리며 조심스러웠다.

"화평이 당신께 임하기를. 어서 오십시오."

일드림이 정중하게 인사를 건넸다.

"당신에게도 화평이 임하기를. 당신과 당신의 모든 것에 유일신—진실하시고 사랑이 넘치는 하나님—의 화평과 복이 임하소서."

고개를 들며 대답하는 벨타사르의 태도는 온화하고 경건했다. 벤허는 그의 모습에 압도되었다. 일드림의 인사에 대답하는 축복의 말이 자기에게도 건네졌고, 말을 하는 노인의 움푹 들어간 눈빛이 자신에게 오래 머물러 있어서 벤허는 새롭고 신비한 기분을 느꼈다. 너무나 강력한 기분이어서, 벤허는 눈빛의 의미를 알고 싶어 식사 도중에도 몇 번이고 주름지고 핏기 없는 노인의 얼굴을 관찰했다. 언제나 노인의 표정은 부드럽고 잔잔했으며, 어린아이의 표정처럼 신뢰감이 들었다. 잠시 뒤 벤허는 노인이 늘 그런 표정을 짓고 있다는 것을 알게 되었다.

"벨타사르, 이 젊은이가 오늘 저녁 우리와 식사를 함께할 손님입니다."

족장이 벤허의 팔에 손을 얹으며 말했다. 벨타사르는 젊은이를 흘낏 보더니 다시 한 번 놀라고 의아한 표정을 지었다. 그 모습을 보고 족장이 계속 말을 이었다.

"젊은이가 내일 말을 시험적으로 몰아볼 거예요. 모든 일이 순조로우면 경기장에서도 제 말을 몰 겁니다."

벨타사르는 계속 젊은이를 응시했다.

"훌륭한 사람의 추천을 받았어요."

당황한 족장이 계속 말했다.

"젊은이가 로마의 귀족 해군인 아리우스의 아들이라고 알고 계실지 모르지만……."

족장은 잠시 머뭇거리다가 웃음을 머금고 다시 말했다.

"하지만 젊은이는 자신이 유대 지방의 이스라엘인이라고 주장합니다. 그리고 신의 광휘에 맹세코, 저는 젊은이의 말을 믿습니다!"

벨타사르는 더는 참지 못하고 낮에 있었던 일을 이야기했다.

"오늘 내 생명이 위태로울 뻔한 일이 있었소. 이 사람만한—이 젊은이가 당사자가 아니라면—어느 젊은이가 아니었다면 죽었을지도 모르오. 다른 사람들은 모두 달아났는데 그 젊은이가 나를 구해 주었소."

그는 벤허에게 직접 물었다.

"자네가 혹시 그 젊은이가 아닌지……?"

벤허는 겸손하고 공손하게 대답했다.

"저는 카스탈리아 샘에서 선생님이 탄 낙타를 향해 돌진하던 거만한 로마인의 말을 잡아 멈춘 사람이라는 말밖에 드릴 말씀이 없습니다. 따님이 제게 컵을 주더군요."

벤허는 튜닉의 가슴팍 안에서 컵을 꺼내 벨타사르에게 주었다. 늙은 이집트인의 안색이 환해졌다.

"오늘 하나님이 자네를 샘으로 보내주셨어."

벨타사르는 떨리는 음성으로 말하며 벤허에게 손을 뻗었다.

"그리고 지금 다시 하나님이 자네를 내게 보내주셨군 그래. 하나님께 감사드리네. 자네도 하나님께 감사하게. 그분의 은총으로 나는 자네에게 사례할 수 있는 많은 돈이 있어. 컵은 자네 것이니 가지게."

벤허는 다시 컵을 받았고, 벨타사르는 궁금해 하는 족장에게 그날 샘에서 있었던 일을 얘기해 주었다.

"뭐! 왜 그 일에 대해 한마디도 하지 않았나? 이보다 더 좋은 추천서가 어디 있겠어? 나는 아라비아인이고 수만 명의 부족을 거느린 족장 아닌가? 그리고 저분은 내 손님 아닌가? 내 손님에게 한 고마운 일이 나에게 한 고마운 일 아닌가? 보상을 받으려면 당연히 여기로 와야지. 내가 당연히 보상해야지."

족장의 목소리가 점점 높아지더니 마지막 즈음에는 날카롭고 통렬하게 변했다.

"족장님, 용서하세요. 액수가 크든 작든 저는 보상을 바라고 여기에 온 것이 아닙니다. 그리고 이런 말씀을 드려도 된다면, 당신의 비천한 하인이 그런 위험에 처했어도 저는 이 훌륭한 분에게 했던 그대로 했을 겁니다."

벤허가 대답했다.

"하지만 이분은 하인이 아니라 내 친구이자 내 집에 온 손님이야. 행운의 여신의 사랑을 한 몸에 받는 분인지 모르겠나?"

족장은 벨타사르를 보며 덧붙였다.

"아, 신의 광휘에 맹세코! 이 젊은이는 로마인이 아닙니다."

그 말과 함께 족장은 하인들을 돌아보았다. 저녁 준비가 거의 다 되어 있었다.

사막의 모임에서 벨타사르가 자기를 소개할 때 이야기했던 그의 과거를 기억한다면, 지위 고하를 막론하고 똑같이 행동했을 것이라는 벤허의 말이 벨타사르에게 어떤 인상을 주었을지는 잘 알 것이다. 인간을 향한 그의 헌신은 차별이 없었다. 그가 기다리는 약속된 구원은 전 인류에게도 똑같이 주어진 약속이었다. 그러므로 그에게는 벤허의 말이 자기 입에서 나온 말 같았다.

그는 벤허에게 한 걸음 더 다가가서 어린아이처럼 말했다.

"자네 이름이 뭐라고 했지? 로마인 이름이었는데."

"아리우스입니다."

벤허가 대답했다.

"하지만 로마인이 아니지?"

의아하다는 듯 벨타사르가 물었다.

"우리 가족은 전부 유대인이었습니다."

"이었다고? 그럼 모두 돌아가셨나?"

질문은 간단했지만 민감한 것이기도 했다. 족장은 재빨리 난처한 처지에서 벤허를 구해 주었다.

"자, 어서 오세요. 식사 준비가 다 되었습니다."

벤허는 벨타사르를 부축해 테이블로 향했다. 그리고 잠시 뒤 세 사람은 동방 식으로 융단 위에 앉았다. 하인들이 들여온 대야에 세 사람은 손을 씻고 수건으로 닦았다. 그런 다음 족장이 수신호를 하자 하인들은 일제히 행동을 멈췄고, 성심이 담긴 벨타사르의 목소리가 크게 울려 퍼졌다.

"하나님 아버지, 저희가 가진 것은 모두 아버지의 것입니다. 저희의 감사를 받으시고 저희를 축복하시어 당신의 뜻을 계속 이어가게 하소서."

기도는 오래전 이집트인 벨타사르가 그리스인 가스파르와 인도인 멜키오르와 함께 사막에서 식사했을 때, 서로 다른 언어임에도 불구하고 알아들었던 바로 그 기도였다. 그들은 그때 그것으로 하나님이 곁에 계심을 알았었다.

식탁에는 동방의 진미가 가득 차려져 있었고—갓 구운 뜨거운 케이크, 밭에서 금방 따온 채소, 하나씩 놓인 고기, 고기와 채소 버무림, 우유, 꿀과 버터—세 사람은 먹고 마셨다. 식사 도중에는 배가 고파서 거의 말을 나누지 않았지만, 식사가 끝나자 다시 손을 씻고 새로 차려진 식탁 앞에서 후식을 먹으며 그들은 대화를 주고받았다.

이들 모임의 공통된 화제는 하나밖에 없었다. 그들은 모두 유일신을 믿는 아라비아인과 유대인과 이집트인이었다. 그리고 세 사람 중 한 명은 하나님이 음성으로 방향을 알려주시고 별의 모습으로 그렇게 멀리까지, 그렇게 기적적으로 인도하셨던 사람이다. 그가 아니면 누가 이야기를 할 것이며, 증인이 되어 만천하에 알리라고 했던 이야기가 아니면 무슨 이야기를 하겠는가?

# 제15장
## 현자의 이야기(Ⅰ)

야자수 과수원에는 어둠이 빨리 찾아왔다. 산이 둘러싸여서 저녁에 석양 없이 해가 지면 바로 밤이 되었기 때문이다.

그날 저녁, 하인들은 식탁의 네 귀퉁이에 각각 놋쇠 촛대를 올려놓았다. 네 개의 촛대에는 가지가 있었고, 가지마다 불을 밝힐 은제 램프와 올리브 기름을 담은 컵이 있었다. 밝기는 충분했다. 심지어 눈이 부실 정도였다. 세 사람은 후식을 먹으며 그곳에서 널리 쓰이는 시리아 방언으로 이야기를 계속했다.

벨타사르는 사막에서 세 사람이 만났던 이야기를 했다. 족장의 말처럼 27년 전 12월, 세 사람은 헤롯을 피해 천막으로 와서 숨겨달라고 했었다. 모두 흥미롭게 이야기를 들었고, 하인들조차 자세한 이야기를 들으려고 주변을 서성거렸다.

벤허는 하나님의 계시를 듣듯이 이야기에 귀를 기울였다. 모든 인류의 관심사였지만 특히 이스라엘 사람에게는 초미의 관심사였기 때문이다. 그의 마음속에는 한 가지 생각이 구체화되고 있었다. 그리고 그것은 그의 삶의 방향을 바꾸게 될 것이다.

이야기가 계속되면서 벤허는 벨타사르에게 점점 더 감동했고, 이야기가 끝날 즈음에는 감동이 절정에 이르러 그의 이야기를 전폭적으로 신뢰했다. 사실, 이 놀라운 사건을 듣고 나서 그에게는 믿음—그렇게 말할 수 있다면—밖에 없었다.

아직 설명을 못한 것이 있다. 통찰력 있는 사람이라면 이미 설명을 요구했을 것이다. 이제 더는 미룰 수 없을 것 같다. 처음에 우리의 이야기는 예수님에 대해, 그 사실뿐 아니라 날짜까지 언급하며 시작되었다. 하지만 벨타사르는 동굴에서 어머니의 무릎에 앉아 있는 예수님께 경배한 뒤 한 번도 그분을 만나보지 못했다.

지금부터는 예수님의 이야기가 자주 언급될 것이다. 이야기의 흐름은 천천히, 그러나 확실히 그분에게로 다가갈 것이며 마침내 그분을—반대 의견을 무릅쓰고 덧붙이자면, 세상에 없으면 안 되는 사람을—만나게 될 것이다. 통찰력 있는 신앙인이라면 이 간단한 선언을 이해하고 또 환영할 것이다. 그분이 태어나기 이전에도 특정한 때 특정한 나라에는 필수불가결한 사람들이 있었다. 하지만 예수님의 필수불가결성은 전 세계인에게 모두 그랬고, 전 기간 동안 늘 그랬다. 그것이 바로 그분의 유례없고 유일하고 신성한 점이다.

사실, 일드림 족장으로서는 처음 듣는 이야기가 아니었다. 그는 이미 세 사람의 현자들이 함께 이야기하는 것을 들어서 의심의 여지가 없었다. 그는 이야기에 신중하게 대처했다. 성난 헤롯의 손길로부터 도망자를 보호한다는 일은 아주 위험했다. 이제 그 세 사람 중 한 사람이 환영받는 손님으로, 존경하는 친구로 다시 식탁에 앉아 있다. 족장은 그의 이야기를 전적으로 믿었다. 하지만 사건의 성격상 족장에게는 그 일화가 벤허에게만큼 충격적이고 절실하게 와 닿지 않았다. 아라비아인인 그에게는 이 이야기의 영향이 인류의 보편적인 것에 지나지 않았다. 반면 유대인인 벤허는 이야기의 사실 여부에 특별한 관심이 있을 수밖에 없었다. 그는 이야기를 순수한 유대인의 마음으로 받아들였다.

벤허는 요람 안에 있을 때부터 메시아의 이야기를 들었다. 대학에서는 메시아를 희망과 두려움으로, 다른 한편으로는 선택받은 민족이라는 특별한 영광으로 받아들였다. 훌륭한 혈통의 선지자들은 하나같이 구세주의 오심을 예언했다. 그리고 그 예언은 랍비들이 회당과 학교와 성전에서 금식일이나 명절에도, 공개적으로나 개인적으로 끊임없이 언급되었다. 전국의 율법 선생들이 귀에 못이 박히도록 설명했기 때문에 아브라함의 자손들은 메시아의 탄생을 기다렸고, 그것은 말 그대로 철저하게 그들의 삶을 지배하고 형성했다.

그렇지만 메시아에 대해서는 유대인 내부에서도 논란이 많았다. 그리고 그 논란은 늘 한 방향으로 집중되었다. 그것은 메시아가 '언제' 올 것이냐 하는 것이었다.

당시에는 유대인의 왕이 오시면 그분은 이스라엘의 정치적인 왕 혹은 황제가 될 것이며, 하나님의 이름으로 세상을 정복하여 이스라엘을 통해 영원히 지배할 것이라는 믿음이 있었다. 바리새파[191] 혹은 분리주의자들은 이 믿음 때문에 성전 안뜰과 제단 주변에 소망의 탑을 세웠다. 그들의 소망은 마케도니아인의 소망 정도는 가볍게 뛰어넘는 것으로, '오로지 그들만이 이 세상을 지배하기를, 오로지 그들만이 이 땅과 하늘을 지배하기를' 바라는 것이었다. 다시 말하면, 그들은 대담하고 불경스럽기 짝이 없는 상상으로 사실상 자신들의 목적에 하나님을 이용했다.

벤허의 경우에는 그의 인생의 두 가지 환경 때문에 이 분리주의자들의 대담한 믿음에서 자유로울 수 있었다.

우선, 벤허의 아버지는 당시 '진보파'로 불린 사두개파의 믿음을 따랐다. 사두개파는 대체로 영혼을 믿지 않았으며, 성문화된 모세오경만을 엄격한 해석지침으로 받아들이고 랍비의 해석은 거부했다. 그들은 하나의 종파였지만 믿음은 종교라기보다는 철학이었다. 그들은 인생의 쾌락을 거부하지 않았고, 비유대인의 규율과 성과에도 훌륭한 것이 많다고 생각했다. 정치에서는 분리주의자들과 사사건건 대립각을 세웠다. 자연스러운 상태였다면 아버지가 믿던 사두개파의 생각이 아버지의 재산처럼 아들에게 물려졌을 것이다. 그리고 우리가 보았듯이 벤허는 실제로 그런 생각을 물려받을 뻔했는데, 두 번째의 큰 사건이 일어났다.

그것은 로마에서의 풍족한 생활이었다. 이것이 벤허의 성격에 어떤 영향을 주었을까? 당시 로마는 무제한의 쾌락과 탐닉의 장소였을 뿐 아니라 정

---

191) 당시 유대교에는 바리새파, 사두개파, 에세네파의 세 파가 있었음

치, 경제적으로 세계인들의 만남 장소였다. 로마의 포룸 대광장 앞, 금색 이정표 주위에는 세계의 모든 사람들이 오갔다. 만일 로마의 우아한 예법이나 세련된 분위기, 지성인의 학식, 그리고 위업의 달성 등에 아무런 영향을 받지 않았다면 어떻게 벤허가 아리우스의 아들로 그렇게 오랫동안 미세눔 근처의 집과 황제의 환영 만찬장을 오갈 수 있었겠는가? 또 거기서 세계 모든 나라의 왕들과 왕자들, 사신들, 인질들, 외교사절들, 청원자들이 황제 앞에 머리를 조아리는 것을 볼 수 있었겠는가? 그 숫자만으로도 예루살렘의 유월절 축제에 모인 사람들과 비교할 수 없다. 하지만 원형 대경기장의 보라색 차양 아래 35만 개의 좌석 중 하나에 앉아 있을 때면, 저 중에 하나님의 은총을 받는 사람들이 있지는 않을까, 비록 유대인은 아니라도 그들의 슬픔 때문에 이스라엘과 유사한 약속을 받은 민족이 있지는 않을까 하는 생각이 들었다.

벤허가 그런 환경에서 이같은 생각을 떠올렸다는 것은 자연스러운 일이다. 하지만 곰곰이 다시 따져보면 거기에는 차이가 있었다. 사람들의 불행과 그들의 절망적인 상황은 종교와는 상관이 없는 것이었다. 그들은 신에게 불만을 터트리는 것이 아니었고, 신이 없어서 그런 것도 아니었다. 영국은 참나무 숲 속에 드루이드교[192] 신자들이 있었다. 갈리아와 독일과 북쪽 사람들은 오딘과 프레야를 믿었고, 이집트인은 악어와 아누비스[193]를 믿었으며, 페르시아인은 오르무즈드[194]와 아리만[195]을 믿었다. 인도인은 열반을 바라며 브라만의 어두운 길을 인내하며 걸었고, 그리스인은 철학을 하다 쉴 때면 호머의 영웅적인 신들을 노래했다.

로마에서도 신들만큼 흔하디흔한 것은 없다. 세계의 지배자들은 자기 마음 가는 대로 이 신과 저 신을 믿으며 공물을 바쳤고, 그로 인한 혼란을 즐겼다. 그들의 불만이라면 신들의 숫자가 너무 적다는 것이었다. 그래서 지상의 모든 신의 권한을 다 빌려 쓰고 나면, 그들의 선조 황제까지 신격화해

192) 고대 켈트족 종교
193) 자칼의 머리에 인간의 몸을 가진 고대 이집트의 죽은 자들의 신
194) (이란) 지혜 · 선의의 신이며 아리만과 끝없이 싸우는 조로아스터교의 으뜸 신
195) 암흑과 악의 신

서 제단을 만들고 제사를 드린다. 아니다, 사람들의 불행은 종교 때문이 아니라 실정과 강탈, 그리고 셀 수 없이 많은 폭정 때문이었다. 사람들이 빠졌던 지옥 같은 상황과 벗어나게 해 달라고 빌었던 무참한 상황은 철저히, 그러나 원천적으로 정치 때문이었다. 로마인들이 빌었던 것은—런더니움[196], 알렉산드리아, 아테네, 예루살렘 할 것 없이—경배할 신을 보내달라는 것이 아니라 다른 나라를 정복할 왕을 보내달라는 것이었다.

2천 년이 지난 뒤 이런 상황을 면밀히 연구해 본 결과, 진정한 신이 나타나 인간을 구원하지 않는 한 종교적으로 세계적인 혼란을 없앨 수는 없다는 사실을 알게 된다. 하지만 당시 사람들, 통찰력 있고 이성적인 사람들조차 로마가 멸망하지 않는 한 희망이 없고, 로마가 멸망해야 복구와 재정비 과정을 통해 구원이 이루어진다고 믿었다. 그래서 로마의 멸망을 위해 그들은 기도하고 공모하고 반란을 일으키고 싸웠으며, 죽으면서 그 땅을 피와 눈물로 적셨다. 하지만 결과는 언제나 똑같았다.

지금 벤허가 로마인을 제외한 세상 사람들과 의견을 같이했는지는 두고 볼 일이다. 5년 동안 로마에 살면서 그는 정복당한 나라들의 비참함을 직접 목격하고 자세히 연구할 기회가 있었다. 그래서 이들을 들들 볶고 괴롭히는 악은 정치 체제 때문이고, 그것을 바꿀 방법은 무력밖에 없다고 생각해 훗날 무력을 통한 구원의 순간이 오면 제 역할을 하려고 역량을 키워왔다. 무기를 제대로 쓸 수 있게 훈련하면서 그는 완벽한 군인이 되었다. 하지만 전쟁에도 더 중요한 전쟁이 있어서 그런 전쟁에 선발되려면 방패로 막고 칼로 찌르는 능력 이상이 필요했다. 그런 전쟁에서 장군이 되려면 많은 사람을 하나로 움직이게 하는 힘이 필요했다. 최고의 장군은 군대를 이끌고 싸우는 전사다.

벤허는 이런 생각으로 인생 계획을 짰고, 그가 꿈꾸던 개인적인 원한에 대해서도, 복수는 평화보다 전쟁을 통해 이룰 수 있다는 생각이 확고해지게 되었다.

이제는 벨타사르의 말을 듣고 있던 그의 기분이 이해되었을 것이다. 벨타

196) 로마가 런던을 침략하여 처음 정착한 런던교 북쪽 지명

사르의 이야기는 벤허 인생의 가장 민감한 두 가지를 건드렸다. 그의 심장은 빠르게 뛰었다. 벨타사르가 하는 이야기가 전부 사실이고, 기적의 힘으로 찾은 아기가 메시아가 분명하다는 사실을 확인하면서 심장이 더욱 거세게 뛰었다.

이스라엘이 그 계시를 얼마나 목마르게 기다렸는지를 생각할 때, 벤허의 마음속에는 꼭 알고 싶은 두 가지 의문이 생겼다.

그때의 그 아기는 지금 어디 있는가?

그 아기의 임무는 무엇인가?

벤허는 두 가지 의문에 벨타사르의 의견이 듣고 싶어졌다. 그는 이야기 중간에 끼어들어 죄송하다는 말과 함께 질문을 던졌고, 벨타사르는 기꺼이 응했다.

## 제16장

### 벨타사르 이야기(Ⅱ)

"그 질문에 대답을 할 수 있다면 얼마나 좋겠나?"

벨타사르는 소박하고 진지하면서도 경건한 태도로 말을 이었다.

"아, 그분이 어디 계시는지만 안다면 바로 그분 곁으로 달려갈 텐데! 산을 넘고 바다를 건너서라도 달려갈 텐데."

"당시에 그분을 찾으려는 노력은 해보셨나요?"

벤허가 물음에 벨타사르의 얼굴에 미소가 설핏 스쳤다.

"사막에서 족장이 마련해 준 은신처를 떠나자마자 내가 한 일은……."

벨타사르는 감사의 표정을 담은 눈빛을 족장에게 던지며 계속 말했다.

"아기가 어떻게 되었는지 알아본 일이었지. 하지만 1년이 지났어도 유대 지방에 직접 가 볼 용기가 없었어. 아직 헤롯이 왕권을 잡고 유혈 정치를 펼치고 있었기 때문이었지. 이집트로 돌아갔을 때, 내가 보고 들은 것을 믿어

주는 친구들이 몇 명 있었다네. 구세주가 태어났다는 사실을 나와 함께 기뻐해 주고, 그 이야기를 아무리 되풀이해도 지겨워하지 않던 친구들이었지. 친구 중 몇 명이 나 대신 아기를 찾아보겠다고 나섰다네. 그들은 먼저 베들레헴으로 갔고, 내가 말한 여관과 동굴을 찾아냈어. 하지만 아기가 탄생한 날 밤, 우리가 별을 따라 도착했던 그 밤에 대문을 지키던 문지기는 사라지고 없었어. 왕이 잡아갔다는데, 그 뒤로는 본 사람이 없었다는군."

"그렇더라도 증거는 좀 찾았겠지요?"

벤허가 간절한 목소리로 물었다.

"그렇다네. 피로 얼룩진 증거를 찾았지. 베들레헴은 아직도 비탄에 젖어 있다네. 엄마들은 어린 자식을 그리워하며 여전히 울부짖고 있지. 헤롯은 우리가 달아났다는 사실을 알자 베들레헴의 어린아이들 중 제일 막내를 모조리 죽여버렸어. 어떤 아이도 그의 손아귀를 벗어나지는 못했지. 소식을 전해 준 내 친구들은 믿을만한 사람들이었어. 그들은 다른 무고한 어린 생명들과 함께 아기가 죽었다고 했어."

"죽었다고요! 지금 아기가 죽었다고 하셨나요?"

"아니야, 아들아, 난 그렇게 말하지 않았어. 친구들이 죽었다고 내게 전했다고 했지. 당시에 난 그 말을 믿지 않았어. 그리고 지금도 믿지 않아."

"그렇군요. 그럼 선생님께서 특별히 알고 계신 뭔가가 있군요."

"아니, 그렇지도 않다네."

벨타사르가 시선을 떨구며 말했다.

"성령은 우리를 아기에게까지만 인도해 주셨어. 우리는 아기 탄생의 증인이 되어 선물을 바치고 동굴에서 나오자마자 하늘의 별을 찾았어. 하지만 별은 사라지고 없었어. 우리만 남겨진 거지. 성령이 우리에게 주신 마지막 계시는 은신처를 찾아 족장에게 가라는 것이었어."

"맞아요, 당신들은 성령이 내게 인도하셨다고 말했어요. 기억납니다."

족장이 초조하게 수염을 어루만지며 말했다.

"나는 특별히 아는 것이 없다네."

벨타사르는 벤허의 얼굴에 실망감이 드리워지는 것을 보며 계속 말했다.

"나는 그 생각을 많이 했다네. 신앙의 힘으로 몇 년에 걸쳐 깊이 생각해 보았지. 아들아, 하나님이 내게 증인이 되라고 지시하셨던 목소리가, 그날 호숫가에서 성령이 처음 나를 부를 때의 소리처럼 아직도 내 귀에 쟁쟁해. 듣고 싶다면 왜 내가 아기가 살아 있다고 생각하는지 말해 주지."

동의를 표한 일드림 족장과 벤허는 온 힘을 다해 벨타사르의 말에 귀를 기울였다. 하인들도 흥미를 느끼고 소파 곁에 더 가까이 다가와서 섰다. 천막 안에는 깊은 침묵만 감돌았다.

"우리 세 사람은 하나님을 믿는다네."

벨타사르가 입을 열며 고개를 숙여 절을 했다.

"그리고 그분은 진리야. 그분의 말씀은 곧 하나님이야. 산이 갈아져서 흙이 되고, 서풍이 불어 바닷물이 말라붙어도 그분의 말씀은 변치 않아. 진리니까."

벨타사르의 목소리는 말로 표현할 수 없을 만큼 엄숙했다.

"그분의 목소리는 호숫가에서 나에게 말했어. '네 선행이 승리했느니라. 오, 미스라임의 아들아! 너에게 복이 있을지어다! 구원의 날이 가까이 왔느니라. 이제 너는 땅 끝에 사는 다른 두 사람과 함께 약속된 메시아를 만날 것이다.' 나는 구세주를 만났어—그의 이름에 축복 있으라!—하지만 또 다른 약속인 구원은 아직 실현되지 않았네. 이제 알겠나? 만일 아기가 죽을 것이었다면 성령은 구원의 약속을 하시지 않았을 거야. 아무 의미 없는 말이니까. 그리고 하나님은, 아, 아니네, 나는 감히 말할 수가 없어!"

벨타사르는 양손을 하늘로 들어 올렸다.

"아기가 태어난 것은 구원의 과업을 완수하시려는 것이었어. 약속이 아직 그대로 있는 한, 구원의 과업이 완수되기 전에는 죽음조차도 그분을 그 과업에서 떼어놓을 수 없어. 그것이 내가 아직 그분이 살아 계시다고 믿는 첫 번째 이유야. 자, 내 말을 더 들어보게."

벨타사르는 잠시 말을 멈추었다.

"포도주 좀 드시지 않겠어요? 아직 잔을 그대로 들고 계시네요."

족장이 공손하게 말했다. 포도주를 들이킨 벨타사르는 기력을 회복한 듯 다시 말하기 시작했다.

"내가 본 구세주는 여인이 낳았어. 우리처럼 자연의 과정으로 세상에 나왔고, 그래서 우리의 나쁜 운명도 함께 타고 나신 것이지. 죽음까지도 말이야. 그것을 첫 번째 전제로 치세. 그다음에는 그분과 그분의 과업을 분리해서 생각해 보세. 그것이 과연 현명하고 견실하고 신중한 어른 남자가 아니면 감당할 수 있는 일일까? 그러려면 사람들이 자라듯, 그분도 자라야 하지. 그리고 그 사이에 목숨이 위험한 상황들이 얼마나 많을지 생각해 보게. 아기부터 어른이 될 때까지 그 긴 기간 동안 말일세. 지금 권력을 쥔 자는 그분의 적이야. 그리고 로마는 또 어떤가? 그리고 이스라엘에서는…… 그분을 제거하려고 했던 이유가 이스라엘이 그분을 왕으로 모시지 못하게 하려고 그랬던 것이지. 그럼 이제 한 번 보게. 취약한 성장기를 남의 눈에 띄지 않게 보내는 것보다 더 안전한 방법이 어디 있겠나? 그래서 나는 믿음으로 말했네. 절실한 사랑 외에는 감동을 줄 수 없는 내 믿음 말일세. 나는 말했어. 그분은 죽지 않고 살아 계신다. 그분의 과업이 아직 달성되지 않았으니 반드시 대중 앞에 다시 모습을 나타내실 거야. 그것이 내가 아직 그분이 살아 계신다고 믿는 또 하나의 이유일세. 어떤가? 그럴 것 같지 않은가?"

일드림의 작은 눈이 이해했다는 눈빛으로 반짝였다. 실망감에서 다시 빠져나온 벤허는 진심을 담아 말했다.

"최소한 저로서는 그럴 것 같군요. 더 말씀해 주십시오."

"아들아, 그것으로는 부족한가?"

벨타사르는 더 침착해진 어투로 말했다.

"좀 더 쉽게 말하자면, 아기를 찾지 못하는 것이 하나님의 뜻이라고 생각하고 좀 더 기다리기로 했네."

벨타사르는 믿음으로 가득 찬 눈을 들어 멍하니 허공을 쳐다보며 계속 말했다.

"지금도 난 기다리고 있어. 그분은 엄청난 비밀을 마음속에 지닌 채 살아 계셔. 그러면 된 거야. 그분께 가지 못하고 그분이 사시는 언덕과 계곡을 모르면 어떤가? 그분은 살아 계셔. 꽃 속의 열매처럼 계실 수도, 막 익기 시작한 열매처럼 계실 수도 있어. 하지만 분명히 하나님의 약속과 그분을 이 땅에 보낸 이유에 맞게 지내고 계실 거야. 난 그분이 살아 계시다는 걸 알아."

벤허의 온몸을 전율이 휘감았다. 그와 함께 반신반의하던 마음도 깨끗이 사라졌다.

"그분이 어디에 계실 것 같아요?"

벤허는 성스러운 비밀을 바로 가까이에서 느끼듯 낮은 목소리로 머뭇거리며 물었다. 벨타사르는 다정한 눈빛으로 벤허를 바라보며 대답했다. 아직 멍한 상태에서 완전히 깨어나지는 못한 것 같았다.

"몇 주 전, 나는 우리 집에 혼자 앉아서 생각했어. 남자 나이 서른 정도면 인생의 경작지를 모두 일구고 모종도 잘 자랄 시기이지. 곧 여름이 되면 모종이 더 자랄 공간이 부족해져. 이제 그 아기는 스물일곱 살이니 파종 시기가 가까워진 거야. 자네가 내게 물었듯이 나도 나 자신에게 물었고, 그 대답으로 자네 선조가 하나님께 받은 땅의 인근인 이곳으로 왔네. 그분이 다시 모습을 나타내실 곳이 유대 지방 말고 어디 있겠나? 그분이 과업을 시작할 곳이 예루살렘밖에 더 있겠나? 그분의 축복을 제일 처음 받을 사람은 아브라함과 이삭과 야곱의 자손 아니겠나? 그분의 사랑을 먼저 받을 사람은 하나님의 자식들 아니겠나? 누가 나에게 그분을 찾으라고 한다면 유대 지방과 갈릴리 지방에 있는 산비탈 마을들을 샅샅이 살펴보겠네. 지금 그분은 거기에 계실 거야. 그분은 문간이나 언덕 위에 서서, 당신이 세상의 빛이 되는 날이 하루 더 가까워져 있음을 느끼며 오늘 저녁 지는 해를 바라보고 계실 걸세."

말을 마친 벨타사르는 마치 손가락으로 유대 지방을 가리키듯 손을 들어 올렸다. 그의 말을 듣고 있던 모든 사람은, 심지어 소파 주변에 서 있던 둔한 하인조차도 그의 열정에 전염되었다. 큰 감동은 쉽사리 사라지지 않았다. 식탁에 앉아 있던 사람들은 제각기 생각에 잠겼다.

마침내 벤허가 침묵을 깨며 입을 열었다.

"벨타사르 선생님, 당신은 하나님의 특별한 사랑을 받은 분이군요. 그리고 정말 현명하신 분입니다. 당신이 해주신 말에 얼마나 감사하고 있는지 말로 다 표현하지 못하겠습니다. 이제 저는 위대한 사건이 도래하리라는 것을 알게 되었고, 당신의 믿음에 감화되었습니다. 마지막으로 당신이 기다리고, 오늘부터 저 역시 유대 지방의 신자로 기다릴 그분의 과업이 무엇인지 알려주십시오. 그분은 구세주라고 하셨죠? 하지만 동시에 유대인의 왕이기도 하지 않습니까?"

"아들아."

벨타사르가 자비로운 음성으로 말을 이었다.

"그분의 임무는 아직 하나님만 아신단다. 나는 내 기도에 응답해 주신 말씀을 통해 추측할 수 있을 뿐이지. 다시 한 번 말해 볼까?"

"알려주십시오."

"내가 걱정했던 이유는, 내가 알렉산드리아와 나일 강변에서 설교를 하고 마침내는 아무도 없는 곳으로 갔던 이유는 인간의 타락상 때문이었네. 하나님을 모르기 때문에 인간은 더 타락한 거야. 나는 우리 인류의 슬픔을 대신해서 슬퍼했네. 어떤 한 계급이 아니라 인류 전체를 위해서 말일세. 사람들이 너무 타락해서 하나님이 직접 과업을 행하지 않으면 구원받을 수 없다고 느꼈어. 나는 하나님께 이 땅에 오셔서 내가 그분을 뵐 수 있게 해달라고 기도했지. 그때 목소리가 들려왔어.

'네 선행이 승리했느니라. 구원의 날이 가까이 왔느니라. 너는 구세주를 만나게 될 것이다.'

부르심에 응답하여, 나는 기뻐하며 예루살렘으로 갔어. 그것이 누구를 위한 구원일까? 모든 인류를 위한 것이지. 그러면 어떤 형태로 올까? 믿음을 좀 더 굳건히 하게! 사람들은 로마가 멸망하지 않는 한 기쁨은 없다고들 하지. 다시 말하면, 한 시대의 병폐는 하나님을 몰라서가 아니라 통치자들의 실정 때문에 생긴다고 생각하는 거야. 하지만 아니야! 구원은 정치적인 목적이 아니야. 한 통치자와 지배 세력을 몰아내고 다른 세력이 그 자리를 차지하여 권력을 누리게 하려는 것이 아니란 말이야. 만약 그뿐이라면 하나님의 지혜가 인간의 지혜보다 뛰어나다고 할 것도 없지. 그분이 오시는 것은 영혼을 구원하려고 오시는 거야. 구원이란, 하나님께서 이 땅에 머무시어 다시 한 번 이 땅을 정의롭게 하시는 것이야."

그러자 벤허의 얼굴에 실망감이 뚜렷이 묻어났다. 벤허는 고개를 숙였다. 벨타사르의 말을 이해할 수도 없었지만, 그렇다고 그의 의견에 이의를 제기할 수도 없었다. 이해할 수 없기는 일드림도 마찬가지였다.

"신의 광휘에 맹세코!"

일드림이 참지 못하고 불쑥 끼어들었다.

"그 판단은 모든 사회관습을 무시하는 말씀입니다. 세상의 방식은 정해져 있고, 아무것으로도 바꿀 수 없습니다. 모든 공동체에는 힘을 갖춘 지도자가 있어야 하고, 그를 통해서만 개혁이 이루어집니다."

벨타사르는 족장이 불쑥 던진 말을 진지하게 들었다.

"일드림, 당신 생각은 세상의 이치입니다. 하지만 제가 말하는 것은 그런 세상의 이치로부터 우리가 구원받는다는 뜻이었습니다. 사람의 야망은 왕이 되고 싶은 것이겠지만, 하나님의 바람은 인간의 영혼을 구원하는 것입니다."

일드림은 더 이상 아무 말 하지 않았지만, 믿을 수 없다는 듯이 고개를 절레절레 흔들었다. 벤허가 족장을 대신해 논쟁에 뛰어들었다.

"아버지, 허락해 주신다면 이렇게 부르겠습니다."

벤허가 말했다.

"예루살렘 정문에서 누구를 찾으라는 말을 들었다고 했죠?"

일드림 족장은 벤허에게 고맙다는 표정을 지었다.

"유대인의 왕이 태어난 곳이 어디인지 물으라고 했어."

벨타사르가 조용히 대답했다.

"그리고 베들레헴 인근 동굴에서 그분을 보았다고 했죠?"

"우리는 그분을 뵙고, 경배 드리고 선물을 드렸어. 멜키오르는 황금을, 가스파르는 유향을, 나는 몰약을 드렸지."

"아버지께서 사실을 말씀하실 땐 듣는 즉시 믿게 됩니다. 하지만 의견을 말씀하실 땐 아버지께서 말씀하시는 아기가 어떤 왕이 된다는 건지 잘 이해가 되지 않습니다. 저는 왕과 그의 권력과 임무를 분리해서 생각할 수 없습니다."

"아들아, 우리는 가까이 있는 것은 자세히 관찰하지만 멀리 있는 큰 것은 대충보고 지나치기가 쉽단다. 자네는 유대인의 왕이라는 타이틀만 보는 거야. 하지만 고개를 들어 좀 멀리 보면, 자네 눈을 가로막고 있는 장애물이 없어진다네. 타이틀은 그냥 말에 지나지 않아. 이스라엘이 하나님의 사랑하는 백성으로서 선지자를 통해 이야기 듣던 좋은 시절은 다 지나갔어. 이스라엘에게 유대인의 왕을 약속했다 해도, 그 말을 곧이곧대로 해석한다면 그분의 외부 조건도 달랐어야지. 아, 자네는 내가 정문에서 왜 '유대인의 왕'을 찾았는지 생각하는 거로군. 자네가 그렇게 생각한다면 나로서는 할 말이 없네. 그 문제는 그냥 지나가지."

벨타사르는 계속 이어 나갔다.

"그다음 자네 질문은 그분의 명예에 관한 것이었지. 그렇다면 생각해 보게. 헤롯왕의 후임자가 되는 것이 뭐 그리 대단한가? 세상의 기준으로 봐서 그 명예가 그리 대단한가? 하나님은 그보다 더 대단한 분 아닐까? 하나님이 타이틀을 얻고 싶었으면, 그래서 인간이 만든 타이틀을 빌려 쓰고 싶었다면 그냥 나에게 곧장 황제에게 가서 자리를 내놓으라 하라고 말씀하시지 않았을까? 우리가 말하는 내용의 본질을 보고 싶으면, 부탁컨대 좀 멀리 보게! 차라리 우리가 기다리는 왕이 어떤 분인지를 물어보게. 그게 비밀을 푸는 단서야. 이 단서 없이는 이해할 수 있는 사람이 없다네."

벨타사르는 신앙심이 가득한 눈을 들었다.

"이 땅에는 왕국이 있지. 하지만 내가 말하는 왕국은 육지보다 더 크고, 육지와 바다를 합친 것보다 더 크며, 가장 좋은 금을 누르고 망치로 두드려 펴서 만든 것이라네. 그 왕국이 존재한다는 건 우리에게 심장이 있는 것만큼이나 확실한 사실이지만, 태어나서 죽을 때까지 그곳을 지나다니면서도 눈으로는 볼 수 없어. 누구도 영혼을 알기 전에는 그곳을 볼 수 없어. 왜냐하면 그곳은 사람의 육신을 위한 곳이 아니라 영혼을 위한 곳이기 때문이지. 그 왕국 안에는 상상할 수도 없는 영광이 있어. 한 번도 경험해 본 적이 없고, 비길 만한 것이 없는 최고의 영광이지."

"아버지 말씀이 제게는 수수께끼 같습니다. 저는 여태까지 그런 왕국 이야기는 들어본 적이 없습니다."

벤허가 말했다.

"저도요."

일드림이 거들었다.

"나도 더는 말할 것이 없다네. 그게 무엇이고, 무엇을 위한 것이고, 어떻게 그곳에 갈 수 있는지는 그분이 와서 그곳을 집으로 삼기 전에는 아무도 모른다네. 그분은 눈에 보이지 않는 왕국의 열쇠를 가지고 오실 거야. 그리고 그 문을 열면 선택받은 사람들만 들어가 구원받을 수 있어."

벨타사르가 겸손하게 시선을 떨구며 말했다. 한동안 긴 침묵이 이어졌다. 벨타사르는 그것을 대화가 끝난 신호로 받아들였다.

"족장님, 저는 내일이나 모레 한동안 도시에 나가 있을 것 같군요. 딸아이가 전차 대회 준비 과정을 보고 싶어 하는군요. 우리가 가는 시간은 나중에 다시 알려드리겠습니다. 그리고 아들아, 다시 만나세. 두 사람 모두에게 평화를, 그리고 잘 자요."

벨타사르의 목소리는 평소처럼 조용했다. 이내 세 사람은 식탁에서 일어났다. 그리고 족장과 벤허는 벨타사르가 하인의 부축을 받아 천막 밖을 나갈 때까지 그를 배웅했다.

"일드림 족장님, 저는 오늘 밤에 신기한 얘기를 들었습니다. 잠시 시간을 주십시오. 호수에 나가서 생각을 정리하고 싶습니다."

벤허가 말했다.

"가게. 나도 곧 따라 가겠네."

일드림 족장이 대답했다. 두 사람은 다시 손을 씻었다. 그리고 족장이 손짓하자 하인이 벤허의 신발을 가져왔고, 벤허는 곧 밖으로 나갔다.

# 제17장
## 혼란

천막촌 조금 위쪽으로 가면 호숫가에 야자수가 무리 지어 있는데, 야자수 그늘이 반은 물 속에 반은 땅에 드리워진 곳이 있었다. 직박구리가 가지에 앉아 어서 오라며 노래를 불렀다. 벤허는 야자수 밑에서 걸음을 멈추고 새가 지저귀는 소리를 들었다. 여느 때 같았으면 새소리는 다른 생각을 사라지게 했겠지만, 벨타사르의 이야기가 머리를 무겁게 짓누르고 있어서 아름다운 노랫소리도 들리지 않았다.

강변에는 잔물결 소리 하나 없는 고요한 밤이었다. 동방의 별들이 모두 나와 늘 있던 자리에서 반짝였다. 그리고 주변은—땅에도, 호수에도, 하늘에도—온통 여름이었다.

벤허의 상상력은 한창 열기를 더하였고 감정은 흥분되어 있었으며 의지는 마음대로 좌충우돌했다. 벤허에게는 야자수와 하늘과 주변 공기가, 벨타사르가 인간에 절망하여 내쫓기듯 들어갔던 머나먼 남쪽 지역같이 여겨졌다. 잔잔한 호수는 벨타사르가 서서 기도할 때 성령이 밝은 빛을 뿜으며 나타났던 그 옛날의 나일 강 원천지 같았다. 만약 기적과도 같은 그 일이 벤허에게 일어났다면? 벨타사르 곁에 자기도 있었다면? 기적이 다시 한 번 그에게도 일어난다면? 그는 성령이 두려웠지만 한편으로는 보고 싶었고 기다려지기까지 했다. 마침내 들끓던 감정이 진정되고 다시 자신을 되찾았을 때 벤허는 비로소 생각할 수 있었다.

벤허의 인생 계획은 이미 이야기했다. 벤허는 그 계획을 생각할 때마다 중간에 자기 힘으로는 도저히 메울 수 없는 커다란 틈이 존재한다는 사실을 깨달았다. 너무 큰 틈이라 건너편도 희미하게 보일 정도였다. 마침내 그가 군인뿐 아니라 장군이 되어 모든 일을 끝내고 나면 다음에는 어떤 목표를 정해야 할까? 물론 혁명을 생각할 수 있었다. 하지만 혁명에는 불변의 과정이 있고 사람들을 그 과정으로 끌어들이려면 첫째, 추종자를 모을 수 있는 명분이나 사실이 있어야 하고 둘째, 실제적인 업적이라는 목표가 있어야 한다. 원칙상, 사람들은 세상의 악행을 바로잡으려고 잘 싸운다. 그러나 악행을 자극제로 삼아 시작하지만 영광스러운 결과를—부상에는 향유를, 용기에는 보상을, 죽음에는 감사와 기억을—기대할 수 있을 때 더 잘 싸운다.

명분이나 목표가 충분한지 결정하려면, 행동에 들어갈 준비가 갖추어졌을 때 누구를 추종자로 골라야 할지 연구해야 했다. 추종자는 당연히 동포였다. 이스라엘에 행해진 모든 악행은 모든 아브라함의 자손들에게 행한 악행이라서, 한 사람 한 사람을 모을 때 그들 모두에게 아주 신성하고 고무적인 명분이 될 수 있었다.

그랬다. 명분은 이미 있었다. 하지만 목표는? 무엇을 목표로 삼아야 할까?

생각에 생각을 거듭한 끝에 벤허는 결론을 내렸다. 그것은 국가 독립이라는 희미하고 애매하며 일반적인 목표였다. 하지만 그것으로 될까? 벤허는 아니라고 할 수 없었다. 그것이 아니라면 벤허의 희망도 사라질 것이기 때문이다. 그렇다고 확실히 맞다고 할 수도 없었다. 그것은 그의 판단력이 더 잘 말해 주었다. 이스라엘이 혼자 힘으로 로마와 대적하여 승리할 수 있을지는 자기 자신조차 확신할 수 없었다. 그는 적의 인적 및 물적자원이 얼마나 대단한지 잘 알고 있다. 전 세계가 힘을 합쳐 싸워야 할 정도였다. 하지만, 아! 그건 불가능했다. 단 하나, 피정복국에서 영웅이 나타나 전 세계가 알 정도로 전쟁의 수훈을 세우면 가능했다. 아, 벤허는 이 상황을 얼마나 오랫동안 열심히 생각했던가! 유대 지방이 새로운 알렉산더가 통치하는 마케도니아 같은 나라라는 것이 증명되면 얼마나 영광스러운 일이겠는가! 아아, 그러나 다시 한 번 오오, 통재라! 랍비에게 배운 사람들은 용맹성은 충분했지만 훈련은 되어 있지 않았다. 벤허는 헤롯왕의 정원에서 메살라가 조롱했던 말이 떠올랐다.

"이스라엘은 전쟁에서 6일 동안 정복한 모든 걸 7일째는 다 잃고 말지."

벤허는 지금까지 그 틈을 뛰어넘기 위해 근처까지 갔지만 번번이 물러났다. 실패를 거듭하자 마침내 포기까지 생각했다. 행운밖에는 답이 없어 보였기 때문이다. 자기가 살아 있을 때 영웅이 나타날 수도, 그렇지 않을 수도 있었다. 그것은 아무도 모르는 일이었다. 마음이 이런데, 말룩이 대충 들려준 벨타사르의 이야기에 벤허가 어떤 영향을 받았는지는 말할 필요도 없을 것이다. 그는 당혹스러우면서도 흡족함을—마침내 문제의 해결책이 나왔구나—느꼈다. 문제 해결에 필수불가결한 영웅을 찾았다! 그는 사자[197] 종족의 자손이고 유대인의 왕이다! 그분이라는 영웅 뒤에, 보라! 전 세계가 무장한다.

왕은 왕국이 있음을 의미한다. 그분은 다윗처럼 위대한 전사이며, 솔로몬처럼 현명하고 훌륭한 통치자일 것이다. 그분의 왕국은 로마를 산산조각 낼 힘이 있을 것이다. 대대적인 전쟁이 있을 것이고, 죽음과 탄생의 고통이 지나가면 평화가, 물론 이스라엘이 영원히 지배하는 평화가 찾아올 것이다. 예루살렘이 세계의 수도가 되고, 시온 성이 온 세상의 왕이 사는 곳이 되는 상상을 하면서 벤허의 심장은 마구 두근거렸다.

왕이 될 분을 만났던 사람을 천막에서 본 것은 희귀한 행운이라고 벤허는 생각했다. 그를 보고 그의 말을 듣고, 앞으로 찾아올 변화에 그가 아는 모든 것을 알게 되고, 특히 언제 그 일이 도래할지 다 들을 수 있을 것이다. 그 일이 가까운 장래에 일어난다면 막센티우스를 따라 전쟁에 나가는 일을 포기해야 한다. 그리고 이스라엘로 가서 자기 종족을 조직하고 무장시켜, 독립국이 되는 위대한 날을 위해 이스라엘을 준비시켜야 한다.

벤허는 벨타사르에게 직접 그 놀라운 이야기를 들었다. 하지만 그 이야기에 만족할 수 있었을까? 벤허의 얼굴에는 야자수 그늘보다 더 깊은 그늘이—거대한 불확실의 그림자—드리워져 있었다. 벨타사르의 이야기에는 왕보다는 왕국의 이야기가 더 많았다.

'이 왕국의 본질은 뭐지? 그게 어떤 거지?'

벤허는 생각하며 중얼거렸다. 그에 따라 의문이 생겼다. 육신이 죽으면 보인다는 영혼의 문제도 이해할 수 없는 수수께끼였다.

'그게 어떤 거지?'

---

197) 사자는 불순종하고 우상을 숭배하는 자들을 심판하는 하나님의 도구로 사용되기도 했고, 유대 지파에 비유되기도 함

이 질문은 예수님께서 친히 답해 주시겠지만, 당시 벤허에게는 오직 벨타사르의 말밖에 없었다.

"그곳은 사람의 육신을 위한 곳이 아니라 영혼을 위한 곳이야. 그 왕국 안에는 상상할 수도 없는 영광이 있어."

가엾은 젊은이는 혼란스러운 수수께끼밖에는 느낄 것이 없었다.

'사람의 손이 닿지 않는 곳.'

벤허는 절망적으로 중얼거렸다.

'왕국의 왕은 사람을 위해 쓰임 받는 자가 아니다. 노동자나 의원, 군인을 위해 존재하는 것이 아니다. 이 땅은 사라지거나 다시 태어나야 한다. 통치를 위해서 새로운 법률이 만들어져야 한다. 무력이 아닌 어떤 것, 무력을 대신한 어떤 것 말이다. 하지만 그게 뭐지?'

벤허는 도저히 알 수 없었다. 당시에는 그 누구도 사랑이 지닌 힘을 생각조차 하지 못했다. 더더구나 왕국의 통치와 그 목표—평화와 질서—를 위해 사랑의 힘이 무력보다 효과 있고 강하다는 말을 직접 하는 사람은 아무도 없었다.

벤허가 한참 생각에 빠져 있을 때 누군가의 손길이 어깨에 느껴졌다.

"아리우스, 할 말이 있네. 밤이 깊었으니, 한마디만 하고 돌아가겠네."

일드림이 바로 곁에 서서 말했다.

"그러십시오, 족장님."

"방금 들은 말 중에서……."

족장은 곧바로 말을 이었다.

"다른 말은 다 믿어도 되지만 단 한 가지, 그분이 오셔서 세운다는 왕국 이야기는 믿지 말게. 그것은 머리에서 지우고, 대신 안디옥의 상인인 시모니데스를 소개시켜 줄 테니 기다렸다가 그의 말을 듣게. 벨타사르는 자기 꿈을 말로 꾸며서 들려준 거야. 너무 근사해서 이 땅에는 맞지 않은 이야기지. 시모니데스가 더 현명한 사람일세. 그는 자네 선지자의 말씀을 책 이름과 페이지까지 알려줄 거야. 그 말을 들으면 그분이 유대인의 왕이라는 사실을 부정하지 못할 거야. 아, 신의 광휘에 맹세코! 그분은 헤롯 같은 실제적인 왕이실 거야. 단지 더 낫고 훌륭하실 뿐이지. 그리고 그때가 되면, 우리는 복수의 달콤한 열매를 맛보게 될 거야. 이제 내 말은 끝났네. 자네에게 화평이 임하기를!"

"족장님, 잠깐만요!"

일드림은 벤허의 부르는 소리를 듣지 못했는지 그대로 가버렸다.

'또 시모니데스야.'

벤허는 씁쓸하게 혼잣말을 했다.

'여기서도 시모니데스, 저기서도 시모니데스! 이 일에도 그 이름, 저 일에도 그 이름이군! 아버지의 하인이었던 사람에게 완전히 압도당할 것 같아. 그렇지만 벨타사르보다 현명하지는 않을지 몰라도 최소한 내 재산을 굳게 지킬 줄은 아는 것 같으니 부자인 것은 맞는 듯하군. 하지만 맹세코! 종교를 지키려고 신자가 아닌 사람을 찾아가는 것은 안 돼. 나는 그러지 않을 거야. 잠깐, 이게 무슨 소리지? 노랫소리 아닌가? 여자 목소리야! 아니, 천사의 소리인가? 이쪽으로 오고 있어.'

호수 아래 천막촌을 향해 한 여인이 배를 타고 노래를 부르며 내려오고 있었다. 여인의 목소리는 플루트 소리처럼 아름답게, 조금씩 더 커지면서 고요한 수면 위를 떠돌았다. 곧이어 천천히 노 젓는 소리가 들려왔다. 잠시 후에는 노래 가사도 들려왔다. 그것은 사랑의 슬픔을 표현하기에 가장 알맞은 흠 하나 없는 그리스어였다.

**탄식**_이집트 노래

시리아의 바다 건너
어떤 곳을 노래하며 한숨짓네.
사향 냄새나는 모래에서 불어오는 향기로운 바람은
한때 내게 생기를 불어넣어 주었지.
지금도 바람은 야자수 잎 사이를 살랑이며 장난치지만
아, 이제는 내게 아무 의미 없네.

멤피스 강변을 구슬프게 지나는
달빛이 교교히 흐르는 나일 강도
이젠 내게 의미 없네.
오, 닐루스![198] 그대 내 미약한 영혼의 신이여!
그대는 꿈에 내게로 왔고
꿈속에서 나는 연밥을 만지작거리며
그대에게 옛 노래를 들려주었네.
그리고 저 멀리 멤논[199]의 노래 가락을 들으며
심벨의 부름을 들었네.
그러다 잠에서 깨어나 비탄과 고통으로 연인을 생각하며
나는 말하네 — 안녕!

여인은 노래의 마지막 구절을 부르며 야자수가 우거진 곳을 지나갔다. "안녕!"이란 마지막 말이 연인과 이별하는 슬픔과 함께 벤허의 귓속에서 맴돌았다. 배가 지나가자 더 깊은 밤, 더 깊은 그림자가 지나간 것 같았다.

벤허는 긴 한숨을 내쉬었다.

'노래를 들으니 누군지 알겠어. 벨타사르의 따님이야. 정말 아름다운 노래군! 정말 아름다운 여인이야!'

벤허는 그녀의 커다란 눈망울과 갸름한 장밋빛 뺨, 도톰한 입술과 양쪽 입가의 보조개, 키 크고 유연하던 몸매에서 풍기던 우아함을 회상했다.

'정말 아름다운 여인이야!'

벤허는 다시 중얼거렸다. 그 말에 화답이라도 하듯 심장이 두근거리기 시작했다. 동시에 호수에서 떠오르듯 또 다른 얼굴이 벤허의 머릿속에 떠올랐다. 그녀와 똑같이 아름답지만 더 어린 여인, 더 육감적이지는 않으나 더 순진하고 연약한 여인의 얼굴이었다.

'에스더!'

---

198) 이집트에 흐르는 나일 강의 의인화된 신
199) (그리스신화) 에티오피아의 왕

벤허의 얼굴에 잔잔한 미소가 어렸다.

'내가 바란 대로, 내게도 별이 왔구나.'

벤허는 몸을 돌려 천막 쪽으로 천천히 걸어갔다. 지금까지 그의 마음은 슬픔과 복수로 가득 차 있었다. 너무 꽉 차 있어 사랑이 들어설 틈이 없었다. 이것이 행복으로 가는 변화의 시작일까?

그리고 생각의 여운이 그를 따라갔다면 그것은 누구의 모습일까? 에스더는 그에게 잔을 내밀었다. 이집트 여인도 그랬다. 두 여인의 모습이 야자수 그늘 밑에서 동시에 떠올랐다.

그에게 생각의 여운을 더 길게 남긴 여인은 누구일까?

# 제5부

정의로운 자의 행동만이 향기를 풍기고

쓰레기통에서도 꽃이 핀다.

**《아약스와 율리시스의 논쟁》_제임스 셜리**

그리고 전쟁의 포화를 거쳐 법질서가 유지되고

평화가 찾아오면 전사는 꿈에 그렸던 일을 현실로 보게 된다.

**《행복한 전사의 성격》_윌리엄 워즈워드**

# 제1장
## 메살라의 편지

왕궁에서 술잔치가 벌어진 다음 날, 소파에는 젊은 귀족들이 한가득 널브러져 있었다. 이제 막센티우스가 도착할 것이고 도시 전체가 그를 영접하러 몰려갈 것이다. 군인들은 갑옷과 무기로 무장하고 설피스 산에서 내려올 것이다. 님파에움에서 옴파로스까지 이어질 의례는 지금까지 동방에서 보았던 가장 멋진 예식조차 무색하게 만들 만큼 화려할 것이다. 하지만 수치스럽게도, 어제 파티에 참석했던 젊은 귀족들은 여전히 소파 위에서 잠을 자다 굴러 떨어지기도 하고 무심한 노예들의 발길에 차이기도 할 것이다.

그렇다고 파티에 참석했던 귀족들이 모두 이렇게 너절한 상태는 아니었다. 새벽 햇살이 채광창을 통해 흘러 들어오자 잠에서 깬 메살라는 머리에 쓰고 있던 월계관을 벗어던졌다. 파티가 끝났다는 뜻이다. 주위에 흩어져 있던 옷을 주섬주섬 주워든 그는 마지막으로 방 전체를 둘러본 뒤 아무 말 없이 숙소로 돌아갔다. 밤새 원로원에서 토론을 벌이던 키케로도 그렇게 엄숙한 태도로 방을 나갈 수는 없었을 것이다.

3시간 뒤, 두 명의 연락원이 그의 방으로 들어와 똑같은 내용의 편지를 받았다. 이제 가이사랴에 사는 발레리우스 그라투스 총독에게 보내는 편지였다. 신속하고 정확하게 당사자의 손에 들어가도록 하려는 것으로 보아 편지 내용이 얼마나 중요한지 짐작할 수 있었다. 한 명은 육지로 가고 다른 한 명은 바다로 가되, 둘 다 최대한 빨리 가라는 명령을 받았다.

독자들이 편지 내용을 알아야 하겠기에 여기에 전문을 싣는다.

안디옥 7월 12일

그라투스님께, 메살라 드림.

오, 나의 미다스![200]

이렇게 부르는 것을 불쾌하게 생각하지 마십시오. 이 호칭은 사랑과 감사의 표시이며, 모든 사람 중에 가장 행운아라는 뜻이니까요. 또한 당신의 청력이 태어났을 때 그대로이며, 세월이 흘러감에 따라 더욱 성숙해졌다는 뜻이기도 합니다.

오, 나의 미다스!

먼저, 기억을 상기시켜 드리고 싶습니다. 상당히 오래전, 예루살렘의 유서 깊고 부유한 허 왕자 집안을 기억하시는지요. 기억나지 않으시면 머리의 상처를 보십시오. 기억에 도움이 되실 겁니다.

매우 흥미가 생길 일을 말씀드리겠습니다. 당신한테서 살해미수의 벌로—마음의 평화를 위해 모든 신들에게 비오니, 그 일이 단순한 사고가 아니었음이 증명되기를!—그 집안 식구는 모두 체포되어 즉결심판으로 처리되고 재산은 모두 몰수되었죠.

오, 나의 미다스!

그런 조처는 현명하실 뿐 아니라 공정하시기도 한 황제의—그분 제단에 꽃이 시들지 않게 계속 가득 바쳐지길!—허락을 받았기에, 우리 각자에게 나누어진 허의 재산은 법률에 저촉될 하자가 전혀 없습니다. 제게 주어진 그 재산을 현재에도 미래에도 영원히 향유할 수 있게 된 것에 당신께 늘 감사드립니다.

당신의 지혜로움을—대담하게 고르디우스[201]의 아들에 비유하고 싶은 이

200) 손에 닿는 것을 모두 금으로 변하게 한 프리지아의 왕. 큰 부자라는 뜻도 있음

자질은 인간이나 신들 중에 특히 뛰어난 분은 없었다고 듣고 있습니다만—지켜드리고자 좀 더 기억을 상기시켜 드리겠습니다. 허 집안을 제거하는데 있어, 당시 우리 두 사람은 가장 효과적인 방법으로 반드시, 그러나 아주 자연스럽고 조용하게 죽일 방법을 고안했습니다. 범인의 어머니와 동생을 어떻게 처리했는지 기억하시지요. 하지만 부드러운 성품의 당신이 처리한 두 사람이 죽었는지 살았는지 알고 싶습니다. 저 역시 부드러운 성격의 소유자니까요.

하지만 이 일에 있어 더 중요한 범인을 외람되지만 다시 상기시켜 드립니다. 그는 지침에 따라 노예선의 종신 노역형에 처해졌습니다. 그의 몸이 노예선 선장에 인계되었다는 인수증도 읽었지만, 그한테서 놀라운 소식이 있습니다.

이제 좀 더 제 말에 유의해 주시기 바랍니다, 오, 걸출하신 나의 브루기아[202]인이시여!

노 젓는 노예들의 생명의 한계를 생각하면 그는 벌써 5년 전에 죽었어야 했습니다. 문학적으로 설명하자면, 이미 5년 전에 3천 명의 파도의 요정 품 안에 안겼어야만 했습니다. 그리고 제 마음이 잠시 약해진 것을 용서해 주신다면, 오, 덕망 높고 따뜻한 분이시여! 어린 시절 제가 정말 좋아했던 그는 무척 잘생긴 친구라서 나의 가니메데스라고 불렀습니다. 그래서 그는 별명에 걸맞게 가장 아름다운 파도의 요정 품 안에 안겨 있어야 마땅합니다. 저는 그렇게 생각하고, 지난 5년간 그의 덕분이기도 한 부를 향유하며 평화롭고 천진난만하게 살았습니다. 물론 당신께 진 신세도 잊지 않았습니다.

이제 가장 관심이 있는 부분입니다.

---

201) (그리스신화) 프리지아의 왕이자 미다스의 아버지. 그는 왕이 된 기념으로 신전에 마차를 묶어 두었는데 매듭이 매우 복잡하게 꼬여 있었다. 뒤에 이 매듭을 푸는 사람이 아시아의 지배자가 될 것이라는 신탁이 전해져 많은 사람이 풀려고 시도하였으나 성공하지 못했다. 알렉산더 대왕이 원정길에 이곳에 들러 매듭을 풀려다가 실패하자 칼로 잘라버렸다. 여기에서 '고르디아스의 매듭'은 아무리 애를 써도 해결하기 어려운 문제를 의미하거나 알렉산드로스 대왕이 칼로 매듭을 잘라버린 것처럼 대담한 행동으로 복잡한 문제를 해결한다는 의미로 쓰이게 됨

202) 소아시아 중부 내륙 리디아 동쪽, 비시디아 북쪽에 위치한 로마의 속주

어제, 로마에서 막 도착한 일단의 무리를—그들의 치기 어린 젊음과 세상 물정 어두움에 연민이 느껴지더군요—위한 연회에 주빈으로 참석했다가 이상한 이야기를 들었습니다. 당신도 아시다시피, 오늘 막센티우스 집정관님이 파르티아와의 전쟁을 위해 이곳에 오십니다. 그분을 따라갈 야심만만한 군인 중에 돌아가신 공동사령관인 퀸터스 아리우스의 아들도 있습니다. 저는 그에 관해 자세히 들을 기회가 있었습니다. 공동사령관은 해적 정벌을 위해 출정했을 때만 해도 가족이 없었습니다. 하지만 돌아왔을 때는 아들이 생겨 있었지요.
자, 이제 많은 돈을 소유한 분으로서 마음을 가라앉히고 제 말을 들어주십시오! 제가 말한 아들이자 상속자인 그자는 당신이 노예선의 노예로 보냈던 바로 그 사람, 노를 젓다가 이미 5년 전에 죽었어야 할 벤허입니다. 그자가 지금 버젓이 부자에 로마 시민이라는 사회적 신분까지 갖춘 채 돌아왔습니다. 하긴, 당신이야 워낙 단단히 자리를 잡고 계신 분이니까 놀랄 일도 아닐지 모르겠습니다. 하지만 오, 나의 미다스! 저는 위험에 처해 있습니다. 무엇 때문인지는 말할 필요도 없겠지요. 당신이 모르면 누가 알겠습니까?
이 모든 사실에 그냥 혀만 차고 계시는지요?
아리우스가 해적 소탕전에 나섰다가 침몰했을 때 배에 타고 있던 사람들 중에 단 두 사람, 아리우스 본인과 제가 말한 상속자만 살아남았습니다. 판자 위에 있던 두 사람을 구한 해군들은 집정관님과 같이 있던 젊은이가 갑판 위로 끌어올려졌을 때 노예선의 노예 복장을 했다고 합니다.
이 말만으로도 그자가 누구라는 걸 알만 하지만 당신이 혀를 또 차지 않도록, 더 말씀드리겠습니다. 어제 운 좋게—행운의 여신께 감사드립니다—그 불가사의한 아리우스의 아들을 직접 대면할 기회가 있었습니다. 당시에는 얼굴을 알아보지 못했지만, 지금 돌이켜보면 그자는 어린 시절 동무였던 벤허가 분명합니다. 제가 이 편지를 쓰는 지금 이 순간에도 복수를, 나를 죽여야 만족할 만한 복수를 꿈꾸고 있을—제가 그자라도 그랬을 테니까요—바로 그 벤허입니다. 나라, 어머니, 여동생, 자기 자신,

그리고 잃어버린 재산의 복수 말입니다.

이제 오, 나의 은인이자 친구인 그라투스, 당신의 돈이 위험에 처했고, 그건 당신 재산에 가장 큰 손실일 것이니—전 이제 당신을 어리석은 미다스의 이름을 따서 부르지 않겠습니다—이런 긴급한 상황에서 어떤 조치를 취해야 할지 이미 생각하고 계시겠죠.

무슨 조치를 취할 것이냐고 묻는 건 천박한 일이겠지요. 그보다는 전 그냥 당신이 시키는 것은 뭐든지 할 사람이라는 말씀만 드리고 싶습니다. 좀 더 문학적으로 표현하자면, 당신은 저의 율리시스시니 옳은 방향만 제시해 주십시오.

당신이 이 편지를 처음 읽을 때는 심각한 표정을 지으시겠지만, 다시 읽을 때는 얼굴에 미소가 번지며 주저 없이 머큐리 같은 지혜와 황제 같은 신속함으로 계획을 짜실 것입니다. 그런 모습을 상상하며 저 역시 미소를 짓습니다.

이제 날이 꽤 밝았습니다. 지금부터 한 시간 뒤에 두 명의 연락원이 이곳을 출발하여 한 명은 육지로, 다른 한 명은 바다로 당신에게 갈 것입니다. 로마 제국에 속한 이 도시에 우리의 적이 출현했다는 소식을 가능한 한 빨리, 상세하게 전하는 것이 중요하다고 생각했기 때문입니다.

당신의 답장을 기다리겠습니다.

벤허의 향방은 물론 그의 상관인 집정관의 명령에 따라 정해지겠지만, 집정관님은 밤낮없이 준비해도 한 달 이내에 이곳을 떠나기는 힘들 것입니다. 황량하고 미개한 나라에서 전쟁을 치러야 하는 군대가 준비해야 할 것이 얼마나 많은지 잘 아시겠지요.

저는 어제 다프네의 숲에서 그 유대인을 봤는데, 만일 지금 거기 없으면 근처 어디엔가 있을 겁니다. 사실을 말하자면, 만일 당신이 지금 그가 어디 있는지 물으신다면 저는 상당한 확증을 갖고 야자수 과수원에 있는 반역자 일드림의 천막에 있다고 말씀드리겠습니다. 족장은 머지않아 우리 손에 잡힐 것입니다. 마센티우스가 이곳에 와서 첫 번째 조처로 족장을 배에 태워 로마로 압송하더라도 놀라지 마십시오.

당신의 할 일을 고려할 때 중요한 정보일 것 같아서, 이 유대인의 행방을 자세히 말씀드렸습니다. 제가 이미 알고 있고 나날이 지혜로워진다는 사실에 우쭐해지기도 하는바. 인간의 모든 계획에 고려해야 할 세 가지 사항은 바로 시간과 장소, 그리고 누구에게 일을 맡기느냐 하는 것입니다. 만약 이곳이 알맞은 장소라고 생각하신다면, 망설이지 마시고 당신의 충성스러운 친구이자 영리한 문하생인 저에게 일을 맡겨주십시오.

메살라 드림.

## 제2장
### 전차 경주 준비

연락원이 메살라의 방에서 전보를 받아 출발한 시간(아직 이른 아침이었다), 벤허가 일드림의 천막 안으로 들어왔다. 이미 호수에서 수영도 하고 아침도 먹은 그는 가벼운 옷차림으로 족장 앞에 섰다.

족장이 소파에서 그를 맞았다.

"화평이 그대에게 있기를, 아리우스."

이제 막 어른으로 넘어가는 청년으로서 그처럼 힘 있고 자신만만한 모습을 처음 본 족장은 감탄하는 시선으로 말했다.

"자네에게 화평과 호의를 바치네. 말은 준비되어 있고 나도 준비가 끝났네. 자네는 어떤가?"

"족장님께도 화평이 있기를. 저도 준비를 마쳤습니다."

벤허의 대답에 족장은 손뼉을 탁탁 쳤다.

"이제 말을 대령하라고 했네. 자리에 좀 앉게."

"멍에를 얹었나요?"

벤허가 물었다.

"아닐세."

"그럼 저에게 그 일을 맡겨주십시오. 말과 좀 친해질 시간이 필요합니다. 하나씩 따로따로 부를 수 있도록 말의 이름을 알아야 하고 성격도 알아야 합니다. 말도 사람과 똑같아요. 뱃심 좋으면 야단을 좀 쳐줘야 하고, 소심하면 칭찬과 아부를 해주는 것이 좋습니다. 하인들을 시켜 마구를 가져다 주십시오."

"전차는 어떻게 하지?"

"오늘은 전차를 달지 않겠습니다. 대신 말이 있으면 한 마리 더 가져다주십시오. 다른 말처럼 아주 빠른 녀석으로, 안장 없이요."

족장은 조금 놀랐지만 즉시 하인을 불렀다.

"마구를 가져오라고 해라."

족장이 하인에게 말했다.

"마구 네 개를 가져오고, 시리우스에게는 굴레를 가져와."

지시를 마친 족장은 자리에서 일어났다.

"시리우스와 나는 서로 애인이나 마찬가지야, 아리우스. 우리는 20년 동안 천막에서 전쟁터에서 그리고 사막 모든 곳에서 함께한 동지였어. 이제 자네에게 소개해 주지."

족장은 방을 나눈 커튼을 열어젖혔다. 그러자 모든 말들이 한꺼번에 족장에게 몰려왔다. 그중 자그마한 머리에 빛나는 눈, 구부린 활대 같은 목, 거대한 가슴, 그 위로 소녀의 머리 타래처럼 부드럽게 물결치는 풍성한 갈기가 커튼처럼 드리운 녀석이 족장을 보고 낮은 소리로 반갑게 웅웅거렸다.

"우리 착한 말."

족장이 진밤색 뺨을 쓰다듬으며 말했다.

"우리 착한 말, 잘 잤니?"

그는 벤허를 향해 몸을 돌리며 덧붙였다.

"이 녀석이 시리우스라네. 이 네 마리의 아비지. 어미인 미라는 집에서 우리가 돌아오기를 기다리고 있네. 너무 귀한 말이라 나보다 거친 사람이 많은 이곳에 데려올 수가 없었어. 그리고 말일세."

족장은 미소를 지으며 계속 말했다.

"우리 종족은 미라가 없으면 견딜 수 없을지도 모르겠네. 미라는 우리 종족의 자랑거리지. 그들은 미라를 찬양해. 만 명의 기병으로 이루어진 사막의 아들인 우리 종족은 오늘도 '미라 소식 들은 것 있나?'라고 묻고 있을 거야. 그리고 대답을 들은 뒤, '신은 선량하신 분이야! 신에게 축복을!' 하고 말할 거야."

"미라나 시리우스는 모두 별 이름 아닌가요?"

벤허가 네 마리의 말과 그들의 아비에게 일일이 손을 내밀며 말했다.

"당연하지. 자네 혹시 밤에 사막에 나가본 적 있나?"

"없어요."

"그렇다면 우리 아라비아인들이 얼마나 별에 의존하며 사는지 자네는 모를 거야. 우리는 별에 감사한 마음으로 이름을 빌려 쓰고 사랑하는 마음으로 그들을 바라보네. 우리 선조들도 모두 미라라는 이름의 말이 있었어. 자식들의 이름도 별 이름이지. 저기 저 녀석이 리겔이고, 저건 안타레스, 저건 알타이르, 지금 자네에게 가는 말이 제일 어리면서도 다른 말에 못지않은 알데바란이야. 아니, 아니, 그 녀석이 아니야! 그 녀석은 자네를 태워 맞바람에 바람 소리가 귀를 찢을 때까지 달릴 걸세. 자네가 가자는 데는 어디든 갈 거야. 아, 솔로몬의 영광을 걸고 맹세컨대! 자네가 그럴 용기만 있다면 사자 턱밑까지도 데려다줄 걸세."

그때 하인들이 마구를 가지고 들어왔다. 벤허는 직접 마구를 채워 천막 밖으로 끌고 나와 거기서 고삐를 채웠다.

"시리우스를 데려다주세요."

벤허가 말했다. 아라비아인이라도 그렇게 가볍게 말에 올라탈 수는 없었을 것이다.

"자, 이제 고삐를 주세요."

벤허는 조심스럽게 고삐를 나누었다.

"족장님, 이제 준비가 끝났습니다. 앞장서서 넓은 들까지 안내해 줄 사람을 불러주세요. 그리고 하인들에게 물도 좀 가져오라고 해주세요."

무리는 순탄하게 출발했다. 벌써 새로운 기수와 말 사이에 은밀한 감정이 소통하는 듯 말들은 전혀 무서워하지 않았다. 벤허는 침착하고 자신감 있게 일을 수행했고, 자신감은 또 다른 자신감을 낳았다.

들판으로 나가는 순서는 전차를 몰 때의 순서와 똑같았다. 단지 벤허가 전차를 타고 서 있는 대신 시리우스 등에 타고 있다는 점만 달랐을 뿐이다.

몸에 기운이 펄펄 솟아나는 듯 족장은 만족한 얼굴로 수염을 쓰다듬으며 중얼거렸다.

"젊은이는 신의 광휘에 맹세코, 로마인이 아니야!"

족장은 걸음으로 무리를 뒤따랐고, 남녀노소 할 것 없이 천막촌의 전체 일족도 족장과 같은 마음으로 뒤를 따라갔다.

도착한 들판은 공간이 매우 넓어 말들을 훈련시키기에 최적의 장소였다. 벤허는 곧바로 훈련에 들어갔다. 처음에는 네 마리 말을 천천히 직선으로 걷게 하고 다음에는 넓게 원을 그리며 돌게 했다. 그다음에는 코스에서 한 단계 더 높여 속보로 달리게 하고 다음에는 질주하게 했다. 나중에는 이리저리, 오른쪽 왼쪽, 앞으로, 예상치 못한 방향으로 쉬지 않고 달리게도 했다. 그렇게 한 시간이 지났고, 벤허는 천천히 말을 몰아 족장에게움직였다.

"이제 끝났습니다. 지금은 연습만 했습니다. 이렇게 멋진 말들을 가지고 계시다니, 기뻐해도 좋을 것 같군요, 족장님."

벤허는 말에서 내려 네 마리 말 쪽으로 걸어가며 말했다.

"보십시오, 말들의 적갈색 털에는 티 하나 없습니다. 처음 시작할 때는 호흡도 아주 가벼웠어요. 기뻐해 주십시오."

벤허는 반짝이는 눈으로 노인의 얼굴을 쳐다보며 말을 이었다.

"우리는 반드시 승리를 거둘 겁니다. 그리고……."

잠시 말을 멈춘 벤허는 얼굴이 붉어진 채 꾸벅 절을 했다. 족장 곁으로 지팡이에 몸을 기댄 벨타사르와 너울을 깊게 드리운 두 여인을 보았기 때문이다. 두 여인 중 한 명에게 다시 한 번 시선을 던지던 벤허는 심장이 두근거렸다.

'그녀다. 이집트 여인이야!'

그때 족장이 미처 끝내지 못한 벤허의 말을 해주었다.

"우리는 승리하고 복수를 해야지!"

족장이 다시 큰 소리로 말했다.

"나는 두렵지 않아. 자네가 멋진 남성이라 기쁘네, 아리우스. 지금처럼 끝까지 가 주게. 그러면 자네는 아라비아인이 어떤 선물을 줄 수 있는지 알게 될 걸세."

"감사합니다, 족장님. 하인들을 시켜 말에게 줄 물을 좀 가져오게 해주십시오."

물을 가져오자 벤허는 손수 물을 주었다. 그리고 시리우스에 다시 올라타 걷기부터 시작해 속보로 달리기, 질주하기로 단계를 높이면서 훈련시켰다. 그런 다음 마침내 전력을 다해 질주하게 했다. 구경하는 사람들은 신바람이 나 있었다. 고삐를 조종하는 섬세한 솜씨와 전진을 하든 회전을 하든 한결같은 네 마리의 말에 박수갈채가 쏟아졌다. 달리는 말은 통일감과 힘, 우아함과 즐거움이 있었고 전혀 힘들지 않은 것처럼 보였다. 사람들의 감탄은 새들이 비상하는 모습을 보는 것처럼 동정이나 질책이 섞이지 않은 순수한 감탄 그 자체였다.

모든 구경꾼의 시선이 말을 연습시키는 광경에 쏠려 있을 때 말룩이 도착해 족장에게 다가왔다.

"족장님, 전할 편지가 있습니다. 시모니데스님이 보내신 전갈입니다."

말룩은 기회를 틈타 족장에게 말했다.

"시모니데스가!"

족장이 무심코 큰 소리를 질렀다.

"이런!"

"시모니데스님은 우선 족장님께 하나님의 거룩한 화평이 임하기를 빈다고 하셨습니다."

말룩이 말을 이었다.

"그리고 이 편지도 전하라고 하시면서, 받는 즉시 읽어보시라고 하셨습니다."

족장은 그 자리에서 포장을 열고 고운 천으로 싼 편지 두 장을 꺼내 읽기 시작했다.

[하나]

일드림 족장님께,

오, 내 친구여!

우선 언제나 제 마음 깊이 당신이 자리잡고 있음을 알아주시기 바랍니다.

그리고 지금 당신 천막에 아리우스라는 잘생긴 젊은이가 있죠? 그는 아리우스의 양자인데, 나에게는 무척이나 소중한 사람입니다.

그에게는 아주 멋진 이력이 있습니다. 내일이나 모레 저를 만나러 오시면 이야기해 드리겠습니다. 조언을 구할 일도 있습니다.

가능하면 그의 요구를 모두 들어주십시오. 보상이 필요하면 제가 해드리겠습니다.

제가 젊은이에게 관심이 있다는 사실은 비밀로 해주십시오.

다른 손님에게도 안부를 전합니다. 그분과 그분 따님, 그리고 당신이 친구라고 생각하는 모든 분을 경기장으로 초대합니다. 제가 이미 좌석을 예약해 놨습니다.

당신과 당신의 모든 식구에게 화평이 임하기를.

오, 내 친구여, 제가 당신의 친구가 아니면 누구의 친구이겠습니까?

시모니데스가.

[둘]

일드림 족장님께,

오, 친구여!

저의 경험상 조언을 하나 드릴까 합니다.

돈과 상품이 있는 사람 중에 로마인이 아닌 이를 대상으로 그것을 빼앗오려는 수상한 조직이 있습니다. 로마의 권위 있는 고위관리가 이곳에 도착하는 걸 경고로 받아들여 주십시오.

오늘 막센티우스 집정관이 이곳에 옵니다.

조심하세요!

또 하나 조언을 드리겠습니다.

오, 친구여, 당신을 공격할 공동 모의에 헤롯왕도 합류했습니다. 당신이 그들의 영토에서 많은 재산을 가졌으니까요.

그러니 경계를 늦추지 마십시오.

오늘 아침 안디옥에서 남쪽으로 가는 도로에 감시인을 보내 오가는 연락원을 한 명도 빼지 말고 샅샅이 수색하십시오. 당신이나 당신 일에 개인적인 전보를 발견하면, 당신이 반드시 내용을 확인하셔야 합니다.

이 편지는 어제 받으셨어야 했지만, 즉각 행동하신다면 지금도 늦지 않았습니다.

오늘 아침 안디옥을 출발한 연락원이 있으면, 당신의 하인들이 지름길을 알 터이니 어서 명령하셔서 그들보다 먼저 가 있게 하십시오.

지체하지 마세요.

그리고 이 편지는 읽고 나서 바로 태워버리십시오.

오, 나의 친구여!

당신의 친구, 시모니데스가.

일드림은 편지를 한 번 더 읽고 난 후 다시 천에 싸서 자기 허리띠 안에 넣었다.

마침내 두 시간 동안 이어진 들판에서의 연습이 끝났다. 벤허는 말들을 몰아 족장에게 다가갔다.

"이제 말들을 천막으로 돌려보낼까 합니다. 오후에 다시 데리고 나오겠습니다."

일드림은 시리우스를 타고 있는 벤허에게 다가가서 말했다.

"아리우스, 전차 시합이 끝날 때까지 말들을 자네 마음대로 쓰게. 자네는 로마놈이—재칼이 그놈을 뼈까지 씹어 먹어버리길!—몇 주에 걸쳐서도 하지 못한 일을 단 두 시간 만에 해냈네. 우린 승리할 걸세. 신의 광휘에 맹세코, 우린 승리할 거야!"

벤허는 말들이 먹이를 먹을 동안 천막에서도 그들 곁에 있었다. 그리고 호수에 몸을 한 번 담근 후, 신바람이 난 족장과 아락주를 함께 마시고 유대인 복장으로 갈아입은 뒤 말룩과 함께 과수원 깊숙이 들어갔다.

두 사람은 많은 대화를 나누었지만 모두 다 중요한 이야기는 아니었다. 하지만 그냥 넘어갈 수 없는 부분이 하나 있었다.

"부탁 좀 드리겠습니다. 셀레우키아 다리의 강 이쪽 편에 있는 여관에 제 소지품이 있어요. 가능하면 오늘 중으로 그것을 좀 가져와 주세요. 그리고 또 말룩씨, 일이 너무 과중하지 않으면……."

말룩은 손을 휘휘 저으며 기꺼이 도와주겠다고 했다.

"고맙습니다, 말룩씨."

벤허가 말했다.

"우리가 이스라엘 민족의 같은 동포라는 걸 믿고, 우리 공동의 적이 로마인이라는 사실을 믿고 말씀을 그대로 받아들이겠습니다. 우선, 당신은 일드림 족장님과는 달리 사업가이시니까……."

"아라비아인들은 사업가가 거의 없죠."

말룩이 엄숙하게 말했다.

"맞아요, 난 아라비아인들이 잇속에 밝은 걸 문제 삼을 생각은 없어요. 하지만 유념해 둘 필요는 있겠죠. 전차 경주와 관련해서 혹시 모를 자격 상실이나 장애를 미연에 막아야 할 것 같습니다. 전차 경주 사무실로 가서 족장님이 모든 기본규칙을 준수했는지 확인해 주십시오. 그리고 규칙의 복사본을 한 장 얻어주시면 감사하겠습니다. 내가 입을 옷 색도 알고 싶고, 출발 자리 번호도 알고 싶어요. 자리가 메살라의 옆이면 그대로 두고 아니면 어떻게든 메살라 옆에 서게 해주세요. 오른쪽이든 왼쪽이든 상관없어요. 기억력이 좋은 편인가요, 말룩?"

"잊어버리는 경우도 있지만, 지금처럼 온 마음을 기울이면 절대로 잊지 않습니다, 아리우스."

"그럼 한 가지만 더 부탁하겠습니다. 어제 보니 메살라는 자기 전차에 자부심이 대단해 보였어요. 황제의 전차도 그것보다 더 나은 걸 별로 보지 못했으니 그럴 만도 하겠죠. 혹시 전차를 칭찬하는 척하며 다가가서 전차가 가벼운지 무거운지 알아봐 줄 수 있겠어요? 될 수 있으면 정확한 무게와 크기를 알고 싶습니다. 그리고 말룩, 다른 것은 다 잊더라도 이것만은 꼭 기억해 주세요. 지표면에서 굴대까지의 높이를 정확하게 알고 싶습니다. 알겠어요, 말룩? 실제 경주에서 메살라가 나보다 우위점을 갖는 것이 싫거든요. 전차가 화려한 건 상관없어요. 그럴 경우 내가 이기면 그의 몰락이 더 눈에 띌 것이고, 그러면 제 승리가 더 완벽해지니까요. 그 외에도 그의 전차가 지닌 아주 중요한 강점이 있으면 그것도 알아봐 주세요."

"알겠어요, 알겠어! 당신이 굴대의 중심에서 내려오는지 알고 싶은 거로군요."

말룩이 말했다.

"바로 그거예요, 말룩. 그리고 기뻐하세요. 그게 마지막 부탁이었어요. 이제 천막촌으로 돌아갑시다."

천막 입구에서 두 사람은 새로 만든 레벤을 연기에 그을린 부대에 넣고 있는 하인을 보고 잠시 걸음을 멈추고 목을 축였다.

잠시 뒤 말룩은 도시로 돌아갔다. 두 사람이 자리를 비운 사이, 연락원 한 명이 좋은 말을 타고 시모니데스의 명령을 받고 출발했다. 그는 아라비아인이었고, 몸에 지닌 편지는 없었다.

## 제3장
### 유혹

"벨타사르의 따님인 아이라스님이 안부와 함께 구두 전갈을 보냈습니다."

벤허가 천막에서 쉬고 있을 때 하인이 와서 말했다.

"말해 주게."

"아이라스님이 호수에서 배를 타는데 함께 가시겠습니까?"

"대답은 직접 가서 하지. 그렇게 전해 주게."

잠시 후 하인이 신발을 가져왔고, 벤허는 아름다운 이집트 여인을 만나기 위해 천막을 나섰다. 밤이 되기 전이었지만 산의 그림자가 야자수 과수원 위에 드리워져 어둑어둑했다. 저 멀리 나무들 사이로 양들의 방울 소리와 소 울음소리가 들리고, 양치기 목동이 양들을 몰아오는 소리가 들려왔다. 과수원에서의 생활은 광야에 있는 약간의 풀밭처럼 전원생활이었다.

일드림 족장은 아침과 마찬가지로 오후 훈련을 지켜본 뒤, 시모니데스의 초대에 응하여 도시로 나갔다. 대화의 주제가 워낙 광범위해서 밤에라도 돌아올 수 있으면 다행이었다. 홀로 남겨진 벤허는 하인들이 말들을 돌보는 모습을 지켜보고 호수에 나가 몸도 식히고 목욕도 했다. 그런 다음 들판에서 연습할 때 입었던 옷을 벗고 사두개파 순수 혈통의 하얀색 옷으로 갈아입었다. 저녁도 일찍 먹었고 아직 젊은 탓에 이미 훈련의 피로에서 회복되어 있었다.

사람을 볼 때 외모를 전혀 고려하지 않는다면 현명하지도 정직하지도 않다. 미적 감각이 있는 사람이라면 아름다운 외모에 영향을 받지 않을 수 없다. 피그말리온과 그의 아름다운 조각상 이야기는 낭만적이기도 하지만 자연스럽기도 하다. 아름다운 외모는 그 자체로 하나의 특별한 능력이다.

벤허도 외모에 끌렸다. 이집트 여인은 정말 아름다웠다. 얼굴은 물론이고 풍기는 분위기도 전체적으로 아름다웠다. 그녀를 생각하면 늘 샘에서 처음 봤을 때의 모습이 떠올랐고, 고맙다는 말을 할 때 울먹임이 배어 있어 더 매력적으로 들리던 목소리와 가장 달콤한 말로 하는 거짓말보다 더 달콤하던 눈빛—크고 부드럽고 검은 이집트인 특유의 아몬드형의 눈—이 함께 떠올랐다. 또한 언제나 크고 호리호리하며 우아하고 세련된 몸매와 풍성하고 하늘거리던 의상이 함께 떠올랐다. 그녀에게 술람미 여인의 마음만 있다면 더 바랄 것이 없을 것 같았다. 그녀는 깃발을 든 군대처럼 가공할 위력으로 다가왔다. 다른 말로 하면, 환상 속의 그녀는 외모와 열정적인 솔로몬의 노래 전체가 함께 떠올랐다. 벤허는 이러한 감정과 생각으로 정말 자기 상상에 부합하는 여인인지 알아보려고 그녀를 만나러 나갔다. 벤허를 이끈 것이 사랑은 아니었지만 사랑의 전조라고 할 수 있는 감탄과 호기심을 일으키는 대상이었다.

나루터는 간소했다. 작은 계단과 가로등 기둥 몇 개로 꾸며진 승차장이 전부였다. 벤허는 계단 꼭대기에서 보이는 광경에 잠시 걸음을 멈추었다.

맑은 강물에 달걀껍데기처럼 가볍게 조각배가 떠 있었다. 카스탈리아 샘에서 낙타를 몰던 에티오피아인이 노 젓는 자리를 차지했다. 그의 검은 피부색이 눈부신 하얀 제복 때문에 더욱 돋보였다. 작은 배의 선미는 온통 쿠션으로 받쳐져 있었고, 바닥은 붉은색이 감도는 보라색 융단이 깔려 있었다. 키가 있는 곳에 이집트 여인이 인도산 숄과 하늘하늘한 베일과 스카프를 두른 채 앉아 있었다. 어깨까지 드러난 팔은 외양이 완전무결했을 뿐 아니라 팔을 내려놓은 자세, 움직임, 표현력에 이르기까지 저절로 눈길이 가는 뭔가가 있었다. 손과 손가락조차도 우아함과 의미를 담고 있는 듯했다. 각 부분을 따로 보아도 아름다움 그 자체였다. 어깨와 목은 밤공기에 추울세라 풍성한 스카프를 둘렀지만 속이 안 보일 정도는 아니었다.

여인을 한 번 흘낏 쳐다보면서 벤허는 이런 세세한 부분에는 주목하지 못하고 단순히 어떤 인상만 받았다. 눈으로 보고 숫자로 열거할 수 있는 것이 아니라 강한 빛처럼 감각으로 느낀 것이었다.

'그대의 입술은 주홍색 실타래 같고 관자놀이는 머리 타래 안에 숨어 있는 석류알 같군요. 일어나요, 내 사랑. 내 아름다운 여인이여, 이리 와요. 왜냐하면 오, 보라! 겨울이 지나고 비가 그쳤으니까요. 땅에 꽃이 피기 시작하고 새가 지저귀는 계절이 돌아왔거든요. 땅 속에서 거북이 소리가 들려요.' [203]

벤허의 마음을 표현하자면 바로 이런 느낌이었다.

"이리 와요."

벤허가 멈추어 서는 것을 보며 여인이 말했다.

"이리 오세요. 안 그러면 당신을 형편없는 선원으로 생각할 거예요."

여인의 말에 벤허의 얼굴이 더욱 붉어졌다. 여인이 바다에서의 그의 삶

---

203) 〈솔로몬의 노래〉 중 솔로몬이 술람미 여인에게 하는 말

을 아는 걸까? 벤허는 나루터로 곧장 내려갔다.

"무섭군요."

벤허가 여인의 앞 빈자리에 앉으며 말했다.

"뭐가요?"

"배가 가라앉을 것 같아서요."

벤허가 미소 지으며 대답했다.

"깊은 곳에는 가보지도 않고 그래요?"

이내 여인이 신호를 보내자 흑인이 노를 젓으며 출발했다.

벤허는 사랑에 서툰 남자였으므로 호감 가는 여인 앞에서 어쩔 줄을 몰랐다. 이미 마음속에 이상적인 술람미 여인으로 그려진 이집트 여인은 그가 바라볼 수밖에 없는 위치에 앉아 있었고, 그녀가 눈을 반짝이며 자기를 쳐다보자 벤허는 하늘에 별이 나와 있었어도 볼 수 없었다. 다른 곳은 칠흑 같은 어둠에 싸여 있어도 그녀의 시선은 명멸하는 불빛이었다. 고요한 밤하늘 아래 잔잔한 강 위의 훈풍이 불어오는 곳에서 젊은 남녀가 단 둘이 있다는 은밀함이 더해지면 의식하지 못하는 사이에 상대의 완벽한 환상이 자리 잡게 된다.

"키를 나한테 줘요."

벤허가 말했다.

"안 돼요. 그러면 관계가 역전되잖아요. 같이 배를 타자고 초대한 사람은 저잖아요? 당신에게 신세를 졌으니 이제 갚아가기 시작해야죠. 당신이 말을 하고 내가 들어도 좋고, 내가 말하고 당신이 들어도 좋아요. 당신 선택대로 해요. 하지만 가는 곳은 제가 정하고, 갈 곳은 저쪽이에요."

여인이 대답했다.

"그곳이 어디죠?"

"또 겁을 먹는군요."

"체포된 사람이 맨 처음 하는 질문을 한 것뿐입니다."

"저를 이집트라고 부르세요."

"그냥 아이라스라고 부를게요."

"그렇다면 머릿속으로는 그 이름으로 생각하고, 부를 때는 이집트라고 부르세요."

"이집트는 나라 이름이잖아요. 그 안에 많은 사람이 있고요."

"맞아요! 정말 대단한 나라죠!"

"알겠어요. 그러니까 우리는 지금 이집트로 가는 거로군요."

"그럴 수만 있다면 얼마나 좋을까요!"

아이라스는 아쉬움이 가득 찬 한숨을 내쉬며 말했다.

"그럼 저한테는 전혀 관심이 없나 보군요."

"아, 그렇게 말하는 걸 보니까 이집트에 간 적이 한 번도 없나 봐요."

"없어요."

"오, 그곳은 불행한 사람이 없는 나라예요. 전 세계 사람들이 모두 가고 싶어 하는 곳이고, 모든 신들의 고향이죠. 그러니 아주 축복받은 곳이에요. 그곳에서는 오, 아리우스, 행복한 사람은 더 큰 행복을 얻고, 불행한 사람도 일단 그곳에 가서 성스러운 강물의 달콤한 물을 마시면 웃고 노래하며 아이처럼 즐거워해요."

"그곳에도 가난한 사람은 있잖아요?"

"이집트의 가난한 사람들은 바라는 것이 아주 소박하죠."

아이라스가 대답했다.

"그들은 자기에게 충분할 정도만 있으면 된다고 생각해요. 작은 것에 얼마나 만족해하는지 그리스인과 로마인은 모를 거예요."

"저는 그리스인이나 로마인이 아니라서요."

벤허의 말에 아이라스가 소리 내어 웃었다.

"저의 집에는 장미 꽃밭이 있는데, 그 가운데에 장미 나무가 있어요. 꽃이 얼마나 아름답게 피는지요. 그 꽃이 어느 나라 것인지 아세요?"

"장미의 원산지인 페르시아겠죠."

"아니에요."

"그럼, 인도겠죠."

"아뇨."

"아! 그러다면 그리스 섬들 중 하나인가요?"

"제가 말해 줄게요. 르바임 들판의 길가에서 시들어가는 것을 지나가던 여행자가 발견했어요."

"아! 유대 지방이군요."

"저는 그 꽃을 나일 강변에 심었어요. 그러자 사막에서 불어온 부드러운 남풍이 보살펴주고 햇빛이 가여워서 키스해 주었지요. 그리고는 싱싱하게 자라 꽃을 피웠죠. 지금도 그 장미 나무 그늘에 서 있으면 고맙다며 그윽한 향내를 풍겨줘요. 장미가 그럴진대 이스라엘 사람도 그렇겠죠. 이집트가 아니면 어디서 그렇게 완벽해지겠어요?"

"모세도 이집트에서 살았던 수백만 명의 이스라엘인 중 한 명이죠."

"아니에요, 제가 생각한 사람은 꿈 해몽가[204]예요. 그분을 잊으셨어요?"

"호의적이었던 파라오들은 다 죽었어요."

"아, 맞아요! 강가의 무덤에 누워 있는 그들에게 강물이 노래를 불러주죠. 하지만 예전의 그 태양이 예전의 그 공기를 부드럽게 달구고 예전과 같이 사람들을 따스하게 감싸줘요."

"알렉산드리아는 로마 도시잖아요?"

"홀(笏)만 바꾸었을 뿐이에요. 황제는 홀에서 칼을 빼고 그 자리에 학식을 넣었죠. 저와 함께 부루치움으로 가요. 그럼 제가 세계적인 대학을 보여드릴게요. 저와 함께 세라피엄으로 가요. 그럼 건축의 극치를 보여드릴게요. 도서관으로 가면 불멸의 작품을 읽어 드리고, 극장으로 가면 그리스와 인도의 영웅담을 들려드릴게요. 부두로 가면 상업의 번성함을 보여드리고, 거리로 나가면 오, 아리우스, 철학자들이 흩어져 모든 예술의 대가들을 데려오고, 신들의 집이 신자로 가득 차면 모든 곳에는 즐거움만 가득 차고, 당신은 태초부터 인간을 즐겁게 했던 이야기를 듣고 영원불멸의 노래를 들을 수 있을 거예요."

아이라스의 이야기를 듣고 있던 벤허는, 그 옛날 어느 날 밤 예루살렘 피서용 정자에서 이와 비슷한 애국적인 시와 이스라엘 과거의 영광을 어머니

---

204) 요셉을 말함

에게 들었던 기억이 났다.

“당신을 왜 이집트라고 불러주기를 원하는지 이제 알겠군요. 내가 그렇게 불러주면 노래를 하나 불러주겠소? 지난밤에 당신이 부르던 노래를 들었어요.”

“그것은 나일 강 찬가예요. 사막의 바람 냄새가 느껴지고 나일 강의 파도 소리가 들리는 것 같을 때 부르는 애가죠. 저와 함께 알렉산드리아로 가면 갠지스 강의 자녀의 노래를 듣게 해드릴게요. 저도 그분께 배웠어요. 아시겠지만, 카필라는 인도에서 가장 존경받는 현자죠.”

아이라스는 자연스럽게 노래를 부르기 시작했다.

**[카필라]**

I

카필라, 카필라, 정말 젊고 진실하신 분,
저도 당신 같은 영광을 누리고 싶어요.
전쟁에서 돌아온 당신을 환영하며 다시 한 번 물어요.
저도 당신처럼 용맹성을 지닐 수 있을까요?
암갈색 말을 탄 카필라가
어느 영웅보다 엄숙하게 말했어요.
모든 걸 사랑하는 사람은 아무것도 두려워할 게 없지.
나를 용감하게 만든 건 사랑이었다네.
어느 날, 한 여인이 자기 영혼을 내게 주고
내 영혼 중의 정수를 가져가 버렸지.
그때부터 난 용감해졌다네.
한번 시험해 보게. 시험해보고, 두고 보게.

II

카필라, 카필라, 이제 연로해 백발이 성성해진 그대여,
왕비가 나를 부르고 있어요.
가기 전에 물어보고 싶은 게 있어요.

지혜는 어떻게 처음 당신에게 깃들었죠?
신전 문간에서
은자 복장을 하고 서 있던 카필라는 말했죠.
공부를 많이 한다고 지혜가 생기지는 않는다네.
어느 날, 한 여인이 자기 영혼을 내게 주고
내 영혼 중의 정수를 가져가 버렸지.
그때부터 난 지혜로워졌다네.
한번 시험해 보게. 시험해 보고, 두고 보게.

벤허가 고맙다는 말을 하기도 전에 배의 밑창이 바닥의 모래에 부딪히며 뱃머리가 강변에 닿았다.

"짧은 여행이었군요, 이집트!"

벤허가 외쳤다.

"같이 있는 시간은 더 짧았어요!"

아이라스가 대답했다. 그때 흑인이 배를 세게 밀어서 다시 강으로 내보냈다.

"자, 이제 키를 내게 줘요."

"오, 아니에요. 당신은 전차를 몰고, 저는 배를 몰게요. 우리는 호수 가에 닿았을 뿐이지만 전 교훈을 얻었어요. 이제는 노래를 부르지 말아야겠어요. 이집트로 가 보았으니, 이제 다프네의 숲으로 가요."

아이라스가 웃으며 대답했다.

"그럼 가는 길에는 노래를 들을 수 없는 건가요?"

벤허가 사정하듯 말했다.

"당신이 우리를 구해 주었을 때, 그 일을 일으킨 장본인인 로마인에 대해 말해 주세요."

일순 벤허는 기분이 상했다.

"이 강이 나일 강이면 좋겠군요. 그토록 오래 잠들어 있던 왕과 왕비가 무덤에서 나와 우리와 함께 배를 탔으면 좋겠어요."

벤허는 대답을 회피하듯 말했다.

"그분들은 너무 거구라서 배가 가라앉아요. 차라리 피그미족이 나을 것 같군요. 그런데 그 로마인이 누구예요? 매우 나쁜 사람이죠?"

"몰라요."

"귀족인가요? 부자예요?"

"얼마나 부자인지 모르겠군요."

"말들이 얼마나 멋지던지! 전차 바닥은 금, 바퀴는 상아더군요. 그런데 그토록 안하무인이란! 그가 전차를 타고 가버리자 구경꾼들이 모두 웃더군요. 그의 전차 바퀴에 깔려 죽을 뻔하고도 말이에요!"

아이라스는 그 장면을 회상하고 웃음을 터트렸다.

"그들이야 어중이떠중이들이죠."

"그 사람은 로마가 키운 괴물이 틀림없어요. 케르베로스[205]처럼 탐욕스러운 아폴론 말이에요. 안디옥에 사는 사람인가요?"

"동방[206] 어딘가에 살겠죠."

"그 사람에게는 시리아보다 이집트가 더 어울려요."

"천만에요. 클레오파트라도 죽고 없는 걸요."

벤허가 대답했다. 그 순간 천막 입구에 켜진 등불이 눈에 들어왔다.

"천막촌이에요!"

아이라스가 외쳤다.

"아, 그럼 우리는 이집트에 갔던 것이 아니군요. 나는 카르나크[207]나 필라에 섬[208], 그리고 아비도스[209]도 보지 못했거든요. 이 강도 나일 강이 아니었어요. 나는 인도의 노래만 들었을 뿐 꿈속에 배를 타고 떠돌았어요."

"필라에 섬과 카르나크라고요? 차라리 아부심벨에 있는 람세스 암굴 신전을 보지 못한 것을 아쉬워하세요. 그것을 보면 하늘과 땅을 창조하신 신

205) 지옥의 입구를 지키는 머리가 셋 달린 개
206) 여기서 말하는 동방은 모두 시리아를 가리킴
207) 이집트 상부의 나일 강 동쪽에 있는 신전 유적지
208) 현지명 피레. 이집트 나일 강 상부의 섬으로, 고대 사원의 유적이 있음
209) 이집트 중부의 테베 근처에 있던 도시로, 신전이나 분묘의 유적이 있음

이 저절로 떠오른답니다. 하지만 아쉬워할 게 뭐 있나요? 그냥 배를 더 타요. 내가 노래를 부르지 않겠다고 했으니 노래는 부를 수 없고, 이집트 이야기를 해드리죠."

"어서 얘기해 주세요! 그래요, 아침이 올 때까지 그리고 다시 밤이 되고 다음 날 아침이 밝을 때까지 이야기해 줘요."

"어떤 이야기를 듣고 싶죠? 수학자 이야기를 해드릴까요?"

"오, 아니요."

"철학자 이야기를 해드릴까요?"

"아니요."

"마법사나 정령 이야기는요?"

"좋으실 대로요."

"전쟁 이야기는요?"

"좋아요."

"사랑 이야기는요?"

"그것도 좋아요."

"제가 사랑의 치료법을 알려드릴게요. 어느 왕비 이야기예요. 공경하는 마음으로 들으셔야 해요. 이야기의 주인공인 왕비에게서 빼앗은 파피루스에 필라에 사제가 적은 것이거든요. 글 쓴 양식은 고친 것이지만 내용은 그대로예요."

〔네네호프라〕

I

똑같은 인생은 없다.

누구나 굴곡진 삶을 산다.

가장 완벽한 삶은 원을 그리는 삶이다. 시작한 데서 끝이 나서, 어디가 처음이고 어디가 마지막인지 구분할 수 없는 삶이다.

완벽한 인생은 신의 보석이다. 축제 때 신은 이들을 마음의 손가락에 끼고 자랑한다.

II

네네호프라는 에스안의 제1 폭포 근처에 있는 집에서 살았어요. 폭포가 바로 곁이라 강물과 바위의 끝없는 싸움 소리를 일상으로 듣고 자랐죠.

네네호프라는 나날이 더 아름다워졌어요. 그녀 아버지 정원의 양귀비라는 말을 들을 정도였죠. 꽃이 필 즈음이면 정말 그렇지 않았을까요?

매년 돌아오는 새해는 전년보다 더 즐거운 노래로 시작했어요. 그녀는 바다를 경계로 하는 북방과 사막을 경계로 하는 남방을 합쳐 놓은 것 같았어요. 북쪽은 그녀에게 열정을, 남쪽은 천재성을 가져다주었죠. 그래서 그들은 네네호프라를 보고 함께 웃으며 장난스럽게 "저 아이는 내 것이야."라고 했다가, 다시 너그럽게 "하하! 저 아이는 우리 것이야."라고 했죠.

모든 자연의 우수함이 더해져 그녀는 점점 완벽해져 갔고, 주변 모두는 그녀가 곁에 오면 행복해했어요. 그녀가 오갈 때면 새들은 날갯짓하며 인사했고, 거친 바람도 잠잠해져 시원한 산들바람이 되었죠. 하얀 수련은 깊은 물속에서 고개를 들고 쳐다보고, 도도히 흐르던 강물도 천천히 걸음을 늦추었어요. 야자수 나무들은 잎을 흔들며, 어떤 나무는 소녀에게 자신의 우아함을 주었다고 하고, 어떤 나무는 총명함을, 어떤 나무는 순결함을 주었다고 했답니다.

12세의 네네호프라는 에스안의 기쁨이었죠. 16세에는 그녀의 미모가 세계 방방곡곡에 알려졌고, 20세에는 매일같이 날랜 낙타를 탄 사막의 왕자들과 황금빛 배를 탄 군주들이 그녀의 집으로 왔다가 절망하며 돌아갔어요. 그리고는 "내가 그녀를 봤는데, 사람이 아니라 하토르[210] 여신이었어."라고 소문을 내고 다녔죠.

III

선왕 메네스에게는 330명의 후계자가 있었는데, 그중 18명은 에티오피아이었고, 그중에 오라테스라는 왕이 있었어요. 그는 110세까지 살았고, 76년간 통치했어요. 나라를 잘 다스려 국민은 태평성대를 누리고 곡식은

210) 고대 이집트의 사랑과 미의 여신

늘 풍작이었죠. 그는 지혜롭게 나라를 다스렸어요. 그동안 경험이 워낙 많다 보니 일의 실체를 올바로 파악했기 때문이었죠. 그는 멤피스에서 살았어요. 제1 왕궁이 그곳에 있었을 뿐 아니라 무기고와 보고(寶庫)도 그곳에 있었기 때문이에요. 왕은 자주 부토스로 내려가 라토나[211]와 상담하기도 했어요.

그런데 이 훌륭한 왕의 아내가 죽었어요. 왕비는 너무 늙어 완벽하게 미라로 만들기도 힘들 정도였죠. 하지만 왕은 왕비를 지극히 사랑했기에 위로가 불가능할 만큼 비탄에 빠졌어요. 이를 본 사제가 어느 날 감히 왕 앞에 나아가 아뢰었죠.

"오, 이렇게 현명하고 위대하신 폐하께서 이런 슬픔을 어떻게 치유하는지 모르시다니 참으로 놀랍습니다."

"말해 보라."

사제는 바닥에 세 번 입 맞추어 망자가 듣지 못하게 한 뒤 대답했답니다.

"에스안에 하토르 여신만큼 아름다운 네네호프라가 살고 있습니다. 그녀를 불러오십시오. 그녀는 군주들과 왕자들의 청혼을 모두 거절했고, 얼마나 많은 왕을 퇴짜놓았는지 수를 헤아리기도 어려울 정도입니다. 하지만 폐하 말씀을 누가 감히 거부하겠습니까?"

Ⅳ

네네호프라는 더없이 화려한 배를 타고, 그 배만큼이나 화려한 무수히 많은 배의 호위를 받으며 나일 강을 내려왔어요. 누비아[212]와 이집트인 전체, 리비아와 트로글로디테스[213]의 무수한 사람들, 그리고 문 산맥 너머의 마크로비인들이 천막을 친 강변에 줄을 지어, 향기로운 바람과 금빛 노에 이끌려 흘러가는 행렬을 지켜보았죠.

스핑크스와 웅크린 쌍날개 사자상을 지나 네네호프라는 조각된 높은 옥좌에 앉아 있는 오라테스 왕 앞으로 인도되었어요. 왕은 그녀를 일으켜

211) (로마신화) 주피터와의 사이에서 아르테미스와 아폴로 쌍둥이를 낳은 여신
212) 수단 북동부를 가리키는 지명
213) 아프리카의 홍해를 근거지로 살던 고대 민족

세워 자기 옆자리에 앉게 했어요. 그리고 왕은 그녀의 팔 위에 뱀 모양의 표상[214]을 얹고 키스했죠. 이렇게 네네호프라는 왕비 중의 왕비가 되었어요.

하지만 현명한 오라테스 왕은 그 정도로 만족할 수 없었어요. 그는 왕비가 자기를 사랑해 주기를 바랐고, 그의 사랑으로 왕비가 행복하기를 바랐어요. 그래서 그는 왕비를 지극한 사랑으로 대하며, 자기 소유의 소장품과 여러 도시들, 왕궁, 국민, 자신의 군대와 배를 모두 보여주고 직접 아내의 손을 이끌어 보물로 가득 찬 방으로 데려가서 말했어요.

"오, 네네호프라! 진정한 사랑이 담긴 키스를 내게 해주면 이것들은 모두 당신 것이오."

네네호프라는 당장은 아니지만 앞으로 행복해지겠지 생각하며 그에게 한 번, 두 번, 세 번 키스했어요. 왕의 나이가 110세였지만 그렇게 세 번을 키스했어요.

첫해는 행복했어요. 하지만 시간은 쏜살같이 흘러갔죠. 3년째가 되자 그녀는 비참해졌어요. 시간은 말할 수 없이 더디게 갔어요. 그리고 깨달았죠. 그녀는 왕을 사랑한 것이 아니라 그의 권력에 현혹되었다는 것을요. 그 사실을 깨닫지 못했다면 좋았을걸! 왕비는 기력을 잃었어요. 눈물로 세월을 보냈고, 하녀들은 왕비의 웃는 모습을 본 것이 언제인지 기억하지도 못했어요. 왕비의 장밋빛 뺨은 잿빛이 되었어요. 그녀는 서서히, 그러나 누가 보더라도 확실히 시들어갔어요. 구애자들에게 잔인하게 대해서 복수의 여신들에게 앙갚음을 당했다고 말하는 사람이 있는가 하면, 오라테스 왕을 질투한 신이 저주를 내렸다는 사람도 있었죠. 그녀가 시름시름 앓는 이유가 무엇이든 간에 마법사의 주술도 의사의 처방도 아무런 효과가 없었어요. 네네호프라는 죽을 날만 기다리는 신세가 되었죠.

오라테스는 왕비들의 무덤이 있는 곳에 그녀의 무덤을 마련했어요. 그는 멤피스에서 훌륭한 조각가와 화가들을 불러서 어떤 왕의 무덤보다 아름다운 무덤을 만들라고 명령했어요.

---

214) 고대 이집트 파라오의 왕관에 달았던 휘장

"오, 하토르 여신만큼 아름다운 왕비여!"

113세가 되었지만 연인으로서의 열정은 전혀 식지 않은 왕이 말했어요.

"부탁이니, 무슨 병이기에 내 눈앞에서 이렇게 여위어 가는 것인지 말해 주오."

"제가 말씀드리면 더는 저를 사랑하지 않게 되실 거예요."

왕비는 의심과 두려움 속에서 말했죠.

"당신을 사랑하지 않다니! 당신을 더 사랑할 거요. 아망떼 정령의 이름을 걸고 맹세하겠소! 오시리스[215]의 눈에 걸고 맹세하겠소! 말하시오!"

오라테스 왕은 연인으로서의 열정과 왕으로서의 권위로 소리쳤어요.

"그럼 말씀드릴게요. 에스안 근처의 동굴에 도사가 한 분 계세요. 같은 급에서는 가장 나이가 많고 가장 존경할 만한 분이죠. 그분은 저의 선생님이자 후견인으로 성함은 메노파라고 해요. 그분을 모셔 오세요. 당신이 알고 싶어 하는 것을 말해 줄 거예요. 그리고 제 병을 고칠 방법도 말해 줄 거예요."

오라테스는 기뻐서 벌떡 일어났어요. 그는 방을 들어올 때보다 백 살은 젊어진 기분으로 나갔어요.

V

"말하라!"

오라테스는 멤피스 궁전에서 메노파에게 말했어요.

그러자 메노파가 대답했죠.

"위대하신 폐하, 폐하가 젊은 분이었다면 대답하지 않았을 겁니다. 더 살고 싶으니까요. 하지만 그렇지 않으니 말씀드리죠. 왕비님은 다른 여느 사람과 마찬가지로 자신이 지은 죄의 벌을 받는 겁니다."

"죄라고!"

오라테스가 화가 나서 고함을 질렀어요.

메노파는 깊이 고개를 숙여 절하고 대답했죠.

"네, 스스로에게 지은 죄입니다."

---

215) (이집트신화) 사자(死者)의 신으로 숭배된 남신(男神)

"난 수수께끼를 풀 기분이 아니다."
왕이 말했어요.
"들으시면 아시겠지만, 수수께끼가 아닙니다. 네네호프라는 제 슬하에서 자랐습니다. 그리고 자신에게 있었던 모든 이야기들을 저에게 세세하게 해주었습니다. 네네호프라는 특히 바벡이라는 정원사의 아들을 사랑했습니다."
이 말을 듣자, 이상하게도 오라테스의 주름살이 펴지기 시작했어요.
"폐하, 네네호프라는 그 사랑을 가슴에 품은 채 당신과 결혼했습니다. 그리고 그 사랑으로 지금 죽어가는 겁니다."
"지금 정원사의 아들이 어디 있느냐?"
"에스안에 있습니다."
왕은 밖에 나가서 두 가지 명령을 내렸어요. 한 하인에게는 이렇게 명령했죠.
"지금 에스안으로 가서 바벡이라는 젊은이를 데려오너라. 왕비 아버지의 정원에 가면 있을 것이다."
그리고 다른 하인에게는 이렇게 명령했죠.
"인부와 쟁기를 끌 소와 연장을 모아 오너라. 그리고 켐미스 호수에 섬을 하나 만들어라. 그 안에 신전과 왕궁과 정원, 그리고 각양각색의 유실수와 모든 종류의 포도나무를 심어 넣고, 바람이 부는 대로 떠다니게 하여라. 달이 이울 때까지 섬을 만들고 내가 말한 모든 것을 안에 채워라."
그리고 왕은 왕비에게 말했어요.
"기뻐하시오. 난 이제 모든 사실을 알았고 바벡을 불러오라고 했소."
네네호프라는 왕의 두 손에 키스했죠.
"이제 당신 둘만의 시간을 보내시오. 1년 동안 당신의 사랑을 방해하는 사람은 아무도 없을 거요."
네네호프라는 왕의 두 발에 입 맞추었어요. 왕은 왕비를 일으켜 세워 입맞춤으로 답해 주었죠. 그러자 왕비의 뺨에 홍조가 돌아왔고 입술에는 주홍빛이, 얼굴에는 웃음이 돌아왔어요.

Ⅵ

1년 동안 네네호프라와 정원사 바벡은, 이제 세상의 불가사의 중 하나가 된, 바람 부는 대로 떠다니는 켐미스 섬에서 살았어요. 그보다 아름다운 연인의 집은 없었죠. 1년 동안 아무도 보는 사람 없이 단 두 사람만 살았어요. 그리고는 네네호프라는 당당하게 멤피스 왕궁으로 돌아왔어요.

"이제 당신이 가장 사랑하는 사람이 누구요?"

네네호프라는 왕의 뺨에 입 맞추며 말했어요.

"저를 다시 불러줘요, 오, 선량한 왕이시여, 이제 전 다 나았습니다."

오라테스는 나이가 114세임에도 불구하고 호탕하게 껄껄 웃었죠.

"그럼 메노파의 말이 맞았군. 하하하! 사랑으로 생긴 병은 사랑으로 고치는 거로군."

"우린 둘 다 같아요."

네네호프라가 대답했어요.

하지만 그때, 왕의 태도가 느닷없이 돌변하면서 표정이 험악해졌어요.

"난 그렇게 생각하지 않소."

네네호프라는 와락 움츠러들었죠.

"넌 죄인이다!"

왕이 말했어요.

"남자로서는 너를 용서하겠다. 하지만 황제로서는 너를 용서할 수 없다."

네네호프라는 그의 발밑에 몸을 던졌어요.

"조용히 하라! 너는 이미 죽은 사람이다!"

그가 손뼉을 치자 끔찍한 행렬이—미라 만드는 사람들이 각자 끔찍한 예술 작품을 위한 재료를 손에 들고—안으로 들어왔어요.

왕은 네네호프라를 가리켰죠.

"왕비는 돌아가셨다. 방부 처리를 잘하도록 하라."

Ⅶ

72일 뒤, 아름다운 네네호프라는 전년도에 만들어놓은 지하묘지로 운구되어 먼저 죽은 왕비들과 나란히 묻혔어요. 하지만 그 나라에서 그녀를 추억하는 장례식은 없었죠.

이야기가 끝났을 때, 벤허는 이집트 여인의 발치에 앉아 키의 손잡이에 얹힌 그녀 손을 감싸 쥐었다.

"메노파는 틀렸어요."

벤허가 말했다.

"왜요?"

"사랑함으로써 그 사랑은 계속 살아 있거든요."

"그럼 사랑 때문에 생긴 병은 치유할 수 없나요?"

"오라테스가 치유법을 알고 있더군요."

"그게 뭐죠?"

"죽음이죠."

"열심히 들었군요, 아리우스."

두 사람은 그렇게 대화하고, 또 이야기를 들려주면서 몇 시간을 즐겁게 보냈다. 그들이 강변에 내렸을 때 아이라스가 말했다.

"아버지와 저는 내일 도시로 나가요."

"하지만 전차 경기장에는 오겠죠?"

"네, 그럼요."

그 말과 함께 두 사람은 헤어졌다.

## 제4장
### 메살라의 계략

다음 날 아침, 해가 뜨고 세 시간이 지났을 무렵 일드림 족장이 돌아왔다. 그가 말에서 내리자 부족의 한 남자가 다가와서 보고했다.

"족장님, 이 꾸러미를 즉시 읽어보시라는 부탁을 받았습니다. 읽고 나서 전할 말씀이 있으시면 말씀해 주십시오."

일드림은 꾸러미를 보았다. 봉인은 이미 뜯겨 있었으며, '가이사랴의 발레리우스 그라투스 앞'이라고 적혀 있었다.

"이런 젠장!"

족장은 편지가 라틴어로 적힌 것을 보고 투덜댔다. 그리스어나 아라비아어로 적혀 있었다면 혼자서도 읽을 수 있었겠지만, 그가 읽을 수 있는 것이라고는 굵은 로마자 알파벳으로 쓴 메살라뿐이었다. 하지만 이름을 보고 일드림의 눈은 번쩍 빛났다.

"유대인 젊은이가 지금 어디 있느냐?"

족장이 물었다.

"말들과 함께 들판에 있습니다."

하인이 대답했다.

족장은 파피루스를 다시 봉투 안에 집어넣고 꾸러미를 허리춤에 넣은 뒤 말에 올랐다. 바로 그 순간 도시에서 온 듯한 어떤 남자가 족장에게 다가와서 말했다.

"이름 앞에 '너그러운'이라는 수식어가 늘 따라다니는 일드림 족장님을 만나러 왔습니다."

언어와 옷차림으로 보아 로마인이 분명했다. 일드림 족장은 로마 글자는 읽을 줄 몰랐지만 말할 줄은 알았다. 그는 위엄 있게 대답했다.

"내가 일드림 족장이네."

남자는 시선을 아래로 떨궜다. 그리고 다시 족장을 올려다보며 애써 침착한 목소리로 말했다.

"전차 경주에 나갈 말의 기수를 구한다고 해서 왔습니다."

하얀 콧수염 아래 그의 입술이 경멸하듯 말려 올라갔다.

"가서 자네 일이나 보게. 기수는 이미 구했네."

족장이 말머리를 돌려 떠나려고 하자 남자가 머뭇거리며 다시 말했다.

"족장님, 저는 말 애호가입니다. 족장님이 세상에서 가장 아름다운 말을 소유한다고들 하던데요."

족장은 아첨의 말에 감동하며 넘어갈 듯 말고삐를 잡아당겼지만 마침내 말했다.

"오늘은 안 돼. 언제 한 번 자네에게 말을 구경시켜 주지. 지금은 너무 바빠."

일드림 족장은 들판으로 말을 달렸고, 남자는 얼굴에 미소를 가득 담고 다시 도시로 돌아갔다. 임무를 완수했기 때문이다.

그날부터 전차 경주가 있는 날까지 매일 한 명이나 두어 명이 과수원으로 족장을 찾아와 기수 일자리를 찾는 척했다.

메살라는 이런 식으로 벤허를 감시했다.

## 제5장
### 가로챈 편지

일드림 족장은 흐뭇한 마음으로 벤허가 오전 훈련을 끝낼 때까지 들판에서 기다렸다. 말들은 여러 속도로 걷고 달리는 연습을 거친 뒤, 마침내는 먼저 달리고 늦게 달리는 일 없이 모두가 한 마리처럼 달리게 되었다.

"족장님, 오늘 오후에는 시리우스를 돌려드리겠습니다. 그리고 전차를 달겠습니다."

벤허는 늙은 말의 목을 어루만지며 말했다.

"그렇게 빨리?"

"이렇게 좋은 말은 하루만 연습해도 충분합니다. 이 말들은 두려움이 없어요. 그리고 사람처럼 영리하고 훈련도 좋아해요. 이 녀석은……."

벤허는 가장 어린 말의 등에 있는 고삐를 흔들며 덧붙였다.

"이름이 알데바란이라고 했던가요? 이 녀석이 가장 빨라요. 일단 경기장에 나가면 한 바퀴째에 벌써 다른 녀석들보다 자기 몸길이의 세 배는 앞장서서 달릴 겁니다."

"알데바란이 가장 빠르다면 가장 느린 말은 누구지?"

일드림은 눈을 반짝이고 수염을 당기며 물었다.

"이 녀석입니다. 가장 느리긴 하지만 지구력은 가장 좋아요. 그래서 시간이 지나면 가장 빠른 말을 따라잡아요."

벤허가 안타레스의 고삐를 흔들며 대답했다.

"그것도 맞혔군."

"다만, 걱정되는 것이 하나 있습니다."

벤허의 말에 족장의 얼굴이 두 배로 심각해졌다.

"로마인은 우승하고 싶은 욕심에 명예를 더럽히는 일을 개의치 않고 저지릅니다. 경기장에서 로마인은—알아두세요. 로마인은 한 명도 예외 없이 다 그래요—속임수를 끝도 없이 씁니다. 전차 경주에서 그놈들은 말과 기수와 말 주인에 이르기까지 쓸 수 있는 속임수는 모두 씁니다. 그러니 말에 주의를 기울여 주십시오. 지금부터 경기가 끝날 때까지 모르는 사람에게는 말을 보여주지도 마세요. 안전을 철저히 지키고 싶다면 무기를 든 감시인이 밤낮으로 지키게 해주세요. 그렇게만 한다면 경기 결과는 걱정하지 않으셔도 됩니다."

천막에 다다르자 두 사람은 말에서 내렸다.

"자네 말에 유념하겠네. 신의 광휘에 맹세코, 말을 돌보는 사람을 제외하고는 아무도 말에 얼씬도 못하게 하겠네. 오늘 밤부터 당장 경비를 세우지. 그런데 아리우스……."

소파로 가던 족장은 허리춤에서 꾸러미를 빼내 천천히 개봉했다.

"이것 보게. 그리고 자네 라틴어 실력으로 편지 좀 읽어주게."

족장은 벤허에게 편지를 건넸다.

"이것을 자네의 조상 언어로 바꿔서 큰 소리로 좀 읽어주게. 라틴어는 끔찍해."

벤허는 기분이 좋은 상태여서 별생각 없이 편지를 읽기 시작했다.

"그라투스님께, 메살라 드림."

갑자기 읽기를 멈춘 벤허는 뭔가 불길한 예감으로 심장이 거세게 뛰기 시작했다. 족장은 그런 벤허의 감정 동요를 지켜보았다.

"기다리고 있네."

벤허는 미안하다고 말한 뒤 다시 편지를 읽어 내려갔다. 말할 것도 없이 그 편지는 궁전에서 연회가 있던 다음 날 메살라가 그라투스에게 보낸 편지였고, 확실히 전달하려고 복사본을 만들어놓은 두 통 중의 하나였다.

편지의 서두는 아직 메살라가 남을 조롱하는 듯한 말투를 벗어버리지 못했다는 것을 여실히 보여주었다. 그 부분이 지나고 그라투스에게 기억을 상기시키는 부분에 이르자 벤허의 목소리가 떨리기 시작했다. 그는 자제력을 되찾기 위해 다시 읽기를 멈추었다. 이내 그는 애써 마음을 가다듬고 재차 읽어 내려갔다.

"허 집안을 제거하는 데 있어……."

벤허는 재차 읽기를 멈추고 긴 한숨을 쉬었다.

"당시 우리 두 사람은 가장 효과적인 방법으로 반드시, 그러나 아주 자연스럽고 조용하게 죽일 방법을 고안했습니다."

이 부분에서 벤허는 와락 울음을 터트렸다. 편지가 손에서 굴러 떨어졌고, 그는 두 손에 얼굴을 묻었다.

"둘은 죽었어. 이제 나 혼자 남은 거야."

족장은 고통스러워하는 벤허를 말없이 동정심 어린 시선으로 지켜보았다. 그는 이내 자리에서 일어나며 말했다.

"아리우스, 이제 용서를 빌 사람은 나일세. 편지는 혼자서 읽어보게. 자네가 계속 읽을 수 있을 만큼 기운을 차리면 연락하게. 그럼 바로 돌아오겠네."

족장은 천막 밖으로 나서자 기분이 훨씬 나아졌다.

벤허는 소파에 몸을 던진 채 엉엉 울었다. 그리고 어느 정도 감정을 추스르자 다시금 편지를 주워 읽기 시작했다.

"범인의 어머니와 동생을 어떻게 처리했는지 기억하시지요. 하지만 부드러운 성품의 당신이 처리한 두 사람이 죽었는지 살았는지 알고 싶습니다."

그는 깜짝 놀라 그 부분을 읽고 또 읽었다. 그리고 마침내 탄성을 질렀다.

"메살라도 아직 어머니와 누이의 생사여부를 모르는구나. 주님의 이름이 복되시도다! 아직 희망이 있다!"

그는 확신 가운데 용기를 내어 편지를 끝까지 읽었다.

"어머니와 동생은 죽지 않았어."

벤허는 잠시 생각한 뒤 말했다.

"죽었다면 소식을 들었을 거야."

벤허는 처음보다 세심하게 편지를 다시 한 번 읽고 더 크게 확신했다. 그리고 하인을 시켜 족장을 불러오게 했다.

족장이 자리에 앉고 두 사람만 남자 벤허가 조용히 말했다.

"족장님의 쾌적한 천막에 와서도 저는 말을 훈련할 자격이 충분하다는 확신을 주는 것 외에는 저에 관해 말하고 싶지 않았습니다. 제 과거는 숨기고 싶었습니다. 하지만 이 편지가 제 손에 들어온 것은 우연이라고 하기에는 너무나 놀라운 일입니다. 저는 족장님을 전적으로 신뢰하겠다고 마음먹었습니다. 편지를 읽고 나니, 우리가 공동의 적에게 위협받고 있다는 사실을 알게 되었습니다. 우리는 공동 전선을 펴야 합니다. 다시 한 번 편지를 읽어드리고 자세히 설명하겠습니다. 그러고 나면 제가 왜 그렇게 생각하게 됐는지 이해하실 겁니다. 만약 제 생각의 근거가 약하고 유치하다면 용서를 구하겠습니다."

벤허가 편지를 읽는 동안 족장은 침묵을 지키며 조용히 귀를 기울였다.

"저는 어제 다프네의 숲에서 그 유대인을 봤는데, 만일 지금 거기 없으면 근처 어디엔가 있을 겁니다. 사실을 말하자면, 만일 당신이 지금 그가 어디 있는지 물으신다면 저는 상당한 확증을 갖고 야자수 과수원에 있는 반역자 일드림의 천막에 있다고 말씀드리겠습니다."

"아하!"

자기와 관련된 대목이 나오자 족장은 수염을 움켜쥐며 소리를 질렀다. 화가 났다기보다 많이 놀란 것 같았다.

"야자수 과수원에 있는 반역자 일드림의 천막에 있다고 말씀드리겠습니다."

벤허는 그 부분을 다시 한 번 읽었다.

"반역자라고! 내가?"

족장이 날카롭게 소리를 질렀다. 입술과 수염이 분노로 치켜 올라가고, 이마와 목의 핏줄이 터질 듯이 부풀어오르고 맥박이 뛰기 시작했다.

"아직, 조금만 더 기다리십시오, 족장님."

벤허가 부탁하는 몸짓을 하며 말했다.

"메살라의 생각이 그렇다는 것이고요. 협박 부분을 들어보십시오."

벤허는 편지를 계속 읽었다.

"족장은 머지않아 우리 손에 잡힐 것입니다. 막센티우스가 이곳에 와서 첫 번째 조처로 족장을 배에 태워 로마로 압송하더라도 놀라지 마십시오."

"로마라고! 창을 든 만 명의 기마병을 거느린 나, 이 일드림을 로마로 압송한다고!"

펄쩍 뛰듯 자리에서 일어난 족장은 팔을 뻗어 고양이 발톱처럼 손가락을 웅크리고 뱀처럼 눈을 번득였다.

"오, 신들이여! 아니, 아니야. 로마 신만 빼고 모든 신들이여! 이 오만방자함이 언제까지 계속될는지? 나는 자유로운 사람이야. 우리 종족은 자유로운 사람이야. 우리가 노예로 죽어야 해? 아니, 아니, 우리가 주인의 발밑에서 슬슬 기는 개처럼 살아야 하는 거야? 채찍질 당하지 않도록 그의 손바닥을 핥아야 하느냐고? 내 것이 내 것이 아니고, 나조차 내 것이 아닌 것이로군. 내 호흡조차 로마의 허락을 받고 쉬어야 한다니. 오, 내가 다시 젊어질 수만 있다면! 오, 내가 20년만, 10년만, 아니 5년만 젊었어도!"

족장은 이를 갈면서 주먹을 머리 위로 치켜들었다. 그리고는 무슨 생각이 들었는지 밖으로 나갔다가 다시 금방 들어와 벤허의 어깨를 으스러지게 움켜쥐었다.

"아리우스, 내가 자네처럼 젊고 강하며 무기 연습을 잘해 두었더라면, 복수하고자 하는 강한 동기—증오를 신성한 것으로 만드는 자네처럼 강한 동기—가 있어서 자네를 위해서나 나를 위해서 핑계를 댈 것이 있었다면! 허군, 허군, 그러면 난……."

벤허는 자기 이름이 들리자 숨이 멎는 듯했다. 놀라고 당황한 그는 자신에게 가까이 와서 이글거리는 시선으로 바라보는 족장의 눈을 응시했다.

"허군, 내가 자네라면, 자네의 반 정도만 피해를 보고 자네 같은 한을 가슴에 품었다면 나는 쉬지도 않거니와 쉴 수도 없을 거야."

족장의 말은 급류처럼 콸콸 쏟아져 나왔다.

"내 불만에 세상의 불만까지 합쳐서 나는 복수에 목숨을 바칠 것일세. 이 땅에서 저 땅으로 전 인류를 공격하며 다닐 걸세. 자유를 찾는 전쟁에는 모두 참가할 걸세. 로마와 싸우는 전쟁에는 모조리 참가할 걸세. 정 안 되면 파르티아 사람으로 국적이라도 바꾸겠네. 사람들이 나를 저버리더라도 노력을 포기하지 않겠네. 하하하! 신의 광휘에 맹세코! 나는 늑대와 함께 살고 사자와 호랑이와 친구가 되겠어. 함께 협동하여 공동의 적과 싸울 수 있지 않을까 하는 희망에서 말일세. 나는 모든 무기를 들고 싸우겠네. 내 손으로 로마인을 죽일 수 있다면 학살을 하면서도 기뻐하겠네. 대가성의 돈은 한 푼도 주고받지 않을 거야. 로마 놈 소유물은 모두 불태워 버리고, 모두 칼로 쳐 죽이겠어. 밤마다 좋은 신이든 나쁜 신이든 가리지 않고 모든 신께 그분이 가지고 있는 특별한 능력, 태풍이든 가뭄이든, 더위든 추위든, 공기 중에 퍼트릴 수 있는 모든 병균이든, 인간을 땅과 바다에서 죽일 수 있는 수천 가지 방법을 빌려달라고 기도드리겠네. 아, 나는 잠을 잘 수도 없을 걸세. 난, 난……."

숨이 턱밑까지 차오른 족장은 손을 비틀고 헐떡거리며 말을 멈추었다. 그는 열정적으로 말을 쏟아냈지만, 벤허는 그의 불타는 눈과 귀청을 찢는 목소리 그리고 너무 흥분하는 바람에 우왕좌왕하는 표현들 때문에 막연한 인상만 받았다.

고독한 젊은이는 몇 년 만에 처음으로 자기 이름을 제대로 부르는 것을 들었다. 적어도 한 사람은 자기를 알고 신원을 묻지 않고 자기를 인정했다. 그리고 그 사람은 사막 출신의 아라비아인이었다!

어떻게 그가 자기를 알게 되었을까? 편지 때문에? 아니다. 편지에는 그의 가족이 당한 잔인한 처벌만 적혀 있었다. 자신의 불행한 사건을 말했지만 죽음에서 탈출한 그 젊은이가 바로 자기라는 말은 하지 않았다. 족장이 편지를 다 읽고 나면 벤허는 그것을 물어볼 참이었다. 그는 다시 희망이 생겨 짜릿한 기분을 느꼈지만 침착함은 잃지 않았다.

"족장님, 어떻게 이 편지를 손에 쥐게 되었는지 말씀해 주십시오."

"우리 부족 중에 도시를 잇는 도로를 감시하는 사람들이 있다네. 그들이 지나가는 연락원에게서 압수한 거야."

족장이 무뚝뚝하게 대답했다.

"그들이 족장님 부족이라는 것을 사람들이 알고 있나요?"

"아닐세. 세상 사람들은 그들을 강도로 생각하지. 하지만 진짜 강도는 우리 부족들이 잡아 죽인다네."

"족장님은 제 아버지 성으로 저를 불렀어요. 저는 이 땅에서 저를 아는 사람은 없다고 생각했는데, 저를 어떻게 아셨습니까?"

족장은 잠시 주저했다. 하지만 곧 정신을 차리고 대답했다.

"나는 자네를 알고 있네. 하지만 지금은 그 정도밖에 말할 수 없네."

"누가 말하지 못하게 하나요?"

족장은 입을 다물고 밖으로 나가버렸다. 하지만 벤허의 실망한 표정을 보자 다시 돌아와 말했다.

"이제 그 일을 그만 말하세. 나는 도시로 나갈 거야. 돌아오면 다 이야기해 줄 수 있을지도 몰라. 편지를 이리 주게."

족장은 파피루스를 말아서 봉투에 넣고 다시 기운을 차렸다.

"어때?"

족장은 말과 수행원들이 오기를 기다리며 말했다.

"내가 자네라면 어떻게 할 것인지 말했네. 하지만 자네는 아직 대답하지 않았어."

"저도 대답하려고 했어요, 족장님. 지금 대답해 드릴게요."

벤허는 머릿속에 떠오른 생각으로 표정과 목소리가 바뀌었다.

"족장님께서 말씀하신 대로 저도 다 할 겁니다. 최소한 사람의 힘으로 할 수 있는 일은 다 할 거예요. 오래전부터 저는 복수만 생각했습니다. 지난 5

년간 항상 복수만 생각하고 살았습니다. 한숨을 돌릴 시간도, 젊음을 향유할 시간도 없었습니다. 로마에 관한 찬양은 저에게는 해당되지 않는 말이었습니다. 제가 로마에 원했던 것은 복수를 위해 배움을 얻는 것이었습니다. 저는 로마에서 가장 저명한 스승과 교수에게 가르침을 받았습니다. 하지만 웅변술이나 철학은 아니었습니다. 안타깝게도, 그런 걸 배울 시간은 없었습니다. 제 소망은 오직 전사로서 싸우는 기술을 배우는 것뿐이었습니다. 저는 검투사와 경기장 우승자와 어울렸습니다. 그들도 제 선생님이었습니다. 대규모 군인 캠프의 무술 사범도 저를 제자로 받아들이고 그들 분야에서 이룬 내 성공을 자랑스러워했습니다. 족장님, 저는 군인입니다. 하지만 제 꿈을 달성하려면 우두머리가 되어야 합니다. 그래서 저는 파르티아와의 전쟁에 참가하기로 했습니다. 전쟁을 치르고 하나님의 도움으로 제가 멀쩡하게 살아남으면……."

벤허는 불끈 쥔 주먹을 들어 올리고 격렬하게 말했다.

"그러면 저는 모든 점에서 로마의 가르침을 그대로 전수한 로마의 적이 되겠습니다. 그래서 로마에게 그들의 악행을 처단한 사람으로 저를 알리겠습니다. 그게 제 대답입니다, 족장님."

족장은 한쪽 팔을 벤허의 어깨 위에 올리고 입을 맞춘 뒤 열정적으로 말했다.

"만약 신이 자네를 좋아하지 않는다면 신은 죽은 거지. 이렇게 말하겠네. 자네가 원한다면 맹세라도 하지. 내가 가진 모든 것을, 사람들, 말, 낙타, 사막의 모든 것을 자네가 연습하도록 주겠네. 내 맹세하지! 하지만 지금은 이쯤 하겠네. 오늘 밤이 되기 전에 소식을 전하거나 직접 다시 만나세."

말을 마친 족장은 몸을 휙 돌려 도시로 떠나버렸다.

# 제6장
## 벤허의 결의

중간에서 가로챈 편지 덕분에 벤허는 지대한 관심을 가지고 있던 몇 가지 사안에 대한 확증을 얻었다. 편지를 쓴 사람은 자신이 흉악한 의도로 가족을 제거한 일당이라는 점, 그런 목적으로 꾸민 계획에 동의했다는 점, 몰수한 재산의 일부를 자기 몫으로 챙겼다는 점, 지금도 자신이 맡은 역할에 만족하고 있다는 점, 그가 서슴없이 '주범'이라고 부른 인물의 예기치 못한 등장으로 두려워하고 위협을 느끼고 있다는 점, 그리고 추가 조치를 준비 중이며 가이사랴에 있는 공범이 하라는 대로 행동에 들어갈 준비가 되었다는 점 등이다.

그 편지는 범죄의 자백서임과 동시에 경고장이었다. 벤허는 자신이 해야 할 일들을 준비해야 했다. 그의 적들은 동방의 어떤 적보다 영리하고 강력했다. 그들도 벤허를 두려워하고 있겠지만 벤허 역시 그들을 두려워해야 했다. 그는 상황을 면밀히 검토하려고 신경을 곤두세웠지만 감정이 격해져서 마음처럼 되지 않았다.

어머니와 누이동생이 아직 살아 있다는 확신으로 인한 즐거움도 있었다. 비록 그 확신의 근거가 추측에 불과하지만 그리 중요하지 않았다. 어머니와 여동생이 어디 있는지 아는 사람이 있다는 사실만으로도 그토록 오랫동안 이루어지기를 바랐던 희망, 그들을 곧 찾을 수 있다는 희망에 청신호가 켜진 것 같았다. 물론 그냥 기분에 불과한 것인지도 모른다. 하지만 그 근저에는 하나님께서 대신 행동하실 테니 자신은 가만히 있어도 된다는 믿음이 있었다.

그리고 가끔씩 족장의 말이 생각날 때면, 그가 어디서 자신에 대한 말을 들었는지 궁금하기도 했다. 말룩에게 들은 것은 절대로 아니었다. 시모니데스일리도 없었다. 그 사람의 관심은 어떻게 하면 그의 입을 막을까에 있을 터였다. 그럼 메살라에게서? 아니, 그럴 리 없다. 그쪽에서 그런 말이 흘러

나왔다면 위험한 조짐일 것이다. 추측은 의미 없었다. 번번이 답을 찾지 못하면서도 한 가지 위로가 되는 것은 벤허를 알고 있는 그 누군가는 그에게 우호적인 사람이며, 조만간 정체를 드러낼 것이라는 생각이었다. 조금 더 기다리자. 조금만 참자. 어쩌면 일드림이 도시로 나간 까닭이 그 사람을 만나려고 갔는지도 모른다. 어쩌면 편지 덕분에 모습을 드러낼 시간이 앞당겨졌는지도 모른다.

만약 어머니와 티르자가 어떤 상황에서도 강한 믿음으로 자기가 데리러 올 날을 기다리고 있다면 그 자신도 참고 기다릴 수 있었다. 그들에 대한 죄책감에 시달리지 않는다면 말이다.

그런 죄책감을 회피하려고 과수원 깊숙이까지 걸어 들어간 벤허는 대추야자를 수확하는 사람들 곁에 앉아 쉬었다. 그곳에서 우람한 나무에 둥지를 튼 새들을 바라보거나, 달콤한 과일 주위에서 윙윙거리는 벌들의 소리를 들었다.

벤허는 호숫가에서 가장 오래 머물렀다. 강물과 거품 이는 잔물결을 보면 저절로 이집트 여인의 아름다운 얼굴이 떠올랐다. 밤늦도록 함께 배를 타고 호수를 이리저리 다니며 노래와 이야기에 감동하던 순간이 떠오르고, 태도에서 묻어나던 매력과 쾌활한 웃음소리, 자기에게 집중하는 모습을 보며 느끼던 우쭐함, 또 키를 잡고 있던 그의 손아래에서 느껴지던 그녀의 따스한 작은 손이 떠올랐다. 그리고 그녀를 생각하다 보면 곧이어 벨타사르와 그가 경험한 신비한 일이 떠오르고, 벨타사르가 메시아라고 믿으며 그토록 기다리는 유대인의 왕이 자연스럽게 생각났다.

벤허는 계속 유대인의 왕을 생각했다. 그 신비한 인물이 그가 찾고 있는 유대인의 왕이 틀림없다고 확신했다. 벨타사르는 그의 왕국이 영혼의 왕국이라고 했지만 벤허는 부정했다. 인간은 자신의 바람과 맞지 않는 것은 쉽사리 부정하는 습성이 있기 때문이다. 자신의 사두개파 믿음은 차치하고라도, 영혼의 왕국은 너무나 맹목적이고 몽상적인 믿음의 관념에 지나지 않는다고 생각했다. 그와 반대로 유대의 왕국은 의미가 분명했다. 과거에도 그랬듯이 지금도 그럴 것이다. 그리고 이번에 새로 설립될 유대의 왕국은 과

거의 왕국보다 더 넓은 땅에 더 강한 권력으로 세워질 것이며, 더없이 화려할 것이라고 생각하는 것이 벤허의 자존심에 맞았다. 새로 오실 왕은 솔로몬보다 현명하고 힘이 막강할 것이며, 특히 그 왕의 휘하에서 나라를 위해 봉사도 하고 자신의 복수도 한다고 생각하는 것이 그의 자존심에 맞았다.

그런 생각에 빠진 채 벤허는 천막으로 돌아왔다.

점심 식사 후, 벤허는 일을 하느라 바쁘게 움직였다. 그는 전차를 밖으로 가지고 나와 밝은 곳에서 검사했다. 얼마나 자세히 검사했는지 필설로는 설명하기 힘들 정도였다. 그의 눈은 모든 면과 모든 부분을 하나도 빼지 않고 꼼꼼히 점검했다. 그는 전차의 모든 것에 만족했다. 전차는 그리스식 디자인으로 벤허는 여러 면에서 로마식보다 그리스식이 좋았다. 우선 바퀴는 사이가 더 넓고 높이는 낮고 더 강했다. 무게가 더 무겁다는 단점은 그가 끌 말들의 지구력으로 보완될 수 있었다. 전반적으로 말하자면, 로마의 경주용 전차를 만든 사람은 안전보다는 미적인 면에, 지구력보다는 우아한 겉모양에 더 치중한 것이다.

전차를 점검한 뒤 벤허는 말을 밖으로 데리고 나왔다. 그리고 들판으로 가서 전차를 메고 멍에를 메어 몇 시간에 걸쳐 달리는 연습을 했다. 그가 저녁이 되어 천막으로 돌아왔을 때는 활력을 되찾았고, 메살라에 관한 일은 경기의 승패와 관계없이 경기가 끝날 때까지 연기하기로 했다. 그는 동방의 관람객이 가득 모인 장소에서 적을 만나는 즐거움을 누리고 싶었다. 경기장에 다른 경쟁자도 있다는 생각은 아예 들지도 않았다. 경기 결과를 걱정하지도 않았다. 네 마리의 말은 영광스런 경기의 완벽한 파트너였다.

"하고 싶은 대로 하게 해. 그대로 놔둬! 하하, 안타레스, 알데바란! 정말 정직한 리겔이지? 경주마 중의 왕인 알타이르. 겁내지 않는군? 하하! 역시 용감해!"

휴식 시간마다 벤허는 이 말 저 말에게 돌아다니며 주인이 아니라 마치 형인 된 것처럼 말했다.

해가 저문 뒤, 벤허는 아직도 돌아오지 않은 족장을 기다리며 천막 입구에 앉아 있었다. 조바심을 내거나 짜증을 내거나 의심하지는 않았다. 무슨 일이 생겨면 적어도 족장은 연락이라도 줄 것이었다.

사실 벤허는 말의 훈련 결과에 만족해서인지, 힘든 훈련 뒤에 차가운 물에 들어가 새로운 활력을 얻어서인지, 왕성한 식욕으로 저녁을 먹어서인지, 아니면 친절한 자연의 섭리 상 우울함 뒤에 늘 뒤따르는 기분의 반동 때문인지 매우 기분이 좋은 상태였다. 더는 자신을 미워하지 않았다. 마침내 빠르게 달려오는 말발굽소리와 함께 말룩이 모습을 나타냈다.

"아리우스, 족장님의 인사를 전합니다. 족장님이 당신에게 말을 타고 도시로 오시랍니다. 거기서 당신을 기다리고 계십니다."

말룩이 인사를 건네며 쾌활하게 말했다. 벤허는 아무것도 묻지 않고 말들이 여물을 먹는 곳으로 들어갔다. 알데바란이 마치 태워주겠다는 듯이 그에게로 다가왔다. 그는 말과 잠시 놀아주고 그를 지나쳐 전혀 다른 말을 골랐다. 네 마리의 말은 경주를 위해 아껴둘 참이었다. 이내 두 사람은 길을 나서서 빠르게 말없이 달리기 시작했다.

두 사람은 셀레우키아 다리에서 약간 떨어진 곳에서 배를 타고 강을 건넜고, 오른쪽 둑길을 빙 돌아 말을 타고 가다가 다시 다른 배를 타고 강을 건너와 서쪽으로 도시에 들어갔다. 시간을 들여 우회해서 돌아갔지만, 벤허는 충분한 근거가 있는 안전상의 이유라고 생각하고 그대로 따랐다.

두 사람은 시모니데스의 선착장까지 말을 타고 내려갔고, 다리 밑에 있는 거대한 창고에 다다르자 말룩은 고삐를 당겨 세웠다.

"이제 다 왔습니다. 내리십시오."

말룩이 말했다. 벤허는 그곳이 어딘지 알 수 있었다.

"족장님은 어디 계시죠?"

"저와 함께 가시죠. 제가 안내해 드리겠습니다."

벤허는 경비에게 말을 주고 창고 위에 있는 집 대문 앞에 다시 섰다. 그곳에서 그는 안에서 들리는 소리를 들었다.

"네, 어서 들어오세요."

# 제7장
## 밀담

말룩은 문 앞에 서 있고 벤허 혼자 안으로 들어갔다. 방 안은 전에 벤허가 시모니데스와 이야기를 나누던 그대로였다. 단지, 안락의자 옆에 어른 키보다 더 큰 촛대가 서 있다는 점만 달라졌을 뿐이다. 널따란 나무 받침대 위에 놓인 청동 촛대 가지에는 대여섯 개의 초가 모두 불을 밝히고 있었다. 매우 밝은 불빛 때문에 벽의 패널, 황금빛 소용돌이 무늬가 연이어 있는 처마돌림띠, 보라색 운모로 은은한 둥그스름한 천장이 모두 눈에 들어왔다.

몇 발자국 안으로 들어간 벤허는 걸음을 멈추었다. 방 안에 있던 세 사람—시모니데스, 일드림, 에스더—이 그를 쳐다보았다. 벤허는 어리둥절한 가운데 희미하게 떠오른 의문에 답을 찾으려는 듯 황급히 이 사람, 저 사람에게로 시선을 옮겼다. 이들은 적인가, 동지인가? 마침내 그의 시선이 에스더에게 머물렀다.

남자들은 친절한 눈빛으로 그의 시선을 받았지만, 에스더의 눈빛에는 친절 이상의 무언가가 담겨 있었다. 뭐라고 짚어 말할 수는 없지만, 지극히 다정한 느낌이 담긴 눈빛이었다. 벤허는 그것이 무슨 뜻인지도 모른 채 그 시선을 마음에 담았다.

지극히 찰나적이지만 에스더를 본 순간 벤허의 마음속에는 비교라도 하듯 이집트 여인이 온화한 유대 여성과 겹쳐 떠올랐다. 하지만 그런 비교의 순간은 흔히 그렇듯 결론 없이 스쳐 지나갔다.

"허 도련님."

벤허는 말하는 사람을 쳐다보았다.

"허 도련님."

시모니데스는 이것이 무슨 뜻인지 알고 싶어 하는 그에게 모든 의미를 함축한 듯 천천히, 그러나 다시 한 번 분명히 이름을 불렀다.

"당신께 우리 모두가 믿는 하나님의 화평이 임하기를 바랍니다."

시모니데스는 잠시 말을 멈췄다가 다시 이었다.

"제 모든 휘하 사람들과 함께 인사드립니다."

시모니데스는 의자에 앉아 있었다. 당당하고 혈색 없는 얼굴에는 카리스마를 가득 담고 있어 벤허는 그의 몸이 부러지고 뒤틀려 있다는 사실을 까맣게 잊어버리고 말았다. 흰 눈썹 아래의 둥글고 검은 눈이 뚫어지게 그러나 다정하게 벤허를 쳐다보았다. 다음 순간 그는 손을 가슴에 교차해서 올렸다. 인사의 말과 함께한 그 몸짓은 오해할 수 없는 뜻이 담겨 있었고, 벤허도 그 뜻을 바로 알아차렸다.

"시모니데스."

벤허는 큰 감동과 함께 입을 열었다.

"당신이 빌어준 하나님의 화평은 기꺼이 받겠습니다. 아버지의 아들로서 저도 당신께 같은 인사를 드립니다. 하지만 우선 무슨 일인지 정확하게 알고 싶군요."

벤허는 시모니데스의 복종의 뜻을 부드럽게 거절하고, 주인과 하인의 관계 대신 더 높고 고결한 사람을 대하는 태도를 취했다.

시모니데스는 벤허가 손을 내리기를 기다렸다가 에스더를 향해 고개를 돌렸다.

"얘야, 주인님께 자리를 만들어 드려라."

에스더는 서둘러 등 없는 의자를 가져와 얼굴이 빨개진 채 그대로 서서 누가 높은 사람인지 묻듯 아버지에게서 벤허로, 다시 벤허에서 아버지에게로 시선을 옮겼다. 벤허와 시모니데스는 서로 윗사람이기를 거부하며, 그녀의 시선을 받지 않고 가만히 있었다. 마침내 침묵의 시간이 어색해서 참을 수 없게 된 벤허가 부드럽게 그녀의 손에서 의자를 받아 시모니데스의 발치에 놓았다.

"저는 여기 앉겠습니다."

그와 동시에 벤허와 에스더의 시선이 마주쳤다. 찰나에 불과했지만, 두 사람 다 상대의 마음을 읽을 수 있었다. 그는 에스더에게서 감사의 표정을, 에스더는 그에게서 큰 도량과 관용을 읽은 것이다.

시모니데스는 고맙다는 듯 고개를 숙여 절했다.

"에스더, 서류를 가져다 다오."

그는 안도의 한숨을 쉬며 말했다. 에스더는 벽에 붙어 있는 서랍에서 두루마리로 된 파피루스를 꺼내 아버지에게 건네주었다.

"허 도련님, 말씀 잘하셨습니다."

시모니데스가 두루마리를 펴면서 말했다.

"그래요, 우선 무슨 일인지 알려드리죠. 그런 말씀을 하실 줄 알고—주인님이 말하지 않았다면 제가 말하려고 했습니다—우리 관계를 이해할 수 있는 진술서를 이렇게 준비해 두었습니다. 두 가지 점만 상술했습니다. 처음은 재산이고, 다음은 우리의 관계입니다. 진술서는 우리 두 사람 모두 명확하게 이해할 수 있도록 썼습니다. 지금 읽어보시겠습니까?"

벤허는 서류를 받다가 흘낏 일드림 족장을 쳐다보았다. 그 모습을 놓치지 않은 시모니데스가 말했다.

"아닙니다. 족장님도 주인님이 읽기를 기다리고 있습니다. 읽어보면 아시겠지만, 이 진술서에는 원래 증인이 있어야 합니다. 증인란에 일드림 족장의 이름이 있습니다. 족장은 이 모든 사실을 알고 있습니다. 그는 주인님의 친구입니다. 저와의 관계가 그대로 주인님께 이양됩니다."

시모니데스는 동의를 구하듯 족장을 보며 다정하게 고개를 끄덕였고, 족장도 그를 향해 엄숙하게 고개를 끄덕이며 말했다.

"당신 말이 맞아요."

"저는 이미 족장님의 우정을 경험했습니다. 하지만 제가 족장님의 기대에 부응할 수 있는 친구인지는 모르겠습니다. 서류는 나중에 자세히 읽어보죠, 시모니데스. 지금은 이걸 받으시고 핵심만 알려주십시오."

벤허의 대답에 시모니데스는 두루마리를 다시 받았다.

"에스더, 이리 와서 서류를 받아 헝클어지지 않도록 잘 들고 있으렴."

아버지 의자 곁으로 다가간 에스더는 오른팔로 아버지의 어깨를 가로질러 가볍게 붙잡았고, 그런 자세로 시모니데스가 말하기 시작하자 마치 서류가 두 사람의 공동 진술서 같은 모습을 띠었다.

"이것은 로마인들의 탐욕 어린 손에서 지켜낸 선친의 돈입니다."

시모니데스가 첫 장을 보며 말했다.

"선친의 전 재산 중에 돈만 빼앗기지 않았습니다. 우리 유대인의 독특한 환어음 거래방식 덕분에 강도들이 손을 대지 못했죠. 로마, 알렉산드리아, 다마스쿠스, 카르타고, 발렌티아 등 우리가 무역으로 받은 돈이 유대 화폐로 총 120달란트입니다."

그는 첫 번째 장을 에스더에게 주고 다음 장을 받았다.

"그 120달란트를 제가 빌려 썼어요. 이번에는 제 신용 판매액입니다. 곧 아시게 되겠지만, 그 돈을 사용해서 얻은 수익금이라는 뜻입니다."

그는 따로 기재된 종이에서 소소한 내용을 제외한 총액을 읽어주었다.

| | |
|---|---|
| 선박 값 | 60달란트 |
| 운송 예정 화물 | 110달란트 |
| 운송 중인 화물 | 75달란트 |
| 낙타, 말, 기타 | 20달란트 |
| 창고 | 10달란트 |
| 어음 금액 | 54달란트 |
| 현금과 환어음 | 224달란트 |
| **총액** | **553달란트** |

"여기에 적혀 있는 553달란트에 제가 선친께 빌린 원금을 합하면, 주인님 재산은 총 673달란트입니다! 이제, 왕을 제외하면 주인님이 세상에서 가장 부자입니다."

시모니데스는 딸아이로부터 서류를 받아 한 장만 빼고 나머지는 모두 둘둘 말아서 벤허에게 주었다. 그의 얼굴에는 뿌듯한 표정이 역력했다. 책임을 완수했다는 뜻인 것 같았다. 하지만 벤허로서는 그 책임이 자신과는 상관없는 일인 듯했다.

"이제 주인님이 세상에서 못할 일은 없습니다."

시모니데스는 벤허를 바라보며 나지막이 말했다. 방 안에 있는 모든 사람의 감정이 절정에 오른 순간이었다. 시모니데스는 다시 가슴에 양손을 교차하여 올렸다. 에스더는 걱정하는 눈빛이었고, 일드림은 초조해했다. 세상 어느 누구도 이런 엄청난 재산으로 시험에 든 사람은 없을 것이다.

벤허는 눈물이 나오려는 것을 참으며, 두루마리를 받고 일어났다.

"죽을 때까지 끝나지 않을 것 같은 어둠을 몰아내는 빛줄기 같군요. 너무 캄캄해서 앞을 볼 생각조차 못했어요."

벤허는 목멘 소리로 말했다.

"우선, 저를 버리지 않은 하나님께 감사드립니다. 다음 시모니데스, 당신께 감사드립니다. 선생님의 충성심은 다른 사람의 잔혹함을 모두 덮어버릴 정도이며, 우리 인간의 천성을 옛날로 되돌려놓은 것 같습니다. '이제 내가 세상에서 못할 일은 없다.'는 말씀, 정말 그럴 것 같군요. 우리 시대에 저보다 더 복 많은 사람이 있을까요? 자, 일드림 족장님, 이제부터는 제 증인이 되어주십시오. 제 말을 잘 듣고 기억해 주십시오. 그리고 에스더, 선량한 분의 천사 같은 따님, 당신도 함께 들어요."

벤허는 두루마리를 쥔 손을 시모니데스에게 내밀었다.

"이 서류에 적힌 것은 모두—배, 창고, 물품, 낙타와 말, 돈—가장 작은 것부터 가장 큰 것까지 당신께 드리겠습니다, 시모니데스. 영원히 당신 재산이라고 보장합니다."

에스더는 뺨 위에 흐르는 눈물을 그대로 둔 채 미소를 지었다. 족장은 흑옥 구슬처럼 눈을 반짝이며 빠르게 계속 수염을 잡아당겼다. 시모니데스만 가만히 있었다.

"이것들은 모두 당신 재산으로 하셔도 됩니다. 단 한 가지 예외와 조건이 있습니다."

어느 정도 감정을 자제할 수 있게 된 벤허가 말을 이었다. 그의 말을 듣던 모든 사람이 숨을 죽였다.

"아버지의 재산 120달란트만 저에게 돌려주십시오."

족장의 표정이 환해졌다.

"그리고 어머니와 동생을 찾는 데 힘을 보태주십시오. 필요한 경비는 제 돈을 모두 쏟아 부을 테니 당신도 도와주십시오."

크게 감동한 시모니데스는 손을 뻗으면서 말했다.

"허의 아드님, 주인님의 마음 씀씀이를 알겠습니다. 그리고 당신 같은 분을 제게 보내준 주님께 감사드립니다. 살아 계실 때도 모셨고 돌아가신 뒤에도 추억 속에 당신의 아버지를 잘 모신 거라면, 그 아버지의 아드님께도 똑같이 하겠습니다. 하지만 예외조건은 받아들일 수 없습니다."

그는 들고 있던 나머지 한 장을 내놓으며 말을 이었다.

"아직 주인님은 진술서 전부를 본 것이 아닙니다. 이것을 받아 읽어보세요. 큰 소리로 읽어보세요."

벤허는 부록을 받아 소리 내어 읽기 시작했다.

"허 집안의 노예 명단—허 집안의 재산 관리인 시모니데스 씀."

❶ 암라 : 지금 예루살렘 저택을 지키고 있음.

❷ 시모니데스 : 안디옥에 거주하는 재산관리인.

❸ 에스더 : 시모니데스의 딸.

벤허는 여태껏 시모니데스를 생각할 때, 한 번도 딸이 법적으로 부모의 신분을 물려받는다는 생각을 해본 적이 없었다. 그의 마음속에 아름다운 에스더는 이집트 여인에 필적할 만한 인물이었고, 연인의 대상으로만 생각했다. 갑자기 알게 된 새로운 사실에 몸이 움츠러든 벤허는 얼굴이 붉어지며 에스더를 쳐다보았다. 에스더도 얼굴이 빨개지며 시선을 아래로 떨궜다. 벤허는 저절로 말려 올라간 파피루스를 그대로 둔 채 말했다.

"600달란트를 가진 사람은 정말 부자이고 원하는 것을 뭐든지 할 수 있을지도 모르죠. 하지만 돈보다도 재산보다도 더 귀중한 것은 재산을 축적할 수 있는 정신이고, 또 재산을 축적한 뒤 타락하지 않는 마음입니다. 오, 시모니데스, 아름다운 에스더, 걱정하지 마십시오. 여기 계신 일드림 족장님이 증인이십니다. 당신이 노예라고 선언하신 그 순간, 제가 바로 자유인으로 풀어드리겠습니다. 제가 말한 걸 글로 적어두겠습니다. 그 것으로는 부족한가요? 무슨 다른 조치를 더 취해야 하나요?"

"벤허, 당신은 정말이지 노예 상태를 즐거움으로 만들어주는 재주가 있군요. 제가 틀렸어요. 당신이 원하는 것을 다 할 수 있는 건 아니에요. 당신은 우리를 자유민으로 풀어줄 수 없어요. 법으로 정해져 있거든요. 저는 영원히 당신의 노예입니다. 어느 날, 선친께서 저를 방으로 데려가 내 귀에 송곳 구멍을 뚫어주셨거든요. 아직 제 귀에 구멍이 있습니다."

"당신 아버지가 그렇게 하셨다고요?"

"그렇게 속단하지 마시기 바랍니다."

시모니데스가 다급하게 외쳤다.

"제가 그렇게 해달라고 부탁해서 들어주신 거예요. 저는 한 번도 그 일을 후회한 적이 없습니다. 그것은 이 아이의 엄마인 라헬을 얻으려고 치른 값입니다. 라헬은 제가 그녀와 같은 신분이 아니면 결혼하지 않겠다고 했거든요."

"라헬도 종신 노예였나요?"

"저와 같이, 네, 그렇습니다."

벤허는 어찌할 바를 모르고 이리저리 걸어 다녔다.

"저는 부자입니다."

벤허가 갑자기 걸음을 멈추고 말했다.

"저는 너그러운 아리우스님의 유산으로 부자가 되었습니다. 그리고 그보다 더 큰 재산과 그것을 이루어낸 사람도 얻었고요. 혹시 여기에 하나님의 뜻이 들어 있는 것은 아닐까요? 오, 시모니데스, 조언을 부탁드립니다! 사물을 제대로 보고 행동하게 도와주세요. 제 이름에 부끄럽지 않은 인물이 되게 해주십시오. 당신과 법으로 맺어진 관계가 사실과 행동에서는 반대의 관계가 되게 해주십시오. 저는 영원히 당신의 노예가 될 것입니다."

시모니데스의 얼굴이 벌겋게 달아올랐다.

"오, 돌아가신 나의 주인 아드님! 저는 도움 이상을 드리겠습니다. 제 마음을 다하여 당신을 섬기겠어요. 하지만 몸은 그렇게 못합니다. 당신의 명분에 제 몸은 아무짝에도 쓸모가 없습니다. 마음은 전심을 다해 당신을 섬기겠습니다. 우리 하나님의 제단과 그 제단에 바친 제물에 걸고 맹세합니다! 다만 제가 맡고 싶은 직책을 정식으로 맡게 해주십시오."

"뭔지 말씀만 해주세요."

벤허가 간절히 물었다.

"재산을 관리하는 집사가 되고 싶습니다."

"그렇다면, 지금부터 집사가 되어 주십시오. 그것도 서류로 만들어 드릴까요?"

"말만으로도 충분합니다. 선친과도 그랬으니, 아드님과도 그것으로 충분합니다. 자 이제, 모든 것을 완벽히 이해하셨으면……."

시모니데스는 잠시 말을 멈추고 기다렸다.

"네, 이해했습니다."

벤허가 대답했다.

"그럼 에스더, 네가 말하렴!"

시모니데스는 자기 어깨에 얹힌 딸의 손을 잡아 내리며 말했다. 에스더의 얼굴은 잠시 동안 붉어졌다가 창백해지기를 반복했다. 이내 그녀는 벤허에게 걸어가 여성 특유의 부드러운 어투로 입을 열었다.

"제 신분은 저의 어머니와 다를 바 없습니다. 이제 어머니가 돌아가시고 없으니 제가 아버지를 돌보게 해주십시오. 주인님, 부탁드립니다."

벤허는 에스더의 손을 잡고 아버지가 앉아 있는 의자 곁으로 데려다주며 말했다.

"정말 효녀시군요. 그렇게 하세요."

시모니데스는 다시 딸아이의 팔을 목으로 가져갔고, 방에는 한동안 침묵이 흘렀다.

# 제8장
## 비밀 동맹

시모니데스는 침묵 속에 주인을 가만히 올려다보았다.

"에스더, 밤이 빨리 깊어 가는구나. 앞으로 할 이야기도 많으니 너무 지치기 전에 먹을 것을 좀 내오너라."

에스더가 시렁줄을 당기자 하인이 빵과 포도주를 가져왔다. 음식을 나누어준 후 시모니데스가 다시 말하기 시작했다.

"주인님, 아직 완전히 모르는 부분이 있습니다. 지금부터 우리의 삶은 하나로 합쳐진 강줄기처럼 함께 흘러야 합니다. 그렇게 합쳐진 강물은 의혹의 구름 한 점 없을 때 더 잘 흘러갈 것 같습니다. 지난번에는 요구사항이 거부되었다고 생각하며 이 방을 나가셨겠지요. 하지만 그렇지 않습니다. 전혀 그렇지 않았어요. 제가 당신을 알아봤다는 것은 에스더가 증인이 되어 줄 겁니다. 저는 그대로 당신을 저버리지도 않았어요. 말룩에게 물어보세요."

"말룩이라고요!"

벤허가 소리쳤다.

"저처럼 의자에 묶여 사는 사람이 단절된 세계와 거래하려면, 광범위한 분야에서 많은 사람의 도움이 필요합니다. 저에게는 도움을 주는 사람이 많고, 말룩은 그중 가장 유능한 사람입니다. 그리고 때로는……."

시모니데스는 족장에게 감사의 눈빛을 던지며 계속했다.

"때로는 족장님같이 선하고 용감한 분들의 도움도 많이 받았습니다. 제가 당신을 거부하거나 잊은 적이 있는지 족장님께 물어보십시오."

벤허는 족장을 돌아보았다.

"그럼, 저에 대해 말해 준 분이 이분이었습니까?"

일드림은 고개를 끄덕이며 눈을 반짝였다.

"오, 주인님, 시험해 보지 않고 그 사람의 진정한 면모를 어찌 알겠습니까? 저는 당신을 한눈에 알아봤습니다. 아버지와 꼭 닮아 있었으니까요. 하지만 당신이 어떤 인품의 사람인지는 알 수가 없었습니다. 돈이 축복을 가장한 저주가 된 사람들도 있잖아요. 당신은 어떨까? 저는 말룩을 보내 저의 눈과 귀가 되어 알아보도록 했습니다. 말룩을 나무라지 마세요. 당신의 좋은 점만 보고했으니까요."

"나무라다니요."

벤허가 정중한 목소리로 덧붙였다.

"당신의 선량함에는 지혜도 깃들어 있군요."

"그렇게 말씀해 주시니 기쁩니다."

시모니데스가 감동하여 말했다.

"정말 기쁩니다. 한시름 놓았습니다. 이제 강물이 하나님께서 정해 놓으신 방향으로 그냥 흘러가게 둡시다."

잠시 후 시모니데스가 말을 이었다.

"이제는 진실을 말할 수밖에 없군요. 베 짜는 사람은 베를 짜면서 앉아 있습니다. 북이 오가며 짜인 옷감도 늘어가고 수익도 늘어갑니다. 그리고 그는 꿈을 꾸죠. 저도 그랬습니다. 제 손에서 재산이 늘어가는 것을 보며 신기해했습니다. 그래서 몇 번이고 자신에게 물어봤죠. 제가 시작한 사업에 누군가 도움을 주는 것이 느껴졌습니다. 다른 사람의 물품을 강타하며 지나간 모래 열풍은 제 물건을 피해 갔습니다. 해변에 강타한 태풍은 다른 배들은 난파시키면서도 우리 배는 항구로 더 빨리 데려다주었습니다. 그중에 가장 신기했던 것은, 저는 죽은 사람처럼 한 곳에 묶여 있어서 늘 다른 사람에게 의지했는데 저를 도와주는 사람이 부족했던 적이 한 번도 없었다는 것입니다. 단 한 번도요. 자연은 언제나 저를 보살펴주었습니다. 그리고 하인들도 언제나 충직했습니다."

"정말 신기하군요."

벤허가 말했다.

"저도 그렇게 말했고, 지금도 그렇게 말하고 있습니다. 오, 주인님, 저도 마침내 당신과 같은 의견에 도달했습니다. 주님의 손길이 있다고요. 당신처럼 저도 하나님의 뜻이 무엇인지 자문했습니다. 지혜는 허투루 쓰이지 않습니다. 주님의 지혜는 예정된 목적 없이 쓰이지 않습니다. 저는 그 질문을 마음속에 품고, 오! 이렇게 오랜 세월을 지내왔습니다. 저는 확신했습니다. 만약 주님의 손길이 개입되어 있다면, 언젠가 때가 되면 당신만의 방식으로 당신의 뜻을 언덕 위의 하얀 집처럼 제게 보여주실 것이라고 믿었습니다. 그리고 당신도 그렇게 하셨다고 믿습니다."

벤허는 온 신경을 집중하여 들었다.

"오래전, 저는 우리 식구들과 예루살렘 북쪽 '왕들의 무덤' 근처 길가에 앉아 있었습니다. 에스더, 감람산에 떠오른 아침 햇살처럼 아름다웠던 네 엄마도 나와 함께 있었단다. 그때 세 남자가 예루살렘에서는 한 번도 보지 못한 거대한 흰 낙타를 타고 지나갔습니다. 모두 먼 나라에서 온 이방인들이었습니다. 첫 번째 사람이 가던 길을 멈추고 제게 물었습니다. '유대인의 왕이 태어난 곳이 어디죠?' 그리고는 마치 제 궁금증을 달래주듯 '우리는 동쪽에서 그분의 별을 보았고 그분을 경배하러 왔소.'라고 이어 말했어요. 무슨 말인지 이해할 수 없었지만 저는 그들을 따라 다마스쿠스 문까지 갔지요. 그들은 만나는 사람마다, 심지어는 문을 지키는 문지기에게까지 같은 질문을 하더군요. 그 말을 들은 사람들은 모두 저처럼 놀랐지요. 하지만 시간이 지나면서 저는 그 일을 잊어버렸습니다. 당시에는 메시아가 오신다는 예고라고 말들을 많이 했지만, 오호, 통제라! 우리는 모두, 심지어 가장 현명한 사람조차 얼마나 애들 같았는지! 하나님께서 지상을 걸으실 때 보폭과 보폭 사이가 수백 년 떨어져 있을 수도 있는데 말이죠. 벨타사르를 만나셨겠죠?"

"네, 그리고 그분의 놀라운 이야기도 들었어요."

"기적이에요! 정말 놀라운 기적이에요!"

시모니데스가 외쳤다.

"그 말을 들었을 때, 오, 주인님, 저는 제가 그토록 찾아 헤맸던 해답을 찾은 기분이었어요. 하나님의 뜻이 온몸에 느껴졌어요. 왕이 이 땅에 오실 때 그분은 돈도 친구도 없을 겁니다. 추종자도, 군대도, 도시도, 성도 없을 거예요. 로마는 망해 사라지고 왕국을 세워야 하겠죠. 보세요, 보세요. 오, 주인님, 당신은 힘이 넘치고 무기를 다룰 줄 알고 돈은 넘치도록 많아요. 여호와께서 당신에게 어떤 기회를 주었는지 보세요! 구세주의 뜻은 당신이 아니었을까요? 남자에게 그보다 더 큰 영광이 어디 있겠습니까?"

시모니데스는 전력을 다해 호소했다.

"하지만 그 왕국은!"

벤허도 열정적으로 대답했다.

"벨타사르는 그 왕국이 영혼을 위한 것이라고 하던데요."

유대인으로서의 자긍심이 강한 시모니데스는 대답하면서 약간 경멸하듯 입술이 말려 올라갔다.

"벨타사르는 경이로운 사건, 즉 기적의 증인입니다. 그가 놀라운 일을 이야기할 때 그것은 그 개인의 경험이었지만, 저는 믿음으로 고개가 절로 끄덕여졌어요. 하지만 벨타사르는 미스라임의 자손입니다. 개종조차 하지 않았어요. 우리가 경배 드리는 하나님이 우리 유대인들을 어떻게 다루시는지 그가 알고 있을 리 없잖아요. 선지자들은 하나님께 직접 계시를 받았어요. 물론 벨타사르도 그랬고—드문 경우죠—똑같이 여호와의 계시를 받은 것이기는 하지만, 저는 선지자들의 말을 믿어요. 에스더, 율법서를 가져오너라."

시모니데스는 딸아이가 율법서를 가져오기를 기다리지 않고 계속해서 말했다.

"주인님, 이 모든 선지자들의 증언을 무시해도 될까요? 북쪽으로 바닷가와 면해 있는 두로(티레)부터 남쪽 사막에 있는 에돔의 수도까지 셰마를 읊고 유월절 양을 먹는 사람이라면, 하나님께서 그분의 언약의 백성 이스라엘에게 다윗왕국과 같은 왕국을 세워주신다는 사실을 모르는 사람은 없습니다. 그 왕국이 이 세상에 속한 왕국임을 모르는 사람이 누가 있겠습니까? 그러면 그들은 어디에서 그런 믿음을 가지게 되었을까요?"

그때 에스더가 금색 글씨가 예스럽게 적혀 있는 밤색 세마포에 싸인 두루마리 몇 개를 들고 돌아왔다.

"얘야, 들고 있다가 내가 달라고 할 때 주렴."

아버지는 딸에게 말할 때는 늘 부드럽게 부탁했다. 그리고는 다시 자신의 논지를 펼쳤다.

"하나님의 섭리로 선지자를 계승한 성자들은 너무 많아서 일일이 거론할 수도 없을 정도예요. 선지자보다야 하나님의 사랑을 덜 받았겠지만, 이들은 바빌론 유수 이후에 책들을 써서 유대인들을 가르친 전도사들이었습니다. 현자인 이들은 마지막 선지자였던 〈말라기〉의 등불에서 불을 빌려 썼고, 그 후 대학에서 힐렐과 샤마이 선생님이 지치지도 않고 계속 이름을 거론하던 위대한 분들이었습니다. 그분들에게 왕국에 대해 물어보면 어떨까요? 〈에녹서〉에 나오는 양들의 목자는 누구인가요? 우리가 이야기하는 바로 그 왕 아닌가요? '그분을 위해 옥좌가 마련되도다. 주님이 땅을 치자, 다른 왕들은 떨면서 모두 옥좌에서 굴러 떨어지고 이스라엘에 재앙을 준 자들은 불기둥이 솟아오르는 불의 동굴에 던져졌도다.' 〈솔로몬의 시편〉에 나오는 찬양하는 말은 또 어떤가요? '주여, 보소서, 당신이 알맞다고 생각하는 시기에 당신의 자식인 이스라엘인에게 다윗의 자손인 왕을 세우소서. …… 왕은 이교도들을 끌어와 그를 위해 봉사하게 하시고 …… 그분은 하나님의 가르침을 받은 올바른 왕이 될 것입니다. …… 그분의 말로 이 세상을 영원히 다스리실 거니까요.' 그리고 마지막이지만 절대로 앞의 예언보다 부족하지 않은 제2의 모세인 에스라가 밤의 환상에서 사자가 사람의 목소리로 독수리—로마를 가리키죠—에게 말하는 걸 들었습니다. '너는 거짓말쟁이를 좋아하고 제대로 잘 돌아가는 도시들을 전복하고, 그들이 너에게 아무런 해도 끼치지 않았는데도 담을 허물어버렸다. 그러니 떠나라, 그리고 나면 세상은 다시 새롭게 되어 힘을 회복하고, 그를 만든 이에게 판단력과 자비를 희망하게 되리라.' 주인님, 증언은 이 정도로 충분할 겁니다! 하지만 샘의 원천으로 가는 길이 열렸으니 끝까지 가 봅시다. 에스더, 포도주 좀 들여오고 율법서도 가져오려무나."

"당신은 선지자를 믿습니까?"

시모니데스가 포도주를 마신 뒤 물었다.

"물론 그렇겠죠. 유대인은 모두 믿으니까요. 에스더, 〈이사야〉의 예언이 담긴 책을 주렴."

시모니데스는 에스더가 펴준 두루마리를 받아 읽었다.

"'흑암에 행하던 백성이 큰 빛을 보고 사망의 그늘진 땅에 거주하던 자에게 빛이 비치도다.…… 이는 한 아기가 우리에게 났고 한 아들을 우리에게 주신 바 되었는데 그의 어깨에는 정사를 메었고…… 또 다윗의 왕좌와 그의 나라에 군림하여 그 나라를 굳게 세우고 지금 이후로 영원히 정의와 공의로 그것을 보존하실 것이라.' 주인님, 선지자를 믿습니까? 자, 에스더, 〈미가〉가 전한 주님의 말씀을 다오."

에스더는 아버지의 요구대로 두루마리를 주었고, 시모니데스가 읽기 시작했다.

"'베들레헴 에브라다야, 너는 유다 족속 중에 작을지라도 이스라엘을 다스릴 자가 네게서 내게로 나올 것이라.' 이분이 바로 벨타사르가 동굴에서 보고 경배 드린 바로 그 아기입니다. 주인님, 선지자를 믿으십니까? 에스더, 이제 〈예레미야〉를 다오."

시모니데스는 두루마리를 받아 좀 전처럼 읽기 시작했다.

"'그날 그때에 내가 다윗에게서 한 공의로운 가지가 나게 하리니 그가 이 땅에 정의와 공의를 실행할 것이라. 그날에 유다가 구원을 받겠고 예루살렘이 안전히 살 것이며.' 즉, 왕으로 통치할 것이라는 말입니다. 왕으로요. 오, 주인님! 선지자를 믿으십니까? 자, 딸아, 흠 없는 유다의 아들의 말씀을 기록한 두루마리를 다오."

에스더는 〈다니엘서〉를 주었다.

"주인님, 들어보세요."

시모니데스는 읽기 시작했다.

"'내가 또 밤의 환상 중에 보니 인자 같은 이가 하늘 구름을 타고 와서…… 그에게 권세와 영광과 나라를 주고 모든 백성과 나라들과 다른 언어를 말하는 모든 자들이 그를 섬기게 하였으니 그의 권세는 소멸되지 아니하는 영원한 권세요 그의 나라는 멸망하지 아니할 것이니라.' 오, 주인님! 선지자를 믿으십니까?"

"그만하면 됐어요. 저는 믿어요."

벤허가 큰 소리로 말했다.

"그럼, 그 다음은요? 왕이 가난하게 오시면, 주인님, 당신처럼 모든 것이 풍부한 사람이 도와드릴까요?"

시모니데스가 물었다.

"도와드린다고요? 수중에 있는 마지막 돈 한 푼과 마지막 숨까지 그분께 바치겠습니다. 하지만 왜 그분이 가난하게 오신다는 거죠?"

"에스더야, 〈스가랴〉에서 전한 주님의 말씀을 다오."

에스더가 두루마리 중 하나를 주었다.

"왕이 어떤 모습으로 예루살렘에 들어오시는지 들어보십시오. '시온의 딸아 크게 기뻐할지어다. …… 보라 네 왕이 네게 임하시나니 그는 공의로우시며 구원을 베푸시며 겸손하여서 나귀를 타시나니 나귀의 작은 것 곧 나귀 새끼니라.'"

벤허는 시선을 돌려 보았다.

"뭐가 보이십니까, 주인님?"

"로마요!"

벤허가 침울하게 말했다.

"로마와 그들의 군대요. 저는 야영장에서 그들과 함께 거주한 적이 있어서 그들을 잘 압니다."

"아! 당신은 수백만 명의 엄선한 군인을 거느린 왕의 군대의 대장이 될 것입니다."

시모니데스가 말했다.

"수백만 명이라고요!"

벤허가 외쳤다. 시모니데스는 잠시 생각하며 앉아 있었다.

"군대의 힘은 걱정하지 않으셔도 됩니다."

이윽고 시모니데스가 입을 열었다. 벤허는 의아한 듯 시모니데스를 쳐다보았다.

"당신은 오른편에는 이 땅에 가난하게 오실 왕을, 왼편에는 휘황찬란한 갑옷을 입은 황제의 군대를 보며 묻고 있군요. '이제 왕이 무엇을 할 수 있을까?'"

"바로 그게 제 생각입니다."

"오, 주인님!"

시모니데스가 말을 이었다.

"당신은 우리 이스라엘이 얼마나 강해졌는지 모르고 계시는군요. 당신은 아직도 이스라엘을 바빌론 강가에서 흐느껴 울고 있는 노인으로 생각하고 계세요. 하지만 다음 유월절에 예루살렘으로 가서 지스터스나 바터 도로에 서서 지금 예루살렘의 모습을 한번 보세요. 우리 조상 야곱에게 밧단아람으로 가라고 말씀하신 주님의 약속 이래로 우리 민족은 인구 증식을 멈추지 않았습니다. 바빌론 유수 때도 그랬어요. 이스라엘인들은 이집트의 발길 아래에서도 인구가 늘어났죠. 로마의 압박은 자양분이 되었을 뿐입니다. 이제 이스라엘은 버젓한 '하나의 나라'이며 '다른 나라와 어깨를 나란히 하는 동료'입니다. 그뿐만이 아닙니다, 주인님. 사실, 이스라엘의 힘을 측정하려면—그게 왕이 할 수 있는 일을 측정하는 거죠—자연적인 인구 증식에만 의존해서는 안 됩니다. 거기에다 우리의 신앙이 얼마나 널리 퍼져나갔는지도 더해야 합니다. 우리의 신앙은 전 세계 방방곡곡으로 퍼져나갔습니다. 우리는 습관적으로 예루살렘을 이스라엘이라고 생각하고 또 말합니다. 하지만 그것은 자수가 놓인 천 조각을 들고 황제의 위엄 있는 의상이라고 말하는 것과 같습니다. 예루살렘은 성전의 제단이나 몸의 심장일 뿐입니다.

로마가 아무리 강력해 보여도 그들로부터 눈을 돌려 이스라엘의 무수한 사람들을 바라보십시오. '이스라엘아 너희의 장막으로 돌아가라'는 옛 말처럼 자기 처소에 거하는 유대인들, 포로 회복 이후 고토로 돌아가지 않고 페르시아에 남아 있는 이스라엘인들, 이집트나 더 멀리 아프리카로 장사를 하러간 형제들, 비록 변변치 않은 돈이지만 그거라도 벌려고 서쪽으로 건너간 이주민들, 그리스와 그 주변 섬에 거주하는 순수 이스라엘 혈통과 개종자들, 바다 건너 폰투스와 여기 안디옥에 사는 이스라엘인들, 로마의 지저분한 담장의 그늘 아래 저주받은 채 누워 있는 사람들, 인근 광야와 저 나일 강 너머에 있는 광야에서 장막 생활하며 주님을 섬기는 사람들, 카스피해 주변 지역과 옛 땅 곡과 마곡에까지 이주하여 사는 사람들, 그 외에도 하나님께 경배하고자 매년 성전에 찾아와 제물을 드리는 형제들 모두의 숫자를 세어보십시오. 모두 세어보고 나면 오, 주인님! 당신을 기다리는 사람들이 얼마나 많은지 알 것입니다. 오! 전 세계에, 시온 뿐 아니라 로마에서도, '온 땅에 정의와 공의'를 행사할 그분을 위해 마련될 왕국을 보십시오! 이제 이스라엘이 무엇을 할 수 있는지, 또 왕이 무엇을 할 수 있는지 대답이 되었습니까?"

열정적인 설명이었다.

일드림 족장은 그 말이 우렁차게 울리는 트럼펫 소리 같았다.

"아, 내가 다시 젊은 시절로 되돌아 갈 수만 있다면!"

시모니데스는 벌떡 일어나며 외쳤다.

벤허는 가만히 앉아 있었다. 시모니데스의 말은 자기의 모든 삶과 재산을 그들의 가슴속에 분명한 희망으로 자리 잡고 있는, 그 놀라운 분께 바치라는 초대장인 것 같았다. 우리가 이미 알고 있다시피, 그것은 새로운 사상이 아니었고 반복적으로 들어온 이야기였다. 다프네 숲에서 말룩에게도 들었고, 천막에서 벨타사르에게서도 들었으며, 과수원을 산책하면서는 스스로 결의를 다지기도 했던 말이다. 그때는 충동적인 감정으로 스쳐 지나가는 생각에 지나지 않았지만 지금은 경우가 달랐다. 책임을 진 지도자, 중요한 순간을 위해 준비하는 지도자의 모습이 구체적으로 떠올랐다. 이미 벤허에게 그 생각은 가능성으로 충만하고 무한히 성스러운 명분으로 승화되어 있었다. 마치 이제까지 눈에 보이지 않던 문이 갑자기 활짝 열리고 빛이 쏟아지며, 그의 완벽한 꿈이었던 봉사—먼 미래에까지 영향을 미치고, 풍성한 정신적 보상과 야망이 보장된 봉사—를 하라고 그에게 청하는 것 같았다. 하지만 한 가지 더 생각할 것이 있었다.

"시모니데스, 당신 말이 다 옳다고 합시다."

이윽고 벤허가 입을 열었다.

"왕이 이 세상에 오실 것이고, 그가 세울 왕국이 솔로몬의 왕국처럼 이 세상의 것이라고 합시다. 나와 내가 가진 모든 것을 그분과 그분의 명분에 모두 바칠 준비가 되었다고 합시다. 내 인생과 당신의 부를 하나님의 뜻에 따라 드린다고 합시다. 그다음은 어떻게 합니까? 아무것도 보이는 것이 없지만 일단 왕궁부터 지어야 합니까? 아니면 왕이 오실 때까지, 그분이 나를 부르실 때까지 하염없이 기다려야 합니까? 당신의 살아온 세월과 연륜으로 제게 알려주십시오."

시모니데스는 바로 대답했다.

"우리에게는 선택의 여지가 없습니다. 전혀 없어요. 이 편지는……."

시모니데스는 메살라의 편지를 꺼내면서 계속했다.

"이 편지는 우리가 행동에 임해야 한다는 신호입니다. 메살라와 그라투스가 힘을 합치면 우리 힘으로는 저항할 수 없습니다. 우리는 로마에 연줄도 없고 여기에 군대도 없습니다. 가만히 때가 오기만을 기다리면 그들은 당신을 죽일 겁니다. 그들이 얼마나 무자비한 놈들인지 알고 싶으면 제 몸을 보십시오."

시모니데스는 끔찍했던 지난 일을 회상하며 몸을 부르르 떨었다.

"주인님."

시모니데스는 정신을 차리고 다시 말했다.

"주인님의 동기는 얼마나 강합니까?"

벤허는 그 말이 무슨 뜻인지 이해할 수 없었다.

"젊은 시절에는 세상이 얼마나 즐거웠는지 지금도 기억납니다."

"하지만 당신은 크나큰 희생을 했지요."

벤허가 말했다.

"맞아요, 사랑을 위해서였죠."

"인생에 사랑 말고는 그만큼 강한 동기가 없는 겁니까?"

벤허의 반문에 시모니데스는 머리를 흔들었다.

"야망도 있죠."

"이스라엘 자손은 야망을 품을 수 없잖아요."

"그럼 복수는 어떻습니까?"

복수라는 말에 불난 곳에 기름을 붓듯 벤허의 눈에 불꽃이 튀었다. 눈은 이글이글 불타오르고 손은 부들부들 떨렸다. 벤허가 서둘러 대답했다.

"복수는 유대인의 타고난 권리죠. 그게 법입니다."

"낙타도, 아니 개조차도 자기에게 나쁜 짓을 한 것은 기억합니다."

그때 일드림 족장이 불쑥 끼어들며 한마디 외쳤다. 이내 시모니데스가 좀 전에 하던 이야기를 계속 이었다.

"왕을 위해 할 일이 있습니다. 그분이 오시기 전에 미리 준비해 두어야 할 것이 있습니다. 이스라엘이 그분의 오른손이 될 거라는 사실은 의심의 여지가 없습니다. 그러나 그 손은 평화의 손이라 전쟁의 재주는 없습니다. 수백만 명이 있어도 훈련된 자들은 하나도 없고, 그들을 이끌 대장도 없습니다. 헤롯왕의 군대는 계산에 넣지 않겠습니다. 그들은 우리를 쳐부수려고 존재하는 것이니까요. 헤롯왕은 로마나 마찬가지입니다. 그의 정책은 독재정치에 걸맞게 만들어져 있습니다. 하지만 변화의 순간이 다가오고 있습니다. 양치는 목자가 갑옷을 입어야 하고, 그를 따르던 양들이 창과 칼을 들고 으르렁거리는 사자와 싸워야 합니다. 그럴 때 일을 잘할 수 있는 사람이 앞장서지 않으면 도대체 누가 서겠습니까?"

시모니데스가 말한 뜻을 이해하며 벤허는 얼굴이 달아올랐다.

"알겠습니다. 하지만 좀 더 쉽게 말해 주십시오. 할 일이 있는 것과 그 일을 하는 방법은 별개의 문제니까요."

시모니데스는 에스더가 가져다준 포도주를 한 모금 마시고 대답했다.

"족장님과 주인님이 각자 일을 나누어 앞장설 것입니다. 저는 여기 남아서 지금까지 하던 대로 샘이 마르지 않도록 감시하는 일을 맡겠습니다. 주인님은 예루살렘으로 가서 그곳에서 다시 광야로 나갑니다. 그리고 이스라엘의 전사를 모아 수천 명씩 나누고, 대장을 뽑아 그들을 훈련시킵니다. 비밀장소에 무기를 모으는 일은 제가 맡겠습니다. 그다음에는 페레아[216]에서 출발해 갈릴리로 갑니다. 예루살렘은 거기서 엎어지면 코 닿을 곳에 있습니다. 페레아는 배후에 사막이 있고, 손만 뻗치면 되는 곳에 족장님이 계십니다. 족장님은 길을 지켜 쥐새끼 한 마리 빠져나가지 않게 감시할 것입니다.

216) 고대 팔레스타인의 요단강·사해(死海)의 동쪽 지역

시기가 무르익기까지는 아무도 우리가 여기서 무슨 계획을 짰는지 모를 겁니다. 저는 하인의 역할만 맡습니다. 이미 일드림 족장님과는 이야기를 끝내놓았습니다. 주인님, 어떻습니까?"

벤허는 족장을 쳐다보았다.

"시모니데스가 말한 대로일세."

족장이 대답했다.

"나는 약속했고 시모니데스도 찬성했네. 하지만 자네에게도 맹세하겠네. 나를 포함해서 내 종족, 그리고 내가 가진 것 중에 필요한 것이 있으면 기꺼이 내놓겠네."

세 사람—시모니데스, 일드림, 에스더—은 벤허를 가만히 응시했다.

"사람들은 모두……."

벤허가 비장하게 입을 열었다.

"자기 몫의 즐거움이 기다리고 있고, 조만간 그 즐거움을 맛보고 즐기게 됩니다. 저만 빼고 모두가 그렇죠. 잘 알겠습니다, 시모니데스, 그리고 너그러우신 족장님! 이제 목표 지점을 알겠습니다. 제안을 받아들여 제가 그 길을 가게 되면 평화와 그와 함께 있는 희망과는 작별이겠군요. 제가 그 문을 열고 들어가면 평온한 삶은 내 뒤에서 닫혀버리고 영원히 열리지 않겠죠. 로마가 굳게 지키고 있을 테니까요. 그들은 갖은 수단으로 저를 잡으러 뒤쫓아오겠죠. 그리고 저는 도시 근처의 무덤에서, 저 멀리 외진 언덕의 음침하고 어두운 동굴 안에서 딱딱하게 굳은 빵을 먹고 쉬어야겠죠."

벤허의 말은 옆에서 흐느끼는 소리 때문에 끊어졌다. 모두가 소리 나는 쪽을 돌아보니, 에스더가 아버지 어깨 위로 재빨리 얼굴을 감추었다.

"에스더, 네가 여기 있다는 사실을 깜박 잊었구나."

자신도 깊이 감동한 시모니데스가 부드럽게 말했다.

"괜찮습니다, 시모니데스. 남자는 누군가 자기를 연민의 시선으로 보면 힘든 운명도 더 잘 견디는 법이니까요. 계속 말씀드리겠습니다."

모두 다시 귀를 기울였다.

"제게 부여된 임무를 맡는 것 외에는 선택의 여지가 없네요. 여기서 이대로 기다리고 있다가는 비참한 죽음을 맞이할 수밖에 없을 겁니다. 저는 즉시 행동에 임하겠습니다."

"이것을 글로 적어 문서화해 둘까요?"

시모니데스가 사업가적인 습관으로 물었다.

"당신의 말만으로도 충분할 것 같습니다."

벤허가 대답했다.

"나도 그렇소."

일드림 족장도 거들었다.

이렇게 벤허의 인생 경로를 바꿀 동맹이 맺어졌다.

"그럼 다 끝났군요."

벤허가 곧바로 말했다.

"아브라함의 하나님이여, 우리를 도와주소서!"

"한마디만 더 할게요, 동지 여러분."

벤허가 훨씬 밝아진 목소리로 말했다.

"죄송하지만, 전차 경주가 끝날 때까지 혼자 시간을 좀 갖겠습니다. 메살라는 총독에게 답장이 오기 전까지는 저에게 해를 가하지 못할 것입니다. 그리고 답장이 오려면 그가 편지를 보낸 날부터 적어도 일주일은 걸리겠죠. 어떤 위험을 감수하고라도 경기장에서 그를 만나는 기쁨을 누리고 싶습니다."

일드림은 흡족해서 바로 동의했고, 시모니데스는 사업가적인 기질을 발동해서 덧붙였다.

"그렇게 하십시오, 주인님. 그렇게 하는 것이 제게도 당신을 위해 일할 시간을 벌 수 있을 것 같군요. 참, 좀 전에 아리우스로부터 유산을 받았다고 들은 것 같습니다만…… 부동산입니까?"

"미세눔 근처에 저택이 있고, 로마에 집 몇 채가 있습니다."

"그럼, 그것을 전부 팔아서 안전한 곳에 돈을 숨깁시다. 구체적인 진술서를 써 주시면, 제가 권한을 위임받아 일을 처리할 사람을 급파하겠습니다. 이번에는 제국의 도둑들의 손길이 미치지 못하도록 미연에 방지합시다."

"내일 진술서를 써 드리겠습니다."

"그럼 다른 일이 없으면 오늘 밤 모임은 이것으로 끝내겠습니다."

시모니데스가 말했다.

"그것도 아주 성공적으로 끝났지."

일드림은 흡족한 듯이 수염을 어루만지며 말했다.

"에스더, 빵과 포도주를 다시 내오너라. 일드림 족장님은 오늘 여기서 주무시고 가실 거야. 주인님은 어떻게 하시겠습니까?"

시모니데스가 물었다.

"말을 가져다주십시오. 저는 과수원으로 돌아가겠습니다. 지금 가면 놈들이 제가 없어진 것을 눈치 채지 못할 겁니다. 그리고……."

벤허는 재빨리 족장을 쳐다보며 덧붙였다.

"말들도 저를 보면 좋아할 겁니다."

동이 틀 무렵, 벤허와 말룩은 야자수 과수원 천막에 도착했다.

## 제9장
## 에스더와 벤허

다음 날 밤 10시경, 벤허는 에스더와 함께 거대한 창고 위에 있는 테라스에 서 있었다. 저 아래 선착장에서는 사람들이 이리저리 뛰어다니며 짐꾸러미와 상자들이 옮겨지고 남자들이 외치침이 들려왔다. 횃불에 비친 인부들과 짐꾼들의 모습은 마치 환상적인 동방 이야기에 나오는 마법사의 심부름꾼 같았다.

마침내 짐이 가득 실린 배가 출항하려고 할 즈음 시모니데스는 아직 사무실에 남아 있었다. 그는 선장에게 로마의 항구인 오스티아까지 직항해 그곳에서 승객 한 명을 태워 스페인의 해변 도시인 발렌시아까지 가라는 마지막 지시를 내릴 참이었다.

그 승객은 바로 벤허가 아리우스에게 받은 유산을 처분할 대리인이었다. 밧줄을 풀고 배가 방향을 바꾸면 항해가 시작된다. 그러면 벤허는 전날 밤에 맡은 임무를 번복할 수 없이 수행해야 할 것이다. 만약 벤허가 일드림과 맺은 협약을 후회한다면 지금 통보를 하고 취소해야 한다. 그는 지도자라서 말만 하면 된다.

벤허는 마음속으로 그런 생각을 했는지도 모른다. 그는 혼자 숙고하는 사람처럼 팔짱을 끼고 눈 아래의 장면을 내려다보았다. 젊고 잘생긴 데다 부자이며 최근까지 로마 귀족사회의 일원이었던 그에게, 주변 사람들은 위험이 따르는 힘든 임무나 야망을 추구하지 말라고 말릴 것이 뻔했다. 우리는 그의 마음속 갈등까지 짐작할 수 있다. 황제와 싸우는 것은 승산이 없다. 왕과 그의 오심에 관련된 모든 일은 불확실의 베일에 가려져 있다. 시장의 상품처럼 쉽게 살 수 있는 안락하고 명예롭고 높은 신분의 삶, 그중에 최근에 느낀 가정의 안락함과 친구들과의 즐거운 생활, 오랫동안 고독하게 방랑하던 사람들은 이런 것이 얼마나 소중한지 잘 안다.

거기다 세상의—언제나 약아빠지고, 언제나 심약한 사람에게 밝은 면만 보여주며 귀엣말로 속삭이는—말도 있다.

'그만둬. 좀 쉽게 살아.'

이번 경우에는 벤허 곁에 서 있던 에스더도 세상과 한편이었다.

"로마에 가 본 적 있어요?"

벤허가 물었다.

"아뇨."

에스더가 대답했다.

"가 보고 싶지 않아요?"

"아니요."

"왜요?"

"저는 로마가 두려워요."

감지할 수 있을 정도로 떨리는 목소리로 에스더가 대답했다. 벤허는 그녀를 바라보았다. 아니, 내려다보았다고 하는 편이 옳았다. 벤허의 눈에는 그녀가 어린아이 같았다. 희미한 불빛에서 에스더의 얼굴은 잘 보이지 않았고 몸의 형태조차 희미했다. 그의 머릿속에 갑자기 티르자의 얼굴이 떠오르며, 다정한 느낌이 북받쳐 올랐다. 마치 그라투스에게 사고가 일어났던 그 불행한 아침에 옥상에서 그와 함께 서 있던, 지금은 어디 있는지조차 모르는 여동생 같은 느낌이 불쑥 들었다. 가엾은 티르자! 지금 어디 있을까? 에스더는 이런 감정의 덕을 보았다. 여동생만 아니었다면 벤허는 절대로 그녀를 아랫사람으로 보지 않았을 것이다. 하지만 그렇게 봐서 더 친절하고 다정한 느낌으로 대할 수 있었다.

목소리에 침착성을 되찾은 에스더는 여성스럽게 조용한 어투로 말을 이었다.

"저는 로마가 왕궁과 신전들이 많고 사람들로 혼잡한 도시라는 생각이 들지 않아요. 저에게 로마는 아름다운 땅을 차지하고 누워 사람들을 파멸과 죽음의 길로 유혹하는, 도저히 거부할 수 없는 괴물 같아요. 피에 굶주린 괴물 말이에요. 왜……."

에스더는 멈칫하며 시선을 아래로 내렸다.

"계속 말해요."

벤허가 안심시켰다. 에스더는 좀 더 벤허에게 가까이 다가서서 그를 다시 올려다보며 말했다.

"왜 로마와 맞서려고 하죠? 왜 로마를 그대로 두고 편히 살지 않는 거죠? 당신은 많은 불행을 당했고 또 견뎌냈어요. 당신은 적들이 쳐놓은 올가미에서 살아 나왔어요. 젊음을 슬픔으로 소모했잖아요. 남은 세월도 그렇게 보내고 싶으신가요?"

호소가 계속되면서 벤허의 눈 아래 있던 그녀의 소녀 같은 얼굴이 더 가까이 다가오고, 더 창백해지는 것 같았다. 벤허는 고개를 숙이고 부드럽게 물었다.

"내가 어떡해 했으면 좋겠소, 에스더?"

에스더는 잠시 망설이더니 대답했다.

"로마 근처에 집이 있나요?"

"네."

"예쁜가요?"

"아름다워요. 정원들 사이에 조개를 흩뿌린 산책로 중앙에 저택이 있어요. 집의 외부와 내부에는 분수가 있죠. 그늘진 모퉁이에는 조각상이 세워져 있고, 언덕 주변에는 포도나무가 뒤덮여 있어요. 그 언덕은 아주 높아 멀리 나폴리와 베수비오 산, 쉼 없이 오가는 배들이 점점이 있는 널따란 바다가 한눈에 들어와요. 근처에 황제의 별장도 있지만, 로마에서는 아버지 아리우스의 별장이 가장 아름답다고 소문이 나 있죠."

"그곳에서의 생활은 조용한가요?"

"방문객이 올 때를 제외하고는 여름의 낮도 달빛 비치는 밤도 더없이 고요해요. 양부도 돌아가시고 저는 이곳에 와 있으니 이제 그곳은 하인들의 속삭임과 새들의 노랫소리, 분수에서 나는 물소리를 제외하고 고요만이 살고 있겠군요. 그곳은 때가 되면 피었던 꽃이 지고 새로운 꽃봉오리가 맺히고 또 활짝 피는 일과 지나가던 구름에 가끔 해가 가려지는 일 외에는 아무런 변화가 없어요. 나는 할 일이 많은데 비단 밧줄에 꽁꽁 묶여 게으른 타성에 젖어 있고, 이러다가는 얼마 못 가 아무것도 이루지 못하고 끝나겠다는 생각으로 늘 불안했어요."

에스더는 저 멀리 강으로 시선을 던졌다.

"그건 왜 물었어요?"

"주인님……."

"아니, 아니요, 에스더. 그렇게 부르지 말아요. 부르고 싶다면 친구라고, 오빠라고 해요. 나는 당신의 주인이 아니고 앞으로도 될 생각이 없어요. 그냥 오빠라고 불러요."

벤허는 기쁨으로 빨갛게 물든 에스더의 얼굴과 강 위 허공에 사라진 반짝이는 눈빛을 보지 못했다.

"전이해할 수 없어요. 당신이 더 원하는 미래의 삶, 그 삶은……."

"폭력과, 어쩌면 피로 얼룩진 삶이란 말이죠."

벤허가 에스더의 말을 대신 했다.

"네."

에스더가 덧붙였다.

"보통은 지금 당신이 가려는 길보다 아름다운 저택에서의 삶을 더 원하지 않나요?"

"에스더, 당신은 뭔가를 오해하고 있군요. 그 삶은 내가 선택한 것이 아니오. 아 슬프게도! 로마는 그렇게 자비롭지 않아요. 나는 불가피하게 그 길을 갈 수밖에 없어요. 여기에 그대로 있으면 나는 죽임을 당해요. 로마로 가더라도 독이 든 잔을 받거나 암살 혹은 재판에서의 위증 등으로 결과는 마찬가지일 거예요. 메살라와 그라투스는 우리 아버지에게서 빼앗은 재산으로 부자가 되었어요. 그들에게는 재산을 빼앗은 것보다 지금 그 재산을 지키는 것이 더 중요할 거예요. 평화로운 해결은 불가능해요. 자신들이 돈을 착복했다는 사실을 자백하는 꼴이니까요. 아, 에스더, 그들을 설득해 낼 수 있다 해도 내가 평화롭게 쉴 수 있을지 모르겠어요. 내게 평화로운 삶은 불가능할 것 같아요. 대저택의 대리석 현관의 달콤한 공기와 나른한 그늘에서도, 누가 거기서 나 대신 짐을 져줘도, 어느 여인이 사랑의 인내로 노력해도, 나는 우리 식구가 실종된 상태에서는 쉴 수가 없어요. 항상 그들을 찾으려고 전력을 다할 테니까요. 만약 식구를 찾았는데 학대를 받았다는 사실을 안다면 죄책감을 느끼지 않을까요? 그들이 죽임을 당했다는 것을 안다면 제가 살인자를 그대로 두어야 할까요? 오, 나는 잠을 자며 꿈을 꾸고 있을 수 없어요! 어떤 성스러운 사랑이 있어 그녀가 어떤 수를 쓰더라도, 나의 양심은 편안한 휴식으로 나를 이끌 수 없을 겁니다."

"그렇게 심한가요? 그럼, 저는 아무것도 할 수 없는 건가요?"

에스더의 떨리는 목소리에 벤허는 그녀의 손을 잡았다.

"내가 그렇게 걱정됩니까?"

"네."

에스더는 짧게 대답했다. 그의 손은 따뜻했고, 그의 손 안에 폭 들어가 있는 그녀의 손이 가늘게 떨렸다. 순간, 이 어린 여성과 완전히 상반되는 이집트 여인이 떠올랐다. 키가 크고 너무 대담하고, 재치 있는 말이 튀어나오는 입술을 가졌으며, 아름다운 용모와 매력적인 태도를 지닌 여인. 벤허는 에스더의 손을 입술에 갖다 댔다가 놓아주었다.

"에스더, 당신은 티르자 같아요."

"티르자가 누구예요?"

"로마가 내 품에서 빼앗아 간 내 여동생이에요. 그 애를 찾아야 나는 쉴 수도, 행복해질 수도 있어요."

바로 그때, 옆에서 한 줄기 빛이 비쳤다. 두 사람이 돌아보자 하인이 시모니데스가 앉은 의자를 집 밖으로 밀며 나왔다. 두 사람은 시모니데스의 곁으로 다가갔다. 배는 밧줄을 풀고 몸체를 빙 돌려 환히 불을 밝힌 횃불과 신난 선원들의 외치는 소리와 함께 바다를 향해 나아갔다. 오실 왕의 명분에 헌신하도록 벤허를 남겨둔 채.

## 제10장
### 전차 경주 안내문

전차 시합이 펼쳐지기 전날 오후. 전차 경주와 관련된 일드림의 모든 준비물은 도시로 옮겨져 경기장과 가까운 숙소에 보관되었다. 그와 함께 족장은 경기와 상관없는 재산도 대부분 다 옮겨왔다. 말을 타고 무기를 든 가신들을 앞장세우고, 낙타에 짐을 싣고 하인들과 함께 가축들을 이끌고 과수원을 떠나는 모습은 흡사 부족이 대이동하는 것 같았다. 도로변에 있던 사람들은 모두 그의 오합지졸 같은 행렬이 지나갈 때 하나같이 깔깔거리며 비웃었다. 평소에 짜증을 잘 내는 족장이었지만 이날 만큼은 구경꾼들의 무례한 언동에도 전혀 불쾌한 표정이 없었다.

족장의 짐작대로 누군가 그를 감시하는 이가 있다면, 염탐꾼은 경기장으로 가는 그 행렬을 우스꽝스럽고 촌스러운 구경거리라고 고해바쳤을 것이다. 그러면 로마 사람들은 비웃을 것이고, 도시 사람들은 재미있어 할 것이다. 하지만 그것이 뭐가 어때서? 다음 날이면 그 행렬은 과수원에서 이동 가능한 귀중한 물품들을 모두 싣고 사막으로 한참 멀리 가 있을 것이다. 물론 말 네 마리와 전차 용품은 빼고 말이다.

사실 그는 집으로 가고 있었다. 천막촌은 모두 접었고 사라졌다. 이제 12 시간 후면 누가 추적해 오더라도 도저히 따라잡을 수 없는 곳까지 멀리 가 있을 것이다. 사람은 조롱받을 때가 가장 안전하다. 이 영악한 아라비아 노인은 그 사실을 잘 알고 있었다.

족장도 벤허도 메살라의 영향력을 정확히 잘 알았다. 하지만 그들은 메살라가 전차 경주가 끝날 때까지는 적극적인 공격을 하지 않으리라고 판단했다. 만약 메살라가 경주에서 진다면, 특히 벤허에게 진다면 그가 저지를 수 있는 최악의 악행을 대비해야 했다. 그럴 경우에는 그라투스의 조언을 기다리지 않을 수도 있다. 모든 경우를 염두에 두고 두 사람은 경로를 정해 안전한 장소로 피신할 준비를 했다. 그리고 다음 날의 승리를 자신하며 기분 좋게 함께 말을 타고 오고 있었다.

두 사람은 그들을 기다리던 말룩과 마주쳤다. 충성스러운 이 사람은 최근에 맺은 벤허와 시모니데스 간에, 또 그들과 일드림 간에 맺은 협약 관계를 남들이 전혀 눈치 챌 수 없게 행동했다. 그는 평소처럼 인사를 나누고 종이를 한 장 내밀며 족장에게 말했다.

"전차 경주 총괄책임자가 방금 작성한 통지문을 가지고 왔습니다. 족장님의 말도 출전 명단에 들어 있고 훈련 순서도 적혀 있습니다. 족장님, 내일까지 기다릴 것 없이 미리 승리를 축하드립니다."

말룩은 종이를 족장에게 넘겨주었다. 그리고 족장이 자세히 읽을 동안 벤허에게 시선을 맞추었다.

"아리우스님, 당신에게도 축하의 말씀을 드립니다. 이제 경기장에서 메살라와 만날 일만 남았군요. 경기의 조건은 제대로 다 갖추어졌습니다. 제가 경기 총괄책임자에게 직접 확답을 받았습니다."

"감사합니다, 말룩."

벤허가 인사를 건넸고, 말룩이 말을 이었다.

"당신의 색깔은 흰색입니다. 메살라는 붉은색과 황금색이 섞인 것이고요. 흰색의 효과는 벌써 나타나고 있습니다. 소년들이 길거리에서 흰색 리본을 팔러 다니고 있습니다. 내일이면 도시에 있는 아라비아인과 유대인은 모두 흰색 리본을 달고 있을 겁니다. 경기장에서는 관람석이 대체로 흰색과 붉은색으로 나뉠 겁니다."

"관람석은 그럴지 몰라도 중앙 출입구 위의 귀빈석은 아니겠죠."

"그렇죠. 거기는 붉은색과 금색판이겠죠. 하지만 우리가 이긴다면……."

말룩은 승리한 상황을 상상하며 즐겁게 웃었다.

"귀빈들은 벌벌 떨 거예요! 물론 그들은 로마 것이 아니면 무조건 우습게 보는 버릇에 따라 판돈을 걸 겁니다. 메살라에게 2대1, 3대1, 심지어 5대1까지의 승률로 돈을 걸 거예요. 그가 로마인이니까요."

말룩은 한층 더 나직이 어투로 덧붙였다.

"성전에서 경배하는 유대인이 그런 도박에 돈을 거는 것은 유대인답지 못한 일이죠. 하지만 저는 비밀리에 집정관 뒷자리 바로 옆에 있는 친구에게 3대1이나 5대1, 10대1로 내기를 받아들이라고 했습니다. 판돈은 일단 발동이 걸리면 천정부지로 올라갑니다. 저는 판돈으로 6천 세겔을 그 사람에게 맡겨두었습니다."

"아닙니다, 말룩. 로마인은 로마 돈으로만 판돈을 겁니다. 오늘 밤 그 친구를 만날 수 있다면 그 돈만큼 세스테르티움으로 바꿔주세요. 그리고 메살라와 그의 지지자들과 내기를 하라고 전하세요. 일드림의 전차 대 메살라의 전차 말입니다."

벤허의 말에 말룩은 잠시 생각에 잠겼다.

"그러면 당신 두 사람에게만 관심이 집중될 텐데요."

"그게 바로 내가 원하는 겁니다, 말룩."

"아, 알았어요."

"말룩, 나를 완벽하게 돕고 싶으면 대중의 관심이 메살라와 나의 시합에 집중되도록 해주세요."

말룩이 얼른 말을 받았다.

"그건 가능합니다."
"그럼, 부탁합니다."
벤허가 말했다.
"돈을 많이 걸면 그렇게 되죠. 내기에 응하는 사람이 있으면 더 좋고요."
말룩은 관찰하듯 벤허를 쳐다보았다.
"그가 내 돈을 강도질해 간 것처럼 나도 그렇게 돈을 되찾아오면 되지 않을까?"
벤허는 옆에 아무도 없다는 듯 혼잣말처럼 중얼거렸다.
"두 번 다시 없을 기회인데. 그의 자존심뿐 아니라 재산도 무참히 짓밟아 버릴 수만 있다면! 우리 선조 야곱도 괜찮다고 하실 거야."
벤허의 잘생긴 얼굴이 결연한 표정으로 찌푸려졌다.
"그래요, 그렇게 합시다. 잘 들어요, 말룩! 세겔로 내기하는 데 그치지 말고, 누가 돈을 올리면 당신도 달란트까지 올리세요. 5, 10, 20달란트. 만일 메살라가 내기에 응한다면 50달란트까지 올리세요."
"그건 어마어마한 돈인데요. 저당물이 있어야겠어요."
말룩은 놀랍다는 표정을 지으면서도 신바람이 난 듯 보였다.
"그렇게 하세요. 시모니데스에게 가서, 내가 이 일을 그렇게 처리하기를 원한다고 말씀드리세요. 내가 적을 파멸시키기로 결심했고, 이번이 좋은 기회라서 도박하기로 했다고 전해 주세요. 우리 조상의 하나님이 우리를 지켜 줄 겁니다. 얼른 가세요, 말룩. 이번 기회를 놓치지 맙시다."
신이 난 말룩은 작별 인사를 하고 말을 타고 달려가다가 잠시 뒤에 되돌아왔다.
"죄송하지만, 말씀드릴 것이 한 가지 더 있었는데 깜빡했습니다. 제가 직접 메살라의 마차에 접근해 보지는 못했지만, 다른 방법으로 알아봤습니다. 메살라가 보고한 것을 보니, 그의 마차 중심 축대가 당신 마차보다 한 뼘이나 더 높습니다."
"한 뼘! 그렇게나 많이요?"
벤허가 좋아하며 외쳤다. 그리고 말룩에게 몸을 기울였다.

"당신도 유대인이고 당신 민족에 충실한 분이니까 부탁드립니다. 개선문 위에 있는 관람석에 자리를 잡아주세요. 기둥 앞 발코니 근처에 있는 좌석 말이에요. 그리고 우리가 모퉁이를 돌 때 유심히 관찰해 주세요. 저한테 기회가 오면…… 아, 아닙니다, 말룩. 못들은 걸로 해주세요! 그냥 거기에 좌석을 잡으시고 잘 관찰해 주세요."

바로 그 순간 일드림 족장이 외마디 소리를 질렀다.

"하! 이게 뭐야?"

족장은 벤허를 가까이 이끌어 공고문을 손가락으로 가리켰다.

"읽어주세요."

벤허가 부탁했다.

"아니, 자네가 직접 읽어보는 것이 낫겠네."

벤허는 주지사가 경기 총괄책임자로 서명한 공고문을 받아들었다. 거기에는 경기 당일 펼쳐질 여러 가지 행사들이 자세히 적혀 있었다. 처음 순서는 아주 화려한 행렬이었다. 그다음에는 콘수스신[217]에게 바치는 관습적인 경배가 있고, 다음으로 달리기, 높이뛰기, 레슬링, 권투시합이 순서대로 열렸다. 선수들의 이름과 국적, 훈련소, 이전에 경기에 참가했거나 수상했던 이력, 그리고 이번 경기의 우승자에게는 이전처럼 월계수 관만 주는 것이 아니라 상금도 수여한다는 내용과 함께 금박 글씨로 상금이 적혀 있었다.

그 부분은 대충 훑어본 벤허는 전차 경주 안내 부분을 집중해서 읽었다. 이 웅대한 시합을 참관하러 온 사람들은 안디옥에서 유례없었던, 《오레스테이아》 소설 속 내용 같은 치열한 싸움을 즐기게 될 것이다. 시 당국은 집정관을 위한 구경거리로 경기를 치른다. 상금은 10만 세스테르티움이고, 월계관이 주어진다.

그다음은 세부사항이 적혀 있었다. 참가 신청 인원은 모두 6명이고, 모두가 사두전차로 출전한다. 각 출전자와 말에 대해서도 자세한 소개가 되어 있었다.

217) (고대 로마) 경마 · 조언 · 곡물의 보호를 관장하는 신

❶ 고린도(코린트)인 리시푸스 소유의 말 네 마리 : 회색 말 2, 적갈색 말 1, 검은색 말 1. 작년 알렉산드리아 경주와 코린트 경주에 참가. 코린트 경주에서 우승. 기수 : 리시푸스. 색깔 : 노란색.

❷ 로마인 메살라 소유의 말 네 마리 : 검은색 말 2, 흰색 말 2. 작년 로마 대경기장에서 열린 경주의 우승마. 기수 : 메살라. 색깔 : 심홍색과 황금색.

❸ 아테네인 클레안테스 소유의 말 네 마리 : 회색 말 3, 적갈색 말 1. 작년 파나마 지협의 우승마. 기수 : 클레안테스. 색깔 : 초록색.

❹ 비잔틴인 디카로스 소유의 말 네 마리 : 검은색 말 2, 회색 말 1, 적갈색 말 1. 올해 비잔티움 경기 우승마. 기수 : 디카로스. 색깔 : 검은색.

❺ 시돈인 아드메토스 소유의 말 네 마리 : 모두 회색. 가이사랴 경주에 세 번 참가, 세 번 우승. 기수 : 아드메토스. 색깔 : 푸른색.

❻ 아라비아 사막 족장 일드림 소유의 말 네 마리 : 모두 적갈색. 최초 참가. 기수 : 유대인 벤허. 색깔 : 흰색.

기수가 유대인 벤허라고!

왜 아리우스가 아니지?

벤허는 시선을 들어 일드림을 쳐다보았다. 이제야 왜 족장이 외마디 소리를 질렀는지 그 이유를 알 수 있었다. 두 사람의 머릿속에 같은 생각이 번개처럼 떠올랐다.

메살라 짓이다!

## 제11장
### 판돈

안니옥에 어둠이 채 깔리기 전, 도시 중심부에 있는 옴플러스는 왁자지껄했다. 거기서부터 사방팔방으로, 그러나 주로는 님파에움으로 내려가는 길과 '헤롯왕의 콜로네이드[218]' 길을 따라 동쪽과 서쪽으로 사람들이 바쿠스와 아폴론의 시간을 즐기려고 홍수처럼 밀려들었다.

그런 흥청거리는 분위기는 어느 것 하나 윤이 나지 않는 곳 없이, 대리석을 정교하게 조각한 지붕 있는 주랑 도로가 말 그대로 수 마일씩 이어져 있었다. 각국의 왕자들은 영생을 누릴 것이라고 생각했는지 비용에 상관없이 이 호색한 도시에 각종 조각상을 선물해 놓았다. 어디에도 어두침침한 곳은 없었다. 노랫소리와 웃음소리와 외침이 끊임없이 이어졌고, 텅 빈 동굴에 밀려드는 파도 소리처럼 수없는 메아리와 합쳐져 울려 퍼졌다.

이곳에 처음 온 사람이 보면 재미있어 하겠지만, 여러 나라 사람들이 모여 사는 건 안디옥만 그런 것이 아니었다. 위대한 제국의 임무 중에는 여러 나라 사람들을 융합시키고 이방인을 서로 소개하는 일도 있었다. 그에 따라 모든 나라 국민들이 고유의 의상과 관습과 언어로 고유의 신과 함께 마음 내키는 대로 그곳으로 모여들었으며, 원하는 곳에 집을 짓고 사업을 벌이고 제단을 세우는 등 본국에서와 똑같이 생활했다.

하지만 이 날은 안디옥만의 밤풍경이 펼쳐졌다. 거의 모든 사람이 전차 공고문에 적힌 대로 내일 참가하는 기수들의 색깔을 걸친 것이었다. 스카프 형태로 표시한 사람, 배지를 단 사람, 리본이나 깃을 단 사람도 있었다. 형태야 어떻든 그들은 자신들이 지지하는 기수가 누구인지를 나타냈다. 초록색은 아테네인 클레안테스의 지지자라는 뜻이고, 검은색은 비잔틴인 디카로스의 지지자라는 뜻이었다. 그것은 오레스테스 경주 때부터 있었던 오랜 전통으로, 인간이 종종 어리석은 행위에 끌리는, 멍청하지만 매력 있는 극단적 모습을 여실히 보여주는 것이다.

처음으로 이런 광경을 목격한 사람들은 초록색과 흰색, 그리고 심홍색과 황금색이 섞인 것이 유난히 많이 띈다는 것을 알 수 있었다.

이제 왕궁으로 시선을 돌려보자.

살롱 안에 있는 다섯 개의 거대한 샹들리에에 방금 불이 모두 켜졌다. 방 안의 풍경은 이전에 설명했던 것과 별반 다르지 않다. 소파 위에는 자는 사

218) 보통 지붕을 떠받치도록 일렬로 세운 돌기둥

람들과 옷더미가 널브러져 있고, 테이블에서는 주사위가 덜걱거리며 부딪히는 소리가 들렸지만 아무것도 하지 않는 사람이 훨씬 더 많았다. 그들은 돌아다니거나 연이어 하품을 하거나 잡담을 하기도 했다. 내일 날씨가 좋을까? 경기 준비는 마무리되었나? 안디옥 경기장의 법과 로마 대경기장의 법은 다른가? 사실, 이 젊은 친구들은 지겨워서 몸살을 앓고 있었다. 힘든 일을 모두 끝낸 그들의 명판은 달리기와 레슬링과 권투 시합의 판돈 기록으로 가득 채워져 있었다. 하지만 전차 경주에는 판돈이 걸려 있지 않았다.

왜 전차 경주에만 판돈이 없는 걸까?

그것은 메살라에 대항할 사람에게 1데나리온이라도 돈을 걸 사람이 한 명도 없었기 때문이다. 방 안에는 오직 메살라의 색으로 가득 채워져 있었다. 그가 지리라고 생각하는 사람은 아무도 없었다.

그들은 말한다. 메살라는 연습이 완벽하게 되어 있잖아? 그는 왕실 검투사 조련 학교 출신이잖아? 그의 말은 로마 대경기장에서 열린 시르카시아 경주의 우승마잖아? 그리고, 음 맞아! 메살라는 로마인이잖아!

소파 구석에 느긋하게 앉아 있는 메살라가 보인다. 그를 빙 둘러싸고 앉거나 서 있는 아첨꾼들이 질문을 퍼부었다.

드루수스와 체칠리우스가 들어온다.

"아!"

드루수스가 메살라 발치에 있는 소파에 몸을 던지며 소리를 지른다.

"아, 피곤해!"

"어디 갔었어?"

메살라가 물었다.

"길에 나갔었어. 옴플러스와 그 너머까지. 어디까지인지는 내가 알게 뭐야? 온통 사람들 물결이야. 이렇게 사람들이 많은 건 처음 봤어. 내일 경기장에는 전 세계 사람들이 전부 모일 거라더군."

"멍청이들! 맹세코! 황제가 경기 총괄책임자인 로마 대경기장 경기는 본 적이 없을 걸. 그런데 드루수스, 뭐 좀 본 것은 없니?"

메살라가 냉소적인 웃음을 지으며 말했다.

"아무것도 없어."

"아니! 너 잊어버렸구나."

"뭘 말이야?"

무슨 소리를 하냐는 듯 드루수스가 물었다.

"흰색 행렬 말이야."

"아! 참, 대단도 하더군!"

드루수스가 반쯤 몸을 일으키며 덧붙였다.

"우리가 흰색을 단 무리를 만났는데, 깃발도 들었더군. 그런데, 하하하!"

드루수스는 이내 몸을 뒤로 벌렁 뉘었다.

"이런 잔인한 드루수스 같으니라고. 계속 해봐."

메살라가 재촉했다.

"사막의 인간쓰레기였어, 메살라. 예루살렘의 야곱 사원에서 쓰레기를 주워 먹는 인간들 말이야. 내가 그딴 녀석들 얘기를 해서 뭐해!"

"아니야."

체칠리우스가 끼어들었다.

"드루수스는 비웃음을 당할까 봐 겁나는 모양인데, 난 아니야."

"그럼, 네가 말해 봐."

"우리는 그 무리에게 가서……."

"판돈을 걸 생각이 없냐고 물어봤어."

드루수스가 체칠리우스의 말을 가로채며 말했다.

"그랬더니, 하하하! 얼굴에 잉어 먹잇감 벌레만도 안 될 정도로 살이 없는 녀석이 앞으로 나서더니, 하하하! 생각이 있다더군. 그래서 내가 명판을 꺼내며 물었지. '누구에게 승산이 있다고 걸래요?' 했더니 '유대인 벤허요.' 하는 거야. 그래서 '얼마를 걸래요?' 했더니 '저 1……' 메살라, 미안해, 하하하! 너무 웃겨서 말을 못하겠어."

이야기를 듣던 사람들이 모두 몸을 앞으로 바싹 당겼다. 메살라는 체칠리우스를 쳐다보았다.

"1세겔이래."

체칠리우스가 재빨리 대답을 해주었다.

"1세겔! 1세겔!"

주위 사람들이 그 말을 되풀이하며 조소를 터트렸다.

"그래서 드루수스가 어떻게 했어?"

메살라가 물었다. 바로 그때 문간에서 외치는 소리와 황급히 달려가는 소리가 겹쳐 들렸다. 시끄러운 소리가 그치지 않고 오히려 점점 커지자 체칠리우스까지 그쪽으로 가기 전에 걸음을 멈추고 말했다.

"메살라, 귀족 친구 드루수스는 명판을 접어버렸고, 1세겔을 잃었어."

그런 다음 그는 소리가 나는 쪽으로 움직였다.

"흰색이야, 흰색!"

"들어오라고 해!"

"이쪽으로, 이쪽으로 오라고 해!"

사내들의 외침이 방 안을 가득 채워 다른 목소리들을 모두 잠재워 버렸다. 주사위 게임을 하던 사람들도 놀이를 멈췄다. 자던 사람들도 잠에서 깨어 눈을 비비며, 자기들의 명판을 들고 모든 사람이 모여 있는 곳으로 달려갔다.

"나도 판돈을……."

"나도!"

"나도!"

안으로 들어온 사람은 키프로스에서 벤허와 함께 배를 타고 안디옥까지 온 이스라엘인 승객이었다. 그는 엄숙하고 조용하며 주의 깊은 모습으로 들어왔다. 옷은 티 하나 없이 새하얀 색이고 터번도 마찬가지였다. 그는 환영하는 사람들에게 절하고 미소 지으며 천천히 중앙으로 이동했다. 중앙에 이르자 당당하게 옷을 들고 자리에 앉은 뒤 손을 흔들었다. 손가락에 낀 보석 반지가 빛을 받아 반짝거려 무리를 더욱 침묵하게 했다.

"로마인 여러분, 로마 귀족들 중의 귀족인 여러분께 인사드립니다!"

이스라엘인이 말했다.

"가만있어 봐! 저 남자가 누구지?"

드루수스가 물었다.

"산발릿이라는 이스라엘 늙은이야. 군대에 식료품 납품업을 하는 자로, 집은 로마에 있지. 엄청난 부자인데, 자기 집에도 한번 꾸며본 적 없는 가구로 하청업도 한다는군. 거미가 거미줄을 치는 것보다 더 정교하게 함정을 친대. 이리 와, 저놈을 잡자!"

말을 끝낸 메살라는 자리에서 일어나 납품업자 주위에 몰려 있는 사람들 사이에 끼어들었다.

산발릿은 아주 인상적인 사업 태도로 명판을 꺼내 테이블 위에 올려놓았다. 그리고 명판을 열면서 말했다.

"내가 거리에서 보니, 메살라의 승리에 베팅한 돈을 아무도 응찰하지 않아 왕궁에서 꽤 속상해하는 것 같더군. 신들에게는 재물이 있어야지. 자, 여기 내가 왔네. 내가 누구를 지지하는지 색깔을 보면 알겠지. 이제 판을 벌려보세. 먼저 승률을, 그다음에는 액수를 정하지. 승률은 얼마로 할까?"

이스라엘인의 대담한 태도가 듣는 사람들을 놀라게 했다.

"빨리해, 나는 집정관과 약속이 있어."

산발릿의 재촉은 효과가 있었다.

"2 대 1로 합시다."

여섯 명 정도가 한꺼번에 말했다.

"뭐! 당신 편은 로마인인데 겨우 2 대 1이라니!"

산발릿이 놀란 목소리로 대답했다.

"그럼 3 대 1로 하죠."

"내 편은 하잘것없는 유대인인데 겨우 3 대 1이라니! 4 대 1로 하지."

"좋아요, 4 대 1로 합시다."

노인의 비아냥거리는 소리에 불끈한 청년이 말했다.

"5 대 1로 내기할 사람은 없나?"

산발릿이 곧바로 외쳤다. 순식간에 방 안은 조용해졌다.

"자네들과 나의 윗사람인 집정관이 나를 기다리고 있어."

침묵은 많은 사람의 마음을 불편하게 했다.

"로마의 명예를 위해 5 대1로 할 사람 없나?"

산발릿이 다시 한 번 외쳤다.

"5 대1, 내가 받지."

누군가가 대답했다. 찢어지는 환호성과 함께 메살라가 모습을 드러냈다.

"5 대1로 해."

산발릿이 미소를 지으며 기록할 준비를 했다.

"황제가 내일 죽어도 그 자리가 비어 있을 염려는 안 해도 되겠군. 그의 자리를 차지할 만한 기백이 있는 사람이 적어도 한 명은 있으니까 말이야. 자, 6 대1은 어떤가?"

"6 대1로 해."

메살라가 대답했다. 처음보다 더 큰 환호성이 울려 퍼졌다.

"6 대1로 하지. 그게 로마인과 유대인의 차이야. 당신, 돼지고기 조달업자, 그럼 승률 배당은 됐고, 다음으로 넘어가지. 돈 액수 말씀이야, 빨리. 집정관이 당신을 불러오라고 사람을 보낼 수도 있고, 그럼 나는 닭 쫓던 개 지붕 쳐다보는 꼴이 되잖아?"

비웃는 말을 무관심하게 넘긴 산발릿은 기록을 해서 메살라에게 보여주었다.

"메살라, 읽어봐!"

모든 사람이 외쳤다. 메살라는 명판을 읽었다.

- 거래 약정 : 전차 경주. 로마에서 온 메살라가 로마에서 온 산발릿과 내기에 임하여 유대인 벤허를 이길 거라고 함
- 판돈 : 20달란트
- 산발릿과 승률 배당 : 6 대1
- 증인 : 산발릿

방 안은 손끝 하나 움직이는 소리도 들리지 않을 만큼 조용해졌다. 모든 사람이 명판을 읽고 얼어붙은 메살라와 같은 자세를 취하고 있었다. 메살라

는 기록을 노려보았고, 사람들은 눈을 동그랗게 뜨고 그를 응시했다. 사람들의 시선을 느낀 메살라는 재빨리 머리를 굴렸다. 불과 얼마 전에 같은 자리에서, 같은 방식으로 주변 로마 사람들에게 허세를 부린 적이 있던 메살라였다. 그들은 그 일을 기억하고 있을 것이다. 만약 그가 서명하기를 거부하면 여태껏 누리던 영웅 대접을 받지 못하게 된다. 하지만 그는 서명할 수 없었다. 그에게는 100달란트의 재산은 고사하고 20달란트도 없기 때문이다. 얼굴이 새하얗게 변한 그는 머리가 멍해진 채 그 자리에 서 있었다. 그러던 중 갑자기 한 가지 생각이 떠올랐다.

"유대인 영감탱이! 당신한테 20달란트가 어디 있어? 어디 보여줘 보지 그래."

그러자 산발릿의 약 올리는 듯한 미소가 더 짙어졌다.

"여기 있네."

산발릿이 대답하며 종이 한 장을 메살라에게 건넸다.

"읽어봐. 메살라, 읽어봐!"

주변의 모든 사람이 말했다. 메살라가 다시 읽었다.

"안디옥 7월 16일
산발릿이 로마 동화로 50달란트를 맡겨놓았음.
시모니데스"

"50달란트래, 50달란트!"

사람들의 놀란 입을 통해 그 말이 메아리처럼 퍼져나갔다. 그때 드루수스가 메살라의 구원병으로 나섰다.

"헤라클레스에 맹세코!"

드루수스가 고함을 질렀다.

"이 서류는 가짜고, 이 유대인도 거짓말을 하는 거야. 황제 외에 말만 하면 50달란트가 나올 사람이 어디 있어? 무례한 흰색 지지자는 꺼져!"

화가 난 드루수스의 목소리 역시 메아리처럼 퍼져나갔다. 하지만 산발릿은 여전히 자리를 지키고 앉아 있었고, 기다리는 동안 그의 미소는 약 올리듯 점점 더 짙어졌다. 마침내 메살라가 나섰다.

"조용히! 동포 여러분, 우리 조상의 이름을 걸고 한 사람에게는 한 사람씩 대결합시다."

때맞춘 행동으로 메살라의 위상이 다시 올라갔다.

"당신, 할례 받은 영감! 내가 승률 배당을 6 대 1로 하자고 했지?"

그는 산발릿에게 말했다.

"그랬지."

유대인이 조용한 어투로 대답했다.

"그럼, 돈의 액수를 조정해 봐."

"돈이 적으면 자네 마음대로 정하지 그래."

"그럼 20 말고 5라고 적어."

"그만한 돈은 가지고 있을까?"

"신들의 어머니 이름을 걸고 맹세컨대, 내가 보관증을 보여주지."

"아니, 그럴 필요까지야. 이렇게 용감한 로마인은 말만으로도 괜찮아. 단지 숫자만 같게 하지. 6달란트로 하면 내가 기록하지."

"그럼 그러시든지."

두 사람은 기록을 교환했다. 산발릿은 곧바로 일어나 미소 대신 비웃음을 지으며 주위를 돌아보았다. 그보다 더 거래하는 상대방을 잘 파악하는 사람은 없었다.

"자, 다른 로마인 중에 내기할 사람은 없나? 흰색 기수 우승에 5달란트 걸 테니, 못한다에 5달란트 걸 사람? 여러분 모두에게 말하는 거야."

사람들은 다시 깜짝 놀랐다.

"뭐야!"

산발릿은 더 큰 소리로 외쳤다.

"내일 경기장에 소문을 내볼까? 이스라엘 영감탱이가 로마 귀족으로 가득한 왕궁에 가서 5달란트를 판돈으로 내놨는데, 그중 한 명도 도전을 받아들일 용기 있는 사람이 없더라고 말이야. 그중에는 아마 황제의 혈통도 있다지?"

"이런 무례한!"

참기 힘든 조롱에 드루수스가 말했다.

"판돈을 써서 테이블에 두고 가. 내일 당신이 그런 가망 없는 승산에 걸 만큼 돈이 많다는 것이 확인되면 이 드루수스가 도전에 응하지."

산발릿은 다시 메모를 기록하고, 여전히 침착한 태도로 자리에서 일어나며 말했다.

"자, 기록한 메모지를 여기 놓고 가겠네. 내일 경기가 시작되기 전에 서명해서 내게 가져오게. 나는 선수들이 입장하는 중앙 출입구 위 귀빈석에 집정관과 같이 앉아 있을 걸세. 자네에게 화평이 임하길. 여러분 모두에게도 화평을."

산발릿은 인사를 하고 나갔다. 문 밖에 나갈 때까지 뒤에서 조롱하는 소리가 들렸지만 전혀 개의치 않았다.

이런 터무니없이 높은 판돈 얘기는 그날 밤 곧바로 궁전 밖으로 흘러나와 온 도시에 퍼졌다. 벤허도 네 마리의 말과 함께 잠자리에 누웠다가 메살라가 전 재산을 걸었다는 말을 들었다.

벤허는 어느 때보다 단잠에 빠져들었다.

# 제12장
## 경기장

섬과 반대편인 강의 남쪽 기슭에 위치한 안디옥의 경기장은 다른 경기장과 별반 다르지 않은 모양이었다.

순수한 의미에서 보면 스포츠는 대중들에게 일종의 선물이었고, 그에 따라 모든 사람이 스스럼없이 구경하러 왔다. 경기장 수용인원은 충분했지만, 이번 경우처럼 인기 있는 경기가 열릴 때면 일부 사람들은 전날부터 인근

공터를 차지하고 기다렸다. 그렇게 임시 거처를 마련하고 기다리는 모양이 마치 적군을 기다리는 군대 같았다,

한밤중에 출입구가 활짝 열리면 사람들은 자기에게 배당된 구역으로 몰려갔다. 그렇게 자리를 잡고, 지진이나 창을 든 군대가 들이닥치지 않는 한 그대로 앉아 있었다. 그들은 꾸벅꾸벅 졸면서 밤을 새우고 아침 식사도 거기서 해결했다. 그리고 선수들이 연습을 끝낼 동안 참을성 있게 기다리며, 구경거리를 하나라도 놓칠세라 안절부절못했다.

그와 반대로 지정석을 받아 놓은 대부분의 사람들은 동틀 녘에야 운동장으로 몰려들었다. 그들 중 귀족이나 부유한 사람들은 가마를 타고 하인의 수행을 받으며 등장하기도 했다.

아침 10시가 되자 도시에서는 사람들의 물결이 끊임없이 빠져나갔다. 성채 안에 있는 공식 해시계의 바늘이 10시 30분을 가리키자 완전히 장비를 갖추고 형형색색의 깃발을 든 군대가 설피우스 산에서 내려왔고, 보병대 마지막 종대의 뒷모습이 다리 안으로 사라지자 안디옥은 말 그대로 텅텅 비어 있었다. 경기장이 모든 인원을 수용할 수 있어서가 아니라 대중들이 무조건 그곳으로 갔기 때문이다.

집정관도 위용을 갖춘 배를 타고 섬에서 건너왔다. 그가 하선할 때는 그를 영접하는 군대의 의전행사로 경기장에 쏠린 사람들의 관심이 잠시 이쪽으로 옮겨지기도 했다.

11시가 되자, 경기장을 가득 메운 관객들은 우렁찬 나팔 소리와 함께 조용해졌다. 그와 함께 십만 명이 넘는 관중의 시선은 경기장 동쪽 건물에 쏠렸다.

동쪽 건물 1층 중간에는 '중앙 출입구'라고 부르는 커다란 아치형 입구가 있는데, 그 위에 기장과 군대 깃발로 화려하게 꾸며진 상석이 마련되어 있으며, 그 명예의 자리에 집정관이 앉아 있었다. 입구 양쪽에는 '카세레스'라고 부르는 칸막이 마구간이 있었고, 마구간 앞에는 아름다운 붙임기둥에 경첩으로 연결된 커다란 문으로 가로막고 있었다. 마구간 위에는 돌림띠가 있고, 그 위에 낮은 난간이 장식되어 있었다. 그리고 뒤편으로는 극장식으로

좌석이 배열되어 있어 멋지게 차려입은 고위인사들이 자리를 잡고 앉았다. 동쪽 건물의 양쪽에는 탑을 세워서 건축가의 우아함을 자랑했다. 동시에 탑을 축으로 해서 보라색 차양을 드리워 귀빈석에 그늘을 제공해 주었다.

집정관 쪽에서 서쪽을 바라보면, 우선 좌우에 있는 탑에 거대한 출입문들이 보인다. 그리고 정면으로 거대한 경기장이 보이는데, 경기장 바닥은 고운 흰색의 모래가 깔려 있다. 달리기를 제외한 모든 경기가 이곳에서 열린다. 모래가 덮인 경기장 동편으로, 조각된 대리석 받침돌이 받치고 있는 세 개의 낮은 원뿔형 회색 기둥이 보인다. 이곳이 경기의 출발점이자 도착점이기 때문에 오늘 하루가 끝나기 전에 가장 많은 시선이 이 기둥에 쏠릴 것이다. 기둥 뒤로는 통로와 제단 자리를 남겨놓고 넓이 3미터, 높이 2미터 정도 되는 담벼락이 약 200미터 뻗어 있다. 그리고 맞은편 서쪽에도 저 멀리 담의 끝자락에 받침돌 기둥이 있다. 그곳이 두 번째 목표점이다.

경주 참가자는 첫 번째 목표의 오른편에서 경기를 시작해 계속 이 담을 끼고 달린다. 경기의 출발점과 도착점은 집정관 바로 앞에 있다. 그래서 집정관 자리가 경기장에서 가장 좋은 자리이다.

독자들이 집정관과 같이 앉아 있다고 가정해 보면, 경기장 주변으로 가장 먼저 눈에 띄는 것은 바깥 경계 표시선이다. 그것은 5, 6미터쯤 되는 발코니 형태의 담장으로 장식은 없지만, 담장 위로는 동쪽의 마구간 위처럼 돌림띠와 난간이 장식되어 있다. 발코니 담에는 북쪽으로 두 개, 서쪽으로 한 개의 문이 나 있는데, 그중 서쪽 문에는 개선문이라는 이름이 붙어 있다. 경기가 모두 끝나면 우승자들이 월계관을 쓰고 사람들의 환호 속에 호위병들과 함께 그 문으로 나가기 때문이다.

반원 형태로 만들어져 있는 서쪽 끝 발코니에도 두 개의 거대한 관람석이 있다. 계단식으로 되어 있는 관람석은 그 자체만으로도 장관이다. 거대한 관람석을 따라 사람들의 얼굴이 형형색색의 의상과 함께 펼쳐져 있는 것이다. 일반석은 서쪽에 차양이 끝나는 곳부터 펼쳐져 있으며, 차양이 있는 곳은 좀 더 신분이 높은 사람들만 앉게 된다.

드디어 나팔 소리가 울림과 동시에 관람석의 모든 사람들이 일제히 조용해졌다. 꼼짝도 않고 앉아서 모든 신경을 곤두세웠다.

동쪽에 있는 중앙 출입구 밖에서 사람 소리와 장비 소리가 뒤섞여 들렸다. 이윽고 합창단의 노랫소리와 함께 축하 행렬이 시작되었다. 그 뒤로 이번 행사를 주관한 전차 경주 총괄책임자와 시 당국자가 예복과 화환을 걸치고 따라나왔다. 그다음은 신들의 차례이다. 사람들이 신들의 모습으로 분장을 하고 나왔다. 연단에 서 있는 신의 모습이 있는가 하면, 아름답게 장식한 네 바퀴의 마차 위에 있는 신의 모습도 있다. 그다음에는 선수들 차례이다. 모두 자신들이 참가하는 달리기, 레슬링, 높이뛰기, 권투 시합, 전차 경주의 종목대로 옷을 입었다.

천천히 경기장을 도는 축하 행렬의 모습은 아름답고 당당했다. 마치 뱃머리 앞에서 오르내리는 물결처럼 그들이 지나가는 곳에서는 환호성이 터진다. 신으로 분장한 이들은 환호성에 묵묵히 있었지만, 총괄책임자와 그 뒤를 따르는 사람들은 나름대로 환호성에 화답했다.

선수들이 입장할 때에는 환호성이 더욱 커졌다. 모인 관중 중에는 아무리 하찮은 액수라도 돈을 걸지 않은 사람이 없기 때문이다. 사회계층에 따라 나누어진 경기장을 돌다 보면 누가 인기를 끄는 선수인지가 금방 드러난다. 왁자지껄한 함성 속에서도 자기들이 좋아하는 선수 이름을 유난히 큰 소리로 부르는가 하면, 발코니에서 화환과 꽃다발을 선수에게 던지기도 했다.

이제 여러 경기 중에 가장 인기 있는 전차 경기의 주인공들이 등장했다. 화려한 전차와 아름다운 말들에 더해 기수들의 모습이 진용의 화려함을 완벽하게 해주었다. 기수들은 자신에게 배정받은 색깔로, 소매 없고 아랫단이 짧은 최고급 울 소재의 튜닉을 입었다. 각 기수들은 동료들과 함께 입장했지만 벤허는 혼자였다. 아마도 다른 사람들을 경계하는 것 같았다. 또한 다른 사람들은 헬멧을 썼지만 벤허는 그것도 쓰지 않았다. 기수들이 다가오자 관중들은 자리에서 일어나 요란한 성원을 보냈다. 그중에는 여자들과 아이들의 날카로운 함성도 섞여 있었다. 동시에 발코니에서 던진 장밋빛 물건들이 우박처럼 쏟아져 기수들의 몸에 부딪히기도 하고, 전차 바닥으로 떨어져 꼭대기까지 차오르기도 한다. 말들도 박수갈채를 받는다. 아마 말들도 기수만큼이나 환호성을 의식하고 있을 것이다.

다른 종목과 마찬가지로 전차 경주에서도 어느 기수들이 인기가 있는지는 금방 드러났다. 남자들은 말할 것도 없고, 여자들과 아이들까지도 자기가 좋아하는 기수의 옷 색깔과 같은 색으로 가슴이나 머리에 리본을 달아 장식했다. 초록색이 있는가 하면 노란색도 눈에 띄고 푸른색도 있는데, 자세히 살펴보면 그중 압도적으로 많은 색은 흰색과 붉은 황금색이었다.

오늘날에 이런 경기가 있다면, 특히 경기에 판돈까지 걸었다면 관중이 좋아하는 색은 말과 기수의 실력으로 정해졌을 터였다. 하지만 여기서는 국적이 선호도의 기준이었다. 비잔틴인과 시돈인의 지지자가 적다면 그것은 그 도시 사람들이 적게 왔다는 뜻이다. 한편, 그리스인은 고린도인과 아테네인으로 편이 나뉘어 노란색과 초록색은 상대적으로 적게 보였다. 메살라의 붉은 황금색이 유달리 눈에 많이 띈 까닭은 아첨꾼으로 유명한 안디옥 시민들이 로마인이 응원하는 색깔에 따라 빌붙었기 때문이다. 이제 남은 것은 시골 사람들과 시리아인, 그리고 유대인과 아라비아인이었다. 족장 말들의 혈통에 대한 믿음과 로마를 싫어하는 마음으로 흰색을 몸에 걸친 그들은 하얀색 기수가 로마인의 콧대를 꺾어주었으면 하는 바람을 갖고 있었다. 그들은 가장 시끄럽고 가장 숫자가 많은 일당이었다.

기수가 경기장을 돌자 함성이 점점 커졌다. 두 번째 지점 근처, 특히 흰색이 가장 많은 일반석에서는 사람들이 꽃을 던지며 주위가 쩌렁쩌렁 울리도록 고함을 질렀다.

"메살라! 메살라!"

"벤허! 벤허!"

행렬이 그들 앞을 지나가고 나자 관중들은 다시 자리에 앉아 이야기를 나누기 시작했다.

"아, 바쿠스 신에 맹세컨대! 그 기수 정말 잘생기지 않았어?"

한 여성이 탄성을 지르며 말했다. 머리에 휘날리는 리본 색깔이 그녀가 말하는 기수가 누구인지 나타내준다.

"마차도 어쩜 저렇게 멋있지!"

같은 편인 옆 사람이 말했다.

"전부 상아와 금으로 되어 있어. 주피터가 그 사람을 이기게 해줄 거야!"

그렇지만 그들 뒷좌석에서 하는 대화는 사뭇 달랐다.

"유대인에게 100세겔!"

목소리가 고음에 날카롭다.

"아냐, 그렇게 성급하게 결정하지 마."

옆자리에 앉은 친구가 말린다.

"야곱의 자손들은 이교도 경기에 그렇게 심취하지 않아. 저런 경기는 주님의 눈 밖에 난 것이잖아."

"네 말도 맞아. 하지만 저보다 더 멋있고 확신에 찬 모습을 본 적 있어? 저 튼튼한 팔 좀 봐!"

"말은 또 어떻고!"

세 번째 사람이 대화에 끼어들었다.

"게다가 저 사람은 로마인의 속임수도 다 배웠대."

네 번째 사람이 말했다. 마침내 한 여자가 칭찬의 종지부를 찍는 말을 던졌다.

"맞아. 그리고 저이는 얼굴도 로마인보다 더 잘생겼잖아!"

여자의 말에 고무된 열광자가 다시 소리쳤다.

"유대인에게 100세겔!"

"저런 바보!"

훨씬 앞자리에 있던 안디옥 시민이 말한다.

"메살라에게 50달란트가 6 대 1의 비율로 걸려 있는 사실을 모르나? 아브라함이 무덤에서 일어나 후려치기 전에 세겔을 거둬 가시지!"

"하하! 안디옥 멍청이 같으니라고! 잔소리 집어치워. 돈을 건 사람이 메살라 본인이라는 사실은 모르나 보지?"

그렇게 논란은 계속되었고, 항상 좋은 이야기만 오간 것은 아니었다.

마침내 행진이 끝나고 중앙출입구로 들어갈 때, 벤허는 자기의 기도가 이루어졌다는 것을 알았다. 모든 관중의 관심이 자기와 메살라의 대결에 쏠려 있었다.

## 제13장
## 경주 시작

오후 3시가 되자, 전차 경주만 남고 모든 경기가 끝났다. 이때쯤이면 관중이 슬슬 지쳐가기 때문에 행사 총괄책임자는 이때를 휴식시간으로 정했다. 3시 정각에 출입구 문이 활짝 열리자 사람들은 식당이 있는 외부로 빠져나갔다. 남아 있는 사람들은 하품을 하거나 옆 사람과 대화를 나누거나 소문에 대해 이야기하거나 판돈에 대해 의견을 나누었다. 이제 그들 사이에는 계급 구분이 모두 사라지고 오직 두 부류로만 나뉘었다. 내기에 이겨 행복한 사람과 져서 언짢은 사람.

이제 세 번째 부류의 사람들, 전차 경주만 보러 온 사람들이 휴식시간을 이용해 예약해 둔 좌석으로 들어왔다. 그들은 되도록 사람들의 시선을 끌지 않고 최대한 불편을 끼치지 않으려고 노력하면서 자리를 찾아갔다. 그중에는 시모니데스의 일행도 있었다. 그들 좌석은 북문 입구 근처로 집정관과는 비스듬히 맞은편이었다.

네 명의 튼튼한 하인들이 통로를 따라 의자에 앉은 시모니데스를 옮기자, 사람들의 호기심 어린 시선이 쏟아졌다. 그때 누군가가 그에게 아는 체하며 인사했다. 주변 사람들은 의자를 받아 서쪽 지정석으로 함께 옮겨주었다. 시모니데스가 부자라는 것과 처절하게 몸이 망가졌다는 내용에 아름다운 로맨스의 주인공이라는 소문까지 나 있어서 그의 얼굴을 구경하려고 좌석 위에 올라가는 사람들도 있었다.

일드림도 자기를 알아보는 사람들의 따뜻한 인사를 받았다. 하지만 그의 뒤를 따라오는 벨타사르와 두 여인을 아는 사람은 아무도 없었다. 사람들은 정중하게 그들에게 길을 터주었고, 좌석 안내인이 그들을 지정된 자리로 안내해 주었다. 일행은 자리에 앉았고, 하인들은 편하게 보라고 발을 얹을 수 있는 의자도 놔주었다.

두 여인은 다름아닌 아이라스와 에스더였다. 에스더는 자리에 앉자마자 두려운 시선으로 경기장을 둘러보고 얼굴을 감싼 너울을 더 가까이 여미었다. 반면 아이라스는 너울을 어깨까지 내리고, 오랫동안 사교 생활을 한 버릇대로 사람들의 시선을 아랑곳하지 않고 주위를 둘러보았다.

새로 들어온 사람들이 아직 경기장 내부 구경을 다 마치지도 않았는데, 인부들이 경기장 안으로 들어와 첫 번째 목적지 기둥 앞에 있는 이쪽 발코니에서 저쪽 발코니까지 경기장을 가로질러 석회 바른 흰 밧줄을 치기 시작했다.

그와 때를 같이해 중앙 출입구를 통해 들어온 여섯 명의 사람들이 각자 지정된 마구간 앞에 섰다. 관중석 사방에서는 사람들이 소란스럽게 이야기 나누는 소리가 들려왔다.

"봐, 저것 좀 봐! 초록색이 오른쪽에서 네 번째에 섰어. 아테네인이 저 자리에 있는 거야."

"메살라는…… 그래, 2번이야."

"고린도인은……."

"흰색 좀 봐! 저 사람이 저쪽으로 건너가서 멈췄어. 1번이야. 왼쪽에서 첫 번째 자리야."

"아니야, 검은색이 그 자리에 섰잖아. 흰색은 두 번째 자리야."

"그렇구나."

문지기들도 기수와 똑같이 색을 맞추어 입었기 때문에 그들이 자리를 잡고 서자, 관중들은 자기가 지지하는 기수가 어느 마구간에 있는지 알 수 있었다.

"메살라를 만나본 적 있어요?"

아이라스가 에스더에게 물었다. 에스더는 없다고 하면서 몸을 떨었다. 그는 아버지의 적은 아니었지만 벤허의 적이었다.

"아폴론처럼 잘생긴 남자예요."

아이라스는 큰 눈을 반짝이고 보석이 박힌 부채를 부치면서 말했다. 에스더는 아이라스를 보며 생각했다.

'벤허보다 더 잘생겼다고?'

다음 순간, 에스더는 일드림이 아버지에게 하는 소리를 들었다.

"맞아요, 그의 마구간은 중앙 출입구의 왼쪽 두 번째 자리예요."

에스더는 일드림이 말하는 사람이 벤허일 것이라 생각하고 그쪽을 쳐다보았다. 나뭇가지로 엮은 문을 잠시 쳐다보던 에스더는 다시 너울을 여미고 잠깐 동안 기도를 올렸다.

이윽고 산발릿이 그들을 찾아왔다.

"방금 마구간에 다녀왔습니다, 족장님."

산발릿이 족장에게 정중하게 인사하며 말했다.

"말들은 컨디션이 최상입니다."

"지더라도 메살라가 아닌 다른 사람에게 졌으면 좋겠어."

일드림 족장이 무심하게 한마디를 던졌다. 이번에는 시모니데스에게 명판을 꺼내 보이며 산발릿이 말했다.

"선생님께도 소식을 가져왔습니다. 어젯밤에 메살라와 판돈을 걸었고, 또 한 사람에게도 내기하고 싶으면 경기가 시작되기 전에 서명해서 내게 가져오라고 했습니다. 그랬더니 가지고 왔더군요. 여기 있습니다."

시모니데스는 명판을 받아 천천히 읽었다.

"그래요. 그들은 비밀리에 사람을 보내 정말 내가 당신 돈을 그렇게 많이 맡고 있는지를 물어보더군요. 명판을 닫아 잘 보관하세요. 만약 지면 어디로 와야 하는지 알고 있죠? 만약 이기면……."

시모니데스의 얼굴이 잠시 일그러졌다.

"명심해요! 서명한 사람들이 도망치지 않도록 잘 감시해요. 그들에게 마지막 동전 한 푼까지 다 받아내세요. 우리가 지면 저들도 그럴 테니까요."

"저만 믿으세요."

산발릿이 대답했다.

"우리와 함께 앉지 그래요?"

시모니데스가 자리를 권하며 말했다.

"정말 친절하시군요. 하지만 제가 집정관 곁에 없으면 저 젊은 로마인들이 펄쩍 뛰며 나를 찾아다닐 겁니다. 당신께 화평을. 여러분 모두에게 화평을."

마침내 휴식시간이 끝났다. 나팔이 울리자 밖에 나가 있던 사람들이 우르르 안으로 몰려들었다. 그와 동시에 행사보조자들이 경기장으로 들어왔다. 그들은 경기장 중간에 있는 가름벽을 기어 올라가, 서쪽 끝자락에 있는 두 번째 기둥 위에 걸쳐놓은 수평 부분에 나무 공 7개를 올려놓았다. 그리고 첫 번째 목표지로 되돌아와서 나무로 대충 깎은 돌고래 7개를 다시 올려놓았다.

"족장님, 공과 물고기는 무슨 용도입니까?"

벨타사르가 물었다.

"전차 경주를 한 번도 본 적이 없어요?"

"한 번도 없어요. 지금도 제가 여기에 왜 와 있는지 모르겠습니다."

"저것은 회전 숫자를 세기 위한 겁니다. 한 바퀴를 돌 때마다 공 하나와 물고기 하나를 내려놓게 되지요."

이제 모든 준비는 끝났다. 화려한 제복을 입은 나팔수가 총괄책임자의 신호에 따라 나팔을 불 준비를 했다. 그와 함께 사람들의 부산스러운 움직임과 두런거리는 소리가 일시에 그쳤다. 모든 얼굴이 동쪽을 향했고, 모든 시선이 선수들을 가두는 마구간 문에 집중되었다.

시모니데스조차 보통 때와 달리 얼굴이 벌겋게 달아올라 흥분해 있었다. 일드림은 빠르고 맹렬하게 수염을 잡아당겼다.

"이제 메살라의 얼굴을 보세요."

이집트 여인이 에스더에게 말했다. 하지만 너울을 깊게 내려 쓰고 심장을 두근거리며 벤허 쪽만 바라보던 에스더는 그 말을 듣지 못했다.

마구간은 출발점에서 약간 오른쪽으로 떨어진 곳에 원호를 그리며 있었고, 모든 마구간들은 아무도 불평하지 않도록 출발점에서 같은 거리에 위치해 있었다.

드디어 나팔 소리가 짧고 날카롭게 울렸다. 그와 함께 전차 한 대당 한 명씩 배치된 보조 기수들이 기둥 뒤편에서 뛰어 내려왔다. 그들은 통제가 불가능해진 말의 통제를 도우려고 배치된 사람들이었다.

나팔 소리가 다시 울리자 문지기들이 마구간 문을 활짝 열었다. 그리고 보조 기수들이 뛰어나왔다. 벤허는 말을 통제해 주는 보조 기수를 거절했기 때문에 보조 기수는 다섯 명이었다. 그들이 지나가도록 흰 밧줄이 땅으로 내려졌다. 보조 기수들이 늠름하게 지나갔지만 그들에게 시선을 주는 사람은 아무도 없었다. 마구간 뒤에서 뛰쳐 나가려는 말들의 쿵쿵거리는 소리와 그를 말리는 사람들의 소리 때문에 아무도 열린 문에서 눈을 떼지 못했기 때문이다.

흰 밧줄이 다시 올려지자 문지기들이 기수들의 이름을 차례로 불렀다. 그와 함께 발코니에서 좌석 안내원들이 손을 흔들며 목청껏 외쳤다.

"나와! 나와!"

문지기들은 휘파람도 불면서 바람몰이를 했다. 이윽고 총구에서 발사된 총알처럼 마구간에서 네 마리 말이 모는 여섯 개의 전차가 튀어나왔다. 그러자 흥분해서 어쩔 줄 모르는 관중들이 모두 자리를 박차고 일어나 고함과 비명을 질러댔다. 그들이 참을성 있게 기다리던 순간이었다! 전차 경주 발표가 난 날부터 대화에서나 꿈에서나 목 빠지게 기다리던 순간이었다!

"그가 저기 오네요, 보세요!"

아이라스가 메살라를 가리키며 소리쳤다.

"저도 보고 있어요."

벤허를 보며 대답하는 에스더의 너울도 어느 순간 벗겨져 있었다. 아주 잠시 에스더도 용감해진 듯 보였다. 그녀는 수많은 사람이 지켜보는 가운데 영웅적인 행동을 하는 기쁨이 무엇인지 느꼈다. 그런 상황에서 미친 듯이 일을 수행하다 보면 죽음마저도 두려워하지 않거나 완전히 잊게 된다는 사실을 그때부터 이해하게 되었다.

이제 경기장 안에 있는 모든 사람이 기수들을 볼 수 있었다. 하지만 아직 경기가 시작된 것은 아니었다. 밧줄 쪽에 성공적으로 도착하는 일이 우선이었다.

밧줄을 친 것은 출발선을 동일하게 만들려는 목적이었다. 만약 미친 듯이 돌진한다면 기수와 말들이 당황했다는 것을 알 수 있다. 반면 너무 천천히 달려가면 유리한 위치를 점하지 못해 경기가 시작되었을 때 출발이 늦어질 위험이 있었다. 가름벽 바로 옆, 코스의 제일 안쪽 노선이 모두가 탐내는 위치였다.

관객들은 이 경기에 어떤 위험이 도사리고 있으며, 그 결과가 어떠하다는 사실 또한 모두 다 잘 알고 있었다. 네스토르[219]가 아들에게 고삐를 넘겨주며 했던 말이 사실일 수도 있었다.

"우승자를 만드는 것은 힘이 아니라 기술이야. 무조건 빨리 달리는 것보다 머리를 잘 써야 해."

경기장 안에 있는 모든 사람들은 숨도 못 쉬고 경기를 바라보는 자신들의 모습을 네스토르의 충고로 정당화하고 있었다.

경기장은 눈부신 햇살로 가득했다. 기수들은 밧줄의 위치를 확인하고 모두가 탐내는 안쪽 코스를 쳐다보았다. 하지만 여섯 명의 기수가 같은 지점만 바라보며 격렬하게 달리다 보면 충돌이 불가피했다. 그뿐만이 아니었다. 만일 행사 총괄책임자가 마지막 순간에 출발이 마음에 들지 않아 밧줄을 내리라는 신호를 보류한다면? 혹, 제때에 신호를 보내지 않는다면?

출발선까지 가는 길은 약 80미터였다. 기수에게는 빠른 눈과 안정된 손, 그리고 확실한 판단이 필요했다. 한 번만 시선을 다른 곳으로 돌린다면! 잠깐만 딴생각을 한다면! 어쩌다 고삐를 놓친다면! 이 넓은 경기장에 얼마나 많은 사람의 시선이 쏠려 있는가! 자연적인 충동으로 호기심에서 혹은 우쭐하는 마음에 한 번만—단 한 번이라도—흘낏 보기라도 하면, 아차 하는 순간에 상대편 선수의 계획적인 악의에 어떤 해를 입을지 몰랐다. 우정과 사랑도 악의만큼 치명적이기는 마찬가지였다.

아름다움의 화룡점정은 향기이다. 그러므로 요즘처럼 우라이 밋밋하고

219) 그리스신화와 호머 작품 《일리어드》 중의 슬기로운 노장군

스포츠가 지루한 때는 여섯 명의 경쟁자가 벌이는 스펙터클한 광경에 비할 만한 것이 없으리라. 회색빛 화강암 테두리 안에서 햇빛에 반짝이는 경기장을 내려다보라. 그리고 이 완벽한 경기장에 나와 있는 우아한 전차와 가벼운 전차 바퀴—예컨대 상아와 금으로 화려하게 장식된 메살라의 전차—를 보라. 또한 전차의 요란한 움직임에도 전혀 동요 없이 위풍당당하게 서 있는 기수들, 구릿빛으로 그을린 팔다리, 오른손에는 채찍, 왼손에는 팽팽한 고삐를 잡은 모습을 보라. 주인과 하나 되어 달리는 말은 또 어떤가? 획 젖힌 머리, 벌렁거리는 콧구멍, 너무 섬세해서 모래를 밟았다가 금방 튕겨내 버리는 네 발, 힘의 측정 도구로 '마력'이라는 말을 사용하게 하는 저 강한 근육, 그리고 그들과 함께 바람처럼 달려가는 그림자를 보노라면 독자들도 관객과 더불어 희열과 기쁨을 누릴 것이다.

기수들은 담장의 옆 자리를 선점하려고 가장 가까운 길로 내달렸다. 양보는 곧 게임을 포기한다는 뜻이었다. 그리고 도대체 누가 양보하겠는가? 어떤 일을 추진하다가 중도에 생각을 바꾸는 것은 인간의 천성에 부합하지 않는 일이다. 관중석에서 외치는 격려의 소리는 내용을 분간할 수도 없고 구별할 수도 없었다. 그러므로 천둥 같은 함성은 모든 선수에게 같은 영향을 주었다.

모든 전차가 비슷하게 출발선 밧줄에 도착했다. 이내 행사 총괄책임자 곁에 있던 나팔수가 힘차게 나팔을 불었다. 하지만 6미터나 떨어진 곳에 있는 출발선에서는 나팔 소리가 들리지 않았고, 심판은 나팔수의 행동을 보고 밧줄을 떨어뜨렸다. 공교롭게도 떨어지는 밧줄이 메살라 말의 발을 쳤지만 그는 전혀 당황하지 않고 긴 채찍을 휘두르며 고삐를 느슨하게 풀어주면서 앞으로 내달렸다. 그리고 우렁찬 소리를 지르며 코스 안쪽을 향해 돌진했다.

"주피터여, 우리와 함께 해주소서! 주피터여, 함께하소서!"

모든 로마인들도 기쁨에 겨워 미친 듯이 소리를 질렀다.

메살라가 코스 안쪽으로 들어갈 때 전차 굴대 축 뒤에 장식되어 있던 청동 사자상이 아테네인의 오른쪽 '동반마'의 발에 걸렸고, 그 말은 '멍에마'

쪽으로 휘청했다. 그와 함께 두 마리 말도 휘청하며 중심을 잡으려고 버둥대다 속도를 잃고 말았다. 좌석 안내인의 노력은 조금이나마 효력이 있었다. 수많은 사람들이 공포로 숨을 죽였으나 집정관이 자리 잡은 곳에서는 함성이 터져 나왔다.

"주피터여, 우리와 함께하소서!"

드루수스가 미친 듯이 고함을 질렀다.

"메살라가 앞섰어! 주피터여, 함께하소서!"

메살라가 속력을 내어 앞으로 내달리는 모습을 보며 드루수스 일당도 합창했다. 산발럿은 손에 명판을 움켜쥐고 그들에게 몸을 돌렸다. 하지만 경기장 아래에서 충돌하는 모습에 잠시 말문을 잃고 그 장면을 쳐다볼 수밖에 없었다.

메살라가 앞으로 치고 나갈 때, 아테네인의 오른편엔 고린도인이 있었다. 아테네인은 그쪽으로 방향을 틀려고 했지만 불운이 늘 그렇듯이 왼쪽에 있던 비잔틴인의 전차 바퀴가 아테네인 전차의 꼬리 부분을 박아버렸고, 그 충격으로 아테네인은 넘어지면서 전차에서 떨어지고 말았다. 충돌 소리와 함께 고함과 비명이 들렸고, 아테네인 클레안테스는 자기 말의 발굽 밑으로 끌려 들어갔다. 너무나 끔찍한 장면이었다. 에스더는 눈을 가렸다. 클레안테스 위로 고린도인의 전차가 지나가고 잇달아 비잔틴인과 시돈인의 전차도 지나쳤다.

산발럿은 벤허를 찾아보고 다시 드루수스와 일당 쪽으로 몸을 돌렸다.

"유대인에게 100세스테르티움!"

산발럿이 외쳤다.

"내가 받지!"

드루수스가 말했다.

"유대인에게 또 100세스테르티움!"

산발럿이 다시 외쳤지만 들은 사람이 아무도 없는 것 같았다. 경기장의 상황이 너무 흥미진진해서 무리들은 소리를 지르느라 여념이 없었기 때문이다.

"메살라! 메살라! 주피터여, 우리와 함께하소서!"

용기를 낸 에스더가 다시 고개를 들었을 때 한 무리의 인부가 말과 부서진 전차를 끌어내었고, 다른 무리가 아테네인을 밖으로 실어 내오고 있었다. 그리고 그리스인이 있는 모든 좌석에서는 저주의 말과 복수를 다짐하는 기도 소리가 들렸다. 에스더는 갑자기 손을 축 늘어뜨렸다. 벤허가 다치지 않은 채 선두로 나서서 메살라와 함께 호쾌하게 코스를 달리고 있었다. 그들 뒤로 시돈인과 고린도인과 비잔틴인이 한 덩어리가 되어 달려갔다.

경주는 계속되었다. 경주에는 기수들의 영혼이 담겨 있었다. 그리고 수없이 많은 사람의 시선이 그들에게 집중되었다.

## 제14장
### 본격적인 전차 경주

안쪽 코스를 차지하려고 돌진이 시작되었을 때, 벤허는 여섯 명 중에서 왼쪽 끝에 있었다. 벤허 역시 다른 기수들처럼 경기장 내에 가득한 햇빛에 눈이 부셔서 앞이 잘 보이지 않았다. 하지만 경쟁자들의 얼굴에 나타난 결의는 볼 수 있었다. 그리고 경쟁자 이상의 메살라를 탐색하는 시선으로 쳐다보았다. 섬세한 귀족 청년 특유의 오만함이 옛날과 다름없고 잘생긴 로마인 얼굴도 변함없었다. 오히려 헬멧으로 더욱 돋보였다. 벤허의 질투심 때문인지, 청동 헬멧으로 드리워진 그림자 때문인지 메살라의 얼굴에는 투명 유리처럼 그의 영혼이 엿보였다. 그것은 잔인하고 교활하며, 필사적이고 흥분했다기보다 결의에 찬 영혼이었으며, 경계를 게을리하지 않는 잔인한 결의로 가득한 영혼이었다.

메살라의 네 마리 말을 바라보던 벤허는 곧 강철처럼 단단해지는 결의를 느꼈다. 어떤 대가를 치르더라도, 어떤 위험을 감수하더라도 반드시 적의 콧대를 꺾어주리라! 상과 명예, 판돈과 친구, 경기의 결과에 모든 생각은 접어버리고 오로지 하나의 목적에만 매달렸다. 목숨이 위태로울 수 있다는 생각도 그를 머뭇거리게 하지 못했다. 벤허는 냉정함을 유지했다. 가슴에서 머리로 뜨겁고 맹목적인 피가 치솟아 올라가지도, 거꾸로 내려오지도 않았다. 운에 맡기고 자신을 던지는 충동도 느끼지 않았다. 그는 운을 믿지 않는다. 전혀 믿지 않는다. 그는 계획을 짰고 자신을 믿었으며, 어느 때보다 정신을 집중하고 또 역량을 갖추었다. 그의 분위기에서 새롭고도 완벽한 결의가 타오르는 것이 보였다.

출발선으로 달려가고 얼마 되지 않았을 때, 벤허는 출발선에 도착할 때까지 밧줄도 정상적으로 내려지고 마차끼리 충돌도 없으고 메살라가 안쪽 코스를 차지하리라는 것을 알았다. 그리고 출발선에 도착하자마자 밧줄이 (경기 총괄책임자와 미리 짜고) 내려지리라는 생각이 섬광처럼 떠올랐다. 판돈을 많이 걸어둔 동포에게 힘을 실어주는 것보다 더 로마인 같은 행동이 어디 있겠는가? 그것이 아니라면 다른 경쟁자들이 밧줄 앞에 도착해 신중하게 자기 말들을 점검하는 순간, 메살라만 멈추지 않고 계속 말들을 몰아갈 수 있겠는가? 미치지 않고서야 그럴 수는 없었다.

필요성을 안다는 것과 그를 위해 행동한다는 것은 별개의 문제다. 벤허는 당분간 안쪽 노선을 양보했기로 했다.

밧줄이 내려오는 것과 동시에 벤허를 제외한 모든 기수가 다급하게 소리를 지르고 채찍을 휘두르며 코스 안쪽을 향해 내달렸다. 벤허는 오른쪽으로 방향을 잡고 경쟁자들의 뒤편에서 전속력으로 말을 몰았다. 소모되는 시간이 가장 짧고, 가장 빨리 전진할 수 있을 만큼만 각도를 틀었다. 그래서 관객들이 아테네인의 불행에 몸서리치고 시돈인과 비잔틴인과 고린도인 기수들이 전력을 다해 아테네인을 피해 보려고 애쓰는 동안 빙 둘러서, 비록 메살라보다는 바깥 코스였지만 그와 어깨를 나란히 하고 달렸다.

관중들은 가장 왼쪽에서 출발해 달리다가 중간에 오른쪽으로 코스를 변경하는 벤허의 놀라운 묘기를 놓치지 않았다. 경기장에 우레 같은 박수가 울려 퍼졌다. 에스더는 두 손을 맞잡았고, 산발랏은 미소 지으며 두 번째 100세스테르티움을 걸 사람을 찾았지만 아무도 응하지 않았다. 그때 로마인들은 처음으로 고개를 갸우뚱거리며, 저 이스라엘인이 메살라를 이길 정도는 아니더라도 필적할 만한 사람일지도 모른다고 생각했다! 두 사람은 약간의 거리를 두고 두 번째 목표지로 나란히 달려갔다.

서쪽에서 보면 세 기둥을 받치고 있는 것은 반원 형태의 돌담이었다. 그리고 코스와 관람석도 이와 나란히 반원 형태로 구부러져 있었다. 이 회전 구간이 기수들의 실력이 가장 잘 드러나는 곳이다. 오라테스에게 부족했던 것도 바로 이 기술이었다. 관중은 본능적인 호기심으로 숨을 죽였고, 경기장에서 들리는 것은 전차의 바퀴 소리와 말발굽 소리뿐이었다.

그때 메살라가 벤허를 보고 대담하게 소리쳤다.

"에로스야, 물러나라! 마르스가 납신다!"

그리고 노련한 솜씨로 채찍을 든 그는, 잘 달리고 있는 벤허의 말들에게 지금까지 한 번도 경험하지 못했던 강한 타격을 가하며 다시 한 번 크게 외쳤다.

"에로스야, 물러나라! 마르스가 납신다!"

메살라가 채찍을 내려치는 모습을 보던 모든 사람들은 경악하며 침묵 속에 빠졌고, 집정관이 앉아 있던 곳에서도 가장 대담한 사람조차 숨을 죽이며 다음에 무슨 일이 일어날지 지켜보았다. 잠시 시간이 흘렀다고 느낀 순간, 관중석에서 분노에 찬 고함이 천둥처럼 터져 나왔다.

네 마리의 말은 놀라 앞으로 펄쩍 뛰어나갔다. 지금까지 그들에게는 사랑의 손길 외에 닿은 것이 없었다. 그들은 부드러운 손길을 받으며 컸고, 그들을 다루는 인간에게 믿음은 하나의 아름다운 교훈이 되었다. 그토록 섬세한 동물들이 채찍질을 당했으니, 죽을 듯이 펄쩍 뛸 수밖에 더 있었겠는가? 그들은 충동적으로 하나같이 앞으로 내달렸고, 전차도 그들과 함께 앞으로 펄쩍 뛰었다.

인간의 모든 경험은 나중에 쓸 데가 있는 법이다.

지금 저렇게 유용하게 쓰이는 벤허의 큰 손과 엄청난 손아귀 힘이 어디에서 나왔겠는가? 그가 그토록 오랫동안 파도와 싸우며 노를 젓던 경험 외에 어디서 그런 힘을 키웠겠는가? 이렇게 휘청대며 튀는 전차의 바닥은 그 옛날 포효하는 파도와 싸우며 취한 듯 비틀거리는 배와 비슷하지 않은가? 그는 균형을 잡고 말의 고삐를 느슨하게 풀어주며 달래는 말투로 위험한 커브길의 안내자 역할만 해주었다. 그리고 사람들의 포효하는 소리가 잦아들기도 전에 완전히 전차의 주도권을 되찾았다. 그뿐만이 아니었다. 그는 로마인을 제외한 모든 관중의 동정과 감탄의 시선을 한 몸에 받으며 다시 메살라와 나란히 첫 번째 목표지점을 향해 달려갔다. 그런 관중의 시선과 벤허의 훌륭한 실력을 보면서 메살라는 처음으로 위협을 느꼈다.

전차가 회전할 때 에스더는 벤허의 얼굴을 흘낏 보았다. 약간 쳐든 얼굴은 조금 창백했을 뿐 침착했고 차분해 보이기까지 했다.

곧 한 남자가 서쪽 끝자락의 가름벽에서 나무 공 한 개를 내렸다. 그와 동시에 동쪽 끝자락의 돌고래도 한 개 내려졌다. 두 번째 공과 돌고래도 사라졌다.

그렇게 세 바퀴가 지났다. 아직도 메살라가 제일 안쪽 코스에서 달리고 있고 벤허가 그 옆에서 나란히 달렸다. 다른 기수들도 아까와 똑같이 그들 뒤를 달렸다. 이제 경기는 카이사르 시대 후기에 로마에서 그렇게 인기 있던 이중 경기 같은 형태를 띠었다. 메살라와 벤허가 선두 그룹을 이루고, 고린도인과 시돈인과 비잔틴인이 두 번째 그룹을 이루어 달렸다. 관중들의 함성도 기수들과 함께 코스를 돌았다.

다섯 바퀴째, 시돈인이 벤허 바깥쪽 코스에서 진입했지만 곧 뒤쳐졌다.

여섯 바퀴째, 순위에 큰 변화가 없었다.

점차로 속도가 빨라지는 것과 함께 기수들의 얼굴도 더욱 벌게졌다. 사람이나 짐승이나 승자가 정해지는 마지막 순간이 다가온다는 것을 느끼는 모양이었다.

처음에는 주로 로마인과 유대인의 경쟁에 쏠려 있던 관심이 이제는 유대인의 걱정으로 바뀌고 있었다. 경기장의 모든 관객들은 몸을 앞으로 굽히고 자리에서 꼼짝도 하지 않은 채 그들을 따라 시선만 움직였다. 일드림도 수염 쓰다듬기를 잊어버렸고, 에스더도 두려움을 놓고 있었다.

"유대인에게 100세스테르티움!"

집정관의 차양 안에 있던 산발릿이 로마인들에게 외쳤다.

아무도 대답이 없었다.

"1달란트, 5달란트, 아니면 10달란트, 원하는 액수대로 돈을 걸 사람!"

산발릿이 그들에게 도전하듯 명판을 흔들었다.

"아까 말한 100세스테르티움, 내가 받을게요."

로마 젊은이 하나가 명판에 기록할 준비를 하며 말했다.

"그러지 마."

친구가 말렸다.

"왜?"

"메살라는 지금 최고 속도로 올렸어. 전차 테두리까지 몸을 기울이고, 고삐는 휘날리는 리본처럼 완전히 풀려 있잖아. 그리고 저 유대인을 봐."

첫 번째 청년이 친구가 하라는 대로 했다.

"이런 세상에!"

청년이 입을 딱 벌리며 말했다.

"저 자식은 고삐를 바싹 죄고 있군. 로마의 신들이 우리 친구를 도와주지 않으면 저 자식에게 지겠어. 아니, 아직 가만있어 봐. 저것 봐! 주피터여, 함께하소서!"

외치는 소리는 라틴어로 소리치는 고함과 합쳐져 집정관의 머리 위를 가리는 차양까지 뒤흔들었다.

메살라가 정말로 최고 속도로 올렸는지 그의 노력이 효과를 보였다. 그의 전차가 천천히 그러나 확실히 조금씩 앞으로 나서고 있었다. 메살라의 말들은 고개를 아래로 숙이고 달리고 있어 관중석에서 보면 몸이 거의 땅바닥에 스치듯 달리는 것 같았다. 콧구멍은 벌어져 붉은 속살이 보였고 눈알은 팽팽하게 긴장해 있었다. 누가 봐도 말들은 전력으로 질주했다! 얼마나 오래 저 속력을 유지할 수 있을까? 이제 겨우 여섯 바퀴가 시작되었을 뿐인데.

말들은 계속 전속력으로 질주했다. 메살라의 전차가 두 번째 목적지에 가까이 다가갔을 때 벤허의 전차는 뒤로 처져 있었다.

메살라 지지자들의 기쁨은 절정에 달했다. 그들은 목이 쉬도록 고함을 지르며 리본을 하늘로 던졌다. 그리고 산발릿은 그들이 요청하는 판돈으로 명판을 가득 채웠다.

개선문 위 좌석 아래쪽에 있던 말룩은 환호성이 터져 나오려는 것을 간신히 참았다. 그는 서쪽 기둥을 돌 때 무슨 일이 있을 것이라던 벤허의 암시를 잊지 않았다. 그런데 다섯 번째를 돌 때까지 아무 일도 없었다.

'그럼 여섯 바퀴째겠지.'

말룩는 혼잣말을 했다. 하지만 벤허는 메살라의 전차 뒤꽁무니만 겨우 따라가고 있을 뿐이었다.

동쪽 끝자락에 있던 시모니데스 일행은 모두 침묵을 지키고 있었다. 시모니데스는 얼굴을 앞으로 쭉 내민 모습이고, 일드림은 애꿎은 수염만 잡아당겼다. 에스더는 거의 숨도 쉬지 못했고, 아이라스만 기분이 좋은 것 같았다.

여섯 바퀴의 마지막에 이르러 벤허가 메살라를 바짝 추격했다. 그들의 모습은 옛 시를 연상시켰다.

"선두에 피에리아산(産) 말을 탄 에우멜루스[220]가 달리고
그 뒤를 트로이산 말을 탄 대담한 디오메데스가 따른다.
에우멜루스의 등 뒤에 바싹 붙어 숨을 내뿜으며 달리는 디오메데스의 말들은
방금 전차를 맨 듯 가볍다.
에우멜루스는 뒷목 전체에 말들이 내뿜는 뜨거운 입김을 느낀다.
그리고 자기 위에 길게 드리운 말들의 그림자를 본다."

전차들은 첫 번째 목적지에 도달해 회전했다. 자기 자리를 뺏길까 두려워진 메살라는 가름벽에 바싹 붙어서 달렸다. 30센티미터만 왼쪽으로 더 다가가면 그의 전차가 박살날 것이다. 하지만 회전이 끝났을 때 메살라와 벤허의 전차 바퀴 자국을 본 관중은 어떤 게 누구 것인지 분간할 수 없었다. 두 사람의 전차 뒤에 난 바퀴 자국이 마치 하나뿐인 듯이 겹쳐 있었기 때문이다.

220) 호머 작품《일리어드》에서 데살리아군의 사령관. 전차 경기에서 디오메데스에게 패함

우르릉거리는 소리와 함께 두 사람의 전차가 지나갈 때 에스더는 다시 벤허의 얼굴을 보았다. 좀전 보다 더 창백했다. 그리고 두 라이벌이 회전할 때 에스더보다 세상 물정에 밝은 시모니데스가 일드림에게 말했다.

"이제 벤허가 무슨 계획을 실행에 옮기지 않는다면 내가 장을 지지리다. 벤허의 표정을 보면 알아요."

일드림이 대답했다.

"우리 말들이 얼마나 깨끗하고 기운찬지 봤죠? 신의 광휘에 맹세코! 우리 말은 아직 제대로 달려보지도 않은 거야! 하지만 아……."

가름벽 위에는 나무 공 한 개와 돌고래 한 개만 있었다. 마지막 바퀴만 남겨놓은 것이다. 관중석의 모든 사람은 심호흡을 했다.

그때 시돈인이 네 마리 말에게 채찍질하며 고통과 두려움으로 헐떡이면서 욕설을 퍼붓자, 말들은 필사적으로 앞으로 내달리며 잠깐 앞서는 듯했다. 하지만 그의 노력은 바람으로만 끝났다. 비잔틴인과 고린도인도 시도해 보았지만 실패로 끝났고, 사실상 우승과 거리가 멀어졌다. 이제 로마인을 지지하는 사람들을 제외한 모든 사람들은 벤허를 지지하기 시작했다.

"벤허! 벤허!"

그들이 소리를 질렀다. 집정관이 앉은 쪽으로 많은 사람들의 목소리가 뒤섞여 우렁차게 울려 퍼졌다. 벤허가 지나가는 길에 있는 관중들은 벤허를 지지하는 마음을 격렬하게 표현했다.

"빨리 달려, 벤허!"

"이제 안쪽 코스로 들어가!"

"계속 가! 말의 고삐를 늦춰! 말을 마음대로 달리게 하고 채찍질을 하란 말이야!"

"다시는 로마 놈이 너를 공격하지 못하도록 해! 지금이 아니면 다시는 기회는 없어!"

사람들은 난간 위로 몸을 굽히고 팔을 뻗으며 절절하게 소리쳤다. 그 소리를 듣지 못했는지 아니면 실력이 그것뿐이었는지 코스의 반 정도를 지났어도 벤허는 여전히 메살라의 뒤꽁무니에 있었고, 두 번째 목표 지점에서도 상황은 마찬가지였다.

두 번째 목표 지점에 이르러 회전하면서 메살라는 왼쪽 말들의 속도를 늦추려고 고삐를 잡아당기기 시작했다. 그는 기세가 등등했다. 그가 승리를 다짐하며 제물을 바친 제단이 한두 군데가 아니었다. 로마인의 천재성은 여전히 건재했다. 약 200미터 앞에 명성과 부와 승진과 적에게 증오로 훨씬 달콤해질 승리가 기다리고 있다.

그 순간 관중석에 있던 말룩은 벤허가 말 앞으로 몸을 굽히며 고삐를 푸는 것을 보았다. 여러 줄로 된 채찍이 그의 손에 들려 있었다. 놀란 말의 등 위에서 채찍은 쉿쉿거리는 소리와 함께 구불구불 춤을 추었다. 구불구불, 쉿쉿, 구불구불, 쉿쉿. 아직 내려치지는 않았지만 빨리 휘휘 돌리는 채찍에는 자극과 협박이 함께 들어 있었다. 조용히 가다가 불가항력의 힘찬 행동으로 바꾸면서, 벤허는 충만해진 얼굴과 빛나는 눈으로 자신의 결의를 채찍과 함께 풀어놓았다. 그러자 곧바로 네 마리가 모두 한 마리처럼 앞으로 내달렸고, 이내 메살라의 마차와 나란히 달리게 되었다. 마지막 종착점의 위험한 커브를 돌면서 메살라는 무슨 소리를 들었지만 돌아볼 여유가 없었다. 관객들의 고함도 무슨 일인지 파악하는 데는 도움이 되지 않았다. 온통 시끄러운 소음들 위로 들리는 단 한 소리, 그것은 벤허의 목소리였다. 일드림 족장이 쓰는 옛날 아람어로 벤허는 말들에게 말했다.

"계속 달려, 알타이르! 계속 달려, 리겔! 지금 꾸물거릴 시간이 없어, 착한 말. 오호, 알데바란! 사람들이 천막에서 불러주던 노랫소리가 들려. 아이들과 여자들이 우리 별들을, 우리 알타이르와 안타레스, 리겔, 알데바란을 위해 부르는 노랫소리가 들려. 이겨라! 노랫소리가 끊이지 않을 거야. 잘했어! 내일이면 검은 천막이 있는 집으로 간다. 집으로 말이야! 계속 달려, 안타레스! 부족이 우리를 기다리고 있어. 주인이 기다리고 있어! 좋아! 잘했어! 하하! 이제 거만한 놈의 콧대를 꺾어주자. 우리를 때린 손이 흙바닥에 뒹굴 거야. 승리는 우리 것이야. 하하! 침착해! 다 됐어. 자, 저것 봐! 침착해!"

그보다 더 간단한 일은 없고 그보다 더 순식간에 벌어진 일도 없었다. 메살라가 종착점을 향해 마지막 회전을 하며 돌진하려는 순간이었다. 그를 앞

지르려면 벤허는 트랙을 가로질러야 했고 전략이 필요했다. 즉, 원을 돌 때처럼 최소한의 속도만 올려야 했다. 이러한 점을 잘 알고 있는 경기장의 수많은 관중도 무슨 신호가 주어졌다는 것은 인지했다. 말들이 멋지게 반응했기 때문이었다. 네 마리의 말은 메살라의 바깥쪽 바퀴로 다가갔다. 벤허의 안쪽 바퀴가 메살라의 전차 바로 뒤에 있었다. 관중이 본 것은 그것이 전부였다.

갑자기 경기장 전체를 소름끼치게 만든 커다란 충돌 소리와 함께 무슨 일인지 미처 알기도 전에, 하얗고 노란 파편이 코스 밖으로 튀어 오르는 것을 보았다. 코스의 오른쪽에는 메살라의 전차 바닥이 뒤집혀져 있었고, 딱딱한 땅바닥에 굴대가 부딪히며 반동으로 튀어 올랐다. 또 다른 파편들이 계속해서 튀어 올랐고 이내 전차는 박살이 났다. 메살라는 고삐와 뒤엉켜 앞으로 곤두박질치며 튕겨 나갔다.

그보다 더 사람들을 공포스럽게 만든 것은 메살라 바로 뒤에서 안쪽 코스를 달리던 시돈인이 미처 전차의 방향을 틀지 못하는 모습이었다. 시돈인은 전속력으로 파편과 부딪혔고, 메살라와 겁을 먹고 버둥거리는 말들을 잇달아 치고 지나갔다. 곧이어 버둥거리고 있는 말들과 뭔가 부딪히는 소리가 뒤섞인 혼란 속에서 자욱한 먼지와 모래를 뚫고 시돈인이 밖으로 기어 나왔다. 그리고 고린도인과 비잔틴인이 벤허 뒤를 추격하며 달려가는 모습을 쳐다보았다.

벤허는 단 한순간도 멈칫거리지 않았다. 사람들은 일어나 좌석 위로 뛰어오르며 고함과 비명을 질렀다. 메살라 쪽을 바라본 사람들은 네 마리 말의 발길 아래, 다음에는 주인 잃은 전차 밑에 깔린 그를 보았다. 메살라는 움직이지 않았다. 사람들은 그가 죽었다고 생각했다. 하지만 훨씬 더 많은 수의 사람들이 벤허가 달려가는 쪽을 쳐다보았다. 그들은 벤허가 왼쪽으로 전차를 살짝 틀면서 철이 씌워진 굴대 끝으로 메살라의 바퀴를 찍어 부숴버린 것은 보지 못했다. 단지 그들은 벤허의 태도가 변하면서 혼의 열기와 격렬함, 과감한 결의, 맹렬한 행동의 힘을 쏟아 표정과 말과 몸짓으로 말들을 갑자기 분발시키는 것만 보았을 뿐이다. 그리고 그 질주하는 속도란! 그것은 말이 아니라 사자가 길게 풀쩍 뛰며 달리는 듯했다. 전차를 단 말들은 날아가는 것 같았다. 비잔틴인과 고린도인이 직선 트랙의 중간쯤 달리고 있을 때 벤허는 첫 번째 목적지를 회전했다.

그렇게 벤허는 우승했다.

집정관이 자리에서 일어났으며 사람들은 목이 쉬도록 고함을 질렀다. 행사 총괄책임자가 내려와 우승자들에게 월계관을 씌워주었다.

우승한 권투 선수 중에는 이마가 좁은 금발의 색슨족도 있었다. 그 사람의 얼굴이 너무 험상궂게 생겨서 다시 한 번 쳐다봤더니, 로마에서 벤허에게 권투를 가르쳐준 선생이었다. 벤허는 시선을 돌려 관중석에 있는 시모니데스와 그 일행을 올려다보았다. 그들은 벤허에게 손을 흔들었다. 에스더는 자리에 그대로 앉아 있었다. 하지만 아이라스는 일어나 그에게 미소 지으며 부채를 흔들어주었다. 그것은 메살라가 우승했어도 그에게 했을 행동이었지만, 벤허에게는 여전히 매력적인 모습이었다.

곧 행렬이 만들어졌고, 그날 마음껏 질러대던 관중의 외침 속에서 행렬은 개선문 밖으로 사라졌다.

그렇게 그날 하루가 끝났다.

## 제15장
### 아이라스의 초대

벤허는 일드림 족장과 강 건너편에서 밤이 되기를 기다렸다. 두 사람은 미리 계획한대로, 한밤중에 이미 30시간 전에 떠난 대상 무리의 뒤를 따라 길을 떠나기로 했다.

족장은 행복했다. 그가 벤허에게 주려는 선물은 엄청났다. 하지만 벤허는 모두 거절하면서, 직의 곳내글 꿔어준 것으로 만족한나고 했나. 두 사람의 선의의 말싸움은 오랫동안 계속되었다.

"자네가 얼마나 많은 것을 내게 해주었는지 생각해 보게."

족장은 말했다.

"아카바 해안과 유프라테스 강 너머까지, 그리고 스키타이인들이 거주하는 흑해 북안 너머까지 검은 천막에 거주하는 사람들에게 나의 말 미라와 새끼들의 명성이 퍼질 거야. 그들을 찬미하는 사람들은 나를 과대평가하고, 주인을 잃은 병사들은 내가 기력이 쇠해 가는 나이라는 것을 잊고 나에게 몰려들겠지. 내 휘하의 병사들은 셀 수 없이 많아질 거야. 그 정도의 병사로 사막의 지배력을 얻게 되는 게 어떤 것인지 자네는 몰라. 무역을 하는 사람들은 막대한 공물을 내게 바칠 것이고, 왕들은 과세를 면제해 준다네. 황제에게 호의를 구하는 연락원을 보내면 금방 허락이 떨어질 거야. 그런데 아무것도 안 받겠다니, 아무것도?"

"아닙니다, 족장님. 저는 족장님의 도움과 마음을 받지 않았습니까? 당신의 세력이 커지고 영향력이 강해지면 오실 왕을 위해 써주십시오. 그분을 돕겠다는데 누가 당신을 거부하겠습니까? 제가 앞으로 하려는 일에 많은 도움이 필요할지도 모릅니다. 지금 안 받겠다고 하는 것은 나중에 더 큰 도움을 받기 위해서입니다."

벤허가 대답했다.

이런 말을 주거니 받거니 하고 있을 때 두 명의 연락원이 도착했다. 말룩과 웬 낯선 사람이었다. 먼저 말룩이 접견을 허락받았다.

말룩은 그날 일에 대해 기쁨을 숨기려고 하지 않았다.

"이제 제 본분으로 돌아가서……."

본연의 임무를 되찾은 듯 말룩이 말을 이었다.

"시모니데스님이 저를 보냈습니다. 시합이 끝나자마자 로마인 중에 상금을 주지 말아야 한다고 주장하는 사람들이 있다고 합니다."

"신의 광휘에 맹세코! 이곳 동방 사람들은 경기가 공정하게 치러졌다는 판단을 내릴 거야."

일드림이 깜짝 놀라 벌떡 일어나며 날카롭게 소리 질렀다.

"그럴 필요 없습니다, 족장님. 경기 총괄책임자가 이미 상금을 내주었습니다."

말룩이 대답했다.

"그럼 됐네."

일드림의 어투가 다시 안정적으로 돌아왔다.

"그들은 벤허가 메살라의 전차 바퀴에 부딪혔다고 주장했지만 경기 총괄 책임자는 웃으며, 메살라가 모퉁이를 돌 때 벤허의 말에 채찍을 휘두른 일을 말해 주었습니다."

"아테네인은 어떻게 됐습니까?"

벤허가 물었다.

"죽었어요."

"죽었다고!"

벤허가 소리 질렀다.

"죽었다고!"

일드림도 되풀이했다.

"로마 놈들은 운이 정말 좋아! 그래, 메살라는 어떻게 됐나?"

"살았습니다, 족장님. 하지만 살았다는 것이 더 짐이 될 수도 있습니다. 의사의 말로는 메살라가 이제 다시 걸을 수 없다고 합니다."

벤허는 말없이 하늘을 올려다보았다. 그는 메살라가 시모니데스처럼 의자에서 꼼짝 못하고 밖으로 갈 때마다 하인의 힘을 빌려야 하는 모습을 상상해 보았다. 시모니데스는 그런 상황을 잘 견뎌냈다. 하지만 자만심과 야심이 가득하던 메살라는 어떨까?

"주인님이 전하는 소식이 한 가지 더 있습니다. 산발릿이 어려움을 겪고 있습니다. 드루수스와 내기에 서명을 한 그 일당이 판돈 5달란트를 지불하는 문제를 두고 막센티우스 집정관에게 이의를 제기했고, 막센티우스는 다시 황제에게 조언을 구했습니다. 메살라도 돈 내기를 거부했습니다. 그러자 산발릿도 드루수스가 한 것처럼 막센티우스에게 이의를 제기했고, 그 문제는 아직 논의 중입니다. 대부분의 로마인들은 산발릿의 이의 제기가 받아들여지지 말아야 한다고 주장하며, 손해를 볼 처지에 있는 모든 사람들과 한 목소리를 내고 있습니다. 안디옥 전체가 이 문제로 시끌시끌합니다."
"시모니데스는 뭐라고 하던가요?"
벤허가 물었다.
"주인님은 웃으며, 어떻게 되든 상관없다고 하십니다. 메살라가 돈을 지불하면 그는 무일푼이 되고, 만약 돈을 내지 않으면 명예가 실추되니까요. 황실 정책이 그 문제를 해결할 겁니다. 파르티아와의 전쟁을 앞두고 있는 로마로서는 동방 사람의 기분을 상하게 하는 이리 그리 달갑지는 않을 겁니다. 일드림 족장님의 기분을 상하게 하면, 막센티우스 집정관의 진영이 진을 쳐야 하는 사막 지역 전체가 로마와 불편해질 겁니다. 주인님은 메살라가 돈을 지불하게 될 테니 걱정 말라고 하십니다."
일드림 족장은 즉시 기분이 좋아졌다.
"그럼 이제 우리도 떠나지. 그 일은 시모니데스가 알아서 잘 하실 거야. 영광은 우리 것이야. 말을 대기하라고 해야겠군."
족장은 손을 비비며 말했다.
"잠깐만요. 밖에 연락원이 한 명 더 기다리고 있습니다. 들어오라고 할까요?"
말룩이 말했다.
"아차, 그 사람을 깜박했군."
말룩이 물러나고 예의 바르고 예쁘장한 소년이 들어왔다.
"벨타사르의 따님인 아이라스 아가씨가 족장님께 네 마리 말이 우승한 것을 축하드린다고 전하셨습니다."
소년은 한쪽 무릎을 꿇고 앉아 매력적인 태도로 말했다.
"아이라스는 정말 친절하구나."
일드림 족장이 눈을 반짝이며 덧붙였다.
"고맙다는 뜻으로 이 보석을 전해 주어라."
족장은 손에서 반지를 빼내어 소년에게 건네주었다.
"시키는 대로 하겠습니다, 족장님."
소년이 대답하고 다시 말을 이었다.

"아가씨가 족장님에게 전해 달라고 하시며 한 가지 부탁을 더 하셨습니다. 아가씨는 아버지와 함께 당분간 이데니 저택에 머물 예정이라고 합니다. 그래서 내일 오후에 벤허 선생님을 그곳에서 만나고 싶다고 하십니다. 아가씨는 축하의 말과 함께 이 부탁도 들어주시면 정말 감사하겠다고 하시더군요."

족장은 벤허를 돌아보았다. 벤허의 얼굴은 기쁨으로 가득 차 있었다.

"어쩌겠나?"

족장이 물었다.

"괜찮으시면 아름다운 이집트 여인을 만나고 싶습니다."

"남자는 젊음을 즐길 줄 알아야지, 아무렴."

일드림은 껄껄 웃으며 대답했다.

"아가씨에게 가서 이데니 저택이 어디에 있든 나 벤허가 내일 정오에 만나러 가겠다고 전하세요."

벤허의 대답에 소년은 자리에서 일어나 인사를 하고 떠났다.

그날 밤, 일드림은 뒤따라올 벤허를 위해 길 안내인과 말을 준비시켜 두고 길을 떠났다.

## 제16장
### 이데니 저택

다음 날, 벤허는 아이라스와의 약속을 위해 도시 중심부에 있는 옴플러스에서 방향을 틀어 '헤롯대왕의 가로수길'로 접어들었고, 이내 이데니 저택에 도착했다.

벤허는 입구로 들어갔다. 양쪽에 지붕이 있는 계단이 현관까지 이어져 있었다. 계단 양옆으로 날개 달린 사자상이 자리하고, 계단 중앙에는 입에서 물을 뿜는 거대한 황새상이 있었다. 사자와 황새, 벽과 바닥은 모두 이집트를 연상시켰다. 모든 것이, 계단의 난간조차 거대한 회색 암석으로 되어 있었다.

입구 위의 계단 층계참에는 현관이 솟아 있었다. 우아한 기둥이 있는 현관은 너무나도 경쾌하고 너무나도 절묘하게 균형이 맞춰져 있었다. 눈처럼 하얀 대리석은 노출된 거대한 암석에 백합이 아무렇게나 흩뿌려진 듯한 모습이었다. 당시에는 그리스인이 아니면 고안하지 못했을 디자인이었다.

벤허는 현관 그늘에서 잠시 쉬며, 복잡하게 얽힌 창살무늬로 손질된 눈처럼 하얀 대리석을 감상했다. 저택 안으로 들어서자 접이식의 거대한 현관문이 그를 기다렸다. 처음 들어간 복도는 위쪽은 높았지만 폭이 약간 좁았다. 바닥에는 붉은 타일이 깔려 있고 벽의 색깔도 바닥과 맞춰져 있었다. 하지만 이런 단순한 겉모양은 앞으로 펼쳐질 장면에 비하면 예고편에 지나지 않았다.

벤허는 느긋한 마음으로 천천히 걸어 들어갔다. 이제 곧 아이라스를 만나게 되리라. 그녀가 기다리고 있다. 노래와 이야기, 농담, 슬쩍 던지는 시선과 함께 짓는 매력적인 미소, 속삭이는 듯한 말과 함께 쳐다보는 시선에 성적인 유혹도 담겨 있으며, 재치 넘치고 기발하고 변덕스러운 그녀가 기다린다. 그녀는 야자수 과수원에서도 사람을 시켜 그를 불러냈는데, 이번에도 사람을 시켜 그를 불렀다. 그녀를 만나기 위해 아름다운 이데니 저택으로 들어가는 그의 기분은 경솔했다기보다는 행복했고 마치 꿈을 꾸는 듯했다.

통로를 지나자 닫힌 문이 나타났다. 벤허는 그 앞에서 잠시 걸음을 멈추었다. 그러는 동안 잠금장치나 빗장이 열리는 소리도 없이 저절로 문이 열렸다. 이상하다는 생각은 문이 열림과 동시에 드러난 아름다운 전경에 그대로 사라져버렸다.

그는 단조로운 복도에 서서 열린 문을 통해 로마식 저택의 중앙 홀을 쳐다보았다. 크기는 물론 화려하기가 마치 동화 속 같이 풍성했다.

중앙 홀이 얼마나 큰지 말로는 설명할 수가 없다. 정확한 비율로 꾸며 그곳은 넓기만 한 것이 아니라 아기자기하기도 했기 때문이다. 아름다운 전경이 펼쳐져 있는 내부는 무엇과 비견할 만한 데가 없어 보였다. 잠시 둘러보기 위해 걸음을 멈추고 우연히 바닥을 보았는데, 자신이 백조와 포옹하고 있는 레다[221]의 가슴 위에 서 있다는 사실을 깨달았다. 멀리까지 보니, 바닥 전체가 신화의 주인공들로 모자이크되어 있었다. 그리고 매우 아름답게 만들어진 의자들, 정교하게 조각된 테이블들, 긴 소파들이 여기저기 놓여 있어 어서 오라고 손짓하는 것 같았다.

벽에 돌출된 가구들은 잔잔한 물결에 반사된 것처럼 마루에 그대로 반사되어 있었다. 그림과 얕은 양각의 조각으로 장식된 벽의 패널과 천장의 프레스코화까지도 바닥에 반사되어 있었다. 천장은 중앙을 향해 곡선으로 굽어 있었고, 중앙에는 구멍이 뚫려 있어 햇빛이 쏟아져 들어왔다. 언제나처럼 푸른 하늘은 손에 잡힐 듯 가깝게 느껴졌다. 구멍 아래의 낙수받이는 청동관으로 연결되어 있고, 구멍의 테두리에서 지붕을 받치는 황금빛 기둥은 햇빛을 받아 불꽃처럼 빛났으며, 바닥에 반사된 똑같은 영상은 그 깊이가 무한하게 뻗어 있는 것 같았다. 그 외에도 고색창연하고 진기한 촛대와 조각과 꽃병도 있었다. 실내를 장식하고 있는 모든 것이 너무나 아름다워, 팔라티노 언덕[222]에 있는 크라수스[223]의 저택도 이보다는 못했으리라.

여전히 꿈을 꾸는 것 같은 기분으로 벤허는 주변에 보이는 모든 것에 감탄하고, 이리저리 걸어 다니며 아이라스를 기다렸다. 그녀가 조금 늦는 것 같았지만 아무래도 상관없었다. 준비가 끝나면 그녀가 직접 나오거나 하인을 보낼 것이다. 잘 조성된 모든 로마의 저택에서 중앙 홀은 손님을 맞는 방이다.

벤허는 가끔 중앙에 있는 구멍 밑에 서서 푸른 하늘을 올려다보기도 하고, 기둥에 기대어 빛과 그늘의 분포와 효과를 살펴보기도 했다. 여기는 그늘이 져서 어슴푸레 보이고 저기는 햇빛 때문에 도드라져 보였다. 중앙 홀을 두 번, 세 번 돌았지만 여전히 아무도 나타나지 않았다. 시간이 꽤 흘렀

221) (그리스 전설) 제우스가 백조의 모습으로 레다에게 접근하여 그녀가 두 개의 알을 낳게 되었는데, 거기서 하늘의 쌍둥이 중 한 명인 폴리데우케스와 트로이의 헬레네가 나왔다고 함

222) 고대 로마에서 주로 황제들의 궁전이나 귀족들의 저택이 자리잡고 있는 곳

223) BC 100년경, 로마 정부에서 가장 영향력 있는 사람이자 옵티마테스(보수적인 원로원 귀족들)의 지도자였으며, 키케로는 그가 고개만 한 번 끄덕여도 천하가 다스려진다고 말함

는데도 나타나지 않자 벤허는 왜 아이라스가 이렇게 늦는지 궁금해졌다. 다시 한 번 바닥에 비친 상들을 눈으로 좇아 보았지만, 처음 보았을 때만큼 신기하지 않았다. 그는 종종걸음을 멈추고 귀를 기울였다. 이내 조바심으로 가슴에서 불이 났다. 이제 그 불길은 점점 강하고 뜨겁게 타올랐다. 마침내 그는 집이 너무 조용하다는 생각이 들며 조금씩 불안하고 미심쩍어지기 시작했다. 그러나 그녀를 만날 생각으로 그런 불안을 미소로 떨쳐버렸다.

'아, 눈꺼풀에 마지막 손질을 하던지 아니면 예쁘게 보이려고 화관을 정리하나 보다. 곧 올 거야. 그리고 늦은 만큼 더 아름다운 모습이겠지!'

벤허는 자리에 앉아 촛대를 감상하기 시작했다. 바퀴 위에 있는 청동 받침돌, 양 옆과 테두리에 세공한 고운 선, 한쪽 끝에는 막대가 있고 다른 쪽 끝에는 제단과 여사제가 새겨져 있으며, 아래로 늘어뜨린 야자수 가지 끝에서 섬세한 체인에 매달려 흔들리는 등불 놓는 곳 등 전체를 보면 나름대로 감탄할 만한 작품이었다. 하지만 너무 조용한 것이 신경 쓰였다. 그는 촛대를 바라보면서도 여전히 귀를 곤두세우고 있었지만 어떤 소리도 들리지 않았다. 저택은 무덤처럼 적막했다.

뭔가 잘못된 것이 확실했다. 그렇지만 연락원은 아이라스가 보냈다고 했고, 이곳은 이데니 저택이 아니던가. 순간 벤허의 머릿속에 이상한 일 하나가 스쳐 지나갔다. 통로를 지나자 닫힌 문이 아무 소리 없이 저절로 열렸던 것이다. 벤허는 확인을 위해 좀 전의 그 문으로 다시 돌아갔다. 가볍게 걸었는데도 발소리가 너무 크게 울렸다. 문을 가로지른 로마식 빗장은 들어 올리려고 해도 꼼짝하지 않았다. 두 번 세 번 올려 봐도 마찬가지였다. 그의 뺨에서 핏기가 싹 사라졌다. 온 힘을 다해 빗장을 들어 올리려고 했지만 허사였다. 문을 흔들어도 꼼짝하지 않았다. 일순 위험하다는 생각이 그를 덮쳤다. 벤허는 어쩔 줄 몰라 잠시 그대로 서 있었다.

'안디옥에서 자기를 해치고 싶어 하는 사람은 누가 있지? 메살라다! 하지만 이데니 저택에서?'

입구는 이집트풍이었고 새하얀 현관은 그리스풍이었으며 중앙 홀은 로마식이었다. 모든 것이 로마인이 주인이라는 것을 드러내주었다. 그러나 저택은 도시의 대로변에 있었다. 사람을 해치기에는 너무 공공장소였고 바로 그런 이유 때문에 메살라의 대담한 천재성과 더 맞아 떨어졌다. 중앙 홀이 다르게 보이기 시작했다. 여전히 우아하고 아름다웠지만 그것은 덫에 지나지 않았다. 걱정하는 시선으로 보면 모든 것이 비관적으로 보이는 법이다. 그런 생각이 들자 벤허는 조바심이 났다.

중앙 홀의 오른쪽과 왼쪽에는 많은 문들이 있었다. 방으로 이어진 문이 확실했다. 문들을 열어보려고 했지만 모두 굳게 잠겨 있었다. 그는 긴 의자에 누워서 생각했다.

지금 갇혀 있다는 것은 확실했다. 하지만 무엇 때문에? 그리고 누가 이런 짓을 한단 말인가? 정말 메살라의 짓이라면!

자리에서 일어나 주위를 둘러보던 벤허는 설마 하며 미소 지었다. 테이블마다 무기로 쓸 물건들이 있었다. 황금으로 된 새장에 갇힌 새는 굶어죽었지만, 자신은 그렇게 되지 않을 것이다. 긴 의자는 적을 후려치는 무기로 쓸 수 있다. 자신은 힘이 셌고, 분노하고 절망할 때는 힘이 더 솟구쳤다.

메살라가 직접 오지는 못할 것이다. 그는 이제 걸을 수 없었다. 시모니데스와 마찬가지였다. 하지만 아직 다른 사람을 시킬 수는 있었다. 그는 어디를 가더라도 시킬 사람이 늘 있었다.

벤허는 다시 한 번 문을 열어보려고 했다. 큰 소리로 사람을 불러보기도 했지만 방으로 되돌아오는 메아리 소리에 놀랄 뿐이었다. 그런 고요함 속에서 벤허는 생각했고, 문을 부수고 나가려는 시도를 하기 전에 좀 더 기다려보기로 했다.

그런 상황에 처한 사람은 불안에 떨다가 안심했다가 다시 불안해지는 등 마음이 왔다 갔다 한다. 벤허는 마침내—얼마나 오래 시간이 흘렀는지 몰랐다—약속에 착오가 생겼거나 무슨 사고나 났다고 결론 내렸다. 이 저택은 분명 주인이 있는 곳이었고 관리와 유지가 되어야 한다. 그렇다면 저녁이나 밤이면 관리인이 올 것이다. 그때까지 참자!

벤허는 기다렸다. 30분 정도가 지났을 때—그에게는 훨씬 더 길게 느껴졌다—다시 한 번 소리 없이 문이 열렸다. 벤허는 중앙 홀 안쪽 멀리 있었기 때문에 그 소리를 듣지 못했다. 그는 발소리에 깜짝 놀랐던 것이다.

'드디어 오는구나!'

벤허는 안도와 기쁨으로 심장이 두근거리는 걸 느끼며 몸을 일으켰다. 하지만 들려오는 발소리가 너무 무거웠고 싸구려 샌들에서 나는 삐걱거리는 소리가 났다. 벤허와 문 사이에는 황금빛 기둥이 있었는데, 그는 조용히 기둥으로 다가가 그 뒤에 몸을 숨겼다. 잠시 후 남자 두 명의 목소리가 들렸고, 그중 하나는 거칠고 쉰 목소리였다. 그러나 무슨 말을 하는지는 알 수 없었다. 동방이나 남유럽의 언어가 아니었기 때문이다.

침입자들은 방을 한번 훑어보고 왼쪽으로 걸음을 옮겼다. 이내 두 남자의 모습이 벤허의 시선에 들어왔다. 두 남자는 큰 키에 짧은 튜닉을 입었으며, 한 명은 아주 강인한 몸매였다. 그들도 주변의 모든 것이 놀랍기는 마찬가지였는지 보이는 것마다 걸음을 멈추고 손으로 만져댔다. 그런 행동으로 보아 집 주인이나 하인은 아닌 듯했고 무뢰한이 분명했다. 동시에 느긋한 태도나 마음 놓고 다니는 모습으로 보면 그들은 이곳에 들어올 권리가 있거나 볼 일이 있는 것 같았다. 볼 일이 있다면 누구와 있는지 궁금했다.

두 사람은 알아들을 수 없는 말을 지껄이며 이리저리 걸어다녔고, 벤허가 숨어 있는 기둥으로 점점 가까이 다가왔다. 벤허와 얼마 떨어지지 않은 곳에 조각상이 하나 있었고, 두 남자는 빗겨든 햇볕이 내리 쬐는 조각상에 관심을 보이며 걸음을 멈추었다. 두 사람이 조각상을 보고 서 있을 때 그들의 얼굴이 햇살에 그대로 드러났다.

순간, 벤허는 키 크고 강인한 몸매의 남자를 알아보았다. 로마에서 알고 지냈고, 바로 전날 경기장에서 권투 선수 우승자로 그와 나란히 월계관을 썼던 자였다. 싸움의 흔적으로 드러난 그의 잔인한 표정과 훈련으로 단련된 팔다리와 어깨를 보고 벤허는 위협을 느꼈다. 두 사람은 우연히 이곳에 온 것이 아니리라. 그들은 벤허와 볼 일이 있었다. 검은 눈에 검은 머리의 다른 젊은이는 외모로 보아 유대인인 듯했다. 두 사람 모두 권투 선수복장이었다. 이와 같은 상황을 종합해 보건대, 벤허는 계략에 따라 저택으로 유인된 것이다.

'도움의 손길도 없이 이 화려한 저택에서 죽어야 하다니!'

벤허는 불안한 눈빛으로 두 사람을 번갈아 쳐다보았다. 마음속에서는 지나간 인생이 마치 영상처럼 휙휙 스쳐 지나가고, 저 깊은 곳에서 새로운 인생의 영상이 올라왔다. 과거에는 자신이 폭력의 희생자였지만 새로운 인생에서는 공격하는 사람이었다. 바로 어제 그 첫 번째 희생자가 생겼다! 순수한 그리스도인의 마음이었다면 그런 영상은 후회를 불러일으켰겠지만 벤허는 그렇지 않았다. 그의 감정은 처음 배웠던 율법의 가르침에 좌우되었다. 그는 죄를 지은 것이 아니라 메살라의 악행을 처벌한 것이다. 그의 우승은 하나님의 허락하심이었다. 벤허는 이 사실을 굳게 믿었다. 이런 믿음은 그가 위기에 처한 지금의 상황에서 강력한 힘이 되었다.

그 믿음은 거기서 그치지 않았다. 그의 새로운 삶은 그에게 새로운 임무를 부여했다. 그것은 오실 왕이 거룩하신 것처럼 거룩한 임무이며, 오실 왕이 확실하신 것처럼 확실한 임무였다. 그런 임무 속에서는 무력도 합법적이 된다. 임무를 수행할 수 있는 순간에 겁에 질려 있으면 되겠는가?

벤허는 어깨에 걸친 겉옷을 벗어던지고, 두 사람이 입은 것과 같은 튜닉 차림으로 몸과 마음을 준비했다. 그는 팔짱을 끼고 기둥에 등을 바짝 기댄 채 조용히 기다렸다.

조각상을 구경한 시간은 잠깐이었다. 마침내 벤허를 발견한 그들은 알아들을 수 없는 언어로 몇 마디를 나누더니 벤허에게 다가왔다.

"너희들은 누구냐?"

벤허가 라틴어로 물었다.

"야만인이다."

그들 중 한 명이 잔혹한 표정으로 미소 지으며 대답했다.

"이곳은 이데니 저택이다. 찾는 사람이 누구냐? 그대로 서서 대답해라."

벤허는 진심을 담아 말했다. 두 사람은 그대로 섰다. 이번에는 야만인이 물었다.

"너는 누구냐?"

"로마인이다."

키 큰 야만인은 고개를 뒤로 젖히고 웃었다.

"하하하! 소금 묻은 돌을 핥던 소가 신으로 변했다는 이야기[224]는 들어봤지만, 아무리 신이라도 유대인을 로마인으로 바꾸지는 못해!"

웃음을 그친 야만인은 다시 동료에게 뭐라고 말했다. 이내 두 사람은 더 가까이 다가왔다.

"그 자리에 서!"

벤허가 기둥 뒤에서 나오며 말했다.

"한마디만 하겠다."

그들은 다시 걸음을 멈추었다.

"한마디뿐이다!"

야만인이 거대한 팔로 팔짱을 끼면서 대답했다. 그의 얼굴에는 온통 살기가 묻어났다.

"한마디뿐이다! 말해라."

야만인이 되풀이해서 말했다.

"노스먼 토드!"

갑자기 야만인의 푸른 눈이 커졌다.

"로마에서 검투사 조련사로 일한 노스먼 토드 맞지?"

토드가 고개를 끄덕였다.

"나도 당신 제자였어."

"그럴 리가!"

토드가 머리를 절레절레 저으며 덧붙였다.

"이르민[225]의 수염에 맹세코, 나는 유대인을 검투사로 훈련시킨 적이 없어."

"그렇다면 내 말을 증명해 드리지."

벤허의 목소리는 확신에 차 있었다.

"어떻게?"

224) 게르만족 건국신화
225) (게르만, 색슨족) 지혜의 신

"당신은 나를 죽이러 여기 왔겠지."

"그렇다."

"그럼 저 사람과 일 대 일로 싸워 증거를 보여주겠어."

토드의 얼굴에 설핏 미소가 스쳤다. 토드가 동료에게 말을 하자, 그는 천진난만한 아이같이 좋다고 대답했다.

"잠깐만 기다려."

토드는 긴 의자를 발로 몇 번 차서 테이블 밖으로 꺼내더니 우람한 체구를 느긋하게 그 위에 뻗었다. 완전히 편안한 자세가 되자 그가 말했다.

"이제 시작해 봐."

공연한 법석 없이 벤허는 곧장 상대방에게 걸어갔다.

"몸을 잘 방어해."

남자는 기꺼이 주먹을 앞으로 내밀었다. 두 사람이 권투하는 자세로 마주 서자 모습이 비슷해 보였다. 아니, 그냥 비슷한 정도가 아니라 마치 형제처럼 닮아 보였다. 상대방의 자신만만한 미소를 보며 벤허는 대충하는 듯한 자세를 취했다. 상대방이 벤허의 실력을 알았더라면 위험 신호로 받아들였을 것이다. 두 사람 다 경기 결과에 목숨이 달려 있다는 것을 알았기 때문이다.

벤허가 오른손으로 공격하는 척하자 상대방은 피하면서 왼손을 앞으로 약간 뻗었다. 그때 수년간 노를 저었던 강한 손으로 벤허는 상대방의 팔목을 잡았다. 기습공격은 순식간이었고 또 완벽했다. 벤허는 앞으로 달려가 팔로 상대방의 목과 오른쪽 어깨를 가로질러 잡아 왼편으로 돌려세웠다. 그리고 왼손으로 귀밑 목을 강하게 가격했다. 거의 한 동작으로 연결된 움직임이었다. 다시 한 번 가격할 필요도 없었다. 상대는 그대로 쿵하고 넘어졌고, 비명 한 번 지르지 못한 채 그 자리에서 뻗어버렸다.

벤허는 토드에게 몸을 돌렸다.

"하! 뭐야! 이르민의 수염에 맹세코……!"

토드는 놀라서 자리에 일어나 앉으며 소리쳤다. 그러더니 껄껄거리며 웃기 시작했다.

"하하하! 내가 해도 그 정도로 잘하지는 못하겠어,"

토드는 차가운 시선으로 벤허를 머리끝부터 발끝까지 훑어보았다. 그리고는 자리에서 일어나 감탄의 빛을 감추지 못한 채 말했다.

"그건 로마 수련원에서 십 년 동안 숙련한 내 기술이었어. 넌 유대인이 아니야. 도대체 너는 누구냐?"

"공동사령관 아리우스를 아시겠지."

"퀸터스 아리우스! 그럼, 알다마다. 그분은 내 후견인이었어."

"그분에게는 아들이 한 명 있었어."

"맞아."

토드의 상처투성이 얼굴이 희미하게 조금 밝아졌다.

"그 청년을 잘 알지. 그 녀석은 최고의 검투사가 될 수 있었어. 황제도 그의 후견인이 되겠다고 제안한 적이 있었지. 여기서 자네가 선보인 속임수는 그 녀석에게 가르친 것이었어. 나 같은 손힘과 팔에 힘이 없는 사람은 어림도 없는 기술이지. 그 기술로 난 우승을 많이 했어."

"내가 그 아리우스의 아들이야."

토드는 가까이 다가와 그를 세심하게 뜯어보았다. 그리고 정말로 반갑다는 표정으로 눈이 활짝 밝아졌다. 그는 껄껄 웃으며 손을 내밀었다.

"하하하! 여기 가면 유대인을 만날 거라고 했는데……. 개 같은 유대인을 죽이는 것이 신들을 섬기는 거라고 하면서 말이야."

"누가 그랬다는 거지?"

벤허가 토드의 손을 잡으면서 물었다.

"그 사람 말이야, 메살라, 하하하!"

"언제 그랬지, 토드?"

"어젯밤에."

"다쳤다고 알고 있는데."

의아하다는 표정으로 벤허가 말했다.

"맞아, 메살라는 다시는 걸을 수 없게 됐어. 침대에서 끙끙거리면서 말하더군."

몇 마디도 안 되는 말에 메살라의 증오가 느껴졌다. 그 순간, 벤허는 메살라가 목숨이 붙어 있는 한 자신에게 해악을 끼칠 수 있으며 자신을 끝까지 뒤쫓을 것이라는 사실을 깨달았다. 망가진 삶에는 복수만이 위로가 될 것이기 때문이다. 그래서 산발릿에게 잃은 돈에 그토록 집착했다. 벤허는 사태를 파악하고, 오실 왕을 위한 자신의 과업을 메살라가 여러 가지 방법으로 방해할 수 있겠다고 생각했다.

자신도 메살라와 똑같은 방법을 써 보면 어떨까? 그를 죽이려고 고용한 사람을 다시 고용하는 것이다. 그는 메살라보다 더 많은 돈을 지불할 능력이 있다. 벤허는 강한 유혹을 느꼈다. 그리고 반쯤 유혹에 넘어가 있을 때, 고개가 위로 꺾인 채 바닥에 널브러져 있는 권투 상대에게 시선이 갔다. 자신과 너무나 흡사한 얼굴이었다. 그때 벤허의 머리에 한 가지 생각이 떠올랐다.

"토드, 나를 죽이는 대가로 얼마나 받기로 했지?"

"1천 세스테르티움."

"너는 그 돈을 그대로 받을 수 있어. 그리고 내 부탁을 들어주면 3천 세스테르티움을 더 주지."

토드는 소리를 내어 계산하기 시작했다.

"나는 어제 권투 시합 우승으로 5천 세스테르티움을 받았어. 그리고 메살라에게 1천 세스테르티움을 받으면 6천이야. 아리우스, 내게 4천 세스테르티움만 더 줘. 그럼 내게 이름을 주신 토르[226]에게 벼락을 맞는다 해도 네가 하라는 대로 하겠어. 4천 세스테르티움이야. 원한다면 누워 있는 그 로마 귀족을 죽여줄게. 내 손으로 그 녀석 입만 막아버리면 돼. 이렇게 말이야."

토드는 자기 입에 손을 올리면서 말했다.

"알았어."

벤허가 대답했다.

"1만 세스테르티움이면 큰돈이지. 그 돈이면 로마로 돌아가서 대경기장 곁에 와인 가게를 차려놓고 최고의 검투사로 살아도 되겠지."

---

226) (북유럽신화) 천둥 · 전쟁 · 농업을 주관한 신

그런 상상만으로도 그 거대한 야만인의 흉터투성이 얼굴이 환하게 밝아졌다.

"좋아, 4천 세스테르티움을 주지."

벤허는 계속 말했다.

"네가 할 일은 손에 피 한 방울 묻히지 않는 거야. 토드, 이제 내 말을 잘 들어. 저 친구의 외모가 나와 닮지 않았어?"

"판박이군 그래."

"내가 저 친구와 옷을 바꿔 입을 테니, 저 친구를 여기 남겨두고 떠나면 돼. 그럼 너는 메살라에게 1천 세스테르티움을 받을 수 있어. 나를 죽였다고 말하기만 하면 돼."

토드는 너무 웃어서 눈물이 입으로 들어갈 정도였다.

"하하하! 1만 세스테르티움은 결코 쉽게 벌 수 있는 돈이 아니야. 그리고 대경기장 곁에 와인 가게라니! 손에 피 한 방울 묻히지 않고 거짓말 한 번으로 말이야! 하하하! 우리 악수하세, 아리우스. 그럼 이제 시작하지. 그리고 하하하! 혹시 로마에 올 일이 있으면, 잊지 말고 노스먼 토드의 와인 가게에 들르게. 이르민의 수염에 맹세코! 자네에게 최고의 포도주를 대접하지. 황제에게 빌려서라도 말이야!"

두 사람은 악수를 나눴고, 그것으로 옷을 바꾸는 거래는 성립됐다. 4천 세스테르티움은 그날 밤 연락원을 통해 숙소로 전달해 주기로 했다. 그렇게 약속한 뒤, 거대한 야만인은 정면의 문을 두드렸다. 그러자 문이 열렸고, 둘은 중앙 홀에서 바로 헤어졌다.

"아리우스, 대경기장 곁에 와인 가게를 차릴 테니 로마에 오면 꼭 들러! 하하하! 이르민의 수염에 맹세코, 이렇게 쉽게 돈을 버는 일은 없을 거야. 신들이 자네를 지켜주기를!"

중앙 홀을 떠나면서 벤허는 누워 있는 권투 선수의 옷으로 갈아입었다. 유대인의 옷을 입고 쓰러져 있는 그의 모습을 마지막으로 한번 쳐다보고는 안심하며 떠났다. 정말로 자신과 흡사한 모습이었다. 토드가 약속대로 입만 다문다면 영원히 아무도 모르는 비밀이 될 것이다.

그날 밤 벤허는 시모니데스의 집으로 향했다. 그는 이데니 저택에서 있었던 일을 모두 이야기했다. 며칠 뒤, 그들은 아리우스가 실종되었다는 소문을 내기로 했다. 그리고 대담하게도, 그 일을 막센티우스가 조사를 하기로 했다. 만약 사건이 미궁에 빠지면 메살라와 그라투스는 안심하고 좋아할 것이며, 벤허는 마음 놓고 예루살렘으로 가서 가족 찾기에 전념할 수 있었다.

벤허가 떠날 때, 시모니데스는 강이 내려다보이는 테라스에서 의자에 앉아 아들과 헤어지는 아버지처럼 작별인사를 하며 신의 가호를 빌었다. 에스더는 계단 층계참까지 나와 그를 전송했다.

"에스더, 내가 어머니를 찾게 되면 예루살렘으로 와서 티르자의 동생이 되어 주세요."

벤허는 그 말과 함께 에스더에게 입 맞췄다.

그것은 단순히 화평을 비는 입맞춤이었을까?

벤허는 강을 건너가 이전 일드림 족장 천막이 있던 곳으로 갔다. 그리고 거기서 길을 안내해 줄 아라비아인을 만났다. 아라비아인은 말을 데리고 나왔다.

"이건 당신 말이에요."

오! 그 말은 미라의 새끼 중에 가장 빠르고 똑똑했으며, 일드림 족장이 시리우스 다음으로 가장 좋아하는 알데바란이었다. 벤허는 족장의 따뜻한 마음을 느꼈다.

중앙 홀에 있던 시체는 밤에 거두어져 매장되었다. 그리고 메살라의 계획대로, 연락원이 그라투스에게 가서 벤허의 죽음을 알렸고 이번에는 확실하다고 했다.

얼마 안 되어, 로마의 대경기장 곁에 와인 가게 하나가 문을 열었다. 간판에 주인 이름이 새겨져 있었다.

「노스먼 토드」

# 제6부

저것은 시체인가? 저 둘만 있는가?

시체는 저 여자의 남편인가?

❂❂❂

여자의 살결은 나병 환자처럼 희었다.

그 여자는 사람들의 피를 얼어붙게 하는

'죽음 속의 삶'인 꿈속의 악마였다.

**《늙은 뱃사람의 노래》_새뮤얼 콜리지**

# 제1장
## 안토니아 요새의 6번 감방

이야기는 30일 후로 넘어간다.

그동안 상당한 변화가 일어났다. 적어도 이 이야기의 주인공 운명에서 본다면 그렇다. 유대 주재 로마 총독이 발레리우스 그라투스에서 본디오 빌라도로 교체된 것이다!

그라투스가 교체되면서 시모니데스는 로마 돈으로 정확하게 5달란트를 썼다. 벤허가 예루살렘 안팎으로 가족을 찾으려고 돌아다닐 때, 검문에 걸리지 않도록 당시 황제의 총아로 막강한 권세를 누리던 세이아누스에게 돈을 준 것이다. 그 돈은 내기에서 진 드루수스와 일당에게 받아낸 것이었고, 그 일로 일당은 메살라에게 바로 등을 돌려버렸다. 메살라는 돈을 내지 않겠다고 버텼고, 아직도 로마에서 판결이 계류 중이었다.

총독이 바뀌었다고 유대인들의 삶이 달라질 것은 없었다.

안토니아 요새 수비대에 새로 파병된 보병대는 밤에 입성했다. 아침에 일어난 유대 주민들이 요새에서 처음 본 것은 황제의 흉상이 그려진 로마 군기였다. 군중은 격분해서 총독이 머물고 있는 가이사랴로 몰려가, 보기 싫은 휘장을 떼어달라고 왕궁 입구를 포위하고 5일간 밤낮으로 시위했다. 결국 빌라도 총독은 시위자들에게 경기장에서 만나 회담하자고 했다. 하지만 시위자들이 경기장에 모였을 때 총독은 군인을 시켜 그들을 포위하고 창검을 겨누었다. 유대인들은 저항하지 않고 순순히 목숨을 내놓았고, 시위는 그렇게 끝났다. 그는 그라투스가 11년간 재임하면서 유대인의 마음을 헤아려 창고에 모셔둔 황제 흉상과 로마 군기를 다시 꺼내 걸었다.

천하의 악인도 가끔은 좋은 일을 한다. 빌라도 총독이 그랬다. 그는 유대 지방의 모든 감옥을 조사하여 수감 중인 죄인의 이름과 죄목을 적어오라고 명령했다. 대부분의 후임자들이 그렇듯, 전임자의 과실이 자신에게 전가될까 하는 염려 때문이었다. 하지만 유대인들에게는 그 조처가 유익했다. 때문에 얼마 동안은 총독과 유대인들의 관계가 좋게 유지되었다. 조치의 결과는 놀라웠다. 죄도 없이 감금되어 있던 수백 명이 풀려났고, 이미 오래전에 죽었다고 생각한 사람이 나타나기도 했다. 하지만 더 놀라운 사실은, 당시 주민들이 모르고 있었을 뿐 아니라 감옥 담당자도 존재 자체를 잊고 있었던 지하 감옥이 드러난 것이었다.

지금부터 전개되는 이야기는 바로 이 예루살렘의 지하 감옥에 관한 이야기다.

안토니아 요새가 성스러운 모리아 산의 3분의 2를 차지하고 있다는 것은 다들 기억하고 있을 것이다. 그것은 원래 마케도니아인들이 성으로 지은 것인데, 이후 요한 힐카누스가 성전 수비를 위한 요새로 개조해 당대에는 난공불락의 요새로 알려졌다. 하지만 건축 천재인 헤롯대왕이 이를 더 강화하고 확장하여 거대한 성채로 만들었고, 필요한 부속실도 그 안에 모두 만들어 넣었다. 거기에는 사무실, 막사, 병기고, 탄약고, 물탱크 등이 있었고 가장 중요한 여러 감옥들도 있었다. 그는 단단한 바위를 평평하게 고르고 깊게 구멍을 파서 그 위에 감옥을 지었다. 그리고 성전이 포함된 거대한 성채를 아름다운 주랑으로 연결해 위에서 성채의 안뜰을 감상할 수 있게 했다. 그런데 이러한 요새가 로마인의 손으로 넘어갔다. 로마인은 요새의 강함을 비롯한 여러 장점을 인지하고 자기들에 맞게 개조했다.

그라투스의 재임 기간 내내 그곳은 군대가 주둔한 성채와 개혁주의자들을 가둔 지하 감옥으로 사용되었다. 군인들이 성채를 쏟아져 나온 날과 체포된 유대인들이 그 성채로 들어간 날에 저주가 있기를!

성채의 소개는 이 정도로 하고, 이제 본격적인 이야기로 들어가 보자.

안토니아 요새 감옥 상황을 보고하라는 총독의 명령은 즉시 시행되었다. 마지막 죄수까지 검토하고 이틀이 지났다. 총독에게 보낼 보고서가 담당 사령관의 테이블 위에 놓여 있었다. 이제 5분 뒤면 시온 산 왕궁에 체류 중인 빌라도에게로 연락병이 출발할 예정이었다.

사령관 사무실은 넓고 시원했으며, 모든 점에서 권위 있는 요직에 알맞게 실내장식이 되어 있었다. 해가 뜨고 7시간이 지나자 사령관은 지쳐 보였다. 이제 보고서만 보내면 그는 주랑 옥상으로 올라가 시원한 공기를 쐬며 운동을 하고, 성전 앞뜰에 있는 유대인들을 구경할 생각이었다. 부하들과 서기들도 지루해서 안달이 난 것 같았다.

연락병이 오기를 기다리는 동안 옆방으로 이어지는 문간에 남자 하나가 나타났다. 그는 하나하나가 망치처럼 무거운 자물쇠 꾸러미를 덜거덕거리며 들고 있어서 금방 사령관의 눈을 끌었다.

"아, 게시우스, 들어오게."

사령관이 말했다. 남자가 사령관이 안락의자에 앉아 있는 테이블로 다가왔고, 방 안에 있던 모든 사람이 그를 쳐다보았다. 남자의 얼굴에는 경악과 억울하다는 표정이 어려 있었다. 사람들은 그가 하는 말을 들으려고 조용해졌다.

"아, 사령관님!"

남자가 정중하게 절하고 입을 열었다.

"이걸 어떻게 말씀드려야 할지…… 두렵기만 합니다."

"하! 또 무슨 실수를 저질렀나 보군, 게시우스?"

"실수라면 두려울 것도 없겠습니다."

"그럼 범죄를 저지른 거로군. 아니면 더 심각한 직무 유기인가? 황제를 비웃거나 신에게 욕설을 퍼부었대도 살아남을 수 있지만, 로마에 해가 되는 일을 했다면…… 그다음은 말 안 해도 알겠지, 게시우스? 자, 빨리 말해 보게!"

“발레리우스 그라투스 총독님이 저를 이곳의 감옥 간수로 뽑은 지도 벌써 8년이 지났습니다.”

게시우스는 조심스럽게 말을 시작했다.

“제가 처음 이곳에 일하러 온 날이 기억납니다. 전날 폭동이 일어나 거리에서 로마군과 유대인 사이에 충돌이 있었죠. 충돌은 그라투스 총독님의 살해미수 사건으로 시작되었습니다. 당시 총독님은 지붕에서 떨어진 기와에 머리를 맞아 말에서 떨어지셨습니다. 오, 사령관님, 지금 계신 자리에 총독님이 머리에 붕대를 감고 앉아 계시던 모습이 생각납니다. 총독님은 감옥의 숫자와 똑같은 이 열쇠들을 제게 주시며, 절대로 몸에서 떼어놓지 말라고 하시더군요. 총독님 테이블에는 둘둘 말린 양피지가 있었습니다. 총독님은 제게 가까이 오라고 하시더니 양피지를 펴며 ‘이것이 감옥 약도야.’ 하시더군요. 양피지는 모두 세 장이었습니다. ‘이것은 제일 위층 감옥 약도야. 이것은 그 밑층 것이고, 이게 제일 아래층 거야. 자네가 가지고 있게.’ 제가 양피지를 받자 다시 말씀하시더군요. ‘이제 열쇠와 약도를 받았으니 바로 전체 업무를 파악하도록 해. 감옥에 일일이 가서 점검해 보도록 해. 죄수 감금 상태에 보완해야 할 일이 있으면 자네 판단으로 하면 돼. 자네는 나를 제외하고는 누구의 말도 들을 필요가 없어.’

제가 인사를 드리고 나오려는 순간, 총독님이 다시 부르시더니 말씀하시더군요. ‘아, 내가 깜빡했군. 제일 아래층 감옥 약도를 다시 줘 봐.’ 약도를 받으신 총독님은 그것을 테이블에 쫙 폈어요. 그러더니 5번 방을 손가락으로 짚으면서 ‘이 감옥을 봐, 게시우스. 여기에는 남자 셋이 투옥되어 있어. 어쩌다 알면 안 되는 비밀을 알게 되어 죗값을 치르고 있는 아주 위험한 놈들이야.’ 하시며 저를 엄한 눈으로 쏘아보셨어요. ‘쓸데없는 호기심은 범죄행위보다 더 나쁜 거야. 따라서 이들은 눈과 혀가 뽑혀 평생 감옥에서 지내야 해. 이들에게는 세끼 밥과 물만 넣어주면 돼. 투입구는 벽에 구멍을 뚫어 판자로 막아놓았어. 알겠나, 게시우스?’ 전 대답했죠. ‘잘 알겠습니다.’ 총독님은 이어서 말씀하셨습니다. ‘한 가지 더 잊지 말아야 할 것이 있어. 그렇지 않았다간……!’ 총독님은 위협적인 시선으로 저를 다시 쏘아보셨어요. ‘5

번 방은 절대로 열면 안 돼. 무슨 일이 있어도 말이야.' 총독님은 제게 강하게 기억시키려는 듯 5번 방을 손가락으로 가리키며 말했습니다. '아무도 들어가거나 나가게 해선 안 돼. 그건 자네에게도 해당하는 말이야.' '하지만 그 사람들이 죽으면요?' 제가 물었죠. '죽으면 그 감옥이 그들의 무덤이 될 거야. 그들은 거기서 죽어 사라질 거야. 그 감옥은 나병 균으로 감염되어 있어. 알아듣겠나?' 그리고는 저를 가라고 하시더군요."

게시우스는 잠시 말을 멈추고 옷 속에서 세 장의 양피지를 꺼냈다. 모두 오래되고 자주 사용해서 누렇게 바래 있었다. 게시우스는 그중 한 장을 테이블 위에 펼치며 말했다.

"이것이 제일 아래층 약도입니다."

방에 있는 모든 사람이 약도 주위로 모여들었다.

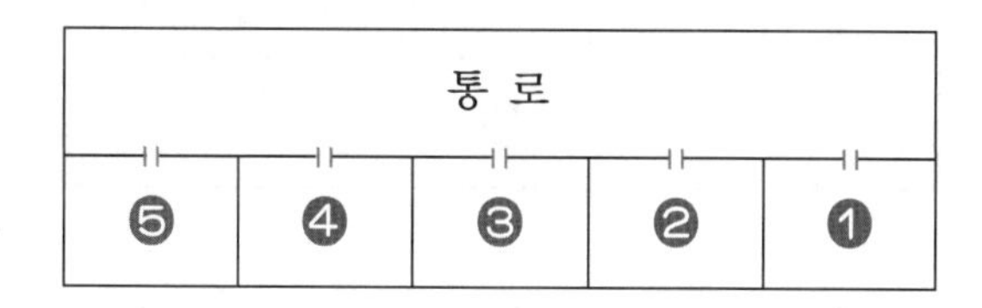


"이것은 그라투스 총독님께 받은 약도입니다. 보십시오, 이것이 5번 방입니다."

게시우스가 말했다.

"알겠네. 계속 해보게. 그 방은 나병 균으로 감염되어 있다면서."

"질문을 한 가지 드리고 싶습니다."

게시우스가 조심스러운 어투로 말하자 사령관은 그러라고 했다.

"그런 상황에서 저는 이 지도가 진짜라고 믿는 것이 당연하지 않겠습니까?"

"그럼 아니라는 말인가?"

"네, 아닙니다."

사령관은 놀란 표정이었다.

"이 지도는 진짜가 아니었습니다."

간수는 계속 말했다.

"여기에는 방이 다섯 개밖에 나와 있지 않습니다. 하지만 실제로는 여섯 개였습니다."

"여섯 개라고?"

"이곳을 실제대로 그려 드리겠습니다. 제가 모르는 또 다른 방이 없다면 말입니다."

게시우스는 자신의 명판에 다음과 같은 약도를 그려 사령관에게 보여주었다.

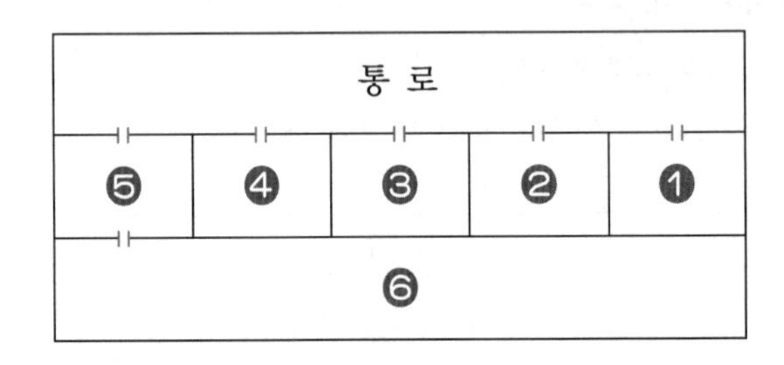


"잘 그렸구나. "약도를 고쳐놓도록 하지. 아니, 새로 만들어주겠네. 내일 오게."

사령관은 약도를 보고 말하면서 자리에서 일어났다.

"하지만 드릴 말씀이 더 있습니다."

"내일 하자니까, 게시우스. 내일 하세."

"내일이면 늦습니다."

사령관은 천천히 다시 자리에 앉았다.

"빨리 말씀드리겠습니다 한 가지만 더 여쭙게 해주십시오. 저로서는 그라투스 총독님이 설명하신 5번 방의 상황을 믿을 수밖에 없지 않습니까?"

간수가 겸손한 태도로 말했다.

"그렇지. 감옥에는 세 명의 죄수가 있고, 죄수는 모두 눈과 혀가 뽑힌 상태였다지?"

"그것 또한 사실이 아니었습니다."

"그럴 리가!"

사령관은 다시 관심을 보이며 소리쳤다.

"제 말을 듣고 직접 판단해 보시기 바랍니다, 사령관님. 저는 그라투스 총독님 말씀대로 제일 위층 감방부터 제일 밑층 감옥까지 일일이 돌아봤습니다. 5번 방을 열어보지 말라는 지시도 그대로 따랐습니다. 지난 8년간 3인분의 음식과 물을 5번 방 구멍으로 넣어 주었습니다. 어제 저는 그렇게 오랜 시간이 흘렀는데도 죄수들이 살아 있는 것이 신기해서 5번 방 안으로 들어가 보기로 했습니다. 열쇠는 들어가지도 않았습니다. 우리가 문을 몇 번 잡아당기자 문짝이 저절로 떨어져 나갔습니다. 경첩이 녹슬어 힘을 못 쓴 거였죠. 안으로 들어가 보니, 앞 못 보고 말 못하는 벌거벗은 노인이 있었습니다. 까치 집 같은 머리는 허리 밑까지 내려오고 피부는 양피지 같이 되었더군요. 노인이 제게 손을 뻗었는데, 새 발톱 같은 손톱은 굽어지고 뒤틀려 있었어요. 저는 노인에게 다른 사람들은 어디 있느냐고 물었습니다. 노인은 없다며 고개를 흔들었어요. 우리는 나머지 사람들을 찾으려고 방을 샅샅이 뒤졌어요. 마루는 습기 하나 없었고 벽도 그랬습니다. 만일 세 사람이 그곳에 갇혀 있다가 두 사람이 죽었다면 뼈라도 있어야 하잖습니까?"

"그럼 자네 생각에는……?"

"8년 동안 그 감옥에는 한 사람만 있었다는 사실이죠."

사령관은 날카로운 시선으로 간수를 쏘아보았다.

"말조심하게. 자네 말은 그라투스가 거짓말을 한 정도가 아니라는 것 같은데!"

게시우스는 허리 숙여 절을 하면서 대답했다.

"뭔가 착오가 있으셨던 것 같습니다."

"아니, 그의 말은 사실이야. 자네 말로 유추해 보면 그의 말은 사실이야. 자네는 방금 지난 8년간 3인분의 음식과 물을 넣어 주었다고 하지 않았나?"

사령관은 온화한 목소리로 말했다. 주위에 모여 있던 사람들도 재판장의 예리한 기지에 고개를 끄덕였다. 하지만 게시우스는 당황하지 않았다.

"이야기를 끝까지 들어보십시오. 이야기를 다 듣고 나면 제 말에 동의하실 겁니다. 제가 그 노인을 어떻게 했는지는 아시고 계실 겁니다. 깨끗이 씻기고 수염을 깎아주고 옷을 입혀서 요새 입구까지 데려가 풀어주었죠. 그것으로 저는 그 사람과의 일에서 손을 뗐습니다. 하지만 오늘 그 노인이 제게 돌아왔습니다. 노인은 온갖 손짓 발짓과 눈물로 하소연했고, 마침내 저는 자기가 있던 감옥에 같이 가 보자는 뜻이라는 걸 이해했죠. 저는 부하를 불러 데려가 보라고 명령했습니다. 하지만 부하가 노인을 끌고 나서자, 노인은 팔을 뿌리치며 다시 돌아와 제 발에 키스하고는 또 열심히 손짓과 발짓을 했어요. 저에게도 같이 가자는 뜻이었습니다. 그래서 저도 갔습니다. 세 남자가 있다는 총독님 말씀도 마음에 걸렸고요. 뭔가 개운치 않은 마음이었거든요. 지금은 제가 그의 간청에 따라 가 본 것을 다행이라고 생각합니다."

이내 방 안에 있던 모든 사람이 조용해졌다.

"감옥에 다시 가니 노인은 그 방이 자기가 갇혀 있던 곳이라는 걸 알더군요. 노인은 제 손을 잡고 어디론가 다급히 끌고 갔습니다. 그가 걸음을 멈춘 곳은 방 앞에 있던 음식 투입구와 같은 모양의 구멍이 있는 곳이었어요. 헬멧이 들어갈 정도로 꽤 큰 구멍이었는데, 어제는 못 보고 지나쳤었죠. 노인은 여전히 제 손을 잡은 채 구멍 안으로 짐승 같은 소리를 질렀어요. 그랬더니 희미하게 어떤 목소리가 들려왔습니다. 저는 깜짝 놀라 노인을 옆으로 밀치고 고함을 질렀습니다. '거기, 누구 있느냐?' 처음에는 아무 대답이 없더군요. 하지만 제가 다시 소리를 지르자 '주님께 찬양을!' 하는 소리가 들리더군요. 더 놀라웠던 건 그것이 여자 목소리였다는 겁니다. 제가 '넌 누구냐?' 라고 물었더니 대답을 하더군요. '저는 이스라엘 여자입니다. 딸과 함께 이곳에 갇혀 있습니다. 빨리 구해 주세요. 그렇지 않으면 저흰 죽습니다.' 저는 일단 그들에게 격려를 해주고, 사령관님의 뜻을 물으려고 이곳으로 달려왔습니다."

사령관은 황급히 자리에서 일어났다.

"게시우스, 네 말이 맞구나. 이제야 알겠다. 약도도 거짓이고, 남자 세 명이라는 이야기도 거짓말이구나. 발레리우스 그라투스는 형편없는 사람이었어."

"네. 저는 노인의 손짓과 발짓을 보고, 그가 받은 음식을 계속 여인들에게 주었다는 사실을 알았습니다."

"이제야 모든 상황이 이해가 되는구나."

사령관은 주변 사람들을 쳐다보며, 모든 사람이 증인이 되어 줄 것이라 생각하고 말했다.

"여자들을 구하러 가자. 모두 따라 와!"

"벽을 뚫어야 합니다."

얼굴에 화색이 돌며 게시우스가 덧붙였다.

"제가 문이 있던 곳을 찾았습니다만, 돌과 회반죽으로 단단히 막아두었더군요."

사령관이 걸음을 멈추고 서기에게 말했다.

"인부들에게 연장을 가지고 따라오라고 해. 서둘러라. 하지만 보고서는 고칠 것이 있으니 아직 보내지 마라."

곧이어 그들은 방 밖으로 나갔다.

## 제2장
### 나병 환자

"저는 이스라엘 여자입니다. 딸과 함께 이곳에 갇혀 있습니다. 빨리 구해주세요. 그렇지 않으면 저흰 죽습니다."

이 말이 간수 게시우스가 새로 고친 감옥 약도 6번 방에서 들려온 소리였다. 독자들은 이 불행한 여인이 누구인지 알고, '마침내 벤허의 어머니와 누이동생 티르자를 찾았구나!' 라고 생각했을 것이다.

사실이었다.

8년 전, 두 사람은 체포되어 안토니아 요새로 끌려왔다. 그라투스 총독은 그곳 감옥에 두 사람을 가두었다. 그가 이곳을 선택한 까닭은 자기가 직접 관리하는 곳이기도 했지만 사실은 6번 방 때문이었다. 6번 방은 첫째, 다른 곳보다 사람들 눈에 띄지 않는 곳에 있었고 둘째, 그곳이 나병 균으로 감염되어 있었기 때문이다. 그러니까 6번 방은 두 사람을 가둬두기에 안전한 곳이었을 뿐 아니라 죽일 수 있는 곳이었다. 그는 노예들을 시켜 아무도 보지 않는 한밤중에 두 사람을 그곳에 가두고 잔인하게도 돌과 회반죽으로 문을 발라버렸다. 이 일을 수행한 노예들은 어디론가 끌려가, 그날 이후 아무도 본 사람이 없었다. 설사 그런 발각된다 해도 그라투스는 두 사람을 죽이지는 않았다는 변명으로 비난을 피할 수 있었다. 다소 시간이 걸리더라도 자연스럽게 죽일 방법을 택한 것이다.

그리고 그 목적에 맞게 눈과 혀가 뽑힌 죄수를 두 사람과 연결된 유일한 통로가 있는 감방에 가둬놓고 그를 통해 음식과 물을 받아 먹도록 했다. 어떤 불상사가 생겨도 눈과 혀가 없는 죄수는 일을 저지른 장본인과 두 사람을 알아보지도, 증언할 수도 없었다. 그렇게 메살라와 총독은 암살범의 일족을 벌한다는 교활한 핑계를 만들어서 허 집안의 막대한 재산을 로마 국고에는 한 푼도 보내지 않고 중간에서 가로챈 것이다.

계획의 마지막 단계로, 그라투스는 옛날 간수장을 즉결처분으로 해고했다. 무슨 일이 벌어졌는지 그가 알아서가 아니라—그는 아무것도 몰랐다—감방을 잘 아는 그가 6번 방의 상황을 알게 되는 것은 시간문제라고 생각했기 때문이다. 그리고 교활한 계획의 결정판으로, 우리가 이미 보았듯이 새 간수장에게 6번 방이 없는 새 약도를 건네주었다. 6번 방이 사라진 약도와 지침 때문에 이제 6번 방과 그 안에 감금된 불행한 여인들은 사람들의 시야에서 사라져버렸다.

8년 동안 모녀는 어떻게 그 끔찍한 지하 감옥에서 견뎌내었을까?

사람들은 똑같은 상황이라도 기분에 따라 기쁘게도 슬프게도 느끼는 법이다. 천국이라고 해도 모든 사람에게 똑같지 않으며, 지옥이라고 해도 모든 사람에게 똑같은 지옥이 아니다. 사람의 정신에 따라서 상황을 받아들이는 감성도 달라진다. 수양이 잘 되어 있으면 순수한 즐거움을 느낄 수 있는 능력도 커진다. 물론 제정신을 유지한 경우에만 그렇다! 정신이 이상해지면 아무리 수양이 잘 되어 있어도 소용없다! 즐거울 때 느낄 수 있는 능력은 슬플 때 견뎌내는 능력의 척도가 된다.

벤허의 어머니가 견뎌낸 고통도 마찬가지였다. 그녀에게는 감옥의 상태가 어떠냐보다는 그 상황을 어떻게 받아들이느냐가 더 중요한 것이었다. 예루살렘 저택에서 살았을 때의 고요하고 행복하며 화려했던 생활과 안토니아 요새 지하 감옥에서의 비참한 삶을 비교해 보라. 육체적인 면에서 그녀가 얼마나 고생했을지 짐작할 수 있으리라. 하지만 거기서 좀 더 나아가 보자. 동정심 정도를 넘어서 그녀의 심적 고통에 공감해 보자. 아들에게 하나님과 나라와 영웅을 설명하던 어머니의 모습을 기억해 보자. 어떨 때는 철학자 같고 어떨 때는 선생님 같았지만, 그래도 한결같이 어머니이던 모습을. 그리고 현재의 그녀의 모습을 보자.

6번 방은 게시우스가 그린 약도와 같았다. 얼마나 큰지는 알려진 바가 없다. 실내는 넓었지만 벽과 바닥은 울퉁불퉁하게 튀어나와 있고 깨진 바위로 되어 있었다. 이 요새를 처음 만든 것은 마케도니아인이었다. 여러 개의 감방을 만들고자 그들은 벼랑의 북쪽 부분으로 파 들어갔고, 그 결과 천장이 천연 암반으로 된 감방을 다섯 개 만들었다. 그리고 6번 방도 만들었는데, 이 방은 5번 방과만 연결되었다. 그들은 같은 방법으로 바위를 깨서 통로와 위층으로 올라가는 계단을 만들었다. 그들의 작업 방식은 예루살렘에서 북쪽으로 조금만 가면 있는 '왕들의 무덤'을 만든 방식과 비슷했다. 6번 방은 작은 통풍구들을 여러 개 뚫었지만 밖에는 거대한 바위가 막고 있었다. 게다가 헤롯대왕이 성전과 안토니아 요새를 손에 넣자, 이 바깥쪽 벽을 더 다듬고 통풍구를 하나만 남겨두고 모두 폐쇄해 버렸다. 하나밖에 없는 통풍구를 통해 바람이 드나들었고, 해가 비칠 때는 희미하게나마 안이 보였다.

이것이 바로 6번 방이었다. 하지만 아직 놀라기는 이르다. 앞으로 펼쳐질 끔찍한 이야기를 들으면, 차라리 5번 방에 있던 눈 멀고 말 못하는 사람이 행복하다고 생각할 것이다.

두 여인은 통풍구 옆에 모여 있다. 한 사람은 앉아 있고 다른 한 사람은 비스듬히 몸을 기대고 누워 있다. 주변은 온통 암석 투성이였다. 비스듬히 들어오는 햇빛에 비친 그들의 모습은 마치 유령 같았다. 제대로 입지도 걸치지도 않은 모습이었다. 하지만 두 사람이 부둥켜안고 있는 것으로 보아, 아직 사랑이 그들 곁에 남아 있는 듯하다. 돈은 날개가 있고 위안은 사라지고 희망은 시들지만, 사랑은 우리 곁에 머문다. 그리고 그 사랑은 하나님의 사랑이었다.

두 여인이 모여 있는 통풍구 바닥은 반들반들하다. 두 사람이 8년 동안 얼마나 자주 구멍 앞에 모여, 희미하지만 따뜻한 햇볕을 쬐며 구원의 날을 기다렸는지 알 사람이 있을까? 해가 스며들면 두 사람은 이제 날이 밝았다는 것을 알았고, 해가 사라지면 온 세상이 어둠이 휩싸인다는 것을 알았다. 어둠이 그보다 더 짙고 긴 곳은 없었다. 세상이라니! 두 사람은 절벽 틈으로 비치는 햇살 앞에 서서 마치 그곳이 궁궐 정문인 양 상상의 나래를 펴고 세상 밖으로 나갔다. 그 상상에 따라 이리저리 다니면서 한 사람은 아들 소식을, 한 사람은 오빠 소식을 물으며 지루한 시간을 보냈다. 망망대해에서 그를 찾고 외딴 섬에서도 그를 찾았다. 오늘은 이 도시로 가고 내일은 다른 도시로 갔다. 그는 그 어디에서도 잠깐씩만 머물렀다. 왜냐하면 두 사람이 그를 기다리며 살 듯, 그도 두 사람을 계속 찾아다니며 살고 있기 때문이었다. 얼마나 자주 그들은 서로를 찾는 상상을 하며 길을 엇갈렸는지! 두 사람은 달콤한 위로의 말로 서로의 마음을 달래주었다.

"벤허가 살아 있는 한, 우리는 잊혀진 존재가 아니야. 벤허가 우리를 기억하는 한, 희망이 있어!"

가냘픈 희망에서 얼마나 큰 힘이 나는지는 시련을 겪어본 사람이 아니고는 알 수 없다.

과거에는 두 사람의 모습을 그려 보면 존경심이 생겼다. 하지만 이제 깊은 슬픔에 잠긴 그들 모습은 거룩하게 보였다. 두 사람의 외모는 오랜 투옥 생활로도 설명할 수 없을 만큼 완전히 달라져 있었다. 예전에 어머니는 여인으로서 아름다웠고 딸은 아이로서 예뻤지만 이제는 사랑에 가득 찬 시선으로 보더라도 그렇게 말할 수 없었다. 머리는 길고 부스스했으며 이상하게도 백발이었다. 햇빛이 으스스하게 비쳐서 그런지 모르지만, 그들의 모습을 보면 왠지 모를 혐오감에 몸이 움츠러들고 부르르 떨리기까지 한다. 어쩌면 어제 5번 방의 죄수가 나간 뒤, 아무것도 먹지도 마시지도 못해 배가 고프고 목이 말라 그렇게 보이는 건지도 모르겠다.

티르자는 엄마 품에 반쯤 안긴 채 애처롭게 신음했다.

"가만있어, 가만. 우리 티르자, 사람들이 올 거야. 하나님은 자비로우신 분이야. 우리는 항상 하나님을 기억하고, 성전에서 나팔 소리가 울릴 때마다 우리를 잊으시지 말라고 기도했잖니. 아직 날이 밝아. 태양이 아직 남쪽 하늘에 있는 걸 보니 아직 오후 3시 정도밖에 안 됐어. 누군가가 우리를 구하러 올 거야. 믿음을 잃으면 안 돼. 하나님은 자비로우신 분이야."

어머니의 말은 단순했다. 마지막으로 봤을 때 열세 살이었던 티르자가 스물한 살이 되어 이제는 더 이상 어린아이가 아니었지만 그 말은 효과가 있었다.

"강해지려고 노력할게요, 엄마. 엄마도 힘들 텐데……. 나도 엄마와 오빠를 위해 꼭 살고 싶어요! 하지만 혀가 타들어 가고 입술이 바싹바싹 말라요. 오빠가 어디에 있는지, 우리를 찾을 수나 있을지 모르겠어요!"

티르자의 목소리가 왠지 모르게 낯설었다. 날카롭고 바싹 말랐으며, 금속성에 부자연스럽기까지 한, 예상치 못했던 말투였다.

엄마는 딸을 품에 좀 더 꼭 껴안고 말했다.

"어젯밤에 네 오빠 꿈을 꾸었단다. 지금 내가 너를 보듯 똑똑히 보았어. 우리 선조가 그랬듯이 우리는 꿈을 믿어야 해. 하나님은 옛날부터 그런 방법으로 많이 말씀해 주셨잖니? 우리는 '아름다운 문'[227] 바로 앞에 있는 '여인의 뜰'에 있었어. 주변에 여자들이 많이 있었지. 그런데 그 아이가 문 앞의 그늘에 서서 이리저리 둘러보고 이 사람 저 사람을 살펴보더구나. 나는 심장이 마구 뛰었어. 우리를 찾고 있다는 걸 바로 알았지. 나는 두 손을 그 애에게 뻗고 이름을 부르며 달려갔어. 그런데 그 애는 소리를 듣고 내 쪽을 쳐다봤지만 나를 알아보지 못하는 듯했어. 그리고는 금방 사라져버렸어."

227) 예루살렘 성전 동쪽 출입문. 성전 이교도의 마당에서 부인의 마당으로 통하는 문

"실제로 오빠를 만나도 그렇지 않을까요? 우리 모습이 너무 많이 변했잖아요."

"그럴지도 몰라."

고개 숙인 어머니의 얼굴이 고통으로 일그러졌지만 계속했다.

"하지만 우리가 누군지 말하면 되잖아."

티르자는 팔을 늘어뜨리며 다시 신음했다.

"물 좀 줘요, 엄마. 한 방울이라도 좋으니 물 좀 줘요."

어머니는 어쩔 줄 몰라 주위를 두리번거린다. 그동안 하나님의 이름을 그렇게도 많이 부르고 하나님의 이름으로 그렇게도 많은 약속을 해서 그런지 환상까지 보이는 것 같았다. 그때 어두컴컴한 방을 더 어둡게 하며 그림자가 지나갔다. 그녀는 죽음이 가까이 왔다고 생각하고, 믿음을 잃어가는 만큼 가까이 다가온 죽음을 기다렸다. 그녀는 자기가 무슨 말을 하는지도 모른 채, 어쨌든 말을 해야만 한다고 생각해서 두서없이 말했다.

"조금만 참아, 티르자. 사람들이 오고 있어. 이제 거의 다 왔어."

그때 세상과 유일한 통로인 위에 뚫린 구멍에서 무슨 소리가 들린 것 같았다. 그녀의 생각이 옳았다! 잠시 후 죄수의 외침이 감옥 안을 울렸다. 티르자도 그 소리를 들었다. 모녀는 여전히 꼭 부둥켜안은 채 자리에서 일어났다.

"주님께 찬양을!"

어머니는 믿음과 희망이 생기며 외쳤다.

"거기, 누구 있느냐?"

소리가 들려왔다. 그러더니 또다시 소리가 뒤를 이었다.

"넌 누구냐?"

목소리가 낯설었다. 하지만 무슨 상관이랴. 티르자 말고는 8년 만에 처음 듣는 사람 소리였다. 죽음에서 삶으로 단숨에 급변하는 순간이었다.

"저는 이스라엘 여자입니다. 딸과 함께 이곳에 갇혀 있습니다. 빨리 구해주세요. 그렇지 않으면 저흰 죽습니다."

"조금만 기다려라. 다시 돌아오겠다."

두 사람은 소리 내어 흐느꼈다. 마침내 사람들이 그들을 발견했다. 도움의 손길이 다가오고 희망은 지저귀는 참새처럼 이 소망에서 저 소망으로 날아다녔다. 이제 여기서 나가게 되고 집, 이웃, 재산, 그리고 아들, 오빠! 다시 옛날로 돌아갈 것이다. 희미한 빛은 영광의 빛인 듯 그들을 감쌌고, 두 사람은 고통과 목마름, 배고픔, 죽음의 위협을 모두 잊고 바닥에 주저앉아 서로 부둥켜안고 흐느껴 울었다.

이번에는 그리 오랜 시간이 걸리지 않았다. 간수 게시우스가 이 모든 사실들을 사령관에게 보고했고, 사령관은 신속하게 움직였다.

"그 안에 있는 사람!"

사령관이 구멍을 통해 소리를 질렀다.

"여기요!"

어머니가 자리에서 벌떡 일어나 외쳤다. 그와 동시에 어머니는 다른 소리도 들었다. 철제 기구로 벽을 쾅쾅 부수는 소리였다. 어머니와 티르자는 아무 말도 하지 않고 소리를 듣고 있었다. 두 사람은 그 소리의 의미를 알았다. 자유를 향한 길이 그렇게 열리고 있었다. 오랫동안 탄광 깊은 곳에 갇혀 있던 사람들이 심장을 두근거리며 구조대의 구조 활동을 바라보듯, 두 사람도 행여 작업이 멈춰 다시 절망에 빠질세라 소리 나는 쪽에서 시선을 떼지 못했다.

인부들의 팔 힘은 강했고 손은 숙련되었으며 의지도 굳셌다. 매순간 부서지는 소리가 점점 가까이 들리면서 때로는 타격 소리와 함께 잔해 조각이 떨어져 내리기도 했다. 자유가 점점 가까이 다가오고 있는 것이다. 이윽고 인부들의 말소리가 들렸다. 그러더니, 오! 행복하게도 붉은 횃불 빛이 깨진 틈으로 비춰들었다. 어둠 속에서 그 불빛은 다이아몬드처럼 찬란했으며, 아침에 스며드는 햇살처럼 아름다웠다.

"엄마, 오빠예요! 드디어 오빠가 우리를 찾아냈어요!"

티르자가 어린 감성을 되찾으며 소리쳤지만 어머니는 조용히 대답했다.

"하나님은 자비로운 분이시다."

그때 큰 덩어리가 안으로 떨어졌고 또 하나의 덩어리가 안으로 굴러 떨어졌다. 그리고 우르르 떨어지는 덩어리와 함께 문이 열렸다. 회반죽과 돌먼지를 뒤집어쓴 사람이 횃불을 머리 위로 들고 안으로 들어왔다. 이어 두세 사람이 더 횃불을 들고 안으로 들어와 사령관이 들어오게 옆으로 비켜섰다.

여성을 존중하는 것은 반드시 인습 때문만은 아니다. 그건 여성이 약한 존재라는 것을 보여준다. 사령관은 여성들이 자기를 보고 구석으로 도망가 버리자 그 자리에 멈추어 섰다. 여인들이 도망간 것은 겁이 나서라기보다는 수치심 때문이었다. 하지만 그것은, 오! 단지 수치심 때문만은 아니었다! 여인들이 몸을 반쯤 숨긴 구석에서 가장 슬프고도 두려움에 젖은, 그리고 너무나 절망적인 목소리가 들려왔다.

"우리에게 가까이 오지 마세요. 불결한 몸이에요, 불결해요!"

사람들은 횃불을 높이 치켜들고 서로 얼굴을 쳐다보았다.

"불결한 몸이에요, 불결해요!"

다시 구석에서 절절한 슬픔에 잠긴 채 벌벌 떠는 목소리가 길게 부르짖었다. 낙원에서 쫓겨난 영혼이 낙원 입구에서 뒤를 돌아보며 내는, 서러움에 겨운 목소리가 그러할 것 같다. 과부이자 어머니인 여인은 그렇게 자기의 처지를 알렸고, 이내 자신이 그토록 갖고 싶어 했던 황금빛 사과가 알고 보니 소돔의 사과[228]라는 사실을 깨달았다.

엄마와 딸 티르자는 나병 환자였던 것이다!

당시 나병 환자가 어떤 취급을 받았는지는 탈무드의 다음 구절이 잘 설명해 준다.

"네 부류의 사람은 죽은 사람으로 간주한다. 시각장애인, 나병 환자, 가난한 사람, 아이 없는 사람이 그들이다."

다시 말하면, 나병 환자는 죽은 사람으로 취급해 공동체에서 쫓아내라는 뜻이다. 나병에 걸리면 사랑하고 사랑받던 사람도 멀리서만 대화를 나눌 수 있고, 나병 환자끼리만 모여 살게 되며, 기본적 인권을 전혀 누리지 못한다. 성전이나 회당에도 들어갈 수 없었으며, 해진 옷을 입고서, "불결한 몸이에요, 불결해요!"라고 소리 지를 때를 제외하고는 손으로 입을 가리고 다녔다.

---

228) (중세신화) 이 사과는 따면 연기가 나다가 재가 되어버린다고 함

황무지나 버려진 무덤을 집으로 삼고 힌놈의 골짜기[229]에서 망령처럼 살아야 했다. 다른 사람에게도 그의 존재가 부담스러웠지만, 더 심한 것은 자기 자신에게도 숨 쉬는 골칫거리라는 사실이었다. 죽기는 무서웠고, 희망이라고는 죽음밖에 없었다.

언젠가—어느 해인지, 어느 날인지는 모른다. 지하 동굴에서는 시간마저 실종되기 때문이다—어머니는 오른 손바닥에서 마른 딱지를 발견했다. 처음에는 별것 아니라고 생각해서 털어버리려 했지만 딱지는 피부에서 떨어지지 않았다. 그래도 무심히 넘겼는데, 티르자에게도 같은 증세가 나타나기 시작했다. 그들에게 배급된 물은 극히 적었지만 그마저도 아껴 마시고 나머지는 상처를 소독하는 데 썼다. 하지만 딱지는 마침내 손 전체에 퍼졌다. 피부가 갈라지고 손톱이 떨어져 나갔다. 고통은 별로 없었지만 지속해서 불쾌감이 커졌다. 조금 뒤에는 입술이 말라 터지기 시작했다. 어느 날 갖은 방법으로 더러운 지하 감옥을 깨끗하게 유지하려고 애쓰던 청결한 어머니는, 티르자의 얼굴에도 병의 징후가 보이는 것 같아 햇빛 쪽으로 딸을 데리고 가서 두려운 마음으로 살펴보았다. 아! 어린 소녀의 눈썹이 눈처럼 하얗게 변했다.

아, 병을 확인한 뒤의 절망감이란!

어머니는 한동안 몸과 마음이 얼어붙은 것처럼 아무 말도 못했다. 머릿속에는 한 가지 생각밖에 떠오르지 않았다.

'나병이다! 나병이야!'

이내 정신을 차린 그녀는 엄마답게 딸을 생각했다. 평소에 부드러웠던 성격은 자식을 생각하는 엄마처럼 용감하게 변했다. 그리고 엄마로서의 마지막 희생을 준비했다. 그녀는 알고 있는 지식을 총동원했다. 자신은 가망이 없다고 생각하고 딸을 위해 두 배로 노력했다. 또한 자기들이 병에 걸렸다는 사실을 숨기고, 아무것도 아닐 거라는 희망마저 품었다.

엄마는 딸에게 작은 놀이를 계속하게 했고, 지속적으로 이야기를 들려주었으며, 새 이야기도 만들어서 해주었다. 또 티르자가 부르는 노래를 즐겁

229) 예루살렘 남서쪽에 있는 골짜기로 쓰레기 소각장. 히브리어로 지옥이라는 뜻

게 들었고, 이스라엘 민족의 찬송가를 읊조리며, 자신들을 버린 것 같은 하나님과 세상을 회상했다. 이렇게 그녀는 망각의 위로를 받고 있었다.

병은 천천히 지속해서 그리고 확실히 온몸으로 퍼져나갔다. 얼마 뒤 두 사람의 머리는 백발이 되었고, 입술과 눈두덩에 종기가 생겨 터졌으며, 온몸이 딱지로 뒤덮였다. 병은 목에도 침범하여 목소리를 쉿소리로 변하게 하고, 관절에도 침범해 조직과 연골을 딱딱하게 만들었다. 그녀가 잘 알고 있듯이, 병은 천천히 진행되었지만 이제는 치료시기를 지나 폐와 동맥, 그리고 뼈에까지 침범해 있었다. 각 단계가 지날 때마다 두 사람의 모습은 점점 흉측하게 변해 갔다. 죽을 때까지 계속 그런 식으로 진행될 것이지만, 죽기까지는 몇 년이 더 남아 있었다.

마침내 또 한 번의 두려운 날이 찾아왔다. 그날 어머니는 딸에게 그들의 병명을 알려주었다. 그리고 절망에 사로잡힌 두 사람은 빨리 죽게 해 달라고 기도했다. 하지만 습관의 힘은 무서웠다.

두 사람은 시간이 지남에 따라 아무렇지도 않은 듯 이야기를 나누었고, 자연현상인 것처럼 끔찍하게 변해 가는 자신들의 모습을 받아들이면서도 삶 자체에 매달렸다. 세상과의 유일한 끈이 아직 남아 있었기 때문이다. 두 사람은 자신들의 고독함은 잊고, 벤허를 이야기하고 꿈꾸며 기운을 냈다. 엄마는 그가 반드시 누이동생을 만나게 될 것이라고 약속했고, 딸은 그가 엄마를 만나게 될 것이라고 다짐했다. 그리고 두 사람은 벤허도 그들을 그리워하고 있다고 믿어 의심치 않았다. 두 사람은 그렇게 가느다란 희망의 물레를 잣고 또 자으며 즐거움을 찾았고, 죽으면 안 된다고 서로를 독려했다. 그런 식으로 두 사람이 서로를 위로하고 있을 때 게시우스의 소리가 들린 것이다.

지하 감옥에 붉은 횃불이 비쳤고 마침내 자유의 시간이 찾아왔다.

"하나님은 자비로우시다!"

오, 독자 여러분, 어머니는 과거에 있었던 일 때문이 아니라 현재 벌어지는 일을 보며 그렇게 부르짖었다. 우리는 현재의 자비에 감사하며 과거의 아픔을 잊는 법이다.

이윽고 사령관이 들어왔다. 구석으로 도망간 어머니는 불쑥 책임감이 떠오르며 솔직하게 자신들의 병을 알렸다.

"불결한 몸이에요, 불결해요!"

아, 책임감으로 했던 말 때문에 어머니는 현실을 깨달았다! 자유를 얻을 것이라는 생각으로 기쁨에 벅차면서도, 어머니는 석방된 뒤의 결과를 떠올렸다. 이제 옛날의 행복한 생활로 돌아갈 수는 없었다. 집으로 돌아간다 해도 대문 앞에서 "불결한 몸이에요, 불결해요!"라는 말만 하고 되돌아 나와야 할 몸이었다. 현실적으로 집에 되돌아갈 수 없는 몸이 되어, 집에 대한 그리움을 간직한 채 돌아다니기만 해야 할 것이었다. 그렇게 그리워하던 아들을 만난다 해도 멀찍이 떨어져 있어야 한다. 아들이 손을 뻗으며 "어머니, 어머니!" 하고 불러도, 아들을 향한 사랑 때문에 "불결한 몸이야, 불결해!"라고 외쳐야 한다.

어머니는 지금도 병으로 백발이 된 긴 머리 타래를 펼쳐서 딸의 헐벗은 몸을 덮어주었다. 그녀는 죽지 않고 살면서 저주받은 여생 동안 그렇게 딸 곁을 지켜주어야 했다. 그러면서도 만나는 사람마다 "불결한 몸이에요, 불결해요!"를 인사처럼 외쳐야 했다.

사령관은 여인의 외침을 듣고 공포에 휩싸였지만 도망가지 않았다.

"너희들은 누구냐?"

사령관이 물었다.

"굶주림과 목마름으로 죽어 가는 이스라엘 여인들입니다."

어머니는 망설이지 않고 계속 말했다.

"하지만 우리 곁에 오지 말고, 벽이나 바닥에도 손대지 마세요. 불결한 몸이에요, 불결해요!"

"너희에 관해 말하라. 이름이 무엇인지, 언제 누가 무슨 이유로 너희를 이곳에 감금했는지 말하라."

"한때 예루살렘에 벤허 왕자가 살았습니다. 모든 너그러운 로마인들의 친구였고 황제와도 가깝게 지냈죠. 저는 그분의 미망인이고 제 곁에 있는 아이는 그분의 딸입니다. 왜 여기에 감금되었는지는 저도 모르니 말씀드릴 수가 없군요. 혹시 저희가 부자라서 그랬을까요? 발레리우스 그라투스 총독님이라면 우리에게 원한이 있는 사람이 누구인지, 언제 우리가 투옥되었는지 말해 줄 수 있을 것 같군요. 저희는 모릅니다. 부탁이오니, 우리가 어떤 꼴이 되었는지 보시고 가엾이 여겨주십시오!"

실내 공기는 병균과 횃불 연기로 탁했지만 사령관은 곁에 횃불을 들고 있던 사람을 불러, 여인의 말을 한 자도 빼지 말고 그대로 기록하라고 명했다. 그녀의 말은 간결했지만 포괄적이었으며, 자신의 과거와 원망 그리고 염원이 들어 있었다. 사령관은 그녀의 말을 믿고 동정심을 가질 수밖에 없었다. 평범한 사람이었다면 그렇게 할 수 없었을 것이기 때문이다.

"이제 안심해도 된다. 곧 음식과 물을 가져다주겠다."

사령관은 명판을 닫으며 말했다.

"죄송하지만, 옷과 몸을 씻을 물도 부탁드립니다!"

"원하는 대로 해주겠다."

미망인의 간청에 사령관이 흔쾌히 대답해 주었다.

"하나님은 자비로우십니다. 하나님의 화평이 당신과 함께하기를!"

미망인이 흐느끼며 말했다.

"그럼, 마지막으로 한마디만 더 하겠다. 이제 나를 만날 일은 없을 것이니 준비하고 있어라. 오늘 밤에 사람을 시켜 안토니아 입구까지 데려다 줄 것이고, 거기서부터는 자유의 몸이 될 것이다. 잘 가거라."

잠시 후 노예들이 커다란 물통과 대야, 수건, 빵과 고기가 담긴 접시, 그리고 여자 옷을 가지고 와 손에 닿을 만한 곳에 놓고 재빨리 달아났다.

밤의 첫 번째 경점 시간에 두 사람은 입구를 나와 길로 접어들었다. 그들을 데려다 준 로마인이 가버리자 두 사람은 선조들의 도시에서 다시 한 번 자유를 얻었다. 이전과 다름없이 하늘에서 반짝이는 별들을 올려다보고, 두 사람은 생각했다.

'다음에는 어떻게 하지? 이제 어디로 가지?'

# 제3장
## 귀향

안토니아 요새에서 간수인 게시우스가 사령관 앞에 모습을 드러내고 있을 때, 한 남자가 감람산 동쪽 경사면을 걸어서 올라가고 있었다. 당시 유대 지방은 건기라서 울퉁불퉁한 길은 흙먼지가 일고 초목은 누렇게 말라 있었다. 그렇지만 남자는 젊고 힘이 넘치는 데다 시원하고 하늘하늘한 옷을 입고 있어 상관없어 보였다.

남자는 좌우를 둘러보며 천천히 올라갔다. 어디로 가는지 모르고 무작정 걸어가는 사람에게 나타나는 짜증스럽고 불안한 표정이 아니라, 오랜만에 찾아와 반가운 표정으로 '다시 봐서 정말 반갑다. 어디 얼마나 변했는지 좀 보자.' 라고 말하듯 즐거운 표정이었다.

그는 모압 산맥의 정점을 향해 올라가면서, 점점 넓어지는 시야를 돌아보았다. 정상이 점점 가까워지자 이제는 뒤를 돌아보지 않고 피곤도 잊은 채 쉬지 않고 걸음을 옮겼다. 그는 정상에서 누가 억센 손으로 뒤에서 붙잡기라도 한 듯 걸음을 멈췄다. 눈앞에 펼쳐진 전경을 보자, 눈은 커지고 얼굴은 붉어지고 호흡도 빨라졌다.

그렇다. 이 남자는 벤허였고, 눈앞에 펼쳐진 정경은 예루살렘이었다. 물론 오늘날의 예루살렘이 아니라 헤롯대왕이 남긴 도시, 예수님이 살던 당시의 예루살렘이었다. 감람산에서 바라본 예루살렘은 여전히 아름다웠다.

벤허는 바위에 앉아 얼굴에 썼던 하얀 수건을 벗고 천천히 경치를 돌아보았다. 향후 수많은 사람들, 즉 베스파시아누스의 아들[230], 이슬람교도, 십자군 등 모든 정복자들 그리고 미국의 순례자들까지 참으로 다양한 사람들이 같은 장소에서 예루살렘 경치를 내려다봤지만, 벤허보다 더 통렬하고 희비가 교차하고 자랑스러움과 분함이 뒤섞인 심정으로 본 사람은 없었을 것이

230) 아버지 베스파시아누스와 함께 유대인 반란을 진압한 티투스를 말함. 나중에 부자가 모두 로마의 황제에 오름

다. 그는 이스라엘 민족의 승리와 흥망성쇠, 하나님의 역사이기도 한 그들의 역사를 회상하며 만감이 교차했다. 예루살렘은 그들의 건축물이었으며 죄악과 거룩함, 미약함과 천재성, 신앙과 불신을 동시에 보여주는 영원한 증거였다. 그는 로마도 잘 알고 있었지만 거기에서는 느끼지 못했던 기쁨을 느꼈다. 또한 자긍심도 느꼈다. 만일 이민족에게 빼앗긴 땅이라는 생각이 들지 않았다면 허영심까지 들었을지도 모른다.

성전에서 예배를 드리려면 이방인의 허락을 받아야만 했다. 다윗왕이 거주하던 언덕은 대리석 깔린 갈취의 장소, 즉 하나님의 선민들을 세금으로 갈취하고 또 갈취하는 장소가 되었다. 이스라엘 민족은 믿음을 버리지 않는다고 박해를 당했다. 하지만 당시 유대인들은 이 모든 것을 애국심으로 견뎌냈다. 더구나 가슴에 새긴 과거가 있는 벤허는 예루살렘 전경을 보며 기억이 더 새로워졌다.

언덕이 많은 예루살렘은 지금도 별로 변한 것이 없었다. 바위로 된 산도 변한 것이 하나도 없다. 그때 벤허가 내려다보던 전경에서 변한 것은 인간이 만든 도시뿐이었다.

감람산은 동쪽보다 서쪽 사면의 햇살이 더 부드러워 그쪽으로 올라가는 사람들이 훨씬 많았다. 산 일부를 덮고 있는 포도넝쿨과 무화과 나무와 야생 올리브 나무는 비교적 푸르렀다. 저 아래 보이는 기드론 계곡까지 푸른 초목이 뻗어 있어 보기에 청량감을 주었다. 거기서 감람산은 끝나고 모리아산이 시작된다. 그곳에 솔로몬왕이 시작해 헤롯왕이 완성한, 깎아지른 절벽으로 둘러싸인 눈처럼 하얀 성전이 있었다. 성전을 이루고 있는 거대한 암석을 눈으로 좇아 올라가면, 성전의 받침돌 역할을 하는 '솔로몬의 행각' 이 보였다. 그곳에 잠시 시선을 머물다가 다시 옆으로 시선을 들어보면, 차례대로 '이방인의 뜰', '이스라엘의 뜰', '여인의 뜰', '제사장의 뜰'이 있었다. 그 위로는 너무나 거룩하고 너무나 아름답고, 황금으로 눈부신 엄청난 크기의 정수 중의 정수인, 오, 보라! 성전과 그 안의 지성소가 있었다. 비록 그곳에 언약궤는 없었지만 여호와께서는 계셨다. 적어도 이스라엘 자손의 믿음으로는 그렇다. 성전으로서 또 기념물로서 인간이 만든 건축물 중에 그렇게 영적인 분위기가 많이 풍기는 곳은 없었다. 하지만 현재는 이들 중 보전된 것이 하나도 없다. 그 건물을 누가 재건할 것이며, 언제 시작할 것인가? 벤허가 있던 곳으로 온 순례자들은 모두 하나같이 이 질문을 가슴에 품는다. 그들은 해답이 하나님의 마음속에 있다는 것을 알고 그렇게 철저히 비밀이 지켜지는 것을 놀라워한다. 한 가지 질문이 더 있다. 그렇게 폐허가 될 것이라고 예견한 이는 누구인가? 하나님인가? 하나님의 대리인 인간인가? 그도 아니면 우리가 그 답을 찾으려는 것 자체가 부질없는 일인가?

벤허의 시선은 계속 위로 올라가 성전의 지붕 위, 거룩하게 기름 부음을 받은 왕들과 떼려야 뗄 수 없는 시온 산으로 올라갔다. 그는 모리아 산과 시온 산 사이에 중앙 골짜기가 있고, 두 산을 연결하는 거대한 다리가 있으며, 골짜기 깊숙이 정원과 저택들이 있다는 것을 알았다. 하지만 그는 저 멀리 가렙 언덕을 배경 삼아 자주색으로 보이는 시온 산의 가야바[231] 저택, 중앙 회당, 로마 총독 관저, 그리고 헤롯대왕이 건설한 세 개의 망대[232]를 보며 상상의 나래를 폈다. 무엇보다 헤롯대왕의 왕궁을 보며, 자신이 목숨 바쳐 충성할 새 왕을 생각했다. 온 세상을 정복하신 새로운 왕께서 모리아 산과 성전과 왕궁과 예루살렘에 속한 모든 것들을 자기 것으로 주장하시고, 온 이스라엘은 종려나무 가지와 깃발을 들고 새 왕을 찬미하며 환희의 노래를 부르는 모습을 꿈꾸었다.

사람들은 흔히들 밤에 자면서 꾸는 것이 꿈이라고 말하지만 그렇지 않다. 우리가 이룩한 모든 일은 나 자신과의 약속으로 이루어지고, 나 자신과의 약속은 눈뜨고 꾸는 꿈에서 시작된다. 꿈이란 고된 노고 가운데 위안이요, 다시 힘을 주는 달콤한 포도주이다. 우리가 힘든 일을 좋아하는 것은 우리가 꿈을 꿀 기회를 제공하기 때문이다. 꿈은 현실을 건설하는 거대한 기초이다. 눈에 띄지도 귀에 들리지도 않지만 항상 존재하기 때문이다. 그러므로 산다는 것은 꿈을 꾼다는 것이다. 죽은 자들만이 꿈이 없다. 누구도 벤허

---

231) 예루살렘의 대사제였으며 빌라도 총독에게 예수를 대역죄인으로 고발하여 사형이 언도되게 함. AD 6년~15년까지 재직한 예루살렘의 대사제 안나스의 사위

232) 헤롯이 형을 기려 쌓은 파사엘 탑, 아내를 기려 쌓은 마리암네 탑, 친구를 기려 쌓은 히피쿠스 탑을 가리킴

가 꿈꾸는 것을 비웃으면 안 된다. 자신도 같은 상황이 되면 꿈을 꿀 것이기 때문이다.

해가 저물기 시작했다. 불타는 해는 잠시 동안 서쪽 하늘 한 가운데서 도시 전체를 붉게 물들이고 벽과 탑의 언저리를 금빛으로 밝히더니, 어느새 풍덩 뛰어들 듯 사라져 버렸다. 주위가 고요해지자 생각이 고향 집으로 향한 벤허는 성전에서 조금 떨어진 북쪽 하늘을 쳐다보았다. 그 북쪽 하늘 바로 아래 그의 집이 있었다. 아직 그대로 있다면 말이다.

저녁의 부드러운 분위기는 그의 감정도 따뜻하게 만들어주었다. 벤허는 꿈에서 벗어나 자신이 예루살렘에 돌아온 본연의 임무를 생각했다.

벤허가 일드림 족장과 사막 깊숙이 들어가서 전쟁을 계획하고 있을 때, 그라투스가 물러나고 본디오 빌라도가 총독으로 부임했다는 소식을 들었다. 메살라는 일찍이 불구의 몸이 되었으며 벤허가 죽은 줄 알고 있다. 그리고 그라투스는 권력을 잃고 사라졌다. 그런데 어머니와 여동생 찾는 일을 더 미룰 필요가 있을까? 이제는 두려워할 것이 없었다. 자신이 직접 유대의 감옥을 일일이 찾지 못한다면 다른 사람의 힘을 빌리면 된다. 어머니와 여동생이 어디에 감금되어 있는지 찾으면, 빌라도는 두 사람을 계속 가둬야 할 이유를 찾지 못할 것이다. 그 일에 적어도 돈으로 해결하지 못할 것은 아무것도 없었다. 두 사람을 찾으면 안전한 장소에 숨겨두고 첫 번째 임무를 완수한다. 그리고 좀 더 차분해진 마음으로 거리낄 게 없어지면, 오실 왕을 위한 일에 전념한다. 벤허는 그 자리에서 결심했다. 그날 밤 일드림 족장과 협의한 뒤 동의도 얻었다. 세 명의 아라비아인들이 여리고까지 그를 경호하여 왔고, 벤허는 그들과 말을 돌려보낸 뒤 혼자 걸어서 갔다. 예루살렘에서는 말룩을 만나기로 했다.

벤허의 계획에서 아직 구체적으로 정해진 것은 없었다. 일단은 최대한 몸을 낮춰 로마 당국의 시선을 피하기로 했다. 말룩은 기민하고 믿을 만한 사람이었다. 바로 그가 감옥 조사 임무를 맡기로 했다.

첫째, 어디부터 찾느냐 하는 것이 문제였다. 벤허도 뚜렷한 판단이 서지 않았다. 그는 우선 안토니아 요새부터 찾아보자고 결심했다. 얼마 전, 미로 같은 감옥 위에 음침한 건물을 더 쌓아올렸고, 그냥 강하다는 말로는 설명이 부족한 수비대가 지키고 있어 모든 이스라엘 사람들의 공포의 대상이 되는 곳. 그곳이라면 그의 가족을 그대로 묻어버릴 수도 있겠다고 생각했다.

그 외에도 그런 곤란한 상황을 마주하면 사람들의 생각은 먼저 잃어버린 이들을 마지막으로 본 장소로 흘러가게 마련이다. 벤허는 사랑하는 식구가 호위대에 끌려 안토니아 요새 쪽으로 가던 모습이 눈에 선했다. 만약 그들이 그곳에 없으면 어떤 기록이라도 남아 있을 것이고, 그 기록을 끝까지 추적하면 될 것이다.

이런 생각 뒤에 또 다른 희망도 있었다. 벤허는 시모니데스에게 유모 암라가 아직 자기 집에서 살고 있다는 말을 들었다. 허 집안에 재난이 덮친 날, 암라가 호위대의 팔을 뿌리치고 다시 집으로 도망갔고, 다른 가재도구와 함께 봉쇄된 집안에 갇혀버렸다. 그 긴 세월 동안 시모니데스가 식자재를 공급해 주었고, 암라는 거대한 저택의 유일한 거주자로 그곳에 살았다. 그라투스는 그 집을 팔 수 없었다. 아무리 가격을 낮춰 불러도 사려는 사람이 없었기 때문이다. 사람들은 이 정의로운 소유주의 집을 구입해서든 무단점거로든 아무도 들어가지 않았다. 그리고 그 집 앞을 지날 때는 목소리를 낮췄다. 점차 저택은 유령의 집으로 유명해졌다. 가끔씩 가엾은 암라가 지붕에서나 격자 창문에서 밖을 내다보던 모습 때문이었으리라. 아마 유령이라도 그 저택에서 그렇게 오래 살지는 못했을 것이다. 만일 암라와 만날 수만 있다면 도움이 될 만한 이야기를 들을 수 있을지도 모른다. 그것이 아니라도 추억이 가득한 집에서 암라를 만난다면 그 자체로 무척 기쁠 것이다.

벤허는 우선 자기의 옛집으로 가서 암라를 찾아보기로 했다.

해가 지자마자 산에서 내려온 벤허는 기드론 계곡에 있는 교차로에 도착했다. 거기서 남쪽으로 가면 실로암 못 쪽으로 갈 수 있다. 그는 양을 몰고 가는 목동을 만나, 그와 함께 겟세마네 동산을 지나쳐 '물고기 문'[233]을 통해 예루살렘으로 들어갔다.

---

233) 사람들이 안식일마다 물고기와 각종 물건을 팔려고 모였고, 또 갈릴리 등지의 생선 상인들이 이곳을 출입하거나 생선시장을 개설한 데서 붙여진 이름. '중문' 이라고도 함

# 제4장
## 그리운 옛집

성문 안에서 목동과 헤어졌을 때는 날이 제법 어두웠다. 벤허는 남쪽으로 이어진 골목길로 접어들었다. 지나가던 사람들이 그에게 인사를 건넸다. 포장도로는 울퉁불퉁했고, 길 양쪽의 집들은 낮고 컴컴하며 음산했다. 문은 모두 닫혀 있었으며, 가끔 옥상에서 노래 부르며 아기를 어르는 여인의 목소리가 들렸다. 밤인데다가 외로움과 절망감까지 몰려들어 벤허는 더없이 처량함을 느꼈다. 기분이 점점 가라앉는 상태로 베데스다 연못[234]에 도착했다. 물에 하늘이 반사되어 있었다. 위를 올려다보자 어두침침한 회색빛 하늘을 향해 꽁무니를 치켜들고 위협적으로 서 있는 안토니아 요새의 북쪽 벽이 보였다. 그는 위협적인 보초를 만난 것처럼 주춤했다.

탄탄한 암석을 기반으로 너무나 높이 서 있고 넓이도 어마어마해 보였서 벤허는 저절로 위압감이 생겼다. 만일 어머니가 저 안에 갇혀 있는 것이 확실하다고 해도 벤허는 아무 일도 할 수 없을 것 같았다. 그가 힘이 좀 강하기는 하지만 그것으로는 어림도 없었다. 군대를 이끌고 가면 석궁과 망치로 돌담을 두드려볼 수는 있겠지만 오히려 비웃음만 돌아올 것이다. 동남쪽에 있는 탑이 산 전체를 자기 것인 양 끌어앉고 홀로 있는 벤허를 내려다보았다. 그는 생각했다. '속임수는 금방 들킨다. 무력한 사람들의 마지막 보루인 하나님은 때로 너무 늦게 움직이신다!'

불안과 걱정 속에 벤허는 안토니아 요새 정문으로 난 길로 접어들었고, 천천히 서쪽으로 길을 따라갔다. 베데스다 못 위쪽에 여관이 있다는 것을 알고 있는 벤허는 예루살렘에 있을 동안 그곳에 묵을 생각이었다. 하지만 여기까지 오자 옛집에 가 보고 싶은 충동을 참을 수가 없었고, 발길도 저절로 그쪽으로 옮겨졌다.

지나가는 사람들이 옛날 그가 알던 방식으로 인사를 건네는 소리가 그렇

234) 병을 고치는 효험이 있었다고 하는 예루살렘의 못

게 반가울 수 없었다. 이윽고 동쪽 하늘 전체가 은빛으로 변해 반짝이기 시작했다. 좀 전에는 서쪽에서 보이지 않던 물체가—주로 시온 산에 있는 높은 탑들—어둠 속에서 점점 모습을 드러내더니, 저 아래 시커멓게 입을 딱 벌린 계곡 위로 유령처럼 떠 있었다. 마치 공중에 둥둥 뜬 성 같았다.

벤허는 마침내 옛집에 도착했다.

독자들 중에 벤허의 감정을 읽은 분이 있다면, 그는 아마도 집에 대해 행복한 추억을 가진 사람일 것이다. 모든 추억의 출발점인 곳, 눈물을 흘리며 걸어 나가야 했던 낙원, 그곳에만 가면 어린아이로 되돌아갈 수 있는 곳, 웃음과 노래가 넘치던 곳, 아니 이 모두를 합친 것보다 더 소중한 추억이 어려 있는 곳. 그곳이 바로 집이다.

벤허는 집의 북쪽 입구에서 걸음을 멈췄다. 귀퉁이에는 집을 봉쇄할 때 붙여 놓은 밀랍 팻말이 아직도 그대로 남아 있었고, 대문짝에는 글자를 새긴 판자가 가로질러 박혀 있었다.

「이곳은 황제의 영지임」

가족이 뿔뿔이 헤어진 끔찍한 그 날 이후, 대문을 드나든 사람은 아무도 없었다. 옛날처럼 문을 노크해 보면 어떨까? 소용없는 일이라는 것을 벤허도 잘 알지만 그렇게 해보고 싶은 충동을 억제할 수 없었다. 어쩌면 유모가 소리를 듣고 창문을 내다볼 수도 있다. 벤허는 돌멩이를 하나 주워서 널찍한 바위 위에 올라가 세 번 톡톡 두드려보았다. 메아리가 둔중하게 대답했다. 이번에는 좀 더 강하게 두드렸다. 잠시 귀를 기울이던 벤허는 다시 또 두드렸다. 그를 조롱하듯 침묵이 이어졌다. 벤허는 거리 저편으로 물러나 창문을 쳐다보았다. 하지만 그곳에도 인기척이 전혀 없었다. 별이 반짝이는 밤하늘을 배경으로 지붕 난간이 오롯이 모습을 드러냈다. 뭐라도 움직이는 낌새가 있으면 안 보일 리 없었지만 아무런 기척도 없었다.

그는 북쪽에서 서쪽으로 옮겨갔다. 거기에는 창문이 네 개 있었는데, 벤허는 마음을 졸이며 오랫동안 창문을 올려다보았다. 그곳에서도 역시 아무런 움직임이 없었다. 때로 그의 마음은 가망 없는 희망으로 부풀어올랐다가 때로는 자기 상상대로 뭔가 보이는 것 같아 부르르 몸을 떨기도 했다. 유모는 아무런 기척이 없었다. 귀신 하나 움직이지 않았다.

벤허는 다시 조용히 남쪽으로 돌아갔다. 역시 대문이 봉쇄되어 있었고, 앞에 글이 새겨진 판자가 가로질러져 있었다. 8월의 부드러운 달빛이 감람산 꼭대기에서 은은하게 비쳤다. 그 달빛에 글자가 똑똑히 보였다. 그는 글을 읽고 분노에 휩싸였다. 그가 할 수 있는 일이라고는 판자를 비틀어 떼어 도랑에 던져버리는 것밖에는 없었다. 그리고 계단에 앉아 새로 오실 왕을 위해 기도하고 또 그가 속히 오시기를 기도했다. 마음이 진정되자 벤허는 장시간의 여행으로 인한 피곤함에 자기도 모르게 점점 몸이 아래로 기울어졌고, 마침내 잠이 들어버렸다.

같은 시각, 두 여인이 안토니아 요새 쪽에서 벤허의 집으로 걸어오고 있었다. 그들은 겁먹은 발걸음으로 조심스럽게 길을 걷다가, 걸음을 멈추고 가만히 귀를 기울이고는 했다. 튼튼한 벽 모퉁이에서 한 여인이 다른 여인에게 낮은 소리로 속삭였다.

"여기야, 티르자!"

주위를 한 번 살펴본 티르자는 엄마의 손을 잡고 안기듯 몸을 기대어 소리 없이 흐느꼈다.

"어서 가 보자, 티르자. 왜냐하면……."

어머니는 말을 머뭇거리며 몸을 떨었다. 그리고는 애써 마음을 가라앉히고 말했다.

"왜냐하면, 아침이 오면 사람들이 우리를 성문 밖으로 쫓아버릴 것이고, 그럼 다시는 못 와."

티르자는 무너지듯 바위 위에 털썩 주저앉았다.

"아, 맞아요!"

티르자는 흐느끼며 말했다.

"제가 깜박 잊었어요. 저는 집에 간다는 생각만 했어요. 하지만 우리는 문둥이라서 갈 집이 없죠. 우리는 죽은 사람이나 마찬가지예요!"

엄마는 몸을 구부려 아이를 다정하게 일으켜 세웠다.

"하지만 우리는 무서울 것이 없어. 자, 어서 가 보자."

사실이다. 두 사람은 빈손으로 달려들어도 대군을 도망치게 만들 수 있었다. 두 사람은 거친 벽을 따라 유령처럼 살금살금 걸어가 마침내 대문 앞에 도착했다. 두 사람은 대문에 판자가 붙어 있는 것을 보고, 좀 전에 벤허가 그랬던 것처럼 바위 위에 올라가서 글을 읽었다.

「이곳은 황제의 영지임」

판자에 새겨진 글을 읽은 어머니는 양손을 부여잡고 하늘을 보며 형언할 수 없는 고뇌로 신음했다.

"왜 그래요, 엄마? 무서워요."

"오, 티르자, 가엾은 아이는 죽었어! 그 애는 죽었어!"

"누구 말이에요, 엄마?"

"네 오빠 말이다! 그놈들은 그 애에게서 모든 것을 빼앗아 갔어. 모든 걸. 이 집까지도!"

"이럴 수가!"

티르자는 멍하게 말했다.

"그 애는 이제 우리를 도와줄 수 없어."

"그럼 이제 어떻게 해요, 엄마?"

"내일부터, 얘야, 내일부터 우리도 다른 문둥이들처럼 길가에 앉아 구걸해야 해. 그렇지 않으면……."

티르자는 다시 엄마의 품에 안기며 낮은 소리로 말했다.

"엄마, 우리…… 우리 그냥 죽어요!"

"안 돼! 하나님은 우리의 수명을 정해 주셨어. 우리는 하나님의 백성이야. 죽는 일에도 하나님의 부르심을 기다려야 해. 어서 가자!"

엄마가 단호한 목소리로 말하면서 티르자의 손을 잡고 벽에 바싹 붙어 집의 서쪽 모퉁이로 갔다. 거기서도 아무도 보이지 않았다. 그들은 계속 발걸음을 옮겨 남쪽 모퉁이로 가다가 움찔하며 뒤로 물러섰다. 그곳은 달빛이 유난히 밝아 남쪽 대문 전체와 도로까지 환했다. 엄마의 의지는 강했다. 그녀는 서쪽 창문 쪽으로 한 번 뒤돌아보고는, 티르자를 달빛 밝은 곳으로 이끌었다. 그곳에서는 그들의 얼굴이 아주 잘 보였다. 입술과 뺨, 흐릿한 눈, 터진 손등, 특히 메스꺼운 고름이 흘러 뻣뻣해진 희고 긴 머리 타래 등 질병 상태가 여실히 드러났다. 둘 다 늙은 마녀처럼 보여서 누가 엄마이고 누가 딸인지 분간할 수도 없었다.

"저것 봐! 저기 계단에 누가 누워 있어. 남자야. 길을 돌아가자."

엄마가 말했다. 이내 두 사람은 재빨리 계단 옆을 돌아 어둠 속에서 문 앞까지 걸어갔다.

"저 사람은 자고 있어, 티르자!"

남자는 꿈쩍도 하지 않았다.

"여기서 기다려. 내가 대문까지 가 보고 올게."

엄마는 살금살금 길을 건너가 쪽문에 손을 댔지만 문이 열리는지 확인해 볼 수가 없었다. 왜냐하면 바로 그 순간 남자가 한숨을 푹 쉬며 몸을 뒤척였기 때문이다. 그때 남자의 머리에 둘렀던 수건이 벗겨지고 하늘을 향한 얼굴이 밝은 달빛 아래 훤히 드러났다. 엄마는 가까이 다가가 그 얼굴을 보고 깜짝 놀랐다. 그리고는 다시 내려다보고 이번에는 몸을 조금 숙여 들여다보았다. 그런 다음 몸을 세워 양손을 꼭 잡고 하늘을 올려다보며 말없이 기도했다. 잠시 그렇게 있다가 그녀는 다시 티르자에게 달려갔다.

"여호와께서 살아 계시거니와! 저기 저 사람은 내 아들이야, 네 오빠야!"

엄마는 경외심에 가득 찬 목소리로 속삭였다.

"오빠라니? 유다 오빠 말이에요?"

엄마는 간절한 표정으로 딸의 손을 잡았다.

"이리 와봐! 우리 같이 한 번만 보자. 한 번만, 딱 한 번만 보자. 그다음에는 오, 주여, 당신의 백성을 돌보소서!"

엄마가 티르자를 이끌며 말했다. 이내 두 사람은 손을 꼭 잡고 벤허 옆으로 다가왔다. 그들의 그림자가 그의 얼굴에 닿았다. 마침 벤허의 한 쪽 손이 계단 위에 놓여 있었다. 티르자는 그 손에 입 맞추려고 무릎을 꿇었지만 엄마가 딸을 뒤로 끌어 당겼다.

“안 돼, 절대 안 돼! 우리는 불결한 몸이야, 불결해!”

어머니가 낮은 소리로 부르짖었다. 티르자는 오히려 그가 나병 환자라도 되듯 움찔 뒤로 물러났다.

미남으로 성장한 벤허의 얼굴은 사막의 햇빛과 공기 때문에 까무잡잡했다. 약간 있는 코밑수염 아래 입술은 붉었고 이는 하얗게 빛났으며, 턱과 목에는 수염이 있었지만 둥그스름한 형태는 그대로 드러나 있었다. 어머니의 눈에는 얼마나 미남으로 보였던지! 어릴 때처럼 그를 끌어안고 얼굴에 얼마나 입을 맞추고 싶었던지! 어디서 그런 충동을 이겨낼 힘이 나왔을까? 그것은 사랑의 힘이었고 모성애였다. 다른 어떤 사랑에서도 불가능한 힘이었다. 아들을 사랑하는 마음에서 자기 자신에게는 무한히 혹독한 자기희생이었다. 건강과 재산을 모두 되돌려준다 해도, 삶에 무한한 축복을 내려준다 해도, 아니 목숨 자체를 위해서도 어머니는 아들의 뺨에 문둥병에 걸린 입술을 갖다 대지 않을 것이다! 하지만 한 번만이라도 만져보고 싶었다. 이제는 두 번 다시 그를 보지 못할 것이다! 얼마나 힘든 일일지는 다른 어머니들에게 물어보자! 그녀는 무릎을 꿇고 그의 발치로 기어가 그의 샌들 밑바닥에 입술을 갖다 댔다. 길의 먼지가 누렇게 쌓여 있었지만 엄마는 입 맞추고 또 입 맞췄다. 그녀의 온 영혼이 담긴 입맞춤이었다.

그때 벤허가 몸을 뒤척이며 팔을 늘어뜨렸다. 두 사람은 얼른 뒤로 물러났지만 그가 잠꼬대하는 소리는 들었다.

“어머니! 유모! 어디에…….”

이내 그는 다시 깊은 잠에 빠져들었다. 티르자는 아쉬운 듯이 그를 응시했다. 어머니는 땅바닥에 얼굴을 대고, 울음소리를 내지 않으려고 숨을 죽이면서 흐느끼느라 가슴이 터질 것 같았다. 아들이 잠에서 깼으면 하는 바람까지 생길 정도였다.

벤허가 자기를 찾았다. 자기를 잊지 않았다. 자면서도 자기를 생각했다. 그 정도면 충분하지 않을까?

이윽고 어머니는 티르자에게 손짓했다. 자리에서 일어난 두 사람은 마치 마음에 새겨두려는 듯 다시 한 번 벤허의 자는 모습을 바라보았다. 그리고 손을 잡고 길을 건너 담벼락 그림자 아래로 돌아와, 무릎을 꿇고 앉아 그가 깨기를 기다리며 지켜보았다. 뭔가 자기도 모르는 새로운 사실이 밝혀지기를 기다리는 것 같았다. 지금까지 누구도 그들만큼 사랑의 인내를 보여준 사람은 없다.

잠시 후, 아직 벤허가 잠들어 있을 때 한 여자가 저택 모퉁이에 모습을 드러냈다. 담벼락 그림자에 숨어 있던 두 사람의 눈에 여인의 모습이 뚜렷이 보였다. 자그마한 체구에 허리가 굽었고, 검은 피부에 백발이었으며, 단정하게 하인의 옷을 입고 팔에는 채소가 가득 담긴 바구니를 들고 있었다.

계단에 누워 있는 남자의 모습을 보고 여자는 걸음을 멈추었다. 그러더니 무슨 결심이라도 한 것처럼 다시 걷기 시작했다. 살금살금 걷는 걸음으로 그녀는 자는 남자 옆을 지나쳤다. 그를 피해 문 앞으로 간 여자는 쪽문 빗장을 한쪽으로 젖히더니 열린 구멍으로 손을 밀어 넣었다. 그러자 왼쪽 문짝의 넓은 판자 하나가 소리 없이 스르르 열렸다. 바구니를 먼저 밀어 넣고 자기도 들어가려던 여자는, 호기심에 자기 밑에서 얼굴을 다 드러내고 자는 남자의 얼굴을 한 번 내려다보았다.

길 건너편에서 이 장면을 보고 있던 두 사람은 낮은 비명 소리를 들었다. 여자는 자기 눈을 믿지 못하겠다는 듯이 눈을 비비고 가까이 몸을 굽혀 다시 한 번 남자를 바라보았다. 이내 그녀는 손을 비비며 황급히 주변을 훑어본 후 남자의 얼굴을 다시 쳐다보았다. 여자는 몸을 굽혀 남자 밖으로 뻗은 팔을 들어 올리고 다정하게 입 맞추었다. 두 사람도 너무나 그러고 싶었지만 감히 하지 못했던 행동이었다.

여자의 행동에 잠을 깬 벤허는 자기도 모르게 손을 뿌리쳤다. 그리고 벤허의 시선이 여자와 마주쳤다.

"유모! 오, 혹시 유모예요?"

벤허가 물었다. 착한 여자는 아무 말도 하지 못한 채 벤허를 끌어안고 기쁨의 눈물을 흘렸다. 벤허는 부드럽게 여자의 팔을 풀어 눈물로 범벅이 된 여자의 얼굴을 들어 올리고 입 맞추었다. 그의 기쁨도 유모에 못지않았다. 길 건너편에 숨어 있던 두 사람 귀에 벤허의 목소리가 들렸다.

"엄마와 티르자는요? 아, 유모, 말해 줘요! 두 사람은 어떻게 됐어요? 어서 말 좀 해봐요!"

암라는 다시 울기만 했다.

"유모는 엄마와 동생을 봤죠? 유모는 두 사람이 지금 어디 있는지 알죠? 지금 집에 같이 있다고 말해 줘요."

티르자가 몸을 일으켰다. 하지만 티르자가 왜 그러는지 알고 있는 엄마는 딸의 손을 잡아 다시 자리에 앉히며 속삭였다.

"가면 안 돼, 티르자. 절대로 안 돼. 우리는 불결한 몸이야, 불결해!"

그녀의 사랑은 압제적인 분위기마저 풍겼다. 두 사람의 가슴은 찢어질 듯 아팠지만 벤허에게 병을 옮길 수는 없었다.

암라는 벤허가 물으면 물을수록 더 심하게 흐느끼기만 했다.

"안으로 들어가려는 거예요?"

마침내 벤허가 열린 판자를 보고 물었다.

"그럼 나와 함께 들어가요."

그는 자리에서 일어나며 말했다.

"로마 놈들! 하나님, 저들을 벌하소서! 로마 놈들이 거짓말을 하는 거야. 여기는 내 집이야. 일어나요, 유모. 우리 안으로 들어가요."

잠깐 사이에 그들의 모습이 사라졌다. 길바닥에 남겨진 엄마와 티르자는 두 사람이 들어간 대문만을 응시했다. 그 대문은 자기들로서는 들어갈 수 없는 문이었다. 그들은 함께 끌어안고 땅바닥에 주저앉았다.

그래도 두 사람은 임무를 다했다. 그들의 사랑은 입증되었다. 하지만 다음 날 사람들의 눈에 뜨이면 그들은 돌팔매질로 도시에서 쫓겨날 것이다.

"썩 꺼져! 너희들은 죽은 거나 다름없어. 죽은 사람들에게 가!"

그들의 귓가에는 이런 소리만 들려왔다.

이윽고 두 사람은 길을 떠났다.

# 제5장
## 문둥이 집단촌

요즈음 예루살렘을 방문해 '왕의 동산'이라는 예쁜 이름의 명소를 찾는 여행객은 기드론 계곡 아래로 내려가거나 기혼 샘과 힌놈 계곡을 내려가 마지막으로 엔로겔 우물로 간다. 거기서 여행객은 시원한 생수를 마시고, 그쪽 관광지 명소의 마지막에 도달해서 발길을 멈춘다. 그들은 우물 가장자리를 두르고 있는 커다란 돌멩이를 둘러보며 우물의 깊이를 물어보기도 하고, 물을 길어 올리는 원시적 방법에 미소를 짓기도 한다. 그리고 그곳에 상주하는 거지를 보며 동정을 보이기도 한다. 이내 등을 돌린 그들은 모리아 산과 시온 산을 보며 감탄한다. 두 산 모두 북쪽에서 시작되어 경사지를 따라 내려온다. 모리아 산은 오벨에서 끝나고, 시온 산은 '다윗의 도시'[235] 유적지에서 끝난다.

저 멀리 하늘을 배경으로 성지의 부속물이 보인다. 여기에는 우아한 둥근 지붕의 하람이 있고, 저기에는 잔해 가운데서도 위용 있는 히피쿠스 탑이 있다. 경치를 즐기고 충분히 기억에 새기고 나면, 이제 여행객은 오른쪽에 있는 '범죄의 언덕'[236]과 왼쪽에 있는 '음모의 언덕'[237]을 보게 되고 여행객이 성경의 역사와 랍비와 성직자의 전통을 연구한 사람이라면, 미신의 공포에 휩싸이지 않고 흥미롭게 관람할 것이다. 계곡 주변의 명소를 모두 이야기하기엔 너무 시간이 오래 걸린다. 그래서 계곡 남쪽에 는 지옥을 의미하는 '게헨나'[238]라 부르는 곳이 있었다는 설명 정도로만 그쳐야겠다. 지금도 그렇지만, 그리스도께서 살던 시절에는 예루살렘 동쪽과 동남쪽 낭떠러지에 무덤이 많이 있었다. 옛날부터 그곳은 나병 환자들이 집단적으로

235) 이스라엘 예루살렘 구(舊) 시가지에 있는 유적지
236) 감람산 남쪽 정상의 별칭. 솔로몬왕 때 이방 여인들의 거처로 사용되었기에 죄악과 관계된 이름을 가짐. 이스라엘의 엄한 계율 때문에 왕도 이방 여인들을 성내로 끌어들이지 못했음
237) 대제사장 가야파와 그의 일당이 예수를 체포하기로 결정한 곳
238) '힌놈의 골짜기'란 뜻의 '게 힌놈'을 헬라어로 음역한 말. '지옥'이라는 뜻으로도 쓰임

사는 곳이었다. 그들은 거기서 자기들만의 사회를 이루었다. 그들은 하나님께 버림받은 자들로, 자기들만의 마을을 건설하고 자기들끼리 살았다.

벤허가 암라를 만난 다음 날, 암라는 엔로겔 우물 근처로 가서 바위 위에 앉았다. 예루살렘 분위기에 익숙한 사람이라면, 그녀의 모습을 보고 부잣집 주인의 총애를 받는 하인이라고 했을 것이다. 암라는 흰 천으로 덮은 바구니와 물 항아리 하나를 곁에 내려놓았다. 그리고 머리에 쓰고 있던 너울을 벗고 손을 무릎에 얹은 채 낭떠러지 쪽, 즉 아겔다마[239]와 빈곤한 사람들을 위한 공동묘지 쪽을 쳐다보았다.

아주 이른 시간이어서 우물에는 암라 혼자밖에 없었다. 곧이어 밧줄과 가죽 물통을 든 남자가 나타났다. 그는 작은 몸집에 검은 피부를 가진 이 여인에게 인사하고 밧줄을 풀어 물통에 맸다. 그리고 고객이 오기를 기다렸다. 우물에 온 사람들은 각자 물을 길었지만 그는 물을 긷는 것이 직업인 사람이었다. 그는 아주 큰 항아리에 물을 가득 길어주는 대가로 1게라[240]를 받았다.

암라는 아무 말도 없이 가만히 앉아 있었다. 잠시 후, 남자는 항아리를 보고 물을 길어줄지 물었고 암라는 정중하게 사양했다. 남자는 더 이상 그녀에게 관심을 두지 않았다. 감람산 위로 새벽노을이 제법 짙어지자 남자의 단골이 하나둘씩 모습을 나타냈고, 그는 전심전력을 다해 물을 길었다. 그 동안에도 암라는 자리에 앉아 낭떠러지 쪽만 뚫어지게 쳐다보았다.

해가 떠올랐지만 암라는 여전히 같은 자리에 앉아 기다렸다. 그녀는 여기에서 무엇을 하고 있는 것일까? 암라는 보통 해가 지고 나서야 시장에 가는 것이 습관이었다. 남의 눈에 띄지 않게 살짝 집을 빠져나와, 중앙 골짜기나 동쪽에 있는 물고기문 곁에 있는 가게로 가서 고기와 채소를 사고는 집으로 돌아와 다시 틀어박혀 살았다.

암라가 벤허를 다시 집에서 보게 되어 얼마나 기뻤을지는 짐작할 만하다. 하지만 주인마님이나 티르자에 대해서는 알려줄 것이 아무것도 없었다. 아무것도. 벤허는 그녀의 거처를 좀 덜 외로운 곳으로 옮겨줄 수도 있었지만

239) 피의 밭(예수를 배반한 유다가 자살한 밭)
240) 유대의 화폐 단위. 1게라는 1세겔의 20분의 1에 해당

그녀가 거절했다. 벤허가 떠난 뒤 그대로 남겨둔 그의 방에서 지내라고 할 수도 있었지만 그것은 발각될 위험이 너무 컸다. 그는 무엇보다도 검문당할 때를 가장 두려워했다. 그는 가끔 집으로 올 수 있었다. 밤에 왔다가 밤에 나가면 됐다. 암라는 그 정도로 만족해야 했다. 그리고 일단 그렇게 정해지자 암라는 벤허가 집에 왔을 때 행복하게 해줄 방법을 강구하기 시작했다. 그녀는 벤허가 이젠 어른이 되었다는 생각을 하지 못했다. 그가 어린아이 입맛이 아닐 거라는 생각도 하지 못했다. 암라는 옛날 방식으로 그를 섬길 생각을 했다. 벤허는 어릴 때 과자를 좋아했다. 암라는 벤허가 과자를 보면 아주 좋아할 것이라 생각하고 과자를 만들어 벤허가 오면 줘야겠다고 생각했다. 그것보다 더 행복한 일이 어디 있을까?

다음 날 저녁, 암라는 평소보다 조금 이른 시간에 바구니를 들고 몰래 집을 나가 물고기문 시장으로 갔다. 가장 좋은 꿀을 사려고 두리번거리고 다니던 암라는 그곳에서 웬 남자가 떠드는 소리를 들었다. 그는 안토니아 요새에서 사령관을 위해 횃불을 들고 6번 감방으로 들어갔던 남자였다. 그는 허 집안의 가족들을 발견했다. 그리고 발견했을 당시의 상황을 자세하게 들려주었다. 암라는 죄수의 이름과 죄수가 했던 이야기들을 모두 들었다.

암라는 이 모든 이야기를 듣고 난 후 충성스러운 하인의 자세를 취했다. 그녀는 시장에서 살 것을 사고 꿈을 꾸는 기분으로 돌아왔다. 이제 벤허에게 반가운 소식을 전해 줄 수 있었다. 암라는 바구니를 치워두고 울었다 웃었다 하며 시간을 보냈다. 하지만 어느 순간 갑자기 다른 생각이 들었다. 어머니와 티르자가 나병에 걸렸다는 사실을 알게 되면 벤허가 죽을지도 모른다는 것이었다. 그는 음모의 언덕을 샅샅이 뒤지며, 쉬지 않고 나병 균으로 감염된 무덤 안을 일일이 들어가 보고 두 사람을 물을 것이다. 그러다 병이 옮아 그도 두 사람과 같은 운명이 될 것이다. 암라는 손을 비틀며 고민했다. 이제 어쩌면 좋단 말인가? 이전에도 그랬고 이후에도 그랬듯이, 암라는 지혜보다는 사랑의 마음에서 퍼뜩 떠오르는 생각에 따라 특별한 결심을 했다.

암라는 나병 환자들이 아침이면 무덤에서 내려와 엔로겔 우물에서 그날 마실 물을 가져간다는 사실을 알고 있었다. 그들은 항아리를 가져와 땅에 놓고 멀리 떨어져서 누군가가 항아리에 물을 채워주기를 기다렸다. 그렇다면 주인마님과 티르자도 그곳으로 올 것이다. 왜냐하면 가차 없는 법은 가난한 사람이든 부자든 나병 환자라면 똑같이 취급했기 때문이다. 부유한 나병 환자라고 해서 가난한 나병 환자와 다를 것이 없었다.

암라는 자기가 들은 이야기를 일단 벤허에게 말하지 않기로 결심하고 혼자 우물에 가서 기다리기로 했다. 배고픔과 목마름으로 그들은 우물로 올 것이다. 암라는 두 사람이 우물로 오면, 비록 그들이 자기를 알아보지 못한다 해도 자기가 그들을 알아볼 수 있다고 생각했다.

벤허가 집에 왔을 때 두 사람은 많은 이야기를 나누었다. 내일 말룩이 도착한다. 그러면 어머니와 누이를 찾기 위한 탐색이 바로 시작될 것이다. 벤허는 빨리 시작하고 싶어서 안달을 냈다. 먼저 그는 근처 성지를 찾아볼 것이다. 비밀은 암라의 가슴을 무겁게 내리눌렀지만 끝내 말하지 않았다.

벤허가 가고 나자, 암라는 실력을 최대한 발휘하여 먹을 음식을 준비했다. 별들의 위치를 보고 날이 밝아온다는 것을 안 암라는 음식을 바구니에 넣고 항아리도 하나 골라 들고 가장 일찍 문을 여는 물고기문으로 나가 엔로겔 우물에 도착했다.

해가 뜬 직후는 샘물 앞이 가장 혼잡한 시간이었고, 물을 긷는 남자의 손길이 가장 바빠지는 시간이었다. 모든 사람들이 청량한 아침 공기가 한낮의 찌는 듯한 더위로 바뀌기 전에 일을 마치려고 했기 때문에 두레박은 여섯 개까지도 한꺼번에 우물에 들어가곤 했다. 언덕에 살던 나병 환자들도 이 시간이면 무덤 밖으로 나와 움직이는 모습을 보였다.

잠시 후, 한 무리의 나병 환자들이 눈에 띄었다. 어린아이도 상당수 있는 것으로 보아 그들의 자식들인 것 같았다. 나병 환자들은 벼랑 모퉁이에서 잠깐씩 모습을 나타냈는데, 어깨에 항아리를 멘 여자도 있었고 막대기나 목발에 몸을 의지하고 절뚝거리는 사람도 있었다. 다른 사람의 어깨에 기댄 사람도 있었고, 상당수의 사람들이 들것 위에 넝마 더미처럼 맥없이 누워 있었다. 그런 가운데서도 그들은 만나면 서로 반가워했다. 멀리서 봐도 버림받은 사람들의 곤경이 조금은 완화되어 보였다.

암라는 우물 곁에 앉아서 유령 같은 사람들에게서 시선을 떼지 않았다. 거의 움직이지도 않았다. 암라는 자신이 찾던 사람의 모습을 보았다고 느낀 적이 한두 번이 아니었다. 그 두 사람은 이 언덕에 있을 것이며, 때가 되면 우물로 내려올 것임을 암라는 믿어 의심치 않았다. 우물에 있는 사람들이 물을 다 퍼가고 나면 두 사람이 나타나리라.

암라는 오가던 길에 벼랑 제일 밑바닥 근처에 입을 쩍 벌리고 있는 무덤 하나를 몇 번 본 적이 있었다. 커다란 바위 하나가 그 무덤 입구에 놓여 있었는데, 날이 점점 밝아지면서 아침 햇살이 그 구멍 속을 뜨겁게 내리쬐면 게헨나에서 먹이를 찾아 헤매다 돌아온 들개라면 모를까, 살아 있는 사람은 그 속에 있을 수가 없었다. 하지만 놀랍게도 거기서 여자 두 명이 나오는 것이 아닌가! 한 여자가 다른 여자를 부축하며 이끌었다. 둘 다 머리가 백발이었고 노인 같았다. 하지만 옷은 해지지 않았다. 두 사람은 이곳이 처음인 듯 주위를 두리번거렸다. 암라는 두 사람이 다른 무리를 보고 겁에 질려 움찔하는 모습을 본 것 같기도 했다. 암라는 이유 없이 심장이 거세게 뛰는 것을 느끼며 두 사람만 뚫어지게 바라보았다. 두 사람도 암라를 쳐다보았다.

두 사람은 한동안 바위 곁에 가만히 서 있었다. 그러더니 겁이 나는 듯 천천히 우물 쪽으로 고통스러운 몸을 이끌며 다가오기 시작했다. 그들을 저지하는 몇 사람의 목소리가 들렸지만 두 사람은 계속 다가왔다. 물을 깃는 남자가 그들을 쫓아버리려고 조약돌 몇 개를 주워들고 준비했다. 사람들은 욕설을 퍼부었다. 언덕에 있던 무리에서도 쉿소리로 "불결한 몸이야, 불결해!"라는 소리가 들렸다. 두 사람이 계속 다가오는 모습을 보며 암라는 문둥이라는 신호를 모르는 것이 틀림없어다라고 생각했다.

암라는 자리에서 일어나 바구니와 항아리를 들고 그들을 맞으러 갔다. 우물가에서 들리던 협박의 소리가 바로 잦아들었다.

"저 멍청한 여자 좀 봐! 저렇게 좋은 빵을 죽은 거나 마찬가지인 사람들에게 주다니!"

한 사람이 웃으면서 말했다.

"저렇게 멀리까지 가다니! 나 같으면 물고기문 정도까지만 나갔을 거야."

다른 사람도 거들었다.

암라는 다소 충동적으로 앞으로 걸어갔다. 잘못 봤으면 어쩌지? 심장이 너무 거세게 뛰어 목구멍 밖으로 튀어나올 것 같았다. 가까이 가면 갈수록 불안함과 혼란스러움이 더 커졌다. 암라는 그들이 서 있는 곳에서 3~4미터 떨어진 위치에서 걸음을 멈췄다. 얼마나 좋아했던 주인마님인가! 고마운 마음에 얼마나 자주 그 손에 입 맞추었던가! 마음속에 얼마나 충실히 추억으로 간직해 온 점잖고도 사랑스러운 마님인가! 그리고 아기 때부터 키워온 티르자는 또 어떤가! 아프면 달래주고 함께 놀아주던 아이 아니던가! 미소 띤 사랑스러운 얼굴, 늘 노래를 부르던 집안의 햇살 같은 아이, 자기 노년의 축복일 아이였다! 주인마님과 내 사랑스러운 새끼……. 그런데 저 사람들이? 암라는 두 사람의 모습을 보고 소름이 돋았다.

"저들은 노인이야. 처음 보는 사람들이야. 돌아가야겠어."

암라는 혼자 중얼거리며 몸을 돌렸다. 그때였다.

"암라."

두 사람 중 한 명이 말했다. 암라는 항아리를 떨어뜨리고 부들부들 떨면서 뒤를 돌아보았다.

"누가 제 이름을 불렀어요?"

"암라."

하녀의 놀란 눈이 말한 사람의 얼굴에 머물렀다.

"누구세요?"

"네가 찾던 사람이란다."

암라는 털썩 무릎을 꿇었다.

"오, 주인마님, 주인마님! 당신의 하나님이 나의 하나님이 되시거니와, 나를 당신께 인도하신 하나님께 감사드립니다!"

암라는 무릎을 꿇은 채 그들 쪽으로 기어가기 시작했다.

"멈춰, 암라! 거기 그대로 있어. 불결한 몸이야, 불결해!"

그 말만으로도 충분했다. 암라는 고개를 숙이고 큰 소리로 흐느끼며 울음을 터트렸다. 너무 큰 소리로 울어서 우물에 있던 사람들 귀에도 다 들렸을 정도였다. 암라는 갑자기 무릎을 꿇은 자세로 벌떡 몸을 일으켰다.

"오, 주인마님, 티르자는 어디 있어요?"

"여기 있어요, 유모. 여기요! 물 좀 가져다주지 않을래요?"

하인의 본능이 금방 되살아난 암라는 거친 머리를 뒤로 쓸어 넘기며 자리에서 일어났다. 그리고 바구니가 있는 곳으로 달려가 덮고 있던 흰 천을 벗겼다.

"보세요, 여기 빵과 고기를 가져왔어요."

암라는 땅에 흰 천을 펼치려고 했지만 주인마님이 말했다.

"그러지 마, 암라. 그러면 저들이 너에게 돌을 던질 테고, 우리에게도 물을 못 마시게 할 거야. 바구니는 거기 두고 항아리에 물을 가득 채워와 줘. 우리가 가지고 갈게. 그럼 지금 할 일은 끝나. 빨리, 암라."

이들을 보고 있던 모든 사람들은 암라에게 길을 터주었고, 비탄에 잠긴 암라의 모습을 애처롭게 본 사람들은 물을 채우는 걸 도와주기까지 했다.

"저 사람들이 누구죠?"

한 여인이 물었다.

"저에게 잘해 주셨던 분들이세요."

암라는 힘없이 대답했다. 이내 그녀는 항아리를 어깨에 올리고 허겁지겁 되돌아왔다. 그녀는 자기도 모르게 두 사람에게 계속 가려고 했다. 하지만 "불결한 몸이야, 불결해! 조심해!" 하는 말이 그녀의 발길을 가로막았다. 암라는 바구니 곁에 물 항아리를 놓고 뒷걸음질을 쳐 약간 거리를 두고 섰다.

"고마워, 암라. 정말 착하구나."

주인마님이 바구니와 항아리를 가지러 가며 말했다.

"제가 더 해드릴 일은 없는지요?"

항아리를 잡은 주인마님의 손이 목마름으로 부들부들 떨렸다. 하지만 그녀는 억지로 참고 자리에서 일어나 단호하게 말했다.

"그래, 있어. 유다가 집에 온 걸 알고 있어. 어젯밤 계단에서 잠들어 있는 모습을 봤단다. 그리고 네가 깨우는 것도 봤어."

암라는 두 손을 맞잡았다.

"오, 주인마님! 그걸 보고도 오지 않으셨다니!"

"그랬다면 그 애가 죽게 될 거야. 나는 이제 다시는 그 애를 내 품에 안을 수가 없어. 다시는 그 애에게 입 맞출 수도 없어. 오, 암라, 암라, 네가 그 애를 사랑한다는 사실을 잘 알고 있단다!"

"네, 도련님을 위해서라면 죽을 수도 있어요."

하녀가 다시 울음을 터트리며 무릎을 꿇었다.

"그럼 그것을 증명해 보이렴, 암라."

"준비되어 있습니다."

"그 애에게 우리가 어디 있다는 말도, 우리를 봤다는 말도 하지 마라. 그것만 지켜줘, 암라."

"하지만 도련님은 마님과 아가씨를 찾고 있습니다. 두 분을 찾으려고 먼 곳에서 왔어요."

"그 애가 우리를 보면 안 된다. 그 애가 우리처럼 되면 안 돼. 대신 네가 오늘처럼 우리를 도와주면 돼. 우리에게 꼭 필요한 것만 좀 가져다주렴. 우리는 살 날이 그리 오래 남은 것 같지 않아. 매일 아침저녁으로 이렇게 와다오. 그리고……."

떨려 나오는 그녀의 목소리로 보아 강하게 먹은 마음이 허물어지려고 하는 듯했다.

"그 애 소식을 우리에게 전해 다오, 암라. 하지만 우리에 대해서는 그 애에게 한마디도 하면 안 된다. 알겠지?"

"오, 도련님이 두 분에 이야기하는 것을 그냥 듣고, 두 분을 찾아 헤매시는 모습을 그냥 보고 있는 것이 너무 힘들 것 같아요. 두 분을 얼마나 사랑하는지 알면서 두 분이 살아 계시다는 말조차 못하다니요!"

"그럼, 우리가 잘 지내고 있다고만 말해 주겠니, 암라?"

하녀는 팔에 얼굴을 묻었다.

"아니야. 그냥 아무 말도 하지 마라. 이제 그만 가렴. 그리고 저녁에 다시 와다오. 우리가 널 만나러 오마. 그럼 그때까지 안녕."

"오, 마님, 말을 하지 않기가 너무 힘들 것 같습니다."

암라는 고개를 떨구며 말했다.

"지금 우리 모습을 본 그 애를 지켜보는 것이 얼마나 더 힘들겠니."

어머니는 바구니를 티르자에게 건네주며 말했다.

"오늘 저녁에 다시 와주렴."

그녀는 다시 한 번 말하고 물 항아리를 들고 무덤으로 올라가기 시작했다. 그들의 모습이 사라질 때까지 무릎을 꿇고 지켜보던 암라는 슬픔에 가득 찬 얼굴로 집으로 발길을 돌렸다.

암라는 저녁에 다시 왔다. 그때부터 매일 아침저녁으로 와서 필요한 것이 없도록 해주는 것이 암라의 일상이 되었다. 비록 돌투성이에 황량한 무덤이었지만 두 사람에게는 안토니아 요새의 감방보다 훨씬 행복했다. 햇살이 문간을 금빛으로 물들였고, 아무리 무덤이라도 그것은 아름다웠다. 그리고 그들은 탁 트인 곳에서 더 강한 믿음으로 죽음을 기다릴 수 있었다.

## 제6장
## 전투

7월 1일—유대력으로는 티스리 월이고 그레고리력으로는 10월—아침, 벤허는 세상에 불만을 가득 품은 채 자리에서 일어났다.

말룩이 도착하자마자 시작했던 의논은 금방 끝났다. 말룩은 안토니아 요새부터 수색을 시작했고, 대담하게 요새를 관장하는 사령관에게 직접 물어보는 방법을 택했다. 그는 사령관에게 허 집안의 과거는 물론 그라투스와 관련된 사고를 모두 이야기하며 범죄성이 없었다고 설명했다. 그러면서 그가 허 집안의 사람들을 이렇게 찾아다니는 이유는, 만일 살아 있는 사람이 있으면 황제에게 이 사건을 탄원해서 그들의 재산과 시민권을 되찾아주려는 것이라고 했다. 청원을 드리면 황제의 명령으로 조사가 시작될 것이고, 그러면 모든 일이 바로 잡힐 것이라고 했다.

사령관은 요새 안에서 여인들을 찾게 된 경위를 자세하게 설명하고, 여인의 말을 받아 쓴 기록까지 보여주었다. 그 글을 복사해 갈 수 있게 해달라는 부탁까지 들어주었다.

말룩은 황급히 벤허에게 돌아왔다. 끔찍한 이야기를 들은 벤허가 어떤 기분이었을지는 설명할 필요도 없을 것이다. 고통은 눈물이나 성난 외침으로 달래질 성질이 아니었다. 그것은 말로 표현할 수 없을 만큼 극심한 고통이었다. 그는 창백한 얼굴로 가슴을 들먹이며 한참을 멍하니 앉아 있었다. 마음속의 심한 고통을 반영하듯 가끔 중얼거리기만 했다.

"나병 환자, 어머니와 티르자가 나병 환자라니! 오, 주여! 얼마나 오래 기다려야 합니까?"

슬픔으로 인한 분노를 느끼던 벤허는 다음 순간 복수심으로 불타올랐다. 마침내 그는 자리에서 일어났다.

"어머니와 티르자를 빨리 찾아야겠어요. 죽음이 임박했을지도 몰라요."

"어디를 찾아볼 생각이십니까?"

말룩이 물었다.

"두 사람이 갈 곳은 한 군데밖에 없어요."

말룩은 벤허를 말렸다. 그리고 마침내 앞으로 있을 일은 자신이 관리하겠다는 허락을 받았다.

두 사람은 함께 음모의 언덕 맞은편, 옛날부터 문둥이들의 구걸 장소로 알려진 곳으로 갔다. 그들은 그곳에에 온종일 머무르며, 돈을 주고 두 여인을 묻고, 찾아주면 큰 사례금을 주겠다고 사람들에게 약속했다. 그렇게 두 사람은 8월과 9월을 보냈다.

사례금이 탐이 난 문둥이들은 문둥이 집단촌을 이 잡듯이 뒤졌다. 법적으로는 죽은 사람 취급당했지만 돈이 필요한 산 사람들이었기 때문이다. 우물 곁에 있는 임자 없는 무덤에도 몇 번이나 문둥이들이 들이닥쳐 그들이 누군지 추궁했다. 하지만 두 사람은 끝끝내 말을 하지 않았고, 벤허의 시도는 실패로 돌아갔다. 10월 1일 현재 더 알게 된 정보라고는 얼마 전 두 명의 문둥이 여자가 그곳 관리의 돌팔매질로 물고기문 밖으로 쫓겨났다는 것밖에 없었다. 날짜를 비교해 보고 실마리를 연결해 본 벤허는 그 두 사람이 어머니와 동생이라는 확신이 들었다. 그는 어느 때보다 절망적인 마음으로 늘 마음속에 품었던 질문을 던졌다. 어머니와 동생은 어디에 있을까? 두 사람은 어떻게 지내고 있을까?

벤허는 울컥하며 몇 번씩 되뇌었다.

"우리 가족을 나병 환자로 만든 것도 모자라서 돌로 쳐서 고향에서 쫓아내다니! 어머니는 광야를 헤매다가 돌아가셨을 거야! 어머니는 돌아가셨어! 티르자도 죽었어! 이젠 나 혼자 남았어! 내가 무엇을 위해 삶을 유지해야 하지? 오, 하나님, 로마를 언제까지 저대로 두시렵니까?"

화가 나고 암담하고 복수심에 불타는 그는 여관 안뜰로 들어갔다. 그곳은 밤새 도착한 사람들로 바글거렸다. 벤허는 아침 식사를 하며 그들이 하는 이야기를 들었는데, 한쪽 편에서 하는 이야기에 유달리 관심이 갔다. 그들은 대체로 몸이 튼튼하고 건장하며 활동적이었고, 말이나 행동으로 보아 시골 사람들이었다. 뭐라고 콕 짚어 말할 수는 없었지만 그들의 표정이나 머리 모양새, 쳐다보는 시선 등에는 예루살렘 빈곤층의 사람들과는 뭔가 다른 기백이 엿보였다. 왠지 산악지대 사람 특유의 기백 같았지만, 더 분명하게는 건강한 자유를 누리고 살아온 사람들에게서 느껴지는 기백이었다. 얼마 되지 않아 벤허는 그들이 갈릴리 사람으로, 나팔절[241]에 참여하려고 예루살렘에 온 사람들이라는 것을 알았다. 그들은 단숨에 벤허의 관심 대상이 되었다. 그가 착수하려는 과업을 지지해 줄 지역 사람들이었기 때문이다.

벤허가 그들을 지켜보면서, 어떻게 하면 그들을 군인으로 만들 수 있을지 생각하고 있을 때 한 남자가 흥분으로 눈이 반짝거리고 얼굴이 벌게져 뜰 안으로 달려 들어왔다.

"왜 여기에 있어요? 랍비와 장로들이 지금 성전에 빌라도를 만나러 나갔어요. 빨리 가요! 우리도 합류합시다."

남자가 갈릴리 사람들에게 말했다. 사람들은 순식간에 그를 에워쌌다.

---

241) 유대력으로 제7월 첫날에 지키던 유대인의 절기. 나팔을 불어 이날을 알렸기 때문에 나팔절이라고 불림

"빌라도를 만나러? 왜?"

"뭔가 꿍꿍이속이 있는 것을 알아냈대요. 빌라도의 새 수로 건설 자금이 성전에서 흘러나온답니다."

"뭐? 그 거룩한 돈으로?"

그들은 눈을 이글거리며 서로의 얼굴을 쳐다보면서 같은 질문을 되풀이했다.

"그것은 하나님께 드린 제물이야. 하나님의 돈이라고. 단돈 1세겔이라도 건드렸단 봐라!"

"빨리 가요! 지금쯤 행렬이 다리를 건넜을 거예요. 주민들 전체가 뒤를 따르고 있어요. 우리가 필요해요. 빨리요!"

마치 생각과 말이 하나인 듯 사람들은 머리에 아무것도 쓰지 않은 채 필요 없는 옷을 벗어 던지고 튜닉 안에 입는 민소매 차림이 되었다. 들판에서 수확할 때의 차림이고 호수에서 배를 저을 때의 차림이었다. 양 떼를 쫓아 산을 달려 올라갈 때의 차림이고 더위에 아랑곳없이 익은 포도를 딸 때의 차림이었다. 그들은 허리끈만 얼른 묶고 말했다.

"자, 준비 끝났어."

그때 벤허가 그들에게 말했다.

"갈릴리 시민 여러분, 저는 유다 지방 사람입니다. 저도 같이 가도 될까요?"

"우리는 싸움을 할지도 몰라요."

"그렇다면 제일 먼저 도망치지는 않을게요."

그들은 벤허의 대답을 기분 좋게 받아들였다. 처음 연락을 전한 사람이 말했다.

"몸이 아주 좋군요. 같이 갑시다."

벤허도 겉옷을 벗었다.

"싸움을 할지도 모른다고 했나요?"

벤허가 허리끈을 묶으면서 나직이 물었다.

"네."

"누구와요?"

"호위병들과요."

"로마 군단 호위병 말입니까?"

벤허가 물었다.

"로마인이 그들 말고 누굴 믿겠어요?"

"뭘 가지고 싸울 겁니까?"

그들은 어리둥절한 시선으로 벤허를 쳐다보았다.

"우리는 각자 최선을 다할 겁니다. 하지만 지도자를 뽑는 것이 더 낫지 않을까요? 로마 군단은 늘 지도자가 있어 일사불란하게 싸웁니다."

갈릴리 사람들은 그런 말을 처음 들어본다는 듯이 신기한 표정으로 그를 쳐다보았다.

"적어도 꼭 함께 뭉쳐 있어야 합니다. 모두 준비가 됐다면 저도 준비됐습니다."

벤허가 말했다.

"좋아요, 갑시다."

여관은 신도시인 베제타에 있었고, 거기서 시온 산에 있는 로마 총독 궁(과거 헤롯대왕의 궁전)으로 가려면 성전의 북쪽과 서쪽으로 난 저지대를 지나야 했다. 벤허를 비롯한 갈릴리 사람들은 남북으로 이어진, 교차로가 골목길 수준에도 미치지 못하는 도로를 통해 미리암 탑으로 갔다. 거기서 조금만 가면 시온성이 나온다. 그곳에서부터 그들은 신성 모독 소식에 분노해서 달려온 사람들과 앞서거니 뒤서거니 하며 함께 올라갔다. 그들이 마침내 로마 총독 궁 입구에 도착했을 즈음에는 장로들과 랍비들을 따르는 행렬은 이미 안으로 들어갔고, 더 많은 군중이 밖에서 웅성거렸다,

아름다운 흉벽 아래에서 백부장이 완전무장한 호위병들을 데리고 입구를 지키고 있었다. 햇볕이 헬멧과 방패 위로 강하게 내리쬐었지만 군인들은 햇빛에도, 사람들의 와글와글 떠드는 소리에도 꿈쩍 않고 그대로 대열을 지켰다. 열린 청동 문을 통해 많은 사람들이 안으로 들어갔고, 얼마 되지 않지만 밖으로 나오는 사람들도 있었다.

"어떻게 돼가고 있어요?"

갈릴리 사람이 밖으로 나오는 사람에게 물었다.

"그냥 그대로예요. 랍비들이 궁전 입구에서 빌라도를 만나겠다고 기다리고 있고, 빌라도는 밖으로 나오기를 거부하고 있어요. 랍비들은 대표를 안으로 들여보내 그들 말을 들어주기 전에는 이곳을 떠나지 않겠다고 말했어요. 그리고는 기다리고 있어요."

"안으로 들어갑시다."

갈릴리 사람들이 그대로 있을 듯하자, 벤허가 그 특유의 조용한 어투로 말했다. 안에서는 청원자와 총독 간에 의견이 맞지 않는데다 일단 논쟁이 시작되면 누가 자기 의견을 관철했는지가 중요한 관건이 되었다.

문 안에는 잎이 무성한 나무들이 일렬로 서 있었고 그 아래에 의자들이 놓여 있었다. 하지만 들어가는 사람이든 나오는 사람이든 깨끗이 청소된 하얀 보도 위를 애써 피해 지나갔다. 왜냐하면 이상하기는 했지만 랍비가 율법서에 적혀 있다고 하면서, 예루살렘 담장 안에는 잎이 푸른 것이 자라서는 안 된다고 했기 때문이었다. 솔로몬왕조차도 이집트인 왕비를 위해 정원을 만들었을 때 엔로겔 우물 위 계곡에다 만들었었다.

나무 꼭대기 틈새로 햇살에 빛나는 궁의 바깥 정문이 보였다. 거기서 벤허 일행은 오른쪽으로 돌아 광장에 이르렀다. 총독 관저는 그 광장 서쪽에 있었다. 광장은 흥분한 군중으로 가득 찼다. 모든 사람의 시선은 넓은 출입구 위에 있는 현관 쪽으로 향해 있었다. 현관은 굳게 닫혀 있었고, 현관 아래에는 또 다른 로마 군단이 배열해 있었다.

사람들이 너무 밀집해 있어서 벤허 일행은 앞으로 나가고 싶어도 나갈 수가 없었다. 그들은 뒷방에 머물며 일의 진행을 지켜보기로 했다. 현관 근처에서는 랍비들의 높은 터번이 조금 보였다. 랍비들이 초초해하고 있다는 이야기가 군중에게 전달되었다. 그런 가운데 다음과 같은 외침이 간간히 들렸다.

"빌라도, 당신이 총독이라면 밖으로 나오시오, 나오라고요!"

한 사람이 화가 나서 얼굴이 벌겋게 된 채 무리를 헤치며 밖으로 나왔다.

"이곳에서 이스라엘은 하찮은 존재야. 이 성전에서는 우리가 로마의 개만도 못해."

그가 큰 소리로 말했다.

"총독은 안 나올까요?"

"나온다고? 벌써 세 번이나 거절했는데?"

"그럼 랍비들은 앞으로 어떻게 할까요?"

"가이사랴에서 그랬던 것처럼, 요구를 들어줄 때까지 앞에서 버티는 수밖에요."

"설마 총독이 거룩한 돈에 손을 대지는 않겠죠?"

"누가 알겠소? 로마인들은 지성소도 더럽히지 않았소? 로마인들이 무서워하는 것이 대체 뭐가 있소?"

그렇게 한 시간이 흘렀다. 빌라도는 시치미를 떼고 안에 그대로 있었지만 랍비와 군중은 기다렸다. 정오경에 서쪽에서 한 차례 소나기가 몰려왔지만 상황은 그대로였고, 오히려 군중의 숫자가 더 많아지고 소음과 분노만 더 커졌다. 이제 "밖으로 나와!" 하는 고함이 끊임없이 울려 퍼졌다. 때로 고함에는 욕설도 섞여 있었다.

한편, 벤허는 갈릴리 사람들을 한자리에 모여 있게 했다. 그는 결국 빌라도가 자존심 때문에 신중성을 잃을 것이라고 내다보았고, 이제 끝이 멀지 않다고 판단했다. 빌라도는 단지 폭력을 쓸 수밖에 없는 핑계거리를 기다리고 있었다.

마침내 끝이 왔다. 어디선가 몽둥이를 휘두르는 소리가 들렸고, 연이어 고통과 분노에 찬 비명과 더불어 격분한 사람들 사이에서 소동이 일어났다. 현관 앞에 있던 랍비들은 경악한 표정으로 뒤를 돌아보았다. 뒤편에 있던 사람들이 앞으로 밀려들었고, 중간에 있던 사람들은 뒤로 나오려고 했다. 잠시 두 부류의 사람들 사이에 밀고 당기는 야단법석이 났다. 수도 없이 많은 사람이 한꺼번에 무슨 일이냐고 물었고, 누가 미처 대답할 틈도 없이 놀람은 순식간에 공포로 변했다. 벤허는 평정을 유지했다.

"앞이 보여요?"

벤허가 갈릴리 사람에게 물었다.

"아니요."

"그럼 내가 들어줄게요."

벤허는 남자의 허리 부분을 잡아 들어올렸다.

"어때요?"

"이제 보여요. 저기 유대인 복장을 한 이들이 막대기로 사람들을 때리고 있어요."

남자가 말했다.

"그자들이 누군데요?"

"하나님께서 살아 계시거니와, 저자들은 로마인이에요. 유대인으로 변장한 로마인이에요. 그들이 막대기를 도리깨처럼 휘두르고 있어요! 저기 랍비 한 분이 맞아 쓰러졌어요. 노인도 맞았어요! 지금 닥치는 대로 후려치고 있어요!"

벤허가 남자를 내렸다.

"갈릴리 여러분, 이것은 빌라도의 술책입니다. 자, 지금부터 내가 하자는 대로 하면 저 막대기를 든 사람에게 복수해 줄 수 있어요."

갈릴리 사람들의 사기가 다시 올라갔다.

"좋아요, 그렇게 합시다!"

"자! 헤롯왕이 불법적으로 심은 나무를 좋은 곳에 써 봅시다. 자, 문 옆으로 되돌아갑시다!"

그들은 신속하게 되돌아 달려갔다. 그리고 온 힘을 다해 줄기에서 가지를 떼어냈다. 단시간에 그들에게도 이제 무기가 생긴 것이다. 돌아오다가 광장 모서리에서 문을 향해 미친 듯이 달아나는 군중과 부딪혔다. 그들 뒤로 비명과 신음과 욕설이 뒤섞여 들려왔다.

"벽으로!"

벤허가 소리쳤다.

"사람들이 지나갈 수 있도록 벽에 가서 붙으시오!"

그들은 오른쪽에 있는 벽에 붙어 섰고, 밀려나오는 엄청난 힘에 쓸려 나가지 않을 수 있었다. 그리고 조금씩 움직여 마침내 광장에 도달했다.

"흩어지지 말고 나를 따라와요!"

이제 갈릴리 사람들은 벤허가 하라는 대로 일사불란하게 움직였고, 와글거리는 사람들 틈새로 한덩어리가 되어 벤허 뒤를 따랐다. 로마인들은 닥치는 대로 막대기를 내리치면서 쓰러지는 사람들을 보며 신나게 다가오다가, 똑같이 막대기를 들고 싸울 태세를 하는 갈릴리인들을 보고는 깜짝 놀랐다. 그때 외치는 소리가 바로 가까이에서 격렬하게 울렸다. 힘차고 빠르게 내려치는 막대기 소리, 격분한 사람들의 전진, 그중에서 벤허보다 맡은 역할을 잘하는 이는 없었다. 훈련으로 다져진 몸은 원하는 대로 움직여 주었다.

벤허는 방어만 잘하는 것이 아니었다. 긴 팔과 완벽한 동작, 그리고 누구와도 비교할 수 없는 강한 팔 힘으로 목표물을 정확히 가격했다. 그가 들고 있던 막대기는 길고 무거워서 한 번에 한 사람씩만 내려칠 수 있었다. 더구나 그는 자기편을 일일이 돌아보며, 도움이 가장 필요한 순간을 알아내는 능력도 있었다. 그가 싸울 때 내지르는 소리는 자기편에게는 힘을, 적에게는 공포를 주었다. 이렇게 만만찮은 적수를 만난 로마인들은 처음에는 주춤하다가 다음에는 등을 돌려 현관으로 달아나버렸다. 흥분한 갈릴리인들은 현관 계단까지 쫓아가려고 했지만 벤허가 현명하게 그들을 말렸다.

"그만 가요! 저기 백부장이 호위병과 함께 오고 있어요. 그들은 창과 방패로 무장하고 있어 대적할 수가 없어요. 우린 잘 싸웠어요. 아직 시간이 있을 때 빨리 문 밖으로 달아납시다."

갈릴리인들은 그의 말에 따랐다. 하지만 뒤로 물러나는 일은 그리 호락호락하지 않았다. 아직 바닥에 넘어진 사람들이 많았기 때문이다. 몸부림치며 괴로워하는 사람이 있는가 하면, 도와달라고 손을 뻗는 사람도 있고 죽은 듯이 누워 있는 사람들도 있었다. 쓰러진 사람 중에는 유대인만 있는 것이 아니었다. 그것만이 그들에게 위로가 되었다.

그들이 물러날 때 백부장이 뒤에서 소리쳤다. 벤허는 큰 소리로 비웃으며 자기 나라 말로 대답했다.

"우리가 이스라엘의 개라면 너희들은 로마의 앞잡이 재칼이다. 여기 그대로 있어라, 나중에 다시 오마."

갈릴리인들은 환호성을 울렸고, 웃음소리가 계속되었다.

문 밖에는 수많은 사람이 운집해 있었다. 벤허도 그렇게 많은 사람은 처음 보았다. 안디옥의 경기장에도 그렇게 많지는 않았었다. 지붕 옥상, 길거리, 계곡 비탈길, 보이는 곳마다 사람들은 운집해 울부짖고 기도했다. 주위는 온통 그들의 외침과 저주로 가득 차 있었다.

벤허를 비롯한 갈릴리인들은 바깥 호위병들의 아무런 저지 없이 문을 빠져나왔다. 그들이 미처 문을 빠져나오기도 전에 현관을 맡고 있던 백부장이 문에서 벤허를 불렀다.

"어이, 거기 너! 너는 로마인이냐, 유대인이냐?"

"나는 이곳에서 태어난 유대인이다. 무슨 볼일인가?"

벤허가 대답했다.

"가지 말고 나와 싸우자."

"일 대 일로?"

"너 좋은 대로!"

벤허는 조롱 섞인 웃음을 터트렸다.

"이런, 용감한 로마인이군! 빌어먹을 로마 신에 걸맞은 녀석이군! 그렇지만 나는 무기가 없는데."

"내 것을 주마. 나는 여기 있는 부하의 것을 빌리지."

가까이에서 대화를 들은 사람들이 조용해졌다. 그리고 쉿 하는 소리가 뒤로 멀리까지 퍼져나갔다. 최근에 벤허는 안디옥 시민들이 지켜보는 가운데 로마인을 무찌른 적이 있었고, 이데니 저택에서도 그랬다. 지금 예루살렘인들이 지켜보는 가운데 또 로마인을 무찌른다면 명예가 높아져 새 왕을 모실 명분에 크게 도움이 될 것이다.

그는 주저하지 않고 바로 백부장에게 말했다.

"네 제안을 기꺼이 받아들이겠다. 칼과 방패를 다오."

"헬멧과 흉배는?"

"그런 것은 필요 없다. 어차피 맞지도 않아."

무기가 교환되고 백부장도 준비가 끝났다. 그러는 동안에도 문을 지키는 군인들은 대열을 전혀 흩트리지 않고 자리를 지키면서 소리만 들었다.

두 사람이 싸우려고 서로 가까이 다가가자, 군중 사이에서는 웅성웅성 하는 퍼져나갔다.

"저 사람이 누구야?"

그렇지만 아무도 아는 사람이 없었다.

전쟁 때 로마인은 세 가지 면에서 탁월했다. 규율의 절대복종, 군인들의 전쟁 대형 짜임, 그리고 단검의 특이한 사용이었다. 전투할 때 그들은 절대 칼을 내려치거나 옆으로 후려치지 않는다. 처음부터 끝까지 칼을 앞으로 찌르기만 했다. 전진하면서도 앞으로만 찌르고 후퇴하면서도 앞으로만 찔렀다. 언제나 그들의 목표는 적의 얼굴이었다. 벤허는 이런 사실을 이미 알았다. 그리고 두 사람이 싸움을 시작할 때 그가 말했다.

"나는 이미 내가 유대인이라고 말했다. 하지만 내가 검투사 조련소에서 배운 사람이라는 말은 하지 않았지. 잘 방어해!"

마지막 말과 함께 벤허는 적에게 바싹 다가갔다. 잠시 두 사람은 무늬로 장식된 방패 위로 서로를 노려보며 서 있었다. 그러다가 로마인이 느닷없이 앞으로 나서며 칼을 밑으로 내려 찌르는 척했다. 벤허는 헛웃음을 쳤다. 그러자 곧바로 칼이 얼굴로 날아들었다. 벤허는 몸을 슬쩍 왼쪽으로 피했다. 앞으로 뻗은 칼도 순식간이었지만 벤허의 발놀림은 더 빨랐다. 로마인의 들린 팔 밑으로 벤허는 방패를 집어넣고 밀어버렸다. 그리고 벤허가 발을 재빠르게 옮기자 적의 오른쪽 몸 전체가 벤허의 칼끝에 무방비 상태로 드러났다. 백부장은 앞으로 고꾸라졌고, 쨍그랑 소리와 함께 보도에 나뒹굴었다. 벤허는 검투사들이 흔히 그러듯이, 적의 등을 발로 밟고 방패를 하늘로 치켜들며 문 옆에서 꿈쩍도 않는 로마군에게 인사했다.

사람들은 벤허가 이겼다는 것을 깨닫자 미친 듯이 환호했다. 멀리까지 말이 빠르게 퍼져나갔고, 사람들은 숄과 손수건을 흔들며 환호성을 질렀다. 갈릴리인들은 벤허를 어깨에 메고 가려고 했지만 벤허가 한사코 거부했다.

문을 지키다가 다가온 부사관에게 벤허가 말했다.

"당신 동료는 군인답게 삶을 마감했어요. 그의 사체는 훼손하지 않았어요. 다만, 칼과 방패만 내가 가져갑니다."

그 말과 함께 그는 문을 나왔다. 그가 문에서 멀어지자 벤허가 갈릴리인들에게 말했다.

"여러분, 오늘은 참 잘 싸웠습니다. 누가 추격해 오기 전에 여기서 헤어집시다. 오늘 밤, 베다니에 있는 여관에서 다시 만납시다. 이스라엘의 이익에 관계되는 일에 할 말이 있습니다."

"당신은 누굽니까?"

"저는 유대 지방 사람입니다."

벤허는 그렇게만 말했다. 무리 중에 그를 다시 만나고 싶어 하는 사람들이 많아졌다.

"오늘 베다니에 오겠소?"

"네, 갈게요."

"그럼, 여러분인지 알 수 있도록 이 칼과 방패를 가지고 오세요."

그는 점점 늘어나는 인파를 헤치고 신속하게 모습을 감췄다.

빌라도의 요청으로 사람들은 시온 산으로 올라가 죽거나 다친 이들을 데리고 나왔으며, 그들을 위해 애도했다. 하지만 슬픔은 이름도 모르는 사람의 승리 덕분에 크게 경감되었고, 모든 사람이 그가 누군지 묻고 칭송했다. 누군가의 용감한 행동으로 시들어 가던 나라의 기개가 크게 고양되었다. 거리에서, 심지어 성전에서도 엄숙한 축제 의식 중에 마카베오의 옛이야기가 오갔다. 하지만 사람은 머리를 가로저으며, 누가 들을세라 낮게 속삭였다.

"여러분, 조금만, 조금만 더 기다리면 이스라엘이 독립국이 될 겁니다. 여호와를 믿고 참읍시다,"

벤허는 이렇게 갈릴리인들의 기반을 얻고 오실 왕의 명분을 위한 길을 닦았다.

이제 결과가 어떻게 될지 지켜보기로 하자.

# 제7부

그리고 잠에서 깬 나는

그녀를 보았네.

소녀처럼 바다를 꿈꾸며

손가락엔 심홍색 해초를 감고

머리엔 길쭉한 황갈색 해초를 두르고

나긋나긋하고 멋진 사이렌[242]처럼

서 있는 그녀를.

**《팜피나》_토머스 올드리치**

242) (그리스신화) 신체의 반은 새이고 반은 사람인 마녀의 이름. 사이렌은 아름다운 노랫소리로 뱃사람들을 유혹하여 배를 난파시킴

# 제1장
## 선지자의 출현

베다니에 있는 여관에서 모임이 열렸다. 거기서 벤허는 갈릴리 사람들과 함께 갈릴리로 내려갔고, 예루살렘에서의 활약상으로 힘과 명성을 얻었다. 겨울이 채 가기도 전에 그는 세 군단을 구성할 수 있는 사람들을 모아 로마식으로 조직했다. 용감한 갈릴리인들은 호전적인 기백이 있어서 벤허가 하려고만 했다면 그 두 배의 군단을 조직할 수도 있었다. 하지만 그 과정에서 로마 당국과 헤롯 안디바[243]에게 발각될 위험이 있었기에 세 군단에 만족하기로 했다. 그는 조직적인 활동에 맞게 갈릴리인들을 훈련시키기로 했다. 먼저 지휘관들을 뽑아 트라코니티[244] 용암 분지로 데리고 가서 무기사용법, 그중에서도 특히 투창과 검법을 가르치고 전투 대형을 가르쳤다. 그리고 그들을 고향으로 보내 다른 사람들을 가르치게 했다. 갈릴리 사람들은 평상시에 운동하듯 훈련을 하게 되었다.

이 모든 일에는 벤허의 인내와 기술, 열정과 믿음, 그리고 헌신이 뒤따랐다. 어려운 일이 있을 때 이 모든 것을 합해 다른 사람을 격려하면 언제나 해결되었다. 그리고 벤허보다 그런 능력이 더 많은 사람도, 또 그 능력을 적

243) 헤롯대왕의 아들로, 갈릴리 지역을 다스린 영주. 신약성경에서 그리스도의 공생애 중에 나타나는 헤롯왕을 말함

244) 요단강 건너편, 아라비아와의 접경지방

재적소에 더 잘 사용할 줄 아는 사람도 없었다. 그가 얼마나 부단히 노력했던지! 자신의 욕망이나 감정을 얼마나 철저히 자제했던지! 그랬더라도 그에게 무기와 자금을 보내주는 시모니데스와 경비를 봐주고 배급품을 조달해 주는 일드림이 없었다면 성공하지 못했을 것이다. 또한 갈릴리인들의 비범한 재능이 없었더라도 마찬가지였을 것이다.

갈릴리인들은 옛 아셀 지파, 스불론 지파, 잇사갈 지파, 납달리 지파를 포함하는 사람들이다. 지역 자체도 북쪽에 위치하여 예루살렘과는 분리되어 있어서 성전 근처에 있는 유대인들은 갈릴리인들을 경멸했다. 그러나 탈무드에는 이런 말이 적혀 있다.

"갈릴리인은 명예를 중시하고, 유대인은 돈을 좋아한다."

갈릴리인들은 자기 나라를 사랑하는 만큼 로마를 증오하여, 폭동이 일어날 때마다 맨 먼저 현장에 도착해서 가장 나중에 떠났다. 로마와의 마지막 전쟁에서는 15만 명의 갈릴리 젊은이들이 목숨을 잃었다. 명절 때면 대규모로 예루살렘에 올라갔는데, 그 모습이 흡사 군대와 같았다. 하지만 그들은 정서적으로 자유로웠으며 이교도들에게도 너그러웠다. 헤롯왕이 세포리스와 디베랴(티베리아스)를 로마식으로 지었을 때도 그들은 많은 힘을 보탰으며, 그 아름다운 도시에 자부심을 느끼고 있었다. 그들은 세계 모든 나라 사람들을 시민으로 받아들여 사이좋게 살았다.

그렇게나 빠르고 자긍심 강하고 용감하고 헌신적이고 상상력이 풍부한 갈릴리 사람들에게 그 오실 왕의 이야기는 굉장한 영향력이 있었다.

그분이 와서 로마를 멸망시킬 것이라는 이야기만으로도 그들은 벤허가 모으려는 군대에 기꺼이 자원입대했다. 게다가 그분이 로마 황제보다 더 강력하고 솔로몬왕보다 더 위대하며 영원히 세상을 지배하게 될 것이라는 벤허의 말은 거부할 수 없는 매력이었다. 그들은 오실 왕을 위해 몸과 마음을 바치겠다고 서약했다. 그들은 벤허에게 무슨 근거로 그런 말을 하는지를 물었고, 그는 선지자의 말을 인용해서 답해 주었다. 또한 안디옥에서 그분이 오시기를 기다리는 벨타사르에 대해서도 이야기해 주었다. 그들은 옛날부터 전해 내려온 '메시아'라는 말이 '하나님'이라는 말만큼이나 귀에 익숙해서 흡족해했다. 오랫동안 꿈꾸어오던 일이 시간까지 정해져 현실로 다가온 것이다. 왕은 지금 오실 뿐 아니라 바로 지척에 계신다.

그들은 벤허와 함께 겨울을 보냈고, 드디어 서쪽에서 훈훈한 해풍이 시원한 소나기를 몰고 오는 봄이 되었다. 그때까지 열심히 땀 흘리고 성공적인 성과를 얻어낸 벤허는 자기 자신과 추종자들에게 다음과 같이 말할 수 있는 정도까지 되었다.

"왕이 오시기만 하면 된다. 그냥 우리에게 어디에 궁궐을 세우실지 말씀만하시면 돼. 우리는 그분의 오른팔이 되어 모든 걸 성사시킬 수 있어."

이렇게 많은 사람과 오랜 시간을 함께 보내면서도 벤허는 그들에게 '유다의 아들'로만 불려졌다.

어느 날 저녁, 벤허는 자신이 기거하는 트라코니티의 동굴 입구에서 갈릴리 사람들과 이야기를 나누고 있었다. 그때 아라비아에서 온 연락원이 한 통의 편지를 건네주었다. 벤허는 편지를 펼쳐 읽었다.

> 예루살렘 1월 4일
> 엘리야라는 이름의 선지자가 나타났습니다. 수년 동안 광야에서 지낸 사람으로, 우리가 보기에는 선지자가 분명합니다. 그의 말을 들어봐도 그렇습니다. 그는 자기가 견딜 수 있는 것보다 더 무거운 짐을 지신 분이 곧 오실 것이며, 자신은 요단 강 동쪽 강변에서 그분을 기다리고 있다고 합니다. 부디 오셔서 직접 판단해 주십시오.
> 예루살렘 전 주민이 선지자를 만나러 강변으로 몰려들어, 마치 유월절 마지막 날의 감람산 같은 장면을 연출하고 있습니다.
> 말룩 드림

벤허의 얼굴은 기쁨으로 환해졌다.

"여러분, 이것으로 우리의 기다림은 끝이 났습니다. 왕의 전령이 나타나 그분의 오심을 선언했습니다."

편지를 읽어주자 갈릴리인들도 내용 속에 나타난 약속의 말에 기뻐했다.

"이제 준비하십시오. 아침이 되면 각자 고향으로 출발하세요. 도착하면 여러분 휘하의 부하들에게 내가 말하는 곳으로 모일 준비를 하라고 이르세요. 내가 여러분을 대표하여, 정말 왕이 지척에 와 계시는지 알아보고 연락하겠습니다."

동굴로 들어간 벤허는 말룩에게 들은 소식과 지금 바로 예루살렘으로 출발한다는 내용의 편지를 시모니데스와 일드림에게 즉시 써 보냈다. 그리고 밤이 되자 아라비아 길 안내인과 함께 대상들이 다니는 라바트 암몬과 다마스쿠스 간의 길을 통해 요단 강으로 출발했다.

안내인이 안내한 길은 정확했고 알데바란은 빨랐다. 두 사람은 자정 무렵에 용암 분지 요새를 벗어나 남쪽으로 빠르게 달려 내려갔다.

## 제2장
### 아이라스와의 재회

원래 벤허의 계획은 동틀 무렵까지 사막을 벗어나 안전한 곳에 몸을 숨긴다는 것이었다. 하지만 새벽이 될 때까지도 사막을 벗어나지 못했다. 길 안내인은 커다란 바위 뒤에 감춰진 계곡이 있고 거기에는 샘물과 뽕나무가 있으며 말들이 먹을 풀이 많다고 했다.

벤허는 그토록 가까운 미래에 일어날 경이로운 사건과 그로 인해 민족들과 백성들에게 나타날 큰 변화에 대해 생각하며 길을 가는 중이었다. 그때 안내인이 뒤편에 웬 사람들의 모습이 보인다고 했다. 주위에는 온통 사막이 펼쳐져 있고, 저 멀리 왼편에는 낮은 산등성이가 끝없이 이어져 있다. 해가 밝아옴에 따라 사막의 누런색만 서서히 드러나고 초록색은 어디에도 눈에 띄지 않는다. 이러한 사막에서 움직이는 물체는 금방 드러나기 마련이다.

"저기 낙타 한 마리가 오고 있어요."

안내인이 말했다.

"그 뒤에 다른 사람들도 있나요?"

"낙타에 앉은 사람들뿐이에요. 아, 아니군요. 말을 탄 사람 하나가 뒤에 따라오고 있어요. 낙타를 모는 사람인가 봅니다."

잠시 뒤 벤허의 눈에도 낙타가 보였다. 희고 특이할 정도로 큰 낙타라서, 다프네 숲의 샘에서 본 벨타사르와 아이라스가 생각났다. 그렇게 큰 낙타는 처음이었다. 벤허는 아름다운 이집트 여인을 생각하며 자기도 모르게 걸음이 느려져 어슬렁거리는 수준까지 이르렀다. 마침내 그는 낙타 위에 커튼 달린 가마가 있고, 그 안에 두 사람이 타고 있다는 것도 알아볼 정도가 되었다. 두 사람이 벨타사르와 아이라스라면 얼마나 좋을까! 저들에게 내 소개를 해야 할까? 하지만 그럴 리 없잖아? 여기는 사막인데…….

벤허가 한창 갈등하고 있을 때 큰 걸음으로 휘청거리며 낙타가 다가왔다. 작은 방울이 딸랑거리는 소리가 들려 고개를 들어보니 그의 눈앞에 아름다운 가마가 나타났다. 그것은 카스탈리아 샘 주변 사람들을 넋 빠지게 만들었던 바로 그 아름다운 가마였다! 항상 그 이집트인 부녀를 따라 다니던 에티오피아인도 보였다. 커다란 낙타는 벤허 곁에 바싹 다가와서 멈췄다. 벤허가 고개를 들어보니, 오! 아이라스 바로 그녀가 휘장을 젖히고 놀라움과 호기심을 가득 담은 커다란 눈망울로 그를 내려다보았다!

"하나님의 복이 당신에게 임하기를!"

벨타사르가 가늘게 떨리는 목소리로 말했다.

"주님의 화평이 당신과 당신 가족에게 임하기를!"

벤허가 대답했다.

"나이를 먹다 보니 눈이 잘 보이지 않네. 하지만 자네는 일전에 일드림 족장 천막에 손님으로 왔던 허 집안의 아들 같군."

"그리고 당신은 현자 벨타사르시죠. 그때 말씀하신, 우리가 기다리는 거룩하신 분 때문에 제가 지금 여기 사막에 있습니다. 여기까지는 어쩐 일이십니까?"

"하나님이 계신 곳에 있는 사람은 외롭지 않다네. 그리고 하나님은 모든 곳에 계시지. 하지만 자네 질문에 대답하자면, 우리 조금 뒤편에 알렉산드리아로 가는 대상 무리가 있다네. 그들이 예루살렘을 거쳐 간다기에 마침 그곳을 가볼까 하던 차에 따라나섰지. 하지만 로마 보병대가 호위하는 바람에 너무 늦어져서 우리 먼저 아침 일찍 출발해 버렸어. 일드림 족장의 도장 날인을 지니고 있으니 강도 만날 걱정도 없고, 주님이 늘 지켜주시니 들짐승도 걱정 없고 말이야."

벨타사르의 목소리는 엄숙했다. 벤허는 허리를 굽혀 절을 했다.

"일드림 족장의 도장 날인은 광야에서는 언제나 든든한 보호자죠. 그리고 사자가 아무리 빨라도 낙타를 이길 수는 없으니까요."

벤허는 낙타의 목을 쓰다듬으며 말했다.

"하지만…… 이제 낙타도 뭘 좀 먹는 게 좋을 것 같아요. 아무리 왕이라도 배가 고프고 머리도 아픈 법이죠. 당신이 정말 아버지가 말씀하시던 벤허, 내가 알고 있던 그 벤허가 맞다면 샘물이 있는 곳으로 우리를 안내해 주세요. 우리도 아침 식사를 해야죠."

아이라스가 미소를 지으며 말했다. 벤허는 그녀의 미소를 놓치지 않고 쳐다보았다.

"당신 말이 맞습니다. 조금만 참고 더 가면 당신이 찾던 샘이 나옵니다. 그곳 샘물은 카스탈리아 샘물만큼 유명하진 않지만, 그만큼 맛있고 시원할 겁니다. 자, 조금만 더 서두릅시다."

벤허는 망설이지 않고 재빨리 대답했다.

"저희에게 샘물을 주시면…… 전 다마스쿠스의 공기 좋은 초원에서 난 신선한 버터와 도시의 오븐에서 구운 빵을 대접해 드릴게요."

아이라스가 말했다.

"정말 귀한 대접이군요. 어서 갑시다."

벤허는 길 안내인과 함께 앞장서서 가기 시작했다. 낙타 여행의 한 가지 단점은 길을 가면서 계속 대화를 나눌 수 없다는 점이다. 잠시 뒤 그들은 물이 얕은 와디에 도착했다. 안내인은 오른쪽으로 인도하며 내려가기 시작했다. 그곳은 최근에 내린 비로 질척질척했고 비탈의 경사도 꽤 급했다. 잠시 길이 넓어지기도 했지만 이내 급물살 때문에 생긴 벼랑이 되었다. 그들은 좁은 통로를 겨우 내려와 마침내 활짝 펼쳐진 계곡에 들어섰다. 지금까지 풀 한 포기 없이 누렇고 단조로운 사막만 보다가 뜻밖에 이런 아름다운 광경을 보니 파라다이스를 발견한 기분이었다. 하얀 조약돌로 이어진 여러 물줄기는 테두리가 갈대로 장식된 푸른 섬 사이에 헝클어진 실타래 같았다. 맨 밑에는 커다란 꽃망울을 단 서양협죽도가 자라나 있어 계곡을 아름답게 장식했다. 야자수도 한 그루 꿋꿋이 버티고 있었다. 벼랑 아랫부분은 덩굴이 뻗어 있고, 비스듬히 기운 왼쪽 벼랑 아래에는 오디 관목이 자생해 있어 봄이 왔음을 알렸다. 길 안내인은 삑삑거리는 들꿩과 이름 모를 새들이 푸드덕거리는 갈대밭으로 그들을 인도했다.

물이 샘솟는 벼랑 틈에 누군가 고마운 손길로 아치 형태의 작은 구멍을 파놓았다. 그리고 그 위에 히브리어로 '하나님'이라고 새겨놓았다. 샘을 판 사람은 그 물을 마시며 며칠 동안 그곳에 머무른 것이 틀림없었다. 그리고는 감사하는 마음을 이렇게 영구적인 형태로 표현한 것이다. 아치 형태의 구멍에서 콸콸 흐르는 물은 밝은 색 이끼가 낀 판석을 거쳐 유리처럼 투명한 웅덩이로 쏟아져 내렸다. 거기서 푸른 둑 사이의 어디론가 모습을 감춰 나무에 물을 주고 메마른 모래 속으로 스며들어 갔다. 웅덩이 가장자리에는 좁은 오솔길이 있었지만 그 외 다른 지역은 사람의 발길이 닿지 않은 초원이었다. 안내인은 거기가 사람들의 침입이 없는 안전한 휴식처라고 안심시켜 주었다. 에티오피아인이 무릎을 굽힌 낙타에서 벨타사르와 아이라스를 부축해 내려주었다. 벨타사르는 얼굴을 동쪽으로 돌리고, 공경하는 자세로 팔을 교차하여 가슴에 올린 뒤 기도를 올렸다.

"잔을 좀 가져다 줘."

아이라스가 약간 조바심을 내며 말했다. 노예가 가마에서 수정 잔을 꺼내오자 아이라스가 벤허에게 말했다.

"제가 물을 떠 드릴게요."

두 사람은 함께 물웅덩이로 갔다. 벤허는 물을 떠 주려고 했지만 아이라스가 거절하며 직접 무릎을 굽혀 잔을 물에 담갔다. 그리고 잔이 넘치도록 시원한 물을 담아 먼저 벤허에게 주었다.

"아니요, 제가 먼저 떠 줄게요."

벤허가 아이라스의 눈을 바라보며 그녀의 우아한 손을 옆으로 치웠다. 하지만 아이라스는 부득부득 우겼다.

"우리나라에는 '왕의 신하보다 행운아에게 잔을 건네는 사람이 되는 게 더 낫다.'라는 말이 있어요."

"행운아라고요?"

벤허의 목소리와 표정에는 놀람과 의혹이 담겨 있었다. 아이라스가 얼른 말을 받았다.

"신들이 당신에게 같은 편이라는 표시로 성공을 안겨주니까요. 당신은 전차 경주 대회의 우승자잖아요?"

이내 벤허의 얼굴이 붉어졌다.

"하지만 그것은 시작일 뿐이었죠. 당신은 로마인과 싸워서도 그를 무찔렀잖아요."

벤허의 얼굴이 더욱 붉어졌다. 자신의 승리를 칭찬했다기보다는 그녀가 자신의 행적을 지켜보고 있다고 생각했기 때문이다. 하지만 잠시 후 기쁨은 의혹으로 바뀌었다. 그가 로마인을 대적했다는 건 동방 모두에 알려진 일이었지만 그의 이름을 아는 사람은 말룩과 일드림, 그리고 시모니데스뿐이었다. 그들 중에 누가 아이라스에게 말한 걸까? 벤허는 기쁨과 의혹으로 혼란스러워졌다. 아이라스는 그 모습을 보고 자리에서 일어나 웅덩이 위로 잔을 들었다.

"오 이집트의 신들이여, 영웅의 출현에 감사드립니다! 이데니 저택의 희생자가 우리 민족이 아닌 것에 감사드립니다. 이에 당신께 헌주하옵니다."

아이라스는 물의 일부를 웅덩이에 붓고 나머지를 마셨다. 그리고 잔에서 입을 떼며 벤허를 놀렸다.

"뭐예요? 용감한 사람은 원래 그렇게 여자 앞에서는 주눅이 드는 건가요? 이 잔을 받아 나를 칭송해 주지 않고 뭐하세요?"

벤허는 잔을 받아 웅덩이에서 다시 물을 채웠다.

"우리 이스라엘인들은 신에게 헌주하는 관습이 없어요."

그는 아까보다 더 놀랐지만, 표정을 숨기려고 잔으로 물을 휘저으며 말했다. 아이라스가 그를 아는 것은 어디까지인가? 자신과 시모니데스의 관계도 알고 있을까? 일드림과 맺은 협약도 알고 있을까? 그는 두려움과 함께 충격을 받았다. 누군가 그의 비밀을 누설했고, 그것은 아주 심각한 일이었다. 더구나 그가 예루살렘으로 가는 이 시점에서 그런 정보를 적이 알고 있으면, 그는 말할 것도 없고 갈릴리 사람들과 오실 왕의 명분에도 지극히 위험한 일이었다. 그녀가 적일까? 잔이 시원해졌을 때 벤허는 물을 채우고 자리에서 일어나, 아무렇지도 않은 척 표정을 감추고 말했다.

"아름다운 여인이여, 내가 이집트인이나 그리스인이나 로마인이라면 이렇게 말하겠소."

벤허는 잔을 머리 위로 들어 올렸다.

"신들이시여, 세상에 온갖 악행과 고통이 있는 데도 아직 이곳에 미인과 사랑의 위안이 남아 있음에 감사드립니다. 이에 나일 강의 여인 중 가장 아름다운 아이라스를 위해 이 잔을 들어 올립니다."

아이라스가 부드럽게 그의 어깨 위에 손을 얹었다.

"당신은 율법에 어긋나는 일을 했어요. 당신이 섬기지도 않는 신께 잔을 들어 올렸잖아요. 내가 랍비에게 일러바치지 않을 것 같아요?"

"아! 훨씬 중요한 비밀도 많이 알고 있는데 이건 아무것도 아니죠 뭐."

그가 웃으며 대답했다.

"그뿐 아니에요. 안디옥의 저명한 상인의 저택에서 장미를 키우고 그늘을 밝히는 이스라엘 소녀에게도 일러바칠 거예요. 랍비에게는 죄를 짓고도 회개하지 않는다고 일러바치고, 이스라엘 소녀에게는……."

"그녀에게는?"

"당신이 잔을 높이 들고 했던 말을 그대로 해줄 거예요. 신들을 증인 삼아서요."

벤허는 아이라스의 다음 말을 기다리듯 가만히 있었다. 순간, 자신이 보낸 편지를 에스더가 시모니데스 옆에서 읽어주고 있는 모습이 떠올랐다. 그가 이데니 저택에서 있었던 일을 시모니데스에게 말했을 때는 에스더도 함께 있었다. 에스더와 아이라스는 아는 사이다. 그리고 아이라스는 영리하고 세속적이다. 반면 에스더는 단순하고 따스한 여자라 남의 말에 쉽게 넘어간다. 시모니데스가 그런 말을 남에게 했을 리 없고, 일드림도 마찬가지다. 명예 때문이 아니더라도 그런 비밀이 노출되면 벤허를 제외하고 가장 큰 타격을 받을 사람이 그들이었다. 그렇다면 에스더가 말했을까? 그랬더라도 에스더를 나무랄 수는 없었다. 생각하면 할수록 의심만 더해졌다. 의심은 잡초와 같아 저절로 자라고 가장 원치 않을 때 가장 무성하게 자라는 법이다.

그때 벨타사르가 웅덩이에 도착했다.

"이렇게 좋은 곳에 데려와 주어 고맙네. 계곡이 정말 아름답군. 풀밭과 나무 그늘이 쉬어 가라고 우리에게 손짓하는 것 같네 그려. 여기는 봄이 다이아몬드처럼 반짝이고 나에게 자애로운 신을 노래해 주는 것 같아. 이곳에 데려와 줘서 말할 수 없이 고맙네. 자, 이리 와서 함께 빵을 드세나."

"먼저 제가 물을 떠 드리겠습니다."

벤허는 잔에 물을 채워 벨타사르에게 주었고, 그는 감사한 눈빛으로 잔을 받았다.

곧이어 노예가 천을 펼쳐서 자리를 마련했다. 세 사람은 손을 씻은 뒤, 그 옛날 사막에서 동방 박사들이 그랬듯이 동방 식으로 자리에 앉았다. 그리고는 낙타 짐에서 꺼내온 맛있는 음식을 마음껏 먹었다.

## 제3장
### 육체의 삶과 영혼의 삶

계곡 물소리가 들리는 나무 아래 아늑하게 천막이 쳐지고, 머리 위에는 넓적한 나뭇잎이 미동도 없이 매달려 있으며, 저 멀리에는 진주처럼 영롱한 색의 갈대 줄기가 화살처럼 똑바로 서 있었다. 가끔 집으로 돌아오는 벌이 그늘 이쪽저쪽에서 윙윙거리고, 사초에서 기어 나온 들쥐은 물을 마시고 짝을 불러 함께 달아났다. 계곡의 평온함, 신선한 공기, 아름다운 경치, 안식일 같은 고요함이 벨타사르에게 영향을 주었는지 목소리와 몸짓과 태도가 유난히 부드러워졌고, 아이라스와 이야기를 나누는 벤허를 바라보는 그의 눈길은 측은지심으로 부드러워졌다.

"우리가 뒤에 따라오면서 보니까 자네도 예루살렘 쪽으로 가는 것 같더군. 괜찮다면 어디까지 가는지 물어봐도 되겠나?"

식사를 마친 벨타사르가 말했다.

"네, 예루살렘에 가는 길입니다."

"수고를 덜고 싶어서 다시 묻네만, 암몬의 랍바[245]를 경유하는 길보다 더 빠른 길이 있나?"

"조금 험하기는 하지만 거라사[246]와 길르앗 랍바[247]를 경유하는 길이 더 빠릅니다. 저도 그쪽으로 갑니다."

"나는 요즘 부쩍 조바심이 나네. 최근에는 잠이 들면 계속 같은 꿈을 꿔. 어떤 목소리가, 그래, 목소리만 들려. '서둘러, 일어나! 네가 그토록 오래 기다리던 그분이 바로 지척에 있어.' 하면서 말일세."

"그분이란 유대인의 왕이 되실 분을 말씀하시는 겁니까?"

벤허가 놀라 물었다.

"그렇다네."

"그럼 아직 그분 소식을 못 들으셨습니까?"

"꿈에서 들은 말 외에는 못 들었어."

"선생님이 기뻐할 소식이 여기 있습니다. 저도 기뻐했습니다."

벤허는 품에서 말룩이 보낸 편지를 꺼내주었다. 벨타사르는 떨리는 손을 내밀어 편지를 받아 큰 소리로 읽었다. 그는 읽으면서 흥분도 커졌다. 목에 드러난 얇은 정맥이 부풀어오르고 맥박이 뛰기 시작했다. 편지를 다 읽고

245) 오늘날 요르단 수도. 랍바는 큰 성읍이라는 의미이다
246) 갈릴리 바다와 사해 사이 요단 강 동쪽에 위치한 데가볼리에 속한 지역
247) 요단 강 동편 길르앗 땅의 주요 성읍

난 그는 감정이 충만한 눈을 들어 감사의 말과 기도를 드렸다. 그는 아무 질문도 하지 않고, 편지의 내용을 그대로 믿었다.

"하나님은 정말 자비로우셨습니다. 오 주여, 기도하오니 구세주를 다시 뵙고 경배 드리게 해주십시오. 그렇게만 해주신다면 당신의 종복은 죽어도 여한이 없습니다."

이 간단한 기도 속에서 벤허는 새로운 감동을 느꼈다. 하나님을 그처럼 현실적으로, 또 가까이에서 느낀 적이 없었다. 마치 하나님께서 바로 위에서 그들을 내려다보거나 옆에 앉아 계신 것 같았다. 허물없이 부탁할 수 있는 친구, 자식들을 똑같이 사랑하는 아버지, 유대인뿐 아니라 이방인도 똑같이 사랑하는 아버지, 어떤 중보자나 랍비나 성직자나 선생도 필요 없는 전 인류의 아버지 같았다. 그런 신이 인류에게 왕이 아니라 구세주를 보내주신다는 생각은 벤허에게 새로웠을 뿐 아니라 너무나 명백해 보였다. 그래서 벤허는 충동을 억제하지 못하고 물었다.

"벨타사르 선생님, 이제 그분이 오셨으니 여쭙겠습니다만, 아직도 그분이 왕이 아니고 구세주라고 생각하십니까?"

벨타사르는 그에게 부드럽고 사려 깊은 눈길을 던졌다.

"어떻게 말하면 자네가 이해할 수 있을까? 옛날 내게 별의 형태로 나타나 길을 안내하신 성령은 그때 일드림 족장의 천막에서 본 이후로 다시는 나타난 적이 없다네. 그러니까 정식으로 모습을 보이거나 말을 한 적이 없다는 말일세. 하지만 내가 꿈에 들은 소리는 성령의 목소리라고 생각하네. 그 외에는 아무런 계시가 없었네."

"저와 생각이 달랐던 점을 기억합니다. 선생님은 그분이 왕으로 오시는 것은 맞지만, 로마 황제같이 세상을 다스리는 왕이 아니라 영혼을 지배하는 왕이라고 하셨죠."

"오, 그래. 지금도 그 생각은 변함없다네. 우리 믿음의 차이를 알겠군. 자네는 인류의 왕을 기다리고, 나는 영혼의 구세주를 기다리는 거야."

벨타사르는 내면의 갈등을 겪는 사람에게 흔히 드러나는 표정을 지으며 잠시 말을 멈췄다. 얼른 설명하기에는 수준이 너무 높고, 간단하게 설명하기에는 너무 미묘한 문제를 어떻게 설명할지 고심하는 표정이 역력했다. 이윽고 벨타사르가 입을 열었다.

"이렇게 설명하면 내 생각을 이해할 수 있을 것 같군. 그분이 오셔서 세우실 왕국이 모든 면에서 황제 따위의 광휘보다 훨씬 낫다는 것과 우리가 맞으러 가는 신비한 그분에게 내가 왜 그토록 관심을 두는지 이해할 수 있을 거야. 인간에게 영혼이 있다는 생각이 언제부터 있었는지는 모르겠어. 아마도 인간의 첫째 조상들이 그들이 살던 동산에서 쫓겨나올 때부터 있지 않았을까 싶네. 하지만 알다시피 그 생각이 우리 인간의 마음에서 완전히 사라진 적은 한 번도 없었지. 그 생각을 하지 않는 민족들이 다소 있기는 했지만, 모든 사람이 그런 적은 한 번도 없었어. 그 생각이 둔해지고 퇴색된 시대도 있었고, 영혼의 존재에 의구심이 가득한 시대도 있었지만 그때마다 주님은 지극히 지적인 사람들을 우리에게 보내시어 다시금 영혼에 믿음과 희망을 되살려 놓으셨다네.

왜 사람에게 영혼이 있어야 할까? 왜 영혼이 있어야 하는지 그 필요성에 대해 잠시 생각해 보세. 어떤 시대에도 인간이 죽으면 끝이라는 생각을 가진 적은 없어. 죽고 나면 좀 더 나은 삶이 기다리고 있다는 생각을 하지 않은 사람은 없어. 세상의 모든 추모비들은 사람이 죽고 나면 그것으로 끝이라는 생각을 반대하는 증거들이야. 석상과 비석도 마찬가지지. 역사도 그렇고 말일세. 우리 이집트에서 가장 위대한 왕은 단단한 암석으로 된 산에 자신의 형상을 조각하도록 했어. 그는 매일 마차를 타고 다른 사람을 거느리고 일의 진행을 점검했지. 마침내 작업이 끝났을 때, 그렇게 크고 그렇게 영속적인 석상은 일찍이 본 적이 없었지. 바위산에 새긴 석상은 그의 외모를 닮았을 뿐 아니라 표정까지도 똑같았어. 그것을 보고 왕은 무슨 생각을 했을까? '이제 죽어도 여한이 없다. 내겐 내세가 있을 테니까.' 왕은 그런 바람을 품었겠지.

석상은 아직도 그 자리에 그대로 있어. 하지만 그가 그토록 바란 내세가 무엇일까? 그는 사람들의 기억 속에나 남아 있을 뿐이야. 거대한 흉상의 이마에 비친 달빛처럼 실체 없는 영광일 뿐이야. 돌에 새겨진 이야기일 뿐이지. 한편 그 왕은 어떻게 되었겠나? 무덤에 방부 처리되어 누워 있다네. 석상이나 미라나 볼품없는 것은 매한가지야. 하지만 왕은 어디로 간 걸까? 죽음으로써 그대로 끝난 것일까? 2천 년 전에는 왕도 우리처럼 살아 있는 사람이었어. 하지만 마지막 숨을 내쉬면서 그는 끝난 것일까?

그렇다고 대답하는 것은 하나님을 모독하는 거야. 그보다는 죽은 뒤에 영생을 얻는다는 하나님의 계획을 받아들이는 편이 낫네. 실제적인 삶 말일세. 사람들의 기억보다 더 나은 것 말이야. 지식과 감성이 있고, 감각을 가지고 움직이는 실제 삶, 주변 환경은 달라지지만 말 그대로 영원히 사는 삶 말일세. 하나님의 계획이 무엇인지 물었나? 태어날 때 우리에게 영혼이라는 선물을 주시고, 영혼을 통해서가 아니면 영생은 없다는 간단한 법을 제정한 게 그것이야.

필요성은 그 정도로 해두세. 이제 우리에게 영혼이 있다는 믿음이 주는 즐거움에 대해 말해 보세. 죽음이 더 나은 삶으로 가는 길이고 매장이 새로운 삶을 위해 씨를 뿌린 거라고 생각해 보면 죽음의 공포를 잊을 수 있지. 나를 보게. 늙고 약하고 지치고 쭈글쭈글해지고 볼품없는 나를 보게. 내 얼굴의 주름을 보고, 약해진 내 감각기관을 생각해 보고, 떨리는 내 목소리를 들어보게. 이제 얼마 안 있으면 그렇게 되겠지만, 무덤에다 나의 헌 껍질을 벗어버리고 눈에 보이지 않는 천국으로 들어가 영생불멸의 몸이 된 나를 생각해 봐! 앞으로 다가올 삶의 황홀경을 설명할 수만 있다면! 하지만 내가 그것을 전혀 모를 것이라고 생각하지 말게. 영혼에는 때도 생기지 않고 더러운 게 하나도 없어. 영혼은 공기처럼 가볍고, 빛처럼 형체가 없고, 정수보다 더 맑아. 온전히 깨끗한 삶이지.

그 외에 어떤 걸 또 알아야 할까? 영혼은 어떤 형태인가? 어디서 사는가? 영혼도 먹고 마시는가? 영혼은 날개가 있는가? 어떤 옷을 입는가? 아니야. 그런 것은 몰라도 돼. 그냥 하나님을 더 잘 믿기만 하면 돼. 이 세상의 모든 아름다운 것은 그분의 완전하신 취향에 따라 만드신 거야. 그분이 모든 것을 만드셨어. 그분이 백합에 옷을 입히고, 장미의 색깔을 물들이고, 이슬방울을 깨끗케 하고, 자연의 모든 음악을 만드셨지. 한마디로 그분은 이승에서의 우리 삶을 조직하고 주변 환경을 만드셨어. 나는 그걸 보며 어린아이처럼 그분을 믿고, 그분이 내 영혼을 만드시고 죽은 뒤의 삶을 조성해 주시리라고 믿는 거야. 나는 그분이 나를 사랑하신다는 걸 알아."

벨타사르는 말을 멈추고 목을 축였다. 잔을 입으로 가져가는 손이 부들부들 떨렸다. 아이라스와 벤허도 그의 말에 공감하고 침묵을 지켰다. 벤허는 세상이 환히 밝아지는 것 같았다. 이제야 인간에게 세상의 제국보다 영혼의 왕국이 더 중요하고, 구세주가 가장 위대한 왕보다 더 큰 선물일지도 모른다는 생각이 들기 시작했다.

"이제 자네에게 묻고 싶네."

벨타사르가 계속 말했다.

"힘들고 찰나적인 이승에서의 삶이 영혼을 위해 준비된 완벽하고 영원한 삶보다 더 좋은가? 아니, 질문을 듣고 먼저 마음속으로 자문해 보게. 두 삶이 똑같이 행복하다고 가정하고 말일세. 1시간이 1년보다 더 좋은가? 한 걸음 더 나아가서, 주님과 함께하는 영생과 기껏해야 70년 남짓한 이승에서의 삶 중 뭐가 더 중요한가? 그런 식으로 생각해 보면 내 말의 의미를 충분히 이해할 수 있을 거야. 내가 가장 놀랍게 생각하는 일인 동시에 가장 슬프게 생각하는 일은, 영혼의 삶에 대한 생각이 세상에서 점점 꺼져간다는 것이야. 물론 여기저기서 철학자가 나타나 영혼을 본질에 비유하며 이야기하지만, 그들은 신앙이 없어서 영혼을 실체 있는 존재로 인정하지 않아. 그 때문에 그들은 영혼을 창조한 이유를 전혀 알지 못하는 거야.

모든 동물은 자기에게 필요한 정도의 생각만 갖고 있지. 미래를 추측할 수 있는 능력이 인간에게만 있다는 사실이 자네에게는 아무런 의미가 없나? 나는 하나님께서 당신의 존재를 알리시려고 더 나은 영혼의 삶을 만들었다고 생각하네. 그것이 우리 인간들에게 가장 필요한 것이니까 말이야. 하지만 오호 통재라! 세상이 왜 이렇게 되었는지! 사람들은 마치 현세밖에 없다는 듯이 오늘만 살면서 이렇게 말하고 다니지. '죽으면 끝이야. 설사 사후 세계가 있다고 해도 우린 그것을 전혀 모르니, 그때 가서 알아서 하지 뭐.' 그러므로 마침내 사신이 와서 '가자.' 하고 데려갈 때, 그들은 영광스러운 사후 세계의 즐거움을 누릴 수 없게 되는 거야. 그에 맞는 생활을 하지 않았기 때문이지. 다시 말하면, 인간의 궁극적인 행복은 하나님과 함께 사는 영생에 있다네. 하지만 오호 통재라! 내가 이런 말까지 해야 하다니! 저기 잠들어 있는 낙타가 그 삶으로 들어갈 수 없듯이, 오늘날 가장 유명한 성전에서 가장 높은 제사를 바치는 가장 거룩한 제사장이라고 해도 그 삶으로 진입하지 못해. 인간은 그 정도로 이 저급한 세속 삶에 탐닉해 있어. 그렇게 인간은 사후 세계의 영생을 잊어버렸어! 그러니 자네에게 부탁컨대, 우리에게 예정된 사후의 삶을 생각하게나. 진실을 말하자면, 나는 인간으로서 천 년을 살게 해준대도 영혼으로서의 한 시간의 삶과 바꾸지 않겠네."

벨타사르는 옆에 대화 상대가 있다는 사실도 잊어버린 채 자기 생각에 빠진 것 같았다.

"세상에는 풀리지 않는 신비한 문제가 있어. 어떤 사람들은 평생에 걸쳐 그 문제를 풀려고 매달리지. 하지만 내세의 신비에 비하면 그런 것이 도대체 뭐란 말인가? 하나님을 아는 것보다 더한 신비가 어디 있나? 적어도 내세에 들어가면, 신비한 것들이 무엇인지가 아니라 신비 그 자체가 눈앞에서 펼쳐지는 거야. 우리가 생각만 해도 몸이 움츠러드는 가장 심오한 신비, 텅 빈 곳을 해안으로 채우고 어둠을 빛으로 밝히고 아무것도 없는 곳에 우주를 만든 그 신비 말일세. 내 눈이 모든 곳에 열리고 나는 신성한 지식으로 넘쳐나지. 나는 모든 영광스러운 일을 알게 되고 모든 기쁨을 맛보게 된다네. 실체 있는 존재로 즐기게 되는 거야. 그리고 그 시간이 끝날 때 즈음, 하나님이 나에게 '나와 함께 영원히 살도록 너를 받아들이노라.' 하시면, 마지막 소망까지 이루어지는 거야. 그러므로 이승에서 달성하고 싶었던 야망이나 어떤 종류의 즐거움도 내세에 누릴 즐거움에 비하면 작은 종의 딸랑거리는 소리에 지나지 않게 되는 거야."

벨타사르는 황홀경에서 깨어난 듯 잠시 말을 멈추었다. 벤허는 벨타사르의 영혼이 직접 말해 주는 것 같았다.

"괜찮다면……."

벨타사르는 허리를 굽혀 절한 후, 따뜻한 눈빛으로 벤허를 쳐다보았다.

"나는 영혼의 삶이나 그 삶의 즐거움과 탁월함은 자네 스스로 생각해서 발견하도록 남겨두고 싶네. 그 생각을 하다 보니, 너무 기뻐 나도 모르게 말이 나왔어. 막연하게나마 내 믿음의 이유를 말해 주지. 언변이 약한 것이 슬플 뿐이네. 우선, 내세의 삶의 탁월성을 생각해 보고 그 생각 때문에 일어나는 감정과 자극을 유념해 보게. 그 감정과 자극이 바로 자네 영혼이 깨어서 자네를 옳은 방향으로 가도록 격려하는 것이니 말이네. 그다음에는, 내세라는 개념이 불 꺼진 등처럼 희미해졌다는 것을 생각해 보게. 그러다가 그 개념이 보이게 되면 말로는 표현할 수 없을 정도로 기뻐하게 될 걸세. 나처럼 말이네. 그러면 이 세상의 왕보다 영혼의 구세주가 훨씬 더 중요하다는 생각이 들 걸세. 그러면 우리가 만날 왕이 칼을 든 전사나 왕관을 쓴 왕을 말하는 것이 아니라는 사실을 깨닫게 될 거야.

그렇다면 그분을 어떻게 알아보는지가 궁금해지겠지? 자네가 계속 그분을 헤롯왕 같은 사람이라고 생각한다면, 보라색 옷을 입고 손에 홀을 든 사람을 찾아 헤매겠지. 반면 나는 가난하고 보잘것없고 평범한 사람을 찾아 헤맬 거야. 다른 사람과 하등 다를 것이 없는 사람 말일세. 그분을 알아볼 징표는 더없이 간단해. 그분은 나와 모든 사람들에게 영생으로 가는 길을 알려줄 거야. 아름답고 순결한 영혼의 삶 말일세."

일순 그곳의 모든 사람들은 침묵에 잠겼다. 마침내 벨타사르가 침묵을 깨며 말했다.

"이제 그만 가세. 이야기를 하다 보니 항상 내 마음 속에 계시던 그분을 빨리 뵙고 싶군. 자네들을 어서 재촉해야겠어."

그가 신호하자 노예는 포도주가 담긴 가죽 통을 가져 왔다. 세 사람은 포도주를 따라 마시고, 무릎에 펴두었던 천을 털고 자리에서 일어났다. 노예가 천막과 식기류를 가마 밑 상자에 집어넣고 오는 동안 나머지 사람은 물웅덩이에서 손을 씻었다.

잠시 후, 그들은 와디를 빠져나가 목적한 곳을 향해 길을 떠났다. 혹시나 대상 무리가 그들을 지나쳐 갔다면 빨리 따라잡아야 했다.

# 제4장
## 사랑의 덫

사막에 일렬로 늘어선 대상 무리는 그림 같이 아름답다. 하지만 그 움직임은 게으른 뱀같이 느리다. 어찌나 늦게 움직이는지, 인내력이 강한 벨타사르도 진저리를 칠 정도였다. 마침내 일행은 벨타사르의 요청으로 무리에서 떨어져 나와 혼자 가기로 했다.

지금 젊거나 혹은 젊은 시절의 아름다운 연애 추억이 있는 독자라면, 아이라스가 탄 낙타 옆에서 벤허가 얼마나 기뻤을지 상상할 수 있으리라.

명백히, 그러나 남모르게 벤허는 아이라스에게 끌렸다. 그녀가 낙타 위에서 그를 찾는 것 같으면 벤허는 허겁지겁 그녀 곁으로 말을 몰아갔다. 그녀가 말을 걸어오면 가슴이 거세게 뛰었다. 그녀에게 좋은 인상을 주고 싶어서 벤허의 마음은 늘 안절부절못했다. 가는 길에 보이는 지극히 평범한 것도, 그녀가 "저것 좀 봐요."라고 말하는 순간 특별하게 보였다. 하늘을 나는 검은 참새도 그녀가 손가락으로 가리키는 순간 후광을 두른 채 날아가는 것 같았다. 칙칙한 모래 위에서 햇빛을 받아 반짝이는 돌멩이를 보고 그녀가 한마디 하면 바로 말머리를 돌려 주워왔다. 그녀가 실망해서 던져버리면 자기가 어떤 고생을 하며 주워왔는지는 아랑곳없이 그게 하찮은 것이었다는 사실에만 안타까워했다. 오히려 루비나 다이아몬드 같은 것은 없는지 주위를 두리번거렸다. 그녀가 저 멀리 보라색으로 보이는 산을 보고 감탄사를 내뱉는 순간 산의 음영은 더 깊고 풍성해 보였다. 그리고 이따금씩 가마의 휘장이 내려지면, 하늘에서 갑자기 검은 장막이 내려진 듯 모든 경치가 무의미해졌다. 이렇게 아이라스의 매력에 폭 빠진 채 그녀와 함께 며칠 동안 여행을 한다면, 무슨 수로 그를 사랑의 위험에서 구할 수 있겠는가?

사랑에는 논리가 통하지 않고 수학적인 계산은 더더욱 통하지 않는다. 따라서 이집트 여인의 마음에 따라 결과가 달라진다는 것은 지극히 당연한 일이었다.

결론부터 말하자면, 아이라스 역시 벤허를 향한 자신의 영향력을 느꼈다. 어느 정도 왔을 때부터인지는 모르겠지만, 그녀는 동그란 코인으로 장식된 망사를 보석함에서 꺼내 쓰고 햇살 아래 반짝이는 금색 줄과 머리카락을 만지곤 했다. 또한 보석함에서 반지, 귀고리, 팔찌, 진주 목걸이, 가는 금실로 무늬를 넣은 숄 등 온갖 장신구들을 꺼내 치장했다. 마지막으로는 목과 어깨에 인도산 레이스로 만든 스카프를 맵시 있게 둘러 전체적인 분위기를 부드럽게 만들었다. 그렇게 치장하고는 그에게 미소 짓고 낭랑하게 웃으며, 말과 태도에서 애교가 듬뿍 묻어나게 행동했다. 그러는 내내 그를 쳐다보는 눈길은 때로는 애수에 젖은 듯 부드럽고, 때로는 생기를 머금은 듯 반짝거렸다. 안토니우스를 몰락시킨 클레오파트라의 아름다움도 같은 동포인 아이라스의 아름다움에 비하면 절반도 따라가지 못했다.

정오가 지나고 오후도 지났다. 해가 바산 구릉 너머로 숨어버리자, 벤허 일행은 아빌레네 사막에 있는 깨끗한 빗물 웅덩이 곁에서 그날 밤을 쉬기로 했다. 천막 아래서 저녁 식사를 한 뒤 일행은 잘 준비를 했다.

벤허는 두 번째 불침번으로, 낙타 곁에서 손에 창을 들고 하늘과 땅을 번갈아 보며 서 있었다. 주위는 적막감만 맴돌았고, 아주 가끔 더운 바람이 지나갔지만 그의 생각을 흔들어놓지는 못했다. 그는 아이라스를 생각하고 그녀의 매력을 다시 그려보았다. 그러면서도 그녀가 자기 비밀을 어떻게 알았는지, 그것을 이용하지는 않을지 궁금해했으며, 그녀와 함께 갈 길에 대해 갈등하기도 했다. 그런 갈등 가운데에서도 사랑의 마음이 가장 컸다. 유혹이 그 뒤에 있는 술책보다 더 강력했다. 그리고 그가 그 유혹에 가장 취약해져 있었을 때 하얗게 빛나는 손이 그의 어깨 위에 살포시 놓여졌다. 벤허는 깜짝 놀라 고개를 돌렸다. 그곳에는 아이라스가 서 있었다.

"자는 줄 알았어요."

이윽고 벤허가 입을 열었다.

"잠은 노인과 어린아이에게나 필요한 거죠. 저는 제 친구인 별들을 보러 나왔어요. 저기 남쪽에서 나일 강 위로 드리워진 밤의 장막을 붙잡고 있는 별 말이에요. 혹시 저 때문에 놀랐나요?"

벤허는 어깨 위에 드리워진 그녀의 손을 잡으며 말했다.

"흠, 저의 적일까요?"

"아, 아니에요! 적이라면 증오해야 하는데, 이시스[248] 여신이 증오가 내 곁에 오지 못하게 해주었죠. 여신은 내가 어릴 때 가슴에 입을 맞춰주었답니다."

"당신 말은 아버지와는 전혀 다르군요. 아버지와 같은 신앙을 가지고 있지 않나 봐요."

"아버지가 경험한 걸 저도 경험했다면 그랬을지도 모르죠. 아버지처럼 나이가 들면 그렇게 될지도 모르고요. 하지만 젊은 사람에게는 종교가 필요 없죠. 시와 철학만 있으면 되고, 시 중에서도 포도주와 즐거운 웃음소리 그리고 사랑의 영감을 주는 내용만 필요해요. 아버지가 믿는 하나님은 제게는 너무 두려운 존재예요. 저는 다프네 숲에서도 못 찾았어요. 로마의 안마당에도 있다는 소리를 못 들었어요. 하지만 부탁이 하나 있어요."

아이라스는 낮게 웃으며 말했다.

"말씀하세요. 당신의 부탁을 안 들어줄 남자가 어디 있겠어요?"

"당신에게 시도해 볼게요."

"말해 봐요."

"아주 간단한 부탁이에요. 저는 당신을 돕고 싶어요."

아이라스는 이렇게 말하면서 더 가까이 다가왔다.

"오, 이집트! 하마터면 사랑하는 이집트라고 말할 뻔했군요! 당신 나라에 스핑크스가 있죠?"

"그런데요?"

"당신도 스핑크스의 수수께끼 같아요. 당신 말을 이해할 수 있게 실마리라도 줘요. 어떻게 나를 돕겠다는 거죠?"

그녀는 벤허가 잡고 있던 손을 빼내어 곁에 있던 낙타의 얼굴을 쓰다듬으며 다정하게 말했다.

---

248) (이집트신화) 나일 강을 주관하는 여신이자 풍요의 여신. 그리고 마법과 의술의 신으로서, 어린아이들의 수호자로서의 면모도 지니고 있음

"욥[249]의 가축 중에 가장 빠르고 당당한 낙타야! 너도 때로는 길이 험하고 돌투성이이며 짐이 너무 무거워서 비틀거릴 거야. 그래도 누군가 도움을 주겠다고 하면, 그 말의 의도를 몰라도 일단 고맙다고 하겠지? 비록 여자가 주는 도움이라도 말이야. 너에게 입 맞춰주마, 고매한 동물아!"

아이라스는 몸을 굽혀 낙타의 넓은 이마에 입을 맞추고 말했다.

"왜냐하면 넌 의심이라고는 할 줄 모르니까!"

벤허는 이 말을 듣고 마음을 진정시키며 침착하게 말했다.

"오, 이집트 여인이여! 무슨 뜻인지 알겠어요. 어차피 나는 당신 부탁을 거절할 생각이었어요. 하지만 명예로운 약속을 수행 중이라든가, 내 침묵으로 다른 사람들의 목숨과 행복을 보호한다든가 하는 거창한 일 때문은 아닙니다."

"아니라고요? 바로 그 이유 때문이면서!"

아이라스가 곧바로 반박하자 벤허는 한 걸음 주춤하면서 뒤로 물러났다.

"당신은 어떻게 모든 것을 다 알고 있소?"

벤허의 목소리는 놀라움으로 날카로워져 있었다. 아이라스가 한바탕 크게 웃고 나서 대답했다.

"왜 남자들은 여자가 감각이 더 예민하다는 사실을 인정하지 않을까요? 오늘 온종일 내 눈 밑에 당신 얼굴이 있어서 당신 얼굴을 볼 수밖에 없었죠. 당신은 뭔가 마음속에 짐을 진 듯한 표정이었고, 저는 그 이유를 찾다가 아버지와 당신이 토론하던 이야기를 회상했어요."

아이라스는 그녀 특유의 교묘한 방법으로 목소리를 한껏 낮추고, 그녀의 숨결이 그의 뺨에 닿을 정도로 곁에 다가가서 말했다.

"당신은 유대인의 왕을 찾고 있죠?"

벤허의 심장이 강하고 빠르게 두근거렸다.

"헤롯왕 같이 실제로 존재하지만 그보다 더 위대한 왕, 맞죠?"

고개를 돌린 그는 캄캄한 사막을 바라보다가 하늘의 별을 보고 다시 그녀를 보았다. 그런 다음 그녀와 시선이 마주친 채 가만히 있었다. 그녀는 숨결

249) (구약성서 욥기의 주인공) 고난받는 의인의 대명사

이 입술에 느껴질 정도로 가까이 있었다.

"아침부터 우리는 환상을 보고 있었어요. 만일 제가 본 환상을 말하면 당신도 저를 도와줄래요? 뭐예요! 아직도 아무 말 없어요?"

아이라스는 그의 손을 확 뿌리치며 갈 듯이 몸을 돌렸다. 벤허는 그녀를 잡으며 열정적으로 말했다.

"가지 말아요, 가지 말고 말해 줘요!"

아이라스는 돌아와서 그의 어깨 위에 손을 올리고 비스듬히 몸을 기댔다. 벤허는 그녀에게 팔을 두르고 가까이 끌어당겼다. 포옹에는 그녀가 원하는 것을 들어주겠다는 뜻이 담겨 있었다.

"당신의 환상을 말해 봐요, 이집트! 오, 사랑하는 이집트! 선지자 정도는 되어야 당신 부탁을 거절할 수 있을까요? 아니, 디셉 사람 엘리야도, 율법학자도 안 될 거예요."

아이라스는 말이 들리지 않는 듯 그의 품에 안겨 그를 올려다보며 천천히 말했다.

"제가 본 환상은 군대가 몰려다니고 무기가 부딪히는 거대한 전쟁, 땅과 바다에서의 전쟁이에요. 마치 카이사르와 폼페이우스의 전쟁, 옥타비아누스와 안토니우스의 전쟁이 재연된 것 같았어요. 먼지와 재 구름이 일어나 세상을 덮어버리고 로마는 더 이상 존재하지 않았어요. 모든 통치권은 동방으로 회귀되었지요. 그리고는 구름을 뚫고 또 다른 영웅들이 나타났어요. 지금까지 알던 것보다 더 큰 통치권과 더 빛나는 왕관이 주인을 기다렸어요. 그런데 환상이 사라지기 시작하면서부터 완전히 사라진 뒤까지 저는 계속 혼잣말을 했어요. 왕을 가장 처음부터, 또 가장 잘 모신 사람에게는 뭔들 주지 않으리!"

벤허는 다시 한 번 주춤했다. 그의 머릿속을 온종일 떠나지 않았던 질문도 바로 그것이었기 때문이다. 이윽고 그는 자신이 찾던 실마리를 잡았다고 생각했다.

"그러니까 당신이 나를 돕겠다는 것이 통치권과 왕관에 있는 거로군요. 알았어요! 당신보다 더 영리하고 아름답고 고매한 여왕은 없죠, 절대로요!

하지만 어쩌죠? 당신 환상 속의 통치권과 왕관은 전쟁 전리품이죠. 아무리 이시스 여신이 당신 가슴에 입 맞췄다 해도 당신은 한갓 여성일 뿐이잖소? 그러니 왕관은 당신이 도울 능력 밖의 전리품이죠. 물론 당신에게 칼이 아닌 다른 방법으로 나라를 정복할 능력이 있다면 모르지만. 만일 당신에게 그런 방법이 있다면 내게 알려주시오. 당신을 돕기 위한 일이라면 내 기꺼이 그 일을 하겠소."

아이라스는 그의 품에서 빠져나오며 말했다.

"모래 위에 당신 망토를 펴주세요. 여기가 좋겠군요. 제가 낙타에게 등을 기댈 수 있게요. 여기 앉아서 나일 강에서 알렉산드리아까지 널리 알려진 이야기를 들려줄게요."

벤허는 창을 땅에 박아 놓고 아이라스가 시킨 대로 했다.

"나는 어떻게 하죠?"

그녀가 자리를 잡고 앉자 벤허가 난처한 듯 물었다.

"알렉산드리아에서는 이야기를 듣는 사람이 서 있나요, 앉아 있나요?"

낙타에게 편안하게 기대앉은 아이라스가 웃으며 대답했다.

"마음대로예요. 하고 싶은 대로 하면 돼요."

벤허는 곧바로 모래 위에 길게 기대 앉아 아이라스의 팔을 자기 목 가까이에 놓았다.

"들을 준비가 됐어요."

아이라스가 말을 시작했다.

어떻게 아름다운 여성이 세상에 탄생하게 되었을까?

"우선, 이시스가 여신 중에서 가장 아름다운 신이라는 걸 아셔야 해요. 그녀 남편인 오시리스는 현명하고 강력한 왕이었지만, 때로는 질투가 아주 심했죠. 사랑에서는 신도 인간과 마찬가지였으니까요.

왕비의 거처는 달의 가장 높은 산 정상에 은으로 만들어진 궁전이었어요. 그녀는 종종 해에 있는 왕의 궁전으로 갔어요. 영원히 빛나는 해의 중심에 금으로 지어진 그의 왕궁은 눈이 너무 부셔 인간은 볼 수 없었죠.

언젠가—신에게는 날짜라는 개념이 없어요—이시스가 금으로 된 왕궁의 옥상에서 왕과 즐거운 시간을 보내고 있었어요. 그런데 우연히 저 멀리 우주의 변경에서 인드라[250]가 유인원 군대와 함께 독수리 무리의 등을 타고 지나가는 모습을 봤어요. 살아 있는 모든 것의 친구는—아주 인기 있던 인드라의 별명이에요—악독한 낙사카스[251]와의 마지막 전쟁에서 승리하고 돌아오는 길이었어요. 그가 탄 독수리 등에는 라마와 그의 아내 시타가—이시스 다음으로 아름다운 여신이죠—함께 타고 있었어요. 그래서 이시스는 별이 총총한 허리끈을 풀어 시타에게 반갑다고 흔들었어요. 그러자 곧바로 영웅 무리와 왕궁에 있던 두 신 사이에 캄캄한 밤 같은 장막이 드리워지며 아무것도 보이지 않았어요. 하지만 밤이 된 것이 아니라 오시리스가 인상을 찌푸린 것이었죠.

그 순간 오시리스가 한 말의 핵심은 그들이 아니면 누구도 생각할 수 없는 것이었어요. 오시리스는 자리에서 일어나 근엄하게 말했어요. '이제 당신 집으로 가. 난 혼자 일할 거야. 완벽하게 행복한 창조물을 만드는 데 당신 도움은 필요 없어. 어서 꺼져.' 이시스의 눈은 사원에서 신도들이 기도를 읊조리면서도 주는 맛있는 풀을 받아먹는 흰 소의 눈처럼 커졌어요. 소의 눈과 같은 색인 그녀의 눈도 소처럼 부드러웠어요. 그녀도 자리에서 일어나 미소를 지으며 말했어요. 그녀의 표정은 가을의 보름달같이 은은했죠. '잘 있어요, 여보. 당신이 곧 나를 찾을 것이라는 사실을 알아요. 나 없이는 당신이 구상하는 완벽한 창조물을 만들 수 없다는 걸 알거든요. 마치…….' 이시스는 잠시 말을 멈추고 웃기 시작했죠. '마치 당신이 나 없이는 완벽하게 행복할 수 없는 것처럼요.'

'두고 보면 알겠지.' 오시리스가 말했어요. 이시스는 자기 왕궁으로 가서 옥상에 앉아 뜨개질하며 오시리스를 지켜보았어요. 전력을 다해 일하는 오시리스가 내는 소리는 다른 신들의 맷돌이 모두 한꺼번에 갈리는 소리보다 컸어요. 소리가 어찌나 크던지 곁에 있던 별들은 바싹 마른 콩깍지 속의 콩처럼 마구 덜거덕거렸고, 몇몇은 땅으로 떨어지고 몇몇은 어디로 갔는지 사

250) 고대 인도신화에 나오는 전쟁의 신
251) 고대 인도신화에 나오는 악마

라져버렸어요. 소리가 계속 날 동안 이시스는 뜨개질하며 기다렸고, 뜨개 한 뜸도 놓치지 않고 촘촘히 떴어요.

이윽고 태양 쪽에 있는 허공에 웬 공간이 나타났어요. 그 공간은 조금씩 커지더니 마침내 달만 해졌어요. 그래서 이시스는 남편이 세상을 하나 창조할 작정이라는 걸 알았죠. 계속해서 점점 더 커지던 그것은 이시스가 사는 달을 가려버렸고, 달은 그녀가 있는 부분을 제외하고는 그늘 속에 갇히게 되었어요. 이시스는 남편이 얼마나 화가 났는지 알 수 있었죠. 그래도 결국은 자기가 말한 대로 될 것이라고 굳게 믿고 그녀는 뜨개질을 계속 했어요.

그렇게 지구가 탄생했어요. 처음에는 텅 빈 허공에 맥없이 매달려 있는 차가운 회색 덩어리에 지나지 않았죠. 나중에 이시스는 그것이 구역별로 나뉘는 것을 봤어요. 여기는 평야, 저기는 산, 더 멀리는 바다로요. 하지만 어디에도 활기라고는 없었죠. 바로 그때 강둑 옆에서 뭔가가 움직였어요. 이시스는 깜짝 놀라 뜨개질을 멈추었어요. 뭔가가 자리에서 일어서더니, 누가 자기를 만들었는지 안다는 표시로 태양을 향해 두 손을 들어 올렸어요. 최초의 남자는 보기에 아름다웠죠. 그의 주변에 오늘날 우리가 자연이라고 부르는 풀, 나무, 새, 짐승, 심지어 곤충과 파충류도 태어났어요.

남자는 주위를 돌아다니며 한동안 행복하게 살았어요. 그가 얼마나 행복해하는지는 금방 알 수 있었죠. 오시리스의 일하는 소리가 잠시 멈추었을 때, 이시스 귀에 경멸하듯 비웃는 소리가 들리더니 곧 태양 쪽에서 이런 말이 들려왔어요. '당신 도움이라고? 행여나! 저 창조물이 얼마나 행복해하는지 좀 보지 그래!' 하지만 이시스는 잠자코 뜨개질만 했어요. 오시리스가 강하다면, 그녀는 인내력이 있었거든요. 그가 일을 하는 능력이 있다면, 그녀는 기다리는 능력이 있었죠. 그녀는 기다렸어요. 어떤 것도 단순히 존재하는 것만으로는 길게 만족할 수 없다는 걸 알았거든요.

당연히 그랬죠. 얼마 되지 않아 신의 아내는 남자의 이상 징후를 발견했어요. 남자는 점점 만사가 다 귀찮은 듯 강가에 엎드려 있기만 했어요. 고개는 거의 들지 않았지만, 고개를 들 때도 늘 침울한 얼굴이었어요. 모든 게 심드렁한 것 같았죠. 이시스는 남자의 상태를 확신하며 혼잣말을 했어요.

'창조물이 삶이 지겨워서 죽는구나.' 그때 남편이 다시 일하는 소리가 들렸어요. 그러더니 눈 깜박할 사이에, 그때까지는 차가운 회색 덩어리였던 지구가 갖가지 색채로 환해졌어요. 산은 보라색 물결로 춤추고, 풀과 나무가 있는 평원은 초록색으로 물들고, 바다는 푸른색으로 넘실거리고, 구름은 시시때때로 색깔이 무한히 변해 갔죠.

그러자 남자가 벌떡 일어나 손뼉을 쳤어요. 병이 다 나아 다시 행복해졌거든요. 이시스는 미소 지었어요. 그녀는 계속 뜨개질하며 혼잣말을 했어요. '잘했어요. 한동안은 효과가 있겠어요. 하지만 창조물에게는 세상이 아름다운 것만으로는 충분치 않아요. 좀 더 노력해야겠어요, 여보.'

그녀의 마지막 말이 떨어지기 무섭게 오시리스의 일하는 소리가 천둥처럼 울려 달을 뒤흔들었어요. 이시스는 깜짝 놀라 뜨개질거리를 떨어뜨리고 손뼉을 쳤어요. 왜냐하면 그때까진 지구에서 남자를 제외한 모든 것이 제자리에 고정되어 있었는데, 이제는 살아 있는 생물은 모두, 그리고 살아 있지 않은 것들까지도 움직이는 능력을 부여받았거든요. 새들은 즐겁게 하늘을 날아다녔어요. 크고 작은 짐승도 각자 가고 싶은 대로 돌아다니고, 나무도 푸른 잎을 흔들며 사랑스럽게 쓰다듬는 바람의 손길에 고개를 끄덕거렸죠. 강물은 바다로 달려가고, 바다는 침대에서 뒤척이며 물마루를 만들었죠. 파도가 밀어닥쳤다 물러가며 해변을 반짝이는 거품으로 얼룩 짓게 했죠. 그리고 그 모든 것 위에서 구름이 닻을 내리지 않은 배처럼 흘러 다녔죠.

남자는 일어나 아이처럼 기뻐했어요. 오시리스는 흐뭇해서 소리쳤죠. '하하! 당신 도움 없이도 얼마나 잘하는지 봤지!' 선량한 아내는 다시 일감을 손에 잡으며 언제나처럼 조용히 대답했어요. '잘했어요, 여보. 지금까지 한 것 중에서 가장 잘했어요. 한동안은 효과가 있겠어요.'

그리고 전과 같은 일이 또 반복되었어요. 얼마 지나지 않아 움직이는 자연물은 남자에게 당연지사가 되었어요. 비상하는 새도, 흐르는 강물도, 요동치는 바다도 전혀 즐겁지 않았어요. 그는 어느 때보다 더 초췌해졌어요.

이시스는 기다리며 혼잣말을 했어요. '가엾은 것! 어느 때보다 더 불행해 보이는구나.' 마치 그녀의 생각을 들은 듯 오시리스가 다시 움직였고, 일하는 소리가 천지를 뒤흔들었어요. 우주의 중심에 있는 태양만이 혼자 꿋꿋이 서 있었죠. 이시스가 쳐다봤지만 지구에는 아무런 변화가 없었어요. 남편이 마지막 발명에 속도를 높인다고 생각하며 그녀가 미소를 짓고 있을 때, 느닷없이 창조물이 벌떡 일어나며 뭔가에 귀를 기울이는 것 같았어요. 그러더니 그의 얼굴이 밝아지며 좋아서 손뼉을 쳤죠. 처음으로 지구에 듣기 싫은 소리와 듣기 좋은 소리 등 소리가 들리기 시작했거든요. 바람은 나무에게 속삭였어요. 새들은 각자 나름의 노래를 부르기 시작하고, 짹짹 꼬꼬 대화를 나누었어요. 실개천이 강으로 흘러가는 소리는 은빛 줄이 엮인 하프 앞에서 악사가 현을 튕기는 것 같았어요. 바다로 흘러가는 강물은 엄숙한 화음으로 굽이쳤죠. 바다는 천둥 같은 소리와 함께 육지에 부딪혔고, 세상은 언제 어디서나 온통 음악 소리로 가득 찼어요. 남자는 행복할 뿐이었죠.

이시스는 남편이 얼마나 열심히 일하고 있는지를 생각했어요. 하지만 이내 머리를 가로저었어요. 색깔과 움직임과 소리—그녀는 이 말들을 천천히 읊조렸죠—에는 형태와 빛이 없으면 하등 아름다울 요소가 없었죠. 지구는 빛과 형태로 태어났어요.

오시리스는 할 일을 모두 끝냈어요. 이제 피조물이 다시 불행해진다면 이시스에게 도움을 청할 수밖에 없었어요. 그녀의 손가락이 바삐 움직였어요. 한 번에 두 코, 세 코, 다섯 코, 열 코까지 단숨에 떴어요.

남자는 행복하게 지냈어요. 어느 때보다 더 오랫동안이요. 다시는 싫증내지 않을 것처럼 보이기도 했어요. 하지만 이시스는 알았죠. 그녀는 태양 쪽에서 아무리 비웃음 소리가 많이 들려도 기다리고 또 기다렸어요. 마침내 끝이 오는 조짐들이 나타났어요. 남자는 소리에 익숙해진 거예요. 장미꽃 아래서 귀뚜라미가 우는 소리에서부터 파도가 우르릉거리는 소리, 폭풍우 속에 구름이 울부짖은 소리까지 특별한 게 하나도 없었어요. 그는 수척해지며 아프기 시작했고, 풀이 죽어 강가로 가서 쓰러져 움직이지 않았어요.

남자가 불쌍하게 생각된 이시스가 말했어요. '여보, 당신의 창조물이 죽어 가요.' 하지만 이를 다 보고 있던 오시리스는 침묵을 지켰어요. 그는 할 수 있는 것이 없었거든요. '제가 저 창조물에게 도움을 주어도 될까요?' 이시스가 물었어요. 오시리스는 자존심이 너무 강해 대답할 수가 없었어요.

이시스는 뜨개질의 마지막 코를 완성해 자기 작품을 둘둘 말아 지구로 던졌어요. 그 작품은 남자 바로 곁에 떨어졌어요. 뭔가 곁에 떨어지는 소리에 남자가 고개를 들어보니, 오, 여자가—최초의 여자—그를 도와주려고 몸을 구부렸어요! 여자는 남자에게 손을 내밀었어요. 남자는 그녀 손을 잡고 일어났어요. 그 뒤로는 불행이 없었고 늘 행복했답니다.

이것이 나일 강변에 널리 알려진 아름다운 여성의 탄생 설화예요."

마침내 아이라스가 이야기를 그쳤다.

"아름답고 잘 만든 이야기이군요. 하지만 끝이 불완전해요. 그래서 오시리스는 어떻게 했어요?"

"아, 그거요. 오시리스는 아내를 다시 불러 서로서로 도우며 행복하게 살았답니다."

"나도 최초의 남자처럼 하면 안 되겠소? 당신을 사랑하면 안 될까요?"

벤허는 목 근처에 놓인 아이라스의 손을 잡아 입술로 가져가며 물었다. 그의 머리가 그녀의 무릎에 부드럽게 놓였다.

"당신은 왕을 찾게 될 거예요."

아이라스가 다른 손으로 벤허의 머리를 어루만지며 말했다.

"당신은 왕을 찾아 섬기세요. 당신은 칼로 무훈을 세워 왕의 가장 고귀한 선물을 받을 거예요. 그리고 왕의 최고 전사는 제 영웅이 될 거예요."

벤허는 고개를 돌려 바로 위에 있는 그녀의 얼굴을 보았다. 그 순간 밤하늘에 떠 있는 무수한 별 중에 그녀 눈보다 밝게 반짝이는 건 아무것도 없었다. 그는 몸을 일으켜 앉아 그녀를 안고 열렬하게 키스했다.

"오, 이집트, 이집트! 왕이 선물로 왕관들을 나누어준다면 그중 하나는 내 것이 될 겁니다. 나는 그것을 내 입술이 닿은 여인의 머리에 올려주겠어요. 당신은 왕비가 될 겁니다, 나의 왕비 말이오. 당신보다 아름다운 왕비는 없을 거예요! 그리고 그 뒤로 우리는 항상 행복하게 살 겁니다!"

"그럼 당신은 제게 모든 것을 말해 주고, 제가 당신을 모든 면에서 돕게 해줄 건가요?"

아이라스는 그에게 키스로 답하며 물었다. 그녀의 질문은 그의 열정에 찬물을 끼얹었다.

"내 사랑만으로는 부족하오?"

"완벽한 사랑은 완벽한 신뢰를 의미해요."

아이라스가 덧붙여 말했다.

"하지만 괜찮아요. 차차 저를 알게 되겠죠."

아이라스는 그에게 잡혀 있던 손을 빼고 자리에서 일어났다.

"당신은 잔인해요."

벤허가 말했다. 그를 떠나며 아이라스는 낙타 곁에서 걸음을 멈추고 낙타 얼굴에 입술을 갖다 댔다.

"오, 넌 가장 고귀한 동물이야! 왜냐하면 네 사랑에는 의심이 없으니까."

그녀 모습은  순식간에 사라져버렸다.

## 제5장
### 베다바라에서 만난 사람들

함께 여행한 지 3일째 되던 날, 세 사람은 압복 강변에서 점심을 먹고 쉬었다. 거기에는 대부분이 페레아 지방 사람인 백여 명과 그들이 타고 온 짐승들이 쉬고 있었다. 세 사람이 탈 것에서 내리자마자 웬 남자가 물주머니와 그릇을 들고 달려와 그들에게 마시라고 주었다. 사람들이 공경하는 눈빛으로 그들을 보고 있을 때 남자가 말했다.

"저는 지금 많은 사람들이 몰려든 요단강에서 왔습니다만, 이런 낙타는 처음 봅니다. 정말 멋지군요. 어느 혈통인지 물어봐도 될까요?"

벨타사르가 대답하려고 하자 호기심이 생긴 벤허가 그의 말꼬리를 잡고 물었다.

"사람들이 모여 있는 곳이 강의 어디쯤입니까?"

"베다바라입니다."

"그곳은 상당히 한갓진 여울인데 왜 그렇게 사람들이 많이 모여들었는지 이해가 안 되는군요."

"아, 당신도 외국에서 오신 분이라 아직 소식을 못 들었나 보군요."

"무슨 소식이요?"

"광야에서 웬 사람이 나타나—아주 신성한 사람입니다—자신이 사가랴의 아들이고 나사렛 사람 요한이며, 메시아의 오심을 알리는 전령이라면서 온통 신비한 말을 하고 있습니다. 그의 말을 들은 사람들은 떠날 줄을 모릅니다."

아이라스까지도 남자가 하는 말에 귀를 기울였다.

"사람들 말로는, 요한은 어릴 때부터 엔게디 근처의 동굴에 살면서 에세네파보다 더 엄격한 생활을 하면서 기도하고 살았다고 해요. 사람들은 그의 설교를 들으려고 모여들었죠. 저도 이 사람들과 거기에 있다 왔습니다."

"이 사람들이 모두 그곳에 갔었다고요?"

"대부분이 가는 사람들이에요. 갔다가 돌아온 사람도 있고요."

"어떤 설교를 하는데요?"

"이스라엘에서 한 번도 들어본 적이 없는 새로운 교리예요. 그 사람은 회개와 세례라고 부르더군요. 랍비들도 그의 정체를 모르고 있어요. 물론 우리도 마찬가지죠. 그에게 그리스도냐고 물어보는 사람들도 있고 엘리야냐고 물어보는 사람들도 있었어요. 하지만 그의 대답은 한결같이 '나는 주의 길을 곧게 하라고 광야에서 외치는 자의 소리다!'[252] 뿐이에요."

남자는 이내 친구들에게 가려고 일어섰다. 그때 벨타사르가 그 사람을 불러 세웠다.

"이봐요! 그분을 어디에서 봤는지 말해 주시오."

벨타사르가 떨리는 목소리로 말했다.

"네, 베다바라입니다."

"그 나사렛 사람이 내가 찾던 왕의 전령이 아니면 누구겠소?"

252) 요한복음 1장 23절

벤허가 아이라스에게 말했다. 벤허는 그가 찾아다니는 신비한 사람에 대해 아버지보다 딸이 더 관심이 많다고 느꼈다. 하지만 아버지는 반쯤 뜬 움푹 들어간 눈에 생기를 가득 띄며 말했다.

"나는 피곤하지 않으니, 어서 서두르세."

세 사람은 밤을 보내려고 길르앗 라못에 도착했다. 하지만 서로간에 거의 대화를 나누지 않았다.

"내일 일찍 일어나세. 구세주가 오시는데 우리가 늦으면 어쩌겠나."

노인이 벤허에게 말했다.

"왕은 전령의 바로 뒤에 나타나시겠죠."

아이라스가 낙타 가마에 자리를 잡으면서 속삭였다.

"내일 보면 알겠죠!"

벤허가 아이라스의 손에 키스하며 말했다.

다음 날, 길르앗 산기슭을 돌아나온 그들은 요단 강 동편 황량한 대초원 지대에 도착했다. 맞은편에는 유대 산지까지 쭉 뻗어 있는 오래된 종려나무 성읍, 여리고(예리코)의 변경이 보였다. 벤허는 베다바라에 거의 다 왔다는 것을 알고 심장이 거세게 뛰었다.

"기뻐하세요, 벨타사르 선생님. 이제 거의 다 왔습니다."

벤허가 말했다. 낙타를 모는 사람이 낙타의 발길을 재촉했다. 이윽고 그들 눈에 천막과 운집한 군중들과 동물들이 보였다. 강변 이편뿐만 아니라 저편에도 군중들이 모여 있었다. 한창 설교 중인 것 같아 그들은 발걸음을 재촉했다. 그들이 거의 다 왔을 때 군중이 시끄러워지더니 갑자기 뿔뿔이 흩어지기 시작했다. 너무 늦게 도착한 것이다!

"여기서 기다립시다."

벤허가 안절부절못하고 손만 비틀고 있는 벨타사르에게 말했다.

"그분이 이쪽으로 오실 거예요."

군중은 그들이 들은 설교에 대해 얘기하느라고 세 사람의 존재를 알아차리지 못했다. 수백 명이 사람이 떼 지어 옆을 지나는 바람에 나사렛 사람을 보지 못할지도 모르겠다고 생각하는 찰나, 멀지 않은 강 위쪽에서 아주 특이

한 남자가 그들을 향해 내려오기 시작했다. 그 모습을 본 세 사람은 멍해지면서 다른 모든 것을 잊어버렸다.

겉모습만으로는 거칠고 상스러워 보였다. 심하게 말하면 야만인같이 보이기도 했다. 마르고 수척한 갈색 양피지 같은 얼굴에 푸석푸석한 머리가 어깨를 지나 등 중간까지 내려와 있었다. 하지만 두 눈은 이글이글 타올랐다. 남자의 오른쪽 어깨는 맨살이 보였고, 비쩍 마른 몸이 그대로 드러났다. 나머지는 베두인족의 천막 천같이 조잡한 낙타털로 만든 옷으로 가렸고, 뻣뻣한 가죽 끈으로 대충 허리만 묶고 있었다. 발은 맨발이었고, 무두질하지 않은 가죽 전대가 허리끈에 묶여 있었다. 남자는 지팡이를 짚으며 앞으로 걸어왔다. 발걸음은 빠르고 단호했으며, 이상하게 시선을 끄는 면이 있었다. 남자는 이따금씩 눈을 가린 앞머리를 뒤로 넘기며 마치 누구를 찾는 듯이 주위를 두리번거렸다.

아름다운 아이라스는 혐오감에 가까울 정도의 놀란 눈으로 남자를 관찰했다. 이윽고 가마의 휘장을 걷고 벤허에게 물었다.

"저 사람이 당신 왕의 전령이에요?"

"그 나사렛 사람 맞아요."

벤허는 아이라스를 쳐다보지도 않고 대답했다.

사실, 벤허도 적잖이 실망했다. 아니, 실망했다는 말만으로는 부족할 만큼 경악했다. 벤허는 엔게디에 이주해 사는 금욕주의자들에 대해 잘 알고 있었다. 그들의 의상이나 세상에 관심을 두지 않는 태도, 신체적 고통을 감내하는 금욕주의, 그리고 다른 이들로부터 자신을 분리하려는 모습은 마치 그들을 인간에게서 태어나지 않은 사람들처럼 보이게 했다. 또한 그 나사렛 사람이 자신을 "광야에서 외치는 자의 소리"라고 소개한다는 것을 들어서 알고 있었다. 그럼에도 불구하고 벤허는, 적어도 왕의 전령이라면 왕의 외모와 품위가 조금은 배어 있는 사람일 것이라고 믿어 의심치 않았다. 하지만 그의 눈앞에 있는 야만인 같은 사람이라니!

벤허는 자기도 모르게 그의 모습을 로마 왕궁에서 보았던 신하들의 무리와 비교했다. 그는 충격과 수치와 당혹감에 싸여 어떤 말도 할 수 없었다.

하지만 벨타사르는 달랐다. 하나님의 방식은 인간들의 방식과는 다르다는 것을 그는 알고 있었다. 이미 그 옛날 구유에 누워 있는 아기 예수를 본 바 있고, 그분이 오실 때는 거칠고 소박한 모습일 것이라고 마음의 준비를 하고 있었기 때문이다. 그는 양손을 가슴에 교차한 채 자리에 앉아 입을 달싹이며 기도를 드렸다. 어차피 그는 세상에 속한 왕을 기다린 것이 아니었다.

세 사람이 남자를 바라보며 서로 다른 감정에 휩싸여 있을 때, 또 한 명의 남자가 방금 들은 설교를 생각하듯 강변 바위 위에 앉아 있었다. 이내 그는 자리에서 일어나 벨타사르가 있는 근처까지 강변을 따라 천천히 올라갔다.

낯선 남자가 벨타사르의 낙타 근처에 이르자 나사렛 설교자는 걸음을 멈추고 눈앞의 머리를 쓸어 올리더니, 낯선 남자를 보며 두 손을 하늘로 치켜 올렸다. 모든 사람은 걸음을 멈추고 설교자에게 경청하는 자세를 취했다. 주위가 조용해지자 설교자는 지팡이를 든 손을 천천히 내려 낯선 남자를 가리켰다.

군중들은 모두 지팡이가 가리키는 곳을 쳐다보았다. 벨타사르와 벤허도 그 남자를 쳐다보았고, 비록 정도는 다르지만 같은 인상을 받았다. 남자는 마침 사람들이 없는 그들 앞쪽으로 천천히 걸어왔다. 키는 평균보다 약간 더 컸고, 호리호리하고 우아하기까지 한 몸매의 소유자였다. 행동은 진지한 사람들이 그렇듯 차분하고 신중했다. 옷차림도 잘 어울렸다. 팔목과 발목까지 통으로 모두 감싼 옷에 '탈리트'라고 하는 기도용 숄을 겉에 입었다. 왼팔에는 머리에 흔히 쓰는 두건이 걸쳐 있었고, 붉은 머리끈은 옆구리에서 하늘하늘 흔들거렸다. 머리끈과 탈리트 하단의 좁은 푸른색 단을 제외하면, 먼지와 얼룩이 묻어 누렇게 된 세마포 옷이었다. 발에 신은 샌들은 단순한 모양이었고, 전대도 허리끈도 지팡이도 없었다.

세 사람을 비롯해 그를 쳐다본 모든 사람의 시선을 사로잡은 것은 바로 남자의 머리와 얼굴, 그중에서도 특히 얼굴이었다. 머리는 아무것도 쓰지 않은 채 구름 한 점 없는 하늘을 향해 열려 있었다. 중앙에 가르마가 타져 약간 곱실거리는 적갈색 긴 머리칼은 햇빛 때문에 붉은 빛이 감도는 금발같이 보이기도 했다. 넓고도 낮은 이마 아래 아치형으로 구부러진 검은 눈썹,

그 아래로 크고 검푸른 눈이 반짝였고, 아이들에게나 볼 수 있는 길게 뻗은 속눈썹이 부드러운 분위기를 더해 주고 있었다. 다른 신체적인 특징으로 보면 그리스인인지 유대인인지 판단하기 어려웠다. 섬세한 콧방울과 입술 선은 유대인에게서는 보기 힘든 유형이었기 때문이다. 부드러운 눈빛과 창백한 얼굴, 고운 머릿결, 목을 덮고 가슴까지 내려와 물결치는 수염을 보노라면, 군인이라면 비웃을 수 없고, 여인이라면 무한한 신뢰를 보내지 않을 수 없으며, 아이라면 본능적으로 손을 내밀며 순수한 믿음을 보여주지 않을 수 없었다. 그를 본 사람이라면 누구나 미남이라고 생각할 얼굴이었다.

게다가 지성과 사랑과 연민과 슬픔이 담겨 있는 표정이었다. 그것은 죄 없는 영혼이 죄 많은 인간을 쳐다보며 이해한다고 생각할 때 짓는 표정이었다. 동시에 그를 바라보는 사람은 자신이 지닌 약점을 생각하지 않을 수 없게 된다. 사랑, 슬픔, 연민은 강한 자가 자기 힘에 부치는 짐을 지고 있을 때 나타나는 표정이다. 순교자나 성자들의 표정이 그랬다. 그것이 그 사람의 분위기였다.

그가 천천히 세 사람에게 다가왔다. 세 사람 중 왕의 시선을 받을 사람은 단연코 말을 타고 손에 창을 든 벤허였다. 그러나 그의 시선은 조금 더 위를 향해 있었다. 그렇다고 아름다운 아이라스를 보는 것도 아니었다. 그의 시선은 늙고 힘없는 벨타사르를 향해 있었다.

주위는 바늘 떨어지는 소리도 들릴 정도로 조용했다.

이윽고 지팡이로 그를 가리키던 나사렛 사람이 큰 소리로 외쳤다.

"보라, 세상 죄를 지고 가는 하나님의 어린 양이로다!"[253)]

설교자의 말을 들으려고 귀를 기울이던 군중들은 이상하고도 이해할 수 없는 말에 놀라움을 금치 못했다. 벨타사르는 그 말을 듣는 순간 견딜 수가 없었다. 세상의 구세주를 또다시 눈으로 본 것이다. 오래전, 구세주를 볼 수 있도록 특별한 은혜를 받은 그 신앙을 아직도 그대로 간직하고 있던 그였다. 그래서 그는 다른 사람들과 달리 그분을 보는 즉시 구세주임을 알아보았다. 그것은 이전부터 하나님과의 관계에 묶여 있는 사람의 능력이라고 말

253) 요한복음 1장 29절

해도 좋고, 경건함이 사라진 시대에 경건하게 살아온 삶에 적합한 보상이라고 말해도 좋다. 자기 신앙의 절정이신 분이 눈앞에 나타나셨다. 그것도 얼굴, 몸, 옷, 행동, 나이까지 자기가 그리던 완벽한 이상적인 모습으로 말이다. 그를 보자 바로 알아볼 수 있었다. 아, 이제 한 점의 의혹도 없이 그분임을 알아볼 수 있는 뭔가가 일어났으면!

바로 그때, 떨고 있는 이집트인에게 확신을 주듯 나사렛 설교자는 다시 한 번 외쳤다.

"보라, 세상 죄를 지고 가는 하나님의 어린 양이로다!"

벨타사르는 털썩 무릎을 꿇고 앉아 버렸다. 이제 더 이상의 설명은 필요 없었다. 나사렛 설교자도 그런 사실을 알고 있는 듯, 놀란 얼굴로 쳐다보고 있는 군중들에게 계속 설교했다.

"내가 전에 말하기를 내 뒤에 오는 사람이 있는데 나보다 앞선 것은 그가 나보다 먼저 계심이라 한 것이 이 사람을 가리킴이라. 나도 그를 알지 못하였으나 내가 와서 물로 세례를 베푸는 것은 그를 이스라엘에 나타내려 함이라. 나도 그를 알지 못하였으나 나를 보내어 물로 세례를 베풀라 하신 그이가 나에게 말씀하시되 성령이 내려서 누구 위에든지 머무는 것을 보거든 그가 곧 성령으로 세례를 베푸는 이인 줄 알라 하셨기에 내가 보고 그가 하나님의 아들이심을 증언하였노라."[254]

나사렛 사람은 설교에 확신을 주려는 듯 잠시 말을 멈췄다가 흰옷 입은 낯선 이를 지팡이로 가리키며 다시 한 번 말했다.

"내가 증언하노니, 이분이 하나님의 아들이시다!"

"이분이다, 이분이야!"

벨타사르는 눈물이 그렁그렁한 눈을 들어 이렇게 외치고는 그 자리에서 넋을 잃어버렸다.

이런 일이 벌어지는 동안, 벤허는 벨타사르와는 전혀 다른 각도에서 이 낯선 이의 얼굴을 면밀히 관찰했다. 벤허 역시 그의 정결한 외모, 사려 깊음과 부드러움, 겸손함과 거룩함이 뒤섞인 표정은 인지했다. 하지만 한편으로는

254) 요한복음 1장 30~33절.

한 가지 생각이 머릿속을 비집고 들어왔다. 이 남자는 누구고 또 뭐지? 구세주인가? 왕인가? 그는 왕과는 거리가 멀어 보였다. 이렇게 잔잔하고 선해 보이는 얼굴을 바라보고 있자니 전쟁과 정복, 통치권의 열망은 너무나 터무니없어 보였다. 그는 자기 마음을 설득하듯 혼잣말을 했다.

'벨타사르의 말이 맞고 시모니데스의 말이 틀린 것인가? 이 남자는 솔로몬의 왕좌를 재건하려고 오신 분이 아니다. 헤롯왕 같은 성격의 왕이 아니야. 왕일지는 모르지만, 로마 왕 같은 분은 아니다.'

이것은 벤허가 받은 인상일 뿐, 아직 내린 결론은 아니었다. 놀라운 얼굴을 바라보며 그런 생각을 하고 있을 때 뭔가가 가물가물 기억나려고 했다. 그는 혼자 중얼거렸다.

"맞아, 분명히 이 얼굴을 언젠가 본 적이 있어. 그런데 언제 봤지? 어디서 봤을까?"

벤허는 이렇게 잔잔하고 연민에 가득 차고 사랑이 깃든 표정을 분명 본 적이 있었다. 마침내 벨타사르가 그분을 확신한 순간, 벤허의 머릿속에도 한 장면이 퍼뜩 떠올랐다. 처음에는 희미했지만 점차 분명해졌다. 그가 노예가 되어 갤리선에 끌려가던 날, 나사렛 우물가에서 목말라 죽게 된 그에게 물을 떠주신 분이었다. 그날 이후 항상 마음속에 간직했던 그 얼굴이었다. 한창 감정이 끓어오른 순간이라 벤허는 나사렛 설교자의 다른 말은 듣지 못하고 마지막 말만 겨우 들었다. 그것은 너무 경이로워 전 세계에 울려 퍼진 말이었다.

"이분이 하나님의 아들이시다!"

벤허는 자기의 은인에게 경배 드리려고 말에서 훌쩍 뛰어내렸다. 바로 그때 아이라스가 소리쳤다.

"도와줘요, 빨리요. 아버지가 돌아가시려고 해요!"

벤허는 걸음을 멈추고 뒤를 돌아보며 허겁지겁 아이라스 곁으로 달려갔다. 그리고 그녀에게서 컵을 건네받고 강으로 뛰었다. 그러나 벤허가 강에서 물을 떠 왔을 때 낯선 이는 사라지고 없었다.

다행히 의식을 되찾은 벨타사르는 손을 앞으로 뻗으면서 희미한 목소리로 입을 열었다.

"그분은 어디 계시냐?"

"누구 말이에요?"

아이라스가 물었다.

"그분 말이다. 하나님의 아들인 그리스도 말이야. 아아, 그분을 다시 뵙다니……."

노인은 마치 마지막 소원이 이루어진 듯 얼굴에 광채를 뿜으며 말했다.

"당신도 그렇게 생각해요?"

아이라스가 작은 소리로 벤허에게 물었다.

"경이로움으로 가득한 시간이오. 기다려 봅시다."

벤허가 할 수 있는 말은 이 말뿐이었다.

다음 날, 세 사람이 강가에서 설교를 듣고 있을 때 설교자가 잠시 말을 멈추더니 공경한 말투로 말했다.

"보라, 하나님의 어린 양이로다!"

세 사람은 그가 가리키는 쪽으로 시선을 돌렸다. 그곳에는 어제 보았던 그 낯선 이가 서 있었다. 그의 가냘픈 몸과 슬픔을 머금은 듯 측은하게 바라보는 아름다운 얼굴을 보자 벤허는 불현듯 새로운 생각이 떠올랐다.

'어쩌면 벨타사르의 말과 시모니데스의 말이 모두 맞을지도 몰라. 저분은 구세주이면서 동시에 왕이실 거야.'

벤허는 옆 사람에게 물었다.

"저기 걸어가는 사람이 누구죠?"

옆 사람은 조롱 섞인 웃음을 터트리며 대답했다.

"나사렛에 사는 목수의 아들이에요."

# 제8부

누가 저항할 수 있겠소? 이 우주에서 누가?
그녀는 맛있는 신의 음식을 먹여 주었고
나의 존재를 최고의 상태가 되도록 해 주었다오.
그녀는 나를 젖을 빠는 아기처럼 여기며
장미꽃으로 된 요람에 눕혔다오.
나는 이전의 내 삶을 저지당한 채,
자기 멋대로 하는 이 감각의 여왕에게
홀린 신하가 되어 절을 했다오.
**《엔디미온》_존 키츠**

"나는 부활이요 생명이니라."

# 제1장
## 에스더와 아이라스

"에스더, 에스더! 하인에게 물 한 잔만 가져다 달라고 하렴."

"아버지, 물보다는 포도주가 낫지 않아요?"

"둘 다 가져오라고 해."

예루살렘에 있는 벤허의 집 옥상 피서용 정자에서 부녀가 이야기를 하고 있다. 에스더는 안뜰이 내려다보이는 난간에서 밑에 대기 중인 하인을 불렀다. 바로 그때 또 한 명의 하인이 계단을 올라와 공손하게 절했다.

"주인님께 온 소포입니다."

하인이 세마포에 싸여 봉인된 편지를 건넸다.

독자들의 이해를 위해 설명하자면, 지금은 베다바라에서 그리스도가 선포된 지 3년이 지난 3월 21일이다.

그동안 예루살렘 집이 비어 있고 황폐해진 것을 견디다 못한 벤허는 말룩을 대리로 내세워 본디오 빌라도에게서 다시 집을 샀다. 그리고 대문과 뜰, 헛간, 계단, 방과 지붕을 깨끗이 청소하고 개축했다. 비극의 자취는 흔적도 없이 사라졌을 뿐 아니라 새로 설치한 기구와 비품은 전보다 더 화려해졌다. 그곳을 방문한다면 젊은 주인이 미세늄과 로마의 저택에서 몇 년간 살

때 몸에 밴 높은 취향을 엿볼 수 있을 것이다.

그러나 벤허는 공식적으로 집의 소유권을 획득하지는 못했다. 그러기에는 시기상조라는 것이 그의 생각이었다. 아직 그는 이름도 되찾지 못했다. 그는 갈릴리에서 군대를 훈련시키며 나사렛 사람의 행동을 참을성 있게 기다렸다. 그의 눈에 나사렛 사람은 나날이 더 불가사의한 인물로 보였고, 그의 눈앞에서 보인 놀라운 이적들로 인해 그 성품과 임무가 늘 의문스러웠다. 벤허는 가끔 예루살렘으로 와 집에 머물기도 했지만, 언제나 이방인과 손님의 신분으로서였다.

벤허가 예루살렘에 오는 것은 노동 뒤의 휴식 이상의 의미가 있었다. 벨타사르와 아이라스가 집에 기거하고 있었기 때문이다. 아이라스의 매력은 아직도 처음처럼 늘 새로웠고, 기적을 행하는 방랑자가 주님임을 역설하는 벨타사르의 강력한 설교는 아무리 들어도 지루하지 않았다.

시모니데스와 에스더는 불과 며칠 전에 이곳에 도착했다. 낙타 두 마리 사이에 1인용 가마를 매어 타고 온 시모니데스로서는, 두 마리 낙타가 항상 발을 맞춰 걸었던 것은 아니기 때문에 매우 힘든 여행이었다. 하지만 일단 집에 도착한 뒤에는 그립던 고향의 모습을 지치지도 않는 듯 보고 또 보았다. 그는 옥상의 피서용 정자를 아주 좋아해서, 낮에는 안디옥에서 사용했던 것과 똑같은 안락의자에 앉아 주로 그곳에서 시간을 보냈다. 피서용 정자 그늘 아래서 그는 정든 고향 공기를 마음껏 들이켰다. 예전과 다름없이 떴다가 지는 저 하늘의 태양도 마음껏 보았다. 그곳에서 에스더와 함께 지내면서, 젊은 시절 그가 사랑했던 또 다른 에스더를 그리움으로 상상하고는 했다. 하지만 사업도 게을리 하지 않았다. 그는 뒤에 남겨둔 사업 책임자인 산발랏에게서 매일 연락을 받았고, 모든 사업적 운영이 자기의 판단에 따라서만 이루어지도록 아주 세부적인 사항까지 적어 매일 편지를 보냈다.

에스더가 정자를 향해 발길을 돌릴 때 티끌 한 점 없는 옥상 위로 햇살이 내려와 그녀를 따스하게 비쳤다. 우아한 몸매, 조화로운 이목구비, 젊음과 건강으로 발그레한 혈색, 총명함으로 밝게 빛나는 얼굴, 그리고 천성적인 헌신과 몸에 배어 있는 사랑 때문에 그녀는 멋진 숙녀가 되어 있었다.

에스더는 소포를 보다가 걸음을 멈추고 다시 한 번 자세히 들여다보고는 얼굴이 빨갛게 달아올랐다. 벤허의 봉인이었기 때문이다. 그녀는 발걸음을 빨리 해서 서둘러 안으로 들어갔다.

시모니데스는 봉인을 확인하고 뜯어버린 후, 안에 든 두루마리를 에스더에게 건네주었다.

"읽어다오."

딸아이를 쳐다본 시모니데스는 아이의 얼굴에 걱정스런 표정이 어려 있음을 알았다.

"누구한테 온 편지인지 알고 있구나, 에스더."

"네, 주인님이요."

에스더의 태도는 주춤거렸지만 겸손하고 성실한 눈으로 아버지의 눈을 마주보았다.

"에스더, 그분을 사랑하고 있구나."

시모니데스의 목소리는 조용했다.

"네."

"잘하는 일 같으냐?"

"저도 법적으로 맺어진 주인이라고만 생각하려고 노력했어요. 그렇지만 아무리 노력해도 소용이 없어요."

"내 딸, 네 엄마와 똑같이 착하구나."

그가 다시 추억에 빠져들며 말했다. 그러자 에스더가 편지 펼치는 소리로 그를 깨웠다.

"주여, 제가 이런 말 하는 것을 용서하소서! 에스더, 내가 번 재산을 전부 내놓지 않았다면 네 사랑이 그렇게 헛되지는 않았을 텐데. 돈에는 그렇게 대단한 힘이 있는데!"

"아버지가 그러셨다면 저로서는 상황이 더 안 좋았을 거예요. 그분에게 하찮다는 시선은 받았을 것이고, 아버지에게 자부심을 느끼지 못했을 테니까요. 이제 편지를 읽어도 될까요?"

"잠깐만 기다려라. 너에게 닥칠 수도 있는 최악의 상황을 말해 주마. 그래야 네가 조금이라도 덜 힘들 것 같구나. 그분은 다른 사람을 사랑하고 있단다."

"저도 알아요."

에스더가 조용히 대답했다.

"그분은 이집트 여자가 친 그물에 걸려들었어. 자기 인종다운 교활함에 미모까지 그 여자를 도와주고 있지. 아주 아름답고 아주 교활해. 하지만 역시 자기 인종답게 머리만 있고 가슴이 없어. 아버지를 깔보는 여자는 남편도 깔보는 법이야."

"그 여자가 자기 아버지를 깔봐요?"

"벨타사르는 이방인 중에서는 아주 존경받는 현자야. 신앙도 강하고 말이야. 그런데 어제 그 여자가 자기 아버지에 대해 말하는 걸 들었어. '젊은이의 어리석음은 용서받을 수 있어. 노인에게는 지혜 말고 쓸 것이 없지. 지혜가 없어진 노인은 죽어야 해.' 이 얼마나 잔인한 말이니? 로마인들이나 할 법한 말이지. 나도 벨타사르처럼 심신이 허약해질 날이 올 텐데, 그러면 네가 '아버지는 죽는 게 나아.'라고 말할까? 절대로 그럴 리가 없지. 네 엄마처럼 너도 유대인이니까."

에스더는 눈물이 그렁그렁한 채 아버지에게 입 맞추면서 말했다.

"전 엄마의 딸인 걸요."

"그래, 그리고 내 딸이지. 내게 네는 솔로몬의 그 위대한 성전보다 더 귀중한 존재란다."

잠시 침묵이 흐른 뒤 아버지는 딸의 어깨에 손을 얹으며 말했다.

"그분이 이집트 여자를 아내로 맞으면, 에스더, 너를 그리워하고 영적 임무를 생각하며 후회로 땅을 치게 될 거다. 결국 자신은 그 여자의 야심을 채울 수단밖에 아니었음을 깨닫게 될 테니 말이야. 그 여자의 야심은 로마야. 그 여자에게 그분은 공동사령관 아리우스의 아들일 뿐, 예루살렘 왕자인 허의 아들이 아니야."

"아버지가 그분을 구해 주세요! 아직 시간이 있잖아요!"

에스더는 더 이상 감정을 숨기지 않고 간청했다.

"물에 빠진 남자는 구할 수 있지만, 사랑에 빠진 남자는 그럴 수 없단다."

아버지는 회의에 가득 찬 미소를 지으며 말했다.

"하지만 아버지는 그분께 영향력이 있고, 그분은 세상에 혼자뿐이잖아요. 그분께 위험을 알려줘요. 이집트인이 어떤 여자인지 알려줘요."

"그러면 그 여자를 떼어버릴 수는 있겠지. 그런다고 그분이 네게 갈까? 그렇지는 않아."

시모니데스의 눈썹이 찌푸려졌다.

"나는 조상 대대로 주인을 섬기는 종이었어. 그런 내가 '주인님, 내 딸을 보십시오! 내 딸이 이집트 여자보다 더 예쁘고, 당신을 더 사랑합니다!' 라고 말할 수는 없어. 내가 비록 자유인으로 오랜 세월을 보내면서 많은 것을 얻었다고는 하지만, 그래도 그런 말을 하는 것은 합당치 않아. 그런 말을 하면 내 입에 물집이 잡히고 말 거야. 저 산에 있는 돌멩이들도 나를 보고 몸을 돌려버릴 거란다. 난, 나는 그런 말 못해!"

에스더의 얼굴이 홍당무가 되었다.

"그렇게 말하라는 것이 아니잖아요. 저는 단지 그분이 걱정되어서 그런 거예요. 제 행복을 생각하는 것이 아니라 그분이 행복하기를 바라는 거예요. 감히 그분을 사랑하고 있지만, 저는 그분의 존중을 받을 수 있는 사람이 되도록 노력할 뿐이에요. 그래야 제 어리석은 행동이 용서받을 테니까요. 이제 편지를 읽을게요."

"그래, 읽어봐라."

에스더는 불편한 화제를 돌리려고 곧바로 편지를 읽었다.

"니산월[255] 8일

갈릴리에서 예루살렘으로 가는 길에서 드림.

그 나사렛 사람이 예루살렘으로 가고 있습니다. 우리 보병 군단도 군중 속에 섞여 그분을 몰래 따라가고 있습니다. 두 번째 군단도 곧 따라갈 것입

---

255) 유대력의 첫째 달. 그레고리력의 3~4월

니다. 사람이 많기는 하지만, 유월절이라서 그러려니 하실 겁니다. 출발하면서 그분이 말씀하시더군요. '예루살렘으로 가서 그동안 선지자들이 나에 관해 기록한 모든 예언을 증명하리라.'

우리의 기다림이 끝나 갑니다.

서둘러 씁니다.

화평이 시모니데스 당신과 함께하기를.

벤허 드림."

에스더는 편지를 아버지에게 드리며 목이 메는 걸 간신히 참았다. 편지에는 그녀의 말이 한마디도 없었다. 마지막에 덧붙이는 형식적인 인사말도 없었다. "당신의 가족에게도 화평이 함께하길"이라고 한마디 덧붙이는 것이 뭐가 그리 어렵단 말인가? 에스더는 생전 처음 질투를 느꼈다.

"8일이라, 8일이라 말이지. 에스더, 오늘이……?"

"9일이에요."

"오, 그럼 지금은 베다니에 있겠구나."

"그러면 오늘 밤에는 볼 수 있겠군요."

에스더의 질투심은 순간적으로 사라져버렸다.

"그래, 그럴 수도 있겠구나! 내일이 무교절[256]이니 축하하고 싶으실 게야. 그 나사렛 분도 그렇고. 우린 오늘 주인님을 볼 수 있겠구나. 잘하면 두 분 다 볼 수 있겠어, 에스더."

바로 그때 하인이 물과 포도주를 들고 나타났다. 에스더가 아버지를 도와드리면서 보니 아이라스도 옥상에 모습을 드러냈다.

에스더의 눈에 아이라스가 그때처럼 아름답게 보인 것은 처음이었다. 얇게 비치는 옷이 아지랑이처럼 그녀 주위에서 하늘거렸다. 이마와 목, 팔에는 이집트 여인들에게 사랑받는 큼직한 보석들이 반짝였고, 얼굴에는 행복감이 가득 배어 있었다. 그녀는 쾌활한 발걸음으로 걸어왔다. 남의 시선을

---

256) 주간절(週間節)·초막절(草幕節)과 함께 옛 이스라엘의 3대 순례 축제 가운데 하나. 누룩을 넣지 않은 빵을 먹으며 지내던 농경민들의 순례 축제

의식하고 있지만 그렇다고 뽐내는 태도는 아니었다. 에스더는 자기도 모르게 움츠러들면서 아버지 곁으로 바싹 다가갔다.

"시모니데스 선생님께 화평이 함께하기를. 그리고 예쁜 에스더 아가씨에게도요."

아이라스는 인사를 건네며 에스더에게 살짝 고개를 숙였다.

"선생님, 제 말에 불쾌해 하지 마세요. 선생님을 뵈니까 해가 지면 기도를 드리려고 사원에 올라가는 페르시아 사제가 생각나네요. 혹시 경배를 드리는 데 모르는 것이 있으시면 아버지를 불러 드릴게요. 저의 아버지는 동방박사이시거든요."

"아가씨."

시모니데스가 엄숙하고 정중하게 고개를 끄덕이며 말을 이었다.

"페르시아 전통의 지식은 당신 아버지가 가진 지식 중 가장 작은 부분이지요. 선생님은 선량하신 분이니, 내가 이렇게 말했다고 해서 불쾌해 하지는 않으실 겁니다."

아이라스는 입을 약간 삐죽거리며 말했다.

"철학자처럼 말씀하시니 저도 철학자처럼 말하고 싶군요. 가장 작은 부분이 늘 더 큰 의미를 지니고 있는 법이죠. 제 아버지가 지니신 더 큰 지식이 뭔지 여쭤봐도 될까요?"

시모니데스는 준엄한 시선으로 그녀를 올려다보았다.

"순수한 학식은 언제나 신을 향해 있는 법이죠. 가장 순수한 지식은 신에 대한 지식입니다. 내가 아는 사람 중에 벨타사르 선생님보다 더 높은 지식을 가진 사람이 없고, 말과 행동으로 그렇게 증명되는 사람도 없습니다."

시모니데스는 대화를 끝내려고 포도주를 입으로 가져갔다. 아이라스는 약간 뾰로통한 표정으로 에스더에게 몸을 돌렸다.

"금고에 돈을 억수같이 쌓아두고 바다에 자기 소유의 배가 수십 척씩 떠다니는 사람도 우리 같이 단순한 여자들이 뭘 좋아하는지는 모르는 법이죠. 아버지는 놔두고 우리끼리 저쪽에 가서 이야기를 나눠요."

두 여인은 난간으로 가서 자리를 잡았다. 몇 년 전 벤허가 깨진 기왓장에 손을 짚는 바람에 흘러내린 기왓장이 그라투스 머리에 떨어진 바로 그 난간이었다.

"로마에 가 본 적 있어요?"

아이라스가 버클을 채우지 않은 팔찌를 만지작거리며 말을 시작했다.

"아니요."

에스더가 얌전하게 대답했다.

"가 보고 싶지 않아요?"

"네, 가고 싶지 않아요."

"아, 정말 우물 안 개구리처럼 사는군요!"

아이라스는 한숨을 내쉬더니, 다음 순간 밖에 있는 사람들도 들릴 정도로 웃음을 터뜨렸다.

"오, 이런 예쁜 숙맥! 멤피스 사막에 솟아 있는 거대한 스핑크스 귀전에 틀어 놓은 둥지에서 막 부화한 새도 당신보다는 세상을 더 알겠어요."

에스더의 당황하는 표정을 보자 아이라스는 태도를 바꾸어 비밀을 털어놓는 듯한 은밀한 말투로 속삭였다.

"언짢아하지 말아요. 그냥 장난치느라 한 말이에요. 대신 다른 사람에게는 절대 해주지 않을 말을 해줄게요. 람세스 2세가 살아와 나일 강 지류에서 자란 로토스 열매를 따준다고 해도 말하지 않을 거예요!"

아이라스는 에스더를 향한 날카로운 시선을 숨기며, 다시 한 번 큰 소리로 웃고 말했다.

"왕이 오세요."

에스더는 놀라 그녀를 응시했다.

"그 나사렛 사람이 오신다고요."

아이라스가 연이어 말했다.

"우리 둘의 아버지들이 그렇게 많이 이야기하고, 벤허가 그토록 오래 섬기며 일한 그분 말이에요."

그녀가 이번에는 목소리를 확 낮추며 말했다.

"나사렛 사람은 내일 도착하고, 벤허는 오늘 밤에 도착해요."

에스더는 평정심을 유지하려고 애썼지만 잘 안 되었다. 에스더는 얼른 시선을 떨궜지만, 얼굴이 새빨개지는 바람에 속마음을 들키고 말았다. 그러나 고개를 숙여서 다행히 아이라스의 얼굴에 섬광처럼 스친 승리의 미소는 볼 수 있었다.

"봐요, 여기 그의 편지가 있어요."

아이라스는 허리띠에서 두루마리 하나를 꺼냈다.

"나와 함께 기뻐해 줘요. 오, 내 친구! 오늘 밤 그가 여기에 와요! 그는 로마에 저택이 있어요. 그 저택을 나한테 주겠다고 약속했죠. 그 집 안주인이 된다는 것은……."

그 순간, 거리에서 들리는 빠른 발소리에 아이라스는 말을 멈췄다. 그녀는 난간 위로 몸을 굽혀 아래를 내려다보았다. 그리고 뒤로 물러나서 꼭 쥔 양손을 머리 위로 올리며 소리를 질렀다.

"이시스여, 축복해 주소서! 벤허예요! 이렇게 생각을 많이 할 때 나타나 주다니! 좋은 징조임에 틀림없어요. 나에게 입 맞춰줘요, 에스더!"

에스더는 양 볼이 새빨개진 채 아이라스를 쳐다보았다. 그녀의 성격상 한 번도 그래 본 적 없는 분노의 불길이 눈에서 뿜어져 나왔다. 그녀의 부드러움은 무참히 짓밟혔다. 그녀가 사랑하는 남자는 은밀한 꿈을 자신에게 알려주지 않는데, 이 오만한 연적은 제 사랑의 승리와 빛나는 미래의 약속을 자랑하고 있다니. 하인의 딸인 자신에게는 안부 인사조차 없었는데, 연적에게는 편지를 보내 자신에게 과시하게 함으로써 그 안에 든 온갖 사랑의 내용을 상상하게 하다니.

"당신은 그분을 사랑하나요, 아니면 로마를 사랑하는 건가요?"

에스더의 말에 아이라스는 한 걸음 주춤하며 뒤로 물러났다. 이내 그녀는 오만한 머리를 에스더에게 가까이 숙이고 물었다.

"시모니데스 따님, 당신에게 그는 어떤 존재죠?"

에스더는 몸을 부들부들 떨며 입을 열었다.

"그분은 저의……."

순간 전광석화처럼 어떤 생각이 떠오르며 그녀의 말문을 막았다. 에스더는 얼굴이 창백해져 몸을 떨다가 겨우 심신을 회복하여 대답했다.

"그분은 제 아버지의 친구세요."

자신이 그의 노예라는 말은 차마 말할 수 없었다. 아이라스는 전보다 더 경쾌하게 웃었다.

"그뿐이에요? 오, 이집트의 사랑의 신에 맹세코, 당신의 입맞춤은 받지 않을게요. 그만둬요. 당신을 보다 보니 이곳 유대 지방에서 훨씬 더 소중한 것이 나를 기다리고 있다는 걸 알게 되었어요. 그리고……."

아이라스는 고개를 돌려 뒤를 쳐다보며 말했다.

"이젠 그것을 가지러 가봐야겠어요. 화평이 당신에게 있기를."

에스더는 그녀가 계단 아래로 내려가는 모습을 지켜보았다. 그녀가 완전히 모습을 감추자 에스더는 손으로 얼굴을 가리고 울음을 터트렸다. 눈물이 손가락 사이로 흘러내렸다. 수치심과 억누른 열정의 눈물이었다. 조금 전 아버지가 했던 말이 새로운 의미로 다가오며 슬픔을 가중시켰다.

"내가 번 재산을 전부 내놓지 않았다면 네 사랑이 그렇게 헛되지는 않았을 텐데."

하늘에 총총히 떠 있는 별이 도시와 도시를 병풍처럼 둘러싼 산 위에 낮게 드리워져 반짝거렸다. 이윽고 에스더는 마음을 가다듬고 피서용 정자로 돌아가 조용히 아버지 곁에서 시중을 들었다. 어쩌면 그녀는 아버지 시중을 드느라 청춘을 다 바쳐야 할지도 모른다. 어쨌든 에스더는 상처받은 마음을 진정시키고 자신의 할 일을 했다.

## 제2장
### 나사렛 사람

옥상에서의 일이 있은 지 1시간 정도 지났을 때, 벨타사르와 에스더의 부축을 받으며 시모니데스가 벤허의 방으로 들어왔다. 잠시 뒤에 벤허와 아이리스도 들어왔다.

벤허는 먼저 벨타사르에게 인사하고 화답을 받은 뒤, 시모니데스를 향해 몸을 돌리다 에스더의 모습을 보고 멈칫했다. 누군가를 열렬히 사랑하고 있으면서 동시에 다른 사람도 마음에 품고 있을 만큼 마음의 공간이 넓은 사람은 별로 없다. 보통은 다른 사람에 대한 감정의 불길이 희미해지는 경우가 대부분이다. 모국의 상황에 민감하여 희망과 꿈에 부풀어 있는 그는, 아이라스를 통한 직접적인 영향 때문에 야심으로 가득 찬 사람이 되어 있었다. 그는 당면한 일에 온 마음을 쏟고 그것을 사명으로 여기고 있었기에 그 전의 감정은 점점 희미해졌다.

벤허는 여인으로, 그것도 아름다운 여인으로 성장한 에스더를 보고 멈칫했다. 에스더를 보자 지키지 못한 맹세와 다 하지 못한 임무가 생각났다. 그녀를 본 순간, 그는 옛날의 자신으로 돌아간 것 같았다.

잠시 놀란 채 서 있던 벤허는 마음을 가라앉히고 에스더에게 다가가 말했다.

"당신에게 화평이 있기를. 그리고 시모니데스 선생님……."

벤허는 다시 시모니데스에게 몸을 돌렸다.

"아버지 없는 사람에게 좋은 아버지가 되어 주신 것만으로도 감사합니다. 하나님께서 큰 복으로 함께하시길."

시선을 땅에 두고 있는 에스더를 뒤로 하고 시모니데스가 대답했다.

"벨타사르 선생과 같은 대답을 해야겠군요. 벤허, 당신 집에 온 것을 환영합니다. 어서 앉아서 일의 진척 상황을 얘기해 주십시오. 그 나사렛 사람이 누구이며, 무엇을 하는 분인가요? 자, 편하게 앉으세요. 당신 집에서 당신이 제일 편안해야죠. 여기 우리 사이에 앉아 얘기를 해주세요."

에스더가 재빨리 푹신한 의자를 가져다주자 벤허가 고맙다고 인사했다.

"그 나사렛 사람에 대해 말씀드리려고 왔습니다."

벤허는 잠시 다른 이야기를 나누고 본론으로 들어갔다. 두 사람은 곧바로 경청하는 자세를 취했다.

"오랫동안 기다려온 저로서는 그분을 면밀히 지켜보았습니다. 그분이 시련을 겪으시는 것도 봤습니다. 하지만 확실히 그분은 우리 같은 사람이면서도 그 이상의 분이셨습니다."

"그 이상이라니요?"

시모니데스가 물었다.

"지금 말씀드리겠습니다."

그때 누군가 방으로 들어오는 기척이 느껴졌다. 들어온 사람은 바로 벤허의 유모인 암라였다.

"유모! 오, 유모!"

벤허는 자리에서 벌떡 일어나 손을 뻗었다. 암라는 앞으로 달려와 벤허의 발치에 무릎을 꿇고 그의 무릎을 감싸 안은 채 그 손에 계속 입맞춤을 퍼부었다. 얼굴에는 기쁨의 표정이 얼마나 충만했는지, 그녀의 검은 얼굴에 가득한 주름을 아무도 감지하지 못할 정도였다. 마침내 손을 뺄 수 있게 되자 벤허는 암라의 힘없이 늘어진 흰 머리를 뒤로 젖히고 그 얼굴에 입을 맞추며 말했다.

"유모, 우리 식구들 소식에 대해 들은 것은 좀 없어요? 한마디라도, 아주 조그만 실마리라도요?"

벤허의 물음에 암라는 울음을 터트렸고, 벤허에게는 어떤 말보다 더 명확한 대답으로 들렸다.

"하나님의 뜻입니다."

벤허의 목소리는 장엄했다. 그의 말투를 들은 사람들은 그가 식구를 찾는 희망을 버렸다는 것을 알 수 있었다. 눈에 눈물이 고였지만, 이 강직한 남자는 다른 사람이 눈치 채지 못하게 얼른 닦으며 말했다.

"이리 와서 내 곁에 앉아요, 유모. 이 세상에 오신 훌륭한 분에 관해 해드릴 이야기가 많거든요."

재빨리 뒤로 물러난 암라는 굽은 등을 벽에 대고 앉아 무릎에 깍지를 끼고 벤허의 얼굴을 쳐다보는 것으로 만족했다. 벤허는 노인들에게 예를 갖추고 다시 이야기를 시작했다.

"그 나사렛 사람이 누군지 말하기에 앞서, 그분이 내 눈앞에서 하신 일들을 말씀드리고 싶습니다. 그분은 내일 예루살렘 성전에서 자신이 그리스도임을 공표하실 겁니다. 내일이면 벨타사르 선생님의 말씀이 맞는지 시모니데스 선생님의 말씀이 맞는지, 우리를 비롯한 모든 이스라엘 사람들이 알게 될 겁니다."

"내가 어디로 가야 그분을 뵐 수 있겠나?"

벨타사르는 온 몸을 벌벌 떨면서 양손을 비비며 물었다.

"내일 엄청나게 많은 사람들이 몰려올 겁니다. 제 생각에 선생님들은 솔로몬의 성전 옥상에 올라가서 보시는 게 더 나을 것 같습니다."

"자네도 우리와 함께 갈 수 있나?"

"아닙니다. 저는 동료들과 함께 행진에 참가해야 할 것 같아요."

"행진이라고!"

시모니데스가 큰 소리로 외쳤다.

"그럼 그분이 정식으로 오신 겁니까?"

잠시 생각에 잠긴 듯하던 벤허는 입을 열었다.

"행진이라고 해 봐야 12명의 제자들과 함께 오시는 겁니다. 제자들도 어부나 농부 같은 사람들로 모두가 천한 사람들이죠. 세리였던 사람도 있습니다. 그들은 비와 바람, 추위와 햇볕에 아랑곳없이 걸어서 오십니다. 밤에 그분들이 노변에서 빵을 나누어 먹고 노숙하는 모습을 보면 귀족이나 왕은커녕 시장에 갔다가 돌아가는 양치기 무리 같습니다. 하지만 그분이 누군가를 보려고 두건을 걷어 올리거나 머리에서 먼지를 털면서 얼굴을 드러낼 때면 저는 그분이 동료이자 스승이라는 걸 알게 됩니다."

벤허는 잠시 멈췄다가 두 노인을 향해 다시 말했다.

"두 분은 통찰력 있는 분들이십니다. 인간이 무엇인가를 추구하는 피조물이며, 평생 어떤 목적을 추구하는 천성을 갖고 태어났다는 것을 잘 아시죠. 그래서 두 분께 여쭙겠습니다. 발치에 뒹구는 돌을 금으로 만들 수 있는 분이 가난하게 살기로 작정했다면, 그것을 어떻게 생각하십니까?"

"그리스인이 봤다면 철학자라고 했겠죠."

아이라스가 말했다.

"아니다, 얘야. 철학자는 그런 능력이 없어."

벨타사르가 반대 의견을 제시했다.

"그분이 그런 능력을 지녔는지 어떻게 알죠?"

아이라스가 물었다.

"그분이 맹물을 포도주로 변화시키는 것을 제 눈으로 봤습니다."

벤허가 대답을 해주었다.

"이상하군. 정말 이상해. 그보다 더 이상한 것은 부자로 살 수 있는 분이 스스로 가난을 선택하신 거야. 정말 그분이 그렇게 가난한가요?"

시모니데스가 물었다.

"그분은 가진 게 아무것도 없어요. 그리고 남이 가진 것이 많다고 부러워하지도 않아요. 오히려 부자를 불쌍하게 여기시죠. 또 있습니다. 빵 다섯 덩어리와 물고기 두어 마리로 5천 명을 배불리 먹이고 바구니에 가득 남게 했다면 어떻게 하겠어요? 그분이 그렇게 하는 것을 제 눈으로 봤습니다."

"그걸 직접 봤다고요?"

시모니데스가 놀란 표정으로 외쳤다.

"네, 저도 그 빵과 물고기를 먹은 걸요. 하지만 더 놀라운 것은, 그분의 옷깃만 만지거나 멀리서 그분을 향해 애원하기만 해도 병이 낫는다는 것입니다. 그런 능력이 있는 분을 어떻게 생각하십니까? 이 역시 제 눈으로 목격했습니다. 그것도 한 번이 아니라 여러 번 보았습니다. 우리가 여리고를 떠날 때였지요. 길가에 있던 소경 두 명이 그분을 불렀습니다. 그런데 그분이 소경들의 눈을 만지자 그들이 눈을 떴습니다. 또 어떤 앉은뱅이에게 '너의 집으로 가라.' 하시자 그가 벌떡 일어나 자기 발로 걸어 집으로 갔습니다. 이런 일을 어떻게 생각하십니까?"

시모니데스는 아무 대답도 하지 않았다.

"두 분도 다른 사람들처럼 마술이나 속임수라고 생각하나요? 제가 목격한 더 위대한 일을 말씀드리겠습니다. 나병 환자들은 하나님의 저주를 받았다고 말해지죠. 그들은 죽음 외에는 다른 위안이 없는 사람들입니다."

일순 암라가 두 손을 바닥에 떨어뜨리며 몸을 반쯤 일으켰다.

"제가 본 것을 말씀드리면 어떻게 생각하실까요?"

벤허는 점점 더 흥분하며 말을 이었다.

"제가 갈릴리에서 그분과 함께 있을 때, 어떤 나병 환자가 그분께 다가와서 말했습니다. '주여 원하시면 저를 깨끗하게 하실 수 있나이다.' 그분은 나병 환자의 말을 듣고 그의 몸에 손을 대며 말씀하셨어요. '내가 원하노니 깨끗함을 받으라.' 그러자 그 남자는 곧바로 그 광경을 목격한 우리 모두처럼 건강한 몸이 되었습니다. 많은 사람이 그것을 목격했어요."

그때 헝클어진 머리카락을 야윈 손으로 걷어내며 암라가 자리에서 일어났다. 가엾은 그녀는 감정이 복받쳐 벤허의 뒷말을 제대로 듣지도 못했다.

"그리고 또 있어요."

벤허는 쉬지 않고 말했다.

"한번은 나병 환자 열 명이 한꺼번에 찾아왔어요. 그리고 멀찌감치 떨어져서 호소했죠. 예, 제가 직접 보고 들은 겁니다. '선생님, 우리를 불쌍히 여기소서.' 그러자 그분이 그들에게 말씀하셨어요. '가서 제사장들에게 너희 몸을 보이라.'"

"그래서 그 사람들은 어떻게 됐나요?"

"다 나았어요. 가는 길에 병이 다 나았습니다. 그들이 나병 환자였다는 사실을 알 수 있는 것은 오염된 옷밖에 없었어요."

"한 번도 들어본 적이 없는 얘기야. 이스라엘 전역에서도 그런 말은 처음이야!"

시모니데스가 낮게 중얼거렸다. 그들이 이야기에 열중하고 있을 때 암라가 조용히 밖으로 나갔다. 하지만 그녀가 사라진 것을 눈치 챈 사람은 아무도 없었다.

"그런 일이 바로 제 눈앞에서 벌어지는 것을 보며 제가 어떤 생각을 했겠습니까?"

벤허가 계속했다.

"네, 그때까지는 아직 제 의혹과 불안과 놀라움이 절정에 이르지 않았습니다. 두 분도 아시다시피, 갈릴리 사람들은 충동적이고 조급합니다. 몇 해를 기다리기만 한 그들은 칼을 빨리 휘두르고 싶어 안달이 났습니다. 그들을 달래려면 행동하는 수밖에 없습니다. 그들은 항상 말했죠. '그분은 언제쯤이나 자신을 왕이라고 선언하실까요. 너무 느립니다. 우리가 그분이 왕이라고 선언할 수밖에 없게 만듭시다.' 사실, 저 역시 조바심이 났었습니다. 그분이 진짜 왕이라면 지금 선언해도 되지 않을까요? 군단은 이미 모든 준비를 끝냈습니다. 그러니 그분이 원하든 원하지 않든 갈릴리 바닷가에서 설교할 때 왕관을 씌워드리면 되지 않겠습니까? 하지만 그분은 사라지셨어요. 그리고 다음 순간, 그분은 이미 배를 타고 떠나셨어요. 다른 사람을 미치게 만드는 부와 권력, 심지어 많은 사람이 존경의 마음을 담아 드리려는 왕의 직위마저 이분을 움직이게 하지 못했어요. 그것을 어떻게 말씀하시겠습니까?"

고개를 푹 숙였던 시모니데스는 이내 다시 고개를 들며 단호한 목소리로 말했다.

"여호와께서 살아 계시거니와, 선지자들의 예언도 그러합니다. 아직 시간이 무르익지 않았던 것이겠죠. 내일을 기다려봅시다."

"그것이 좋겠어요."

벨타사르가 미소 지으며 동의했다.

"제 얘기는 아직 끝나지 않았습니다. 지금까지 말씀드린 것은 지금 말하려는 것에 비하면 아무것도 아닙니다. 이 일은 천지가 창조된 이래로 인간의 능력을 넘어서는 일입니다. 여태까지 죽음이 삼켜버린 사람을 꺼내온 사람이 있던가요? 죽은 사람을 살려낸 분이 있냐는 말입니다. 누가 그 일을 할 수 있겠습니까?"

"하나님만이 가능한 일이지."

벨타사르가 경배하는 듯한 목소리로 대꾸했다.

"오, 현명하신 벨타사르 선생님! 그 말씀을 부인하지 않겠습니다. 저는 목격했습니다. 어떤 어머니가 죽은 자식을 살려달라고 울부짖자, 그분은 어떤 특별한 의식도 없이 단지 몇 마디 말로 죽은 아이를 살려내셨습니다. 두 분은 그를 누구라고 말하시겠습니까? 이 일은 나인 성에서 일어났습니다. 우리가 성문으로 들어가려고 할 때 사람들이 죽은 자를 메고 나왔습니다. 그분은 행렬이 지나갈 수 있도록 걸음을 멈추셨지요. 장례 행렬에서 한 여인이 서럽게 울었습니다. 그분은 그 여인을 불쌍히 여기셨습니다. 그리고는 여인에게 울지 말라고 하시더니, 관을 만지시며 수의를 입은 청년에게 말씀하셨어요. '청년아, 내가 네게 말하노니 일어나라!' 그러자 죽었던 자가 즉시 일어나 앉으며 말도 했어요."

"하나님만이 그토록 위대하십니다."

벨타사르가 시모니데스에게 말했다.

"저는 구름떼처럼 많은 사람과 함께 목격한 일만 말씀드리는 것입니다. 이곳으로 오는 길에 저는 더 대단한 일을 목격했습니다. 우리가 베다니에 이르렀을 때, 나사로라는 사람이 죽어 무덤에 묻혀 있었습니다. 그분이 무덤으로 인도되었을 때는 이미 그 사람은 죽은 지 나흘이나 지난 뒤였어요. 무덤은 커다란 돌로 막아놓았지요. 사람들이 돌을 치우자 천으로 칭칭 감긴 시신에서는 부패된 냄새가 흘러나왔습니다. 그때 그분은 큰 소리로 외치셨어요. '나사로야, 나오라!' 주변에 있던 모든 사람들이 그 소리를 들었습니다. 이윽고 그 죽은 자가 손발을 천으로 동인 채 무덤에서 나왔습니다! 그 장면을 본 저는 어떤 기분이었겠습니까? 그분이 다시 말씀하셨죠. '그를 풀어놓아 다니게 하라.' 천 조각이 죽었던 이에게서 풀려 내리자 오, 보십시오! 죽은 자의 몸에서 다시 피가 돌며  죽기 전의 모습으로 되돌아갔습니다. 지금도 그는 살아 활동하고 있습니다. 그 모습이 여러 사람의 눈에 띄었지요. 두 분도 내일 그분을 볼 수 있을 겁니다. 자, 이제 여호와의 목적에 맞는 준비도 다 되어 있으니, 제가 두 분께 여쭙고 싶은 질문을 드리고자 합니다. 시모니데스 선생님이 저에게 물으신 것과 같은 질문입니다. 이 나사렛 분은 어느 정도로 인간 이상의 분이실까요?"

벤허는 진지하게 질문을 던졌다. 세 사람은 자정이 훨씬 넘도록 그 문제를 토론했다. 시모니데스는 여전히 선지자의 말에 자신의 믿음을 고수했고, 벤허는 두 노인의 말이 다 옳다고 생각했다. 그분은 벨타사르의 주장대로 구세주이고 시모니데스의 말대로 왕이신 것이다.

"이제 내일이면 모든 사실을 알 수 있습니다. 여러분 모두에게 화평이 임하기를."

벤허는 그 말을 남기고 집을 떠나 베다니로 돌아갔다.

## 제3장
### 유모가 전해 준 소식

다음 날, 양의 문이 열리자 제일 먼저 나간 사람은 바구니를 팔에 안은 암라였다. 아침이 오는 시간보다 더 규칙적으로 오는 그녀를 문지기는 아무런 질문도 없이 그냥 보내주었다. 문지기들은 그녀를 누군가의 충실한 하인으로만 알았고, 그것으로 충분했다.

그녀는 동쪽 계곡 아래로 길을 잡고 걸었다. 짙푸른 감람산 능선에는 최근 유월절 축제에 참여하려는 사람들이 세운 천막이 드문드문 눈에 띄었다. 그러나 지금은 너무 이른 시간이라서 이방인이 나다니지는 않았다. 설사 다니는 사람이 있었어도 암라는 전혀 개의치 않았을 것이다.

겟세마네 동산을 지나 베다니 길의 교차점에 있는 무덤을 지나 실로암 샘이 있는 음침한 마을을 지나 암라는 계속 걸음을 옮겼다. 작고 노쇠한 몸이 가끔은 비틀거리기도 했고, 한번은 숨을 돌리려고 자리에 앉아 쉬기도 했다. 하지만 금방 일어나 다시 허둥지둥 걸었다. 그녀가 걷는 도로 양편의 거대한 암석이 귀가 있었다면 그녀가 혼자 중얼거리는 소리를 들었을 것이다. 그들이 눈이 있었다면 그녀가 얼마나 자주 감람산을 쳐다보며, 새벽이 왜 이렇게 빨리 오는지 원망의 눈길을 보내는지 알 수 있었을 것이다. 그들이 수다를 떨 수 있었다면 서로 이렇게 속닥거렸을 것이다.

"우리 친구가 오늘은 몹시 서두르는구나. 그녀가 빵을 주려고 가는 사람들이 배가 많이 고픈가 봐."

마침내 '왕의 정원'에 도착하자 그녀는 비로소 걸음을 늦추었다. 곰보 자국 같이 패인 힌놈 골짜기의 남쪽 능선을 따라 펼쳐진 문둥이들의 음침한 마을이 눈에 들어왔기 때문이다. 지금쯤이면 독자 여러분은 암라가 엔로겔 우물이 내려다보이는 무덤에 거주하는 주인마님을 만나러 가는 길이라는 사실을 눈치 챘을 것이다.

이른 아침이었기에 벤허의 어머니는 티르자를 안에서 자게 놔두고 밖에 나와 앉아 있었다. 병은 3년 동안 끔찍할 만큼 빠르게 진행되었다. 천성이 섬세한 그녀는 자신의 외모를 의식하고 습관적으로 온몸을 숨겼고, 티르자에게도 자기 몸을 좀처럼 보여주지 않았다.

새벽 이 시간에는 아무도 보는 사람이 없을 것이라는 사실을 알고 있는 그녀는 맨얼굴로 바람을 쐬었다. 아직 주변이 어두컴컴했지만 병이 얼마나 혹독하게 그녀를 망가뜨렸는지는 충분히 보였다. 백발이고 수습이 불가능할 정도로 거친 머리는 등 뒤와 어깨에 은빛 철사처럼 뒤엉켜 있었다. 눈꺼풀과 입술, 콧방울과 뺨의 살은 없거나 악취를 풍기는 살덩이였다. 목은 잿빛의 딱지로 뒤덮여 있었다. 수의처럼 빳빳해진 옷의 주름 아래로 손 하나가 삐죽 내려와 있었다. 손톱은 빠져서 없고, 손 관절은 뼈가 드러나 있지 않은 부분에서 마디처럼 부어올라 붉은 고름으로 덮여 있었다. 머리와 얼굴, 목과 손이 전체 몸 상태를 여실히 보여주었다. 그녀의 모습을 보면, 한때 허 집안의 아름다운 안주인이었던 그녀가 어떻게 그렇게 오랫동안 남의 눈에 띄지 않고 살 수 있었는지 이해할 수 있을 것이다.

그녀는 감람산 정상을 찬란하고 밝은 태양이 금빛으로 물들일 때 암라가 온다는 것을 알았다. 처음에는 우물까지, 다음에는 우물과 그녀가 사는 무덤이 있는 산의 발치 중간에 있는 바위까지 온 암라는 바구니에 들고 온 음식을 놓고 우물에서 그날 먹을 신선한 물을 항아리에 채워놓았다. 과거의 수많은 즐거움 중 이제 그녀에게 남은 것은 이 짧은 만남밖에 없었다. 암라에게 아들의 소식을 물을 수 있고, 어떻게 지내는지 아주 사소한 소식까지 모두 들을 수 있었다. 보통은 소식이라고 해봐야 별것 없었지만 그녀에게는 한없는 위루가 되었다. 때로는 아들이 집에 와 있다는 말을 듣기도 했다. 그러면 흰옷을 입은 형상이 새벽녘에 무덤을 빠져나와 석상처럼 움직이지도 않고, 성전 위의 한 지점을 정오 때까지 그리고 해가 질 때까지 가만히 응시했다. 성전의 둥근 지붕이 보이는 하늘 아래 추억으로 아름다운 집, 아들이 그곳에 있어 더 그리운 그녀의 옛집이 있었다. 이제 그녀에게 남은 건 아무것도 없었다. 티르자는 이미 죽은 목숨이었고, 그녀는 삶의 매 순간을 행복한 죽음으로 한 발자국 더 다가가는 시간이라고 생각하며 죽음을 기다렸다.

산 주변에 있는 자연물 중에 그녀의 관심을 끄는 것은 없었다. 짐승과 새들도 이곳의 과거와 현재 사용처를 아는 것처럼 슬슬 피해 다녔다. 신록은 첫 계절에 모두 다 시들어 버렸다. 바람은 관목과 무모한 풀들 위로 사정없이 불어 닥쳐 뿌리째 뽑아버렸고, 그럴 수 없는 것은 죄다 말라죽게 했다. 그녀 주변은 온통 무덤이었다. 위에도 무덤, 아래도 무덤, 자신의 무덤 맞은편도 무덤. 단지 지금은 축제를 즐기러 오는 순례자들을 위해 하얗게 칠해져 있을 뿐이다. 그래도 맑고 깨끗한 하늘은 그녀의 아픈 마음을 달래주지 않을까? 그러나 모든 것들을 아름답게 비쳐주는 햇살은 가혹하게도 이곳에서는 점점 심해지는 그녀의 끔찍한 모습만 비쳐줄 뿐이었다. 태양만 아니었다면 자기 모습에 그토록 무서워하지 않아도 되고, 티르자가 죽는 잔인한 꿈을 꾸며 깨지 않아도 되었을 것이다. 시력이라는 선물이 때로는 두려운 저주였다. 그녀라고 왜 스스로 고통을 끝내버리고 싶지 않았을까? 하지만 율법은 자살을 금지하고 있다. 이방인들은 이 말을 이해하지 못할 수 있지만 이스라엘 사람들은 충분히 이해한다.

그녀가 컴컴한 곳에서 혼자 쓸쓸한 생각에 잠겨 있을 때, 한 여인이 지친 모습으로 산에 올라왔다. 그녀는 벌떡 일어나 얼굴을 가리며, 나병의 침투로 쉬어버린 목소리로 외쳤다.

"불결해요, 불결해!"

암라가 경고를 무시하고 그녀의 발치로 와서 그동안 억누른 사랑을 한꺼번에 표출했다. 암라는 울부짖으며 주인마님의 옷에 입을 맞췄다. 그녀는 암라를 피하려고 했지만 그럴 틈이 없었다. 그저 암라의 감정이 끝날 때까지 기다릴 수밖에 없었다.

"지금 무슨 짓을 한 것이냐, 암라?"

놀란 표정으로 그녀가 말을 이었다.
"우리에게 네 사랑을 이런 식으로 표현한단 말이냐? 나쁜 사람 같으니라고! 너는 이제 끝이야. 이제 넌 내 아들 곁으로 절대, 절대 돌아갈 수 없어."
주인마님의 애달픈 말에 암라는 땅바닥을 기면서 흐느꼈다.
"이제 너도 세상에 돌아가는 것이 금지되었어. 너는 예루살렘으로 돌아갈 수 없어! 이제 우리는 어떻게 해? 누가 우리에게 빵을 가져다주니? 오, 못되고 못된 암라! 우리는 이제 모두 끝이야."
"불쌍히 여겨주세요, 불쌍히 여겨주세요!"
암라가 땅바닥에서 대답했다.
"너부터 불쌍히 여겼어야지. 그리고 우리를 불쌍히 여겼어야지. 이제 우리는 어디로 도망간다는 말이냐? 우리를 도와줄 사람은 아무도 없어. 오, 믿음을 배신한 하녀 같으니라고! 우리는 지금 우리에게 내려진 하나님의 진노만으로도 너무 힘들어!"
시끄러운 소리에 티르자가 잠에서 깨어 무덤 밖으로 나왔다. 티르자가 어떤 모습인지는 차마 표현할 수 없을 지경이다. 잿빛의 터진 틈과 딱지가 온몸을 덮어 앞도 거의 보지 못했고, 팔다리와 손발가락은 흉측스럽게 부어올라 큼직해졌다. 간신히 옷만 반쯤 걸치고 서 있는 망령 같은 그 모습은 아무리 사랑으로 가득한 눈으로 봐도, 우리가 처음에 보았던 순수함과 우아함을 지닌 소녀라고는 도저히 믿을 수가 없었다.
"엄마, 유모예요?"
암라는 다시 티르자에게 기어가려고 했다.
"멈춰라, 암라!"
어머니가 엄한 말투로 소리 질렀다.
"티르자에게 손대지 마! 어서 일어나. 그리고 누가 너를 보기 전에 빨리 가! 아, 깜박 잊었군. 이미 너무 늦었어! 너도 이제 여기 남아 우리와 운명을 함께해야 해. 명령한다, 어서 일어나!"
암라는 무릎을 꿇은 채 몸을 일으켜 손을 마주잡고 더듬더듬 말했다.
"오, 주인마님! 저는 배신하지 않아요. 저는 못된 하녀가 아녜요. 마님과 아가씨에게 좋은 소식을 알리려고 왔어요."
"유다 소식이냐?"
어머니는 두르고 있던 옷에서 머리를 반쯤 내밀며 물었다.
"두 분의 병을 고쳐주실 훌륭한 분이 계십니다. 그분이 한마디만 하면 병자가 낫고 죽은 사람이 살아납니다. 그분께 두 분을 모시고 가려고 제가 왔습니다."
"가엾은 유모! 아니야!"
티르자가 동정 섞인 목소리로 말했다.
"여호와께서 살아 계시거니와, 이스라엘의 하나님, 저와 마님과 티르자의 하나님께 맹세코 진실을 말하는 거예요. 어서 저와 함께 가요. 이럴 시간이 없어요. 오늘 아침 예루살렘으로 가는 길에 이곳을 지나갈 거예요. 보세요! 날이 거의 밝았어요. 여기서 아침을 드세요. 어서 먹고 가요."
티르자의 믿지 못하는 마음을 이해하고 암라가 말했다. 어머니는 하녀의 말을 열심히 들었다. 그녀도 훌륭한 분에 관한 소문을 들은 것 같았다. 그때즈음에는 나사렛 사람의 소문이 이스라엘 방방곡곡에 퍼졌기 때문이었다.
"그분이 누구냐?"
어머니가 물었다.
"나사렛 분이에요."
"누구한테 들었느냐?"
"유다에게 들었어요."
"유다가 그랬다고? 그 애가 집에 왔느냐?"
"어젯밤에 왔어요."
어머니는 심장이 뛰는 것을 가라앉히려고 애쓰며 잠시 침묵을 지켰다.
"우리에게 소식을 알리라고 유다가 너를 보냈느냐?"
"아닙니다. 유다는 두 분이 돌아가셨다고 알고 있습니다."
"나병 환자 한 명을 낫게 하신 선지자가 계셨어."
어머니가 생각에 잠긴 목소리로 티르자에게 말했다.
"하지만 그의 능력은 하나님께 받은 것이었단다."

아내 그녀는 암라에게 다시 물었다.

"내 아들은 그분이 그런 능력을 지녔다는 사실을 어떻게 알았지?"

"유다가 직접 그분과 함께 오면서, 문둥이의 외치는 소리를 듣고 그들이 낫는 것을 목격했대요. 처음에는 한 명, 나중에는 열 명이 왔는데 모두 나았대요."

다시 침묵에 빠진 어머니의 뼈만 남은 앙상한 손이 부들부들 떨렸다. 그런 일이 실제로 일어났다는 것에 대해 그녀는 의문조차 품지 않았다. 아들이 직접 목격했다고 하지 않았는가? 그녀는 인간의 능력으로 과연 그런 기적이 가능한지 이해해보려고 애썼다. 그것이 사실인지 아닌지 물어보는 것도 좋다. 하지만 그런 능력을 이해하려면 먼저 하나님을 이해해야 한다. 그리고 하나님을 이해할 수 있을 때까지 기다리는 사람은 기다리다 죽는다. 어머니의 망설임은 짧게 끝났다. 그녀는 티르자에게 말했다.

"그분은 메시아가 틀림없어!"

어머니는 이성의 힘으로 의혹을 떨쳐버리려는 사람이 아니라 하나님에 익숙한 이스라엘 여성이었다. 하나님 약속의 희미한 징조라도 보이면 기꺼이 그대로 믿었다.

"한때 메시아가 태어났다는 소문이 예루살렘과 온 유대에 자자했던 적이 있었어. 아직도 기억나. 지금쯤이면 성인 남자가 되어 있겠지. 그분이 틀림없어. 맞아, 그분이야."

어머니기 암라를 보며 말했다.

"너와 함께 가마. 무덤 안에 항아리에 든 물이 있으니 그걸 가져와라. 그리고 가져온 음식을 차려라. 얼른 먹고 출발하자."

흥분 속에 아침 식사가 끝났고, 세 여자는 특별한 여정을 시작했다. 두 사람이 확신하는 것을 보고 티르자도 기운을 차렸지만 한 가지 문제가 남아 있었다. 메시아는 베다니에서 예루살렘으로 오신다고 했는데, 예루살렘으로 들어오는 길은 세 가지다. 첫째는 감람산 첫째 정상으로 난 길이고, 둘째는 산기슭으로 돌아가는 길, 셋째는 감람산 둘째 정상과 '범죄의 언덕' 사이로 난 길이다. 세 길이 멀리 떨어져 있지는 않았지만 나사렛 사람이 택한 길이 아닌 길로 가면 만날 수 없었다. 또한 암라는 키드론 계곡 너머의 지리는 알지 못했고, 설사 그들이 나사렛 사람을 만난다 해도 그의 예루살렘 방문 목적이 무엇인지는 모르고 있었다. 게다가 암라는 노예 습관에 젖어 있고 티르자는 누군가를 의지하려고만 한다. 결국 어머니는 자기가 길을 안내해야 한다는 사실을 받아들였다.

"일단 벳바게로 가자. 주님이 우리를 버리지 않으셨다면 거기에서 다음에 할 일을 알 수 있을 거야."

어머니의 말에 따라 산을 내려간 그들은 '힌놈의 골짜기'와 '왕의 정원'을 지나쳤고, 수백 년 동안 도보 여행자들의 발로 다져진 길 앞에서 멈춰 섰다.

"이 길은 안 되겠어. 바위와 나무 사이를 뚫고 지나가는 것이 나을 듯해. 지금은 축제 기간이니 저쪽 산 능선에 많은 사람이 모여 있을 거야. '범죄의 언덕'을 가로질러야 그들을 피해 갈 수 있어."

힘겹게 길을 걷던 티르자는 어머니의 말에 절망했다.

"산이 너무 가팔라, 엄마. 나는 못 올라가요."

"건강과 생명을 되찾으려고 간다는 걸 명심하자. 애야, 날이 얼마나 밝아졌는지 좀 봐! 그리고 저기 여자들이 우물로 가려고 이쪽으로 오고 있잖아. 우리가 여기 그대로 있으면 저들에게 돌 세례를 맞을 거야. 자, 조금만 더 힘을 내자."

어머니도 또한 심한 고통에 시달렸지만 딸을 격려하는데 애썼고, 암라도 티르자를 도왔다. 지금까지는 암라가 두 사람의 몸에 직접 손을 댄 적이 없었고 두 사람도 마찬가지였다. 하지만 이제는 행위의 결과나 마님의 명령에도 개의치 않고 충실한 하녀는 티르자의 어깨를 감싸 안으며 속삭였다.

"나한테 기대렴. 나는 늙었지만 튼튼해. 이제 조금만 더 가면 돼. 자, 이렇게 해봐."

세 사람이 가로질러 간 산길은 웅덩이와 옛날 건물의 잔해로 군데군데 끊겨 있었다. 마침내 그들은 산 정상에 올라 걸음을 멈추고 북서쪽의 경치를 바라보았다. 성전과 고상한 테라스, 시온 산과 하늘로 치솟아 있는 불멸의 하얀 탑. 이런 것들을 보자 어머니는 살고 싶은 욕구로 힘이 났다.

"저기 봐, 티르자."

어머니가 말했다.

"저기 '아름다운 문'을 보렴. 햇빛을 받아 금빛으로 반짝이는 것 좀 봐! 저기에 자주 갔었잖아. 기억나니? 다시 가 보고 싶지 않니? 저곳에서 얼마 안 가면 우리 집이 있잖아. 지성소 지붕 너머로 우리 집이 보이는 것 같아. 유다가 거기서 우리를 기다린단다!"

감람산 중간 정상 능선을 따라 도금양과 올리브 나무가 초록빛 옷을 입었다. 그쪽을 바라보자, 바람 없는 아침 대기로 희미한 연기가 여러 줄 일직선으로 올라갔다. 순례자들이 움직이고 있으며, 가차 없이 시간이 흐르고 있으니 서둘러야 한다는 경고였다.

산에서 내려갈 때 암라가 몸을 아끼지 않고 부축해 주었지만 티르자는 한 걸음 뗄 때마다 신음을 내뱉었고, 때로는 극심한 고통 속에 비명을 지르기도 했다. 도로에 다다르자—범죄의 언덕과 감람산 두 번째 봉우리 사이에 난 길—티르자는 녹초가 되어 바닥에 쓰러졌다.

"나를 남겨두고 유모와 가요, 엄마."

티르자가 기운 없이 말했다.

"안 된다, 티르자. 안 돼. 나만 낫고 너를 그냥 둔다면 그것이 무슨 소용이 있니? 유다가 틀림없이 너에 관해 물을 텐데, 내가 너를 버리고 가서 뭐라고 대답하겠니?"

"오빠를 사랑했다고 전해 주세요."

어머니는 사그라져 가는 딸에게 구부렸던 허리를 펴고 희망이 사라져 가는 걸 느꼈다. 희망이 없다는 것은 영혼의 죽음과도 같다. 병이 치유되어 다시 건강한 삶으로 돌아갈 수 있다는 희망으로 생긴 환희는 티르자도 함께 치유되었을 경우에만 가능한 일이었다. 하지만 아직 어린 티르자는 그동안 병에 시달리며 몸과 마음이 허약해질 대로 허약해져 옛날 건강한 삶의 기억을 모두 잊은 것 같았다. 용감한 어머니조차 하나님의 뜻에 맡기고 포기하려 할 때, 어떤 남자가 동쪽에서 빠른 걸음으로 걸어오는 모습이 보였다.

"용기를 내, 티르자! 힘을 내. 저기 사람이 오고 있어."

남자가 다가올 동안, 암라가 티르자를 부축해 자리에 앉혀 자기에게 기대게 했다.

"엄마, 저 사람이 우리한테 돌멩이를 던지거나 욕하고 가면 어떡하죠?"

"글쎄, 두고 보자꾸나."

어머니는 그 말밖에 할 말이 없었다. 사람들이 나병 환자를 어떻게 대하는지 잘 알고 있었고, 이미 그런 취급에 익숙해 있는 그녀였다. 그들이 있는 곳은 사람들의 발길로 다져진 굽은 오솔길이었다. 남자가 그 길을 계속 따라오면 그들과 만날 수밖에 없었다. 결국 남자는 목소리가 들릴 거리까지 걸어왔고, 어머니는 율법에 정해진 대로 소리쳤다.

"불결한 몸이에요, 불결해요!"

그 소리를 들은 남자는 놀랍게도 계속 걸어왔다.

"무슨 병에 걸렸죠?"

남자는 약간 떨어진 곳에 걸음을 멈추고 물었다.

"보시면 알잖아요, 조심하세요."

어머니가 차분한 말투로 대답했다.

"나는 당신 같은 사람을 치유한 분의 전령이라서 두렵지 않아요."

"나사렛 분을 말하는 거예요?"

"그분은 메시아입니다."

남자가 말했다.

"그분이 오늘 예루살렘으로 오신다는 말이 사실인가요?"

"지금 벳바게에 와 계세요."

"혹시 어느 길로 오실지 아세요?"

"이 길로 옵니다."

어머니는 양손을 움켜쥐고 감사한 마음으로 하늘을 올려다보았다.

"그분이 누구라고 생각하시오?"

남자가 가엾다는 시선으로 어머니를 보며 물었다.

"하나님의 아들이라고 생각해요."

"그럼 여기서 기다리든지, 아니면 저쪽 나무 밑에 있는 흰 바위 곁에 서 있으세요. 그분은 수많은 사람과 함께 오실 것이니 그분이 지나가시면 꼭 소리쳐 부르세요. 겁내지 말고 불러요. 만약 당신의 믿음이 당신이 생각하는 것만큼 강하다면 그분은 천둥 벼락 속에서도 당신의 소리를 들으실 거예요. 나는 지금 그분의 오심을 알리러 예루살렘으로 가는 중입니다. 당신과 당신 가족에게 화평이 임하기를."

말을 마친 남자는 가던 길을 재촉했다.

"들었니, 티르자? 들었어? 나사렛 분이 이쪽 길로 오시고 우리 소리를 들으실 거래. 한 번만 더 힘을 내자, 아가. 한 번만 더! 그래서 저 바위까지만 가자. 한 걸음만 걸으면 돼."

엄마의 말에 용기를 얻은 티르자가 암라의 손을 잡고 일어났다. 그런데 세 사람이 걸음을 옮기는 중 조금 전에 지나갔던 남자가 다시 돌아왔다.

"하나님의 은혜가 당신들에게 있기를."

그들에게 다가온 남자가 말했다.

"그분이 오실 때까지 기다리려면 햇볕이 뜨거울 것 같아요. 나는 예루살렘에 가서 물을 얻을 수 있으니, 이 물은 나보다 당신들에게 더 필요할 것 같습니다. 이걸 마시고 힘을 내요. 그리고 그분이 지나가시면 소리 질러 부르는 것을 잊지 마세요."

남자는 여행객들이 흔히 들고 다니는 호리병을 내밀었다. 그리고 다른 사람들처럼 물병을 땅에 내려놓지 않고 어머니 손에 직접 쥐여주었다.

"당신은 유대인인가요?"

어머니가 놀란 표정으로 물었다.

"그렇습니다. 그리고 말과 행동으로 모범을 보이시는 예수님의 제자입니다. 세상 사람들은 자비라는 말은 알지만 그 뜻은 모르고 사용하는 것 같아요. 자, 용기를 내세요. 화평이 당신들에게 있기를 다시 한 번 기원합니다."

남자는 이내 가던 길로 향했고, 세 사람은 그가 말한 바위 쪽으로 천천히 걸어갔다. 그들의 가만한 바위는 길에서 30미터 정도 벗어나 있었다. 이 정도면 지나가는 사람들 눈에도 쉽게 띌 수 있고 소리쳐도 들릴 듯했다. 그들은 나무 그늘에 앉아 물도 마시고 원기를 회복했다. 얼마 지나지 않아 티르자는 잠이 들었고, 두 여인은 조용히 앉아 있었다.

## 제4장
### 기적

오전 9시경부터 그 길은 사람들도 서서히 붐비기 시작했다. 10시쯤 되자 감람산 정상에 거대한 군중이 모습을 드러내더니, 수천 명이 떼 지어 도로 쪽으로 내려오기 시작했다. 어머니와 암라는 모든 사람이 하나같이 종려나무 가지를 꺾어 들고 걸어가는 모습을 놀란 눈으로 쳐다보았다. 그때 동쪽에서 수많은 군중들의 소리가 들려왔다.

"이게 다 무슨 일이에요?"

잠에서 깬 티르자가 물었다.

"그분이 오셔."

어머니가 말을 이었다.

"앞에 보이는 사람들은 그분을 맞으러 가는 사람들이고, 동쪽에서 들리는 소리는 그분을 모시고 오는 소리야. 어쩌면 양쪽 행렬이 우리 앞에서 만날 것 같구나."

"그렇게 되면 우리가 외치는 소리가 들리지 않을 것 같아요."

사실 어머니도 같은 생각을 하던 참이었다.

"암라, 유다가 치유된 열 명의 나병 환자를 이야기할 때 나병 환자들이 나사렛 분에게 뭐라고 외쳤다고 하더냐?"

어머니가 물었다.

"글쎄요, '주여, 우리에게 자비를 베푸소서.' 아니면 '선생님, 자비를 베풀어주소서.'라고 했던 것 같아요."

암라는 자세히 모르겠다는 표정으로 대답했다.

"그 말만 했대?"

"저는 그 말밖에 못 들었어요."

"그래, 그걸로 충분했다는 말이지."

"네, 그 말밖에 안 했는데 모두가 병이 나아서 갔대요."

그러는 동안 동쪽에서 오는 사람들이 천천히 다가왔다. 마침내 선두에 있는 사람들이 보이기 시작했고, 세 사람의 시선은 뭔가를 타고 중앙에 있는 사람에게 쏠렸다. 그의 주변에는 선택받은 자들같이 보이는 사람들이 흥겨움에 넘쳐 노래를 부르고 춤을 추었다. 머리에 아무것도 쓰지 않고 하얀색 옷을 입었으며 탈 것을 탄 사람이 좀 더 가까이 다가왔다. 그때까지 조바심을 내며 보고 있던 세 사람은, 그가 올리브색 피부에 중간 가르마의 긴 밤색 머리를 하고 있다는 것을 알았다. 그는 오른쪽으로도 왼쪽으로도 고개를 돌리지 않았다. 추종자들이 내는 시끄러운 소리에 전혀 관여하지 않았고, 그 소리가 전혀 신경 쓰이지도 않는 것 같았다. 마치 깊은 상념에 빠진 듯한 표정이었다. 태양이 그의 흩날리는 머리를 뒤편에서 비추어 우아한 황금빛 후광처럼 보였다. 그의 뒤로는 노래와 고함을 지르며 무질서하게 따라오는 사람들의 행렬이 끝도 없이 이어졌다.

세 사람은 누구에게 물어볼 것도 없이, 그가 그들이 기다리던 사람이라는 것을 알았다. 놀라운 나사렛 분이시다!

"티르자, 그분이 오신다! 그분이 오셔. 이리 와, 아가야."

어머니는 바위 앞으로 살그머니 걸어가 무릎을 꿇고 앉았다. 이어 딸과 하녀도 곁에 와서 무릎을 꿇었다. 그때 예루살렘에서 오던 수천 명의 사람이 행렬을 보고 멈추어 서서, 종려나무 잎을 흔들면서 고함, 아니 모두가 한 목소리로 구호를 외치기 시작했다.

"찬송하리로다. 주의 이름으로 오시는 이, 곧 이스라엘의 왕이시여!"[257]

그러자 나귀를 탄 분과 같이 오던 군중들도 너나할 것 없이 모두가 그 말로 응답하여, 그 외치는 소리가 마치 산의 능선을 휘몰아치는 강풍 같았다. 이런 소음 속에서 가엾은 문둥이 여인들의 외침은 당황한 참새의 지저귀는

257) 마태복음 21장 8~9절, 마가복음 11장 8~9절, 누가복음 19장 38절, 요한복음 12장 13절

소리에 지나지 않을 것이다.

그토록 바라던 예수를 만날 순간이 다가왔다. 지금 이 기회를 놓치면 두 번 다시 기회가 없을 것이고, 그들의 삶도 끝이었다.

"좀 더 가까이 가자, 아가. 좀 더 가까이. 우리 소리가 그분에게 들리지 않겠어."

말을 마친 어머니는 자리에서 일어나 비틀거리며 앞으로 나아갔다. 그녀는 유령 같은 손을 위로 뻗으며 소름이 끼칠 만큼 새된 소리로 비명을 질렀다. 사람들이 소리가 나는 쪽으로 시선을 돌렸다. 그리고 그녀의 끔찍한 얼굴을 보고 너무 놀라 걸음을 멈췄다. 극단적으로 처참한 그녀의 모습은 보라색과 금색으로 차려입은 황제를 보는 충격과도 같았다. 조금 뒤에서 따라오던 티르자는 힘도 없고 겁도 나서 그 자리에 주저앉고 말았다.

"문둥이야! 문둥이!"

"돌로 쳐라!"

"하나님의 저주받은 자들! 죽여라!"

행진은 잠시 중단되었고, 저주의 소리가 군중들의 호산나 찬미 소리 위로 터져 나왔다. 그러나 그분이 불쌍한 사람들에게 연민을 갖고 계신다는 사실을 잘 아는 사람들은 조용히 입을 다물고, 그분이 여인들 앞으로 다가가 멈추어 서신 그 아름다운 광경을 바라보고 있었다. 그녀 역시 고요하고 연민에 가득 차고 더없이 아름다운 그의 얼굴을 올려다보았다. 그의 눈은 인자한 눈빛으로 한없이 부드러웠다.

"오, 주님! 주님은 우리가 필요한 게 무엇인지 아십니다. 주님은 저희를 낫게 하실 수 있습니다. 저희에게 자비를 베풀어주십시오! 자비를……."

"내가 그런 능력이 있다고 믿느냐?"

"당신은 선지자들이 예언하던 그분이십니다. 당신은 메시아이십니다!"

그의 눈은 밝게 빛났고, 태도는 믿음직스러웠다.

"여인아, 너의 믿음이 크구나. 네가 바라는 대로 될 것이다."

그는 군중들의 존재를 의식하지 못한 듯 잠시 머물더니 곧 떠나버렸다. 사실, 그는 이제 곧 인간이 만든 것 중 가장 추악하고 끔찍한 방법으로 죽임을 당할 것이었다. 하나님이면서도 인간이신 그, 인간보다 더 인간다운 심성을 갖고 계신 그로서는 그렇게 죽음으로 다가가고 있는 자신에게 건네는 한 여인의 감사의 외침이 얼마나 귀하고 위로가 되는지 모른다.

"하나님께 영광을! 그분이 우리에게 보내주신 아들이여, 복 되시도다, 복 되시도다!"

곧이어 예루살렘에서 온 무리와 벳바게에서 온 무리가 함께 종려나무 가지를 들고 호산나를 외치며 그를 둘러쌌다. 그렇게 그는 문둥이 여인들의 곁을 떠났다. 어머니는 다시 머리를 가리고 허겁지겁 티르자에게 달려가 그녀를 껴안고 소리를 질렀다.

"애야, 고개를 들어! 그분이 약속하셨어. 그분은 정말로 메시아야. 우리는 구원받았어, 구원받았다고!"

그리고 행렬이 천천히 이동해 산 너머로 사라질 때까지 모녀는 무릎을 꿇고 있었다. 멀리서 들리던 노랫소리가 거의 들리지 않게 되었을 때, 드디어 기적이 일어났다!

먼저, 문둥이들의 심장에 새로운 피가 돌기 시작했다. 다음에는 피가 더욱 빠르고 강하게 돌아 그들의 피폐해진 몸이 고통 없이 치유되었다. 그들은 전율할 정도로 무한한 행복감에 젖어들었다. 모녀는 자기의 몸에서 병이 사라지고 있다는 느낌을 받았으며 힘도 서서히 되살아났다. 그들은 이전의 자기 모습으로 되돌아오고 있었다. 이윽고 그들의 몸과 영혼까지 생기로 가득 찼다! 마치 황홀경에 빠진 듯했다. 치유가 다 끝난 후에는 행복감뿐 아니라 성스러운 기억이 그 자리에서 자라났다. 그 기억은 생각하는 것만으로도 무한한 감사가 터져 나오는 특별한 경험이었다.

지금의 치유를 목격한 사람은 암라 한 사람만이 아니었다. 우리는 예수의 방랑 생활에 벤허가 늘 함께했다는 사실을 기억한다. 그리고 전날의 대화를 통해서도 알 수 있다. 그렇다. 이 행렬 안에는 벤허도 있었다. 벤허는 문둥이 여인의 호소를 들었고, 그녀의 망가진 얼굴도 보았으며, 나사렛 사람의 응답도 들었다. 비록 기적이 자주 일어나기는 했지만, 그렇다고 그런 일에 익숙해져 흥미를 잃어버리는 일은 없었다. 정말 나사렛 사람이 그런 기적을 일으킬 능력이 있는지에 대해서는 늘 치열한 논란거리여서, 그의 치유 능력을 잘 아는 사람에게도 이 일은 여전히 흥미로웠다.

한편 벤허는 이 불가사의한 남자의 임무가 무엇인지 여전히 혼란스러워했다. 아니, 오히려 혼란스러움은 처음보다 더 강해졌다. 해가 저물기 전에 자신이 누구인지 그분이 공식적으로 발표할 것이라고 생각했기 때문이다. 나사렛 사람과 여인의 만남이 끝났을 때 즈음, 벤허는 행렬에서 빠져나와 그들이 지나가기를 기다리며 바위에 앉아 있었다. 그는 자리에 앉아 지나가는 사람들의—긴 옷 속에 단도를 감춘 자기 휘하의 갈릴리인들—인사에 일일이 고개를 끄덕여주었다. 잠시 뒤 아라비아인이 말 두 필을 끌고 왔다. 벤허가 손짓하자 그 역시 대열을 이탈해서 온 것이다. 마지막 행렬까지 다 빠져나가자 벤허가 말했다.

"여기서 잠깐 기다리게. 나는 알데바란을 타고 서둘러 예루살렘에 다녀와야겠네."

벤허는 힘이 절정에 오른 말의 넓은 이마를 쓰다듬어 주고, 잠시 길을 건너 두 여인이 있는 곳으로 갔다. 아직까지 벤허는 두 여인이 누구인지 알지 못했다. 단지 기적의 은혜를 입은, 그가 품고 있는 질문에 해답을 줄 수 있을지도 모르는 대상일 뿐이었다. 두 여인이 있는 쪽으로 다가가던 벤허는 우연히 흰 바위 옆에 서서 두 손에 얼굴을 파묻고 있는 자그마한 여인을 보았다.

"여호와께서 살아 계시거니와, 저 사람은 분명 유모야!"

벤허는 혼자 중얼거렸다. 그는 어머니와 동생을 알아보지 못한 채, 그들 곁을 지나 암라 앞에 가서 섰다.

"유모! 유모가 이곳에는 어쩐 일이에요?"

암라가 달려와 그 앞에 무릎을 꿇었다. 그녀는 기쁨과 두려움으로 앞도 보이지 않을 정도로 펑펑 우느라 말도 제대로 하지 못했다.

"오, 주인님, 주인님! 하나님은 얼마나 선하신 분인지요!"

우리는 공감하는 다른 사람이 무슨 일을 겪을 때, 이상하게도 그 일에 대해 자세히 알지도 못하면서 그들의 슬픔과 기쁨을 똑같이 느끼고는 한다.

암라도 그랬다. 꽤 멀리 떨어진 곳에서 암라는 손으로 얼굴을 가리고서도, 아무도 말해 주는 사람이 없는데 두 사람이 바뀌고 있다는 것을 알았고, 그 기분에 완전히 공감했다. 그녀의 표정과 말과 태도는 그녀의 마음을 그대로 드러내 보여주었다. 암라가 이러는 것이 그가 방금 지나쳐 온 여인들과 관련이 있다는 것을 벤허는 육감적으로 알았다. 그 시간에 암라가 그곳에 있는 것이 그 여인들과 관련이 있다고 생각한 벤허는 서둘러 그 여인들에게 돌아갔다. 두 여인의 모습을 본 그는 놀라서 그 자리에 박힌 듯 서버렸다. 마치 심장이 멎는 것 같았다.

나사렛 사람 앞에 무릎을 꿇었던 여인은 양손을 마주잡고 하늘을 보며 하염없이 눈물을 흘렸다. 그녀의 몸이 변화되었다는 것은 매우 놀랄 만한 일이었다. 하지만 벤허가 놀란 것은 그것과는 상관없었다.

'내가 잘못 본 건가? 저토록 어머니와 비슷하게 생긴 사람은 처음이다. 로마군에게 끌려갈 때의 모습과 똑같다. 한 가지 다른 점은 이 여인에게 흰머리가 드문드문 섞여 있다는 것인데, 세월이 흘렀다는 점을 감안하면 충분히 그럴 수 있는 일이다. 그리고 그녀 옆에 있는 여인은 티르자가 분명한데? 사랑스럽고 아름답고 완벽한 내 동생. 좀 더 성숙해 보인다는 점을 제외하고는, 난간에서 행렬을 구경하다가 사고가 생긴 그날 아침 모습과 똑같다.'

어머니와 여동생이 죽었다고 생각한 벤허는 모든 것을 포기했고, 차츰 그 사실에 익숙해졌었다. 두 사람이 죽었다는 사실에 늘 슬퍼했지만, 그의 계획과 꿈 때문에 점차 멀리했었다.

벤허는 자기 눈을 믿지 못한 채 암라의 머리에 손을 얹고 떨리는 목소리로 물었다.

"유모, 저 사람들이…… 어머니야? 티르자야? 내가 제대로 보고 있는지 어서 말해 봐요!"

"오, 주인님, 어머니와 동생에게 말하세요. 어서 말해요!"

그는 더 이상 기다리지 않고 손을 앞으로 뻗으며 달려가 소리 질렀다.

"어머니! 티르자! 나야, 나!"

두 사람도 그의 소리를 듣고 소리를 지르며 마주 달려갔다. 하지만 어머니는 느닷없이 걸음을 멈추고 뒷걸음질 치며 전처럼 경고했다.

"멈춰, 유다, 내 아들아. 가까이 오지 마. 불결한 몸이야, 불결해!"

그 말은 병이 생기고 나서 몸에 밴 습관이라기보다는 두려움 때문이었다. 그 두려움은 다른 형태로 나타난 사려 깊은 모성애였다. 몸은 치유되었지만 옷에 병균이 남아 전염될까 싶어 두려웠던 것이다. 하지만 벤허의 생각은 달랐다. 그렇게도 그리던 두 사람이 눈앞에 있었다. 그가 부르자 그들이 대답했다. 이제 누가, 무엇이 그를 막을 수 있단 말인가? 다음 순간, 그렇게 오래 헤어져 있던 세 사람은 서로 부둥켜안고 눈물을 흘렸다.

처음 울컥 솟았던 환희의 순간이 지나자 어머니가 말했다.

"애들아, 행복에 겨워 감사를 잊으면 안 되지. 큰 은혜를 베푸신 하나님께 감사의 기도를 드리고 새 삶을 살자꾸나."

세 사람은 모두 무릎을 꿇었고, 암라도 곁에서 행동을 같이했다. 어머니는 시편에 있는 말씀으로 기도를 드렸다. 티르자는 엄마의 말을 한 자 한 자 따라 암송했다. 벤허도 그랬지만 두 사람 같이 맑은 마음과 순종하는 믿음으로 하지는 못했다. 그들이 자리에서 일어날 때 벤허가 물었다.

"그분의 고향인 나사렛에서는 그분을 목수의 아들이라고 불러요. 그분은 누구죠?"

어머니는 옛날처럼 부드러운 시선으로 아들을 바라보며, 좀 전에 나사렛 사람에게 했던 대로 대답했다.

"그분은 메시아란다."

"그러면 그분의 능력은 어디서 생기는 걸까요?"

"그분이 어디에 그 능력을 사용하는지 보면 알 수 있지. 그분이 나쁜 일을 하신 적이 있니?"

"없어요."

"그럼 내가 대답하마. 그분의 능력은 하나님께 받은 것이란다."

수년 동안 마음속에 품고 있어서 삶의 일부가 된 희망을 단숨에 포기하기란 쉬운 일이 아니다. 벤허도 그것이 얼마나 허무한 일인지 혼자 자문해 보기도 했지만, 그의 야심은 한 방향으로만 향해 있었고 꺾일 줄을 몰랐다. 그는 모든 사람이 매일 그러듯이 혼자 예수를 재단했다. 예수가 우리를 재단하게 했다면 훨씬 더 좋았을 텐데 말이다!

어머니가 먼저 일상으로 돌아왔다.

"아들아, 이제는 어쩌면 좋지? 우리는 어디로 가야 하니?"

벤허는 그제서야 자기의 임무가 떠올랐고, 다시 찾은 가족들의 몸에서 병이 흔적도 없이 사라진 것을 보았다. 나아만[258]이 물에서 나왔을 때처럼 그들의 피부는 어린아이의 피부로 돌아왔다. 벤허는 외투를 벗어 티르자에게 건넸다.

"이 옷을 걸쳐."

그가 미소 지으며 말했다.

"전에는 사람들이 시선을 피했겠지만 이제는 그러지 않을 거야."

외투를 벗자 벤허의 허리에 찬 칼이 드러났다.

"전쟁 중이니?"

어머니가 걱정스럽게 물었다.

"아니에요."

"그럼 왜 칼을 차고 있니?"

"나사렛 분을 보호하려면 필요할지도 몰라서요."

벤허는 일의 전체 과정을 적당히 감추고 대답했다.

"그분에게 적이 있다는 말이냐? 누군데?"

"슬프게도 로마인들만 적인 게 아닙니다."

"그분은 이스라엘 사람이잖아? 화평을 전하시는 분 아니니?"

"당연히 그러시죠. 하지만 랍비와 율법 선생들은 그분을 극악한 범죄자로 보고 있어요."

"도대체 무슨 죄를 지었다고?"

---

258) 북이스라엘 여호람 왕 당시 수리아(아람)의 군대 장관. 포로로 잡힌 이스라엘 출신 계집종의 말을 듣고 자신의 나병을 고치려고 사마리아에 있던 엘리사 선지자를 찾아감. 요단강에 일곱 번 몸을 씻으라는 엘리사 선지자의 다소 어처구니없어 보이는 처방에 분노했지만 결국 순종함으로 나음을 입었음

"그분은 할례 받지 않은 이방인들이나 율법을 지키는 유대인들 모두를 동일하게 소중히 여기십니다. 그분은 하나님의 새로운 섭리를 전파하고 계시죠."

어머니는 침묵했다. 벤허는 두 사람을 얼른 집으로 데려가 그동안 겪었던 이야기를 나누고 싶었지만, 나병에서 치유된 사람이 지켜야 할 법이 있었기에 충동을 억제했다.

벤허는 말을 가져온 아라비아인을 불러서 먼저 베데스다 곁에 있는 양의 문에 가 있으라고 했다. 그런 다음 일행은 범죄의 언덕으로 난 길로 떠났다. 갈 때는 올 때와는 너무나도 달랐다. 일행은 빠르면서도 쉽게 걸었고, 머지않아 압살롬의 무덤 옆 키드론 계곡이 내려다보이는 곳에 새롭게 조성된 무덤을 발견했다. 아직 무덤이 비어 있는 것을 확인한 여인들은 일단 그곳을 거처로 삼았다. 그리고 벤허는 그들의 바뀐 상황을 준비하려고 서둘러 떠났다.

## 제5장
### 벤허의 꿈

벤허는 '왕들의 무덤'에서 동쪽으로 약간 떨어진 키드론 계곡 위쪽에 천막 두 개를 치고 하인들을 시켜 최대한 안락하게 꾸몄다. 그런 다음 어머니와 동생을 데리고 와서 제사장이 두 사람의 병이 다 나았음을 확인할 때까지 그곳에 머물게 했다.

그러는 동안 벤허는 혹시나 나병에 감염되지 않았을까 염려되어 곧 있을 유월절 행사에는 참여하지 않기로 했다. 그는 성전에서 가장 덜 거룩한 바깥 뜰 끝에도 들어갈 수 없었다. 불가피하게도 그는 사랑하는 가족들과 천막에서 지내게 되었다. 그들은 서로 해줄 이야기도 많았고, 들을 이야기도 많았다.

오랫동안 몸과 영혼에 심한 고통을 받은 사람들은 할 이야기가 많고, 순서도 두서없이 왔다 갔다 하기 마련이다. 그는 어머니와 티르자의 이야기를 들으며 솟구치는 분노를 꾹 참았다. 어느 때보다도 로마와 로마인의 증오가 크게 불타올랐다. 그들의 과거사를 듣자니 복수에 대한 갈망이 더 간절해졌다. 원색적인 분노로 휩싸였을 때가 얼마나 많았는지 모른다. 대로에서 폭동을 일으키고 싶은 마음에 온통 휩싸이기도 했다. 갈릴리에서 반란을 일으킬 생각도 심각하게 고려했다. 전에는 늘 두려움의 대상이었던 바다도 그의 눈앞에서 지도처럼 펼쳐졌다. 하지만 불같은 분노가 가라앉으면 다시 원래의 생각으로 돌아갔다. 새로운 방법을 구상해 볼 때마다 그의 계획은 다시 원점으로 되돌아갔다. 모든 이스라엘 사람들이 하나로 뭉쳐 전쟁에 임하는 경우가 아니면 확실한 승리를 보장할 수 없었다. 그 문제에 모든 고민과 질문과 희망은 언제나 원점, 즉 나사렛 사람과 그의 의도로 되돌아갔다.

가끔은 신이 나서 나사렛 사람을 대신해 연설을 구상해 보는 즐거움도 누렸다.

"이스라엘인들이여, 들으라! 나는 선지자들이 예언했던, 하나님이 약속하신 통치권을 지니고 이 땅에 온 유대의 왕이니라. 지금 일어나라, 세상을 정복하자!"

이와 같은 말 몇 마디만 하면 대대적인 폭동이 일어날 것이다. 세계 방방곡곡에서 얼마나 많은 이들이 나팔을 불며 몰려올 것인가!

하지만, 과연 그가 그런 말을 할까?

일을 서두르고 싶은 마음에 벤허는 그분 안에 있는 신성이 인성을 초월할 수 있다는 사실을 잊어버렸다. 티르자와 어머니가 치유받은 기적에서 벤허는 로마의 폐허 위에 유대인의 왕좌를 세우고 유지할 수 있는 능력을 보았고, 사회를 개종시켜 전 인류를 하나의 정결케 된 가족으로 만들 수 있는 능력을 보았다. 그 일이 완수되고 무사히 평화가 자리 잡고 나면 누가 그것을 하나님의 아들이라는 명칭에 걸맞은 임무가 아니라고 할 것인가? 누가 나사렛 사람의 구원능력을 부인하겠는가? 그리고 어떤 정치적 결과에 이르는지 상관없이, 벤허는 한 인간으로서 얼마나 큰 개인적인 영광을 누릴 것인가?

그런 영광스러운 이력을 거부할 인간은 없었다.

한편, 키드론 계곡 저 아래까지 베제타로 가는 길, 특히 다마스쿠스 문으로 가는 길에는 유월절을 기념하려는 순례자들의 임시 거처가 우후죽순처럼 생겨났다. 벤허는 그 순례자들을 만나 이야기를 나누었다. 그리고 매번 머무는 천막으로 돌아올 때면 점점 더 많아지는 그들의 수에 놀라움을 금치 못했다. 순례자들은 세계 각국에서 모여들었다. 서쪽으로 지중해 저 멀리 뻗어 있는 해안 도시들과 동쪽으로 인도까지, 또 유럽의 최북단 지방에 이르기까지 비록 다른 언어를 사용했지만 그들은 유월절 기념이라는 한 가지 목적으로 몰려들었다.

결국 벤허가 나사렛 사람을 오해했던 것은 아닐까? 그 사람은 영광스러운 임무를 은밀히 준비하며, 자신이 그 일에 적임자임을 증명할 순간을 조용히 기다리는 것은 아닐까? 그렇다면 게네사렛[259] 해변에서 갈릴리인들이 억지로 왕관을 씌우려 했던 때보다 지금이 오히려 적기가 아닐까? 갈릴리 병사들을 모두 합쳐도 수천 명에 지나지 않겠지만, 지금 그가 하나님의 아들임을 선포하면 수백만 명이 응답할 것이다. 아니 그보다 더 많을지 누가 알겠는가? 생각이 여기까지 이르자, 벤허는 부드러운 외모와 놀라운 자제력을 가진 우울한 표정의 이 남자가 사실은 정치가의 치밀함과 군인의 천재성을 지닌 사람일 것이라고 결론 내리며 회심의 미소를 지었다.

그러는 동안에도 건장한 남자들이 천막에 와서 여러 번 벤허를 찾았다. 그들과의 대화는 언제나 은밀한 곳에서 따로 이루어졌다. 그들이 누구냐는 어머니의 질문에 벤허는 항상 "갈릴리에 사는 친구들이에요."라고만 대답했다.

벤허는 그들로부터 나사렛 분의 동향을 듣고, 랍비나 로마인이나 할 것 없는 그분 적들의 술책을 들었다. 그분의 목숨이 위험하다는 것은 벤허도 알았다. 그러나 이런 시기에 그분을 죽일 생각을 할 만큼 대담한 사람은 없었다. 그런 걱정을 하지 않아도 될 만큼 그분의 명성과 인기가 높다고 생각했다. 예루살렘 안팎에 엄청나게 모여든 사람들이 그분의 안전을 보장한다

---

259) 갈릴리의 다른 이름

고 생각했다. 그러나 사실을 말하자면, 벤허의 자신감은 나사렛 분의 기적을 일으키는 능력에 있었다. 인간적 견해로 보면, 다른 사람을 도와주려고 그토록 자주 사용했던 능력을 자기 자신을 위해서는 쓰지 않을 것이라는 사실을 믿을 수도 없었고 이해할 수도 없었다.

이 모든 일들은 (우리 달력으로) 3월 21일부터 25일 사이에 벌어졌다. 25일 저녁, 더는 참을 수가 없던 벤허는 밤에 돌아오겠다는 약속을 남기고 예루살렘으로 향했다. 벤허를 태운 말은 바람처럼 빠르게 달렸다. 울타리를 기어오르던 포도나무 넝쿨만이 그에게 인사했을 뿐이었었다. 말은 움푹한 도로에서 튀어 오르는 돌멩이를 박차고 청동 컵 같은 소리를 울리며 달려갔지만 아무도 본 사람이 없었다. 집들에는 사람들이 없었고, 천막 입구 옆에 있는 화로에도 불이 꺼져 있었다. 도로는 휑했다. 왜냐하면 그날이 유월절 축제 전날이었고, 그 시간은 순례자들이 예루살렘에 모이는 시간임과 동시에 제사장들이 제단에서 양을 잡는 시간이었기 때문이다. 그다음에는 고기를 굽고 먹고 노래를 부르는 일이 이어지겠지만, 더는 준비할 것이 없는 때였다.

벤허는 북쪽 대문을 통해 달려 들어갔다. 그런데 오, 보라! 석양 직전의 예루살렘이 영광을 가득 안고 주님을 위해 빛나고 있었다.

# 제6장
## 나일 강의 뱀

벤허는 우선, 30여 년 전에 세 명의 현자가 베들레헴으로 가기 전 머물렀던 여관으로 향했다. 거기에서 아라비아 안내인과 헤어져 말을 놓고 자기 집으로 갔다. 큰 방으로 들어간 그는 먼저 충성스런 하인 말룩을 불러 이야기를 나누고, 시모니데스와 벨타사르에게 안부를 전해 보냈다. 그들은 곧 유월절 행사를 보려고 나가려던 참인데, 벨타사르에게서 아주 기운이 없고 우울한 상태라는 연락이 왔다.

벤허는 걱정하는 마음으로 벨타사르를 방문하겠다고 하인을 통해 전했다. 하지만 속마음으로는 그의 딸에게 자신이 왔음을 알리려는 것이었다. 하인은 벨타사르의 대답을 가져와 벤허에게 전해 주었다. 바로 그때, 큰 방의 커튼이 젖혀지며 속이 비치는 얇은 옷을 입고 아이라스가 들어왔다. 아니, 벤허의 눈에는 얇은 옷으로 만든 구름을 타고 둥둥 떠서 들어왔다고 해야 할 것이다. 그곳에는 일곱 가지로 뻗은 촛대가 있었고, 그녀까지 들어왔으니 어두울까봐 걱정할 필요는 없었다.

하인은 두 사람만 남겨두고 떠났다.

벤허는 며칠 동안 벌어진 사건들로 흥분한 나머지 아름다운 이집트 여인을 생각할 겨를이 거의 없었다. 잠깐씩 생각나기는 했지만 그것은 뒤로 미뤄둘 수 있는 것이었다. 그녀 또한 자기를 기다릴 것이라고 생각했다. 그녀를 보자 그동안의 그리움이 한꺼번에 밀려와 그녀 곁으로 다가갔다. 하지만 그녀는 마치 딴 사람처럼 변해 있었다!

그때까지 아이라스는 따뜻하기 그지없는 표정으로 은근한 시선과 관심 있다는 태도와 듣기 좋은 말 등으로 벤허의 사랑을 얻으려고 애를 썼었다. 곁에 있을 때는 감탄사를 연발해서 헤어지면 얼른 또 만나고 싶다는 달콤한 기대를 품게 했다. 아몬드형의 육감적인 눈 위로 화장을 짙게 한 눈꺼풀을 지그시 드리우는 것도 그의 관심을 얻으려는 것이었다. 알렉산드리아에서 널리 알려진 이야기를 시적으로 아름답게 들려준 것도 마찬가지였으며, 공감의 감탄사를 연발하며 미소 짓고, 손과 머리와 뺨과 입술로 슬쩍슬쩍 접촉하고, 이집트 노래를 들려주고, 보석을 치렁치렁 달고 잔잔한 레이스가 있는 베일과 스카프를 두르고 은은한 인도산 실크의 감촉을 느끼게 한 것도 그의 관심을 얻으려는 것이었다. 미인은 영웅에게 주어지는 포상이라는 옛말처럼, 그녀는 그와 함께 있을 때 그를 즐겁게 해주려고 많은 애를 썼다. 그렇기에 벤허는 자신이 그녀의 영웅이라는 생각을 의심해 본 적이 없었다. 그녀는 미모에 더해 타고난 기교로 그 점을 증명해 주었었다. 바로 아이라스가 야자수 과수원에서 그와 함께 배를 탄 그 밤부터 보여준 인상이었다.

하지만 지금은……!

아이라스는 지금 상당히 반감 섞인 표정으로 벤허를 맞이하고 있었다. 콧날을 길게 드리우고, 육감적인 아랫입술을 윗입술보다 약간 더 내밀고, 고개만 앞으로 조금 숙인 것을 빼면 마치 동상처럼 감정 없는 표정으로 서 있었다.

"내일이면 말할 시간이 없었을지도 모르는데 마침 잘 오셨어요."

그녀가 먼저 카랑카랑한 목소리로 말했다.

"그동안 환대해 주셔서 고마웠습니다."

벤허는 그녀에게서 시선을 떼지 않고 고개를 약간 숙여 인사했다.

"주사위 놀이하는 사람들이 지키는 관습에 대해 들은 적이 있어요. 명판에 점수를 기록하고 합산한 뒤, 신들에게 헌주하고 승자에게 월계관을 씌워준다죠. 우리는 그동안 꽤 오랜 시간 게임을 했어요. 자, 이제 끝이 다 되어가니 누가 월계관을 차지할지 알아볼까요?"

벤허는 여전히 경계를 게을리하지 않으면서도 가볍게 대답했다.

"제 생각대로 하려는 여자를 막을 수 있는 남자는 없죠."

"말해 봐요, 예루살렘 왕자님."

아이라스가 머리를 옆으로 기울이고 더욱 빈정거리는 표정으로 말했다.

"요즘 굉장한 일을 벌인다는, 신에 버금간다는 나사렛 목수의 아들은 지금 어디 있죠?"

그는 참지 못하고 손을 좌우로 저으며 대답했다.

"나는 그분의 호위병이 아니오."

아이라스는 그 아름다운 머리를 좀 더 앞으로, 좀 더 밑으로 들이댔다.

"그가 로마를 무너뜨렸나요?"

벤허는 다시 손을 저었다. 이번에는 좀 화가 났다.

"그가 수도를 어디로 정했죠?"

아이라스가 계속 말했다.

"그의 옥좌와 청동 사자상을 보러 갈 수는 없나요? 궁궐도요. 그는 죽은 사람도 살렸다면서요. 그런 능력을 갖춘 사람이 금으로 된 왕궁을 세우는 일이 뭐 그리 대수겠어요? 발을 구르며 말만 하면 카르나크 신전[260]같은 왕궁과 사자상이 생기겠죠. 더 바랄 것도 없이 말이죠."

그녀가 조롱하고 있다는 사실을 의심할 여지가 없었다. 질문은 그의 감정을 건드리는 내용이었고, 태도는 악의로 가득했다.

벤허는 자신의 감정을 감추고 말했다.

"오, 이집트 아가씨, 그 얘기는 다음에 합시다."

그녀는 벤허의 말을 들은 체도 않고 계속했다.

"당신이 입고 있는 옷은 또 어떻게 된 거죠? 인도의 총독이나 왕의 옷이 아닌데요? 언젠가 페르시아의 태수를 본 적이 있는데, 실크 터번에 금실로 짠 망토를 입었더군요. 칼 손잡이와 칼집은 귀한 보석이 박혀 번쩍거렸어요. 오시리스가 태양의 광휘를 빌려준 줄 알았다니까요. 당신은 왕국에 입성하지 못한 것 같군요. 당신과 내가 함께 지내려고 했던 왕국 말이에요."

"저의 집에 손님으로 와 계시는 현자의 따님은 본인이 생각하는 것보다 친절하신 것 같군요. 이시스가 가슴에 입 맞췄어도 성격이 더 좋아진 것은 아니라고 스스로 밝히고 있으니까요."

벤허가 예의를 갖추고 냉정하게 말했다. 이어 아이라스가 목걸이에 달린 보석을 만지작거리며 대답했다.

"유대인치고 당신은 똑똑해요. 저는 당신이 황제가 될 사람이라고 치켜세우는 자가 예루살렘에 입성하는 걸 봤어요. 당신은 그 사람이 성전 계단에서 자신이 유대인의 왕이라고 선포할 것이라고 했죠. 나는 그 사람을 선두로 산에서 내려오는 행렬을 봤어요. 그들의 노랫소리도 들었죠. 종려나무를 흔드는 모습이 아름답더군요. 그들 중에 왕처럼 보이는 사람이 어디 있나 하며 주위를 둘러보았어요. 보라색 옷차림에 말을 탄 사람, 마부가 끄는 빛나는 청동 마차, 원형의 방패 뒤에 자기 키 높이의 창을 든 당당한 전사 같은 분 말이에요. 파수병도 찾아봤죠. 당신과 갈릴리인 군단 보병대도 봤으면 좋았을 텐데요."

그녀는 경멸하듯 벤허에게 시선을 던졌다. 그리고 마음속에 새겨진 광경

260) 이집트에서 최대 규모를 자랑하는 신전

이 경멸의 말로 끝내기에는 너무 웃기다는 듯이 큰 소리로 웃었다.

"전쟁에서 승리해 돌아오는 세소스트리스[261]나 한 나라의 황제처럼 투구를 쓰고 칼을 찬 왕이 아니라, 하하하! 여자처럼 생긴 얼굴과 머리를 한 사람이 당나귀 새끼를 타고 눈물을 흘리며 오는 꼴이란! 왕이라고요? 하나님의 아들이라고요? 구세주라고요? 하하하!"

벤허는 자기도 모르게 몸을 움츠렸다.

"오, 예루살렘 왕자님, 그래도 나는 그 자리를 지켰어요. 웃음이 나오는 것을 꾹 참고요. 나는 속으로 생각했죠. '기다리자. 저 사람은 성전에 가서 세상을 통치할 영웅에 걸맞게 영광스러운 행동을 하겠지.' 나는 그가 슈산문[262]으로 들어가 '여인의 뜰'로 가는 것을 봤어요. '아름다운 문' 앞에 멈춰 서는 것도 봤어요. 현관과 뜰 안에는 나를 포함해 많은 사람들이 있었고, 성전 계단과 회랑에도 사람들이 빽빽했죠. 백만 명쯤 되는 사람들이 그가 선포하는 순간을 기다리며 숨을 죽이고 있었어요. 모두가 기둥처럼 움직이지도 않았어요. 하하하! 나는 막강한 로마 제국의 굴대가 삐걱거리며 금이 가기 시작하는 소리가 들릴 거라고 생각했죠. 하하하! 솔로몬의 영혼에 맹세코, 그는 조용히 옷을 여미고 걸어가 가장 멀리 있는 문으로 나가버렸어요. 말 한마디 없이요. 그리고 로마 제국은 건재하고요!"

순간, 벤허는 희망이 무너지는 것을 느끼며 고개를 숙였다. 그리고 희망이 무너지기 시작하는 순간부터 그녀에게 작별의 시선을 던졌다.

나사렛 사람의 논란 많던 성격이 지금처럼 여실히 드러난 적은 없었다. 결국, 신을 이해하기 위한 가장 좋은 방법은 인간을 연구하는 것이다. 우리는 늘 인간보다 우수한 점을 신에게서 찾으려고 한다. 나사렛 사람이 '아름다운 문'에서 돌아설 때의 모습을 묘사한 이집트 여인의 눈에도 마찬가지였다. 그녀의 눈에 보인 모습은 주위의 장면에 주눅 든 남자가 제 할 바를 수행하지 못하는 모습이었다. 하지만 그것은 나사렛 사람이 늘 주장했던 것처

---

261) (그리스전설) 아시아 · 아프리카의 여러 지역을 정복했다는 고대 이집트 제12왕조의 왕

262) 황금(Gold)문 8개의 성문 중 가장 아름다워 미문으로 불렸으며 바벨론 포로에서 돌아온 뒤 재건한 성전 시기에는 슈산문이라 하여 제사장들이 출입함

럼, 그의 임무가 정치적인 것이 아님을 보여주는 것뿐이었다. 그러나 벤허의 마음속에서는 자신이 꿈꾸던 복수의 희망이 사라졌다. 여자처럼 곱상한 얼굴을 한 남자가 눈물을 흘리는 모습 속에서는 자신의 넘치는 패기도 사라지는 것을 느꼈다.

"벨타사르의 따님."

그는 준엄한 목소리로 말했다.

"이것이 당신이 말한 게임이라면, 승리의 화관은 당신이 가져요. 당신이 이겼소. 자, 이제 대화는 그만둡시다. 무슨 목적이 있어서 이러는 것이라면 그 부분에 대해서만 말씀하시오. 나도 거기에만 답을 하겠소. 그러고 나서 각자 갈 길로 가서 우리가 만난 적이 있었다는 사실도 잊읍시다. 자, 들을 테니 계속 말하시오. 하지만 아까 했던 그 이야기는 그만둡시다."

그녀는 벤허의 의도를 파악하듯, 잠시 그를 뚫어지게 쳐다보다가 차가운 어투로 말했다.

"그러세요, 이제 그만 가 보세요."

"당신에게 화평이 함께하길."

벤허가 인사를 건네고 돌아서서 문을 막 나서려고 할 때였다.

"한마디만 하죠."

그녀의목소리에 벤허는 발걸음을 멈추고 돌아보았다.

"제가 당신의 모든 것을 다 알고 있다는 사실을 명심하세요."

"무엇을 다 안다는 말이오?"

벤허가 다시 그녀 쪽으로 발걸음을 옮기며 물었다. 그녀는 우두커니 그를 쳐다보았다.

"당신은 유대인이라기보다는 로마인에 가까워요."

"내가 우리나라 사람과 그렇게 다른가요?"

그가 냉담하게 물었다.

"이제 신격화된 통치자는 로마인뿐이죠."

"그건 이제 됐으니, 당신이 나에 대해 뭘 아는지 말해 봐요."

"당신이 로마인을 닮았다는 점이 내 마음을 움직여요. 당신을 살려드리고 싶군요."

"날 살려준다고!"

그녀는 분홍으로 물들인 손가락으로 우아하게 목에 걸린 펜던트를 만지작거리다 지극히 낮고 부드러운 말투로 말했다. 실크 샌들을 신은 발로 마루를 톡톡 두드리는 소리는 그에게 조심하라고 경고하는 듯했다.

"노예선을 탈출한 유대인이 이데니 저택에서 남자 한 명을 죽였어요."

천천히 흘러나오는 목소리에 벤허는 경악했다.

"바로 그 유대인이 예루살렘 시장 통에서 로마 군인을 살해했죠. 같은 유대인이 훈련받은 갈릴리인 3개 군단을 이끌고 와서 오늘밤 로마인 총독을 습격하려고 해요. 같은 유대인이 로마와 전쟁을 하려고 동맹을 맺었고, 그 중에는 일드림 족장도 포함되어 있지요."

그에게 점점 가까이 다가온 그녀는 거의 속삭이다시피 말했다.

"당신은 로마에 살죠. 제가 조금 전에 한 말을 아는 사람들에게 하면 어떨까요? 이런, 얼굴색이 변하는군요!"

그는 뒤로 주춤 물러섰다. 마치 고양이새끼와 장난치는 줄 알았는데 호랑이라는 사실을 알게 된 표정이었다. 그녀가 계속 말했다.

"세이아누스 경을 알고 있겠죠. 증거를 들고 그에게 가서—아니, 증거가 없어도—바로 그 유대인이 동방에서, 아니 로마 제국 전체에서 가장 부자라고 말하면 어떨까요? 티베르 강의 물고기는 자기 습지 밖의 먹이도 먹을 수 있죠. 안 그래요? 그런 먹잇감을 전차 대경기장에 출전시키는 일은 얼마나 멋질까요! 로마 사람을 즐겁게 하는 것은 멋진 기술이고, 그들을 즐겁게 하면서 돈까지 벌 수 있는 건 더 멋진 기술이에요. 그런 기술에서 세이아누스 경을 필적할 만한 사람이 있을까요?"

벤허는 과거의 기억을 되살리며, 이집트 여인의 저속함에 그리 놀라지 않았다. 다른 기능이 거의 마비되었을 때는 희미한 기억이라도 대단한 기능을 발휘하는 법이다. 벤허의 머릿속에는 어느 봄날 요단강으로 가는 길에서 있었던 장면이 떠올랐다. 당시 에스더가 자신을 배신했다고 생각했던 기억. 그 기억을 떠올리며 벤허는 최대한 침착하게 말했다.

"당신이 기뻐할 말을 해드리죠. 내 목숨이 당신 손에 달렸음을 인정하오. 그리고 당신의 기교도 인정하지요. 또 하나 기뻐할 소식은, 내가 당신의 호의를 바랄 희망이 없다는 것도 알고 있다는 거요. 당신을 죽일 수도 있지만 여자라서 참습니다. 나는 사막으로 도망가면 돼요. 로마가 사람 추격을 잘한다는 사실은 알지만 사막으로 도망간 나를 잡으려면 오래, 또 멀리까지 추격해야 할 거요. 사막 심장부에는 모래도 많이 흩날리지만, 창도 많이 날아다니니까요. 아직 정복하지 못한 파르티아인이 지내기에도 좋은 장소고요. 그동안 멍청했던 나지만 한 가지 꼭 알고 싶은 것이 있소. 나를 당신에게 말해 준 사람이 누구입니까? 그것을 알아야 도망 중에라도, 체포되었을 때도, 심지어 죽으면서도 불행만 알다가 떠나는 사람이 배신자에게 욕이라도 퍼부을 수 있는 위안을 얻을 것이 아니겠소? 도대체 누가 당신에게 나의 모든 것을 말해 주었소?"

기교일 수도, 진심일 수도 있지만 이집트 여인의 표정에는 동정심이 어렸다. 이윽고 그녀가 입을 열었다.

"우리나라에는 폭풍우가 지나가면 해변 여기저기에 다양한 색깔의 조개껍데기를 주워 모아 잘라서 대리석 동판에 붙여 그림을 만드는 장인들이 있어요. 비밀을 찾는 데도 그런 방법을 이용할 수 있다는 것을 모르세요? 이 사람에게서 약간의 정보를 얻고 저 사람에게서 또 약간의 정보를 얻어, 그것들을 함께 모아 붙여서 한 남자의 생명과 재산을 좌지우지할 만한 정보를 가지게 된 여자가 있어요. 단지……."

잠시 말을 멈추고 발로 마룻바닥만 두드리던 아이라스는 느닷없이 밀려드는 감정을 숨기려는 듯 고개를 돌렸다.

"그 사람을 어떻게 해야 좋을지 모르겠군요."

"아니, 그걸로는 안 돼요."

벤허는 그녀의 연기에 속지 않고 말했다.

"당신은 내일이면 내 운명을 결정할 거예요. 내일 당장 내가 죽을 수도 있어요."

"맞아요."

그녀는 재빨리 강조해서 말했다.

"저는 사막 깊은 곳에 있는 과수원에서 아버지와 대화하는 일드림 족장에게서 몇 가지 정보를 얻었어요. 밤은 아주 고요하고 천막은 방음이 되지 않았죠. 새와 딱정벌레가 날아다니는 걸 보려고 밖에 나와 있는 사람의 귀에 다 들릴 정도였으니까요."

그녀는 즉흥적인 발상에 으쓱하며 미소 짓더니 이내 계속했다.

"그리고 일부는, 그러니까 조개껍데기 그림의 일부는 다른 사람에게 들었어요."

"그게 누구죠?"

"허 집안의 아드님, 바로 당신이죠."

"그 외 다른 사람은 없나요?"

"없어요."

벤허는 안도의 한숨을 쉬고 가볍게 말했다.

"고마워요. 세이아누스 경을 너무 오래 기다리게 하는 것은 당신에게도 좋지 않죠. 사막은 사람을 섬세하게 신경 써주지도 않고요. 다시 한 번, 이집트여, 당신에게 화평을!"

벤허는 팔에 걸치고 있던 두건을 머리에 쓰고 몸을 돌렸다. 하지만 그녀가 붙잡았다. 너무 간절해서 손까지 그를 향해 뻗었다.

"잠깐만요."

그녀의 외침에 그는 뒤를 돌아보았지만, 보석으로 반짝이는 그녀의 손을 잡지는 않았다. 그녀의 태도로 보아 아직 아껴두었던 놀랄만한 이야기를 할 것 같았다.

"잠깐만요. 나는 귀족인 아리우스가 왜 당신을 양자로 입양했는지도 알아요. 그리고 이시스에 맹세코! 이집트의 모든 신에 맹세코! 저는 당신처럼 용감하고 너그러운 분이 무자비한 로마 각료의 슬하에 있었던 걸 생각하며 몸을 떨었어요. 당신은 젊음의 일부를 로마의 안뜰에서 보냈죠. 그러니 사막에서의 삶이 어떨지 생각해 봐요. 오, 당신이 가엾어요! 하지만 내가 하라는 대로만 하면 목숨을 살려줄게요. 그 역시 거룩한 이시스의 이름으로 맹세합니다!"

그녀의 간곡한 애원과 기도는 열정적으로 그리고 아름다움이라는 엄청난 구속력으로 유창하게 쏟아졌다.

"당신 말을 믿을 뻔했군요."

쉽게 넘어가려는 그의 성향에 의심이 꼬리를 물고 늘어졌다. 수많은 남자들의 생명과 재산을 지킨 강하고도 선한 의심이었다.

"여자에게 완벽한 삶은 사랑받으며 사는 거예요. 남자에게 가장 큰 행복은 자신을 극복하는 거죠. 그것이 내가 당신에게 바라는 거예요."

그녀는 활발한 어투로 빠르게 말했다. 사실, 그녀는 어느 때보다 매혹적으로 보였다.

"당신에게는 한때 친구가 있었죠."

아이라스가 계속 말했다.

"당신이 소년일 때였어요. 그러다가 두 사람은 싸움을 해서 적이 되었어요. 친구가 당신에게 잘못한 것이였죠. 몇 년이 흘러 당신은 그를 안디옥의 전차 경주장에서 다시 만났어요."

"메살라!"

"맞아요, 메살라예요. 당신은 그의 채권자죠. 이제 과거를 용서하고 다시 친구가 되세요. 그리고 내기에서 잃은 그의 돈을 탕감해 주세요. 그를 구해 주세요. 6달란트쯤이야 당신에게는 아무것도 아니잖아요. 다 큰 나무의 새싹 하나 정도밖에 안 되잖아요. 하지만 그에게는…… 아, 그는 이제 망가진 몸으로 살아야 해요. 당신이 어디서 그를 만나든지 그는 바닥에서 당신을 우러러봐야만 해요. 오, 벤허! 그의 혈통인 로마인으로서는, 거지 신세는 죽음과 다름없어요. 그를 거지 신세에서 구해 주세요!"

벤허가 생각할 틈이 없도록 그녀는 속사포처럼 말을 쏟아냈지만, 그의 변할 수 없는 신념을 꺾지는 못했다. 그녀가 말을 멈추자 마치 메살라가 그녀의 어깨 뒤에서 그를 빤히 쳐다보고 있는 것 같았다. 메살라의 표정은 거지나 친구의 표정이 아니었다. 언제나 그렇듯이 귀족의 표정이었고, 완벽하고 짜증나는 오만한 표정이었다.

"당신이 하는 호소는 이미 결정난 거요. 메살라같은 사람은 한 푼도 가질 수 없소. 이제 나는 가서 그 사건에 대해 로마인 대 로마인의 판결이라고 기록을 해둬야겠군요. 하지만 한 가지만 묻겠소. 메살라가 이런 부탁을 하라고 당신을 보낸 겁니까?"

"그이는 고상한 성품의 소유자예요. 그런 기준으로 당신이 직접 판단하시죠."

벤허는 팔에 얹혀 있는 아이라스의 손을 잡았다.

"그렇게 그를 좋게 생각한다니 묻겠소. 그와 나의 처지가 바뀌었다면 그가 나에게 그런 일을 해줄까요? 대답해요, 이시스에 맹세코! 진실을 말해 보라고요!"

그의 손길에는 절절함이 묻어 있었고, 표정도 그랬다.

"그는……."

그녀가 말을 잇지 못하자 벤허가 대신 해주었다.

"로마인이라는 말이군요. 그 말인즉, 유대인인 내가 그에게 해줄 일과 그가 내게 해줄 일을 같은 기준으로 보면 안 된다는 뜻이군요. 유대인인 나는 그가 로마인이라서 딴 돈도 돌려줘야 한다는 말이군요. 벨타사르의 따님, 할 말이 남았으면 빨리 해요, 빨리요. 이스라엘의 주 하나님의 이름으로 맹세컨대, 화난 마음이 점점 더 끓어올라 절정에 이르면 당신을 여자로 안 볼지도 몰라요! 당신은 그저 당신 주인의 스파이일 뿐이고, 그 주인이 로마인이라서 더 미울 뿐입니다. 자, 말해요, 빨리!"

아이라스는 벤허의 손을 홱 뿌리치고 뒷걸음쳤다. 그녀의 눈과 목소리에는 독기가 가득 서려 있었다.

"술 찌꺼기나 마실 놈! 곡식 껍질이나 주워 먹을 놈! 내가 본 메살라는 절대로 네 놈을 사랑하지 않아. 너는 그를 섬기게 태어난 놈이야. 그는 6달란트를 탕감해 주는 것으로 만족할지 모르지만 나는 안 되겠어. 6달란트에 20달란트를 더해줘. 20달란트야. 알았어? 나도 동의는 했지만, 너는 그로부터 내 작은 손가락에 할 키스를 빼앗아갔어. 그 값이라고 생각해. 그를 섬기면서도 동정심으로 너를 따라다니고 그렇게 오랫동안 참아낸 값이라고 생각해. 여기 머물고 있는 상인이 네 돈의 관리인이잖아. 만약 내일 정오까지 나의 메살라에게 26달란트를 보내지 않으면, 잘 들어, 26달란트야! 너는 세이아누스 경과 만나게 될 거야. 현명하게 판단해. 그럼 안녕!"

그녀가 문을 나가려 할 때 벤허가 그녀의 앞을 막아섰다.

"고대 이집트의 피가 당신에게 흐르는군요. 메살라를 내일 만나든 모레 만나든, 이곳에서 만나든 로마에서 만나든, 이 말을 전해요. 그가 우리 아버지의 재산을 강탈해 갔으니, 나는 6달란트라도 받아야겠다고. 그가 나를 노예선으로 보냈지만, 나는 살아 돌아와 그의 거지 신세와 치욕을 마음껏 기뻐하노라고 전해요. 그가 내 손에 입은 부상은 힘없는 사람에게 저지른 범죄의 죽음보다 적절한 저주였다고, 이스라엘의 하나님이 내리신 저주였다고 전해요. 나병에 걸려 죽으라고 안토니아 감옥에 보낸 우리 어머니와 여동생도 살아 있고, 당신이 그렇게 비웃었던 나사렛 분의 능력으로 완치되었다는 말도 전해요. 그들은 내게 돌아와 있고, 당신이 떠남으로 생긴 불순한 열정의 빈자리를 채우고도 남는다고 전해요.

그리고 이 말은 메살라뿐 아니라 당신도 듣고 기뻐해 주시오. 세이아누스 경이 내 재산을 강탈하러 와도 손에 쥘 수 있는 건 아무것도 없어요. 왜냐하면 미세눔 저택을 포함해 내가 공동사령관께 받은 유산은 다 팔았기 때문이오. 그 돈은 지금 환어음으로 세계 시장에 떠돌아다니고 있지요. 그리고 이 집과 시모니데스에게 큰 수익을 가져와 주는 물품과 상품, 배와 카라반은 황제의 보호를 받고 있어요. 현명한 시모니데스가 특혜를 받으려고 돈을 좀 썼죠. 세이아누스 경은 피와 악행의 웅덩이에서 얻을 수익보다 합리적인 선물을 더 좋아해요. 설사 이 말이 사실이 아니고 돈과 재산이 모두 내 것이라 해도 그는 한 푼도 건질 수 없다는 말도 전해요. 그가 유대인 어음을 찾아내어 현금으로 바꾸려고 해도 내게는 마지막 수단이 있어요. 황제에게 뇌물을 써 두었거든요. 로마에 살면서 배운 거죠. 그에게 전해요. 나는 그를 경멸하지만 욕설은 전하지 않겠다고. 대신 욕설의 결정체인 사람을 한 명 보내, 내 영원한 증오의 표현을 해주겠노라고. 그 로마인은 기민하니, 당신이 전하는 이 말을 들으면 무슨 말인지 바로 이해할 겁니다.

자, 이제 가 보시죠. 나도 갑니다."

그는 아이라스를 문으로 인도하여 나갈 수 있도록 정중하게 커튼을 잡아 주었다.

"당신에게 화평을."

그녀가 떠나는 모습을 보며 벤허가 말했다.

## 제7장
## 에스더

들어올 때와는 달리, 응접실을 나가는 벤허의 모습에는 생기가 하나도 없었다. 걸어가는 발걸음은 느렸고 고개는 푹 숙여져 있었다. 가슴은 찢어져도 머리는 제대로 돌아가기 마련이다.

그는 새롭게 알게 된 사실을 생각해 보기 시작했다.

재난이 닥치고 나서 나중에 돌아보면, 재난이 닥칠 조짐이 곳곳에 있었다는 것을 쉽게 발견하게 된다.

아이라스가 메살라에게 관심이 있었다는 사실을 전혀 모른 채 그녀 수중에서 놀아났다는 생각은 그의 허영심에 큰 상처를 주었다.

'이제야 생각나는군. 그녀는 카스탈리아 샘에서 메살라의 분별없는 행동을 보고도 나쁜 말 한마디 하지 않았어! 야자수 과수원의 호수에서 배를 탈 때도 메살라를 칭찬했었지! 그리고 아!'

그는 걸음을 멈추고 손뼉을 세게 쳤다.

'이데니 저택에서 그녀와 만날 약속의 미스터리도 이제 풀렸군!'

허영심에는 상처가 나기 마련이다. 다행히도 그런 상처로 죽는 사람은 없고, 오래 아픈 사람도 없다. 더구나 벤허의 경우에는 다시 찾은 사랑도 있었다. 그는 큰 소리로 탄식했다.

"그녀가 나를 더 오래 붙잡지 않게 해주신 하나님께 감사드립니다! 결국

나는 그녀를 사랑한 것이 아니었어."

그는 마음의 짐을 벗어버린 듯 발걸음이 가벼워졌다. 이윽고 옥상으로 올라가기 시작한 그는 마지막 층계에서 잠시 걸음을 멈추었다.

'벨타사르 선생님도 오랫동안 가면을 쓰고 연기한 그녀의 동조자일까? 아니야, 그럴 리 없어. 그렇게 나이 든 사람은 위선을 부리지 않아. 벨타사르 선생님은 좋은 분이야.'

벤허는 옥상에 발을 내디뎠다. 머리 위로 보름달이 두둥실 떠 있었다. 하지만 그날 하늘은 예루살렘 거리와 공터에서 타오르는 장작불로 붉게 타올랐고, 주위는 온통 구슬픈 예루살렘의 찬송가 노랫소리로 가득 차 있었다. 그 속에서 수없이 많은 사람들의 목소리가 들리는 것 같았다.

"유다의 아들아, 우리는 이렇게 주 하나님께 경배하며, 그분이 우리에게 주신 땅에 충성하노라. 기드온[263]이여 오소서. 다윗왕이여 일어나소서. 마카베오여 나타나소서. 모든 준비가 끝났습니다."

그는 나사렛 사람을 생각했다.

사람들은 어떨 때는 부적절한 상상으로 자신을 놀릴 때가 있다.

벤허는 옥상을 가로지르면서도 나사렛 사람을 생각했다. 눈물을 흘리는 곱상한 얼굴이 머릿속에 떠올랐다. 그 얼굴에는 전사로서의 아우라는 전혀 없었다. 오히려 조용한 저녁 하늘처럼 모든 것을 평화롭게 바라보는 것 같았다.

'그는 어떤 사람인가?'

머릿속에 오랜 질문이 다시 떠올랐다.

벤허는 난간을 한 번 쳐다보고, 몸을 돌려 무의식적으로 피서용 정자로 걸어갔다.

'두 사람이 무슨 짓이든 할 테면 해보라지.'

그는 천천히 걸으며 혼잣말을 했다.

'나는 메살라를 용서 못해. 그와 내 재산을 나누지도 않을 것이고, 우리

---

263) 이스라엘 민족을 미디안 사람의 압박으로부터 해방시켜 40년 동안 사사(士師)가 된 이스라엘의 용사

선조의 땅인 이곳에서 도망가지도 않을 거야. 난 갈릴리인들과 함께 이곳에서 싸울 거야. 만약 내가 죽으면 모세를 부르셨던 그분이 우리 중에 또 다른 지도자를 찾으실 거야. 나사렛 분이 아니라면, 자유를 위해 목숨 바칠 준비가 된 사람은 많이 있어.'

벤허가 천천히 안으로 들어갔을 때 정자의 내부에는 희미하게 불이 밝혀져 있었다. 북쪽과 서쪽 기둥의 그림자도 마루를 따라 어렴풋이 드리워져 있었다. 안을 들여다보니, 평소에 시모니데스가 앉던 의자가 예루살렘 시장 전경이 가장 잘 보이는 곳에 놓여 있었다.

'시모니데스가 돌아왔구나. 주무시지 않으면 이야기를 해봐야겠어.'

그는 안으로 들어가 조용히 의자 쪽으로 다가갔다. 높은 의자 등받이 위로 들여다보니 에스더가 잠들어 있었다. 자그마한 몸이 아버지의 무릎 덮개 안에 안락하게 숨어 있었다. 헝클어진 머리는 얼굴 위에 드리워져 있었으며, 호흡은 낮았지만 고르지 않았다. 한 번은 긴 한숨으로 호흡이 끊어지며 흐느낌으로 이어졌다. 그가 본 것은 그녀의 한숨일 수도 있고 외로움일 수도 있다. 그녀가 잠든 것은 피로 때문이라기보다는 슬픔 때문이었다. 어린아이들은 그럴 때 종종 잠이 든다. 그도 에스더를 어린아이처럼 생각하고는 했다. 벤허는 의자 등받이에 손을 얹었다.

'에스더를 깨우지 말자. 할 말이 없다. 사랑한다는 말 밖에는. 에스더는 아름다운 유대 처녀다. 이집트 여인과는 완전히 다르다. 그쪽은 허영뿐이고 이쪽은 진실뿐이다. 그쪽은 야심적이지만 이쪽은 순종적이다. 그쪽은 자기만 생각하지만 이쪽은 자기를 희생한다. …… 아니다, 물어볼 말은 내가 그녀를 사랑하느냐가 아니라 그녀가 나를 사랑하느냐이다. 처음부터 에스더는 내 편이었어. 그날 밤, 안디옥의 테라스에서 로마를 적으로 삼지 말라고 얼마나 아이처럼 애원했는지. 그리고 미세눔 저택과 그곳에서의 삶을 얘기해 달라고 얼마나 졸랐는지! 내가 그녀의 귀여운 마음을 보고 입 맞췄다는 것을 그녀는 알면 안 된다. 그녀는 그 입맞춤을 잊었을까? 나는 잊지 않았다. 나는 그녀를 사랑해. …… 예루살렘에 있는 사람들은 아직 내가 시구를 찾았다는 사실을 모른다. 이집트 여인에게는 말하기가 왠지 망설여졌었지.

하지만 에스더는 그들을 찾은 걸 나와 함께 기뻐하고, 몸과 마음을 다해 사랑과 부드러움으로 그들에게 봉사할 거야. 어머니는 딸 하나를 더 얻는 것이고, 티르자는 자기와 똑같은 친구를 하나 더 얻는 것이지. 지금 에스더를 깨워 이런 말을 모두 해주고 싶지만, 그동안 이집트 여인의 마술에 걸려 있었으니 그런 내 어리석음 때문에 차마 말하지 못하겠구나. 지금은 그냥 가자. 그리고 다음 기회를 기다리자. 아름다운 에스더, 성실한 딸, 유다의 딸이여!'

벤허는 들어왔을 때처럼 조용히 밖으로 나갔다.

## 제8장
### 너희들은 누구를 찾는냐?

거리에는 오가는 사람들과 대기에 삼나무 연기를 자욱하게 뿜어내며 불 주위에 모여 고기를 구워먹고 노래하며 흥에 겨운 무리들로 가득했다. 모든 이스라엘 자손들이 형제로 뭉치는 유월절 축제였기에 환대는 끝이 없었다. 벤허도 한 발자국 뗄 때마다 인사와 환대를 받았다.

"이리 오세요, 형제님. 주님의 사랑 안에 우리는 형제잖아요. 와서 함께 드시죠."

벤허는 고맙다는 인사만 하고 바삐 걸어갔다. 그는 어머니와 동생이 있는 키드론 계곡 천막으로 돌아가는 중이었다. 그곳으로 가려면 대로를 가로질러야 한다. 머지않아 모든 그리스도인들에게 슬픔의 길이 되는 그 길 말이다. 그곳 역시 축제의 열기로 가득 차 있었다. 그때 도로 저편에서 깃발처럼 횃불을 든 행렬이 다가오고 있었다. 그런데 이상하게도 횃불이 지나가는 곳에서만 노랫소리가 들리지 않았다. 그리고 연기와 춤추는 불꽃 사이에서 불꽃보다 더 반짝이는 창끝이 보였다. 창이 보인다는 것은 로마 군인이 있다는 뜻이다. 재수 없는 군인들이 유대인의 종교 행렬에서 무엇을 하고 있다는 말인가? 이런 경우는 처음이었기에 벤허는 기다렸다가 무슨 일인지 알아보기로 했다.

달은 아주 밝았다. 하지만 달빛과 횃불과 거리의 장작불과 창문에서 흘러나오는 불빛으로도 충분치 않다는 듯 행렬에 낀 사람들은 등불까지 켜들고 있었다. 저렇게까지 하는 데는 뭔가 특별한 이유가 있다고 생각한 벤허는 그쪽으로 다가섰다. 횃불과 등불을 든 사람들은 몽치와 날카로운 막대기로 무장했으며, 그들과 함께 고위 인사들이 걸어가고 있었다. 장로들과 제사장들과 랍비들은 가야바와 안나스[264]가 속해 있는 평의회 멤버들이다. 그런데 이들이 어디로 가는 걸까? 방향으로 보아 성전으로 가는 것은 아니다. 그리고 왜 군인을 대동하고 가는 걸까? 분명 평화적인 목적은 아니다.

그들 중 유독 눈에 띈 것은 행렬보다 조금 앞서 걷고 있는 세 사람이었다. 왼쪽은 성전 경비대장이고 오른쪽은 제사장이었다. 중간에 있는 사람은 처음에는 알아보기 힘들었다. 마치 죄수나 형장으로 끌려가는 사람처럼 두 사람에게 기대어 고개를 푹 숙이고 있었기 때문이다. 그런데 좌우에 있는 고위 인사들이 그에게 관심을 쏟으며 부축하는 것으로 보아, 그가 이 무리를 이끄는 인물인 듯했다.

'이 사람이 누구인지만 알면 이 행렬이 무슨 행렬인지도 알 수 있으리라. 이 남자가 고개만 들어준다면…….'

그런 생각에 벤허는 행렬 오른쪽인 제사장 곁에 서서 걷기 시작했다.

이윽고 남자가 고개를 들었다. 창백하고 멍하며 두려움에 질린 얼굴이 등빛에 환히 드러났다. 수염은 거칠었고 푹 꺼진 눈은 흐릿했으며 표정은 매우 절망적이었다. 벤허는 단번에 그를 알아보았다. 나사렛 사람을 따라다니면서 그분의 제자들과도 낯을 익혔기 때문이다. 절망에 빠진 남자를 보자 벤허가 부르짖었다.

"가룟 유다!"

남자는 천천히 머리를 돌려 벤허를 쳐다보았다. 그리고 무슨 말을 하려는 듯 입을 달싹거렸는데, 제사장이 끼어들어 소리쳤다.

264) 예수께서 십자가형을 당하실 당시 현직 대제사장이었던 가야바의 장인

"넌 누구냐? 썩 꺼져!"

제사장은 벤허를 밀쳐냈지만 그는 기회를 틈타 다시 행렬에 끼어들었다. 그들은 거리를 내려가 베데스다와 안토니아 요새 사이의 언덕을 지나 베데스다 못 옆을 거쳐 양의 문으로 갔다. 모든 곳이 사람들로 가득했고 모두가 축제에 몰두해 있었다.

유월절 밤이라서 문지기도 어디론가 사라지고 문은 활짝 열려 있었다. 아무런 제지도 없이 양문을 빠져나간 행렬 앞에 키드론 계곡이 나타났다. 뒤에는 삼나무와 올리브 나무가 달빛을 받아 하늘을 온통 은빛으로 물들인 감람산이 보인다. 행렬은 협곡으로 들어갔다. 한밤중에 행렬이 왜 이곳으로 가는지 알 수 없는 노릇이었다.

벤허는 행렬을 따라 계곡을 내려가 밑바닥에 있는 다리 위로 올라섰다. 행렬에서 낙오한 오합지졸이 들고 있던 몽치와 막대기가 바닥을 치는 소리로 시끄럽게 울려 퍼졌다. 그들은 조금 더 가서 왼쪽으로 틀어 감람산에 있는 올리브 과수원으로 들어갔다. 거기에는 옹이투성이의 올리브 나무와 풀, 그리고 올리브유를 짜려고 돌로 만든 구유 모양의 통밖에 없었다. 도대체 이 시간에 많은 사람들이 이렇게 외딴 곳에 온 이유는 무엇일까? 벤허의 궁금증을 뒤로 하고 행렬은 그곳에서 멈췄다. 이윽고 행렬 앞에서 흥분한 고함소리가 들렸다. 으스스한 기분이 사람들 사이로 퍼져나갔다. 사람들이 급히 뒷걸음질을 치는 바람에 서로 밟고 밟히는 소동이 일어나기도 했는데, 군인들만이 명령에 따라 대열을 지키고 있었다.

벤허는 재빨리 무리에서 빠져나와 행렬 앞쪽으로 달려갔다. 행렬은 동산 앞에 멈춰 있었고, 그도 무슨 일인지 알아보려고 걸음을 멈추었다.

머리에 아무것도 쓰지 않은 흰옷 입은 남자가 앞으로 나와 있었다. 호리호리한 몸매에 긴 머리와 여윈 얼굴을 한 남자는 허리를 약간 굽힌 채 체념한 자세로 손을 맞잡고 서 있었다.

남자는 다름아닌 나사렛 사람이었다!

그의 뒤에는 제자들이 무리 지어 있었다. 그들은 흥분해 있었지만 나사렛 분은 조용하기만 했다. 횃불에 비추인 머리가 평소보다 더 불그스름해 보였지만 그의 표정은 평소와 다름없이 부드러웠고 애처롭게 보는 눈빛도 여전했다. 싸움과는 거리가 멀어 보이는 이 인물 맞은편에는 두려움에 움츠린 군중들이 있었다. 벤허는 나사렛 사람에게서 군중에게로, 특히 중간에 서 있는 가룟 유다에게로 빠르게 시선을 옮겼다. 그리고 이 행렬이 무슨 의미인지 이해했다. 이쪽 사람은 배신자이고, 저쪽 사람은 배신을 당한 사람이었다. 몽치와 막대기를 든 사람들과 로마 군인은 저 사람을 잡으러 온 자들이었다.

사람은 시험에 들기 전에는 자신이 무엇을 할 수 있는지 잘 모르는 법이다. 이것은 벤허가 수년간 대비해 왔던 비상사태였다. 벤허가 전력을 다해 안전을 지키려 했던 사람, 그의 미래를 걸었던 사람이 지금 위기에 처해 있다. 하지만 벤허는 가만히 있다. 사람에게는 언제나 이런 모순이 존재한다! 사실 벤허는 그분이 '아름다운 문' 앞에서 등을 돌렸다는 아이라스의 말이 아직도 가시지 않은 상태였다. 한편으로는, 폭력 앞에 너무도 차분하게 서 있는 그분의 모습이 벤허의 무력 사용을 자제하게 했다. 어쩌면 그분은 그동안 아껴 두었던 능력을 이 순간에 사용하실지도 몰랐다. 평화와 온정, 사랑과 무저항이 그동안 나사렛 사람의 가르침이었다. 그는 자신의 가르침을 실천에 옮길까? 그는 사람의 생사를 쥐락펴락하던 사람이었다. 죽은 사람을 살려냈고, 마음만 먹으면 산 사람도 죽일 수 있는 능력자였다. 지금 그 능력을 어떻게 사용할까? 자기 몸을 지키려고? 그렇다면 어떤 방법으로? 말 한마디, 생각 한 번이면 충분했다. 벤허가 믿는 이상의 놀라운 힘을 발휘할 순간이었고, 그런 믿음으로 벤허는 기다렸다.

이윽고 예수의 맑은 목소리가 울렸다.

"누구를 찾느냐?"

"나사렛 사람 예수다."

제사장이 대답했다.

"내가 그니라."

화를 내거나 놀란 목소리도 아니었다. 그냥 간단히 대답했을 뿐인데, 군중은 몇 발자국 뒤로 물러났으며 그중 겁 많은 사람은 바닥에 엎드리기까지

했다. 만약 가룟 유다가 그에게 가지 않았다면 그들은 그를 혼자 두고 도망쳤을 것이다.

"선생님, 안녕하십니까!"

다정한 인사와 함께 가룟 유다가 예수에게 입을 맞췄다.

"유다야."

예수가 따뜻한 목소리로 입을 열었다.

"네가 입맞춤으로 나를 파느냐? 무엇 때문에 왔느냐?"

가룟 유다가 아무런 대답도 못하자 예수가 다시 군중에게 물었다.

"누구를 찾느냐?"

"나사렛 사람 예수다."

"이미 나라고 말했다. 그러니 나를 잡고, 내 제자들은 갈 길로 가게 내버려두어라."

이 말에 랍비들이 그에게 다가갔다. 그들이 하려는 일을 눈치 챈 제자 몇 명이 앞으로 나섰고, 그중 한 명이 무리 중 하나의 귀를 잘랐지만 예수가 잡혀가는 것을 막을 수는 없었다. 그래도 벤허는 가만히 있었다! 관리들이 예수를 포승줄로 묶을 채비를 하는 동안 예수는 가장 큰 자비를 베풀었다. 그것은 인간의 힘을 뛰어넘는 인내의 예를 보여준 것이다.

"이것까지 참아라."

그는 이렇게 말하고 다친 사람의 귀를 만져 낫게 해주었다. 이 일에 모두가 놀라고 당황했다. 적들은 나사렛 사람이 그런 일을 할 수 있다는 것에 대해, 제자들은 이런 상황에서도 그런 일을 하는 것에 대해 놀랐다.

'그래도 자신을 체포하도록 놔두시지는 않겠지.'

벤허는 이렇게 생각했다.

"칼을 칼집에 꽂아라. 내 아버지께서 주신 잔을 내가 마시지 않겠느냐?"

나사렛 예수는 칼을 쓴 제자에게 말했다. 그리고 자기를 잡으러 온 사람들에게 몸을 돌려 계속 말했다.

"너희가 강도에게 하듯이 칼과 몽둥이를 가지고 나왔느냐? 내가 매일 성전에서 너희와 함께 있었지만, 너희는 나를 잡지 않았다. 하지만 이제 너희의 때가 되어 흑암의 권세가 왔구나."

무리는 용기를 내어 그를 포위했다. 벤허가 제자들 쪽으로 시선을 돌렸을 때는 모두 달아나고 한 사람도 없었다.

버림받은 사람을 포위한 무리는 재빠르게 움직였다. 벤허는 횃불을 든 무리 사이로 잠깐씩 보이는 예수의 모습을 보았다. 그렇게 애처롭고 그렇게 의지할 곳 없고 그렇게 고독한 모습은 처음이었다! 벤허는 생각했다.

'저분은 스스로 자신을 지키실 거야. 숨 한 번만 내쉬면 적들을 죽일 수 있는데도 그렇게 하시지 않는 거야. 저분의 아버지가 무슨 잔을 마시라고 주었다는 거지? 저분이 저렇게 복종하시는 아버지가 도대체 누구야?'

벤허의 마음속에는 의문에 의문이 꼬리를 물고 일어났다.

이윽고 폭도 무리는 군인들을 앞세우고 예루살렘으로 돌아가기 시작했다. 벤허는 걱정되기 시작했다. 자신의 행동에 대해서도 불만스러웠다. 갑자기 그는 나사렛 예수를 한 번 더 만나보기로 했다. 군중들 한복판에, 아마도 횃불이 있는 곳에 나사렛 예수가 있을 것이다.

'만나서 한 가지만 물어보자.'

벤허는 긴 외투와 머리 두건을 벗어 과수원 담에 던져두고, 무리를 뒤쫓아가서 대담하게 그들 사이에 끼어들었다. 그리고 그들을 헤치고 조금씩 앞으로 나아가 마침내 예수를 결박해 가는 사람에게까지 이르렀다.

예수는 손이 뒤로 묶인 채 머리를 숙이고 천천히 걸어갔다. 평소보다 어깨를 더 숙이고 있는 그의 머리카락이 얼굴 앞으로 푹 늘어뜨려져 있었다. 그는 주변에 무슨 일이 일어나는지 전혀 모르는 듯했다. 몇 발자국 앞에서는 제사장과 장로들이 이야기를 나누며 걷다가 가끔씩 뒤를 돌아보았다. 마침내 그들이 계곡 다리에 이르렀을 때 벤허가 하인에게서 노끈을 빼앗아 잡고 하인을 앞서갔다.

"선생님, 선생님!"

벤허가 나사렛 사람의 귓전에 가서 황급히 불렀다.

"들리십니까, 선생님? 한 말씀만, 한 말씀만 해주십시오. 말씀을……."

노끈을 빼앗긴 하인이 다시 빼앗으러 왔지만 벤허는 계속했다.

"말씀해 주십시오. 당신은 자의로 이렇게 끌려가시는 겁니까?"

이제 사람들이 앞으로 몰려오기 시작했고, 화난 목소리가 들렸다.

"너는 누구냐?"

"오, 선생님."

벤허가 서둘러 말했다. 목소리는 불안으로 날카로워졌다.

"저는 당신 편이고, 당신을 따르던 사람입니다. 제발 말씀해 주십시오. 당신을 구하고 싶은데, 저를 따라오시겠습니까?"

나사렛 사람은 그를 쳐다보지도, 말을 들었다는 표시도 내지 않았다. 하지만 무언으로 느껴지는 어떤 기운이 벤허에게도 전해졌다.

"그를 그냥 내버려둬."

뭔가가 그에게 말하는 것 같았다.

"그는 친구들에게도 버림받았고, 세상도 그를 거부했어. 그는 쓰라린 마음으로 인간과 이별했어. 그는 자기도 모르는 곳으로 가고 있지만 신경 쓰지 않아. 그를 그냥 내버려둬."

게다가 이제는 벤허도 몰리고 있었다. 십여 명의 사람들이 그에게 덤벼들었고, 사방에서 고함이 들렸다.

"저놈도 한패다! 저놈도 같이 끌고 가! 저놈을 쳐라. 죽여라!"

벤허는 울컥하는 마음으로 불끈 힘을 내어, 자기를 잡으려는 사람들의 손을 뿌리치고 포위망을 뚫었다. 그때 누군가가 옷을 잡았고, 그는 어쩔 수 없이 옷을 벗어버리고 거리를 내달렸다. 다행히 어둠에 잠긴 계곡은 다른 곳보다 더 어두웠고, 그는 그 속에 숨어들어 안전하게 도망쳤다. 그리고 과수원 담장에서 외투와 머리 두건을 찾아 입고 다시 성 안으로 들어간 그는 여관에서 말을 찾아 곧바로 식구들이 있는 천막으로 갔다.

말을 타고 가던 벤허는 내일 다시 나사렛 사람을 만나러 가겠다고 결심했다. 나사렛 사람이 그 길로 안나스에게 끌려가 밤새도록 재판을 받았다는 사실도 모른 채 말이다.

벤허는 소파에 누워서도 심장이 두근거려 잠을 이룰 수가 없었다. 새로운 유대 왕국을 세우겠다는 생각은 와르르 무너져 허황된 꿈으로 되돌아가

버렸다. 마치 성이 하나씩 무너지는 것 같았다. 성 하나가 무너지고 가까스로 정신을 차리면 또 하나가 무너지듯이 그가 꾼 꿈도 하나씩 하나씩 무너져 갔다. 강인한 정신력의 소유자만이 이처럼 모든 것이 무너져 내리는 것을 견딜 것이다. 하지만 벤허는 그런 정신력의 소유자가 아니었다. 지금 그의 마음에 자리 잡고 있는 것은 따뜻한 가정에 에스더가 안주인인 평화롭고 아름다운 미래이다. 그는 몇 번이고 미세눔 저택에서 에스더와 함께 정원을 거닐며 안마당에서 쉬는 자신의 모습을 떠올렸다. 머리 위에는 나폴리의 하늘이 있고 발치에는 햇살 가득한 남쪽 나라의 아름다운 해안이 펼쳐져 있는 그곳에서 말이다.

이제 벤허는 내일을 맞이할 준비를 하고 있다. 그의 미래와 나사렛 예수의 운명이 걸린 그 위기의 날을 말이다.

## 제9장
## 골고다 언덕

다음 날 아침 8시경, 두 남자가 전속력으로 말을 타고 벤허의 천막으로 달려왔다. 그는 아직 잠자리에 있었지만 서둘러 그들을 맞이했다.

"당신들에게 화평이 있기를, 형제들이여."

벤허는 신뢰하던 갈릴리 장교들을 보며 인사를 건넸다.

"자리에 좀 앉겠소?"

"아닙니다."

두 사람 중 연장자가 퉁명스럽게 대답했다.

"앉아서 쉬다 보면 나사렛 분은 죽습니다. 빨리 일어나 저희와 가야 합니다. 이미 재판이 끝나 판결이 내려졌어요. 골고다 언덕에는 벌써 십자가가 준비되어 있답니다."

벤허는 말문이 막혀 그들을 노려보았다.

"십자가라고!"

그 순간, 벤허가 할 수 있는 말은 그 말밖에 없었다.

"그분은 어젯밤에 체포되어 재판을 받았어요."

연장자가 계속 말했다.

"새벽에는 빌라도 앞으로 끌려갔습니다. 로마인 총독은 두 번이나 그에게 죄가 없다고 했어요. 두 번이나 그를 넘겨주기를 거절했죠. 하지만 빌라도는 결국 그분을 넘겨주고 말았습니다. 그는 손을 씻으며 말했죠. '나는 이 사람의 피에 대해 무죄하니 그 책임은 너희가 지도록 해라.' 그러자 사람들이 대답했습니다."

"누가 대답했다는 말입니까?"

"제사장들과 군중들입니다. 그들은 '그 피의 책임을 우리와 우리 자손에게 돌리시오.'라고 대답했습니다."

"세상에!"

벤허가 외쳤다.

"로마인이 이스라엘 사람보다 더 친절하다니! 아, 그분이 정말 하나님의 아들이라면 자손들이 그분의 피를 어떻게 씻어낼 수 있겠습니까? 그래서는 안 됩니다. 싸워야 합니다."

벤허의 얼굴은 결의로 가득 찼다. 그는 손뼉을 탁탁 치며 말했다.

"말을 가져오게, 빨리!"

소리를 듣고 달려온 하인에게 벤허가 다시 말했다.

"유모에게 새 옷 좀 달라고 하게. 내 칼도 가져오고! 친구들이여, 이제 이스라엘을 위해서 목숨을 바쳐야 할 때입니다. 곧 나갈 테니 조금만 기다리시오."

벤허는 딱딱한 빵 한 조각을 입에 넣고 포도주 한 잔을 마셨다. 그리고는 곧바로 길을 나섰다.

"먼저 어디로 가실 생각입니까?"

갈릴리인이 물었다.

"군대를 소집하러 가야죠."

"아아!"

갈릴리인이 손사래를 치며 탄성을 내질렀다.

"왜요?"

"대장님, 남아 있는 사람은 저와 이 친구밖에 없습니다. 다른 사람들은 모두 제사장들을 따라갔습니다."

갈릴리인이 고개를 숙이며 대답했다.

"뭘 하려고요?"

벤허가 고삐를 당기며 물었다.

"그를 죽이려고요."

"그를? 설마 나사렛 분을 말하는 것은 아니겠죠?"

"맞습니다."

벤허는 천천히 두 사람을 쳐다보았다. 어젯밤에 들었던 말이 그의 귀에 쟁쟁했다.

"내 아버지께서 주신 잔을 내가 마시지 않겠느냐?"

그리고 나사렛 사람의 귓전에 자신이 했던 말도 떠올랐다.

"당신을 구하고 싶은데, 저를 따라오시겠습니까?"

'이 죽음은 피할 수 없을지도 모른다. 그분은 임무를 수행하시던 그날부터 모든 걸 다 알고 이 길을 걸어오신 거야. 그것은 그분보다 더 높은 곳에 계신 분, 즉 하나님의 뜻인 거야. 그 뜻에 동의하고 자발적으로 가신 것이라면 다른 사람이 어떻게 그분을 말린다는 말인가?'

그뿐만 아니라 벤허는 갈릴리인들의 충성심을 믿고 세운 계획도 실패라는 사실을 깨달았다. 실제로 그들이 모두 달아나면서 계획은 그대로 실패했다. 그러나 하필이면 오늘 아침에 이런 일이 생기다니! 그의 마음에 두려움이 엄습했다. 그의 계획도 노력도 돈을 쓴 일도 결국은 하나님께 불경스러운 도전인지도 모른다. 그는 고삐를 잡고 말했다.

"일단 갑시다."

그의 앞에는 온통 불확실 투성이었다. 이런 혼란스러운 상황에서 빨리 결단을 내리는 능력도 마비되어 버렸다.

"갑시다, 형제들이여. 일단 골고다 언덕으로 갑시다."

세 사람은 남쪽으로 가는 흥분한 군중들을 헤치고 나아갔다. 예루살렘 북쪽에 있는 사람들이 모두 다 나온 것 같았다. 헤롯대왕이 남긴 거대한 하얀 탑 근처에서 사형수를 만날 수 있다는 말을 들은 세 사람은 아크라 요새의 남동쪽을 지나 말을 몰았다. 하지만 '히스기야의 못' 근처에 이르자 사람들이 너무 많아 도저히 말을 타고 갈 수가 없었다. 할 수 없이 그들은 말에서 내려 어느 집 모퉁이 공터에서 기다렸다. 그곳에서 도로 쪽을 보니 마치 강둑에 앉아 홍수가 지나가는 것을 보는 것 같았다.

세 사람 앞에서 지나가는 사람들의 홍수는 30분, 아니 1시간이 지나도 줄어들 생각이 없었다. 그곳에서 벤허는 예루살렘의 모든 계층과 모든 유대교 종파들을 보았다. 이스라엘의 모든 지파와 전 세계에 퍼져 있던 모든 유대인들도 보았다. 리비아계 유대인이 지나가고, 이집트계 유대인, 라인 강 유역의 유대인도 지나갔다. 동방과 서방의 유대인, 교역 관계에 있는 모든 섬나라의 유대인, 각양각색의 의상을 입고 서로 다른 기후에서 서로 다른 생활양식으로 사는 유대인들이 걸어서 혹은 말이나 낙타나 가마나 마차를 타고 지나갔다. 그들은 모두 강력범 사이에서 십자가에 못 박혀 죽을 가엾은 나사렛 사람을 보려고 그렇게 바삐 달려가고 있었다.

그 외에도 그리스인, 로마인, 아라비아인, 시리아인, 아프리카인, 동방인 등 수천 명의 이방인들이 그곳에 모였다. 그들은 모두 유대인을 미워하고 경멸하는 사람들이었다. 결국은 온 세상 사람들이 모인 것이다. 온 세상이 예수가 십자가에 못 박혀 죽는 현장에 다 모인 것이다.

그런 거대한 물결에 비해 군중들의 소리는 놀라울 정도로 조용했다. 그들의 얼굴 표정에는 하나같이 뭔가 두려운 모습, 누군가 갑자기 파멸하고 멸망하는 모습, 혹은 전쟁의 재앙을 보려고 서두르는 모습이 서려 있었다. 그런 표정을 보건대, 그들은 예루살렘에 유월절을 지내러 온 사람들이며 나사렛 사람의 재판에 관여하지 않은 사람들일 것이다. 다시 말해, 우군이 될 수도 있는 사람들이었다.

마침내 거대한 탑 쪽에서 희미하게 사람들의 외치는 소리가 들렸다.

"들어봐요! 그들이 오고 있어요."

갈릴리인 중 한 명이 말했다. 거리에 있던 사람들도 걸음을 멈추고 귀를 기울였다. 외치는 소리가 귀에 울려오자 그들은 서로 얼굴을 쳐다보고 진저리를 치며 침묵 속에 지나갔다.

외치는 소리는 점점 더 커지며 가까워졌고, 주변 공기는 온통 그 소리로 가득했다. 그때 시모니데스의 하인들이 의자에 주인을 태우고 오는 모습이 보였다. 에스더도 옆에서 따라오고 있었다. 이어서 휘장을 친 가마 하나가 그들 뒤를 따랐다.

"화평이 당신께 있기를. 오, 시모니데스 그리고 에스더여."

벤허가 그들을 맞으며 인사를 건넸다.

"만약 골고다로 가는 중이라면 행렬이 지나갈 때까지 기다립시다. 제가 함께 갈게요. 잠깐 이쪽 공터로 와 계세요."

"벨타사르 선생님께 여쭤보시죠. 그분이 좋다면 저도 좋습니다."

시모니데스가 말했다. 벤허가 서둘러 가마의 휘장을 걷어 보니, 그 안에는 초췌한 모습의 벨타사르가 마치 죽은 사람처럼 누워 있었다.

"그분을 뵐 수 있을까?"

벨타사르가 힘없이 물었다.

"나사렛 분이요? 네, 바로 우리 앞으로 지나가실 거예요."

"오, 주님!"

벨타사르가 열정적으로 외쳤다.

"한 번만 더, 한 번만 더 뵐 수 있게 해주세요! 오, 무서운 날입니다!"

그들은 공터에서 기다리며 아무런 대화도 나누지 않았다. 서로의 생각을 확인하는 것이 두려웠는지도 모른다. 모든 것이 불확실했다. 벨타사르는 겨우 가마에서 나와 하인의 부축을 받으며 서 있었고, 에스더와 벤허는 시모니데스의 곁을 지켰다.

한편, 인파는 계속 밀려와 오히려 사람들이 더 많아진 것 같았다. 외치는 소리는 점점 가까워졌고 하늘로 날카롭게, 땅으로 거칠게, 그리고 잔인하게 울려 퍼졌다. 마침내 행렬이 나타났다.

"보세요!"

벤허가 분개해서 소리쳤다.

"지금 보시는 것이 바로 예루살렘의 현실입니다."

행렬 선두에는 한 무리의 소년들이 야유와 고함을 질러대고 있었다.

"유대인의 왕이시다! 길을 비켜라, 유대인의 왕이 납신다!"

소년들이 한여름의 곤충 떼처럼 빙빙 돌며 춤을 추는 모습을 보면서 시모니데스가 심각한 목소리로 말했다.

"저 애들이 이스라엘의 주인이 될 때, 오오, 솔로몬의 도시는 어떤 꼴이 될까!"

소년들 뒤에는 완전무장한 군인들이 무표정하게 뒤따랐다. 번쩍이는 청동이 마치 영광스러운 광채처럼 그들 주변을 비치고 있었다.

그다음으로 나사렛 사람이 나타났다!

그는 초주검 그 자체였다. 몇 발자국 걸을 때마다 금방이라도 쓰러질 듯 휘청대고, 피로 얼룩진 겉옷은 찢어져 속옷이 드러난 채 어깨에서 덜렁거렸다. 맨발은 큰 돌을 디딜 때마다 핏자국을 남겼다. 목에는 뭔가가 쓰인 명패가 걸려 있었다. 머리에 깊이 박힌 가시 면류관에서는 얼굴과 목으로 피가 흘러내려 시커멓게 말라붙었고, 가시와 뒤엉켜 있는 머리카락은 피범벅이 되어 뭉쳐 있었다. 손은 앞으로 묶여 있고, 조금씩 보이는 피부는 죽은 사람처럼 창백했다. 사형수가 형장까지 지고 가야 하는 십자가는 다른 사람이 대신 지고 있었다. 십자가의 무게를 견디지 못한 그가 예루살렘 어디에선가 탈진해 쓰러졌었기 때문이다. 네 명의 군인들이 폭도의 공격에 대비해 그를 에워싸고 있었지만, 사람들은 군인들의 보호벽을 뚫고 들어가 그를 막대기로 때리고 얼굴에 침을 뱉기도 했다. 하지만 그는 불평하는 소리도 신음 소리도 내지 않고 고개만 푹 숙인 채 침묵을 지켰다.

벤허 일행은 그의 모습을 보자마자 가엾은 마음을 어쩔 줄 몰라 했다. 에스더는 아버지 곁으로 바싹 다가갔고, 강한 의지력을 자랑하던 시모니데스마저도 몸을 떨었다. 벨타사르는 아무 말도 하지 못하고 땅바닥에 주저앉았다. 벤허조차 외마디 소리를 질렀다.

"오, 하나님, 이럴 수가!"

바로 그때, 나사렛 사람이 그들의 마음을 읽었는지 아니면 외마디 소리를 들었는지 파리한 얼굴을 들어 그들을 쳐다보았다. 그 모습은 기억에 평생 각인될 모습이었다. 그들은 그의 눈빛 속에서 자신이 아니라 그들을 생각하고 있다는 것을 보았으며, 말로 할 수 없는 축복을 그들에게 내려주고 있다는 것을 보았다.

"당신 군대는 어디 있나요?"

문득 무언가 생각난 듯 시모니데스가 입을 열었다.

"나보다는 안나스가 더 잘 알 겁니다."

벤허가 대답을 해주었다.

"예? 모두 달아났다는 말입니까?"

"여기 있는 두 사람만 빼고요."

"그럼 이제 다 틀렸군요. 저 선한 사람은 죽고 말겠군요!"

시모니데스는 얼굴을 찌푸리며 고개를 떨궜다. 그도 열심히 벤허를 도왔고, 벤허와 같은 희망으로 들떠 있었다. 하지만 이제 그 희망의 불꽃은 다시 살릴 수 없을 만큼 완전히 꺼져버렸다.

나사렛 사람 뒤에는 두 사람이 각자의 십자가를 지고 따라왔다.

"저 사람들은 누구죠?"

벤허가 갈릴리인들에게 물었다.

"저분과 함께 처형될 강도들입니다."

그들 뒤에는 황금빛 대제사장 제복을 입은 남자가 걸어오고 있었다. 양옆에는 성전 경비병들이 그를 호위했고, 그 뒤에는 제사장들과 공회원들이 길게 줄지어 따라왔다.

"안나스의 사위예요."

벤허가 낮은 소리로 말했다.

"가야바군요! 나도 본 적이 있어요."

시모니데스도 거만한 대제사장을 쳐다보며 거들었다

"이제 확실히 알겠습니다. 저분 목에 맨 명패는 그가 누구인지 말해 주고 있어요. 예, 그는 유대인의 왕이에요. 일반인이나 사기꾼이나 중죄인은 이런 대접을 받지 못하죠. 이곳은 이스라엘의 예루살렘입니다. 제사장의 제의를 입은 사람도 있고, 술 장식에 보라색 석류열매와 금종을 단 푸른 의상을 입은 사람도 있어요. 야두아[265]가 마케도니아인을 맞으러 나갔을 때 이래로 이러한 광경은 처음 펼쳐진 겁니다. 이것은 나사렛 분이 왕이라는 증거예요. 아, 내가 일어나 저분을 따라 갈 수만 있다면!"

벤허는 그 말을 듣고 깜짝 놀랐다. 시모니데스도 평소와는 다르게 자신의 감정을 드러낸 것을 깨닫고 조바심을 내며 말을 이었다.

"벨타사르에게 이야기해서 여기를 떠납시다. 예루살렘의 구역질나는 사람들이 오고 있어요."

그때 에스더가 말했다.

"저기 울고 있는 여자들은 누구예요?"

에스더가 가리키는 쪽을 바라본 일행은 울고 있는 네 여자들을 보았다. 그중 한 여자는 나사렛 사람과 별로 다르지 않은 차림을 한 남자의 팔에 기대 있었다. 벤허가 그들을 보고 대답했다.

"저 남자는 나사렛 분이 가장 아끼던 제자예요. 남자의 팔에 기대어 있는 분은 그분의 어머니인 마리아고요. 나머지는 나사렛 분을 따르던 갈릴리 여인들이죠."

에스더는 눈물이 그렁그렁한 눈으로 여인들이 시야에서 사라질 때까지 쳐다보았다.

아마 독자들은 지금까지의 대화가 조용하게 이루어졌을 것으로 생각하겠지만 사실은 그렇지 않았다. 그들의 대화는 밀려드는 파도 소리가 들리는 해변에서 나누는 대화처럼 큰 소리로 이루어졌다. 폭도들이 떠드는 소리는 마치 해변의 파도 소리와도 같았다.

이 행렬은 약 30년 뒤에 있을 또 다른 사건의 전조와도 같다. 예루살렘은 머지않아 파벌 싸움으로 갈기갈기 찢어진다. 그때도 오늘 만큼 광신적이며

---

265) (BC 350~320) 알렉산더 대왕이 예루살렘으로 왔을 때 당시 대제사장이던 야두아가 화려한 대제사장의 옷을 입고 한 무리의 제사장을 이끌고 알렉산더 대왕을 맞으러 갔다고 함

잔인했다. 사람들이 격분해 소리치는 것도 같았고, 모인 사람들도 비슷했다. 하인들, 낙타 모는 사람들, 시장 상인들, 문지기들, 정원수들, 과일과 포도주를 파는 사람들, 개종자들, 개종하지 않은 외국인들, 파수꾼들, 성전의 일꾼들, 도둑과 강도들, 어떤 계급에도 속하지 않은 사람들, 어디서 왔는지도 모르는 사람들, 동굴과 오래된 무덤 냄새를 풍기는 사람들, 옷차림은 비루하지만 목소리는 사자처럼 우렁찬 사람들……. 그들 중에는 칼을 들고 있는 사람도 있었고 창이나 투창을 든 사람도 있었다. 하지만 대부분은 막대기와 몽둥이를 들었으며 때로는 새총을 들기도 했다. 무리 중에는 고위 관료들, 즉 서기관이나 장로, 랍비, 옷 술을 길게 늘어뜨린 바리새인, 멋진 망토를 걸친 사두개인도 있었는데, 이들은 여기저기에서 사람들을 자극하고 명령했다. 그들은 구호를 만들고 또 만들면서 계속 외치게 했다.

"유대인의 왕! 유대인의 왕이 나가신다, 길을 비켜라!"

"성전을 더럽힌 자!"

"하나님을 모독한 자!"

"그를 십자가에 매달아라, 매달아!"

여러 구호 중에서 십자가에 매달라는 구호가 가장 인기였는데, 이유는 그것이 폭도들의 바람을 가장 직접적으로 표현했고, 무엇보다 나사렛 사람에 대한 증오를 분명히 표현하고 있었기 때문이었다.

"이제 우리도 갑시다."

벨타사르가 떠날 준비를 끝내자 시모니데스가 말했다. 하지만 벤허는 그 소리를 듣지 못했다. 그는 폭도들의 잔인한 모습을 보며, 나사렛 사람의 부드러움과 고통받는 사람들을 향한 그분의 사랑이 생각났다. 그 순간, 자신도 나사렛 사람에게 호의를 입었다는 사실을 깨달았다.

연상은 연상을 낳는 법이다.

예전에 로마 호송병에게 끌려 십자가만큼이나 끔찍한 죽음의 길로 가고 있었을 때 그분은 우물가에 나타나 시원한 물을 떠주셨다. 며칠 전 종려주일에도 어머니와 동생을 치유해 주셨는데…… 은혜를 갚는 것은 고사하고 지금 자신은 아무것도 할 수 없다는 무력감이 폐부를 찔렀다. 그는 최선을 다하지 않은 자신을 책망했다. 갈릴리인들을 잘 감시하고 준비를 단단히 시켰어야 했는데, 그랬으면 절호의 기회를 맞은 지금 제대로만 공격하면 폭도들을 흩어버리고 나사렛 분을 구출할 수 있었는데, 더불어 오랫동안 꿈꾸어 왔던 독립 전쟁을 촉발할 수 있었는데……. 하지만 기회가 사라지고 있었다. 귀중한 분초가 속절없이 흘러갔다. 지금의 기회가 이대로 사라진다면! 오, 아브라함의 하나님이여! 정녕 할 수 있는 일이 하나도 없다는 말입니까, 하나도?

바로 그 순간, 벤허의 시선에 갈릴리인들이 들어왔다. 그는 군중을 헤치고 달려가 그들을 붙들었다.

"나를 따라오시오. 할 말이 있소."

갈릴리인들은 그의 말에 복종하여 집 옆 공터로 따라왔다.

"당신들은 내가 준 칼로 우리나라의 독립과 오실 왕을 위해 싸우기로 약속했던 사람들이오. 지금 바로 사방을 돌아다니며 우리 동료를 찾아, 나사렛 사람이 달릴 십자가 앞에서 내가 만나자고 전하시오. 모두 서둘러요! 아니, 그렇게 서 있지 말란 말이오! 그분은 왕이시고, 그분이 돌아가시면 독립의 꿈도 사라져요."

그들은 벤허를 공손하게 바라보았지만 움직이지는 않았다.

"안 들립니까?"

벤허가 물었다. 그러자 그들 중 한 사람이 대답했다.

"유다의 아들이여."

그들은 벤허를 그렇게만 알고 있었다.

"속고 있는 것은 당신의 칼을 받은 우리와 동료들이 아니라 바로 당신입니다. 나사렛 사람은 왕도 아니고, 왕이 될 기백도 없어요. 우리는 그가 예루살렘으로 들어올 때 함께 있었습니다. 우리는 그를 성전에서도 봤어요. 하지만 그는 '아름다운 문'에서 하나님께 등을 돌렸고 다윗의 왕위도 거절했습니다. 그는 왕이 아니고 갈릴리도 그의 편이 아닙니다. 그는 죽임을 당해야 합니다. 하지만 들으세요, 유다의 아들이여. 당신이 주신 칼을 지니고 있는 우리는 독립을 위해서라면 칼을 빼들고 싸우겠습니다. 온 갈릴리인들도 마찬가지입니다. 그분이 아니라 독립을 위해 싸웁시다. 유다의 아들이여, 독립을 위해서요! 그렇게 한다면 십자가 앞에서 당신을 만나겠습니다."

벤허의 인생에서 가장 중요한 순간이 찾아왔다. 만약 그렇게 하겠다고 대답했다면 역사는 지금과 많이 달라졌을 것이다. 그는 혼란스러움에 어떻게 해야 좋을지 몰랐다. 하지만 나중에는 그것이 나사렛 사람 때문이라는 사실을 알게 되었다. 부활을 위해서는 죽음이 필요했다는 것을 깨닫게 된 것이다. 그분을 믿는 믿음은 부활이 없으면 빈껍데기이다. 그러나 당시에는 난감해서 말 한마디 못하고 가만히 서 있었다. 그는 얼굴을 손에 묻고, 자신의 계획과 자신의 능력의 불일치로 머리를 흔들었다.

"가시죠. 우리는 당신을 기다리고 있습니다."

시모니데스가 재차 벤허를 불렀다. 벤허는 기계적으로 그들의 뒤를 따라갔다. 에스더가 그와 함께 걸었다. 현자 벨타사르와 그의 친구들이 사막의 만남의 장소로 갔을 때처럼 벤허도 무엇에 이끌리듯 길을 걸었다.

## 제10장
### 대단원

일행—벨타사르, 시모니데스, 에스더, 두 명의 충성스러운 갈릴리인—이 죄인이 십자가에 못 박히는 현장에 도착했을 때 벤허는 가장 앞에 있었다. 그들이 흥분한 군중들을 어떻게 뚫고 나왔는지, 어떤 길로 왔는지, 시간이 얼마나 걸렸는지 벤허는 전혀 몰랐다. 그는 무의식 속에서 걸었고 아무것도 보지 못했다. 어디로 가는지, 무엇 때문에 가는지도 몰랐다. 그런 상태에서는 곧 목격하게 될 끔찍한 범죄를 막을 수 없었다. 하나님의 뜻이 무엇인지는 인간에게 항상 불가사의이다. 그 뜻을 이루기 위한 수단도 불가사의하기는 마찬가지다. 그것은 나중에야 우리에게 밝혀진다.

벤허가 걸음을 멈추자 그의 뒤를 따라오던 일행도 멈추었다. 관객 앞에서

막이 올라가듯, 그를 사로잡던 멍한 상태가 깨졌고 벤허는 맑은 정신으로 주변을 돌아보았다.

그곳은 메마른 먼지투성이에 초라한 잡초 외에는 식물 하나 없는 낮은 둔덕으로, 해골처럼 동그란 둔덕 꼭대기에 공터가 하나 있었다. 그리고 사람들이 그 공터를 둘러싸고 있었다. 경계선 안쪽에는 사람들이 더 이상 들어오지 못하도록 로마 군인들이 지키고, 백부장이 그들을 지휘하고 있었다. 벤허는 뭔가에 이끌리듯 군인들이 삼엄하게 지키는 경계선으로 다가갔다. 그 낮은 둔덕은 "해골"이라는 뜻의 히브리어로는 골고다, 라틴어로는 갈보리라고 부른다. 그는 그곳에서 북서쪽을 바라보았다.

그곳 경사지와 저지대, 그리고 크고 작은 구릉 위의 땅은 이상하게도 에나멜 빛으로 번득였다. 경계선 밖으로는 바위 한 조각, 풀 한 포기 보이지 않았다. 대신 수천 명의 얼굴과 눈, 조금 뒤로는 불그스레한 얼굴, 더 뒤로는 둥그스름한 동그라미만 보였다. 그곳에는 총 3백만 명의 얼굴이 모여 있었고, 그 얼굴 밑에는 3백만 개의 심장이 곧 벌어질 일에 흥분으로 두근거렸다. 그들은 십자가에 달릴 강도들에게는 아무런 관심이 없었고, 오직 나사렛 사람만 쳐다보고 있었다. 오직 그만이 미움과 두려움과 호기심의 대상이었다. 그들 모두를 사랑하고 곧 그들을 위해 목숨을 바칠 그만이 말이다.

흥분한 인산인해의 물결을 보노라면 누구나 늘 당혹감과 매력을 느끼지만 이곳에 모인 사람들은 특히 그랬다. 하지만 벤허는 그들을 한 번 훑어보고 말았을 뿐이다. 이제 곧 공터에서 벌어질 일에 모든 관심이 집중되어 있었기 때문이다.

군중들 위에는 고위 관리들이 있고, 그들 위로는 거만한 분위기의 대제사장이 자리했다. 그보다 더 위에는 나사렛 사람이 엎드려 고통스러워 하고 있었지만 아무런 소리도 내지 않았다. 로마 군인이 가시 면류관을 쓴 그의 손에 왕의 홀 대신 갈대를 쥐어 주었다. 이어서 웃음소리와 욕설이 뒤섞여 돌풍처럼 그에게 몰아쳤다. 한 사람만이, 오직 한 사람만이 인류의 사랑으로 그 시끄러운 소리를 품고 또 잊어야 했다.

모든 사람들의 눈이 나사렛 사람에게 고정되었다. 벤허의 마음을 움직인 것은 연민 때문인지도 모른다. 하지만 그는 자기감정이 달라졌다는 걸 의식했다. 이승에서 최고의 순간보다 더 좋은 어떤 것—약한 사람이 육체뿐만 아니라 영혼의 고통까지 이겨낼 수 있도록 힘을 주는 어떤 것, 죽음마저 환영하게 되는 어떤 것, 이번 삶보다 더 정결한 또 하나의 삶, 아마도 벨타사르가 그렇게나 굳건히 믿고 있는 영혼의 삶—이 점점 더 명료하게 이해되기 시작했다. 결국 그 나사렛 사람의 임무는 죽음 저편에 있는 그분의 왕국으로 사람들을 이끄는 것이었다. 바로 그때 어디선가 나사렛 사람의 목소리가 들렸다. 아니, 들린 것 같았다.

"나는 부활이요 생명이니라."

그 소리는 계속 메아리쳐 울리다가 형태를 갖추기 시작하며, 새벽 햇살과 만나 새로운 의미로 가득 채워졌다. 벤허는 가시 면류관을 쓰고 정신을 잃어가는 언덕 위의 인물을 바라보며 물었다.

누가 부활이라고요? 누가 생명이라고요?

"나니라."

벤허는 그런 대답을 들은 것 같았다. 동시에 의심과 의혹이 사라지고, 믿음과 사랑으로 가득 찬 마음의 평안을 느꼈기 때문이다.

몽롱한 상태에 있던 벤허를 깨운 것은 망치 소리였다. 언덕 꼭대기에서는 조금 전까지 보지 못한 일이 진행되고 있었다. 군인들과 인부들이 십자가를 준비했다. 십자가를 세울 구멍이 파여 있고, 가로 들보도 제자리에 맞춰지고 있었다.

"좀 서두르라고 해라."

대제사장이 백부장을 향해 재촉했다.

"죄인들이 땅을 더럽히지 못하도록, 일몰시까지는 땅에 묻어야 한다. 율법에 그렇게 정해져 있어."

그러는 동안 조금 착해 보이는 로마 군인이 나사렛 사람에게 마실 것을 가져다 주었지만 그는 잔을 받지 않았다. 또 다른 군인이 그에게 가서 목에 걸린 명패를 벗겨내어 십자가에 박았다. 이제 준비는 끝났다.

"십자가가 준비되었습니다."

백부장이 대제사장에게 알렸다.
“하나님을 모독한 자를 먼저 십자가에 매달아라. 자기가 하나님의 아들이라고 했으니 살아서 내려오겠지. 두고 보세.”
대제사장은 손을 휘저으며 대답했다. 십자가를 준비하는 모든 과정을 지켜보던 이들은 일순간 조용해졌다. 동시에 언덕 전체에도 정적이 감돌았다. 사람을 십자가에 매다는 가장 충격적인 처벌의 순간이 다가온 것이다. 그를 위해 군인들이 먼저 나사렛 사람을 끌고 가자 거대한 군중들은 모두 오싹함을 느꼈다. 가장 야수 같은 사람도 두려움으로 몸을 움츠렸다. 나중에 이 순간을 회상하며, 공기가 갑자기 차가워져 몸이 떨렸다고 말하는 사람들도 있었다.
“너무 고요해요!”
에스더가 아버지의 목에 팔을 두르며 말했다. 과거에 고문을 당했던 경험이 있는 시모니데스는 고개를 푹 숙이고 앉아 부들부들 몸을 떨었다.
“쳐다보지 마라, 에스더. 쳐다보지 마!”
시모니데스가 외쳤다.
“저 모습을 지켜본 사람들이 모두 저주를 받지나 않을지 모르겠구나.”
벨타사르는 털썩 무릎을 꿇고 앉았다.
“허 집안의 아드님.”
시모니데스가 점점 흥분하며 말했다.
“여호와께서 손을 뻗어주시지 않으면 이스라엘은 길을 잃어버립니다. 길을 잃게 된다고요.”
“나는 지금까지 꿈을 꾸었는데, 이 모든 일이 왜 일어났는지 왜 계속 되어야 하는지 답을 들었어요. 시모니데스, 이것은 나사렛 분의 뜻이고 하나님의 뜻입니다. 우리도 벨타사르 선생님처럼 조용히 기도를 드립시다.”
벤허가 조용히 대답했다. 그리고 언덕을 쳐다보자 정적을 뚫고 또다시 목소리가 귀에 들렸다.
“나는 부활이요 생명이니라.”
벤허는 그 말을 한 사람을 향해 경건하게 절했다.

한편, 산꼭대기에서는 여전히 작업이 진행되고 있었다. 로마 군인은 나사렛 사람의 옷을 벗겨 수백만 명의 사람들 앞에 벌거벗은 채 서 있도록 했다. 그의 등에는 그날 아침에 맞은 채찍 자국이 선명하게 남아 있었다. 그런데도 그는 무자비하게 끌려가서 십자가에 눕혀졌다. 로마 군인들은 먼저 가로들보에 그의 손을 쭉 뻗쳐 놓았다. 못은 날카로워서 망치질 몇 번에 부드러운 손바닥에 깊이 박혔다. 다음에는 발바닥을 죽 펴고 다른 쪽 발을 그 위에 얹더니, 못 하나로 두 발을 나무에 단단히 고정시켰다. 망치를 내려치는 둔탁한 소리가 가까이 있는 사람들에게 선명히 들렸다. 멀리 있는 사람들도 망치를 내려치는 모습을 보고 두려움으로 몸을 떨었다. 하지만 고통받는 사람의 입에서는 신음이나 울음이나 불평소리 하나 없었다. 그를 미워하는 사람이 비웃을 것도, 그를 사랑하는 사람이 슬퍼할 것도 없었다.

"이 사람을 어느 쪽으로 세울까요?"

로마 군인이 무뚝뚝하게 물었다.

"성전을 향해 세워라."

대제사장이 대답했다.

"나 때문에 성전이 훼손되지 않았음을 똑똑히 목격하며 죽어가게 하고 싶다."

인부들은 십자가를 끌고 미리 파놓았던 구덩이로 향했다. 그리고 구령과 함께 십자가를 구덩이에 던져 넣었다. 십자가에 매달린 나사렛 사람의 몸도 구덩이 속으로 떨어졌다가 피가 줄줄 흐르는 가운데 똑바로 세워졌다. 하지만 여전히 그의 입에서는 아무런 고통의 비명도 없었다. 다만 거룩한 절규가 흘러나왔을 뿐이다.

"아버지, 저들을 사하여 주옵소서. 자기들이 무슨 짓을 하는지 알지 못하옵니다."

이제 군중들은 하늘을 향해 우뚝 선 십자가를 보고 환호성을 질렀다. 그의 머리 위에 걸린 명패의 글을 본 사람들은 해석하기에 바빴으며, 그 글을 읽은 사람들은 여기저기서 비난과 조롱을 퍼부었다.

"유대인의 왕이시여! 만세, 유대인의 왕이시여."

문구의 중요성을 잘 알고 있는 대제사장은 그렇게 쓰지 말라고 했지만 소용없었다. 그렇게 왕으로 칭해진 자는 언덕 꼭대기에서 죽어가며, 그의 눈 밑에서 평화로이 쉬고 있는 선조들의 나라를 바라보았으리라. 그를 무참히 저버린 나라를.

태양은 빠르게 솟아올라 정오가 되었다. 언덕은 갈색 가슴을 햇볕 아래 사랑스럽게 내보였고, 더 멀리 있는 산들은 햇볕이 입혀준 보라색 옷을 입고 즐거워했다. 예루살렘의 성전과 저택들과 뾰족탑 등 모든 아름다운 건물들은 비할 데 없이 밝은 광휘 아래 허리를 곧추 세우며 자랑스럽게 서 있었다.

바로 그때 하늘과 땅에 갑자기 어둠이 드리워지기 시작했다. 처음에는 저녁 어스름처럼 서서히 다가왔다. 그러나 정오의 빛나는 햇살 다음에 찾아온 때 아닌 어스름이 점점 깊어져 모든 사람들이 느낄 수 있게 되자 여기저기서 울리던 고함과 웃음소리가 차츰 잦아들었다. 사람들은 서로를 쳐다보고 해를 쳐다보고 차츰 멀어지는 산을 쳐다보고 다시 하늘을 쳐다보았다. 주위는 점점 어둠에 휩싸였다. 그들은 입을 다물고 서로의 창백한 얼굴만 바라보았다.

"안개이거나 지나가는 구름일 테지. 곧 밝아질 게다."

겁에 질린 에스더를 달래며 시모니데스가 말했다. 그렇지만 벤허의 생각은 달랐다.

"안개나 구름이 아닙니다. 대기 중에 있는 선지자와 성인들의 영들이 차마 볼 수 없는 광경에 자기 자신과 자연을 불쌍히 여겨 한 거예요. 시모니데스, 진실로 하나님께서 살아 계시거니와, 저기 십자가에 매달린 분은 하나님의 아들입니다."

시모니데스는 이해하지 못하고 놀라기만 했다. 벤허는 옆에서 무릎을 꿇고 있는 벨타사르의 어깨에 손을 얹고 말했다.

"현명하신 벨타사르님, 당신 말이 옳았습니다. 저 나사렛 사람은 참으로 하나님의 아들입니다."

"나는 그분이 아기일 때 처음 구유에 뉘어진 모습을 보았다네. 그러니 내가 자네보다 그분을 조금 더 빨리 알아보았다고 해서 이상할 것도 없지. 그러나 오, 너무 오래 살아 이런 것까지 보게 되다니! 나도 내 형제들과 같이 죽었다면 얼마나 좋았을까! 행복한 멜키오르여! 행복하고 행복한 가스파르여!"

벨타사르는 벤허를 가까이 잡아당겨 힘없는 목소리로 대답했다.

"안심하세요! 틀림없이 그분들도 여기에 와 계실 겁니다."

벤허가 위로하면서 대답했다.

어스름은 점점 깊어져 앞이 안 보일 정도가 되었다. 하지만 언덕 위에서는 아직도 작업이 진행 중이었다. 강도들도 십자가에 못 박혀 차례대로 세워졌다. 처형이 끝나고 언덕 위에 올라오는 것을 허용하자, 사람들은 십자가를 더 가까이에서 보려고 물밀 듯이 언덕 위로 올라갔다. 한 사람이 올라오면 다음 사람이 밀어제치고 또 다음 사람이 밀려 들어왔다. 그리고 그들은 모두 비웃음과 조롱과 욕설을 나사렛 사람에게 쏟아 부었다.

"하하! 네가 정말 유대인의 왕이라면 이리로 내려와 보시지."

한 군인이 소리쳤다.

"그래, 이리로 내려오면 우리가 믿어주지."

제사장이 동조했다.

사람들은 머리를 흔들면서 조롱하고 비웃었다.

"성전을 부수고 사흘 만에 재건할 수 있다며? 그런데 자기 목숨은 구할 수 없는 거야?"

"자기가 하나님의 아들이라고 했으니, 두고 보세. 하나님이 그를 구하는지 어떤지 말이야."

모두가 편견에 빠져 있으면 그것에 대해 지적하는 사람은 없다. 나사렛 사람은 사람들에게 해를 입힌 적이 한 번도 없었다. 더구나 이곳에 모인 군중들 대부분은 그분을 한 번도 본 적이 없는 이들이었다. 하지만 그들은 온갖 저주를 그분에게 퍼붓고, 도둑들에게는 무한한 동정을 보냈다. 참으로 기이한 보순이었나.

"집으로 가요"

에스더가 애원했다.

"하나님이 노하신 거예요. 무슨 끔찍한 일이 또 생길지 어떻게 알아요? 무서워요, 아버지."

시모니데스는 꿈쩍도 하지 않았다. 거의 말을 하지 않았지만 매우 흥분한 상태였다. 나사렛 사람이 십자가에 못 박힌 지 1시간쯤 지나 사람들의 난폭함이 조금 줄어들자, 시모니데스의 제안으로 그들도 십자가에 다가갔다. 벨타사르는 벤허의 부축을 받으며 매우 힘들게 언덕을 올랐다. 십자가 곁으로 가까이 왔지만 나사렛 사람의 모습은 잘 보이지 않았고, 단지 십자가에 매달린 검은 형체만 보였다. 하지만 그분이 내는 거친 숨소리를 들을 수 있었다. 기진맥진한 가운데서도 애써 참으시는 그분의 숨소리는 양 옆에 매달린 강도들의 숨소리보다 더 크고 거칠었다.

세 사람이 십자가에 못 박힌 지 2시간이 지났다. 나사렛 사람에게 그 시간은 모욕과 분노와 서서히 죽어가는 시간이었다. 그때 몇몇 여인이 와서 십자가 발치에 무릎을 꿇었다. 그분은 사랑하는 제자들에게 둘러싸인 어머니를 알아보았다.

"여인이여, 보소서. 당신의 아들입니다!"

그리고 제자에게도 말했다.

"보라, 네 어머니이시다!"

3시간이 지났지만 사람들은 이상한 매력에 이끌려 여전히 언덕 위로 몰려들었다. 하지만 시간이 지남에 따라 사람들의 소리는 점차 줄어들었다. 가끔 어둠 속에서 서로를 부르는 소리만 들렸고, 조용히 나사렛 사람을 쳐다보고 갈 뿐이었다. 조금 전까지만 해도 나사렛 사람의 옷을 서로 갖겠다고 제비를 뽑던 로마 경비병에게도 같은 변화가 일어났다. 그들은 오가는 군중보다 한 명의 죄인을 더 주의 깊게 쳐다보았다. 그가 거칠게 호흡하거나 고통 속에 머리를 흔들면 그들은 즉각 경계 태세를 취했다.

그러나 무엇보다도 가장 놀라운 것은 대제사장과 함께 있던 무리의 반응이었다. 그들은 지난밤 재판 때만 해도 대제사장의 편을 들던 자들이었다. 하지만 갑자기 어둠이 드리우자 자신감을 잃기 시작했다. 그들 중에는 천문학을 공부한 사람도 있고, 대중들이 두려워하는 기괴한 이야기에 익숙한 사람도 있었다. 그들은 선조들 때부터, 특히 바빌론 유수가 끝날 때쯤부터 생겨난 지식을 활용해 성전 경배에 조언을 해주었다. 그런데 태양이 그들 앞에서 빛을 잃고 산과 언덕이 시야에서 사라지자 자신들이 알고 있던 이야기가 되살아나 두려워진 것이었다.

대제사장 주위에 모인 그들은 토론하기 시작했다.

"이것이 월식일 수는 없습니다. 보름달이 떠야 하는 날이거든요."

의문에 대한 답을 찾지 못한 그들은 기괴한 어둠과 하필이면 이 시간에 그런 현상이 일어난 것을 설명할 수 없었다. 그들 마음속에 이 일이 나사렛 사람과 관련이 있다는 생각이 서서히 일기 시작했다.

어둠이 깊어지자 간담이 서늘해진 그들은 군인들 뒤에 서서 나사렛 사람의 모든 행동과 말을 예의주시했다. 그리고 그의 한숨 소리에 두려움에 떨며 속삭였다.

"저 사람은 정말 메시아일지도 모른다. 그러나 조금만, 조금만 더 두고 보자!"

그러는 동안 벤허의 마음은 옛날 같은 평안을 되찾았다. 그의 마음은 완전한 화평으로 가득 찼으며, 이 모든 일이 빨리 끝나기만을 기도했다. 그는 시모니데스의 마음을 알고 있었다. 믿음의 경계선에서 망설이고 있는 시모니데스는 심각한 표정으로 고개를 숙이기도 했고 하늘을 쳐다보기도 했다. 그런가 하면 무서워하는 에스더를 달래기도 했다.

"무서워하지 말고 여기서 좀 더 지켜보자꾸나. 너는 나보다 두 배는 더 오래 살겠지만 이런 흥미로운 사건을 볼 날이 언제 또 있겠니? 그리고 어떤 계시가 일어날 지도 모르니 끝까지 지켜보자."

십자가에 못 박힌 지 3시간 반쯤 지나자, 무덤가에서 살던 부랑아들이 중앙 십자가 앞에서 걸음을 멈추었다.

"유대인의 새 왕이 여기 계시구나!"

부랑아 중 한 명이 소리쳤다

"만세, 만세, 유대인의 왕이시여!"

다른 사람들도 비웃으며 소리를 질렀다. 그러나 아무런 대답을 듣지 못하자 조금 더 가까이 가서 소리쳤다.

"네가 정말 유대인의 왕이거나, 하나님의 아들이라면 이리 내려와 봐!"

그때 십자가에 매달린 강도 중 한 명이 신음을 참으며 나사렛 사람에게 말했다.

"맞아. 당신이 정말로 그리스도라면, 당신과 우리를 구해 봐요."

사람들이 웃으며 박수갈채를 보냈다. 그들이 대답을 기다리고 있을 때 다른 강도가 앞의 강도에게 말했다.

"너는 하나님이 두렵지도 않느냐? 우리는 우리 죄에 합당한 벌을 받는 것이지만 이분은 아무 잘못도 저지르지 않았다."

사람들은 깜짝 놀랐다. 모두가 침묵하는 가운데 두 번째 강도가 다시 입을 열었다. 이번에는 나사렛 사람에게 말했다.

"주여, 당신의 왕국으로 들어가실 때 저를 기억해 주십시오."

이 말을 들은 시모니데스는 깜짝 놀랐다.

"당신의 왕국으로 들어가실 때라고!"

그것은 그가 그토록 마음속에 품고 있었던 의문이었고, 벨타사르와 자주 토론하던 문제이기도 했다.

"들었습니까?"

벤허가 시모니데스에게 말했다.

"저 왕국은 이 세상의 왕국이 아닙니다. 당신의 왕국으로 '들어가실 때'라고 했잖아요. 사실 나도 꿈속에서 같은 말을 들었습니다."

"쉿! 조용히 해보세요! 나사렛 사람이 무슨 대답을 하실지 몰라요."

시모니데스의 어투는 어느 때보다 진지했다. 그때 나사렛 사람이 뚜렷하고도 당당하게 말했다.

"내가 진실로 네게 이르노니, 오늘 네가 나와 함께 낙원에 있으리라!"

시모니데스는 바싹 귀를 기울였다. 그리고는 두 손을 맞잡고 말했다.

"오, 주여! 알았습니다. 이제 의혹이 사라졌습니다. 저도 이제 벨타사르와 같은 믿음을 갖게 되었습니다. 이제 온전한 믿음의 눈을 얻었습니다."

충실한 하인은 마침내 그에 걸맞은 보상을 받았다. 그의 몸은 여전히 망가진 채로 있고, 당했던 고통과 그 고통의 기억은 사라지지 않겠지만 그의 눈은 지금 이생 너머에 있는 새로운 삶을 보게 되었다. 그분은 그곳을 '낙원'이라 하셨다. 시모니데스는 그 낙원에서 그토록 꿈꾸던 왕과 왕국을 발견할 것이다. 이제 완전한 평안이 마음에 찾아왔다.

그와 반대로 십자가 앞에 있던 군중들은 두려움에 휩싸였다. 그들은 나사렛 사람이 자신이 메시아임을 주장한다고 해서 십자가에 못 박았다. 그런데 그분이 지금 십자가 위에서, 어느 때보다도 자신 있게 자신을 메시아라고 선언하시는 것이다! 그리고 중죄인에게 낙원에서의 삶을 약속했다. 그들은 자신들이 한 짓에 겁나기 시작했다. 심지어 거만한 대제사장마저도 겁에 질렸다. 진실이 아니라면, 이 사람이 어디서 이런 자신감이 나왔겠는가? 그리고 진실은 하나님이 아니고 무엇이겠는가? 이제 그들은 여차하면 달아날 준비를 했다.

나사렛 사람의 고통은 점점 더 심해졌고, 한숨도 헐떡임으로 변하고 있었다. 이제 죽음이 임박한 것이다!

그 소식은 사람들 사이로 빠르게 퍼져나갔고, 모든 사람이 그 사실을 알게 되었다. 그러자 천지 만물이 고요해졌다. 산들바람도 그치고 찌는 듯한 더위가 대기를 감쌌다. 어둠에 열기가 더해진 것이다. 언덕 아래에는 3백만이나 되는 사람들이 기다리고 있었지만 너무나 조용했다.

바로 그때, 어둠을 뚫고 절망에 빠진 외침이 울려 퍼졌다.

"나의 하나님! 나의 하나님! 어찌하여 나를 버리셨나이까?"

그 말은 모든 사람들을 놀라게 했다. 특히 한 사람에게는 견딜 수 없는 충격을 안겨주었다. 군인들은 그곳에 오면서 포도주 통을 가져왔었다. 사형수들이 요구하면 막대기에 매단 해면에 포도주를 묻혀서 입술을 적셔줄 수 있었다. 바로 그것이 벤허 옆에 있었다. 순간, 벤허는 나사렛 근처 우물에서 느꼈던 갈증이 생각났다. 그는 충동적으로 해면 막대기를 포도주 통에 담근 뒤 십자가로 달려갔다.

"그냥 놔둬!"

사람들이 화난 목소리로 외쳤다.

"가만 놔둬!"

벤허는 그들의 말을 무시하고 달려가 나사렛 사람의 입술에 해면을 대주었다.

아, 그러나 너무 늦어버렸다! 멍들고 피와 먼지로 시꺼멓게 된 그분의 얼굴이 갑자기 빛나기 시작한 것이다. 그리고 눈이 커져 저 멀리 하늘에 계신 누군가에게 시선이 맞춰졌다. 외치는 소리에는 만족과 안심 그리고 승리감마저 배어 있었다.

"다 이루었다! 다 이루었다!"

그렇게 위대한 일을 하다가 죽음에 이른 영웅은 마지막 환호로 승리를 자축했다.

마침내 그분의 눈에서 빛이 사라지고, 가시 면류관을 쓴 머리가 헐떡이는 가슴으로 서서히 내려왔다. 벤허는 이제 고통이 끝났다고 생각했다. 그러나 스러져가는 그의 영혼은 다시 한 번 힘을 모아, 가까이 있는 사람에게 얘기하듯 낮은 목소리로 마지막 말을 내뱉었다.

"아버지, 제 영혼을 아버지 손에 부탁하나이다."

고통받던 그분의 몸이 부르르 떨렸다. 이어서 격렬한 고통이 담긴 비명이 흘러나왔고, 그분의 임무와 지상에서의 삶이 한꺼번에 끝났다. 사랑이 가득한 가슴이었지만, 이제 모두 끝났다. 바로 그 사랑 때문에 그가 죽은 것이다.

벤허는 일행에게 돌아가서 말했다.

"이제 모두 끝났습니다. 그분은 돌아가셨습니다."

즉시 모든 사람들에게 그 소식이 전해졌다. 누구도 큰 소리로 말하지 않았지만, 웅얼거리는 소리는 산 정상에서 모든 방향으로 퍼져나갔다.

"그가 죽었다! 그가 죽었다!"

군중들의 바람대로 나사렛 사람은 죽었다. 하지만 그들은 여전히 넋이 나간 채 서로를 쳐다보았다. 그들은 이제 그의 피 값을 치러야 할 것이다!

그들이 서로 쳐다보고 있는 동안 땅이 흔들리기 시작했다. 사람들은 몸을 지탱하려고 옆 사람들을 붙잡았다. 눈 깜짝할 사이에 어둠이 사라지고 해가 다시 나타났다. 언덕에 있는 십자가도 흔들렸는데, 중앙에 있는 십자가가 가장 심하게 흔들려 마치 사람을 태운 채 하늘로 솟구치는 것 같았다. 그 십자가는 푸른 하늘을 배경으로 더 높이 좌우로 흔들렸다. 나사렛 사람을 비웃었던 사람들, 때린 사람들, 십자가에 못 박으라고 소리친 사람들, 예루살렘에서 행렬에 참가했던 사람들, 마음속으로 그가 죽기를 바랐던 사람들, 그 모든 사람들은 마치 자기 혼자 저주를 받는다고 생각하는 듯 재빨리 도망치기 시작했다. 말이나 낙타나 마차를 타거나 혹은 뛰어서 도망쳤다.

그들의 죄를 심판하듯 지진은 더욱 거세졌다. 그들 아래에서 거대한 바위 부서지는 소리가 들리자 놀란 사람들은 공포에 떨며 비명을 질러댔다. 그분의 피가 그들에게 임한 것이다! 예루살렘 사람이든 외국 사람이든, 제사장이든 백성이든, 사두개인이든 바리새인이든 가리지 않고 땅은 무차별적으로 내동댕이쳤다. 만일 그들이 하나님의 이름을 부른다 해도 그들에게 대답하는 것은 분노한 땅뿐이었다. 거룩한 대제사장도 죄 많은 백성과 다른 대접을 받지 못하고 땅바닥에 내팽개쳐졌다. 옷은 더럽혀졌고 금종은 모래로 가득 찼으며 입에도 흙이 가득 채워졌다. 그를 비롯하여 모든 예루살렘 시민들은 한 가지 공통점이 있었다. 바로 나사렛 사람의 피가 그들에게 임한 것이다!

햇빛이 십자가에 못 박힌 사람들을 비추었을 때 그의 어머니와 제자, 그를 따르던 갈릴리 여인들, 백부장과 휘하 군졸들, 그리고 벤허 일행은 여전히 언덕 위에 남아 있었다. 이들은 미처 대중들이 달아나는 모습을 보지 못했다. 주변이 너무 시끄러워 자기 몸의 안위를 생각할 시간적 여유가 없었던 것이다.

"여기 앉아 있어요."

벤허가 그녀의 아버지 발치에 자리를 마련해 주며 에스더에게 말했다.

"눈을 감고 위를 쳐다보지 말아요. 하나님과 저기 무참히 살해된 저 분만을 믿어요."

"아니요, 그렇게 부르지 맙시다."

시모니데스가 경건한 마음으로 덧붙였다.

"이제부터는 그리스도라고 부릅시다."

"그래요, 그렇게 부릅시다."

벤허도 거들었다.

그때 또 한 번의 지진이 언덕을 강타했고, 흔들리는 십자가에 매달린 강도들의 비명은 듣기에도 끔찍했다. 땅의 흔들림으로 현기증을 느끼면서도 벤허는 벨타사르를 찾았다. 벨타사르는 한쪽에 엎드려서 꼼짝도 하지 않았다. 벤허는 달려가 그를 불렀지만 대답이 없었다. 벨타사르는 죽어 있었던 것이다! 벤허는 그리스도가 마지막 큰 소리를 내셨을 때 누군가가 소리쳐 외쳤던 것을 들었었다. 그때는 그 소리의 주인이 누군지 돌아보지 않았었다. 그런데 이제 생각해 보니, 그때 벨타사르의 영혼이 주님을 따라 낙원의 왕국으로 올라간 것이었다. 가스파르의 믿음이 보답을 얻었고, 멜키오르의 사랑도 보상을 얻었다면, 일평생 믿음과 사랑 그리고 선행이라는 세 가지 덕행을 훌륭하게 실천한 벨타사르에게도 특별한 보상이 있을 것이리라.

모든 것이 잠잠해진 뒤 벨타사르의 시신은 가마에 안치되어 예루살렘으로 들어왔다. 그의 하인들이 주인을 버리고 도망쳤기에 벤허를 따르던 갈릴리인들이 대신 그를 모셔왔다. 오늘처럼 특별한 날에 이 슬픈 행렬은 벤허 저택의 남쪽 문으로 들어섰다. 그리고 거의 같은 시각에 예수의 시신도 십자가에서 내려졌다.

벨타사르의 시신은 응접실로 옮겨졌다. 하인들 모두가 흐느끼며 황급히 그를 보러 나왔다. 그는 살아 있는 모든 것들을 사랑으로 대한 사람이었다. 하인들은 그의 얼굴과 그 얼굴에 머금은 미소를 보자 눈물을 훔치며 말했다.

"이제 됐어요. 벨타사르님은 오늘 아침에 나갈 때보다 지금이 더 행복해 보여요."

벤허는 비보를 전하기 위해 아이라스를 찾아갔다. 그녀를 아버지의 시신 곁으로 데려오려고 했다. 그는 그녀의 슬픔을 상상할 수 있었다. 이제 세상에 홀로 남겨진 것이다. 지금은 그녀를 용서하고 불쌍히 여겨야 할 때였다. 그는 아침에 아이라스가 왜 일행 중에 없는지, 어디에 갔는지 물어보지 않았다. 아니, 그녀의 생각을 전혀 하지 않았었다. 지금 생각해 보니 미안한 마음이 들었고, 그는 어떤 보상이라도 해줄 준비가 되어 있었다.

벤허는 그녀의 방으로 가서 커튼을 흔들었다. 안에서 종이 울리는 소리가 들렸지만 아무런 대답도 없었다. 벤허는 그녀를 계속 불렀다. 여전히 대답이 없자 커튼을 젖히고 방 안으로 들어갔지만 아무도 없었다. 옥상에 가 봤지만 그곳에도 없었다. 하인들에게 물어보았지만 그녀를 봤다는 사람은 아무도 없었다. 집을 샅샅이 확인했어도 결국 찾지 못했다. 벤허는 응접실로 돌아와 시신 옆에 앉았다. 그리고 그리스도께서 그의 나이 든 종복에게 얼마나 자비로우셨는지를 생각했다. 벨타사르는 이승에서의 모든 고통과 아픔을 뒤로 하고 낙원이라는 왕국의 안식으로 들어간 것이다.

장례식이 끝나고 어머니와 누이동생의 나병이 나은 지 9일 째 되던 날, 마침내 율법의 허락이 떨어졌다. 벤허는 어머니와 누이동생을 집으로 데려왔다. 그리고 그날부터 벤허의 집에서는 가장 거룩한 이름으로 두 분의 이름을 묶어 불렀다.

"하나님 아버지와 그의 아들 예수 그리스도."

예수 그리스도가 십자가에 못 박혀 돌아가신 지 5년 정도 지났을 무렵, 벤허의 아내인 에스더가 미세눔 저택에 있는 그녀의 방에 앉아 있었다. 따스한 이탈리아 햇살이 정원의 장미와 포도넝쿨을 환하게 비췄다. 이 집은 모든 것이 로마식이었다. 안주인이 유대인 여인의 복장을 하고 있는 점만 빼놓고 말이다. 마룻바닥에 깔린 사자 가죽 위에서 티르자와 두 아이가 놀고 있었다. 안주인이 두 아이를 세심하게 지켜보는 것으로 보아, 두 아이가 그녀의 자식이라는 것을 알 수 있었다.

세월은 에스더에게 친절했다. 그녀는 어느 때보다 아름다웠고, 저택의 여주인이 됨으로써 그녀의 소중한 꿈 하나를 이루었다.

꾸밈없고 가정적인 분위기에서 하인이 나타나 에스더에게 말했다.

"웬 여인이 중앙 홀에 와서 마님을 만나고 싶어 합니다."

"모셔 와라. 여기서 만나마."

이윽고 여인이 들어왔다. 에스더는 그녀를 맞으러 일어나다가 순간 당황하여 멈칫했다.
"전 당신을 알아요. 당신은……."
"예, 저는 벨타사르의 딸인 아이라스입니다."
에스더는 놀란 가슴을 진정하고, 하인에게 의자를 가져오라고 일렀다.
"아닙니다, 이제 곧 갈 거예요."
아이라스의 목소리는 차가웠다. 두 여인은 서로를 쳐다보았다.
우리는 이미 에스더가 어떻게 변했는지는 안다. 이 아름다운 여인은 행복한 어머니이며 만족한 아내였다. 그러나 그녀의 연적에게는 그리 행운이 따른 것 같지 않았다. 여전히 큰 키에 약간의 우아함은 남아 있었지만 험난한 생활 탓인지 사람 전체가 변한 듯했다. 얼굴은 거칠었고, 충혈된 커다란 눈은 눈꺼풀 밑에서 찌푸려져 있었다. 뺨에는 혈색이 하나도 없었으며, 입술은 냉소적으로 굳어 있었다. 몸을 전혀 돌보지 않았는지 마치 중늙은이처럼 보였다. 옷차림도 엉망이고 옷자락은 흙투성이였다. 신발에도 흙이 덕지덕지 묻어 있었다.
고통스러운 침묵의 순간이 지나자 아이라스가 먼저 입을 열었다.
"당신 아이들인가요?"
에스더가 아이들을 돌아보며 미소 지었다.
"맞아요. 얘기 한번 해보시겠어요?"
"그랬다가는 아이들이 겁에 질리고 말 거예요."
아이라스가 대답하며 에스더에게 다가갔다. 그리고 에스더가 약간 움츠러드는 모습을 보고 말했다.
"겁먹지 마세요. 당신 남편에게 제 말만 전해 주세요. 그의 적이 죽었다고요. 나를 너무 비참하게 해서 내가 죽여버렸다고요."
"그의 적이라니요!"
"메살라 말이에요. 그리고 이 말도 전해 주세요. 그를 해친 대가로 저도 벌을 받았다고요. 아주 가여울 정도로요."
에스더의 눈에 눈물이 글썽거렸다. 그녀가 입을 열려고 하자 아이라스가 가로막았다.

“아니에요. 나는 동정이나 눈물을 바라지 않아요. 마지막으로 이 말만 전해 주세요. 로마인이 된다는 건 짐승이 되는 것이라는 사실을 깨달았다고요. 그럼 안녕히 계세요.”

아이라스는 몸을 돌렸지만 에스더가 뒤따라가며 말했다.

“여기 있다가 남편을 만나보고 가세요. 그는 당신에게 나쁜 감정이 없어요. 그는 안 찾아본 곳이 없을 정도로 당신을 찾아다녔어요. 그는 당신의 친구가 될 거예요. 저도 친구가 될게요. 우리는 그리스도인이니까요.”

아이라스는 완강했다.

“아니에요. 내가 선택해서 지금의 내가 된 거예요. 이제 곧 끝날 겁니다.”

“하지만…….”

에스더가 머뭇거리며 말했다.

“혹시 우리에게 바라는 것은 없나요? 어떤 것이라도…….”

이집트 여인의 표정이 부드러워졌다. 얼굴에 설핏 미소 비슷한 것이 어리기도 했다. 그녀는 마룻바닥에서 놀고 있는 아이들을 바라보며 말했다.

“저기에 있군요.”

에스더는 그쪽을 바라보며 빠른 기지로 대답했다.

“원하는 대로 하세요.”

아이라스는 걸음을 옮겨 사자 가죽 위에 무릎을 꿇고 두 아이에게 입을 맞추었다. 그리고 천천히 일어나 다시 아이들을 쳐다보았다. 그런 다음 문으로 가서 작별 인사도 없이 재빨리 나가버렸다. 에스더가 쫓아갔지만 그녀는 이미 사라지고 없었다.

벤허는 아이라스가 찾아왔다는 소식을 듣고, 자신이 오랫동안 짐작했던 일이 맞았다는 것을 알았다. 예수 그리스도가 십자가에 못 박혀 죽으시던 날, 아이라스는 아버지를 버리고 메살라에게 간 것이다. 그는 즉시 밖으로 나가 그녀를 찾아다녔지만 허사였다. 그 후로 그녀를 보지도, 소식을 듣지도 못했다. 태양 아래서 밝게 웃는 푸른 파도는 어두운 비밀을 간직하고 있을 것이다. 만약 파도에게 입이 있다면, 이집트 여인이 어떻게 되었는지 말해 주었으리라.

시모니데스는 오래오래 살았다. 네로가 황제에 오른 지 10년째 되던 해, 그는 오랫동안 안디옥의 창고를 중심으로 벌였던 사업을 정리했다. 마지막까지 그는 명석한 머리와 선한 가슴을 지니고 있는 성공한 사람이었다.

어느 날, 시모니데스는 창고 테라스의 안락의자에 앉아 있었다. 벤허와 에스더 그리고 아이들 세 명도 함께였다. 정박한 마지막 배가 물결에 흔들렸다. 다른 배는 이미 모두 팔았다. 그리스도가 십자가에 못 박힌 날부터 지금까지 긴 세월이 지나는 동안 이들 가족은 슬픈 일도 한 번 겪었다. 벤허의 어머니가 죽은 것이다. 그리고 그때나 지금이나 그들이 그리스도인이 아니었다면 슬픔은 더 깊었을 것이다.

어제 도착한 그 배는 좋지 않은 소식을 가지고 왔다. 로마에서 네로가 그리스도인들의 박해를 시작했다는 것이다. 그들이 테라스에서 이 문제에 대해 이야기하고 있을 때, 아직까지 충성스러운 말룩이 벤허에게 와서 소포를 건네주었다.

"누가 준 것인가요?"

편지를 읽은 뒤 벤허가 물었다.

"아라비아 사람입니다."

"지금 어디에 있죠?"

"이 편지만 주고 금방 떠났어요."

"들어보세요."

벤허가 시모니데스에게 말했다. 그리고 편지를 읽기 시작했다.

"'너그러운' 일드림의 아들이며 일드림 종족의 족장인 제가 유다 벤허에게 보냅니다.

오! 아버지의 친구여. 아버지가 당신을 얼마나 사랑했는지요. 여기에 첨부한 내용을 읽어보시면 당신도 알게 될 것입니다. 그분의 유언은 저의 뜻이기도 합니다. 그러므로 아버지가 주신 것은 당신의 것입니다.

파르티아인들은 큰 전쟁에서 아버지를 살해하고 아버지의 모든 것을 빼앗았습니다. 하지만 저는 그 모든 것을 되찾았습니다. 첨부해 드리는 아버지의 유서도 찾았고, 복수도 했으며, 명마 미라의 새끼들도 모두 되찾았습니다.
당신과 당신 가족에게 화평이 임하기를.
사막에 사는 일드림 족장 드림."

이어서 벤허는 시든 뽕나무 잎같이 누렇게 바랜 파피루스를 펼쳤다. 잘못 만지면 부서질 것 같기에 벤허는 조심스럽게 들고 읽었다.

"'너그러운' 이라는 별명을 가진 일드림의 족장이 내 뒤를 잇는 아들에게.
아들아, 내가 가진 모든 것은 네가 내 뒤를 잇는 순간부터 네 것이다.
다만, 안디옥에 있는 야자수 과수원만은 전차 경기장에서 우리에게 그토록 큰 영광을 안겨준 벤허에게 준다. 영원히.
너의 아버지를 욕되게 하지 마라.
너그러운 일드림 족장."

"어떻게 생각하세요?"

벤허가 시모니데스에게 물었다. 에스더가 편지를 받아 다시 한 번 읽는 동안 시모니데스는 침묵을 지켰다. 그의 시선은 배를 향하고 있었지만, 머릿속은 생각에 잠겨 있었다. 마침내 그가 엄숙한 목소리로 입을 열었다.

"허 집안의 아드님, 하나님께서는 요즘 당신에게 정말 자비로우십니다. 그분께 감사드릴 일이 정말 많습니다. 당신 수중에서 점점 커지는 엄청난 재산을 어떻게 쓸지 결정할 때가 되지 않았는지요?"

"저는 이미 오래전에 결정했습니다. 재산은 하나님을 위한 봉사에 쓰여야 한다고 생각합니다. 일부만이 아니라 전부 말입니다. 다만, 어떻게 쓰는 것이 그분의 명분에 맞게 가장 유용하게 쓰는 것인지 생각하는 중입니다. 저에게 조언해 주십시오."

"당신은 이미 여기 안디옥에 있는 교회에 많은 돈을 기부했죠. 제가 그 증인입니다. 너그러운 족장님의 선물과 때를 같이하여 로마에서 박해가 시작되었다는 소식이 도착했습니다. 이제 새로운 장이 열렸습니다. 로마에서 그리스도인들의 불꽃이 꺼지지 않게 해야 합니다."

시모니데스가 대답했다.

"어떻게 하면 그 불꽃을 계속 살릴 수 있을까요?"

"네로를 비롯한 로마인들은 두 가지를 신성하게 취급합니다. 어떤 것도 그렇게 성스럽게 여기는 것은 없죠. 바로 죽은 사람의 재와 묘지입니다. 만일 지상에 교회를 세울 수 없다면 지하에 세워 보세요. 그리고 로마인의 손길이 닿지 않도록 모든 성도들의 시신을 그곳에 가져다 놓으세요."

벤허는 흥분을 감추지 못하고 자리에서 벌떡 일어났다.

"정말 좋은 생각이군요. 당장 시작하겠습니다. 기다릴 시간이 없어요. 형제들의 박해 소식을 실어온 저 배를 타고 로마로 가겠습니다. 내일 바로 출발하겠습니다."

그는 말룩에게 몸을 돌렸다.

"배의 출항을 준비하세요, 말룩. 그리고 당신도 떠날 준비를 하세요."

"잘 됐습니다."

시모니데스가 흔쾌히 대답했다.

"에스더, 당신은 어떻소?"

벤허가 물었다. 에스더가 그의 곁으로 가서 그의 팔을 잡으며 대답했다.

"그리스도를 섬기는 데 그보다 좋은 것이 있나요? 여보, 방해가 되지 않는다면 저도 같이 가서 돕겠어요."

독자들이 만약 로마를 방문한다면, 산세바스티아노의 카타콤베[266]보다 먼저 생긴 산칼릭스토의 카타콤베에 들러보기 바란다. 그러면 벤허의 재산이 어떻게 쓰였는지 알게 될 것이다. 이 거대한 무덤에서 기독교 신앙은 로마 황제를 능가하는 힘을 발휘했다.

266) 초기 기독교도의 피난처가 된 지하 묘지

성경에 접근하는 길은 다양하다. 그중 한 방법으로 여기 한 사람의 스펙타클한 삶이 담긴 유익한 고전이 한 권 있다. 《벤허(그리스도 이야기)》는 유대인 주인공의 역동적인 삶을 통해 이스라엘과 성경 이야기를 흥미롭게 녹여낸 책이다. 대부분의 사람은 《벤허》를 영화로만 기억할 것이다. 사실 1959년 윌리엄 와일러 감독이 만든 영화는 그 자체로도 최고의 걸작 고전이 될 만하다. 영화는 우리나라에서 개봉했을 당시에도(1962년) 크게 히트해서 웬만한 장년층 어른이라면 벤허와 메살라의 숨막히는 전차 경주를 아직도 기억하고 있을 것이다. 하지만 영화가 너무 크게 히트했기 때문일까? 영화의 원작인 소설이 우리나라에 지금까지 번역되지 않았다는 건 놀라운 일이다.

루이스 월리스가 《벤허》를 쓰게 된 동기는 특이하다. 원래 종교에 별로 관심이 없었던 그가 어느 날 철저한 무신론자였던 친구 잉거솔 대령과 이야기를 나누던 중 기독교는 다 거짓말이며 쓸데없고 거짓된 종교이므로 보통 남자 예수를 주인공으로 하는 로맨스 소설을 써서 인류를 종교의 굴레에서 벗겨주라는 충동을 받았기 때문이라고 한다. 그는 소설을 쓰기 위해 성경 공부를 시작했고, 수년간의 노력 끝에 마침내 탄생한 소설은 친구의 소망과는 전혀 다른 내용이었다.

그는 먼저 동방박사들이 별을 따라가서 베들레헴의 동굴에서 탄생한 예수 그리스도의 목격자가 되는 것으로 시작해 그리스도가 성인이 되어 3년 간의 인류 구원 활동을 하다가 마지막에 십자가에 못 박혀 돌아가시는 내용으로 끝내면 소설거리가 되겠다고 생각하고 철저히 성서를 연구해 마침내 《벤허(그리스도 이야기)》가 탄생했고, 자신도 하나님과 그리스도 신성에 대한 확신에 도달했다고 자서전에서 밝혔다. 하지만 그의 천재성은 벤허라는 세속적인 욕망에 휩싸인 남자를 주인공으로 내세워 그의 역동적인 삶 속에 그리스도 이야기를 녹여냈다는 점이다.

냉담한 무지 속에 인생을 살다가 생전 처음 종교의 중요성을 느꼈다는 그는 나중에 "기독교가 오류인지 사실인지 6년 동안 공명정대하게 연구 조사한 후 나는 예수 그리스도야말로 유대인들의 메시아요 세상의 구주이시고 나 개인의 구주이시라는 신중한 결론에 도달했다"라고 고백했다고 한다.

사실 1959년 작 영화는 감독마저 자신이 만든 《벤허》를 보고 "오, 신이시여! 제가 정녕 이 영화를 만들었나이까?"라고 했을 정도로 걸작이지만 관객의 집중력을 끌어들여야 하는 영화 특성의 한계로 스펙타클한 벤허의 삶에 초점을 맞추어져 있기 때문에 관객들의 기억 속에는 벤허만 남았다. 하지만 소설에는 이스라엘과 성경, 그리스도는 물론이고 그리스 로마신화, 이집트의 창세신화 등등 수많은 내용이 포함되어 있다. 소설은 벤허를 중심으로 한 탄탄한 줄거리와 이스라엘과 성경의 철저한 고증이 잘 어우러진 최고의 걸작이다.

마침 올해(2016년) MGM과 파라마운트사가 제작한 《벤허》가 개봉한다고 한다. 공전의 히트를 한 1959년 윌리엄 와일러 감독판 영화 때와는 달리, 이번에는 그리스도교인은 물론이고, 성경 내용을 알고 싶었지만 너무 지루해 손대지 못한 일반 독자도 원작 《벤허(그리스도 이야기)》를 읽고 이스라엘과 성경을 음미하는 계기가 되었으면 하는 바람이다.

국립중앙도서관 출판예정도서목록(CIP)

벤허 : 그리스도 이야기 / 지은이: 루이스 월리스 ; 옮긴이: 심은경. -- 고양 : 현대문화센타, 2016
p. ; cm. -- (세계명작시리즈)

원표제: Ben Hur
원저자명: Lewis Wallace
영어 원작을 한국어로 번역
ISBN 978-89-7428-392-6 03840 : ₩17000

미국 소설[美國小說]

843.4-KDC6
813.4-DDC23 CIP2016020870

벤허_그리스도 이야기
**BEN-HUR**

초판 1쇄 인쇄 2016년 09월 06일
초판 1쇄 발행 2016년 09월 12일

**지은이** 루이스 월리스 | **옮긴이** 심은경
**발행인** 양장목 | **발행처** 현대문화센타 | **출판등록** 1992년 11월 19일 제3-448호
**주소** 경기도 고양시 일산동구 백석동 1449-5 | **대표전화** 031-907-9690~1
**팩스** 031-813-0695 | **이메일** hdpub@hanmail.net

ISBN 978-89-7428-392-6 (03840)

값 17,000원